Christoph Meiners

Leben Ulrichs von Hutten

Christoph Meiners

Leben Ulrichs von Hutten

ISBN/EAN: 9783743639928

Hergestellt in Europa, USA, Kanada, Australien, Japan

Cover: Foto ©Raphael Reischuk / pixelio.de

Weitere Bücher finden Sie auf **www.hansebooks.com**

Leben

Ulrichs von Hutten

von

C. Meiners

Königl. Großbrittannischem Hofrath, und ordentlichem
Lehrer der Weltweisheit in Göttingen.

Zürich,

bey Orell, Geßner, Füßli und Compagnie. 1797.

Vorrede.

Wenn mich nicht alles trügt, so werden meine Leser in dem Leben Ulrichs von Hutten, das ich ihnen jezt vorlege, nicht nur den Charakter und die Verdienste dieses berühmten Reformators, sondern auch manche merkwürdige Puncte aus der Geschichte der Reformation in einem hellern und richtigern Lichte dargestellt finden, als sie in den mir bekannten historischen Werken dargestellt wurden. Ich wünsche, daß mein Beyspiel andere erwecken, und daß Erasmus, Luther, Melanchton, Zwingli, Calvin, Bullinger und Oecolampadius bald, nach derselbigen, oder einer ähnlichen Methode, mö-

gen geschildert werden, nach welcher ich Ulrichen von Hutten geschildert habe. Am Beßten wäre es, wenn ein einziger Mann diese Biographien übernähme, weil man die Verdienste keines einzigen der genannten Reformatoren unpartheyisch beurtheilen, und zuverläßig schätzen kann, wenn man nicht die Verdienste aller übrigen, oder doch der zunächst Verbundenen, vollständig kennt. Eine solche vollständige Kenntniß aber des ganzen Werths eines großen Mannes scheint mir durchaus unmöglich, wenn man nicht eigene sorgfältige Untersuchungen angestellt hat. Eine Folge von guten Lebensbeschreibungen der berühmtesten Reformatoren würde uns nicht bloß das Eigenthümliche eines jeden dieser großen Männer, sondern auch die Begebenheiten eines der interessantesten Zeiträume der ganzen Geschichte vollkommner bekannt machen, als bis jetzt geschehen ist. Wir würden die Veränderungen, welche im Staate, in der Kirche, und in der Denkart der europäischen Nationen vorgiengen, nicht nur von Jahr zu Jahr, und von

Land zu Land, sondern gleichsam von Monat zu Monat, und von Stadt zu Stadt wahrnehmen können.

Alle Lebensbeschreiber und Beurtheiler Ulrichs von Hutten wünschten es, daß seine meistens seltenen, und selbst für den größten Theil der Gelehrten gleichsam verlohrnen Werke möchten gesammelt werden. Einige hofften es fast gewiß, daß sie durch ihre Lobpreisungen des Ritters, und die damit verbundenen Aufforderungen das Publicum auf Huttens Opera omnia begierig genug machen würden, daß irgend ein patriotischer Buchhändler den Verlag davon übernehmen könnte. Diese Hoffnungen sind bisher getäuscht worden, wie ich glaube nicht deßwegen, weil die Deutschen gegen einheimische große Männer und Verdienste gleichgültig sind, sondern weil man nicht genug gezeigt hatte, in wie fern Ulrich von Hutten sich um sein Vaterland, und vorzüglich um die Reformation

verdient gemacht habe. Da ich dieses in der
gegenwärtigen Lebensbeschreibung, wenn auch
nicht ganz geleistet, wenigstens zu leisten aus allen
Kräften mich bemüht habe; so schmeichle auch ich
mir, daß der Zeitpunkt, wo das Publicum die
Ausgabe der Huttenschen Werke verlangen
wird, nicht weit entfernt seyn werde. Sollte diese Erwartung erfüllt werden, so erbiete ich mich,
die Ausgabe der Operum omnium Ulrichs von
Hutten selbst zu übernehmen. Vielleicht täusche ich
mich aber nicht weniger, als meine Vorgänger;
und auf diesen Fall nehme ich mir die Erlaubniß, für den künftigen Editor einige unmaaß-
gebliche Anmerkungen herzusetzen.

Zuerst müssen Hutten's Schriften, sie mögen lateinisch oder deutsch, poetisch oder pro-
saisch seyn, und die letztern mögen in Briefen,
oder in Gesprächen und Reden bestehen, nach
der strengsten chronologischen Ordnung abgedruckt werden. Diese chronologische Ordnung

ist nicht aus dem Grunde nothwendig, damit
der Leser die Entwickelung des Huttenschen Genies stuffenweise verfolgen könne, indem man
eine solche Entwickelung in seinen Schriften vergebens suchen würde. Ulrichs von Hutten schrift-
stellerische Laufbahn hatte zwey Absätze oder Perioden: Die dichterische und prosaische. Die erste
gieng bis zu Ende des J. 1515. denn später lieferte er nur wenige und unbedeutende lateinische
Gedichte. Die prosaische fieng mit dem Jahre
1515. an, und dauerte bis an seinen Tod fort.
Man vergleiche die frühern und spätern Arbeiten einer jeden dieser beyden Perioden; und man
wird fast keinen andern Unterschied finden, als
der aus der Verschiedenheit des Gegenstandes,
und dann des Interesse oder Enthusiasmus, womit Ulrich von Hutten schrieb, natürlich entstehen mußte. Wenn die Gedichte aus den Jahren 1514. 1515. besser sind, als die frühern; so
übertreffen dagegen manche prosaische Arbeiten
aus den Jahren 1515. 1517. 1518. 1519. die
spätern durch die Kraft und das Feuer, womit

sie geschrieben sind; und man muß es dem Verfasser der frühesten Huttenschen Epigrammen
zutrauen, daß er das Lobgedicht auf den Erzbischof Albert von Moriz, und den Triumphus
Capnionis hätte liefern können. — Nothwendig
ist die chronologische Ordnung der Huttenschen
Schriften einzig und allein deßwegen, damit
man wahrnehmen könne, wie der Gedanke, die
Feinde und Unterdrücker der Wahrheit und Freyheit zu bestreiten, sich allmählich in Huttens
Seele erweitert und gestärkt, und wie viel Hutten zu den großen Veränderungen, welche man
unter dem Worte Reformation zusammengefaßt,
beygetragen habe.

Fast alle Schriften Ulrichs von Hutten erfuhren hintereinander mehrere, und manche sehr
viele Ausgaben. Der Herausgeber der Huttenschen Werke müßte sich daher bestreben, so
viele Editionen derselbigen Schriften zusammen-
zubringen, als er nur immer auftreiben könnte.

Mehrere Schriften erhielten in den spätern Ausgaben Zusätze oder Veränderungen, die in den ersten fehlten. Alle diese Veränderungen müßten sorgfältig verglichen und bemerkt werden. Wenn ich daher jemals die Ausgabe der Werke Ulrichs von Hutten übernehmen sollte; so würde ich diesen Vorsatz ein halbes oder ein ganzes Jahr vor dem Anfange des Drucks bekannt machen, und mir von entfernten Freunden der Wissenschaften die Mittheilung solcher Stücke ausbitten, welche ich weder hier, noch in andern benachbarten Bibliotheken gefunden hätte.

Die größten Schwierigkeiten würden dem Herausgeber diejenigen Huttenschen Schriften machen, die nicht unter seinen Augen gedruckt worden sind. Diese sind insgesammt voll von groben Druckfehlern, welche oft den Sinn gänzlich verkehren oder ungewiß machen. Ueberhaupt sind die Gedichte fehlerhafter abgedruckt worden, als die prosaischen Werke, wahrscheinlich

weil der Herausgeber der Poemata Hutteni manche incorrecte Nachdrücke oder Abschriften vor
sich hatte. — Solche Fehler müßten in den No-
ten kurz angezeigt, und die wahrscheinlich richtigen Lesarten mit gleicher Kürze hinzugefügt
werden. In den lateinischen Gedichten könnte
man die Fehler gegen die Prosodie durch andere Lettern, und dann durch die Zeichen von
langen Sylben, wo die Prosodie kurze, und
von kurzen, wo sie lange erfordert hätte, an-
deuten. Die Entfernung des Druckorts, oder
auch die willkührlichen Veränderungen von Nach-
druckern sind wahrscheinlich Schuld daran, daß
die Rechtschreibung in den deutschen Schriften
Ulrichs von Hutten so sehr verschieden ist. Die
ächte Rechtschreibung müßte, wo möglich, durch
die ersten Ausgaben der deutschen Werke, die
unter des Verfassers Augen gedruckt worden,
bestimmt werden.

Vor jeder Schrift oder Reihe von Schriften, welche Ulrich von Hutten zugleich zusam-

mendrucken ließ, müßte eine Einleitung herge-
hen, in welcher die Chronologie, sobald diese
im geringsten ungewiß wäre, die Wichtigkeit
und die verschiedenen Ausgaben derselben aus-
einandergesetzt und beurtheilt würden. Solche
Einleitungen scheinen mir unentbehrlich, um
den Leser in den gehörigen Standpunkt zu setzen, und seine Theilnehmung zu erwecken.

Ich würde die Ausgabe der Huttenschen
Werke nie besorgen, wenn nicht der Verleger
verspräche, daß dazu recht gutes Papier, und
zu einem Theile von Exemplaren gutes Schreib-
papier gewählt werden sollte. — Wenn das
Publicum die Verdienste Ulrichs von Hutten
mal ein kennen gelernt hat, so kann ein Verleger, meiner Meynung nach, dem Aufwand einer
zierlichen Ausgabe der Huttenschen Werke nicht
nur ohne Gefahr, sondern selbst mit gegründeten Hoffnungen eines ansehnlichen Gewinns
übernehmen. Keine einzige ansehnliche, öffent-

liche sowohl als Privat-Bibliothek, würde die Opera omnia Hutteni entbehren, und eben diese Opera omnia würden nicht bloß in Deutschland, sondern auch gewiß in England, Frankreich und andern europäischen Ländern häufig gekauft werden.

Ueber

das Leben und die Verdienste

Ulrichs von Hutten.

———◆———

Seit langer Zeit habe ich keine Arbeit mit einer so frohen Zuversicht angefangen, daß ich dadurch mir und andern Vergnügen und Nutzen schaffen würde, als womit ich die gegenwärtige Lebensbeschreibung Ulrichs von Hutten anfange. Schon die Schick: sale dieses Vertheidigers der deutschen Freyheit, dieses Befreyers seines Vaterlandes, (beyde Ehrennahmen legten ihm die dankbaren Zeitgenossen und Nachkom: men bey,) sind so wunderbar, so verschieden von den Unfällen, die jetzt einen jungen Mann von Stande treffen können, daß das Leben Ulrichs von Hutten dadurch allein selbst den grossen Haufen von Lesern fesseln könnte *). Ohne Vergleichung anzie:

---

*) Ulrich von Hutten, der nicht gewohnt war, weder das Gute, was er that, noch das Unangenehme, das ihm begeg: nete, zu übertreiben, nennt sein Leben ein Trauerspiel, voll von Katastrophen, die durch ihre niederschlagende Seltsamkeit beynahe unglaublich seyen; in Epist. ad *Pirkheim*: Edit. *Burck: hardi*. p. 35. Non magis, quam si peregrinarer, aut aliquan: do minus etiam: nam ibi anxie omnia, sine cura nihil cede: bat, modo de viatico sollicite cogitanti, modo in periculis agenti vitam, quam terra et aquis in discrimine frequenter habui. Nonnunquam eo res mihi redibat, ut, quod ederem, non haberem, multo minus, quo vestirer. Miram enim Tra: goediam audias, quamquam audisti aliquando fabulæ partem: sed ea, quæ tum alibi, tum præcipue in Italia pertuli, ubi penuria viatici militare etiam coactus sum, dura pertuli; or: dine si tibi recenseam, miram et supra fidem lugubrem tra: gœdiam audias.

A

hender aber, als die Abentheuer dieses jungen Helden,
ist das Schauspiel der Anstrengungen der ausserordentlichen Geistesgaben, womit die Vorsehung ihn zur
Erleuchtung seines Volks, wie zu einem besondern
göttlichen Beruf, ausgerüstet hatte. Ulrich von
Hutten war einer der größten Aufklärer der neuern
Zeit, ohne dessen Hülfe Reuchlin gewiß nicht über
die Bettelmönche, und Luther nicht über den Römischen Hof gesiegt haben würde. Noch erhebender
und entzückender endlich, als die Betrachtung der
Geistesgrösse Ulrichs von Hutten, sind seine ächt
heroischen Tugenden, welche der Vater des Lichts
und der Geber alles Guten mit dem hohen Genius
verknüpfte, weil selbst solche Talente, dergleichen
Ulrich von Hutten und Luther besaßen, ohne ihre
Heldenherzen eben so wenig, als die Tugenden dieser
Männer ohne ihre Fähigkeiten, reife und heilsame
Früchte gebracht hätten. Und alle diese grossen und
guten Gaben äusserten sich mit lebendiger Kraft in
einem Zeitalter, das nicht nur wegen der wichtigen
Veränderungen, welche es im Staate und in der
Kirche, in den Wissenschaften, in der Denkart und
den Sitten der Europäischen Völker hervorbrachte,
ewig denkwürdig ist, sondern das auch unsere Aufmerksamkeit vorzüglich deswegen verdient, weil es in so
vielen Rücksichten unserm Zeitalter ähnlich ist. Ich
verehre die Arbeiten der grossen oder fleißigen und
hoffnungsvollen Männer, welche vor mir das Leben
Ulrichs von Hutten beschrieben, und seine Werke
oder Verdienste beurtheilt haben. Unterdessen würde
ich glauben, in einer neuen Darstellung der Thaten,
Schicksale und Schriften Ulrichs von Hutten etwas nicht unbedeutendes zu unternehmen, wenn meine
Biographie sich von ihren Vorgängerinnen auch nur
dadurch unterschiede, daß sie auf die vielen und lehr-
reichen Beyspiele von Warnung und Besserung, wel-

che Hutten's Leben und Werke enthalten, nachdrücklicher hinweist, als andere Schriftsteller vor mir zu
thun natürliche Veranlassungen hatten *).

Ulrich von Hutten wurde am 20. oder 21.
Apr. 1488. aus einem der ältesten und edelsten Fränkischen Geschlechter auf der Burg Steckelberg gebohr-
ren, die einige Meilen von Fulda, an den Ufern des
Mains, und auf der Gränze von Hessen und Franken
lag **). Er war der vierte Sohn des Ritters Ul-

*) Am ausführlichsten hat von Hutten's Leben und Schriften
gehandelt der ehemalige Professor am Gymnasio zu Hildburg-
hausen, Jacob Burkhard in seinem Commentario, quo Ulrici de Hutten fata et merita exponuntur. Pars I. et II.
Ao. 1717. Pars III. Ao. 1723. Wolfenbutteli. 8. Die
Methode, nach welcher Burkhard Hutten's Leben und Verdienste schilderte, war treflich. Seine Arbeit wurde nur dadurch
eine unordentliche Reihe von nicht zusammenhängenden Frag-
menten, daß er nicht alle Schriften von Hutten, und auch
nicht die übrigen Hülfsmittel, welche er brauchte, gleich im
Anfange seiner Arbeit beysammen hatte. Burkhard nennet die
Schriftsteller, die vor ihm dieselbige Bahn betraten. Nach ihm
lieferten Herr Goethe, Herr von Moser und Herr Schubart
Lebensbeschreibungen, oder allgemeinere Schilderungen Ulrichs
von Hutten. Das Denkmahl Ulrichs von Hutten von
Herrn Goethe hat Herr Wagenseil vor dem ersten Bande von
Hutten's Werken wieder abdrucken lassen. Herr von Moser
braucht meines Lobes nicht. Herrn Schubart gebe ich gern
das Zeugniß, daß seine Arbeit einem jungen Manne allemahl
Ehre macht. Indem ich dieses schreibe, (im Junius 1795.)
läßt wahrscheinlich Herr Wagenseil seine Biographie Ulrichs
von Hutten drucken, die schon in der letzten Messe statt Leibs-
nizens Leben in dem Pantheon der Deutschen erscheinen sollte.
Diese Nachricht hält mich von einer ähnlichen Arbeit eben so
wenig ab, als Herr Wagenseil sich in seinem Vorsatz, Huttens Leben zu schreiben, würde haben stören lassen, wenn er
gleich erfahren hätte, daß ich mit derselbigen Biographie beschäftigt sey. Ulrich von Hutten ist es werth, daß mehrere
Künstler an seinem Ehrendenkmahl arbeiten.

**) *Burkhard I. p.* 63. Ulrich von Hutten selbst schreibt den
Nahmen seiner Geburtsstätte in verschiedenen Schriften und
Briefen auf eine sehr verschiedene Art: Nämlich bald Steckel-
berg, bald Stoeckelbergk, bald Steckelberk oder Steckelbergk.

rich von Hutten und der Ottilia von Eberstein*).
Mit Recht rühmte sich Ulrich von Hutten der
Abstammung aus einem Geschlechte, das seinen
Stammbaum nicht nur bis in das zehnte Jahrhundert
hinaufführte, sondern auch seit Jahrhunderten viele
trefliche Helden, Staatsmänner und Fürsten hervorgebracht hatte, und im Aufange des sechszehnten Jahrhunderts dreyßig Ritter zählte, welche alle dem Kayser
und Reiche mit Ruhm gedient hatten **). Noch stolzer
war er darauf, daß er als ein Franke, das heißt, aus
dem deutschen Volke gebohren war, das nicht uur
viele andere Nationen, sondern auch ganz Deutschland
zuerst bezwungen, die Römische Kaiserwürde zuerst
an das deutsche Reich gebracht ***), durch seine glorreichen Thaten den Nahmen Franken auf die Gallier,
die Deutschen und andere abendländische Völker übertragen †), sich Jahrhunderte lang zum Muster aller
übrigen Bewohner von Deutschland erhoben ††),
und das endlich zu dem ehrenvollen Sprichworte Au-
laß gegeben habe, daß jeder Franke von Adel sey †††).

*) Ib. et P. III. p. 11. et seq.
**) In Orat. sec. in Ducem *Wirtemberg.* p. 84. . . Francorum
nationi, cujus non minima pars Huttenorum familia, annis
retro sexcentis sua decora, sua de vestra laude merita, non
redarguendis testibus commemorare habet. Diese Reden gegen
den Herzog von Wirtemberg, und die übrigen Briefe und Auf-
sätze, welche Ulrich von Hutten 1519. auf dem Schlosse
Steckelberg drucken ließ, sind nicht paginirt. Ich habe jedes-
mahl, wenn ich sie anführe, die Seitenzahl vom Titelblatt au
gezählt, damit man meine Citationen desto eher finden könne.
***) l. c. p. 82.
†) Ib. p. 83.
††) Ib. p. 84. Imitatique sunt nostros ritus Germani reliqui
omnes, in cujus rei documentum jam nunc illud passim di-
vagatur adagium, *Vetus Francum*, quoties significatur aut in
equestri apparatu, aut armorum habitu, ab antiquo aliquid
repetitum. Licet item citra jactantiam dicere, rem in Germania equestrem hodie penes Francos esse maxime.
†††) Ib. Nec nos cupidius audimus, quam vos constanter in
ore habetis aliud vetus diverbium: omnis Frauco nobilis.

Am stolzesten aber war Ulrich von Hutten auf den
Ruhm, als ein Deutscher gebohren worden zu seyn,
oder dem erhabenen Völkerstamme anzugehören, der
sich von jeher durch die Vollkommenheiten des Cörpers, des Geistes und Herzens vor allen übrigen Nationen der Erde ausgezeichnet, und welchen daher die
Natur selbst zum Beherrscher oder zur Herrschaft
der Erde bestimmt habe °). Auf den hohen Natio-
nalstolz Ulrichs von Hutten kann man nicht früh
genug aufmerksam machen, da er einer der Hauptzüge
in dem Charakter unsers Ritters war, und eine der
vornehmsten Triebfedern von vielen seiner Schriften
und seiner Handlungen wurde. — Die Geschichte der
ersten Kindheit Ulrichs von Hutten ist gänzlich
unbekannt. Wir wissen nur durch sein eigenes Zeugniß, daß seine Eltern ihn als einen eilfjährigen Knaben in der Absicht nach Fulda schickten, daß ihr Sohn
sich dem geistlichen Stande widmen, und dereinst ein
Mitglied des eben so reichen, als berühmten Stiftes
zu Fulda werden sollte **). In der Schule dieses

*) Diese Aeusserungen finden sich in allen Schriften Ulrichs von
Hutten. Man sehe unter andern den 20. Abschnitt des Buchs
de Guajaci Medicina, und das Gedicht de non degeneri Germania. Poemat. p. 118. et seq.

**) Dies erzählt Hutten selbst in der äusserst merkwürdigen
Enndtschuldigung Ulrichs von Hutten wyder etlicher un-
wahrhafftiger Ausgeben von ym, als solt er wider alle
Gryst lichkeit und Priesterschaft sein, mit Erklärung etlicher seiner Geschrifften, welche Burkhard im dritten Theil
S. 206. hat abdrucken lassen. Etwa in meiner Jugend, sagt
Ulrich von Hutten l. c. S. 149., nämlich do ich eylff Jahr
alt gewesen, haben mich mein Vater und Muter, aus andächti-
ger guter Meinung in den Stifft Fulda, mit dem Fürsatz ich
soll darinn verharren, eyn Münch seyn, gethan, u. s. w. Es
war also nicht richtig, was Camerarius im Leben Melanchton's meldete: p. 90. .. Daß der junge von Hutten mehr
um des Unterrichts, als um der Religion oder des geistlichen
Standes willen, in das Stift zu Fulda gethan worden. ....
Contubernium Fuldanum, in quod pene puer magis disciplin-
ae, quam religionis causa datus esset.

Stifts erhielt der junge von Hutten wahrscheinlich
den ersten Unterricht in alten Sprachen, und in den
Schulwissenschaften, welchen Unterricht sein feuriger
Geist mit der größten Begierde verschlang. Je mehr
aber der anfangende Jüngling an Kenntnissen und
Jahren zunahm, desto mehr fühlte er, daß die Vorsehung ihn nicht zum geistlichen Stande geschaffen
habe; daß er vielmehr ausser dem Closter Gott und
der Welt viel eher dienen könne, als wenn er sich
innerhalb der Mauern eines mönchischen Kerkers ein-
schliessen lasse. Er widersetzte sich daher auch beständig den Zumuthungen, die Ordensgelübde abzulegen,
oder Profeß zu thun *); und in diesem Vorsatze
wurde er durch den ersten treuen Freund seiner Jugend, den nachher so berühmten Crotus Rubianus
bestärkt, der zugleich mit ihm in dem Stifte zu Fulda
lebte **). Der junge von Hutten hatte schon während seines Aufenthalts in Fulda das Glück, von
dem größten seiner Wohlthäter bemerkt, und gleichsam entdeckt zu werden. Dieser Wohlthäter Ulrichs
von Hutten war Eitelwolf von Stein, einer
der merkwürdigsten deutschen Edeln, die im Anfange

*) l. c. „Do ich aber ein wenig das Leben erkannt und mich
bedaucht ich vorwüste mich meiner Natur in einem andern Stand
viel baß gotgefällig und der Welt erbarlich zu dienen, hab ich
mich als noch mit keiner Profeß oder Gehorsam vorbunden oder
vorstrickt u. s. w."

**) Dies erzählt Camerarius aus dem Munde des Crotus Ru-
bianus selbst in Vita Melancht. p. 90. Intercesserat Hutteno
cum Croto Rubiano singularis usus a prima adolescentia, quo
autore, vel certe adjutore reliquit ille contubernium Fuldanum . . . et Coloniam Agrippinam ad optimarum artium, et
literarum studia percolenda profectus est. Ulrich von Hutten selbst bezeugt, daß er mit dem Crotus Rubianus von der
ersten Kindheit an in der vertrautesten Freundschaft gelebt habe;
in Epist. ad Jacobum Fuchs, in Oper. Hutten. T. I. Edit.
Wagenseil p. 69. Forte coenantibus nobis de Croto Rubiano,
quicum mihi a primis usque annis consuetudo fuit singularis &c.

des sechszehnten Jahrhunderts eine gründliche Kenntniß der alten Litteratur mit dem lebhaftesten Eifer für
ächte Gelehrsamkeit, und würdige oder hoffnungsvolle
Gelehrte verbanden. Eitelwolf von Stein rieth
die Eltern Ulrichs von Hutten auf das ernstlichste
von dem Vorsatze ab, ihren Sohn dem geistlichen
Stande zu widmen; und den Abt von Fulda schreckte
er durch die bedeutungsvolle, oder vielmehr anklagende
Frage zurück: Und du möchtest dieses große Genie
zu Grunde richten *)? Es scheint aber doch nicht,
als wenn die Vorstellungen, oder Vorwürfe Eitelwolf's von Stein von dauernder Wirkung gewesen seyen. Im Gegentheil muß man vermuthen,
daß sowohl Hutten's Eltern als der Abt von Fulda
immer heftiger in den weltlichgesinnten Jüngling ge-
drungen seyen, um ihn auf andere Gedanken zu bringen. Um sich diesen Zumuthungen zu entziehen,
entwich Ulrich von Hutten im J. 1504. heimlich, aber allem Ansehen nach mit Vorwissen Eitelwolfs von Stein, und auf Antrieb seines Freundes
Crotus Rubianus nach Cölln, wohin ihn der letztere begleitete, oder bald nachfolgte **). Diese heim-

---

*) Ulr. de Hutten in Epist. ad *Jacob. Fuchs* p. 68. Non paf-
sus est, quanquam splendida, ut ibi, conditione oblata olim,
persuaderi meis, ut in religionem quandam præcipitarent me.
Et Abbati cuidam id agenti: tune hoc, ait, ingenium per-
deres?

**) So viel ich weiß, hat kein Lebensbeschreiber Ulrichs von
Hutten das Jahr seiner heimlichen Flucht aus Fulda bestimmt.
Daß diese Flucht in das Jahr 1504. gefallen sey, glaube ich
mit der größten Gewißheit aus einer Stelle in der Dedication
des Lobgedichts auf den Erzbischof Albrecht von Mainz,
welches 1514. verfertigt wurde, schliessen zu können. Hier sagt
nämlich Ulrich von Hutten: Poem. p. 196. Es enim exemplum multis, et jam ita me animasti, ut nondum pœniteat
eorum laborum, quos *annis jam decem* turbulentissimis fortunæ
tempestatibus per Germaniam simul, ac Italiam amore literarum exhausi &c. Im J. 1514. hatten also die Irsale Ulrichs von Hutten schon zehn Jahre gedauert, und mußten

liche Entweichung erbitterte den Vater so sehr, daß
er sich von nun an viele Jahre lang nicht um seinen
Sohn bekümmerte; und eben diese Entweichung gab
nachher zu der Verläumdung Anlaß, daß Ulrich
von Hutten vor seiner Flucht schon die Ordensge-
lübbe abgelegt gehabt habe, und seinen rechtmässigen
Obern als ein Abtrünniger und Meineidiger entronnen sey °). In Cölln übte sich der freygewordene
Jüngling, wie alle damahl Studirende, eine Zeit lang
auf den Kampfplätzen der Dialektiker **). Er sah
aber bald das Unnütze der dialektischen Spitzfindigkeiten
ein, und übergab sich ganz dem Unterrichte des Johannes Rhagius Aesticampianus, der um diese
Zeit die alten Sprachen und Schriftsteller mit grossem
Beyfall in Cölln lehrte und auslegte. Gerade dieser
Beyfall bewegte die Meister der Weltweisheit und
Gottesgelahrtheit in Cölln, daß sie den Johann
Rhagius als einen gefährlichen Neuerer und Verführer der Jugend von ihrer hohen Schule verwies

---

daher 1504. ihren Anfang genommen haben. Mit dieser Bestimmung verträgt sich eine andere Stelle sehr wohl, die anfangs damit zu streiten scheint. Ulrich von Hutten sagt
nämlich in seinem 1518. an Pirkheimern geschriebenen Briefe
p. 4. Edit. *Burckardi:* Nam illa duodecim annorum peregrinatione nondum mihi satisfeci. Seine Reisen konnte er
nicht gut früher, als von 1506., wo er nach Frankfurt an der
Oder gieng, zu rechnen anfangen. Seine Labores hingegen,
oder Drangsale und Verlegenheiten, entspannen sich schon mit
seiner Flucht aus dem Stifte Fulda. — Daß Crotus Rubianus mit ihm zugleich in Cölln war, erhellt aus folgenden
Worten in der præfatio Neminis p. 251. Poemat. *Hutteni:*
Quanquam tu solitus sis imitari, qui nos olim docuerunt
Colonienses &c.

°) Ulrich von Hutten in der vorher angeführten Entschuldigung
oder Schutzschrift l. c.

**) Præf. in Neminem p. 251. Poemat. Qui nos olim docuerunt
Colonienses, et syllogismis fulminare, assumere, respondere,
conclusiones sustinere bis triginta nonunquam, arguere pro &
contra &c.

fen *). Der verjagte Rhagius wandte sich im J.
1506. mit seinem hoffnungsvollsten Schüler, Ulrich
von Hutten, nach der hohen Schule zu Frankfurt
an der Oder, die eben damahls auf das Anrathen
ihres gemeinschaftlichen Gönners, Eitelwolfs von
Stein, von dem Markgrafen Joachim von Brandenburg gestiftet worden war **). Ulrich von
Hutten war einer von den ersten, welcher in Frankfurt die Magisterwürde empfieng. Auch zeigte er sich
auf eben dieser hohen Schule in seinem achtzehnten
Jahre als einen würdigen Zögling des Aesticampianus, und als einen hoffnungsvollen lateinischen Dichter durch sein Lobgedicht auf die Mark Brandenburg,
das im J. 1507. der Einweihungsgeschichte der Universität zu Frankfurt vorgedruckt wurde ***). Er lebte
allem Vermuthen nach in Frankfurt, wie in Cölln,
von der Freygebigkeit seiner beyden Anverwandten,

---

*) *Burckhard* in Analectis Tomo II. adj. p. 2. & Pars III.
pag. 24.

**) Eitelwolf von Stein war in der Folge mit der Einrich-
tung der hohen Schule zu Frankfurt nicht zufrieden, weil man
die griechische und lateinische Sprache nicht mit dem Eifer
lehrte und lernte, wie er gewünscht hatte. Ulric. de Hutten
in Epist. ad *Jacob Fuchs* l. c. p. 69. Non semel mihi fami-
liarius conferens fassus est, pœnitere se, quod unquam suis
consiliis induxisset Joachimum Marchionem ad instituendum
Francofurdiense Gymnasium, quoniam ab indoctis doctis pos-
sideri, non a Græce et Latine eruditis, ut ipse proposuisset,
excoli cerneret. Ich vermuthe, daß auch Johann Rhagius
Eitelwolfen von Stein vorher bekannt war, ehe er nach
Frankfurt kam. Wenigstens nannte dieser ihn nachher seinen
ehrwürdigen Vater. l. c. p. 68. Johannem Ragium venerabilem patrem salutabat.

***) Dies Gedicht steht nicht in der Sammlung der Huttenschen
Gedichte, sondern beym *Burkhard*, III. 25. et seq. p. der
es aus der Historia inaugurationis Gymnasii Francof. hat abdrucken lassen. Anal. p. 3. Ulrich von Hutten nannte sich
vor diesem Gedichte einen Schüler des Rhagius: Udalricus
Huttenus, Phagicena, Johannis Rhagii Aesticampiani disci-
pulus. ib.

Frowin's und Ludewigs von Hutten *), oder auch von den Wohlthaten des Prinzen Albrechts von Brandenburg, nachherigen Erzbischofs von Mainz, welche ihm die Fürsprache Eitelwolfs von Stein verschafte **). Es läßt sich eben so wenig angeben, wie lange Ulrich von Hutten in Frank= furt geblieben sey, als man im Stande ist, alle Aben= theuer, die ihm bis zu seiner ersten Rückkehr aus

*) Dem Frowin von Hutten giebt er in Præf. Panegyr. in Albertum Archiep. p. 194. Poem. folgendes Zeugniß: Meus gentilis, Frobinus Huttenus . . ea est erga omnes humani-tate, ea in juvando me benignitate ac munificentia perspectus est; et quando non vidisti hunc ingemiscentem, quoties in mearum calamitatum historiam aliquam incidit. Vom Lude= wig von Hutten, dem Vater des unglücklichen Johann von Hutten, schreibt er in Epist. ad Marquardum de Hattstein p. 61. Oper. Hutteni. Nosti summam hominis erga me benigni-tatem; vidisti, qua studia mea liberalitate juverit.

**) Daß der Prinz Albrecht unsern Hutten schon vor seiner erzbischöflichen Würde unterstützte, erzählt letzterer selbst, in Præf. Libri de Guajaci Medic. Præf. p. 3. Oh idque petere abs te aliquid vix ausim, quum tu ea prius dederis, quæ pe-tere verecundia erat. Adeo in me liberaliter, benefice adeo effundi soles, non Cardinalis primum, aut Archiepiscopus, sed olim etiam his haud dum potestatibus præditus. Burk= hard führt aus dem historischen Lexikon die Nachricht an, daß der Prinz Albert schon im J. 1508. unserm Hutten zwephun= dert Ducaten zu seiner Reise nach Italien gegeben habe. Ich bin überzeugt, daß dieses Datum falsch sey, und daß man die zwephundert Goldgulden, welche der Erzbischof Albert auf Eitelwolfs von Stein Bitte unserm Hutten im J. 1515. zu seiner abermahligen Reise nach Italien bewilligte, mit einem frühern Geschenke verwechselt habe. Ulrich von Hutten er= wähnt dieses Geschenks in dem Briefe an den Domherrn Jacob von Fuchs p. 67. Aliquando ab Alberto principe muneris loco CC. aureos ad me referens, dat hoc, inquit, literis tuis princeps. Simul in aula locum impetraverat, ubi ex Italia rediissem. Die letzten Worte zeigen, daß das Ge= schenk vor der letzten Reise nach Italien gegeben wurde. Burk= hard führt III. 15. 16. p. eine Quittung Frowin's von Hut= ten an, worin dieser bescheinigt, daß er von den seinem Vet= ter bewilligten 200. fl. 50. fl. empfangen habe. Die Reise wurde schon 1515. vor Eitelwolfs von Stein Tode entwor= fen, aber erst 1516. ausgeführt.

Italien begegneten, oder welche er bis dahin bestand, der Ordnung nach aufzuzählen. Von 1506. an verliert die Geschichte unsern Helden mehrere Jahre gänzlich aus dem Gesichte, und vom J. 1509. zeigt sie ihn bis 1514. nur als ein Meteor, das auf eine kurze Zeit erscheint, und dann wieder auf viel längere Zeit verschwindet. Die Begierde, die Welt zu sehen, und sein Glück zu versuchen, trieb den jungen Ulrich von Hutten Jahre lang im Norden von Europa *), aber nicht, wie Burkhard glaubte, in Italien umher **). Nach vielen und grossen Gefahren, welche

*) Man sehe *Joachimi Vadiani* Helvetii Epistolam Viennæ II. Idus Januarias anno 1512. ad Georgium Collimitium scriptam, in *Burkhardi* Analectis Tomo secundo adj. p. 7 — 9. Vadianus führt in diesem Briefe einen Theil der Schicksale an, welche Hutten von 1509 — 1512. erfahren, und ihm selbst erzählt hatte. Hier heißt es von dem Bewegungsgrunde der Reisen des jungen Ebentheurers p. 8. Quum enim vel prima nocte, qua lares nostros ingressus est, petentibus nobis ordine narrasset, quam peregrinatio sua *experiendi gratia instituta* ærumnis referta fuerit &c.

**) Burkhard I. p. 69. schließt eine Reise, welche Ulrich von Hutten in den Jahren 1508. und 1509. in Italien gemacht habe, aus den beyden Epigrammen, die auf der 8. und 9. S. der gesammelten Huttenschen Gedichte stehen. Das eine, welches de se in obsidione Patavina überschrieben ist, wurde, wie der Inhalt beweist, zu einer Zeit verfertigt, wo Ulrich von Hutten noch mehr Zuschauer als Theilnehmer des Krieges war:

Erraram a castris ad clausam Antenoris urbem,
  Continuo flamma, missilibusque petar.
Certe equidem fateor, timui; nec ut ante movebam,
  Invidiam linguæ, sed bona verba dedi.
Parcite, qui Patavi muros, arcemque tenetis,

Huc me sola trahit vestri admiratio regni;
  Noscere vos cupio, perdere non cupio.
Ut videam veni, non veni evertere bello
  Altini sedes, Euganeasque domos.

Nullæ hostem movere preces. . . . .

Dicebam, et fessus media inter millia cursu,
  Tutus in effosso delitui tunculo.

Ulrich von Hutten zu Wasser und zu Lande, besonders auf der Ostsee ausgestanden hatte, setzte ihn endlich sein widriges Geschick, wie Vadianus sich dichterisch ausdrückt, an das von Cyklopen bewohnte Ufer von Pommern aus *). Hier wurde er zwar

Das andere: In obsidione Patavina æger, kündigt unsern Hutten als einen Kaiserlichen, aber lebenssatten, Krieger an:

. . . . defendere muros
Illi, *nos* contra tendimus eruere.
Nos cælum et tellus, illos sua mœnia servant;
Spes *nobis*, illis propositus timor est.
Si quis in hoc numero est, qui possit plurima, cives,
Hunc ut servemus, me perimant Veneti.
Jam pede pertæsum est, clauudoque insistere talo,
Qui valet, ut vivat, me perimant Veneti.

Ich zweifle gar nicht, daß die beyden Huttenschen Epigramme, auf welche Burkhard sich berief, während der zweyten Belagerung der Stadt Padua durch die Kaiserlichen im J. 1513. verfertigt worden, und daß die erste Reise nach Italien, von welcher Burkhard redete, erdichtet sey. Meine Gründe sind folgende: Weder Hutten, noch Vadian oder andere Freunde Huttens, erwähnen einer so frühen Reise nach Italien auch nur mit einem Worte. — Hutten selbst giebt die Zeit seines Aufenthalts in Italien nur auf vier Jahre an. Epist. ad *Pirkheim.* p. 43. Edit. *Burkhardi.* Wenn er in den Jahren 1508. u. 1509. in Italien gewesen wäre, so würde er sechs statt vier Jahren haben setzen müßen. Ulrich von Hutten hatte die Liebesseuche nur etwas über acht Jahre. Da er gegen das Ende des J. 1518. davon geheilt wurde, oder wenigstens geheilt zu seyn glaubte, so konnte er nicht schon während der Belagerung von Padua im J. 1509. krank seyn. Die Belagerung von Padua im J. 1509. wurde erst im October 1509. aufgehoben. *Guicc. II.* p. 248. Wie hätte der kranke Ritter vom October an auf einmahl in den Norden von Europa geworfen werden, auf der Ostsee allerley Ungemach bulden, in Stralsund eine Zeit lang bleiben, und doch noch vor dem Ende desselbigen Jahrs nach Rostock kommen können? — Diese Gründe werden hoffentlich auch den verehrungswürdigen Herrn Rathsherrn Füßli überzeugen, welcher sogar vermuthete, daß Hutten viermahl in Italien gewesen sey.

*) l. c. p. 8. Quamque in Germanico etiam oceano, quod attigit, Scylleam rabiem expertus ad proxima litora in Cyclopum manus inciderit. Wegen seiner Abentheuer auf der Ostsee erwähnt Hutten allenthalben, wo er von seinen Unfällen redet, auch der Gefahren zu Wasser. H. B. p. 21. Poemat.

anfangs von dem Burgermeiſter in Greifswalde,
Loſſius, gaſtfreundlich aufgenommen *); allein dieſer
Wohlthäter änderte ſehr bald ſeine Geſinnungen und
Betragen ſo ſehr, daß Hutten den Entſchluß faßte,
ſich den Gewaltthätigken oder Unwürdigkeiten, welche
ſein Gaſtfreund gegen ihn übte, durch eine heimliche
und ſchleunige Flucht zu entziehen. Unglücklicher
Weiſe wurde Loſſius Hutten's Entweichung zu früh
gewahr, und ſchickte auf der Stelle mehrere Bedienten nach, die den Flüchtling einhohlten, ihn nackt
auszogen, und ſo mißhandelten, daß er noch zwey
Jahre nachher die Narben der empfangenen Wunden
ſeinen Freunden in Wien zeigen konnte **). Hutten
kam kraftlos, verwundet und entblößt, im November
1509. in Roſtock an, wo er eine Zeit lang ausruhte,
und als Ausleger der alten Schriftſteller von den dort
Studirenden mit einem aufmunternden Beyfall gehört
wurde. Hier arbeitete er, um den Burgermeiſter
Loſſius für ſein feindſeliges Betragen zu züchtigen,
ein Spott-oder Strafgedicht unter dem Titel Loſſius
aus, von welchem es ungewiß iſt, ob es jemahls
gedruckt worden ***). Crotus Rubianus erhielt

Qui miſere natus, miſerabile tranſiit ævum,
Sæpe malum terra, ſæpeque paſſus aquis.
Wegen eben dieſer wunderbaren Schickſale, welche Hutten zu
Waſſer und zu Lande erfahren hatte, nannte Vadianus ihn
den deutſchen Ulyſſes, oder verglich ihn wenigſtens mit dem
griechiſchen Ulyſſes: Qui ea fere ratione et acceſſit nos, et
acceptus a nobis eſt, qua conſtantiæ et fortitudinis exemplar
Ulyſſes ille, dum terris jactatus et alto, vi ſuperum . . . .
patriam petens, ad nos venit &c.

*) *Burkhard* III. 28.
**) Vadiani Epiſt. in Analect. *Burkhardi* p. 9 . . . Quos
primum (mirum) amicos habuiſſe ajebat, deinde vero urgente
fato, quum iter alio inſtituiſſet, furore correptus præter vitam omnia eripuiſſe ſibi, quam et ipſam petitam eſſe, cica-
trices, quas nobis dum iretur cubitum oſtendit, ſatis atteſ-
tantur.
***) III. 29. *Burkhard.*

dieſes Gedicht von ſeinem und Huttens gemeinſchaft-
lichem Freunde, Mutian, in Gotha gegen das Ende
des J. 1510. *) Bis dahin wußten Hutten's
Freunde, Anverwandte und Gönner nicht, wo der
junge Wildfang umherſchwärme. Nur einmahl hörte
Crotus Rubianus, daß Hutten beraubt worden,
und von allem entblößt in Braunſchweig habe liegen
bleiben müſſen. Ein anderes Mahl hieß es, daß er
ſich in Frankfurt an der Oder aufhalte, auf welches
Gerücht ſich ein junger Weiger, ein Bekannter des
Crotus Rubianus, im Dec. 1510. aufmachte, um
den Ulrich von Hutten auf der eben genannten hohen
Schule zu hören **). Gegen das Ende eben dieſes
Jahrs zog ſich Ulrich von Hutten die ſcheußliche
franzöſiſche Krankheit zu, die ihn über acht Jahre wie
eine unerbittliche Furie folterte, und den ſchönſten
Theil ſeines Lebens mehr verbitterte, als alles übrige
Ungemach und Elend, das ihm von ſeinem Verhängniß reichlich zugemeſſen wurde. Ich werde von den
Leiden, welche die franzöſiſche Krankheit unſerm Hutten bereitete, alsdann ausführlicher reden, wann er
davon befreyet ſeyn wird. Nur darf ich hier ſowohl
wegen der Verſtändlichkeit der vorher angeführten Epigramme als anderer ähnlichen Stellen in den Huttenſchen Werken, den einzigen Umſtand nicht übergehen,
daß er vom Anfange ſeines Uebels an bis an's Ende

---

*) Man ſehe Croti Rubiani Epiſt. ad *Huttenum* in Monum.
   Piet. et Liter. Francof. 1702. 4. P. II. p. 3. 4. und eben
   dieſen Brief von neuem abgedruckt in T. I. Operum *Hutteni*
   p. 51. et ſeq.

**) Crot. Rub. in Epiſt, cit. in Op. *Hutteni* p. 52. Scripſi ad
   te binis verboſiſſimis literis, imo commentariis. Unas com-
   miſi patri anno ſuperiore, cum neſciremus plane, quibus
   oris terrarum jactarere. Niſi quod quodam rumore moneba-
   mur te vivere in urbe Brunonis ſpoliatum. Alteras tradidi
   nuper menſe Decembri Joanni Aquilio. . . . Aquilius apud
   Francorum vadum ſedet, diſceſſit eo conſilio, ut te bonas
   artes audiret præcipientem. Spes vagum fefellit.

über nichts so sehr klagte, als über die Geschwüre,
und besonders über eine Exostose an dem linken Fuße,
welche ausser unsäglichen Schmerzen, die dadurch er=
regt wurden, nicht selten das ganze Bein beynahe
unbrauchbar machten *). Ausser der Liebesseuche wur=
de Ulrich von Hutten um eben diese Zeit sechs
Monate lang von einem viertägigen Fieber heimge=
sucht, das ihn, wie er acht Jahre nachher selbst be=
zeugte, viel fleissiger, frommer und geduldiger machte,
als er bis dahin gewesen war **). Crotus Rubia=
nus nahm sich seines abwesenden Freundes sowohl
gegen den Vater, als gegen die Stiftsherren in Fulda
mit der größten Wärme an ***). Ungeachtet er nicht
erfahren konnte, wo Ulrich von Hutten lebe
oder umherirre, so schrieb er ihm doch zwey sehr aus=
führliche Briefe, in welchen er seinem Freunde mel=
dete, was dieser zu thun habe. Da Crotus Ru=
bianus gegen den Ausgang des J. 1510. vernahm,
wo Ulrich von Hutten sich aufhalte, und bald
nachher einen Brief von ihm empfieng, worin er un=
ter anderm fragte: Wie sein ehemaliger Vertrauter
jetzt noch gegen ihn gesinnet sey †); so antwortete

---

*) Ulrich von Hutten wurde gegen das Ende des J. 1518.
von der Liebesseuche geheilt, Epist. ad Birkheim. Edit. Burk-
bardi p. 49. und schleppte sich etwas länger, als acht Jahre
damit. De Guajaco C. 3. Mihi tale quoddam tubes supra ta-
lum sinistri pedis introrsum, postquam semel callum induxe-
rat, nullis fomentis emolliri, aut ut suppuraret, cogi potuit.
und C. 26. Primum sinistro pede eram inutilis jam, hærente
ibi octo plus annis morbo, et in media quidem tibia &c.
**) In Febri prima p. 4. An excidit, octavo abhinc anno
quam te studiosum, quam pietati deditum, et quam patientem te reddiderim, quartana quando adfui, sex non amplius
menses?
***) l. c. Volui vox mea tibi deserviret, et amicitia nostra
tibi esset propugnaculo. Sæpe cum patre, sæpe cum nigri-
cantibus consodalibus honorifice de te sum locutus. Frequenter addidi stimulum, frequenter preces.
†) l. c. p. 51. Primo scire vis, quo in te animo sim, qualis
sim amicitiæ cultor &c.

Crotus Rubianus, der damahls erster Lehrer sowohl an der Closter-als an der Layenschule in Fulda
war, im Febr. 1511. in einem Schreiben, das zu
den merkwürdigsten Urkunden der Lebensgeschichte Ulrichs von Hutten gehört. „Dein Vater", sagt
Crotus, „ist ein wahrer Ulyß, und schlauer, als
daß man ihn ergründen könnte *). So oft er mit
mir spricht, und dies geschieht sehr häufig, so erkundigt er sich höchst spöttisch nach dir, und redet von
dir und deinen Studien mit einer Verachtung, als
wenn er dich und deine Kenntnisse nicht eines Pfennings werth hielte. Zugleich aber hört er dein Lob
mit dem größten Vergnügen, und kann damit gar
nicht gesättigt werden. Er läßt sich dieses immer
wiederhohlen, und zuletzt lacht er doch über alles, was
man ihm gesagt hat. In Gegenwart der geistlichen
Herren schwört er, daß er dich in die Kutte zurückbringen, oder dir gänzlich entsagen wolle. Neulich
hielt ich es ihm vor, daß er über dich ganz anders
denke, als er spreche; daß er die Mönche nur hinter's
Licht führen, und glauben machen wolle, als wenn
er die Rückkunft seines Sohns bloß deswegen erwarte,
um ihn in das Closter zu stecken: Daß er aber gewiß
ganz andere und höhere Dinge mit dir vorhabe.
Schon im letzten Jahre entdeckte er sich einst mir und
zwey andern bey einem Vespertrunke ohne Schleier,
indem er uns drey merkwürdige Worte sagte. Zuerst
betheuerte er auf das heiligste, daß er sehr vieles darum geben wolle, daß du nicht so viele Jahre im
Closter zugebracht hättest **). Zweytens bekannte er,

daß

---

*) l. c. p. 52.

**) Dies ist offenbar der Sinn von folgenden sonst unverständlichen, entweder falsch gelesenen oder falsch abgedruckten Worten:
Tria verba dixit tibi memoranda, diis in fidem vocatis juravit, sese centum filios nomismatum velle mercari prius, quam
moenia Vulcana exiret equo, *ne tot annos hoc in monasterio
hic contrivisses.*

daß er selbst nicht glaube, daß du ein guter Ordens:
geistlicher geworden wärest. Drittens erzählte er, daß
einer von eurer Familie in Italien lebe, der sich als
Rechtsgelehrter einen grossen Nahmen erworben habe.
Wenn du zurückkämest, deinen Thorheiten, wie er
deine Studien nannte, entsagen, und dich der Rechts:
gelehrsamkeit widmen wolltest; so wolle er dich zu dem
erwähnten Rechtsgelehrten, seinem Verwandten, schi:
cken. So sprach er damahls. Wenn er jetzt anders
redet, schreibt und schreyt, so wundere dich nicht, da
ich dir die Ursache angegeben habe. In meinen bey:
den verlohrenen Briefen rieth ich dir wohlmeynend zur
Rückkehr: Vorzüglich deßwegen, damit du die gehei:
men Absichten deines Vaters kennen lernen möchtest.
Eben diesen Rath wiederhohle ich auch jetzt noch.
Wenn du deinem Vater nicht ganz traust, so wende
dich an treue Freunde und Verwandte; bleib bey
diesen, bis du deiner Sache gewisser bist, und melde
deinem Vater, daß du da seyest, und seine Befehle
erwartetest. Gefallen dir alsdann die Bedingungen
nicht, welche dir angetragen werden; so steht dir noch
immer die ganze Welt offen, und du kannst deinem
Vater antworten, was *Pomponius Lätus* einst
seinen Freunden antwortete, die ihn nach Rom zurück:
riefen: Was ihr verlangt, das kann nicht geschehen. —
Was die geistlichen Herren betrift, so haben diese dich
sehr lieb. Alle hegen die größten Hofnungen von dir,
besonders die Vornehmsten unter ihnen, deren Gnade
du, wie dein Vater sagt, wie die Gnade des lieben
Gottes zu verdienen suchen solltest. Daß die geistli:
chen Herren dir kein Geld geschickt haben, kann dir
gar nicht befremdend scheinen. Die vorsichtigen Väter
fürchten, daß sie hintergangen werden. Hingegen
versprechen sie, deine Studien aus allen Kräften zu
unterstützen, wenn sie erst sicher sind, daß du nach

dem Willen deines Vaters in das Stift zurückkehren
werdest.

Crotus Rubianus schickte diesen Brief wahr=
scheinlich nach Wittemberg, wohin Ulrich von Hut=
ten gegen das Ende des J. 1519 gekommen war.
Hier schrieb Hutten auf die Bitte von zwey jungen
pommerischen Edelleuten, von Osthen, sein Gedicht
Ars versificatoria betitelt, welches er ihnen, als eif=
rigen Freunden der alten Litteratur mit dem Anfange
des J. 1511 widmete *). Die Ars versificatoria
gehört mit zu den Huttenschen Gedichten, die in
und ausser Deutschland den größten Beyfall erhalten
haben, wie man aus den wiederhohlten Auflagen
sieht, welche das Gedicht selbst lange nach Hutten's
Tode erfahren hat †). Und in der That muß man
den jungen, von Armuth und Krankheit gekränkten
Dichter bewundern, daß er die vornehmsten Gesetze
der Mechanik des Versbaues in so kurzer Zeit, und
so deutlich, in gebundener Rede vortragen konnte ††).
Ulrich von Hutten blieb nicht lange in Wirtem=
berg, und es scheint auch nicht, als wenn er den
Rath seines Freundes Crotus befolgt habe, nach
Franken zurück zu kommen, die Gesinnungen seines
Vaters zu prüfen, und wo möglich sich mit demsel=
ben auszusöhnen, um von ihm die nöthigen Hülfs=

*) Das Dedicationsschreiben steht beym *Burckhard* I. p. 74.
 Auch hat es Herr *Wagenseil* in dem ersten Bande der Hut=
 tenschen Werke wieder abdrucken lassen. In der Sammlung
 der Huttenschen Gedichte findet sich zwar die Ars versificato=
 ria, aber nicht das Schreiben an die jungen von Osthen.

†) I. 72. *Burckhard*.

††) Hutten schrieb dieß Gedicht, wie fast alle seine übrigen Wer=
 ke, gleichsam im Laufe. S. Ejus Epist. ad Joannem et Alexand.
 de Osthen ap. *Burckhard*. I. p. 75. Hoc autem carmen scho=
 lasticum raptim ut volebatis, a me compositum, eo animo
 accipite, quo ego illud offero, etc.

mittel zur Fortsetzung seiner Studien und Reisen zu
erhalten. Er brach allem Ansehen nach, von seinem
unruhigen Geiste getrieben, in der ersten Hälfte des
Jahrs 1511. aus Wittemberg auf *), durchzog in
schmutziger und zerrissener Kleidung Böhmen und
Mähren **), und kam im Herbste desselbigen Jahrs,
oder im Anfange des Winters, bey dem Vadian und
Vadian's Freunden in Wien an †). Auch dies-
mahl reiste Ulrich von Hutten, wie die irrenden
Ritter und fahrenden Schüler zu reisen pflegten,
auf gut Glück, und lebte von den Allmosen und
Geschenken, welche seine traurige Lage, oder auch
seine Talente und Gedichte, mildthätigen Personen oder
Freunden der alten Literatur ablockte, an welche letztern er sich vorzüglich, wie an seine gebohrnen Beschützer wandte. Auf der ganzen Reise nach Wien
wurde er nach Vadian's Erzählung nirgends gütiger
und ehrenvoller behandelt, als in Olmütz in Mähren.
Der Bischof Stanislaus von Turzo bewirthete
ihn nicht bloß auf eine seiner Geburt und seinen
Verdiensten entsprechende Art, sondern beschenkte ihn
auch bey'm Abschiede mit einem schönen Pferde und
ansehnlichem Reisegeld, so wie der Probst Augustin

---

*) Ich sehe aus einem im Schw. H. Museo V. Jahrg. S. 486.
und 07. Note 19. angeführten Briefe, daß er seinen Freund
Apperbach im Oct. 1511. durch den Vadian grüßen ließ.
Vielleicht war Ulrich von Hutten schon lange von Erfurt
entfernt, da der Gruß bestellt wurde.

**) *Vadianus* l. c. p. 9. Rursum vero, *Mercurio suo ita insti-
gante*, per saltuosa Boemiæ pannosus, et naufragio squallens,
in Moraviam illam, fertilitate Corcyræ fere parem, *casu ut
venerit*, etc.

†) Vadian's Brief ist im Anfange des J. 1512. geschrieben
und diesen fing er mit folgenden Worten an: Venit superiori-
bus mensibus ad me, Mariumque et Apobachum illum eru-
ditum, dum ageremus contubernio, Ulrichus Huttenus, poeta, tam, ut ipse quidem videre videor, ingenii fecunditate
nobilis, quam majorum claritudine, ac insigni prosapia fami-
geratus, etc.

ihm einen goldenen mit einem koſtbaren Stein beſetz-
ten Ring zum Andenken gab *). In Wien erzählte
Ulrich von Hutten dem Vadian und den übrigen
Verehrern der alten Literatur, die ſich allenthalben
ohne Orden und Gelübbe als Brüder und Verbündete
anſahen und auffuchten, ſeine bisherigen Schickſale,
und las ihnen alsbann ein Gedicht zum Lobe Maximilian's vor, das er auf ſeiner letzten Reiſe verfertigt, und auf einzelne nicht zuſammenhängende Blätter geſchrieben hatte **). Dies Gedicht war allem
Vermuthen nach das Carmen exhortatorium ad in-
victiſſimum Principem Maximilianum Rom. Imperatorem, ut bellum in Venetos cœptum proſequatur †). Vadian und deſſen Freunde bewunderten
die Dichtergaben des jungen Ritters, wie ſie es verdienten, ſchrieben ſo wohl das Lobgedicht, als die
Erigramme Ulrichs von Hutten ab, und ließen ſie
ohne ſein Wiſſen im J. 1512. drucken ††). Vielleicht
enthält ſchon dieſe erſte Ausgabe der Huttenſchen

---

*) *Vadian.* l. c. Cui Epiſcopo quam grata fuerit Hutteni prae-
ſentia, certum faciebant et alacris ſonipes, quem illi dono
dedit, et largum admodum viaticum, quo ad nos usque pervenit, tum annulus ex auro, et inſigni gemma, ab Auga-
ſtino· Praepoſito donatus: quem ſumma utriusque laude, et
commendatione crebrius digito gyrabat.

**) *Vadian.* l. c. p. 10. Quum, inquam, hæc et alia memoria
verſaret, manum in ſinum inſerens, carmen depromſit, ſo-
lutis inſcriptum ſchedulis: et cenſete, inquiens, viri boni,
quo loco habenda ſit ea opera, quam diebus proximis ob iti-
neris ærumnas conſtans in invictiſſimi Cæſaris noſtri meme-
riam ex rebus a ſe inſtitutis inſumpſi.

†) Poemat. *Hutteni* p. 78. etſq.

††) Ueber dieſe erſte Ausgabe von Huttenſchen Gedichten ſehe
man Schweiz. Muſeum V. Jahrg. von 1789. S. 501. Note
20. *Burckhard.* Annl. p. 8. et T. III. p. 44. Burckhard
bekennt, daß er weder die erſte vom Vadian, noch die der
auf folgende von Ulrich von Hutten ſelbſt beſorgte Ausgabe
der Gedichte des letztern geſehen habe. Ich muß daſelbige
Bekenntniß ablegen.

Gedichte den erſten Entwurf ſeines Gedichts Nemo °).
Wenigſtens wurde der erſte Nemo in einer Samm;
lung von Gedichten abgedruckt, die 1513. in Deventer
herauskam **). Da Ulrich von Hutten dies Ge;
dicht in der Folge ganz umarbeitete, und eine Vor;
rede hinzufügte, die merkwürdiger als das Gedicht
ſelbſt iſt; ſo will ich von beyden alsdann reden, wann
das erſte wieder erſcheinen wird, und die andere zum
erſten Mahle gedruckt worden iſt. Noch ehe dieſe
erſten Proben des poetiſchen Genies Ulrichs von
Hutten erſchienen, gieng dieſer nach Italien, um
die Rechte mit Ernſt zu ſtudiren. Er kam im April
1512. in Pavia an †), und hatte ſeine neuen Arbei;
ten kaum drey Monate angefangen, als die Stadt,
in welcher eine franzöſiſche Beſatzung war, von den
Schweizern, und Ulrich von Hutten in ſeinem Käm;
merlein drey Tage lang von mehrern Franzoſen, mit
welchen er in Streit gerathen war, belagert wurde.
In dieſer augenſcheinlichen Todesgefahr, der er nicht
entrinnen zu können glaubte ††), und deren Gefühl

---

*) Den erſten Nemo findet man beym Burckhard III. u. ſ. S.

**) ib. p. 37.

†) Vid. Hutteni Epiſt. ad Phachum in Monum. Piet. et Liter. II. 9.
Herr Wagenſeil bat dieſen Brief in T. I. Op. Hutt. p. 57-58.
wieder abdrucken laſſen, und 1511. als das Jahr hinzugeſetzt, in
welchem er geſchrieben worden. In dem Monum. Piet. iſt kein
Jahr angegeben. Da Pavia im J. 1512. alſo nicht, wie Burck;
hard glaubte, (I. p. 84.) im J. 1511. von der Ligiſtiſchen Armee
eingenommen wurde (Guicc. Lib. X. in fine, im 2. B. S.
485. 86.) ſo kann der Brief an Phach nicht anders, als 1512.
geſchrieben worden ſeyn. Libet, ſchreibt Ulrich von Hutten
an ſeinen Gaſtfreund Phach in Wittemberg: Libet paulum
de me ſcribere, in umbilico menſis Aprilis Papiam Inſubro-
rum urbem intravi, ibi ut ex inſtituto legibus operam darem.

††) Epiſt. ad Phachum. l. c. Quarto menſe poſtquam intrave-
ram, a Gallorum militibus, qui armati urbem adverſus Hel-
vetios tenebant, tres dies integros, quanquam etiam febre
laborans, in anguſtiſſimo receſſu domus obſeſſus ſum, cer-
tusque mori hoc mihi epitaphium feci et ſcriptam ſuppoſui etc.

noch durch ein Fieber erschwert werden mußte, ver=
fertigte er seine eigene Grabschrift, die gewiß einen
jeden um desto mehr rühren muß, je mehr dies kleine
Gedicht beweist, daß der freye Geist seines Verfas=
sers sich selbst über die Gefahr des nahen Todes,
und über die Schmerzen der Krankheit hinausschwang,
und daß die Liebe zur Dichtkunst ihn auch in den
letzten Augenblicken des Lebens nicht verließ *). Aus
dieser Todesgefahr erretteten ihn zwar die Schweizer,
welche die Stadt einnahmen; allein eben diese Schwei=
zer beraubten und mißhandelten ihn heftig, weil sie
glaubten, daß er unter den Franzosen gedient habe **).

*) Das Epitaphium, das Ulrich von Hutten auf sich selbst
verfertigte, ist anders in dem Briefe an den Phach, anders
in der Sammlung seiner Gedichte abgedruckt. Beyde verdienen
hier angeführt zu werden. Mir gefällt der erste Entwurf bey=
nahe besser, als die Umarbeitung. In dem Briefe an den
Phach lautet das Epitaphium folgendergestalt:

Qui misere natus, miserabile transiit ævum,
   Sæpe malum terra, sæpeque passus aqua.
Hic jacet Huttenus, Galli nil tale merenti
   Insontem gladiis eripuere animam.
Si fuit ex fato, ut totos male viveret annos,
   Optatum est, quod tam corruit ille cito.
Ipse suas coluit mille per pericula Musas,
   Et quanti potuit carminis autor erat.

In der Sammlung der Gedichte ist es vom fünften Verse an
auf folgende Art verändert:

Si fuit hoc fatum, vita torquerier omni,
   Censendum est, recte procubuisse cito.
Vixi equidem musis, animum coluique per artes,
   Sed reor irato me studuisse deo.
Mens erat, arma sequi, et Venetum sub Cæsare bellum,
   Verum alio bello concidi, et hoste alio.
Pauperiem, morbos, spolium, frigusque famemque
   Vita omni, et quæ sunt asperiora, tuli.
Recte actum, cecidi juvenis miser, et miser exul,
   Ne majora feram, ne videarque meis. p. 22.

**) Epist. ad Phach. II. cc. Paulo post hæc, capta a Helvetiis
urbe, tanquam qui castra Gallorum sequi solitus essem, ipse
quoque captus sum, spoliatus, et miserabiliter hinc inde per=
tractus, donec tandem amissis quibusdam bonis et pecuniis
liberatus.

Mit genauer Noth entkam er endlich den Händen der aufgebrachten Sieger, und entfernte sich aus der verödeten nnd verlassenen Stadt Pavia im Julius, um nach Bologna zu gehen, von welcher hohen Schule er im September an seinen Freund Phach in Wittemberg schrieb. In Bologna litt er von seiner Krankheit mehr als jemahls *), und wurde zugleich von der äussersten Armuth gedrückt. Während der Zeit, als er im J. 1512. in Bologna studirte, kam der berühmte Cardinal von Gurk als Gesandter des Kaisers Maximilian an Julius den Zweyten in diese Stadt. Da die Italiäner mit einander wetteiferten, den Kaiserlichen Gesandten durch schöne Reden und Gedichte zu ehren; so baten die in Bologna studirenden Deutschen Ulrichen von Hutten, daß er in ihrem Nahmen auch ein Gedicht verfertigen möge, damit es nicht scheine, als wenn kein Deutscher im Stande sey, etwas zu liefern, das werth sey, dem Freunde des Kaisers dargeboten zu werden. Ulrich von Hutten gab den Wünschen seiner Freunde und Landsleute nach; das im Nahmen der deutschen Nation verfertigte Gedicht wurde mit der größten Sorgfalt abgeschrieben, prächtig gebunden und dem Cardinal überreicht. Dieser, weit entfernt den Verfasser und die Ueberbringer des Gedichts mit Beyfall zu belohnen, schien vielmehr das Geschenk zu verachten. Auch schlug es der Cardinal von Gurk unserm Hutten ab, ihn in sein Gefolge aufzunehmen, und würdigte ihn weder einer Unterstützung, noch eines gnädigen oder theilnehmenden Blicks, da der junge Ritter bald nachher in die größte Noth gerieth, und in dieser Noth vor den Augen des Cardinals umher:

---

*) l. c. Adhuc Vulcanum æmulor, verum aliquanto miserabilius, quam nuper, nescio an fortunæ hoc potius, quam temeritati meæ adscribam, quod mihi in tenera ætate nullis malis subeundi peperci.

wandelte *). Diese wegwerfende Vernachläßigung
kränkte Ulrichen von Hutten mit Recht so sehr,
daß er es sechs Jahre nachher seinem Freunde Ric-
.cius, der Leibarzt des Kaisers, und ein besonderer
Verehrer des Cardinals von Gurk war, geradezu
abschlug, dem letzten irgend eins von seinen Gedichten
oder übrigen Werken zu widmen **). Noch viel weniger nahm er die vortheilhaften Bedingungen an,
wodurch der Cardinal unsern Ritter in seine Dienste
zu ziehen suchte †). Wie lange Ulrich von Hutten in Bologna geblieben sey, wann er sich zur
Kaiserlichen Armee, in welcher er als ein gemeiner
Soldat im J. 1513. die Belagerung von Padua
mitmachte, begeben, und wann er sie wieder verlassen
habe: Durch welche Abentheuer er endlich im J.
1514. nach Deutschland zurückgedrängt worden, ist
gänzlich unbekannt. Gewiß aber ist es, daß die Jahre 1512. 1513. und 1514. denjenigen Zeitraum seines Lebens ausmachten, in welchem er am meisten
von Hunger und Durst, von Hitze und Kälte, von

*) *Hutteni* Epist. ad *Paulum Riccium* eto. 1518. sc
ript. hinter
der Schrift de *Guajac.* Medic. Non possum dicere aliud,
contempsit munus meum. Flagitavi haud multo post, quia
in maximis summorum principum negotiis versari scirem,
magnis usus amicorum intercessionibus, adscribi in illius
comitatum. Sed neque impetravi hoc, neque ille me, cum
militiæ agerem, summa cum inopia, ac ante ipsius oculos
sæpe obambularem, aut salutatione aut respectu dignatus est.

**) Huic tu vis libros meos adscribi? aut hunc me voles or-
nare? præsertim cum hoc ille non postulet, at qui domi
suæ habeat, qui hoc faciunt, etc. l. c. Ich merke nur noch
an, daß in der vorher angeführten Stelle das Wort militiæ
ganz falsch abgedruckt seyn müsse, und daß dies Wort entweder die Kriegsdienste, welche Ulrich von Hutten um diese
Zeit ergriff, oder auch irgend eine Stadt anzeigen sollte, in
welcher sich Ulrich von Hutten zugleich mit dem Cardinal
von Gurk aufhielt.

†) *Brunfels.* Resp. 39. p. Conatus est hominem ad se allicere
Cardinalis Salzburgensis maximis præmiis, et hoc famulitium
respuit.

Krankheit und allen Arten von Unwürdigkeiten zu
leiden hatte *). Fast eben so gewiß ist es mir aus
seiner abentheuerlichen Reise durch Böhmen und Mähren nach Wien, und dann aus der grossen Armuth,
worein er in Italien versank, daß er die Reise nach
diesem Lande nicht mit Wissen und Willen seines
Vaters und seiner übrigen Anverwandten und Freunde
unternommen habe **). Die Schmerzen der Krankheit, und die gänzliche Verlassenheit von allen Hülfs-
mitteln und Freunden brachten ihn bisweilen fast bis
zur Verzweyflung, ohne seine Muse verstummen zu
machen. Dies zeigen die Gedichte, welche er in den
J. 1512. und 1513. ausarbeitete, und 1514. mit
den frühern von seinen Freunden schon herausgegebenen zusammen drucken ließ †). Bey seiner Rückkehr

*) Auf diese Zeit passen die Worte in dem Briefe von Pirkhei-
mern p. 35.: Sed ea, quæ tum alibi, tum vel præcipue
in Italia pertuli; ubi penuria viatici militare etiam coactus
sum, dura pertuli, ordine si tibi recenseam, miram et supra fidem lugubrem Tragœdiam audias. Daß Ulrich von
Hutten vor dem J. 1512. noch nicht gedient hatte, aber
schon in Pavia mit dem Gedanken umgieng, Kriegsdienste zu
nehmen, erhellet selbst aus den beyden Versen des vorher anges
führten Epitaphs:
Mens erat, arma sequi, et Venetum sub Cæsare bellum;
Verum alio bello concidi, et hoste alio.
Wenn Eoban Heß im Frühlinge 1514. schrieb, wie im
Schweiz. Museo vom J. 1789. S. 613. 614. versichert wird,
daß Ulrich von Hutten nächstens nach Italien gehen werde,
so hörte Eobanus Hessus eine falsche Nachricht, oder das
Datum des Briefes ist unrichtig.

**) Burckhard I. 81. p. glaubte, daß Ulrich von Hutten im
J. 1512. mit dem guten Willen seines Vaters nach Italien
gegangen sey.

†) Præf. Epigr. in Poem. Hutteni p. 1. Quippe cum vecte
clausissem hunc (libellum) certus non edere, contigit, ut,
qui magnam ejus partem olim descripserant, paulo post in
Italia jam agente me, et ne suspicante hoc quidem, divul-
garent. Quod ego in Germaniam rediens ubi comperissem,
et jam Epigrammata ipsa in manibus haberi viderem, cor-
rupta illa, et ut raptim quodque, ac ipsa adhuc incude
ferveps collectum erat, quid aliud facerem, quam ut revisas

aus Italien im J. 1514. beredeten ihn die Freunde,
welche er an dem Hofe Maximilian's hatte, daß
er die Sammlung seiner Gedichte dem Kaiser widmen
möchte, um sich dadurch diesem Herrn auf eine vor=
theilhafte Art bekannt zu machen †). Er that dieses
mit einer so ritterlich=schriftstellerischen Zuversicht,
und beynahe Trotze, daß, wenn ihn nicht seine Freunde
und seine Gedichte dem Kaiser empfahlen, die Dedi=
cation ihn schwerlich empfehlen konnte *). Glückli=
cher, als am Kaiserlichen Hofe, wurde Ulrich von
Hutten durch die Freundschaft des Gönners seiner
Jugend, Eitelwolfs von Stein, und durch die
Huld Albrechts von Brandenburg, damahligen
Erzbischofs zu Mainz, bey welchem Eitelwolf von
Stein Hofkanzler oder erster Minister war. Auf
die Bitte des letztern schrieb er den schönen dichteri=
schen Panegyrikus auf den feyerlichen Einzug des er=
habenen Fürsten in die Residenzstadt Mainz, welchen
Panegyrikus die meisten Kenner der Lateinischen Poesie
für das Beßte unter den Gedichten Ulrichs von
Hutten erklärt haben **). Auch sieht man es diesem
Gedichte allenthalben an, daß es aus einem vollen,
von ungeheuchelter Bewunderung und Dankbarkeit

nugas, et paucis admodum emendatis erroribus, atque ut
obiter fieri potuit, detersa, si qua horridior erat, scabritie
liberius evolare paterer?

†) l. c. Accedit ad hoc, quod in tua aula, qui mei studio te-
nentur, aliquid efflagitabant, quod tua cum laude, ut ipsi
putabant, ederetur, ac statim ederetur, sic fore dictitantes,
ut tibi innotescerem.

*) l. c. p. 2. Ita non jam meapte ductus ambitione, sed alio-
rum importunitate coactus, in errorem consensi, sive hoc
tibi gratum facio, sive non, bene noverunt te, qui hoc
aliquid referre existimabant. *Quod utcunque æstimes, non
magni facio.* Jam alio enim opere, et magis accurato ille
forte tuis occurrere virtutibus decrevi.

**) I. 87. p. *Burckhard.*

überströmenden Herzen geflossen sey †); und daß die Eilfertigkeit, womit Ulrich von Hutten dies Meisterstück seiner Muse vollendete, dem Werthe desselben nicht geschadet habe °). Albert verdiente es, einen solchen Lobsänger, wie Hutten, und einen solchen Freund und Rathgeber, wie Eitelwolfen von Stein, zu haben °°). Eitelwolf von Stein nöthigte den Dichter, seinen Panegyrikus herauszugeben. Ulrich von Hutten gehorchte seinem edeln Wohlthäter mit sichtbarem Widerwillen. „Wenn ich", schreibt er an Eitelwolfen von Stein, „dir überhaupt etwas abschlagen könnte, so hätte ich dir dieses gewiß abgeschlagen. Du mußt es selbst fühlen, in welche Ge-

---

†) Poemat. *Hutteni* p. 196. Nihil unquam cupidius scripsi, nihil ardentiore zelo composui. — Adulandi vero studium adeo semper a moribus meis abfuit, ut nihil unquam remotius.

*) l. c. p. 192. . . . Eytelwolfe ornatissime, exhibeo panegyricum in exceptionem Moguntinam *illustrissimi principis* ac Archiepiscopi Alberti *scriptum a me bis diebus, imo effusum.*

**) Man konnte damals gewiß von wenigen geistlichen Fürsten das sagen, was Hutten von Albrecht von Brandenburg singt: p. 241.

Puber adhuc ingressus iter, melioribus omnem
Aptasti curis animum, quis castius alter,
Quam vivis, loquitur? quisque impollutius alter,
Quam loqueris, vivit? quis cautius otia vitat,
Officii memor? aut quis plus prodesse laborat?

. . . . in religione diurnas
Nocturnasque vices disponit, et anxius ambit
Officio satis esse suo, non ille ministro
Committit peragenda sibi sua sacra videtis
Admota tractare manu, proprioque canentem
Ore deum laudes, cui mens fuit ista priorum?
Cuive istud studium? similisque in rebus agendis
Sedulitas? primo ingressu collapsa tot annis
Restaurare parat, quis numera largius unquam
Disperfit, cum tempus erat? . . . .
. . . . . quis saepius artes
Affecit lucro? et meritis bene dona rependit?
Surgite virtutes, experrectaeque reverti

fahren du mich dadurch bringst †). Wollte Gott,
daß Deutschland mehrere deines Gleichen besäße.
Dann würden wir bald aufhören, Barbaren zu seyn,
und uns unser selbst nicht mehr zu schämen haben. —
Du siehst, welche Denkart und Sitten in unserm
Stande herrschend geworden sind. Wer beyde betrachtet, der muß uns eher für Centauren, als für deutsche
Ritter halten. Wenn ein Junger vom Adel den Künsten und Wissenschaften folgt, wodurch allein Geist
und Herz gebildet werden, so verachtet man einen solchen gleich als einen Ausgearteten, der seine Vorfahren und seinen Stand schände; und daher geschah es,
daß viele, die den wahren Weg zur Erkenntniß betreten hatten, umkehrten, und sich wieder zu dem
grossen Haufen schlugen *). Ich selbst könnte mehrere nennen, und du hast deren unzählige kennen gelernt. Müssen wir nicht täglich hören, wie jene
Centauren uns entgegen brüllen: Daß sie die einzigen
Stützen des Vaterlandes seyen; daß auf ihnen allein
der wahre Adel beruhe, und daß durch sie allein im
Kriege und im Frieden alle wichtige Dinge ausgeführt
werden müßten." — Ich bin ungewiß, ob Ulrich

Usibus humanis gaudete, immensa merenti
Præmia proposuit, despecta attollite rectas
Cervices studia, etc

†) l. c. Scis enim, quantillo temporis spatio, qua fortuna,
quo rerum mearum statu compositum libellum in lucem edam.
Et ut scis, ita non potes ignorare, in quod me discrimen
famæ egeris. — Quodsi quid unquam tibi negare potuissem,
hoc negassem profecto.

*) In præf. Panegyr. ad *Eitelwolf. de Lapide* p. 192. Quisquis
enim nunc studia literarum bonæ indolis adolescens sequitur,
eum illi statim tanquam exortem omnis dignitatis, ab imaginibus majorum suorum degenerem, ac sui dissimilem despi-
catui habent, eum rident, eum subsannant, ei medium di-
gitum ostendunt, quo factum est, ut jam multi, qui procul
dubio clarissimi evasuri erant, retro pedem contulerint, ac
vulgari opinioni adhæserint. Passim nominare aliquos, et
tu vidisti innumerabiles.

von Hutten, da er dieses schrieb, mit seinem Vater
völlig wieder ausgesöhnt war. Beynahe kommt es
mir wahrscheinlicher vor, daß Vater und Sohn noch
immer in einer gewissen Spannung lebten. Ausgemacht hingegen ist es, daß die beyden Anverwandten
Ulrichs von Hutten, Frowin und Ludewig
von Hutten, ihm und seinen Studien sehr gewogen
waren *). Wenn Ulrich von Hutten und dessen
Vater sich noch im J. 1514. von einander entfernt
hielten, so wurden sie im folgenden Jahre durch einen
Unfall vereinigt, der die ganze Huttensche Familie
traf, und an welchem auch Ulrich von Hutten, als
Anverwandter, Schriftsteller und Ritter, so vielen Antheil nahm, daß ich die Veranlassungen, Umstände
und Folgen desselben nothwendig ausführlich erzählen
muß.

Ludewig von Hutten, welchen meine Leser
schon als einen der größten Wohlthäter Ulrichs
von Hutten kennen, hatte den geliebtesten und hoffnungsvollsten unter seinen vier Söhnen, Johann,
an den Hof und in die Dienste des Herzogs Ulrich von Wirtemberg gegeben **). Johann
von Hutten war einer der schönsten Ritter seiner
Zeit, übertraf in jeder Art von ritterlichen Uebung
alle seine Jugendfreunde und Waffenbrüder, und verband mit diesen adelichen Tugenden eine solche Bescheidenheit, daß er nicht nur in Franken und Schwaben, sondern in ganz Deutschland eben so sehr g-

---

*) Poemat. p. 194. Oper. p. 61.

**) *Ulr. de Hutten* in Orat. I. contra Ducem Wirtenberg p. 39.
Diese sowohl, als die übrigen Reden gegen den Herzog Ulrich, ließ Ulrich von Hutten samt andern in die Huttenschen
Händel einschlagenden Schriften im J. 1519. auf seinem Schlosse
Steckelberg drucken. Auch diese Reden und Schriften sind nic t
paginirt. Wo ich sie anführe, habe ich die Seiten gezählt,
und vom Titelblatt zu zählen angefangen.

liebt als bewundert, und nur ein Gegenstand allge=
meiner Nacheiferung, aber nicht vom Neid wurde *).
Herzog Ulrich gab keinem der innigsten Freunde
Johanns von Hutten in den günstigen Gesinnun=
gen gegen diesen allgemeinen Liebling des Hofes und
Volks etwas nach. Er war stolz auf ihn, als auf
die größte Zierde seines Hofes, zog ihn als eine sol=
che, wenn fremde Fürsten und Herren nach Stutt=
gart kamen, vor allen andern hervor, und machte
ihn zu seinem unzertrennlichen Gefährten, und zum
geheimsten Vertrauten seines Herzens †). Der edle

---

*) *Ulrich de Hutten.* in deplorat. sua, l. c. p. 8.
　　Dahis hoc Germania corpus
　　Pulchrius unquam aliquod? aut qua compagine vinces
　　Membrorum hos habitus? aut se speciosior ista
　　Ostendet terris facies? dabis in meliori
　　Corpore majores animos?
et in Orat. I. p. 39. Nihil amœnius, nihil suavius juvenis moribus . . . . Interea se strenuè ac fortiter habuit apud
hunc juvenis. Equitando, jaculando, in omni serio ac ludo
exerceri ante æquales. Ubi certamen esset, facile primus
haberi, ubi vicisset, neque jactare ipse se, neque contemnere
alios, vivere cum omnibus conjunctissime, extra invidiam:
cum laude summa. Ea fama universam statim Germaniam
impleverat. Amore omnes illum desiderare, videre, ad-
jungere sibi amicitia, laudare, extollere, ac ingenti certatim
preconio efferre. Nam·quid dicam ego, quam carus hic
Suevis fuerit! quam nemo ibi peregrino propter virtutem inviderit! Man sehe auch noch *Ulrici de Hutten* epistolam ad
Jacobum Fuchs in Oper. *Hutteni a Wagenseilio* edit. I. p. 65.
Die Briefe von Hutten, welche er in den Händeln seiner
Familie mit dem Herzoge Ulrich schrieb, führe ich aus dem
ersten Bande der Huttenschen Werke, welche Herr Wagen=
seil herausgegeben hat, deßwegen an, weil diese Opera Hutteni
in mehreren Händen sind, als die Sammlung von Huttens=
schen Gedichten, Reden und Briefen, welche ich vorher an=
gezogen habe.

†) Orat. I. in Ducem Wirtenberg. p. 40. Perfidiosus juvenilis
virtutis insidiator omnibus anteponere, ostentare apud exte-
ros, fidelissimum appellare. Ei committere arcana: Secre-
tissimorum rerum sæpe unicum habere arbitrum: cum eo con-
ferre occulta: consiliorum ac factorum conscium facere et
participem, familiarem ac intimum habere.

Jüngling vergalt diese Gnade seines Herrn durch
den wärmsten und unverdrossensten Diensteifer *);
und auch der Vater des Johann von Hutten
bewies durch die wichtigsten Gegendienste, wie dankbar er gegen die Huld sey, womit Herzog Ulrich
seinen Sohn umfange. Er streckte diesem Fürsten
in einer der größten Nöthen, worein Herzog Ulrich
so oft durch seine Verschwendung gerieth, zehntausend Goldgulden ohne Zins vor; und bald nachher
schickte er ihm bey einem gefährlichen Aufstande, der
durch neue und harte Auflagen und Erpressungen
veranlaßt worden war, einen Haufen tapferer frän-
kischer Ritter zu Hülfe, der auch so glücklich war,
den Aufruhr gleich nach seiner ersten Entstehung zu
unterdrücken **). Zu seinem Unglück verliebte sich
Hans von Hutten in die Tochter des Wirtembergischen Erbmarschalls von Thumb, welche auch
Herzog Ulrich liebte, ohne daß dessen Günstling etwas von dieser Leidenschaft seines Herrn merkte, oder
sie für so ernstlich und unüberwindlich hielt, als sie
sich nachher offenbarte †). Der Vater billigte die
Neigung seines Sohns, und die Verbindung mit
einer angesehenen schwäbischen Familie, weil er bey
den vielen Diensten und Gegendiensten, wodurch er,

---

*) l. c. Ille contra intentus esse ad omnia exequenda: sedulo
observare suum principem, studiose sectari, viliganter custo-
dire, tueri fideliter, hujus salutem suae anteferre, committere se periculis, opponere discriminibus.

**) l. c. Nullo dato pignore, nec in foenus decem millia aureo-
rum nummum accepit. Ecce autem aliud subito benignitatis
nostrae tempus. Conjuratum adversus eum a popularibus,
qui importunum ipsius imperium ferre non poterant, rapinas,
extorsiones, ac vectigalia plus aequo exacta accusabant.....
Primi nos grassanti procellae nostra capita objecimus. Re-
sponde enim hic latro, nisi ille hoc Ludovicho auctore missus
ex Francis tibi equitatus esset, quamdiu sustinuisses id bellum? etc.

†) *Hutten.* Or. I. p. 42.

und Herzog Ulrich sich einander verpflichtet hatten,
wünschte, daß sein Sohn sich in Stuttgart nieder-
laſſen, und sein ganzes Leben dem Dienſte des ihm
bisher mit so vieler Gnade zugethanen Fürſten wied-
men möchte.   Johann von Hutten vermählte sich
mit der schönen von Thumb, und bald nach dieser
Vermählung wurde die Liebe des Herzogs öffentlicher und zudringlicher, als ſie vorher gewesen war.
Die Neuvermählte klagte dieses ihrem Gatten. Johann von Hutten beschwerte sich deßwegen bey dem
Herzog Ulrich selbſt, und bat seinen gnädigen Herrn
auf das inſtändigſte, daß er die unglückliche für ſeines Freundes und dessen Gattinn Ehre so kränkende
Leidenschaft aufgeben möchte. Herzog Ulrich hingegen war so verſtrikt, daß er seinem bisherigen Liebling zu Füßen fiel, und ihn knieend und unter Ver-
gießung von vielen Thränen anflehte, daß er doch
erlauben möchte, seine Gemahlinn zu lieben *). Faſt
gewiß verband Herzog Ulrich mit dieser Bitte das
Versprechen, daß er dem Johann von Hutten
nicht nur wieder erlauben, sondern auf alle mögliche
Art dazu behülflich seyn wolle, daß dieser die Herzoginn Sabina, eine gebohrne Prinzeßinn von Baiern,
ungeſtört wieder lieben dürfe †). Johann von
Hutten

---

*) Orat. I⁻ p. 116. Quippe ad pedes juvenis devolutus, la-
chrymans orasti, ut suam tibi uxorem amare liceret. Man
sehe auch die Gegenschrift derer von Hutten beym Sattler
in der Gesch. der Herzoge von Wirtenberg B. I. S. 217 ...
Iſt solcher Thrann für gedachten unsern lieben Sune ... npder-
tupet, unnd Jne umb gottwillen mit ausgespannten Armen ge-
peten zu geſtatten, das er seine eeliche Hausfraw lieb haben möge, wann er kenn, wol, und mögs nit laſſen, u. s. w.

†) ib. S. 221. wirt nit allein ... lauter und clar erfunden,
daß sich diese big Thyrann dermaaßen unterſtanden und fürge-
nommen hat, gedachtem Hannsen von Hutten unserm lieben
Sun — seine eeliche geliebte Hausfraw zum Fall und Laſter
des Ehepruchs, soviel an ime geweſt, oder, wes er nit ver-

Hutten klagte die Verlegenheiten und Gefahren,
worein ihn die wilde Liebe seines Herrn versetzte,
dem Herzoge Heinrich von Braunschweig, einem
Schwager des Herzogs Ulrich, seinem Schwiegervater, dem Erbmarschall, am allermeisten aber seinem treuen Vater, und seinem ältesten Bruder Ludwig. Auf die erste Nachricht von den bösen Absichten des Herzogs schrieb der Ritter Ludewig von
Hutten sowohl an seinen Sohn Johann, als an
den Erbmarschall von Thumb, und meldete beyden, daß es seiner Meynung nach am bessten sey,
wenn sein Sohn dem Wirtembergischen Hofe entsage, und seine Frau nachkommen lasse; vorausgesezt,
daß der Herzog die häufigen Besuche bey der jungen
von Hutten nicht aufgeben, und seinem Sohne kein
Amt geben wolle, das ihn weit und auf lange Zeit
von der Residenz entferne *). Hanns von Hutten hielt um diese Zeit seine Gemahlin noch für unschuldig **), und er ließ sich daher um desto leichter von seinem schon gewonnenen Schwiegervater be-
reden, daß der Herzog am Ende abstehen, und daß

möcht zum wenigsten in solch Geschrey und Nachred zu bringen". Der Ritter Ludewig von Hutten erbietet sich, die
Wahrheit dieser Beschuldigung einem jeden Biedermann nicht
nur durch die eigenhändigen Briefe seines Sohns, Hannsen
von Hutten, sondern auch durch die Briefe des Schwieger-
vaters des letztern, des Erbmarschalls von Thumb, zu beweisen. l. c.

*) Die Briefe stehen beym Sattler. I. B. S. 218. 219. Bey-
lagen. Sie waren in der Mitte des Jenners 1515. geschrieben.

**) Man sehe dessen Antwort an seinen Vater l. c. S. 220.
„Mein Herr ist vil bey ir im Frauenzimmer gesessen und mit
ir geredt, deßgleichen sy mit im auch. Nun hat es yezund
auch wider iren willen wöllen thun, aber ich main es sollt ime
aufschwizen, dieweil er ymer umb sy ist; wo er aber nit nach
wöllt lassen, so will ich euch von Stund an schreiben, dürfft ir
kain Gedanken haben, das sy ime gute Wort geb, dann was
sy im Frauenzimmer gethan hat mit zymlichen Reden und
Gelechter, u. s. w.

C

es allerley böse Gerüchte veranlassen werde, wenn man
jezt die junge von Hutten ganz fortschicke *). Hanns
von Hutten muß seine Meynung bald nachher ge=
ändert, und seinem Vater gemeldet haben, daß es
ihm dringend nothwendig scheine, so bald als mög=
lich von dannen zu ziehen. Damit dem Herzoge von
dieser Entschließung nichts ahnden möge, so schrieb
der Ritter Ludewig von Hutten an seinen Sohn
in Stuttgart, daß er sich vorgenommen habe, sich
mit seinen Kindern auseinander zu setzen, und daß
dazu auch seine, Hannsen von Hutten, Gegenwart
erforderlich sey. Auf diesen väterlichen Brief bat
Hanns von Hutten seinen Herrn um die Erlaub=
niß, nach Franken reisen zu dürfen. Herzog Ulrich,
der durch den feilen Schwiegervater Johanns von
Hutten, und durch die schon verkaufte und ehebre=
cherische Gattin von den Bewegungsgründen und dem
Zwecke der Reise in der Stille unterrichtet worden
war, hielt seinen Diener unter allerley Vorwänden
auf. Um den Zögerungen ein Ende zu machen,
schickte Ludewig von Hutten seinen ältesten Sohn
an den Herzog Ulrich, damit auch dieser in des
Vaters Nahmen für Hannsen von Hutten um ei=
nen kurzen Urlaub bitte †). Da der Herzog sahe,
daß Hanns von Hutten sich nicht länger zurück=
halten lasse, und daß, wenn dieser gehe, dessen Ge=
mahlinn auch bald werde folgen müssen; so schöpfte
er aus seiner verzweyfelnden Liebe den schrecklichen
Anschlag, Hannsen von Hutten aus dem Wege
zu räumen, und zur Beschönigung einer solchen Mord=
that die Person eines Schöpfen des heimlichen Wests

---

*) Ib. Eben dieses schrieb auch der Erbmarschall selbst, welcher
   unter andern in seiner Antwort saate: Dann ich hett gemaint,
   Er (der Herzog) sollt sich nit so kindisch gehalten haben.

†) Ulr. de Hutten Orat. I. p. 42.

phälischen Gerichts anzunehmen, welcher die von Hannsen von Hutten an ihm begangene angebliche Untreue zu strafen das Recht habe. Nachdem dieser Anschlag gefaßt war, versprach Herzog Ulrich Hannsen von Hutten, daß er ihn in den ersten Tagen entlassen wolle. Nur habe er noch etwas Heimliches mit ihm zu sprechen, welches er auf einem einsamen Ritt thun wolle. Zu diesem Ritt ladete Herzog Ulrich den unglücklichen Johann von Hutten am 8. May 1515. ein *). Der Herzog war so freundlich als jemals, und bat oder befahl seinem bisherigen Liebling, daß dieser weder Rüstung noch Waffen mitnehmen solle, da sie nicht weit reiten wollten, und der Weg vollkommen sicher sey **). Johann von Hutten bestieg daher ein kleines Jagdpferd, ohne Helm und Harnisch, und bloß mit einem Dolche oder kleinen Degen versehen. Herzog Ulrich hingegen ließ sich heimlich vom Kopfe bis zu Fuße bewaffnen, und ritt dann mit Hannsen von Hutten und andern Rittern zum Thore hinaus. Nicht weit von der Stadt schickte der Herzog seine übrigen Begleiter einen nach dem andern fort, und behielt ausser Hannsen von Hutten nur noch einen einzigen Reitknecht bey sich. Nach der Entlaßung seines Gefolges ritt der Herzog eine Zeitlang in der Irre herum, als wenn er noch immer nicht den schicklichen Plaz zur Vollziehung seiner Rache finden könne; und auch während dieses Umherreitens redete er mit Hannsen von Hutten so gnädig

*) Sattler I. 186. S.

**) *Ulr.* de *Hutten* Orat. I. p. 43. etc. Pene est hoc ipsa interfectione majus crimen, quod composito et nihil immutato vultu, quem occisurus erat, aspexit, blando ore et amicis verbis affatus est. Jubet etiam sine armis esse, quod neque longe, inquit, comitaberis, et iter securum est, sine insidiis, sine periculis.

und zutraulich, als er sonst zu thun gewohnt war †).
Da man endlich einem Walde nahe kam, so befahl
der Herzog dem Reitknecht, am Eingange des Ge=
hölzes zurückzubleiben, weil er mit Hannsen von
Hutten allein zu reden habe. In diesem Walde fiel
der Herzog den unbewaffneten jungen Ritter von hinten
an, und erlegte ihn nicht sowohl nach einer kurzen
Gegenwehr, als nach einem vergeblichen Versuche zu
fliehen, durch sieben Wunden, unter welchen nach
Huttens Versicherung eine jede tödtlich, nach Her=
zogs Ulrich Vorgeben aber nur zwey tödtliche Wun=
den waren *). Hirten und andere Landleute, die
nicht weit von dem Schauplatze des Mordes auf dem
Felde arbeiteten, oder ihre Heerden umhertrieben,
wollten mancherley sich gegenseitig aufmunternde Stim=
men gehört haben, woraus der Verdacht entsprang,
daß der Herzog mehrere Meuchelmörder bestellt gehabt
habe. „Allein", sagt Ulrich von Hutten, „ich
mag unsern Feind nicht auf einen bloßen Argwohn
hin anklagen **)"; und dieß setzte der Redner mit
Recht hinzu, weil Herzog Ulrich nicht nöthig ge=
habt hätte, den Mord selbst zu vollbringen, wenn
er Meuchelmörder gefunden, oder dergleichen hätte
brauchen wollen. Damit man glauben möchte, daß

---

†) l. c. p. 44. Nec iste interea familiariter ac blande colloqui deſinit, quo omne ſuſpicionis argumentum e medio tollat.

*) Orat. IV. p. 136. Quodque ipſa oſtendunt vulnera, a tergo
invaſiſti, quod omnes ſentiunt, non monitum, non appella-
tum. Orat. I. p. 44. Septem illud vulneribus omnibus leta-
libus confoſſum corpus repertum eſt, aliquanto hinc ſpatio
capitis indumentum, quo ſignificari datur, conatum illum
deſperata re, et aliquot jam acceptis vulneribus, fuga ſibi
conſulere.

**) I. 44. p. Incertum, diſpoſuerit ne aliquos ſceleris miniſtros.
Magna quidem argumenta ſunt, et auditæ ab agricolis ac
paſtoribus juxta operatis mutuæ cohortationes ac voci feran-
tium ſonitus alicujus frequentiæ ſuſpicionem præbent. Sed
ego ex ſuſpicione non accuſo.

Herzog Ulrich als ein Wissender bloß das Urtheil des heimlichen Westphälischen Gerichts vollzogen habe, so henkte er den zerfleischten, mit Staub und Blut verunstalteten Leichnam mit dem Gürtel des Ermordeten an einen Baum des Waldes auf *). Herzog Heinrich von Braunschweig ließ sich durch die nahe Verschwägerung mit dem Herzog Ulrich nicht abhalten, seinem unschuldig ermordeten jungen Freunde die lezte Ehre zu erweisen. Er nahm den entseelten Cörper von dem Baume ab, an welchen der Mörder ihn gehenkt hatte, und begrub ihn unter vielen Thränen des gerechtesten Mitleidens und Unwillens **). Herzog Heinrich war es auch, der dem Bruder des Erschlagenen, Ludewig von Hutten, den Rath gab, sich selbst durch die eiligste Flucht zu retten †). Allerdings hätte Ludewig von Hutten leicht etwas Widriges begegnen können, da Herzog Ulrich noch lange nachher dußerte, daß er alle Hutten umbringen würde, wenn er sie in seine Gewalt bekomme ††). Wenn aber Herzog

*) I. 45. p. 1. c. Et quod omnium admirationem vincit, in scelere scelus invenit. Quippe volutum, ac revolutum, ut videre licuit, mortuum, in sanguine lapsantem suo, varie laceratum ac divexatum, loco, quo succinctus fuerat, collo circumligato suspendit. Quod atrocitatis suæ corollarium idcirco addidit nefarius carnifex, ut scilicet infami, ac maxime ignominioso supplicii genere notaret vitam innocentissimi juvenis, nobis dedecus compararet, nostram familiam, nostrum nomen, turpitudinis opinione infamaret.

**) Orat. I. p. 46. Porro tu Brunsvigiorum dux Pii appellationem accipe, omnium consensu, tuo maximo merito. Ostendisti enim illo tempore, qui sis, nec quem in vita, ut boni omnes, amaveras, in morte quoque voluisti deserere. Sustulisti interfecti corpus, et lacrymans sepulturæ mandasti.

†) Ib.

††) Orat. V. p. 158. Cujus illa horribilis et plena atrocitatis vox audita est, omnes Huttenos, si habeat, interfecturum. In cujus cubiculo memorabilis ille rationum inventus est liber, qui proscriptorum, et eorum, quos furori suo destinaverat, nomina continebat, comitum aliquot, equitum plus

Ulrich dem flehenden Vater, der einen Trost darin
fand, die Ueberbleibfel feines Sohns in der Fami-
liengruft beyfehen zu laffen, den Leichnam des Erfchlagenen verfagte *), fo that er diefes nicht bloß
aus Graufamkeit, fondern auch um das Urtheil nicht
zu entkräften, welches er über Johann von Hutten als einen treulofen Verräther ausgefprochen, und
felbft an ihm vollftreckt hatte.

Das Gerücht von der Ermordung Johanns
von Hutten durchdrang in wenigen Tagen den
größten Theil von Deutfchland **); und erregte unter
Perfonen von allen Ständen, Gefchlechtern und Al-
tern, die es vernahmen, beynahe einen allgemeinen
Aufftand, oder einen Abfcheu, welcher der That würdig war †). Man machte und fang Volkslieder,
in welchen der Herzog Ulrich der Wirtembergifche
Henker oder Schinder genannt wurde ††). Achtzehn
Grafen und Herren, die in den Dienften des Herzogs
Ulrich ftanden, wurden durch die begangene Mordthat fo fehr empört, daß fie ihren Abfchied forderten †††). Dem trauernden Vater des Erfchlagenen
hingegen boten nicht nur die ganze fränkifche Ritter-
fchaft, fondern auch viele andere Grafen und Herren,

---

ducentorum, noftræque familiæ, qui arma ferre poffent, omnium, meique inter primos patris.

*) I. p. 46.

**) Epift. ad *Jacob. Fuobs* in Oper. *Hutt.* p. 64. Cujus atroci-
tas fceleris quum vix triduo majorem Germaniæ partem per-
vaferit, etc.

†) Ib. Hoc non fuam ignorore te, univerfum prope Germaniam indignitate rei commotam inextinguibili hujus parricidæ
odio flagrare.

††) Orat. IV. p. 129.

†††) Man fehe die Gegenfchrift derer von Hutten, in Sattlers Beylagen zum erften Bande der Gefchichte der Herzoge
von Wirtemberg. S. 226.

und selbst mehrere Fürsten freywillig ihre Dienste an,
um die den ganzen deutschen Adel beschimpfende Unthat zu rächen *); und der alte Ludewig von Hutten konnte sich mit Recht rühmen, daß er als ein
armer Ritter bloß um seiner guten Sache und der
Unschuld seines Sohns willen zweymal so viel trefflichen Adel zusammengebracht habe, als der Herzog
Ulrich, seines Fürstenstandes und seiner Landesherrlichkeit ungeachtet, in das Feld führen könne **). Wie
sehr er gehaßt werde, erfuhr Herzog Ulrich auf die
demüthigendste Art auf dem Zuge, welchen er mit einem zahlreichen Gefolge nach Wien that, um bey
der Ankunft der Könige von Ungarn und Polen im
Jul. 1515. den Glanz des kaiserlichen Hofes zu
vermehren, und durch diesen kostbaren Hofdienst das
Gemüth Maximilians zu gewinnen oder zu besänftigen. Ein östreichischer Ritter weigerte sich durchaus, den Herzog Ulrich in sein Schloß aufzunehmen, weil er sein Haus nicht durch die Gegenwart
eines Menschen schänden wolle, der seiner Freunde
Frauen entehre, und die Freunde selbst durch Schwerdt
und Strick aus dem Wege räume †). Der Ritter
erhielt Befehl vom Kaiser, den Herzog zu beherber

---

*) *Ulr. de Hutten* ad *Ludovicum de Hutten* in Oper. *Ulrici*
p. 80. Vides, quæ ad votum sunt tuum parata omnia, opem,
auxilium, armorum ac consiliorum fiduciam: conjurasse nobiscum tantam equitum multitudinem, quantam in ulle unquam rerum motu Germania vidit: tot præterea comites,
deinde aliquot etiam principes polliciti nobis ultro sunt, quæ
possint.

**) Gegenschrift l. c. S. 214. Als ich dann yetzo in meinen
Nöthen — meine Herrn und Freundt, so in großer trefftentlichen
Zaal, zu meiner Hülff und Beystandt wider gemellten Mörer
bewegt und auffbracht hab, das ich nit verhoff, das er als ain
vermaynter Hertzog und Ländßfürst so vil trefftentlichs Adels,
und ich möcht wol sprechen den halben Tail, wider mich als
ainen armen Ritter auffbringen und vermögen solle.

†) Orat. IV. in Wirtenb. p. 145. 146.

gen; allein er beharrte hartnäckig auf der Weigerung, gegen einen Mörder und Ehebrecher die Rechte der Gastfreundschaft zu üben. Auf eben dieser Reise, und wie es scheint in Wien selbst, wurde Herzog Ulrich fast von niemanden angeredet, und erhielt von niemanden die Merkmale von Ehrerbietung, womit man ihn sonst empfangen hatte *). Es hieß sogar, daß der Kaiser dem Herzoge Ulrich bey der ersten Audienz habe sagen lassen, daß er vor dem Eintritt in das kaiserliche Gemach das Schwerdt und andere Waffen ablegen solle **). Ulrich von Hutten erzählt auch dieses nur als ein Gerücht, und giebt hier einen abermaligen Beweis, daß er zur Beschuldigung seines Feindes nichts als gewiß vortrug, was er nicht als ausgemacht befunden hatte. Uebrigens brauchte Herzog Ulrich bey den sich ihm allenthalben aufdringenden Zeichen des allgemeinen Hasses kein sehr zartes Gewissen zu haben, um in eine solche Aengstlichkeit zu fallen, dergleichen Ulrich von Hutten schildert †).

---

*) Tu vagus atqne ubi consisteres, incertus ante tot principum agmina oberrasti, nemine interim salutatione te at prius excipiente, nemine colloquium impertiente, cum ipse quoque immutato vultu ac facie aliquos tibi obnoxios alloqui non auderes, quone ab se repellerent. l. c.

**) In Epist. ad *Jacob. Fuchs* p. 64. Cæsarem ajunt ubi nuntiaretur adesse, per janitorem jussisse, depositis armis accedere. Prudenter optimus princeps a furioso gladiatore saluti suæ cavit.

†) Orat. IV. p. 131. Quam impari igitur conditione agimus, tu princeps, ego eques. Tu enim omnia suspicaris, omnia metuis. Ad omnia, quæ auribus atque oculis accidere possunt, perculsus es, tuam umbram times. Nihil tam munitum habes, cui insidias non pertimescas. Neminem ad te eum telo admittis. Omnium togam scrutaris. Ad omnium manus intentos habes oculos. Ad ipsa altaria, in sacris insidias suspicaris. Nihil tam pusillum, tam minutum, tamque invalidum est, a quo te metu liberes. Idque et qui in facie color est ab illo pristino manifeste immutatus, etc.

Ich habe bisher die Ermordung Johanns von Hutten nach Anleitung der Schriften Ulrichs von Hutten erzählt, und muß, ehe ich weiter gehe, erweisen, daß ich dieses mit Recht gethan habe, und daß Ulrich von Hutten als Ankläger des Herzogs Ulrich von Wirtemberg viel glaubwürdiger sey, als die Gerüchte und Verläumdungen, welche Herzog Ulrich durch feile Hofdiener und Rechtsgelehrte gegen seine eigene Gemahlinn, und gegen den unschuldigen Johann von Hutten aussprengen ließ. Sattler, ein eben so schlechter Schriftsteller, als parteyischer Geschichtschreiber, wenigstens in der Geschichte des Herzogs Ulrich, bekennt *), daß er sich in der Erzählung der Entleibung Johann's von Hutten der Briefe und Reden Ulrichs von Hutten nicht bedient habe, theils, weil sie keine besondern Umstände von diesem Handel enthielten, theils weil sie in der Rachbegierde und Unanständigkeit gar zu sehr übertrieben seyen. Nichts ist falscher, als daß die Huttenschen Briefe und Reden keine besondern Umstände von dem Tode Johann's von Hutten, und von dessen Ursachen und Folgen enthielten, da dieser Vorfall nirgends umständlicher, als gerade in den Werken Ulrichs von Hutten erzählt worden ist. Nichts war gerechter, als daß Ludewig und Ulrich von Hutten den Mörder ihres Sohns und Vetters, einen Mörder und Tyrannen nannten, ungeachtet er mit einem Fürstenhute geziert war. Keine Klag- oder Vertheidigungsschrift war je mit handgreiflicheren Unwahrheiten, unwahrscheinlicheren Anschuldigungen, und auffallenderen Widersprüchen angefüllt, als das Schutzschreiben, welches der Herzog Ulrich der ersten öffentlichen Klageschrift derer von Hutten entgegen

*) Gesch. der Herzoge von Wirt. I. S. 185.

setze, und am 6. Sept. 1516. bekannt machen ließ *).
In diesem Ausschreiben wirft Herzog Ulrich dem
ermordeten Johann von Hutten zuerst vor, daß
er die seinem gnädigen Herrn geschworne Treue auf
mannichfaltige Art gebrochen; daß er die gröbsten
Verläumbungen, und unter diesen besonders die Sage, als wenn Herzog Ulrich eine tugendhafte Frau
an ihrer Ehre zu schwächen gesucht habe, ausgebreitet; daß er dieses nicht allein nicht geläugnet,
sondern oft mit Thränen eingestanden, und sich selbst
den Tod gewünscht habe; daß er endlich wegen eben
dieser Treulosigkeit und Verläumbungen sehr oft von
dem Herzoge ein Fleischbösewicht gescholten worden.
Der Verfasser des Sendschreibens hatte nicht nur die
Unverschämtheit, alle diese Beschuldigungen ohne den
geringsten gültigen Zeugen und andere rechtsbestän-
dige Beweise auszuschütten, sondern auch wider das
bessere Wissen des ganzen Wirtembergischen Hofes,
gegen Briefe und Urkunden, die in den Händen der
Gegner waren, und bald nachher gedruckt wurden,
zu behaupten: Daß Herzog Ulrich eine verdiente Ungnade auf den verrätherischen Hannsen von
Hutten geworfen; daß dieser sich deswegen eine Zeitlang vom Hofe entfernt, und um Begnadigung gebeten; daß er aber, da diese Begnadigung abgeschlagen worden, die Vermessenheit gehabt habe, an den
Wirtembergischen Hof zurückzukehren, seinem Herrn
zu trotzen, und aus Trotz auch da mitzureiten, als
der Herzog einen Ritt von Stuttgart nach Böblingen
habe machen wollen, ungeachtet er vorher gewarnet
worden, zu bedenken, wie er mit dem Herzoge stehe;
daß ein Wort leicht das andere geben könne, u. s. w.
Zulezt versichert der Vertheidiger des Herzogs Ulrich
gegen das bessere Wissen des ganzen Hofes: Daß

*) Sattler I. B. Beylagen 193. u. f. S.

Hanns von Hutten am Tage seiner Entleibung
eben so gut als der Herzog bewaffnet gewesen sey;
daß er einen langen Degen gehabt, und das beste
Jagdpferd geritten; daß der Herzog ihm alle seine
Verbrechen vorgeworfen, ihn zur Gegenwehr aufgefordert und alsdann für seine Thaten gestraft habe,
wie er als ein wissender Freyschöpfe zu thun Fug und
Macht gehabt habe.

Wenn man auch die Urkunden, welche Ludewig
von Hutten *) und Ulrich von Hutten **) in
ihren Beantwortungen des herzoglichen Ausschreibens
anführten, ganz wegläßt, und bloß die Schriften
und Gegenschriften nach Gründen innerer Wahrschein-
lichkeit oder Unwahrscheinlichkeit mit einander vergleicht; so kann man, wenn man anders unbefan-
gen und der ächten Kritik kundig ist, keinen Augenblick zweifeln, auf welcher Seite Lug und Trug,
und auf welcher hingegen die lautere Wahrheit sey.
Die Widerlegungen des herzoglichen Ausschreibens
durch Ludewig und Ulrich von Hutten waren so
bündig, so vernichtend für die Gegner, daß diese nie
wieder daran dachten, auf die Huttenschen Ge-
genantworten zu erwiedern. Ludewig und Ulrich
von Hutten erhärteten es durch unverwerfliche Briefe, daß Johann von Hutten sich lange von dem
Wirtembergischen Hofe habe entfernen wollen, um
seine junge Frau den Nachstellungen des Herzogs zu
entziehen; daß aber der Herzog diese Abreise unter
allerley Vorwänden aufgeschoben, und sie endlich
durch die Ermordung Johanns von Hutten vereitelt habe. Die Ursache des Mordes, fuhren sie
fort, offenbare sich genug dadurch, daß der Herzog

*) Man sehe das widerlegende Ausschreiben derer von Hutten
vom 22. Sept. beym Sattler 212. u. f. S.

**) Orat. IV. p. 202. et sq.

nach dem Tode des Mannes sogleich die Wittwe an
seinen Hof genommen, und sie Jahre lang als seine
Beyschläferinn öffentlich gehalten habe *). So öffentlich und unläugbar der durch Mord erkaufte Ehebruch sey, eben so notorisch sey es auch, daß der
Herzog den Johann von Hutten am Abend vor
dem Morde zur Tafel geladen; daß er selbst am
folgenden Tage stets freundlich mit ihm geredet; daß
er ihm befohlen, ohne Waffen und Rüstung mitzureiten, und daß er ihn dann unbewaffnet und ungewarnt überfallen habe. Es müsse einem jeden von
selbst einleuchten, daß Johann von Hutten gewiß
nicht wider den Willen des Herzogs an dessen Hof
zurückgekommen seye; daß er ihn nicht wider seinen
Willen begleitet, und, wenn er im geringsten etwas
Böses vermuthet, ihn nicht unbewaffnet begleitet;
oder wenn er, wie der Herzog vorgebe, bewaffnet gewesen wäre, dieser es gewiß nie gewagt hätte, den
tapfersten und geübtesten Ritter mit tödtlichen Waffen anzugreifen. Vergebens suche der Herzog seinen
Mord durch die Ausrede zu bemänteln, als wenn er,
als ein Schöpfe des heimlichen Gerichts, einen To-
deswürdigen habe abstrafen können. Nach der Ordnung des Westphälischen Gerichts könne niemand mit
dem Strange gerichtet werden, der nicht als ein öffentlicher Uebelthäter unwidersprechlich das Leben ver-
wirkt habe, oder am Westphälischen Gericht ordent-
licher oder gebührlicher Weise zum Tode verurtheilt
worden. Beydes habe bey Johann von Hutten
nicht statt gefunden; und wenn dieses auch geschehen

---

*) Man sehe bes. Epist. ad Franciscum Regem in Oper. p. 192.
193. Herzog Ulrich nahm sie auf seiner Flucht mit. Epist. Hutt.
ad *Arnoldum Glaubergerum* Op. p. 206. und Orat. III. p. 118.
120. Orat. V. p. 159. Impurissimam mœcham, cujus ob id
maritum ante occiderat, quatuor juxta annos in suo cubiculo, in illo viduo thoro, fovit et complexus est.

wäre, warum Herzog Ulrich denn noch den Ver=
urtheilten zur Gegenwehr aufgefordert, und Urtheil
und Strafe in einen Kampf verwandelt habe, in wel=
chem der Richter oder Vollzieher des Urtheils leicht
habe unterliegen können? Wäre Herzog Ulrich so
unschuldig gewesen, als sein Sachwalter glauben ma=
chen wolle, warum dann der unschuldige Herzog die
Fürsten von der Pfalz, von Baiern und Würzburg
vermocht habe, die von Hutten zu einem Tädi=
gungstage nach Mergentheim einzuladen, und ih=
nen durch die genannten Fürsten anbieten zu lassen,
daß er den Johann von Hutten für einen redli=
chen und untadelichen Ritter erkennen, und dem Va=
ter desselben zur Ergötzlichkeit wegen des Verlu=
stes seines Sohns, zehntausend, und zweytausend
Gulden, seiner Seelen Heil damit zu schaffen,
zahlen wolle *)? Wenn hingegen Hanns von Hut=
ten so schuldig gewesen wäre, als sein Mörder vor=
gebe, wie es denn seinem Vater und der Hutten=
schen Familie jemals hätte in den Sinn kommen
können, die vortheilhaften Anträge der vermittelnden
Fürsten auszuschlagen, und ihre Klage bey kayserli=
cher Majestät anzubringen? So unwidersprechlich ihre
gerechte Sache durch diesen Schritt bewiesen werde,
eben so unwidersprechlich werde die Schuld des Her=

*) Die Urkunde des Vergleichs, welchen die drey Fürsten zwischen
   Herzog Ulrich und denen von Hutten schliessen wollten, und
   welchen die Erstern im Nahmen des Herzogs den letztern an=
   boten, steht in der Beantwortung der Schrift des Herzogs
   Ulrich, beym Sattler l. c S. 223. In diesem Vergleichs=
   entwurf sagen die Fürsten unter andern: „Dieweyl wir aber
   vermerckt und befunden, das unser obgenannter lieber Oehaim
   Schwager Herr und Freundt, der von Würtenberg, aus Un=
   fall, auch hitzigem Gemüet, zu solcher Handlung gewachssen
   oder kommen, und doch Hannsen von Hutten seligen, als
   unbeschuldiglit aynich Missethat nit anders, dann auf recht, red=
   lich, und ains adellichen frummen Gemüets, Thun und We=
   sens bey Leben bis in sein Tod erkennt, und noch".

zogs Ulrich und das Bewußtseyn dieser Schuld dadurch dargethan, daß er auf die wiederholten Vorladungen des Oberhauptes des deutschen Reichs weder in Person erschienen sey, noch auch bevollmächtigte Stellvertreter geschickt, und durch diese seine Vertheidigung und Rechtfertigung geführt habe *). Diese Nichterscheinung habe den Herzog in den Augen von ganz Deutschland um desto mehr verdammt, da es allgemein bekannt gewesen, daß nicht nur die kayserliche Majestät sonst sehr viel Gnade für den Beklagten gehabt, sondern daß auch Herzog Ulrich unter den ersten Räthen des Kaisers und den angesehensten Fürsten des Reichs viele Freunde und Fürsprecher gefunden habe **). So unwahrscheinlich es sey, daß ein bloßer Reichsritter sich unterstanden haben sollte, alle auch die vortheilhaftesten Vergleichs: Bedingungen auszuschlagen, und gegen einen mächtigen Reichsfürsten als Kläger aufzutreten; eben so undenkbar sey es, daß der Gerechtigkeitliebende Kayser, daß die versammelten Fürsten des Reichs, daß ganz

---

*) Sattler nennt die Tage, wenn Herzog Ulrich entboten worden, und er nicht erschienen war. 1. 197. 206. 212. S.

**) Man sehe das Huttensche Antwortschreiben beym Sattler l. c. S. 225. u. 226. und *Ulric. de Hutten* in Apologia ad *Petrum de Auffaß* p. 185. in der zu Steckelberg gedruckten Sammlung von Huttenschen Schriften: Age vero, schreibt Ulrich von Hutten an einen der Fürsprecher des Herzogs Ulrich, den Würzburgischen Domherrn Peter von Aufßäs, cum scires, non accusationem esse nostram, sed calumniam, ad illud Maximiliani judicium quomodo connivere potuisti? Quid non exceptionem tunc molitus es? quid non mutire aliquod voluisti? Præsertim apud Maximilianum multum cum posses, atque illum scires ea esse clementia, ut si vel per te, vel alium quempiam monitus fuisset, quicquam esse in nostra accusatione haud perinde, ac nos detulissemus, admissum et factum, sic judicaturus non fuerit. Revoca autem in animum, quam cunctanter illud processerit judicium, et quod nos illam vix XV. post factum mense sententiam extorserimus. In tanto intervallo, tam diurna cunctatione, non fuit locus tibi intercedendi?

Deutschland sich für den Ritter und gegen den ange=
klagten Fürsten erklärt; daß diesen so gar viele von
seinen eigenen Dienern verlassen haben sollten, wenn
nicht der Kläger das offenbarste Recht, und der Be=
klagte das offenbarste Unrecht gehabt hätte. Zuletzt
habe Herzog Ulrich seine Sache dadurch nicht allein
nicht gebessert, sondern sehr verschlimmert, daß er
falsche Gerüchte von einem sträflichen Umgange sei=
ner Gemahlinn mit Johann von Hutten ausge=
sprengt, und in seiner Vertheidigungsschrift gesagt
habe, daß er aus Schonung für die Ehre von hohen
und niedern Standespersonen manche boshafte Stücke
des von ihm entleibten Dieners übergehen wolle *).
Er habe seine Gemahlinn so behandelt, daß, wenn
er mit Grunde etwas gegen ihr Betragen hätte vor=
bringen können, er es gewiß nicht würde verschwie=
gen haben. Der Kayser habe ja die Auslieferung
der beyden schlechten Menschen, welche durch ihre
Verläumdungen die Ehre der Herzoginn Sabina
angegriffen hätten, mehrmal verlangt. Dieß sey nicht
allein nicht geschehen, sondern der Herzog fahre immer
fort, die Verläumder zu schützen, weil er fürchte,
daß alle Geheimniße der Bosheit an den Tag kom=
men möchten, wenn die Ehrenschänder einer unbe=
scholtenen Fürstinn vor ein unpartheyisches und stren=
ges Gericht gestellt würden °°).

---

*) Man sehe das Herzogliche Ausschreiben S. 202. und das Hut=
tensche Gegenschreiben S. 222.

**) Selbst nach den Actenstücken, welche Sattler hat abdrucken
lassen, sollte dieser Mann nicht das Mährchen als ein geprüftes
Factum erzählt haben: I. S 186. daß der Herzog am 7. May
1515. auf der Jagd an Johanns von Hutten Hand einen
Ring bemerkt habe, welcher ihm eben derjenige zu seyn ge=
schienen, den er seiner Gemahlinn geschenkt; daß er hierauf
den geschenkten Ring plötzlich von der Herzoginn Sabina for=
dern lassen; daß diese sich entschuldigt habe, ihn nicht finden
zu können; daß sie ihn aber alsdann sogleich sich von dem
Johann von Hutten habe zurück erbitten lassen.

Diese kurze Rechtfertigung Ulrichs von Hutten als eines glaubwürdigen Erzählers, und als eines wahrhaftigen Anklägers des Herzogs Ulrich war
ich nicht nur dem guten Nahmen des edeln Mannes,
deſſen Leben ich beſchreibe, ſondern auch dem Andenken ſeines unſchuldig hingerichteten Vetters ſchuldig.
Jezt kehre ich zur Beſchreibung des Antheils zurück,
den Ulrich von Hutten als Schriftſteller und Anverwandter an der Ermordung Johann's von Hutten nahm.

Ulrich von Hutten erhielt die Nachricht von
dem Tode ſeines Vetters nicht durch ſeinen Vater,
nicht durch den Vater des Erſchlagenen, ſondern
durch Marquard von Harſtein, gerade da unſer
Ritter ſich um ſeiner Geſundheit willen in dem Bade
zu Ems aufhielt. Die Antwort auf das Schreiben
ſeines Freundes iſt das rühmlichſte und rührendſte
Denkmahl ſeines weichen und dankbaren Herzens.
„Welche ſchreckliche Dinge berichteſt du mir, gelieb-
teſter Freund! Johann von Hutten, dieſer hoffnungsvolle junge Mann iſt von dem Herzoge Ulrich
von Wirtemberg umgebracht worden! Wie war es
möglich, daß dieſer eben den, welchen er noch vor
kurzem ſo ſehr liebte, auf einmal ſo heftig haſſen,
und daß er ihn nicht bloß umbringen, ſondern mit
vielen Wunden, ungewarnt und unbewaffnet ermor-
den, und dann noch nach dem Tode mit dem Strick
beſchimpfen konnte? Ein unerhörtes Unglück, und
eine unbegreifliche Miſſethat! Was wird den alten
Vater abhalten, daß er ſich nicht auf der Stelle ſein
verhaßtes Leben nimmt! Wollte Gott, daß ich bey
ihm wäre, und daß ich ihm eben ſo verſtändig zu-
reden könnte, als ich ihn gewiß freundſchaftlich trö-
ſten würde! Der Himmel gebe, daß ich ihn noch am
Leben finde! Ich fürchte, daß der Schmerz ihn tödten
werde,

werbe, weil ich weiß, wie sehr er diesen Sohn ge=
liebt, und welche Hoffnungen er auf ihn gebaut hatte.
Wie groß und wie gerecht ist das Mitleiden, welches
ich mit diesem unglücklichen Greise habe! Du weißt,
wie gütig er stets gegen mich war, mit welcher Frey=
gebigkeit er meine Studien unterstützte! Wenn dieß
aber auch nicht wäre, wer sollte nicht durch die Un=
schuld, die Rechtschaffenheit, und durch die zerstörten
Früchte der Tugenden des unglücklichen Jünglings
gerührt werden? Wer nicht durch die neue, grausa=
me und schmähliche Todesart? Kann es eine Rache
geben, die einer solchen That und eines solchen Hen=
kers würdig wäre? Werden nicht alle fränkische Rit=
ter, wird nicht der ganze deutsche Adel aufstehen?
Und wo treibt sich denn der mörderische Bube um=
her? Bereut er seine That, oder ist seine Bosheit
keiner Reue empfänglich? Was hofft man von dem
Kaiser? Wird er einen solchen beyspiellosen Frevel
ungestraft lassen? oder glaubt man, daß er eine Pro=
be seiner Gerechtigkeitsliebe geben werde? Ich hoffe
das leztere, wiewohl ich zugleich fürchte, daß man
eben das, was man scharf untersucht hätte, wenn
der Thäter es hätte läugnen wollen, langsam bestra=
fen werde, sobald dieser es reuig eingesteht. — Schreib
mir sorgfältig alles, was dich betrift. Ich will mich
hier unterdessen abhärmen, und mich nicht weniger
in meinen Thränen, als in dem hiesigen Wasser
baden".

Ulrich von Hutten gieng im Jun. 1515. nach
Mainz, und blieb hier auch den folgenden Monat
durch. Im August hingegen hielt er sich auf dem
väterlichen Schloße Steckelberg auf, weßwegen ich
vermuthe, daß er sich bald nach der Ermordung Jo=
hann's von Hutten, und bey Gelegenheit der en=
gen Verbindung aller Zweige und Mitglieder der

D

Huttenschen Familie, mit seinem Vater vollkommen
ausgesöhnt habe *). Selbst die nicht gelehrten Ritter von Hutten wurden, scheint es, auf eine Zeitlang Ulrichen von Hutten gewogen, weil sie glaubten, daß dieser ihnen, wenn auch nicht mit dem Degen, wenigstens mit der Feder werde dienen können.
Ich finde keinen Beweis für die sonst natürliche Vermuthung, daß Ulrich von Hutten die beyden in
deutscher Sprache geschriebenen Anklageschriften ver-
faßt habe, welche die Familie von Hutten gegen
den Herzog Ulrich drucken ließ. Hingegen machte
er sich dadurch um seine Familie verdient, daß er die
Ehre derselben, und die Unschuld des ermordeten Johann von Hutten bey der Nachwelt durch mehrere Briefe und Reden, durch ein Gedicht und ein
Gespräch rettete, welche er in den Jahren 1515. und
1516. schrieb, bevor er Deutschland zum zweyten-
male verließ, und wieder nach Italien reiste. Die
Producte des Huttenschen Genies, welche der Unfall seines Vetters veranlaßte, folgten der Zeit nach
in nachstehender Ordnung aufeinander: Deploratio
in miserabilem Joannis de Hutten gentilis sui interitum **): Epistola ad Jacobum Fuchs, ecclesiarum Bambergensis et Herbipolensis Canonicum ***):
Epistola ad Ludovicum de Hutten, equitem aura-
tum super interemptione filii consolatoria †):
Oratio prima in Ulricum Wirtenbergensem ††):
Epistola ad Michaelem de Sensheym, Canonicum

---

*) Man sehe die Data der drey Briefe, von welchen ich gleich
reden werde. In Oper. *Hutteni* p. 63. et sq.

**) Man sehe die schon mehrere Mahle erwähnten 1519. zu
Steckelberg zusammengedruckten Schriften gegen den Herzog
Ulrich von Wirtenberg. p. 5. et sq.

***) Ib. p. 15. et Oper. *Hutteni* a *Wagenseil.* edit. p. 63. et sq.

†) Ib. p. 23. et sq. et in Oper. p. 72. et sq.
††) Ib. p. 35.

Herbipolenſem *): Oratio ſecunda, tertia, et quarta in Ducem Wirtenbergenſem **), und: Phalarismus Dialogus †). Die fünfte Rede gegen den Herzog vom Wirtemberg, die Vertheidigung des Phalarismus gegen den Domherrn Peter von Auf-ſaß oder Uſſaß, und der Brief an Franz I. König von Frankreich wurden alle erſt im J. 1519. geſchrie-ben, und können alſo nicht hieher gezogen werden.

Die früheſte unter den Schriften, welche Ulrich von Hutten zu Ehren ſeines ermordeten Vetters, oder zum Troſte des unglücklichen Vaters, oder zur Schmach und Anklage des Herzogs Ulrich von Wirtemberg verfertigte, war die in heroiſchen Verſen geſchriebene Deploratio in miſerabilem Joan-nis de Hutten interitum. Er dichtete dieſes Klage-lied gleich nach der erhaltenen Nachricht von der Er-mordung ſeines Vetters, und ſchickte es ſchon im Ju-nius an ſeinen Freund Jacob Fuchs, der ſich da-mals in Italien aufhielt ††). Es gehört nicht nur zu den längern, ſondern auch zu den trefflichſten Ge-dichten von Hutten; und man bemerkt es vom An-fange bis zu Ende, daß der Dichter von wahrem und tiefem Schmerze begeiſtert worden. Unterdeſſen fehlen auch künſtliche, ſelbſt verwelkte Blumen nicht ganz, und, wenn ich in dem letztern Bilde fortfah-ren darf, ſolche Blumen, die ſchon in tauſend und

---

*) Ib. p. 31. et Op. *Hutteni* Edit. *Wagenſeil.* p. 82. 83.

**) Ib. p. 61. et ſq.

†) Ib. p. 167. et ſq.

††) In Epiſt. ad *Jac. Fuchs* in Oper. *Hutteni* p. 64. Nos ex officio ac pietate interemitum deploravimus carmine, quod ad te mitto, tali, quali mæſtiſſimo tempore condi a me potuit. Debebam hoc juvenis innocentiæ. Debebam patris illius immenſæ erga me benignitati. nec minus Huttenorum nomi-ni, cujus tam inſignis hoc ſcelere contemptus eſt quiſitus.

aber tausend ähnlichen Kränzen abgenutzt worden *). Als Ulrich von Hutten dieses Gedicht schrieb, wußte er noch nichts von dem Antheile, welchen Johann von Hutten's Wittwe an dem Tode ihres Mannes gehabt hatte; und eben deßwegen besang er ihre Klagen in viel schönern Versen, als die Ehebrecherinn verdiente °°). Gleich unwissend war

---

*) So rührend z. B. folgende Verse sind, p. 7.

> Ah ! potes has violare manus, ex hoste salutem
> Quærere quæ studuere tibi ? potes in caput istud
> Exerere hostiles gladios, vigilantius ullum
> Quo non compertum est pro te ? potes impie tantam
> Non spectare fidem, sub qua fiducia fixa est
> Summa tibi ? potes hoc ferro configere corpus,
> Quod corpus servare tuum, se opponere nullis
> Non discriminibus consuevit, ut integer esses
> Tutus, et incolumis ? non hoc pro munere reddi
> Debuit exitium,

so kalt, gedehnt und unzweckmäßig sind diese:

>   Sed te neque sanguine natum
> Humano perhibenda fides, neque carne coactum,
> Quæ genuit, fera mater erat, quæque ubera parvo
> Præbuit, Hyrcana quiddam de tigride suxit.
>
> Credibile est atras etiam nutrire leænas,
> Ingenio quiddam cognatum, et moribus istis
> Aut aliquo serpente satum, quem dyra Cyrene
> Fœta venenoso solita est producere partu.
> Te Rhodope, te tristis Athos, Riphaeaque cautes
> Edidit, aut Scythici borealia murmura Tauri,
> Caucaseæque nives, et desolata pruinis
> Hercynii nunquam nemoris juga, quæque patentes
> Exonerant terras nebulis et nubibus Alpes, etc.

**) p. 12.

>   .   .   .   Sedet en mœstissima conjux,
> Dimidiumque sui queritur miseranda, jugali
> Sola relicta thoro. Tum vix gustata voluptas
> Occurrit, raptique joci, interruptaque cursu
> Gaudia præcipiti, et nondum satiata cupido,
> Sed rapto succensa animo, viduataque dulci
> Infelix consorte dolet, nec amabile carmen
> In medio versat luctu. Sic mœstus adempta
> Affligit se turtur ave, fletuque fatigat,
> Et querulo frangit gemitu, solusque relicto
> Considit nido, desertisque involat umbris etc.

er auch damals noch, als er das Trauergedicht im
Junius an seinen Freund Fuchs in Italien schickte,
weil er sich auf dem kurz vorher gehaltenen Convent
der Ritter von Hutten und aller ihrer Freunde
nicht eingefunden hatte *). Beynahe unbegreiflich aber
scheint es, daß unserm Ulrich von Hutten auch
da noch nicht die Ursache des Todes seines Vetters,
und die ehebrecherische Liebe der Wittwe bekannt geworden war, als er seine erste Rede schrieb; um
welche Zeit er mit seinem Vater in dem beßten Vernehmen stand, und alles erfahren haben mußte, was
den Hutten überhaupt über den Tod ihres Anverwandten und dessen verborgene Ursachen gesagt oder
geschrieben worden war **).

An dem Briefe, welchen Ulrich von Hutten
im J. 1515. von Mainz aus an den Domherrn
Fuchs in Italien schrieb, merkt man es wenig oder
gar nicht, daß er für einen andern Menschen, als
für den abwesenden Freund, oder in einer andern
Absicht geschrieben worden, als um diesen von dem
Tode Johanns von Hutten und Eitelwolfs
von Stein zu benachrichtigen. Diese Täuschung
entsteht aus der milden Wehmuth und dem leichten

---

*) Ad *Jac. Fuchs* l. c. p. 63. 64. Non ipse aliquid inter-
fector attulit, nec accusare unquam auditus est. . . Forte
scire cupis quid agatur, et num qua ultio paretur. Nihil
habeo, nam proximo conventui non interfui.

**) In dieser Rede nennt er die Wittwe noch unter den Perso-
nen, die durch den Tod Johann's von Hutten in die tiefste
Betrübniß gestürzt worden. Z. B. p. 37. En astat illa exanimata
soror. Illa flebilis ac deserta uxor, ante diem vidua. Gegen
das Ende führt er den Schatten des Erschlagenen redend ein,
und läßt diesen unter anderm sagen: Mei ne te miseret tam
atrociter afflicti? aut conturbati istius patris? desertæ conju-
gis? — Unterdessen erwähnt Hutten der Witwe in dieser Rede
allenthalben so kurz, daß es fast scheint, als wenn das Gerücht
schon etwas von ihrer Schuld erzählt habe, das aber damals
bey denen von Hutten noch keinen Glauben gefunden hatte.

und natürlichen Styl, in welchem der Brief geschrieben ist. Und doch ist es gewiß, daß Ulrich von Hutten bey Abfassung dieses Briefes noch an andere Personen, als an seinen Freund Fuchs, oder wenigstens an etwas anderes gedacht habe, als bloß seinem Freunde den Tod von zwey geliebten oder geehrten Personen zu melden. Jacob von Fuchs kannte Eitelwolfen von Stein unstreitig fast eben so gut als Ulrich von Hutten; und dieser hätte also nicht nöthig gehabt, die Lebensumstände und Verdienste seines Gönners so ausführlich zu schildern, als er wirklich that, wenn seine Absicht nicht gewesen wäre, demselben ein Ehrendenkmal zu setzen, das dereinst noch von andern als von dem Domherrn Fuchs betrachtet werden sollte. — Es war damals Sitte, daß alle Briefe von Gelehrten, die mit einiger Sorgfalt geschrieben, oder interessant von Inhalt waren, von den Empfängern mitgetheilt, oder gar dem Drucke übergeben wurden.

Unter allen Schriften, welche Ulrich von Hutten bey Gelegenheit der Ermordung seines Vetters schrieb, gelang ihm keine so wenig, oder mißlang ihm vielmehr keine so gänzlich, als das Trostschreiben an den fast verzweifelnden Ludewig von Hutten. Nicht einmahl gerechnet, daß dies Trostschreiben beynahe zwey Monate nach dem Unfalle, dessen Eindruck es mildern sollte, und an einen nichtgelehrten Ritter in lateinischer Sprache geschrieben wurde, so ist dies Trostschreiben eben so frostig, eben so voll von Uebertreibungen und Gemeinplätzen *), von trivia-

---

*) 3. B. p. 77. in Oper. *Hutteni:* Quæ nascuntur, virent primum, deinde arescunt, et amisso succo emoriuntur, aliquando repente, et ante tempus intereunt. Hoc cum in floribus et herbis spectes, in hominum vita admirandum ducis? et, quasi præter naturam sit, sic accipis? Neque istud

len *) oder falſchen und ſchiefen Gedanken **), endlich von
unzeitigen Beyſpielen, als alle die Troſtreden und
Troſtſchreiben, womit ſich die Rhetoren, oder decla-
matoriſchen Weltweiſen in den Zeiten der ſinkenden
Künſte und Wiſſenſchaften unter den Griechen und
Römern zu üben pflegten †). Man kann Ulrich

rurſum vides, non alia ratione mortem vitæ comitem, quam
diei noctem adſiſtere? Cum liberi tibi olim naſcerentur, id
naturale quidem videbas; nunc cum intereunt, non ignoras
quidem naturale et ipſum id eſſe; ſed neſcio, quomodo
extra te evagatus, quorum maxime debes, non nemineris.
Auſim dicere, cum eo, qui ſic vita exceſſit, bene actum.
Nam cum mors ſempiternæ libertatis initium ſit, ille jam
liber eſt, nulliſque ne minimis quidem malis obnoxius ſe-
cure agit. Nihil in illum fortuna imperii habet, nihil omnis caſus. Tranquillus eſt, ſui certus, et fidens. Non cupit, non timet, non afficitur aliquatenus. Ne igitur illi
eum ſtatum invide, in quo, tu ſi eſſes, nihil minus velles,
quam in hanc revocari ſemivitam.

**) Z. B. p. 76. Ipſe potius, quid facere debeas, cogita.
Quod a natura eſt, neceſſe et ex dei voluntate; ſi id iniquo
animo fers, contra naturam facis, inſipienter ac impie.
Certe vero ſi te invictum his motibus præſtiteris, ſolida virtutis opinione celebraberis. Sin abjectum, ac demiſſum,
primum nihil lucraberis; deinde hoc quoque, quod habes,
corporis vires infirmabis, et mentis quietudinem turbatam
reddes, ipſamque vitam luctu ac mœrore conficies. Cur igitur fruſtra conflictari mavis, quam, quod irrevocabile eſt,
fortiter amittere? et cum perdita reparare non poſſis, ipſum
te, quod reliquum eſt, ſervare. Noli te affligere. Noli in
luctu contabeſcere. Medicare huic ipſe ægritudini. Sine
hanc tibi miſeriam leniri. Mortalis erat, qui mortuus eſt.

**) Z. B. Utrumque nihil eſt, et quod natus eſt, et quod ſic
interiit. Cur enim magis doles ablatum, quam non nato
ſolebas contriſtari? Ac neſcio, an optatior mors ei accidere
potuerit. Occidit enim, poſtquam clariſſimæ indolis moni-
menta, ac laudatiſſimam ſui memoriam reliquiſſet omnibus,
u. ſ. w. p. 73. — et p. 77. Accipe autem aliud, ſi hoc eſt,
quod fere ſapientes dicunt, hanc vitam eſſe miſeriam, do-
lendum cenſes, tuum filium eſſe miſerum deſiiſſe? Sunt item,
qui ſic putent, optimum eſſe non naſci, proximum cito
natum aboleri. Quorum prius durius eſt, quam ut nobis
conveniat. Hoc ſecundum fere accipitur.

†) Z. B. p. 78. Habes exempla, quibus te conſoleris. Duo
Decii non timuere ſpontaneam adire mortem pro patria. Ca-

von Hutten allein dadurch entschuldigen, daß er, nach den Beyspielen der größten italiänischen Gelehrten, den Alten auch da nachahmte, wo sie keine Nachahmung verdienten, und daß er gewiß ganz anders geschrieben haben würde, wenn er den trostlosen Vater des Erschlagenen in einer demselben verständlichen Sprache wirklich hätte trösten wollen. — Ein Rath, welchen Ulrich von Hutten in seinem declamatorischen Trostschreiben gab, verdient deßwegen ausgezeichnet zu werden, weil er beweist, daß sein Urheber nicht so wild und stürmisch war, als wofür er gemeiniglich gehalten wird. „Ungeachtet", sagt Ulrich von Hutten, „mehr deutsche Ritter, als vielleicht sonst jemahls bey irgend einer andern Gelegenheit aufgesessen sind; ungeachtet viele Grafen und selbst einige Fürsten sich erboten haben, uns Genugthuung zu verschaffen; so müssen wir doch wünschen, daß die Sache nicht zum Kriege komme. Vielmehr müssen wir alles versuchen, damit unser gemeinschaftliches Vaterland nicht durch unsere Waffen beunruhigt werde *)".

to, ne in Tyranni manus veniret, ultro se ferro induit. Item tunc Scipio, et Juba, post aliquantum Brutus et Cassius, multique alii pro sua quisque libertate. Utque etiam fœminas hoc fecisse scias, Lucretia, Romana mulier, pudicitiæ zelo hunc vitæ finem statuit. Cleopatra Aegyptia fortiorem sibi interitum usurpavit, quam hi mores digni essent. Sed eorum ad te magis exempla pertinent, qui suorum fata æquo animo tulerunt. *Sive igitur fabula est*, sive legentium fidem meretur, quod de Troja scriptum reliquerunt veteres autores, pone ante oculos tibi senem illum Priamum, ingenti animo, effœta jam ætate, suarum cladium spectatorem etc. Wie konnte Ulrich von Hutten glauben, daß ein Beyspiel trösten könne, von welchem er selbst zweifelte, ob es nicht erdichtet sey? Die ersten Beyspiele waren um desto untauglicher, da Ulrich von Hutten fürchtete, daß der Greis, an welchen er schrieb, sich zu Tode grämen, oder sich sonst Leid anthun könne.

*) p 80. Sed nos optare debemus minime, ut ad arma res perveniat, quæ tamen provisa esse nihil impedit, quandoquidem ad externa iste auxilia fertur adspirare. Et prius

Einen ganz andern Geist, als das Trostschreiben an Ludewig von Hutten, athmen die Reden, welche Ulrich von Hutten so ausarbeitete, als wenn sie vor dem Kaiser und den mit dem Kaiser zu Gericht sitzenden Fürsten und Herren gegen den anwesenden Herzog von Wirtemberg gehalten werden sollten. Weder Demosthenes noch Cicero hätten den ermordeten Johann von Hutten schöner loben, den frühzeitigen Tod dieses jungen Ritters, und den Jammer des verwaisten Vaters, der Brüder, der Schwester und der übrigen Anverwandten rührender schildern, die Mordthat und den ganzen Charakter des Herzogs Ulrich gehässiger darstellen, überhaupt alle Künste der Rede meisterhafter anwenden können, um die Richter und Zuhörer für sich und gegen seinen Widersacher einzunehmen, als Ulrich von Hutten gethan hat. Ein jeder, der die Huttenschen Reden liest, muß nothwendig darüber erstaunen, daß jemand sich einer todten Sprache in einem solchen Grade bemächtigen, oder in eine todte Sprache ein solches Leben und eine solche Kraft hineinbringen könne, als Hutten in seine Reden gelegt hat; und ich halte es beynahe für ausgemacht, daß Cicero, wenn er denselbigen Gegner in griechischer Sprache hätte anklagen sollen, die Zuhörer nicht so mächtig ergriffen und bewegt hätte, als Hutten seine Leser in der ausgestorbenen Römischen Sprache ergreift. Die Bewunderung der Beredsamkeit Ulrichs von Hutten muß um desto mehr wachsen, wenn man hört, daß dieser ausserordentliche Mann die erste, vielleicht die beßte seiner Reden, ohne Hülfsmittel und Muße, und unter den Beschwerden und Zerstreuungen einer Reise, die er in den Angelegenheiten seines Vaters machte, oder

omnia certum est experiri, quam nostris armis turbetur Germania.

auch auf der geräuschvollen väterlichen Burg verfertigte, ohne daß er sich vorher jemahls in solchen Arbeiten geübt hatte. Wir lernen dieses aus seinem Briefe an den Wirzburgischen Domherrn Michael von Seinsheim, welchem er im Anfange des Augusts 1515. die Deploratio, die Epistola consolatoria und die erste Rede gegen den Herzog Ulrich zuschickte *). In eben diesem Briefe eiferte Ulrich von Hutten gegen die unwissenden und verdorbenen Domherren seiner Zeit, denen ihr Bauch der vornehmste Gott sey; die ihre Jagden, ihre Tafeln, ihre Beyschläferinnen allen Wissenschaften vorzögen, und es nicht bloß glaubten, sondern öffentlich sagten, daß man ohne Geld nichts sey, und daß man hingegen mit Geld alle Güter und Freuden des Leibes und der Seele einkaufen könne **).

Die zweyte Rede gegen den Herzog von Wirtemberg schrieb Ulrich von Hutten gleich nach der

---

*) In Oper. *Hutteni* p. 82. 83. Deploratio est in occisum Huttenum versu heroico, et epistola ad Ludovicum senem consolatoria, deinde in occisorem, quandoquidem judicium paratur, accusatio. Quo scribendi genere, quod omnes sciunt, nunquam me exercui prius, nunc autem coacte magis, quam fortasse feliciter. Et quomodo aliquid scriberem, auribus dignum, qui sine libris essem, nec essem quietus, et, ut rectius dicam, qui nusquam essem? Vagabar enim hinc inde, ut qui paternas quasdam rationes exigerem. Quo factum ut majorem hujus orationis, si meretur dici, in equo et itinerando composuerim, reliqua in sylvis, et illa nostra arce, nullis plane studiis obnoxia.

**) l. c. p. 84. Nihil praeterea magis isti contemnunt, quam literas, et cum literis literatos ipsos. Atque in his persequendis quosdam plane tyrannos agunt. Suas venationes, suas libidines, suas pergraecationes, suos ventres numinum loco venerantur. Quidam et pecuniam colunt, eique uni operam dant. Quorum unus Moguntiae nuper ausus est, serio dicere, nihil esse homines sine pecunia; eum autem, qui pecuniosus sit, facile omnia, quae ad animorum ac corporum emolumenta sunt necessaria, habiturum. O execrandam hominis vocem! o crudelem orationem!

Flucht der Herzoginn Sabina, die am 24. Nov.
1515. aus Wirtemberg heimlich zu ihren Brüdern
nach Baiern entwich *), weil sie ihrem Vorgeben
und dem allgemeinen Gerüchte nach befürchtete, daß
sie nicht nur von ihrem Gemahl möchte ermordet,
sondern auch im Tode entehrt, oder des Ehebruchs
verdächtig gemacht werden **). Der Redner nahm
aus den Mißhandlungen der Herzoginn Sabina,
die sich gleichfalls an den Kaiser wandte, und aus
den Bewerbungen des Herzogs Ulrich um schweize-
rische und französische Hülfe neue Momente her, um
das Urtheil gegen den fürstlichen Beklagten zu beschleu-
nigen und zu schärfen.

Die dritte Rede ist wahrscheinlich im August 1516.
oder um die Zeit verfertigt worden, als der Herzog
Ulrich sich nicht nur weigerte, in Person zu erscheinen, und überhaupt seine Sache von dem Kaiser entscheiden zu lassen; sondern auch Anstalten machte, sich
denen von Hutten, die viele Lanzen und eine beträchtliche Anzahl Fußvolk zusammengebracht hatten, mit
Nachdruck entgegen zu setzen †). Die vierte Rede ist
eine Widerlegung des Sendschreibens, welches Herzog Ulrich am 6. Sept. 1516. bekannt gemacht
hatte. Sie wurde unstreitig geschrieben, bevor der
Kaiser den Herzog im October desselbigen Jahrs in
die Acht und Aberacht erklärte, welche Acht aber einige
Tage nachher durch einen Vergleich der streitenden
Parteyen wieder aufgehoben wurde ††). Der Herzog
hielt fast keinen der Punkte, zu welchen er sich in
dem Vergleiche †††) verpflichtet hatte, und zog sich

*) I. 164. S. Sattler.
**) Orat. secund. p. 64. l. c.
†) I. 206. u. f. S. Sattler. et Orat. III. p. 97.
††) I. 219—221. u. f. S. Sattler.
†††) Den Vergleich führt Sattler an l. c. 222. 223. S.

sowohl dadurch, als durch mehrere gewaltsame und
friedensbrüchige Handlungen zuletzt die Vertreibung zu,
auf welche ich in der Folge zurückkommen werde. —
Nicht lange nach diesem Vergleich schrieb Ulrich von
Hutten sein kurzes Gespräch Phalarismus*), in wel=
chem er den Herzog Ulrich zum Phalaris in der
Unterwelt reisen, diesem die von ihm selbst verübten
Tyrannenthaten erzählen, und über sein künftiges Be=
nehmen sich Raths erhohlen läßt. Es ist gewiß, daß
dieses Gespräch vor dem Kriege des Herzogs Ulrich
mit dem schwäbischen Bunde, und vielleicht noch vor
der zweyten Reise Ulrichs von Hutten nach Italien
geschrieben worden **); ich zweifle aber, ob Ulrich
von Hutten das Gespräch schon im J. 1517. ein=
zeln habe drucken lassen, wie Burkhard versichert ***);
erstlich deswegen, weil er im März 1519. den Pha=
larismus seinem damahligen Freunde Erasmus als
eine jüngst erschienene Neuigkeit schickte †), und zwey=
tens, weil er es nicht wagte, seine Reden gegen den
Herzog von Wirtemberg eher drucken zu lassen, als
bis dieser von Land und Leuten vertrieben worden
war. Schon das Gerücht, daß Ulrich von Hut=
ten heftige Reden gegen den Herzog geschrieben habe,
brachte jenen in grosse Gefahren, und Pirkheimer
rieth daher seinem Freunde selbst während der Zeit,
da Ulrich von Hutten in Italien war, sich ver

---

*) Dies steht in der zu Steckelberg 1519. gedruckten Sammlung
von Huttenschen Schriften, 167. u. f. S.

**) Dies beweist folgende Stelle: p. 171. Imminebat quidem
ultio, sed ego consilio propuli. Quippe maximi cum adver-
sum me educti exercitus essent, jamque in prospectum ac-
cessisset bellum, ad pacis conditiones descendi, iniquas
etiam.

***) L. 229. p.

†) In Oper. Hutteni p. 188. Febrem autem recens editam
nunc mitto, et Phalarismum: ubi reprehendes audaciam
meam scio, potius, quam fortitudinem efferes.

den Meuchelmördern in Acht zu nehmen, welche der
erboste und von den Bettelmönchen noch immer mehr
gereißte Herzog gegen ihn dingen könnte *). Wäre
der Phalarismus damahls schon gedruckt gewesen, so
würde Pirkheimer dieses Gespräch viel eher, als
die noch nicht einmahl herausgegebenen Reden als eine
Ursache des Hasses des Herzogs von Wirtemberg,
und der Gefahr Ulrichs von Hutten, angeführt
haben.

Ein viel grösserer Unfall, als derjenige, welcher
Ulrich von Hutten zu so vielen Schriften veranlaßte, war für unsern Ritter der Tod des Mainzischen
Hofkanzlers Eitelwolfs von Stein, der ohngefähr
um dieselbige Zeit starb, um welche Johann von
Hutten ermordet wurde **). Bey dem mächtigen
Einflusse, welchen der weise Eitelwolf von Stein
auf den Erzbischof Albert, und der nicht minder
grossen Gewalt, welche er über Ulrich von Hutten hatte, kann man ohne Bedenken behaupten, daß
vielleicht die Angelegenheiten der deutschen Kirche,
und gewiß die Schicksale Ulrichs von Hutten einen andern Gang genommen hätten, wenn nicht Eitelwolf von Stein dem Vaterlande, den Wissenschaften und seinen Freunden, durch einen frühzeitigen
Tod wäre entrissen worden. Eitelwolf von Stein
war ein grosser Kenner der lateinischen, und ein eben

---

*) Opera *Pirkheim.* p. 24. Oper. *Hutteni* p. 93. Scribis, te
non extra periculum esse, et recte quidem. Novit enim ille,
te orationes acerbissimas in eum conscripsisse. Nec dubites,
fratres illos, qui te auctorem Obscurorum esse clamitant, illum
contra te instigare. Novi enim, quod scribant. Nam ipsi
scelera sua occultare nequeunt. Cave igitur, ne eorum consilio tibi quoque percussorem submittat, quod Deus avertat.

**) Man sehe die Epist. ad *Jacob. Fuchs* in Oper. p. 66. et sq.
und vergleiche damit die Vorrede zu dem Lobgedicht auf den
Erzbischof Albert von Mainz in Poemat. *Hutteni* p. 194. et sq

so groſſer Verehrer der griechiſchen Literatur *).
Wenn man auch nicht ſagen kann, daß er der erſte
Deutſche von Adel war, der eine vorzügliche Kenntniß
und Studium der alten Literatur mit den wichtigſten
Staatsgeſchäften verbunden habe **); ſo kann man doch
behaupten, daß er der erſte deutſche Ritter war, der
über den Arbeiten des Krieges, und unter dem Ge-
räuſche der Waffen, die ſchönen Künſte des Friedens
nicht vernachläſſigte ***). Er beſtritt mit dem größten
Muthe das Vorurtheil ſeines Standes, welcher Gelehrte und Gelehrſamkeit, und beſonders die Freunde
der griechiſchen und römiſchen Literatur mit dem
größten Hohne verachtete †); und er antwortete daher
einſt einem grauen Märkiſchen Ritter, der ihm vorwarf, daß er noch zu jung ſey, um über eine gewiſſe
Sache urtheilen zu können: „Du, mein guter Alter,
weißt, was etwa ſeit vierzig oder fünfzig Jahren,
ich hingegen, was ſeit zwey bis dreytauſend Jahren
geſchehen iſt ††)". Um das Vorurtheil ſeines Standes
zu bekämpfen, zog er Gelehrte vor allen andern her-

---

*) *Hutten* II. cc.

**) *Ulr. de Hutten* in Epiſt. ad *Jac. Fuchs* p. 66. Quod ſummo
laudum illius loco refero, primum, et unum hujus ordinis
Germania habuit, qui cum magnarum rerum adminiſtratione
literarum ſtudia conjungeret.

***) Præf. Panegyr. in Poem. p. 195. Tu vero unus e paucis
quanta felicitate conjunxiſti hæc, negotia rei militaris, et
otium ſtudii literarum ?

†) Vid. Epiſt. ad *Pirkheim.* p. 14. Edit. *Burckhard.* Multis
tot jam annos pertinaciter exiſtimantibus, præter equeſtrem
dignitatem eſſe literas ſcire : neque aliud magis aut prius
invidiam apud nos peperit claro equiti Eitelwolfo, quam
quod is hanc inprimis ob virtutem emerſiſſet, ac tantus eſſet.

††) l. c. At tu o ſenex tantum ea in memoria habes, quæ
annis quadraginta, aut paulo pluribus acta ſunt; ego vero
etiam ea ſcio, quæ duobus aut tribus retro millibus. Ibi te
extemplo circumſtantium favor ac applauſus excepit, illum
ſua confuſio operuit.

vor, und unterſtützte oder beförderte ſie aus allen
Kräften *). Eine beſondere Vorliebe hatte er für
Ulrich von Hutten, weil er hofte, daß dieſer geiſtvolle und gelehrte junge Ritter durch ſein Beyſpiel
und ſeine Schriften den Stand, zu welchem er gehörte,
am eheſten werde belehren können. Ihn empfahl er
vorzüglich dem freygebigen Erzbiſchof Albert, bey
welchem Eitelwolf von Stein alles vermochte,
und welchen er für die wahre Gelehrſamkeit gewonnen hatte **). Er verſchafte dem jungen Hutten von
ſeinem Fürſten nicht nur beträchtliche Geſchenke,
ſondern auch die Hofnung einer anſehnlichen Stelle,
ſo bald er aus Italien zurückgekommen ſeyn würde †).
Eitelwolf von Stein hatte gewiß die Abſicht,
unſern Hutten bey der neuen Einrichtung der hohen
Schule in Mainz zu brauchen, welche er durch die
Freygebigkeit ſeines Herrn, und durch Stiftungen
aus ſeinem eigenen groſſen Vermögen, zur erſten Schule
der ſchönen und alten Literatur in Europa zu erheben
gedachte. Die Gründung und Pflege dieſer hohen
Schule ſollte die Beſchäftigung und Freude ſeines
ſpätern Alters ſeyn, wann er ſich von allen öffentlichen Angelegenheiten und Ehrenſtellen würde zurückgezogen haben ††). Ulrich von Hutten würde Mainz

---

*) In Epiſt. ad *Jac. Fuchs* l. c. p. 66. 67. In eligendis amicis primum et maxime literarum claritate movebatur, et facillime talem quempiam accipiebat. — Magnus erat ad illum
literatorum concurſus. Salutabat omnes, præſidio erat multis.

**) Ib.

†) l. c. Simul locum in aula impetraverat, ubi ex Italia rediiſſem. Amabatur ab eo principe admodum unice, lectus
ob id aulæ præfectus, poteratque apud illum et pauciſſimi
multum.

††) l. c. p. 70. Otii ſui ſedem Moguntiam delegerat, ibique
ſtudium literarum, quale in tota Europa non eſſet, allecta
ad hoc humaniſſimi principis liberalitate, parabat inſtruere,
partim etiam ſua pecunia, partim etiam ejectis inutilibus

in der Folge nicht so bald verlassen, und manche
Schritte nicht gethan, oder mit mehr Vorsicht gethan
haben, wenn Eitelwolf von Stein am Leben ge=
blieben wäre, und den Geist, wie das Schicksal, seines
vielgeliebten Zöglings hätte lenken können. Allein die
Vorsehung hatte es anders beschlossen; und also muß
doch das, was wirklich geschah, das Beßte gewesen
seyn.

Der Krieg mit dem Herzoge von Wirtemberg
war nicht der einzige, welchen Ulrich von Hutten
in den Jahren 1515. und 1516. führte. Er nahm
gleich nach seiner Rückkehr aus Italien den lebhafte=
sten Antheil an dem wichtigen Streite, den schon seit
mehreren Jahren die Freunde der alten Litteratur
unter der Anführung des Johann Reuchlin gegen
die Schulgelehrten, und besonders gegen die Bettel=
mönche in Cölln führten. Ulrich von Hutten
wurde bald, wenn auch nicht das vornehmste, we=
nigstens eins der vornehmsten Häupter der Reuchli=
nianer; und der grössere Eifer, womit er gegen die
Feinde der Wahrheit kämpfte, scheint die Ursache
geworden zu seyn, warum er in dem Kriege seiner
Familie gegen den Herzog Ulrich nicht als Ritter,
sondern bloß als Schriftsteller thätig war. Schon
im J 1515. schrieb er sein Gedicht: Triumphus Capnionis betitelt. In eben diesem Jahre verbesserte
er sein Gedicht Nemo, und arbeitete auch mit seinem
Freunde Crotus Rubianus an den berühmten Epistolis obscurorum virorum. Aus einem Briefe des
Erasmus an den Grafen Nuenar erhellet, daß
jener den Triumphus Capnionis schon im J. 1515.

in

professorculis, et quibus illi habentur, translatis ad meliorem usum stipendiis.

in der Handschrift gelesen hatte *). **Erasmus** hielt aber den Druck dieses Gedichts zurück weil er glaubte, daß man dadurch der Sache **Reuchlin's** schaden, die Feinde desselben nicht überwinden, sondern nur noch mehr erbittern werde, und daß man nicht vor dem erfochtenen Siege triumphiren müße. **Ulrich von Hutten** folgte dem Rath des **Erasmus** nur eine Zeit lang. Denn in einem Brief, welchen er im Jun. 1517. aus Bologna an **Pirkheimer** schrieb, wunderte er sich, daß er den zum Druck zurückgelassenen Triumphus Capnionis noch nicht erhalten habe, und bat seinen Freund, daß er ihm das gedruckte Gedicht schicken möge **). Selbst **Ulrich von Hutten** aber wagte es nicht, seinen Triumphgesang gleich nach der Rückkehr aus Italien drucken zu lassen. Vielmehr erschien er erst gegen das Ende des Jahrs 1518. oder im Anfange des J. 1519., weil **Hutten** es im März dieses Jahrs dem **Erasmus** als eine Neuigkeit meldete, daß das Gedicht unter einem heftigen Gebrülle der falschen Schriftgelehrten, oder der damahls sogenannten Theologisten erschienen sey †). Unsere Bibliothek besitzt eine einzelne Ausgabe dieses Gedichts, die gewiß zu den ältesten Editionen desselben gehört, weil sie in eben dem Format, auf eben dem Papiere und mit eben den Lettern gedruckt ist, womit andere **Hutten**sche Werke in den Jahren 1518. und 1519. zu Augsburg, Mainz und Steckelberg gedruckt worden sind. Diese

---

*) Epist. *Erasm.* 25. Aug. 1517. scripta, in ips. Epist. Edit. Lugd. 1706. T. II. p. 1626. Ego ante biennium Triumphum Reuchlinicum jam tum paratum editioni, in Germania premendum curavi etc.

**) In Oper. p. 100. Nondum vidimus Capnionis triumphum, mitte.

†) p. 189. Op. *Hutten.* Triumphus Capnionis in lucem prodiit, magno theologistarum fremitu.

Ausgabe ist aber doch nicht die erste, weil die erste ein Kupfer, oder einen Holzschnitt hatte, auf welchem der Jude Pfefferkorn, als mit einem eisernen Hacken geschleift vorgestellt wurde *). Ulrich von Hutten war mit dem Nahmen des Verfassers des Gedichts so geheim, daß er ihn selbst seinem sonst vertrauten Freunde Eobanus Hessus nicht offenbart hatte, der ihn aber doch sehr bald erkannte **). Dieses Zeugnisses des Hessus, und der vielen in Huttens und Erasmus Werken zerstreuten Winke ungeachtet, waren berühmte Gelehrte noch lange nachher ungewiß, ob das Triumphlied auf den Reuchlin vom Ulrich von Hutten, oder ob unter dem angenommenen Nahmen Eleutherius ein anderer versteckt sey †). Die Vor-

*) Dies erzählt **Camerarius** in Vita *Melancht*. p. 17. 18. His igitur infesti illi studiosi politioris doctrinæ, causam Capnionis suam ducere, et illius adversarios omni genere scriptorum infamare, tam deridentes et eludentes futilitatem, quam infectantes et increpantes improbitatem. Inter quos princeps Ulrichus, gente Huttenus, patria Francus, ordine eques, ingenio acerrimo, et animo confidentissimo, literis perquam eruditus, et litigantes monachos cum Capnióne varie exagitavit, et illam factionem tum quidem vehementissimis scriptis, sed aliquanto post armis quoque expeditis adortus est. Hujus est carmen triumphale victoriæ Reuchlini cum pictura etiam in illius conspirationis gregem contumeliosa, ubi unco trahitur quidam, qui, cum Judæus aliquando fuisset, etc. **Erasmus** in Spongia p. 107. gedenkt nicht des geschleiften Juden, sondern des Triumphpomps mit welchem Reuchlin vorgestellt worden: Deinde prodiit carmen una cum triumphali pictura, sane quam magnifica, sed quæ nihil aliud, quam Capnionem gravaret invidia, et adversarios provocaret, satis sua sponte furentes.

**) *Eob. Hessi* Epist. famil. Lib. I. p. 19. Marpurgi 1543. 4. Jam non dubitabis amplius, Huttenum triumphare pro Capnione. A fronte istam phrasin non ita agnovi, statim ae introgressus penitus, Huttenus noster factus est Eleutherius, quia vere liber. Puto multas illi, quas facile possumus suspicari, fuisse caussas, propter quas personam sumpserit, ac luce palam nolit conspici. Ne dubita, vere Huttenus est. Juro tibi per omnia maxima, Hutteni est hoc.

†) I. 162. p. *Burckhard.*

rede und Nachrede zum Triumphus Capnionis iſt im
J. 1518. geſchrieben °). Er hätte ſie aber eben ſo
gut 1515. ſchreiben können, weil ſie durch Ton und
Inhalt vollkommen mit dem Gedichte übereinſtimmen.
Ulrich von Hutten ermuntert auch in der Vorrede
und Nachrede ſeines Gedichts alle Deutſche, ſich des
Sieges das Reuchlin über die verruchten Mönche
zu freuen, die bisher die Religion, die Wiſſenſchaften und die Sitten der europäiſchen Völker verdorben
hätten. Nach dem Umſturze der mönchiſchen Tyranney würden Künſte und Wiſſenſchaften aufblühen.;
und ganz Deutſchland, das jetzt zu ſehen angefangen
habe **), werde gewiß bald mit dem Lichte der Wahrheit erleuchtet werden †). Er, der Dichter habe ſich

---

°) Er ſchrieb ſie im achten Jahre des Krieges Reuchlin's mit
den Cöllnern. S. in Poemat Hutt. p. 152. . . Utpote octavum
jam annum oppugnato Capnione — und nachdem er ſchon eine
Zeitlang aus Italien zurückgekehrt war, wo man ihm immer
vorwarf, daß man den Bettelmönchen in Deutſchland ſo viel
Gewalt einräume, und daß man ſie mit den größten Reichthümern und Würden überhäufe. ib. p. 157. Memini oppro-
batam nobis in Italiâ hominis inſolentiam. Tantum . inquit
aliquis, licet in Germania fratribus? Velabam ipſe verbis,
quantum licuit, noſtram turpitudinem. Et cum paſſim Ber-
nenſe ſcelus caneretur, diſſimulabam, e quorum colluvione
immenſa prope, ac peſſimi exempli ſcelera profluxiſſent. eos
apud nos angeri honoribus, dotari muneribus, ac rediribus
locupletari. Porro illud metuebam, ne erumperet, id hominum genus cenſendis moribus, ac ſtudiis noſtris præfici.
Mi: dieſen Datis ſcheint ein anderes zu ſtreiten: Cum anno
abhinc tertio euntem Romam, pecunia, ſervitiis ac equis
inſtructum Hogoſtratum, modeſtius fortuna uteretur, fruſtra
monerem. Hogiſtraten ging im J. 1514. nach Rom. —
Ulrich von Hutten zählte an dieſer letzt'n Stelle nicht recht.
Wenn er die Vorrede auch im J. 1517. gleich nach ſeiner
Rückkunft aus Italien geſchrieben hätte, ſo hätte er doch anno
quarto ſagen müſſen.

**) p. 150. Oculos recepit Germania . . .

†) p. 191. . . . pudendas invexiſtis tenebras, quibus nos
expulſis ac effugatis Chriſtianum diis atque hominibus plau-
dentibus illuſtrabimus orbem.

mit mehr als zwanzig andern Freunden der Wahrheit,
zur Schande und zum Verderben der Theologisten
verschworen °). Er fordere hiemit seine Mitverschwornen auf, das grosse Werk der Aufklärung mit
Eifer zu betreiben. Der Kerker sey zerbrochen, das
Loos geworfen, und jetzt könne man nicht mehr zurückgehen. Er fange den Kampf an, nicht weil er der
Stärkste oder Geübteste, sondern weil er der Unge-
duldigste sey °°). Den Theologisten bleibe nichts übrig, als den Strick zu nehmen, den er ihnen hiemit
reichen wolle.

Eobanus Hessus hatte Recht, wenn er sagte,
daß man den Verfasser dieses Gedichts nicht verkennen
könne. Kein anderes Gedicht trägt so sehr das Ge-
präge des Huttenschen Genies, in keinem andern
äussert sich das verzehrende Feuer und die zermalmende
Kraft desselben in einem solchen Grade, in keinem
ist eine solche Fülle von neuen und kühnen Gedanken
und Bildern zusammengedrängt, als in dem Triumphus Capnionis. Mehrere gleichzeitige Dichter hätten vielleicht wohlklingendere Verse machen können.
Kein neuer oder alter lateinischer Dichter aber wäre
im Stande gewesen, die Sitten der verworfenen Feinde der Wahrheit und Tugend †), die falschen Götter,

---

†) p. 190. Viginti amplius sumus in infamiam ac perniciem
vestram conjurati.

°°) Multorum ore vobis canitur, quorum non idcirco ego sum
optimus, quia primus, sed idcirco primus, quia minime
patiens moræ. Vos igitur moneo conjurati, adeste, imcum-
bite, ruptus carcer est, jacta alea, regredi non licet, obscuris viris laqueum præbui... Proinde laqueum sumite.

†) §. B. p. 161. Poemat.
Nil timidis scelus in quodvis, genitisque nocere,
Tanquam hæc cum superis habeant commercia divis,
Obstrictosque deos in vota nefaria possint
Cogere, cum placeat, vel eum sua dira libido,

welche fie anbeteten: Aberglauben nämlich, Barba=
ren, Unwiſſenheit und Neid *), und die Charaktere
der vornehmſten Antireuchlinianer mit einer ſolchen
bewundernswürdigen Stärke zu ſchildern, als womit
Ulrich von Hutten ſie geſchildert hat **). Nur

> Immanisque velit livor, mentesque ſuperbæ,
> Per fas, perque nefas gerere omnia, dicere, rurſumque
> Inficias dicta ire, priusque confeſſa negare.
> Nunquam ſtare animi decreto, u. ſ. w.

*) Z. B. folgende Schilderung der Unwiſſenheit, p. 168. Poem.
> Tertia in extructo ſedet ignorantia lecto,
> Languida, deſes, iners, et obeſo ingloria ventre,
> Impetuoſa, vorax, ſemper levis, ebria ſemper,
> Digna odio, deformis, hebes, rudis, omnia jactans,
> Non aures, non illa oculos habet, utitur una
> Plus nimio lingua, ſinit ore explere ferinam
> (Utilia) ingluviem, nullum eſt in fronte cerebrum,
> Nullus ineſt ſenſus, manibus pedibusque vagatur
> Incertum, tenebris gaudet, nutritque profunda
> Obſcuros in nocte viros, gerit ordine nullo
> Res, nulloque modo, ſæpeque hæc ſibi diſplicet ipſi, etc.

**) Z. B. Die Inquiſitor=Wildheit Hogſtratens p. 171.
> Dic aliquid ſacra de religione, deoque
> . . . . clamabit ad ignem,
>
> Si verum eſt, ignem, ſi falſum ſcribitur, ignem,
> Si juſtum eſt, ignem: ſi injuſtum, quod facis, ignem.
> Igneus eſt totus, vorat ignem, veſcitur igni.
> Igneus eſt pulmo, ſpiratque e gutture flammam.
> Igne jecur, ſtomachus calet igne, ipſe omnia adurit.
> Quod loquitur, flamma eſt, flamma eſt, quod ſcribit:
> ad ignem
> Semper in ore gerit, prima hæc atque ultima vox eſt.
> Igneus eſt naſus, duræ ſunt lumina frontis
> Ignea, candenti cor e carbone coactum eſt.
> Ipſe etiam in vinclis ægre ſe continet, ignem
> Quo minus exclamet, volet hunc ardere triumphum.
>
> Hanc bis ſex juvenes ferratis cogere vinclis
> Non potuere feram, ſolo a Capnione ligari
> Suſtinuit, quanquam ſæpe ingeminaret ad ignem,
> Evomeretque ignem — —

und den Dichter Ortvinus: p. 173.
> Carmen, ait, ſcribo, dicam, indoetiſſime, carmen,
> Quod pecus Arcadiæ pecora inter inertia rudit?

höchſt ſelten lacht oder lächelt in dieſem Gedichte der muthwillige Satyr, der die Briefe der dunkeln Männer niederſchrieb. Vielmehr erhebt Ulrich von Hutten in dem Triumphus Capnionis wie ein zürnender Rächer ſeine blutige Geiſſel, und zerfleiſcht die Cöllner und deren Waffenträger mit einem Grimme, deſſen Anblick man nur kaum ertragen kann, oder von welchem man ſogar ſeine Augen wegwenden muß *). Und bey aller ſeiner, beynahe möchte man ſagen, henkeriſchen Heftigkeit that der Triumphus Capnionis den Antireuchlinianern doch nicht ſo wehe, als die Epiſtolæ obſcurorum virorum, von

Et quod cantat Epops, et quod feralis ab alto
Nuntiat Alcalaphus, tibi non rudiore Minerva
In Sicula Polyphemus aqua contendere poſſet.
Quæ cum ita ſint, cur tu Capnionem invadere mavis,
Quam furere iſta domi, et tecum inſanire ſeorſum?

*) Man leſe folgendes Gemählde der Strafen, welche der Dichter an dem bekehrten Juden Pfefferkorn vollzogen wünſcht: p. 177.
Quæ mora carnifices, quin vos huic ore retorto
Excipitis linguam, magnorum prima malorum
Semina, ne medio poſſit non fanda triumpho
Dicere? quin naſum, atque ambas avellitis aures?
Inſerkisque uncum pedibus? trahitisque ſupino
Poplite, verrentem facieque et pectore terram?
Prodent excuſſos etiam diſperdere dentes,
Ne maneat labris quo quenquam lædat in iſtis,
Interea quanquam trahitur, poſt terga redactis
In ferrum manibus, digitos truncate ſupremis
Unguibus. Immane eſt, dicit mihi Tungarus, iſtud,
Immane eſt. At vos tormento immanius omni
Auſi eſtis facinus. Læto committe triumpho
Hunc ſaltem integrum, ne mœſtum hæc gaudia monſtrum
Turbet. At hic nemo eſt, cui ſit miſerabile, quicquid
Contigerit vobis. Veſtri miſeratio nullos
Hic movet affectus. Rident puerique virique
Et faciles doluiſſe nurus, facilesque puellæ
Una omnes rident, plauſuque favente ſequuntur
Hunc Judam appenſis pedibus, tractumque ſupino
Occipiti, et ſcabros revomentem in ſanguine dentes,
Confoſſumque unco, lingua, naſoque carentem,
Atque exarmatum digitis, auresque videntem
Ante ſuas nunquam viſas, etc.

welchen schon Zeitgenossen urtheilten, daß sie dem
papistischen Wesen, und besonders dem Ansehen der
Bettelmönche mehr geschadet hätten, als alle übrige
Pasquillen und Satiren, welche man gegen sie geschrieben habe, weil die Pöbelhaftigkeit, die Schwelgerey und Unzucht der Mönche, ihre Unwissenheit,
Aberglaube und Streitsucht, ihre Herrschbegierde,
Eigennutz, Mißgunst und Verfolgungsgeist, ja selbst
ihre verdorbene Sprache nirgends mit einem so glücklichen und bezaubernden Witze lächerlich gemacht worden, als in dem größten, wenigstens in dem heil-
samsten Meisterstücke, welches je der deutsche Momus
hervorgebracht hat *). Ich habe schon in dem Leben
Reuchlin's einiges zur Geschichte der Briefe der
dunkeln Männer gehöriges beygebracht. Hier ist der
Ort, über die Zeit, wann sie geschrieben und zuerst
gedruckt worden, über ihre Verfasser und ihre Wirkungen ausführlicher zu reden, als ich im Leben
Reuchlin's thun konnte.

Die Briefe der dunkeln Männer, wenigstens der
erste Theil derselben wurde gewiß schon im J. 1515.
und der zweyte Theil eben so gewiß in demselbigen,
oder im folgenden Jahre geschrieben. Ulrich von
Hutten erwähnt in seinem Triumphus Capnionis,
der im J. 1515. gedichtet wurde, der dunkeln Männer zweymahl auf eine solche Art, daß man sieht:
Diese Benennung und also auch die Briefe, welche
er und sein Freund in ihrem Nahmen schrieben,
oder geschrieben hatten, seyen ihm schon damahls

---

*) Vid. Anonymi Epist. a Joh. Chr. Oleario 1720. Arnstadii
editam p. 12. Et haud scio, schreibt der Freund des Crotus
an diesen p. 13. an ullum hujus saeculi scriptum sic papistico
regno nocuerit, sic omnia papistica ridicula reddiderit, ut
tui illi obscuri viri, qui omnia minima, maxima Clericorum,
verterunt in risum.

stets gegenwärtig gewesen °). In eben diesem ersten
Bande der Briefe meldet unter anderm *Lyra Bunt-
schuhmacher* dem Gottesgelehrten *Hackinet* die
Neuigkeit, daß der Augenspiegel des *Johann Reuchlin* in Rom von neuem übersetzt werde, weil die vom
Hogstraten eingereichte Uebersetzung als unrichtig
befunden worden **). Es ist bekannt, daß dieses im
J. 1515. geschehen sey. Selbst im zweyten Bande
wird die Verbrennung des Augenspiegels des *Johann
Reuchlin*, die im J. 1514. geschah, als eine Neuigkeit erwähnt, welche ein von Cölln nach Rostock rei-
sender Magister seinen Bekannten auf der letzten hohen
Schule erzählt habe †). Sowohl im ersten, als im
zweyten Bande wird *Richard Crocus*, der im J.
1515 nach Leipzig kam ††), als ein Neuangekomme-
ner, und eben so *Jacob Hogstraten* noch immer
als ein Sollicitant in Rom geschildert, und zwar in
den ersten Briefen als ein Sollicitant, der noch gute
Hoffnungen hege †††. Diese guten Hoffnungen ver-

°) Zuerst in der Schilderung der Unwissenheit, in Poem. p.
168. 169.

> . . . tenebris gaudet, nutritque *profunda*
> *Obscuros in nocte viros* . . . . .

und dann p. 170.

> Ite deis inimica cohors, tamen ite Sophistæ,
> Obscuri prodite viri, turba indiga lucis,
> In nullo versata die . . . . .

Aus beyden Stellen erkennt man den Grund, warum Ulrich
von Hutten, und sein Freund, den Mönchen und Schulgelehrten den Nahmen der dunkelen Männer gaben. In der alten
Ausgabe des Triumphus Capnionis, die sich auf unsrer Bibliothek findet, stehen bey der ersten Stelle am Rande die Worte: Obscuri viri. Wiederum wird der Triumphus Capnionis,
welchen Ulrich von Hutten zwar 1515. schrieb, aber erst 1518.
oder 1519. drucken ließ, im ersten Bande der Briefe der dunkelen Männer angeführt. p. 94. Edit. Londin.

**) I. p. 133. Edit. Lond. 1689. 12,

†) p. 321.

††) S. mein Leben Reuchlin's S. 163.

†††) *Johannes de Werden M. Ort. Gratio* p. 245. Sed ego spe-

schwanden schon sehr gegen das Ende des J. 1516.
und im Anfange des folgenden Jahrs mußte Hogstraten mit Schimpf aus Rom entfliehen. Aus
einem andern Briefe könnte man schliessen, daß derselbe erst gegen den Ausgang des Jahrs 1517. geschrieben worden, weil es darin heißt, daß Ulrich
von Hutten nach Italien gegangen, und seit einem
Jahre nicht mehr in Mainz gewesen sey *). Allein
dieser Brief ist unläugbar antidatirt, welches man
schon daraus sieht, daß die Abwesenheit Ulrichs
von Hutten, der die Doctorwürde in Italien erwerben wolle, auf ein ganzes Jahr ausgedehnt wird.
Ulrich von Hutten dachte über ein Jahr in Italien
zu bleiben, hielt sich aber wegen der Abentheuer,
die ihm dort auffstiessen, nicht einmahl dreyviertel
Jahre auf; und er würde also gewiß nicht uno anno
geschrieben haben, wenn er den Brief nach seiner
Rückkunft aus Italien abgefaßt hätte.

Der erste Theil der Briefe der dunkeln Männer
wurde gegen das Ende des J. 1516. oder, was mir
noch wahrscheinlicher ist, im Anfange des J. 1517.
abgedruckt, oder ausgegeben. Nach einem am 31.
Oct. 1516. geschriebenen Briefe des Thomas Morus, der sich unter den Briefen des Erasmus fin-

ro, quod statim volo vobis scribere bonas novitates. Quia
Dominus magister noster Jacob de Hochstraten facit magnam
diligentiam. Et nuper habuit magnum convivium, et invi-
tavit multos Curtisanos antiquos, bene experimentales, et
unum scriptorem, qui est bene visus apud Sautissimum, et
aliquos auditores Rotz. Et dedit eis comedere perdices, et
fasianos, et lepores, et pisces recentes, et optimum vinum
Corsicum, neo non Græcum, et dixerunt omnes, quod trac-
tavit eos summa cum Reverentia, et dixerunt: per Deum,
iste est notabilis Theologus. Volumus esse pro parte ipsius.
Et sic habet bonam sperantiam.

*) p. 435. Sed nunc abivit Deo gratias ad fiendum doctor, et
in uno anno non fuit hic. Diabolus auferat eum.

det *), ſollte man glauben, daß ſie wenigſtens in der Frühlingsmeſſe 1516. erſchienen ſeyen. Allein ich bin überzeugt, daß Thomas Morus ſelbſt in ſeinem Briefe ſtatt 1517. oder 1518. das J. 1516. geſetzt habe, oder daß auch beym Abdruck die Jahrszahl verfälſcht worden **). Wären die Briefe der dunkeln

---

*) p. 1575. Epiſtolæ obſcurorum virorum operæ pretium eſt videre, quantopere placent omnibus etc.

**) Eben ſo urtheile ich auch von einem Briefe Luthers vom 5 Oct. 1516. in welchem er der Epiſtolarum obſcurorum virorum erwähnt. T. l. Fol. 25. 26. Ineptias iſtas, quas ad me miſiſti, de ſupplicationibus ad S. Pontificem contra Theologaſtros nimis apparet, a non modeſto ingenio effictas, prorſusque eandem olentes teſtam, quam Epiſtolæ obſcurorum virorum. — In dieſem Briefe war entweder die Jahrszahl falſch geſchrieben, oder wurde falſch abgedruckt, wie gleich nachher fol. 35. und an mehrern Stellen. *Seckendorf* Hiſt. Lutheran. p. 203. — Vielleicht hatte auch Luther, wie andere Thüringiſche Gelehrte, manche Epiſtolas obſcur. vir. im Manuſcript geſehen. Man könnte endlich zugeben, daß die Epiſtolæ obſc. vir. im Herbſte 1516. erſchienen ſeyen, daß ſie aber noch nicht am Ende des Oct. 1516. in England allgemein hätten geleſen ſeyn können. So weit hatte ich geſchrieben, als ich im Schweizeriſchen Muſeum vom J. 1790. S. 611. eine Stelle aus einem Briefe des Glarean an den Zwingli vom 19. Oct. 1516. angeführt fand, in welchem der angenehm geſalzenen, und ſtark vermehrten Briefe des Porwin Gracchus an den Ortwinus Gratius Erwähnung geſchieht. Dieſe Stelle würde mich glauben machen, daß der erſte Theil der Briefe der dunkeln Männer im Herbſte 1516. erſchienen ſey, wenn Glarean bloß von der erſten Erſcheinung, und nicht von einer vermehrten Auflage der Briefe redete. — Vor Huttens Reiſe nach Italien war der erſte Theil der Epiſt. obſc. vir. gewiß nicht aufgegeben worden; und es läßt ſich alſo auch nicht denken, daß eine neue Auflage ſchon im Oct. 1516. fertig, und in die Schweiz geſchickt worden. Entweder iſt alſo auch das Datum dieſes Briefes unrichtig, oder die Vermehrung der Briefe an den Ortwin ſollte auch weiter nichts ſagen, als daß die erſte gedruckte Ausgabe der Epiſt. obſc. vir. vollſtändiger ſey, als die Sammlung der abgeſchriebenen Briefe, die vorher in Baſel umhergegangen ſeyn mochte. — Der Brief des Glarean findet ſich, wie ich von dem verehrungswürdigen Herrn Rathsherrn Füßli erfahre, in der Sammlung von Handſchriften auf der Stadtbibliothek in Zürich.

Männer so früh herausgekommen, daß man sie schon
im October 1516. in England allgemein hätte lesen
können, oder gelesen gehabt hätte; so müßten sich von
diesem merkwürdigen Phänomen nothwendig viele
Spuren in solchen Briefen des Erasmus, Pirkheimer, Hutten und anderer deutschen Gelehrten
finden, die in dem J. 1516. geschrieben worden.
Ulrich von Hutten deutete aber erst in einem
Briefe, welchen er im Januar 1517. aus Bologna
an den Reuchlin schrieb, auf die Briefe der dunkeln Männer, als auf ein Produkt, das bald erscheinen werde *); und er wußte also um diese Zeit
entweder gewiß, daß die Briefe nächstens herauskommen würden, oder sie waren in Deutschland vor
kurzem bekannt gemacht worden, ohne daß er noch in
Italien Nachricht davon erhalten hatte. Die verstän-
digeren Mitglieder des Predigerordens gehörten gewiß
zu den ersten, die das Daseyn der Briefe in Italien
ankündigten, und den Pabst um Hülfe gegen die unbekannten Verfasser der Briefe und die Briefe selbst
anflehten. Auch kann man annehmen, daß man in
Rom nicht werde gesäumt haben, die der ganzen
Geistlichkeit nicht weniger, als den Cöllnern gefährlichen Briefe so geschwind, als möglich, zu unterdrücken. Das päbstliche Breve, wodurch man dieses zu
bewirken hofte, ist am 15. März 1517. unterschrieben **); und höchst wahrscheinlich also war der erste
Theil der Briefe der dunkeln Männer nur einige Monate vorher abgedruckt worden. In der ältesten Ausgabe des ersten Theils der Briefe ist das Jahr gar
nicht, und der Druckort falsch angegeben. Der Schluß
dieses ersten Theils ist eben so muthwillig, als die

---

*) Epist. *Reuchl.* II. 189. p. und Opera *Hutteni* p. 90. Brevi
videbis lugubrem adversariorum tragœdiam e ridentium theatra
exsibilari.

**) Lamentat. obscur. vir. p. 15.

Briefe selbst sind. Es heißt nämlich am Ende: Et
sic est finis epistolarum obscurorum virorum. Deo
gratia, ejusque sanctæ matri, in Venetia impressum
in impressoria Aldi Manutii. Anno quo supra;
etiam cavisatum est, ut in aliis ne quis audeat
post nos impressare per Decennium per illustrissi-
mem principem Venetianorum. Ungeachtet in dieser
Schlußformel die Jahrszahl nachgewiesen wird, als
wenn sie auf dem Titel angezeigt wäre; so steht doch
auf dem Titel weiter nichts, als folgende Worte:
Epistolæ obscurorum Virorum ad venerabilem virum Magistrum Ortvinum Gratium Dauentriensem
Coloniæ Agrippinæ bonas litteras docentem, variis
et locis et temporibus missæ, ac demum in Volumen coactæ. Daß der Druckort erdichtet sey,
war den Zeitgenossen und besonders den Italiänern
der damahligen Zeit so auffallend, daß Aldus Ma-
nutius sich nicht einmahl die Mühe gab, den Verdacht des Drucks von sich abzulehnen, und auch
weder von den Inquisitoren, noch von dem päbstlichen
Hofe deswegen zur Rechenschaft gezogen wurde, welches man gewiß gethan hätte, wenn nur der geringste
gegründete Argwohn gegen ihn vorhanden gewesen
wäre. Eben deswegen geschah auch des falschen
Druckorts in dem päbstliche Breve gar keine Erwähnung. Nach dem Papier und Format, den Lettern
und Abbreviaturen zu schliessen, ist der erste Theil
der Epistolarum obscurorum virorum in Cölln oder,
wie Ortvin glaubte, in Mainz gedruckt worden;
denn er stimmte in allen genannten Stücken sehr genau mit den Schriften des Buschius und Hogstraten zusammen, die ohngefähr um dieselbige Zeit in
Cölln und der Nachbarschaft dieser Stadt gedruckt
worden sind °). Dem ersten Theile folgte bald ein

---

*) In den Lamentationibus obscurorum virorum wird Mainz

zwepter *). Die Original-Ausgabe dieses zwepten
Theils scheint viel seltener, als die des ersten zu seyn.
Sie ist nicht auf der hiesigen Bibliothek, und weder
Burkhard noch Heumann noch die beyden Tho-
masius hatten sie gesehen. Ich weiß also auch nicht,
ob die Herausgeber den Rath Pirkheimer's befolgt, und die Fortsetzung der dunkeln Briefe Epistolæ clarorum virorum überschrieben haben **). Man
kann dieses deswegen bezweifeln, weil die mir bekannten spätern Editoren beyden Theilen stets den Titel der
Epistolarum obscurorum virorum gegeben haben †).

als der Druckort angegeben: p. 58. Moguntiæ ex domo nostri
impressoris, pœnas suas temeritatis procul dubio daturi. Die
Huttenschen Schriften, die bald nachher in Maine gedruckt
wurden, hatten mit der Originalausgabe der Briefe der dunkeln Männer nicht die geringste Aehnlichkeit.

#) Erasmus Cæsario suo 16. Aug. 1517. p. 1622. Ne id qui-
dem satis est visum, en alter libellus priori adsimilis, in quibus crebra sit mentio eorum, quibus scio lusus hujusmodi
nequaquam probari; und Spongia Erasmi p. 27. Edit. Basil.
1523. . . Successit mox alter libellus similis.

##) Pirkheim. ad Huttenum, in *Pirhh.* Op. p. 25. Mutandus
itaque titulus, et pro obscuris viris clari viri sunt inscriben-
di, ut rursus Nebulones pecunias dilapidare cogantur. Plane
enim confessi sunt, ob breve illud belle auro se emunctos esse.

†) Der erste Nachdruck der Briefe der dunkeln Männer, welchen
ich in Händen gehabt habe, ist der von 1556. Auch damals
hatte man noch nicht das Herz, den wahren Druckort der neuen
Ausgabe auf dem Titel zu nennen. Am Ende beyder Theile
stehen die Worte: Romæ stampato con privilegio del Papa,
e confirmato in luogo, qui vulgo dicitur Belvedere. In dieser Edition ist durch ein seltsames Versehen der erste Theil als
der zwepte, und der zwepte als der erste abgedruckt. Auch ist
der erste Theil mit größern Lettern, als der zwepte, gesetzt,
und am Ende mit einem Dialogus novus et mire festivus,
in welchem M. Ortvinus, M. Lupoldus, M. Gingolphus,
Erasmus, Reuchlin, Faber Stapulensis die redenden Personen
sind, bereichert worden. Dieses Gespräch hat die Londoner-
Ausgabe von 1689. nicht nur beybehalten, sondern auch noch
ein Volumen tertium obscurorum virorum, und die Lamentationes obscurorum virorum vom Ortvinus Gratius bin-
angefügt. Das Volumen tertium obscurorum virorum mag

Ungeachtet der Haupthelb unter den dunkeln Män=
nern, der Magister Ortvinus, in dem Lamentarioni-
bus obſcurorum virorum vorgab, daß man ſowohl
die Verfaſſer, als den Druckort der Briefe der dun=

vielleicht noch im ſechszehnten Jahrhundert geschrieben worden
ſeyn. Gewiß aber hat, oder haben die Verfaſſer lange nach
dem Tode der Urheber der beyden erſten und allein ächten
Theile der Briefe der dunkeln Männer gelebt. Vielleicht iſt
Mieb ern meiner Leſer nicht unangenehm, wenn ich nachfolgen=
de Notizen und Vermuthungen hinzufüge. Ich glaube aus ei=
ner Stelle des Erasmus schlieſſen zu können, daß der erſte
Theil der Briefe der dunkeln Männer schon wieder aufgelegt
worden iſt, bevor noch der zweyte erſchien. Er ſagt nämlich in
dem Brief an den Cäſarius: p. 1622. Sed moleſtius fuit,
quod in poſteriore editione mei quoque nominis mentionem
admiſcuerint . . . Ne id quidem ſatis eſt viſum; en alter
libellus priori adſimilis, in quibus crebra mentio fit eorum,
quibus ſcio luſus ejusmodi nequaquam probari. Einer ſolchen
verwehrten Auflage erwähnt auch Glarean in einem Briefe
an den Zwingli. S. Schweizeriſches Muſeum vom J. 1790.
S. 611. — Vermuthlich enthielt schon dieſe zweyte Ausgabe
des erſten Theils den Anhang, der in der Edition von 1556.
als ein appendix epiſtolarum bemerkt, hingegen in der Lond=
ner=Ausgabe, ohne dieſe Bemerkung, gleich hinter den andern
abgedruckt worden iſt. Dieſer appendix fängt in der Londner=
Ausgabe S. 155. an. Einer der in dieſem appendix enthalte=
nen Briefe iſt 1516. datirt. S. 185. Der letzte iſt in octavo
Menſis Maji in Anno 1537 unterſchrieben. Wenn nicht 1537.
ſtatt 1517. geſetzt worden iſt, ſo macht dieſer Brief ſammt dem
Geſpräch, und der Lectura multum ſubtili Magiſtri Schlunz,
die darauf folgen, einen zweyten Anhang aus, welchen der
Urheber der Edition von 1556. hinzuzufügen für gut gefunden
hat. In der Leuwer=Ausgabe iſt zwiſchen dem Briefe von
Johannes Strausfederius, p. 21. und dem von Petrus Hafen=
muſius p. 25. ein Brief von Nicolaus Caprimulgius ausgelaſ=
ſen worden, der ſowohl in der Originalausgabe, als in der
Edition von 1556. ſteht. — Der zweyte Theil der Briefe der
dunkeln Männer hat keine ſpätere Zuſätze erhalten. Denn
Erasmus ſagt, daß der letzte Brief auch die tummen Bettel=
mönche belehrt habe, daß die vorhergehenden Briefe nicht im
Ernſte geſchrieben worden. Dieſer letzte Brief iſt der, welcher
überſchrieben iſt: Omnium barbarorum defenſori. p. 500.
Aus dem Worte addidit ſcheint zu erhellen, daß der letzte
Brief einer auf die erſte gleich folgenden zweyten Ausgabe an=
gehängt worden.

feln Männer kenne *), so waren doch die Urtheile
über die Nahmen und Zahl der Verfasser gleich nach
der Erscheinung, und blieben auch das ganze sechs-
zehnte und siebenzehnte Jahrhundert durch streitig und
schwankend; ja diese Urtheile sind noch jetzt nicht einmahl firirt. Sehr viele Freunde sowohl als Feinde
nennten den Reuchlin als den Verfasser, ungeachtet dieser, wie die vorher angeführte Stelle Ulrichs
von Hutten zeigt, kurz vor der Bekanntmachung
des ersten Theils nicht einmahl wußte, daß man
seinen Widersächern nächstens so mitspielen werde.
Auch hatte Ulrich von Hutten, als ein abgesagter
Feind des Herzogs von Wirtemberg vor seiner
letzten Reise nach Italien nicht die geringste unmittel-
bare Gemeinschaft mit dem Reuchlin; und selbst
aus Italien wagte er es eine Zeit lang nicht, geradezu an den Reuchlin zu schreiben, um diesen nicht
dem Herzoge Ulrich als einen Mitverschwornen seiner
Feinde verdächtig zu machen **). Aller dieser bekannten Thatsachen ungeachtet erhielt sich die Meynung,
daß Reuchlin die Briefe der dunkeln Männer geschrieben habe, am längsten; und selbst Majus,
der Lebensbeschreiber Reuchlin's, und der Herausgeber der Briefe der dunkeln Männer, die 1689.
in London gedruckt wurden, blieben dieser Meynung
zugethan. Andere nannten den Eobanus Hessus,
der nichts so sehr haßte, als solche bittere und persönliche Spöttereyen, dergleichen die Briefe der dunkeln Männer enthielten *), und welchem es Ulrich

---

*) p. 143. Notum est et publicum, ubi illorum epistolæ sint,
noti etiam auctores, nos tamen bonum pro malo damus.

**) Epist. *Hutteni* p. 100. Oper. ipf. Item Capnionem faluta,
cui quod non possum sine sui periculo scribere, pene dirumpor.

†) Camer. in Vita *Eobani Hessi* p. 38. Lipsiæ 1696. . . . qui
neque joco, neque serio, neque monendi aut præcipiendi
caussa, soleret infectationes aut reprehensiones usurpare.
Usque adeo a toto hoc genere inquirendi in alios, et vitia

von Hutten deswegen nicht einmahl offenbaret hatte, daß der Triumphus Capnionis von ihm sey: Noch andere riethen auf den Erasmus, der sich deswegen ängstlich vertheidigte, und aufrichtig gestand, daß er zu der Persifflage in den Briefen der dunkeln Männer gar keine natürliche Anlage habe *). Ich übergehe den Pirkheimer, welcher selbst den Ruhm, wie die Gefahren, der Briefe der dunkeln Männer seinem Freunde Hutten zuerkannte **), den Grafen von Nuenar, den Hermann von dem Bussche und andere, die man bloß deswegen als die Urheber der Epistolarum obscurorum virorum geargwohnt hat, weil sie entweder Freunde Ulrichs von Hutten, oder Verehrer des Johann Reuchlin waren.

Es ist mir beynahe unbegreiflich, wie das gleichzeitige Publicum, und noch mehr, wie die nachfolgenden Zeiten wegen der Verfasser der Briefe der dunkeln Männer so lange ungewiß bleiben, und so seltsam umherrathen konnten. Ulrich von Hutten gestand es in einem Briefe, den er 1518. an Pirkheimern schrieb, und in demselbigen Jahre drucken ließ, beynahe mit klaren Worten ein, daß er ein Hauptverfasser der Briefe der dunkeln Männer, und daß die Lamentationes obscurorum virorum vorzüglich

aliorum notandi ac exagitandi, animus et voluntas Eobani abhorrebat.

*) Man sehe die beyden Briefe an den Cäsarius und den an den Grafen von Nuenar: p. 1622. 1626. 1678. An der letzten Stelle sagt er: Neque enim deerant, qui me crederent eorum epistolarum auctorem, cum mihi *nec nomina forent nota*, nec imitabilis phrasis.

**) Epist. ad *Hutten.* p. 24. Oper. *Pirkheim.* Ich kann daher Herrn Meuse! wegen der vielen Verfasser der Epistolarum obsc. vir. nicht beystimmen, in seinem hist. lit. bibl. Mag. I. St. S. 41. Uebrigens sind seine Bemerkungen über einige Ausg. der Epist. obsc. vir. lesenswerth.

züglich gegen ihn gerichtet seyen °). Schon im Ju
nius 1517. sagten es die Bettelmönche in Franken
und Schwaben laut, daß die Briefe der dunkeln
Männer vom Ulrich von Hutten herrührten **).
Pirkheimer, der seinem Freunde diese Nachricht
nach Italien schrieb, war von der Wahrheit derselben
fest überzeugt; und dieser Pirkheimerische Brief
wurde mit den übrigen Werken dieses vortreflichen
Mannes schon im Anfange des letzten Jahrhunderts
gedruckt. Fast eben so früh, als das Gerücht: Daß
Ulrich von Hutten die Briefe der dunkeln Männer
geschrieben habe, entstand ein anderes: Daß er nicht
der einzige Verfasser sey. Ortvin redet in den La
mentationen der dunkeln Männer, die 1518. erschie
nen, von den Verfassern ihrer Briefe stets in der
mehrern Zahl, und auch Erasmus, der schon vor
dem Drucke einen Brief der dunkeln Männer, wel
chen man Ulrich von Hutten zuschrieb, gelesen
hatte †), hörte bald, daß ausser Hutten noch andere
daran gearbeitet hätten; und zwar wurden drey Ver
fasser derselben angegeben ††). Da man es so bald
erfuhr, oder wenigstens vermuthete, daß die Briefe
der dunkeln Männern von mehrern, und unter diesen.

---

*) Epist. ap. *Burckhard.* I. p. 7. Qua de re in litteris tuis
mentionem facis, theologistas auxisse, nescio quas suas ad
versum vos lamentationes scribens.

**) Epist. *Pirkheim.* ad *Ulricum Huttenum* p. 24. in Oper.
Pirkheim. Nec dubites, fratres illos, qui te auctorem ob
scurorum esse clamitant, illum contra te instigare.

†) In *Spongia* p. 26. Nactus eram unam epistolam manu de
scriptam de convivio magistrorum quæ nihil haberet præter
ianoxium jocum, et ferebatur Hutteni.

††) Ib. p. 27. Equidem non ignorabam auctores. Nam tres
fuisse ferebantur. In neminem derivavi ullam suspicionem.
Diese aus der Spongia angeführten Nachrichten und Urtheile
streiten durchaus mit der aus dem Briefe an den Cäsarius
angezogenen Stelle, in welcher Erasmus sagt, daß er nicht
einmal die Nahmen der Verfasser gekannt habe.

F

von Ulrich von Hutten ausgearbeitet worden; was
war natürlicher, als auf den Freund des letztern zu
rathen, mit welchem er von seiner ersten Kindheit an
am vertrautesten gelebt hatte, und gewiß auch in
dem Zwischenraume zwischen der ersten und zweyten
Reise nach Italien in der engsten Verbindung
gewesen war? Nach Ulrich von Hutten hätte,
scheint es, den Zeitgenossen keiner eher einfallen müssen, als Crotus Rubianus, der es seinen Freunden, mit welchen er nachher zerfiel, gar nicht verhehlt hatte, daß er an den Briefen der dunkeln Männer Antheil gehabt habe *). Und doch fiel man
auf den Crotus Rubianus weniger als einen jeden andern Freund Ulrichs von Hutten, bis Olearius den schon angeführten anonymischen Brief an
Crotus Rubianus herausgab. Letzterer verdient es
in einer doppelten Rücksicht, als Freund Ulrichs
von Hutten, und als Mitarbeiter an den berüchtigten Briefen, daß ich meine Leser näher mit ihm
bekannt mache.

Der wahre Nahme von Crotus Rubianus
war Johann Jäger von Dornheim in Thüringen,
wo er allem Ansehen nach im J. 1480. gebohren
worden war °°). Er studierte zugleich mit Luther

---

*) Epiſtola Anonymi ad *Crotum Rubeanum* p. 11. Et noſtis,
quos ludos, quos jocos ille liber nobis ſæpe præbuit. Nullum convivium erat, nullus conſeſſus, nulla deambulatio,
ubi tu non circumferres illam politiam tuam, illam formam
novam reipublicæ tuæ, per quam facillima via, ridendo ſci-
licet et ludendo, in optimum ſtatum, ni fallor, reſtitueren-
tur divina, humanaque omnia. Der Verfaſſer dieſes merkwürdigen Briefes war faſt gewiß Juſtus Jonas in Wirtemberg, ein ehemaliger genauer Freund des Crotus, wie der
Herausgeber des Briefes, Olearius, vermuthete.

**) *Olearius* in adnotat. ad epiſtolam Anonymi p. 23. Den
Nahmen Jäger verwandelte er in Crotus von χρσταω, oder
dem den Jägern eigenthümlichen Geräuſchmachen; und Ru-

in Erfurt im J. 1504. und war einer der ersten und
wärmsten Vertheidiger seines Ansehens und seiner
Lehre °). Von Erfurt gieng er nach Fulda, wo
er mit dem Ulrich von Hutten einen Freundschafts-
bund schloß, der nicht eher, als mit dem Leben des
letztern aufhörte. Im J. 1515. war Crotus Professor in Erfurt **), von welcher Stadt aus er im
J. 1518. und 1519. eine Reise nach Italien machte °°°). Im J. 1520. bekleidete er die Rectorwürde
in Erfurt †), wo er bald nachher den nach Worms
reisenden Doctor Luther auf die ehrenvollste Art
empfieng und begleitete. ††). Pest und Zwietracht
trieben den Crotus im J. 1513. aus Erfurt nach
Fulda †††), aus welcher Stadt er sich nach Preußen
wandte, wo er sich sieben Jahre aufhielt. Nach

bianus, von Rubus, sollte vermuthlich sein Geburtsort Dornheim ausdrücken.

*) l. c. p. 24. 25.

**) In dieser Stadt fand ihn der dunkle Mann, der p. 262.
Epist. obsc. vir. die Drangsale und Verfolgungen beschreibt,
welche er allenthalben, und besonders in Erfurt vom Aper-
bachuo, Eobanus Heßus und Crotus Rubianus ausge-
standen habe. Diese Nachricht scheint durchaus unvereinbar mit
einer andern, die ich in einem Briefe des Mutian an den
Abt Hartmann von Fulda finde. In (*Tenzelii* Supplem. hist.
Goth. p. 209.) Mutian empfiehlt dem Abte den Eobanus
Heßus zu einem Collegen des Crotus, welchen der Abt kurz
vorher zum Cardinal gemacht, d. h. mit einer einträglichen
Stelle beschenkt habe. Crotum fecisti Cardinalem; restat, ut
Croto Poetam nobilissimum adjungas. — Das Datum des
Briefes, der im J. 1515. geschrieben seyn soll, ist wahrscheinlich unrichtig. Wenn Crotus erst in, oder kurz vor dem J.
1515. eine einträgliche Stelle in Fulda erhalten hätte, so würde
er schwerlich noch in demselbigen Jahre nach Erfurt gegangen
seyn.

***) Man sehe das Empfehlungsschreiben Ulrichs von Hutten an
Julius Pflug in Bologna. Poem. p. 270.

†) p. 24. *Olear.*

††) Camerar. in Vita *Eob. Heß* p. 37.

†††) Ib. 41.

seiner Rückkehr verführten ihn die Präbenden, welche ihm der Erzbischof Albert von Mainz anbot,
die Partey der Lutheraner nicht nur zu verlassen,
sondern auch zu bestreiten; welche Verläugnung der
Wahrheit ihm sein vormaliger Freund in dem vom
Olearius herausgegebenen Briefe zwar nachdrück-
lich, aber doch mit Schonung, und in der Hoffnung
einer baldigen Besserung vorwarf *). Crotus Rubianus hatte, wie man schon aus dem letzten Facto
schließen kann, weder den heißen und ausdauernden
Eifer Ulrichs von Hutten für die Wahrheit, noch
viel weniger dessen Muth, die Feinde derselben allenthalben anzugreifen, und in diesem Kampfe alles,
selbst sein Leben aufzuopfern. Er liebte ein gemächli-
ches Leben über alles, zog das frohe Lachen über Thoren und Thorheiten dem ernstlichen Streite gegen
Mißbräuche und Laster weit vor, oder wenn er auch
stritt, so schadete er seinen Feinden lieber aus dem
Hinterhalte, als daß er sich ihnen auf freyem Felde
entgegengestellt hätte **). Sein gerader und durch

---

*) Luther nannte ihn von dieser Zeit an den Doctor Kröte,
des Cardinals zu Metz Tellerlecker. *Olear.* p. 26. Camerarius war so schonend, daß er die Ursache, wodurch Crotus
seine alten Freunde in den letzten Jahren seines Lebens von
sich entfernt habe, nicht einmal angeben wollte. In vita *Eobani Hessi* p. 41. Erat Crotus, cujus paulo ante feci mentionem, ab antiquo notus Eobano, vir doctus et egregius,
sed quum ingenio vario, tum mutabili sententia. Is magi-
stratu functus regendi Academiam Fuldam primus concessit,
et in Borussiam postea discessit. Indeque reversus alienavit
a se multorum studia, nescio qua de caussa, vel nolo potius
perscribere, ne quem viventem colui, ei mortuo obtrectare
videar. Ohne eine ähnliche Schonung, welche auch seine übrigen Freunde, in der Hoffnung, daß er abermals umkehren
möchte, beobachteten, hätte es viel eher bekannt werden müssen, daß er einer der Urheber der Briefe der dunkeln Männer
gewesen sey.

**) Epist. Anonymi ad *Crotum* p. 3. Agnosco veterem illum
Crotum, qui natura semper abhorruit a politicis illis et seriis
negotiis, qui nunquam res ecclesiæ tanti faciendas duxit,

das Studium der Alten gebildeter Verstand ließ ihn
früh die Mißbräuche in der Kirche, die Irthümer in
der Lehre, und den Aberglauben, die Unwissenheit
und Verdorbenheit der Häupter der Kirche und der
Lehrer der Religion entdecken °); und sein eben so
muthwilliger als unerschöpflicher Witz reitzte ihn, oder
flößte ihm den Entschluß ein, daß man diese nicht
länger zu ertragenden Mißbräuche, Irthümer, Unwissenheit, Aberglauben und Laster, samt ihren Urhe-
bern und Vertheidigern, auf alle Weise lächerlich zu
machen suchen müsse, um sie, wo möglich, durch
Spott zu heilen, oder auszurotten °°). Crotus bot

quin justum somni tempus absolveret, qui nunquam tantas
sui sæculi vidit miserias, nulla tam difficilia, afflicta aut
tristia tempora reipublicæ, quin ridere eos, et gestire cum
suis amiculis, et suis illis oblectare se jocis, quam nimium
ringi illis publicis nunquam finiendis, et corpori ac valetu-
dini semper noxiis curis. — Und p. 9. Ne . . . dediscas illud
tuum genus ridendi, jocandi, ludendi, sine quo, sat scio,
nullam vitam jucundam ducis.

°) Ib. p 14. 15. Taceo tuas censuras, et judicium grave
de jure Canonico, et Rom. Pont. legibus, quas jus combu-
stum miro cum risu appellare solebas, de quibus consuevisti
dicere, non satis dignos eos libros Romanistarum esse, qui
Romanorum Cardinalium mulis et asinis substernerentur pro
stramine, præ quibus Ciceronem sanctum apostolum, et ve-
rius Romanum pontificem, quam Leonem decimum dicebas.
Non recitabo hic confabulationes illas cum amico illo Gotha-
no, quem nosti. Cujusmodi ibi risus, et cachinnos sæpe
moveris de missa Papistarum, quarum ornatum scenico simi-
lem dicebas, de suffraganeis episcoporum, de unctionibus
ipsorum, et amurca, ut vocabas, Papæ, de reliquiis sanctorum, quas ossa vocabas vere reliqua non sanctis, sed in pa-
tibulo corvis. Item te horis Canonicis, quas in templo
ejulatus dicebas esse canum in domibus Canonicorum,
murmura, non apum, sed inertium, et ignavorum fucorum.
Item de baptismo campanarum, quem ridiculum super omnia
prædicabas, et has cærimonias omnes quovis somnio vaniores.
Hæc omnia ante Lutherum exortum quotidie in ore habebas.

°°) Ib. p. 12. Sic enim tunc persuasus eras, tam impios et
abominabiles esse abusus, tanta flagitia et scelera in Romana
curia, et illo toto ordine clericorum, ut ad deridendum,
et propinandum tibi Papistæ omnibus viderentur.

zu dieſem Kriege des Wißes gegen Thorheiten, Aber=
glauben und Laſter alle ſeine gelehrten Freunde auf *).
Am genaueſten aber verband er ſich mit ſeinem Ju=
gendfreunde Ulrich von Hutten, welchen er zwar
nicht, wie der Strafprediger des Crotus glaubte,
zuerſt ermunterte, die Freymüthigkeit des römiſchen
Pasquino in Deutſchland nachzuahmen **), aber ge=
wiß in dem natürlichen Hange, Irthümer, Miß=
bräuche und Laſter ohne Schonung zu verſpotten,
oder zu ſtrafen beſtärkte. Vermöge dieſes Bundes
kündigten dieſe beyden Helden lange vor Luthern
der unwiſſenden, tyranniſchen und verdorbenen Geiſt=
lichkeit, und allen ihren Thorheiten und Laſtern, ei=
nen unverſöhnlichen Krieg an, und erfüllten alle Buch=
läden in Deutſchland mit Epigrammen, Geſprächen,
Satiren und andern Schriften in lateiniſcher und
deutſcher Sprache, in welchen die Päbſte und Car=
dinäle, die Erzbiſchöfe und Biſchöfe, am meiſten
aber die Schulgelehrten und Bettelmönche mit einer
bisher unerhörten Kühnheit in ihrer wahren Geſtalt
geſchildert wurden †). Alle oder doch die meiſten

*) p. 13. Prætereo multos alios poetas eruditos paſſim, quos
occultis ſollicitaſti epiſtolis, et invitaſti ad ridendas ecclcſiæ
Romanæ puppas, ſemper vehementiſſime adhortatus, ut ibi
ſibi liberet, intendere nervos, et vires ingenii.

**) p. 12. . . tu unus, et primus pene author eras Huttene,
qui Lutheranarum partium conſtanter manſit usque in finem,
ut in Germania ad vexandos omni genere ſcommatum epiſco=
pos, Romani Pasquilli libertatem, et παρρηστιαν imitaretur.

†) l..c. Noſti ante annos quindecim, antequam exortus eſſet
Lutherus, cum nondum tui obſcuri viri Colonienſem Hoch=
ſtratum, et reliquos Papiſtas . . æterno poemate celebrarant,
quam vos duo Heroes, tu et Huttenus, horribile bellum in=
dixiſtis univerſo Papiſtico nomini. Quot et quantis dialogis,
epigrammatis, ſatyris, ſcriptis Latinis, Germanicis exagita=
ſtis Romaniſtas, Cardinales, epiſcopos, præcipue autem theo=
logos et monachos? und p. 12. Hinc ante exortum etiam Lu=
therum, adeoque ante Moriam, illam Eraſmi ſœminam mi=
nime motam, omnia bibliopolia plena erant veſtris illis acu=

dieſer Spottſchriften, welche Ulrich von Hutten und Crotus Rubianus vor und mit den Briefen der dunkeln Männer über Deutſchland ausſtreuten, ſind in einem ſeltenen Werke geſammelt, das 1544. unter dem Titel: Paſquillorum tomi duo, Eleutheropoli gedruckt worden iſt, und das ſehr viele für die Geſchichte der erſten Hälfte des ſechszehnten Jahrhunderts äuſſerſt merkwürdige Urkunden enthält *).

leatis ſcriptis, veſtris epigrammatis, ubi omnino magna libertate de pompa immodica Roman. Pontif. de luxu regio Cardinalium, de ſcortationibus ſacerdotum, de falſa inopia Monachorum nunc Satyræ, nunc Dialogi extabant, quorum tu author eras, ſed *occultus propter metum.*

*) Der erſte Band enthält lauter Gedichte, und unter dieſen auch die Epigrammen Ulrichs von Hutten auf Julius II., und de ſtatu Romano ad Crotum Rubianum. Im zweyten Bande ſtehen lauter proſaiſche Aufſätze, und der erſte unter dieſen iſt ein Dialogus, Julius excluſus Paſquillo Romano autore betitelt, in welchem der Pabſt Julius meiſterhaft geſchildert, und nach der Erzählung der vermeyntlich großen Thaten, welche er zur Verherrlichung der Kirche verrichtet habe, von dem heiligen Petrus von der Himmelsthür, in welche er mit Ungeſtüm eingelaſſen zu werden verlangt hatte, ausgeſchloſſen wird. Sprache und Gedanken ſind in dieſem Dialog ſo ganz Hutteniſch, und ſtimmen mit den Epigrammen auf Julius II. ſowohl, als mit andern Aeuſſerungen Ulrichs von Hutten ſo genau überein, daß ich keinen Augenblick zweifle daß dies Geſpräch aus eben der Feder gefloſſen ſey, aus welcher die Epigrammen auf Julius II. und auf den verdorbenen Zuſtand der römiſchen Kirche gefloſſen ſind. Erasmus erwähnt dieſes Geſprächs ſowohl in dem Briefe an den Cäſarius p. 1622. als in dem an den Grafen von Nuenar p. 1626. Dieſen Nachrichten zufolge iſt das Geſpräch, Julius excluſus betitelt, ohngefähr zugleich mit dem zweyten Theile der Briefe der dunkeln Männer gedruckt worden. Der Einfall, Julius II. ſo vorzuſtellen, als wenn er vom Himmel ausgeſchloſſen werde, rührte nach einem Gerücht, welches Erasmus hörte, von einem Spanier her, der dieſen Einfall zum Sujet eines Luſtſpiels gemacht hatte. Das Luſtſpiel wurde in das Franzöſiſche überſetzt, und von den Studirenden in Paris aufgeführt. . . haud ſcio, an eundem, de quo pridem audivi fabulam, ab Hiſpano neſcio quo conſcriptum Lutetiæ, et Gallice verſum, actum inibi regalibus feſtis, quibus ſolenne eſt hujusmodi næniis laſcivire ſcholaſticos. *Eraſm.* l. c. p. 1626.

Auf keine andere Satire aber, welche Crotus Rubianus entweder allein, oder in Gemeinschaft mit
seinen Freunden verfertigte, wandte er einen solchen
Fleiß, als auf die Briefe der dunkeln Männer. Den
Gedanken, die Schriftgelehrten und Mönche durch
diese Briefe von allen Seiten lächerlich zu machen,
trug er beständig mit sich umher, und er hatte deßwegen stets eine Schreibtafel bey sich, in welche er
alles, was er in der Kirche oder Schule hörte oder
bemerkte, und was ihm Stoff zu Briefen geben konnte, einzeichnete *). Auch liebte Crotus nachher die
Briefe der dunkeln Männer mit einer Zärtlichkeit,
womit Schriftsteller die theuersten unter ihren geisti-
gen Kindern zu lieben pflegen **). Ungeachtet der
ungenannte Briefsteller, dem ich bisher gefolgt bin,
selbst zugiebt, daß einer der beyden Briefe, welche
der Sage nach der bewundernde Erasmus auswendig gelernt, und häufig an frohen Gastmahlen her-
gesagt habe, vom Ulrich von Hutten gewesen
sey †); so redet er doch an der zulezt abgeschriebenen
Stelle vom Crotus, als von dem einzigen, oder
beynahe einzigen Verfasser der Briefe der dunkeln
Männer. Ich kann dem warnenden Freunde des

---

*) l. c. p. 12. Raro eras in templo, raro in schola, quin
in cera annotares, belle et lepide, et festive dicta, quædam
ridicule detorta, quibus crescere posses opus pulcherrimum,
et posteritati profuturum.

**) p. 11. Ut interim taceam *libellum illum tuum* ... obscu-
rorum scilicet virorum epistolas .... Quem *libellum tuum*
haud dubie amas in hunc diem tenerius, quam simia prolem,
quem sat scio sic admiraris, sic ut *tuum inventum* deperis,
ut Homeri malles interire Iliada, quam illos Croti suavissi-
mos risus, et immortales de Papistis cachinnos intercidere.

†) l. c. Quem libellum propter infinita ridicule dicta tua in
episcopos, in monachos, in theologos, etc. Erasmus ille
Roterodamus sic dicitur habuisse in deliciis, ut duas Epistolas ejus præclari operis, alteram tuam omnium salsissimam,
et elegantissimam, alteram Hutteni ad verbum ediscere, et
in conviviis recitare non dubitarit.

Crotus hier eben so wenig beystimmen, als in den Urtheilen, daß Crotus den Ulrich von Hutten zuerst bewegt habe, gegen die Geistlichkeit den Pasquino in Deutschland zu machen, und daß man selbst Ulrich von Hutten, wenn es auf die Verspottung der Päbstler und Mönche angekommen sey, dem Crotus Rubianus habe nachsetzen müssen *). Es sey nun, daß der Freund des Crotus den Ulrich von Hutten zu wenig gekannt, oder daß Crotus aus Vorsicht von dem Antheile Huttens an den Briefen der dunkeln Männer gänzlich geschwiegen, oder daß auch der Ungenannte die Absicht gehabt habe, die ehemaligen Verdienste des Crotus mit Fleiß zu vergrössern, um dadurch seine gegenwärtige Schuld desto schwerer zu machen. Genug! Crotus war weder der einzige, noch der vornehmste Verfasser der Epistolarum obscurorum virorum, und noch viel weniger war er der erste, der Ulrich von Hutten bewegte, seine furchtbare Feder gegen die Romanisten und gegen die Mönche zu schärfen, oder der Satiren gegen die einen und die andern in Deutschland bekannt machte. Bevor an die Briefe der dunkeln Männer gedacht wurde, war Ulrich von Hutten lange in Italien, und lernte hier das eines Nachfolgers Christi und Petri so unwürdige Leben des Pabstes Julius II.; den unleidlichen Uebermuth, die Prachtliebe, Verschwendung und die unnatürlichen Laster der Cardinäle und übrigen Anhänger des römischen Hofes; die ungeheuern Summen, welche die Päbste und Päbstlinge aus allen europäischen Ländern, und besonders aus Deutschland zogen, und

*) p. 13. . . . et Huttenus, vir alias facundia excellenti, et facilitate in poematis prope divina, præ te in illo genere, quoties Cardinales, et Episcopi mordicus arripiendi erant, quoties proscindendi Papistæ, parum salsus, parum festivus, parum disertus haberi poterat.

endlich die ſtolze Verachtung der Italiäner gegen alle
Barbaren, vorzüglich gegen die Deutſchen, aus eigener Erfahrung kennen. Alles dieſes empörte das Gemüth des ſein Vaterland und die deutſche Freyheit
ſchwärmeriſch liebenden Ulrichs von Hutten auf
das Aeuſſerſte. Schon in Italien goß er ſeinen Unwillen ſowohl in den Epigrammen auf Julius II. *)
als in denen auf die Verdorbenheit des römiſchen Hofes aus, welche er aus Rom an den Crotus Rubianus ſchickte **). Dieſe in Italien gedichteten
Epigrammen hauchen ſchon eben den Geiſt, der Ulrichen von Hutten ſein ganzes übriges Leben be
ſeelte, und enthalten alle Hauptgedanken, welche er
in den nach ſeiner letzten Rückkunft aus Italien bekannt gemachten Schriften unaufhörlich wiederholte,
oder neu wendete, oder weitläufiger ausführte. Ein
kühner junger Mann, der durch das, was er ſelbſt
geſehen und gehört hatte, ſo geſtimmt worden war,
und ſchon in Italien ſo gedichtet hatte, wie Ulrich
von Hutten, brauchte nach ſeiner Rückkehr keine
fremde Aufmunterung, um das in ſeinem Vaterlaube
fortzuſetzen, was er ſchon längſt in Italien angefangen hatte. Auch ohne den Crotus würde Ulrich
von Hutten ſeinen Julius excluſus, ſeinen Paſquillus exul †) und ſeinen Paſquillus Marranus ††),

*) Poem. p. 57. et ſq.

**) Vid. Ulrici ab Hutten ad Crotum Rubianum de ſtatu Romano epigrammata ex urbe miſſa. Poemat. p. 68. et ſq.

†) Paſq. T. II. p. 178. et ſq. Die Oratio ad Chriſtum pro
Julio II. Ligure, deren Herr Süßli im Schweizeriſchen Mu
ſeo erwähnt, V. Jabrg. 721. 738. S. habe ich nicht geſehen.
Das Motto: Plaude, Lector, oculos recepit Germania! Lege
et adficieris, läßt auf unſern Hutten ſchlieſſen.

††) Ib. p. 191. et ſq. Ich glaube, daß auch die beyden letzten
Satiren von Ulrich von Hutten ſind. Vielleicht wurden der
Julius excluſus und der Paſquillus exul ſchon in Italien ge
ſchrieben: Der Paſquillus Marranus hingegen kann nicht vor

geschrieben haben. Ohne Ulrich von Hutten aber hätte der schüchterne Crotus schwerlich das Herz gehabt, die Briefe der dunkeln Männer, und andere Satiren zu schreiben, und noch weniger sie drucken zu lassen *). Ich widerspreche nicht, wenn jemand sagt, daß Crotus Rubianus zuerst den Einfall hatte, die Schulgelehrten und Mönche auf eine solche Art zu persifliren, wie es in den Briefen der dunkeln Männer geschieht. Allein ich widerspreche mit Zuversicht, wenn jemand behaupten wollte, daß Crotus Rubianus an diesen Briefen einen viel größern Antheil gehabt habe, als Hutten, oder daß der Witz des erstern glücklicher, als der des letztern gewesen sey. Freunde und Feinde erfuhren oder vermutheten es zum Theil schon vor, zum Theil gleich nach der Erscheinung der Briefe der dunkeln Männer, daß Ulrich von Hutten der einzige, oder doch einer der vornehmsten Verfasser dieser Briefe sey. Beyde sagten es Ulrich von Hutten, und dieser lehnte das Gerücht nicht allein nicht ab, sondern er kannte es als wahr an, welches der Wahrheit liebende Ritter nie gethan hätte, wenn er es nicht mit Recht hätte thun können. So wie aber Ulrich von Hutten dem Pirkheimer seinen Mitarbeiter nicht nannte, als dieser ihm gemeldet hatte, daß die Mönche

dem Ende des J. 1518. verfertigt worden seyn, weil darin des Reichstags in Augsburg erwähnt wird.

*) Höchst wahrscheinlich sind vom Crotus im zweyten Bande der Pasquillorum: Die Pugna pietatis et superstitionis p. 225. et sq. Das Conciliabulum Theologistarum p. 241. et sq. Der Huttenus captivus p. 280. und Huttenus illustris; am gewißesten das Conciliabulum Theologistarum, das ganz im Styl der Briefe der dunkeln Männer abgefaßt ist. Alle diese Satiren sind jünger, als die Briefe der dunkeln Männer. Die Epigrammen auf Julius II. und auf den Statum Romanum scheinen das Erste gewesen zu seyn, womit Ulrich von Hutten und Crotus Rubianus ihren Krieg gegen die Mönche und die Päbstler angefangen haben.

ihn für den einzigen Verfasser der Briefe hielten,
so nannte Crotus Rubianus auch seinen Mitarbeiter nicht, wenn seine Freunde voraussetzten, daß
er allein, oder fast ganz allein die Briefe geschrieben
habe; und auf diese Art konnte Justus Jonas,
oder wer sonst den anonymischen Brief an den
Crotus geschrieben hat, glauben, daß die Briefe
der dunkeln Männer nur von seinem ehemaligen
Freunde herrührten, ohne daß man aus diesem Zeugniße
etwas wider eine gleiche Theilnahme Ulrichs von Hutten schließen kann. Wenn man die Briefe der dunkeln
Männer mit Aufmerksamkeit liest, so muß man bald
gewahr werden, daß sie einen zwiefachen Charakter
oder Ton haben, der sich eben so ähnlich und unähn-
lich ist, als der Geist und die Gemüthsart Ulrichs
von Hutten und des Crotus Rubianus waren.
Auch wird ein jeder, der mit dem Geiste Ulrichs
von Hutten und seiner Schriften vertraut ist, sehr
leicht die meisten Briefe erkennen, welche ihn zum
Verfasser haben. Unterscheidende Merkmahle der
Huttenschen Briefe sind eine gewisse Leichtigkeit,
Rapidität und eigenthümliche Kraft der Sprache
und des Witzes, eine gewisse soldatische Kühnheit und
unklerikalische Leichtfertigkeit sowohl in obscönen Scherzen und Gemählden *), als in der Antastung oder

---

*) Z. B. Gleich in den drey Briefen des Magister Conradus de
Zuiccavia p. 31. 38. 76. Der erste fängt so an: Quia legi-
tur Ecclesiast. undecimo: lætare juvenis in adolescentia tua,
quapropter ego nunc sum lætæ mentis, et debetis scire, quod
bene succedit mihi in amore, et habeo multum supponere.
Quia dicit Ezechiel: nunc fornicabitur in fornicatione sua.
Et quare non deberem aliquando purgare renes? tamen non
sum angelus, sed homo, et omnis homo errat. Vos etiam
aliquando supponitis, quamvis estis Theologus: quia non
potestis semper solus dormire, secundum illud Eccles. quarto:
Si dormierunt duo simul, fovebuntur mutuo: unus autem
quomodo calefiet? Man sehe ferner Epist. Magistri Curconis
Regentis p. 163. Fes. 167. Audio etiam, quod habetis vobiscum unam amasiam, quæ non videt bene cum uno oculo,

komischen Erwähnung von Heiligen, Reliquien, Indulgenzen, welche man verspielt, oder der Figur des Creuzes, welche man mit Koth beschmiert, und in der Nacht einen lüsternen Mönch habe küssen lassen *); eine nicht geringe Keckheit im Erdichten von ärgerlichen Anecdoten, wodurch Ortvin, Hogstraten, Tungarus und andere Cöllner zugleich lächerlich und verhaßt, oder wenigstens verdächtig gemacht werden mußten *); eine genaue nur durch eigene Erfahrung zu erwerbende Kenntniß nicht nur von Italien †),

Ego miror confecto, quod adhuc potestis esse in nocte unus vir, et estis tam senex: et quod mihi maxime mirum est, audivi, quod res vestra stetit una statione ad sex hebdomadas, quod non potuistis flectere, et vos dixistis, quod esset ex infirmitate. O Dio, si etiam haberem talem infirmitatem, quam bonus socius tunc velim esse. Die Worte o Dio konnten keinem in den Sinn kommen, der nicht in Italien gewesen. war. Man seh ferner den langen Brief p. 277. bes. p. 283. bes. 375. wo der zugleich durch die genaue Kenntniß der italiänischen Weiber und Sitten seinen Verfasser verräth. p. 462. bes. 469. p. 481. bes. 485. p. 487. bes. 491.

*) Z. B. p. 80. 81. Sicut nuper unus dixit, quod non credit, quod tunica Domini Treveris esset tunica Domini: sed una antiqua, et pediculosa vestis, et non credit etiam, quod crinis beatæ Virginis est adhuc in mundo. Et unus alter dixit, quod possibile est, quod tres reges in Colonia sunt tres rustici ex Westphalia: et quod gladius et clypeus sancti Michaelis non sunt ad sanctum Michaelem: etiam dixit, quod vellet merdare super indulgentias fratrum prædicatorum, quia ipsi essent bufones, et deciperent mulieres et rusticos. Aus den Lamentationibus obscurorum virorum sieht man, daß diese und ähnliche Stellen nicht bloß die Theologen und Mönche, sondern auch manche Fromme der damaligen Zeit am meisten geärgert haben. Diese Stellen waren es auch, weßwegen die Epistolæ obscurorum virorum in dem Breve des Pabstes Leo X. für gotteslästerlich erklärt wurden.

**) Z. B. Daß Ortvin und die Brüder des Predigerordens mit der Frau des Pfefferkorn Ehebruch trieben: p. 85. et sq. Daß Ortvin ein unächtes Kind und der Sohn eines Priesters sey: p. 58. Daß er einen Henker zum Vetter habe. p. 453-458.

†) Z. B. Die Beschreibung der Reise nach Rom, und der Merkwürdigkeiten, welche ein unwissender Magister artium in Rom und dem übrigen Italien finden konnte. p. 277. et seq. p. 421-24. p. 426-31.

sondern auch von solchen Gegenden von Deutschland,
welche zwar Ulrich von Hutten, aber, so viel wir
wissen, niemals Crotus Rubianus besucht, oder
genau kennen zu lernen Gelegenheit gehabt hatte †);
endlich eine komische Erklärung des Sinns und der
Ableitung von Wörtern, die in den damaligen Mönchs-
schulen gewöhnlich waren *).

†) H. M. von Rostock 321—23. Frankfurt an der Oder 323—325.
von Würzburg 388—94. bes. von Mainz 434. u. f. S. Ulrich
von Hutten nennt sich hier, wie anderswo, unter denen, die
den Mönchen nicht gewogen seyen, und läßt sich von dem Magister Sylvester Grisius so schildern, wie ein Verehrer des
Predigerordens ihn geschildert hätte: p. 435. Unus Ulrichus
de Hutten, qui est valde bestialis, qui semel dixit, si fratres praedicatores facerent sibi illam injuriam, quam faciunt
Johanni Reuchlin, ipse vellet fieri inimicus eorum, et ubi-
cunque reperiret unum monachum de hoc ordine, tunc vellet illi amputare nasum et aures. Iste etiam habet multos
amicos in Curia Episcopi, qui bene favent Johanni Reuchlin.
Sed nunc abivit Deo gratias ad fiendum doctor, et in uno
anno non fuit hic. Diese Art von sich zu reden, mußte den
Verdacht der Widersacher vielmehr von Ulrich von Hutten
ableiten, als das auffallende Stillschweigen, das Crotus Rubianus über sich selbst beobachtete, so oft von den Freunden
Reuchlin's in Erfurt die Rede war. Sein Nahme wird in
den Briefen der dunkeln Männer nur einmal, und zwar in
den eben angeführten Knittelreimen genannt, wo er ihn nicht
gut auslöschen konnte. Sonst führte er in den Briefen immer
nur den Eobanus Heßus und Aperbachus an, und ließ
bloß diese beyden Nahmen auch in solchen Briefen stehen, die
höchst wahrscheinlich von Ulrich von Hutten herrührten. Z. B.
449. Nominavit mihi postea unum juvenem in Erfordia,
qui vocatur Eobanus Hessus, et debet esse juvenis, et ex-
pertissimus Poeta: et talis habet unum socium ibidem dic-
tum Petrejnm Aperbachium. Ipsi componunt jam libros,
quos volunt statim imprimere, nisi Theologi faciunt concor-
diam cum Reuchlino.

*) Hieher gehört gleich der erste Brief im ersten Buche, worin
der Streit von Magistris über die Frage erzählt wird: Ob man
Magister nostrandus, oder noster Magistrandus sagen müsse.
Dieser Brief war fast ganz gewiß der de convivio magistrorum,
den Erasmus schon vor der Erscheinung der Epistolarum
obscurorum virorum mit so großem Vergnügen gelesen, und
seinen Freunden so oft vorgesagt hatte, daß er ihn fast ganz
auswendig wußte. Noch komischer ist der Brief, 91. u f. S.

Von den Huttenschen Briefen zeichnen sich
diejenigen, welche ich für Arbeiten seines Freundes
Crotus Rubianus halte, dadurch aus, daß sie
vorzüglich die rohe Dummheit und Unwissenheit der
Mönche und Weltgeistlichen, ihren Mangel an Welt-
kenntniß, ihren schimpflichen Aberglauben, besonders
aber ihre leeren Disputationen, Fragen und Lehrvor-
träge schildern; daß sie häufige Stellen der heiligen
Schrift anführen, und nach Art der Mönche und
Schulgelehrten anwenden; und daß sie selbst alsdann,
wenn sie die unter den Mönchen und Schulgelehrten
herrschenden Sünden des Fleisches berühren, dieses
mit einer bemerkbaren geistlichen Züchtigkeit thun *).
Crotus Rubianus ahmte das verdorbene Latein der
Schulen und Clöster eben so glücklich nach, als
Ulrich von Hutten. Sein Witz war schonender
und verschämter, aber weniger kräftig, als der seines
Freundes; und ich glaube daher auch, daß Ulrich
von Hutten den größten Theil der gemeinnützigen Wirkungen, welche die Briefe der dunkeln Männer hervorbrachten, mit Recht sich zueignen könne.
Mehrere Briefe sind von der Art, daß sowohl Crotus als Hutten sie gemacht haben kann **). Sonst
aber finde ich keine Spur, daß außer diesen beyden
komischen Genies noch andere einen Antheil an den

Et primo dixi : Seria aliquando significat ollam, et tunc dicitur a Syria, quia in tali provincia primo facta est : etiam
potest dici a seriis, quia est utilis et necessaria, vel a serie,
id est, ordine fit. . . . Mœchanicus, id est, adulterinus.
Hinc dicuntur artes mœchanicæ, id est, adulterinæ, respectu
liberalium, quæ sunt veræ artes. Item Polyhistor dicitur,
qui scit multas historias: inde venit polyhistoria, id est, plu-
ralitas historiarum. Man sehe auch p. 440.

*) Man sehe T. I. 107—155. und 394—414. p. Die Briefe,
die zwischen den angezeigten Seitenzahlen enthalten sind, scheinen mir alle, oder fast alle, vom Crotus Rubianus zu seyn.

**) Z. B. Die Briefe der S. 11—31. Wahrscheinlicher aber ist
es mir, daß auch diese Briefe von Hutten sind.

Briefen der dunkeln Männer gehabt hätten; etwa
einen einzigen Brief ausgenommen, in welchem wider
die Gewohnheit des Crotus und Ulrichs von
Hutten eine übermäßige Menge von Diminutiven,
man sieht nicht warum gebraucht worden, und zu=
gleich das ängstliche Bestreben, die Sprache der
Mönche und Scholastiker auszudrücken, sichtbar ist *):
Da hingegen Ulrich von Hutten und Crotus Ru=
bianus sich mit der Schul = und Mönchssprache so
bekannt gemacht hatten, daß sie dieselbe wie ihre
Muttersprache schrieben. Hiezu gehörte nicht nur ein
langes Studium, sondern auch eine glückliche Gabe,
andere Menschen nachzuahmen. Erasmus besaß
das erstere, aber nicht die letztere; und er bewies
daher seinen Nicht=Antheil an den Briefen der dun=
keln Männer auch dadurch, daß er nicht im Stande
sey, oder gewesen sey, die Schreibart der Schulge=
lehrten und Mönche auf eine solche Art nachzukün=
steln, als in diesen Briefen geschehen sey.

` Es war allerdings wider die gewöhnlichen Gesetze,
daß Ulrich von Hutten und Crotus Rubianus
die Nahmen von lebenden Männern und Lehrern der
Jugend dazu mißbrauchten, um von ihnen selbst,
oder auch an sie solche Dinge schreiben zu lassen,
wodurch sie in gleichen Graden lächerlich und verächt=
lich, oder verhaßt werden mußten. Es war wider
die gewöhnlichen Gesetze, alle Schwachheiten und La=
ster lebender Menschen an das öffentliche Tageslicht
zu ziehen, und ihnen solche Lächerlichkeiten und Ver=
gehungen anzudichten, oder wenigstens nachzusagen,
von welchen man leicht hätte erfahren können, daß
sie durchaus ungegründet seyen. Allein wenn es
eminente

*) p. 370. 371. in der Londner=Ausgabe von 1689.

eminente Fälle giebt, wo persönliche Satire, und
überhaupt alle die Künste, welche kriegführende Mächte
gegen einander üben dürfen, gegen einzelne lebende
Menschen, oder Classen von Menschen erlaubt sind;
so gehörte gewiß die Lage, in welcher Ulrich von
Hutten und Crotus Rubianus waren, zu diesen
eminenten Fällen. Schon über zwey Jahrhunderte
hatten die Stimmen aller europäischen Völker die
Schulgelehrten und Mönche als die Verderber der
Sprache, der Wissenschaften, der Religion und der
Sitten angeklagt. Die Bettelmönche besserten sich
nicht allein nicht, sondern wurden immer ausgelassener
sowohl in ihrem übrigen Leben, als in der ungerechten Verfolgung der Wahrheit, der Tugend, und der
Vertheidiger von beyden. Eine mehr als hundert-
jährige Erfahrung hatte bewiesen, und der Prozeß
Reuchlin's gegen die Bettelmönche bewies es auch
damahls noch, daß die Oberen, und selbst die Päbste,
die übermächtigen und übermüthigen Bettelmönche
eben so wenig bessern konnten, als diese sich bessern
wollten. Da man nun auf den gewöhnlichen rechtli-
chen Wegen gar nichts auszurichten vermochte, und
da die Bettelmönche und ihre Anhänger den Vorsatz
gar nicht verhehlten, im Reuchlin alle bessere Kenntnisse, oder alle Versuche, die Religion, die Wissenschaften und Sprache zu verbessern, auf ewig zu unterdrücken; so war für Männer, die sich wie Ulrich
von Hutten und Crotus Rubianus zu Rettern
der Religion und Wissenschaften berufen fühlten,
weiter nichts übrig, als die Bettelmönche wie allgemeine Feinde des menschlichen Geschlechts zu behan-
deln, und die einzigen Waffen, welche die furchtbare
Gewalt und Rachgier der Bettelmönche übrig ließ,
die Waffen des Spottes, gegen sie zu brauchen. Man
kann eben so wenig daran zweifeln, daß die Absichten,
aus welchen Ulrich von Hutten und sein Freund

G

den höchſt gefährlichen Krieg gegen die Mönche un=
ternahmen, rein und edel waren, als daß ſie den
vollkommenſten Sieg über ihre Widerſächer davon
trugen. Das Anſehen der Bettelmönche, ihrer Spra=
che und Grübeleyen, erhielt durch die Briefe der dun=
keln Männer einen Stoß, von welchem ſie ſich nie
wieder erhohlen konnten.

Der Beyfall, welchen die Briefe der dunkeln
Männer bey einem groſſen Theile der Schulgelehrten
und Bettelmönche fanden, und ohne den Titel bey
dem größten Theile derſelben gefunden hätten, bewies
ſowohl den Blödſinn und die Unwiſſenheit der lächer=
lich gemachten dunkeln Männer, als die vielleicht nie
wieder erreichte Vollkommenheit der Parodie und
Jronie in den Briefen, die ihren Nahmen trugen.
Es iſt zu verwundern, ſchrieb Thomas Morus
an den Erasmus *), wie ſehr die Briefe der dun=
keln Männer ſowohl den Gelehrten als den Unge=
lehrten gefallen. Wenn wir bey dem Leſen der
Briefe lachen, ſo meynen die Schulgelehrten, daß
wir uns bloß über den Styl luſtig machen. Dieſen,
heißt es, wollten ſie nicht vertheidigen. Allein unter
der unanſehnlichen Schaale ſey ein herrlicher Kern.
Wollte Gott, daß die Briefe einen andern Titel
hätten! Dann würden die Dummköpfe es in hundert
Jahren noch nicht gemerkt haben, daß man ihnen eine
Naſe gedreht hat °°). Erasmus wiederhohlt nicht

*) p. 1575.

**) Epiſtolæ obſcurorum virorum operæ pretium eſt, videre,
quantopere placeant omnibus, et doctis joco, et indoctis ſe-
rio, qui, dum ridemus, putant rideri ſtylum tantum, quem
illi non defendunt, ſed gravitate ſententiarum dicunt com-
penſatum, et latere ſub rudi vagina pulcherrimum gladium.
Utinam fuiſſet inditus libello alius titulus! Profecto intra
centum annos homines ſtudio ſtupidi non ſenſiſſent naſum,
quanquam rhinocerotico longiorem.

nur die lächerliche Anekdote, daß die Franciskaner
und Dominikaner in England geglaubt hätten: Die
Briefe der dunkeln Männer seyen zu ihren Gunsten,
und gegen den Reuchlin geschrieben; sondern er führt
auch die Geschichte eines Dominikaner-Priors in
Brabant an, der eine große Menge Exemplare kaufte,
um sich den höheren Oberen durch dies Geschenk zu
empfehlen *). Die deutschen Bettelmönche waren
nicht so leicht zu hintergehen, als die Englischen und
Brabantischen, weil jene die Hauptpersonen, die in
den Briefen lächerlich gemacht wurden, den Hauptstoff
der Briefe und die Veranlassung derselben besser
kannten, oder leichter errathen konnten, als ihre
Brüder in fremden Ländern. Hogstraten und dessen
Genossen eilten, so sehr sie konnten, die Briefe der
dunkeln Männer am päbstlichen Hofe anzugeben, und
von Leo X. ein Breve zu erkaufen, in welchem alle
diejenigen, welche die Briefe der dunkeln Männer
nach drey Tagen, wo ihnen der Wille des heiligen
Vaters bekannt geworden, nicht verbrennen würden,
in die Strafe des Banns fallen sollten, von welcher
nur der Pabst in der Stunde des Todes befreyen
könne †). Das harte Urtheil, welches Leo X. in

---

*) Epist. 979. p. 1110. Ubi primum exiient Epistolæ obscu-
rorum virorum, miro monachorum applausu exceptæ sunt
apud Britannos a Fransciscanis, ac Dominicanis, qui sibi
persuadebant, eas in Reuchlini contumeliam, et Monachorum
favorem serio proditas: quumque egregie doctus, sed nasu-
tissimus, fingeret, se nonnihil offendi stylo, consolati sunt
hominem. Ne spectaris, inquiunt, o bone, orationis cu-
tem, sed sententiarum vim. Nec hodie reprehendissent, ni
quidam, addita epistola, lectorem admonuisset, rem non
esse seriam. Post in Brabantia prior quidem Dominicanus,
et magister noster, volens innotescere patribus, coemit acervum eorum libellorum, ut dono mitteret ordinis proceribus,
nihil dubitans, quin in ordinis honorem fuissent scriptæ.
Quis fungus possit esse stupidior? At isti sunt, ut sibi videntur, Atlantes ecclesiæ nutantis.

†) Lament. obs. vir. p. 13.

seinem Breve über die Briefe und deren Verfasser
fällte, schmerzte Ulrich von Hutten und seinen Freund
viel weniger *), als das Mißfallen, welches Erasmus über die Kühnheit der persönlichen Satire in
den Briefen, und das böse Beyspiel, welches sie
gegeben, in einem Schreiben an den Cäsarius, und
nachher in einem andern an den Grafen von Nuenar zu erkennen gab °°). Ulrich von Hutten und
dessen Freunde nahmen dem Erasmus in der Folge
diesen Tadel um desto mehr übel, da er anfangs die
dunkeln Briefe sehr gelobt, oder doch zu loben ge-
schienen hatte, und auch nachher nicht sowohl bedauerte,
daß sie gedruckt, als daß sie nicht unter einem andern
Titel gedruckt worden †). Auch der Tadel des Eras-

---

*) Z. B. p. 12. In quo libello famoso inter cætera contra
sacræ theologiæ, et præcipue ordinis fratrum Prædicatorum
Professores, et Colonienses ac Parienses studiorum in eadem
theologia Magistros, quorum aliqui nominatim exprimuntur,
tot jurgia, contumeliæ, et convitia proferuntur; et alias
tam spurce et petulanter invehitur, convertendo etiam ad
scurrilia sacra eloquia, ut expediat quantocius pro Christianæ
religionis honore illius lectionem tanquam labem pestiferam
a rerum natura depelli: scandalosæ vero hujusmodi garruli-
tatis auctores debita animadversione puniri.

#*) p. 1622. ad Cæsarium. Magnopere mihi displicebant epistolæ
obscurorum virorum: jam tum ab initio delectare potuisset .
facetia, nisi nimium offendisset exemplum. Mihi placent
lusus, sed citra cujusquam contumeliam. Und p. 1626. ad Comitem de Nova Aquila: scit tota sodalitas Basileensis mihi
semper displicuisse epistolas, quas inscripserunt Obscurorum
virorum, non quod abhorream a festivis jocis, sed quod non
placet exemplum lædendi famam alienam.

†) Ulrici ab Hutten cum Erasmo expostulatio 1523. p. 18.
Cum natæ essent Obscurorum epistolæ, maxime omnium lau-
dabas, et applaudebas, authori prope triumphum decerne-
bas, negabas unquam excogitatam compendioliorem illos in-
sectandi viam, hanc demum optimam esse initam rationem,
barbare ridendi barbaros. Itaque gratulabaris hanc nobis
felicitatem. Et cum nondum excusæ essent nugæ, tua manu
quasdam describebas, ut amiculis, inquiens, meis in An-
gliam et Gallias mittam. Paulo post cum vehementer commotam cerneres universam Theologistarum colluvionem, ac

mus hinderte es nicht, daß nicht durch die Briefe
der dunkeln Männer unzählige Spötter erweckt worden
wären, die es ohne ein glückliches Beyspiel nicht
gewagt, oder nicht daran gedacht hätten, die zwar
lächerlichen, aber zugleich sehr furchtbaren Mönche †)
anzugreifen. Die Veränderungen, welche Ulrich
von Hutten und dessen Freunde oder Anhänger in
Deutschland vorbereiteten, und Luther samt seinen
Gehülfen zu Stande brachte, waren so groß und schnell,
daß die Zeitgenossen davon auf eben die Art redeten,
wie die jetzigen französischen Schriftsteller von der
Revolution sprechen, welche ihr Volk in den letzten
Jahren erfahren hat °). In demselbigen Jahre, in
welchem die Briefe der dunkeln Männer angefangen,
und der Triumphus Capnionis geschrieben wurde,
verfertigte Ulrich von Hutten auch sein Gedicht:
Intercessio pro Capnione ad Cardinalem Hadria-
num, virum doctissimum & Germanorum in urbe

furere ubique irritatos crabrones, et perniciem minari, tre-
pidare mox cepisti, et ne qua inde suspicio daret se, quod
vel author ipse esses, vel inventum certe probares, scripsisti
eodem illo candore tuo Coloniam, qua volebas prævenire
famam, ac omnino præ te ferebas, quasi qui illorum dole-
res vicem, et cui valde displiceret res, multa interim et
in ipsum negotium, et in authores increpans. Hoc tum inimicis nostris telum dabas contra nos acerrimum. Epist.
Erasmi ad Cæsarium p. 1678. Pessime consuluit rebus humanis, qui titulum indidit Obscurorum virorum. Quod ni
titulus prodidisset lusum, et hodie passim legerentur illæ epistolæ, tanquam in gratiam prædicatorum scriptæ.

†) Anonymi Epist. p. 11. . . Obscurorum scilicet virorum epistolas, quæ nihil fuerunt, quam classicum quoddam, ad
concitandos et armandos adversus Papistas novis conviciis
eos, qui per sese tam false dicta non erant inventuri.

*) Ib. p. 7. At memento tamen diffidere hominibus. Non
versaris in veteri illa Germania, quam in Borussos discedens
reliquisti, sed in novo sæculo, nova quadam natione, adeoque alio pene orbe: tam mira ac horribilis celeritas fuit
mutationis, ut vere dies diem docuerit.

patronum *), und wahrſcheinlich auch ſeine dichteri-
ſche Exclamatio in ſceleratiſſimi Johannis Pepcri-
corni vitam **). In dieſelbige Zeit fällt die Umarbeitung des Nemo, welches verbeſſerte Gedicht er mit
einer Vorrede an den Crotus Rubianus im Jahr
1516. kurz vor ſeiner letzten Reiſe nach Italien drucken ließ †). Burkhard ſah dreyzehn verſchiedene
Ausgaben des verbeſſerten Nemo ††), ein unfehlbarer
Beweis des groſſen Beyfalls, den auch dieſes Gedicht Ulrichs von Hutten gefunden hat. Vielleicht
iſt der verbeſſerte Nemo älter, als alle andere Gedichte und Schriften, welche Ulrich von Hutten
im J. 1515. lieferte. Wenigſtens arbeitete er ſeinen
Nemo ſehr bald nach ſeiner erſten Rückkunft aus
Italien um. Die Veranlaſſung dazu war, wie er in
der Vorrede an den Crotus Rubianus erzählt,
die Aufnahme, welche er in ſeiner Familie fand.
Anſtatt, daß man ihn nach einer ſo langen Abweſenheit, nach ſo vielen Gefahren und Leiden, welche er
ausgeſtanden, mit einer frohen Sehnſucht empfangen
hätte, begegnete man ihm vielmehr, wie dem verlohrnen Sohne, der zu den Trebern müße verwieſen
werden †††). Weil das Gerücht ſchon vor ihm her-

---

*) Es ſteht in den Poemat. *Hutteni* p. 146. et ſq. Folgende
Stelle beweiſt, daß das Gedicht 1515. oder im vierten Jahre
der Streitigkeit zwiſchen Reuchlin und den Bettelmönchen geſchrieben worden:

> Spicea ferta quater jam torrida protulit æſtas,
> Stat tamen, et facto ſuſtinet orbe premi.

**) p. 244. et ſq. Poemat. *Hutteni.*

†) Hutteni Epiſt. ad Erasmum, in Oper. *Hutteni* p. 88. 89.
Videbis editum a me Neminem, carmen non omnino con-
temnendum forte, in cujus præfatione tui, ut decuit, memini honorifice. Dieſer Brief ward am 24. Oct. 1516. auf
der Reiſe geſchrieben.

††) III. p. 38.

†††) p. 250. Poemat. *Hutteni.* Non aliter, atque ille ego ſum

gegangen war, daß er sich auf das Studium der alten Sprachen und Schriftsteller gelegt habe; so sagte man ihm gerade zu, daß er nichts wisse, und daß es besser gewesen wäre, wenn er gar nichts gelernt hätte *). Die erworbenen Kenntnisse machten, daß er nicht mehr als ein deutscher Ritter geehrt, sondern von seines gleichen als ein unnützer Schreiber verachtet wurde **). Die Rechtsgelehrten und Gottesgelehrten sahen mit stolzer Geringschätzung auf ihn, als auf einen Mann herab, der noch nichts sey, weil er weder den Titel eines Doktors der Rechte, noch den eines Doktors der Theologie, oder eine Ehrfurcht gebietende Kutte trug †). Ulrich von Hutten strafte diese Verkehrt-heit in der Vorrede zum Nemo, welche er ein Jahr nachher schrieb, da er das Gedicht umgearbeitet hatte ††). Besonders zeigte er den Rechtsgelehrten und Gottesgelehrten seiner Zeit, daß sie gar keine Ursache hätten, auf ihre falsche, mit undurchdringlicher Fin-sterniß bedeckte Weisheit stolz zu seyn; und bey dieser Gelegenheit warf er den bekutteten Scheinheiligen und Schulgelehrten alles dasjenige in trocknem Ernste vor, dessen er sie in den Briefen der dunkeln Män-ner mit bitterem Spott beschuldigt hatte. Er pries

decoctor filius, qui ad porcorum haras, et comessandas sili-
quas relegari debeam.

*) Ib. Nam ex æqualibus, qui neque literas, neque natare
didicerunt, nihil offendebant. Adeo tutius est, non studere,
quam sic studere. Et hanc quidem impegerunt mihi culpam,
ut esset, quod duritiei suæ prætextum obtenderent. Tuncque
primum divagatus est rumor, nihil didicisse me, ac esse nihil, magnis ille quidem autoribus.

**) p. 254. Quanquam nisi obessent mihi literæ, poteram sa-
tis reverenter eques Germanus salutari.

†) p. 255. Nuper ex quodam meorum quæsitum est, . . . qua
me honoris præsatione salutari oporteat. Tum meus respondit, nondum aliquid esse me . . . . Hinc mihi hoc nihil
excidit, atque hic prodit Nemo.

††) p. 249. Poem.

den Kaiſer Maximilian, daß er ſich der Wuth der
Mönche in der Verfolgung des unſchuldigen Reuch⸗
lin widerſetzt, und brandmarkte die Gottesgelehrten
in Paris, daß ſie ſich zu ihrer eigenen Schande den
Cöllnern zugeſellt hätten *). Die Vorrede mußte die
Rechtsgelehrten und Bettelmönche viel mehr beleidi⸗
gen **), als das Gedicht, in welchem Ulrich von
Hutten, mehr ſcherzend als belehrend, die Fälle oder
Beyſpiele aufzählt, wo man ſagen kann, oder zu
ſagen pflegt, daß Niemand etwas beſitze, oder nicht
beſitze, etwas gethan, oder nicht gethan habe; weß⸗
wegen man auch ohne die Vorrede nicht vermuthen
ſollte, daß das Gedicht eine ſolche Veranlaſſung gehabt
habe, als es wirklich hatte. Noch viel räthſelhafter
aber iſt es, daß Ulrich von Hutten zu einer Zeit,
wo er mit ſeiner Familie ausgeſöhnt war, und dieſe
ihn nach Italien ſchickte, um nochmahls die Rechte
zu ſtudiren, und die Doctorwürde anzunehmen, die
Geſchichte ſeiner unfreundlichen Aufnahme öffentlich
erzählte, und zugleich erklärte, daß er die Doctors
würde nicht annehmen werde, weil es wider ſeine

*) p. 257. Omnia debentur Maximiliano principi, qui ſe fu⸗
rentibus oppoſuit, non paſſus everti optimum virum . . .
Secus theologiſtæ Parrhiſienſes judicarunt, ſua maxima infa⸗
mia, ſuoque dedecore. Aus dieſer Stelle ſieht man, daß die
Vorrede nach dem J. 1514., wo Maximilian für den Reuch⸗
lin eine Fürbitte bey dem Pabſte eingelegt, und die Sorbonne
in Paris Reuchlin's Augenſpiegel verbrannt hatte, geſchrieben
worden. Sonſt könnte man leicht denken, daß Ulrich von
Hutten die Vorrede viel früher verfertigt habe. Er redet näm⸗
lich von dem Nemo, als einem ganz neuen Einfall; und von
ſich, als von einem Mann, der nichts ſchreibe, oder geſchrie⸗
ben habe. p. 249. Sed jam noſſe vis, unde hoc repente
commentum. — Nam ut tu nihil a me ſcribi quereris. —
Scribere heißt hier aber ſo viel, als drucken laſſen, und die
Worte Novum commentum brauchte er, weil er das Gedicht
ganz umgearbeitet hatte.

**) Er erfuhr dieſes 1518. S. Epiſt. ad Pirkheim. Edit. *Burck⸗
bardi* p. 46. 47. 57.

Denkungsart streite, sich durch leere Titel, und nicht
durch wahre Verdienste emporzuschwingen *). Wir
wissen nicht genau die Zeit, wann, und noch weniger
die Verhältnisse, in welchen Ulrich von Hutten
die Vorrede zu seinem neuen Nemo schrieb, und
drucken ließ. In beyden konnte also manches liegen,
wodurch der Inhalt der Vorrede gerechtfertigt, oder
entschuldigt wurde. Allein nach den uns bekannten
Umständen zu urtheilen, handelte er weder edelmüthig
noch dankbar, daß er zu einer Zeit, wo er Wohlthaten von seiner Familie empfieng, das ehemalige
aus bloßer Unwissenheit entstandene harte Betragen
der Seinigen öffentlich rügte, und daß er die Wohlthaten unter einer Bedingung annahm, welche er
nicht zu erfüllen fest entschlossen war.

Die meisten meiner Leser werden sich auch nach
dem, was ich bisher über den Werth des Doctor-
titels angeführt habe, nicht wenig darüber wundern,
daß Ulrich von Hutten, aus einem der vornehmsten
reichsritterlichen Geschlechter, in einem Alter von 28.
Jahren, wo er schon eine geraume Zeit den Ruhm
eines der ersten Dichter und Schriftsteller seines Volks
erworben hatte, noch nach Italien gieng, um hier
die Rechte zu studiren, und die höchsten Würden in
beyden Rechten zu erlangen. Ulrich von Hutten
giebt in der Vorrede zu seinem Nemo, oder in dem
Briefe an den Crotus Rubianus, womit er diesem
das Gedicht zuschickte, über die in unsern Tagen
beynahe unglaubliche Erscheinung die beste Auskunft.
„Diese Bartholisten", heißt es hier **), „hängen, wie

---

*) p. 260. De me sic habe, certum est, non obsequi his,
qui me doctorem esse volunt, quorum proxime quidam: adde, inquit, nomen rei. Si possem, respondi, rem postea
nomini.
**) p. 251.

Schwämme, in den Ohren der Fürsten, deren Raths-
geber sie sind, und von welchen sie in allen wichtigen
Angelegenheiten des Krieges und Friedens gebraucht
werden. Diese hält man an den Höfen allein für
Gelehrte, und diese belohnt man allein als solche.
Ich weiß aber kaum, ob die Grossen der Erde einen
stärkern Beweis ihrer Thorheit geben konnten, als
durch die unverdiente Gunst gegen die Rabulisten.
Indem sie diese mit Golde und Ehrenstellen überhäu-
fen, leiden sie oft selbst Noth. Die Thoren! als
wenn Deutschland nicht viel glücklicher gewesen wäre,
bevor die Bartholisten es mit ihren grossen und zahlreichen Bänden überzogen, und fremde geschriebene
Gesetze mehr galten, als gute Sitten! Als wenn
nicht bis auf den heutigen Tag diejenigen Staaten
besser verwaltet würden, zu welchen die Glossatoren
noch keinen Zutritt gefunden haben! Man betrachte
nur die Sachsen an der Ostsee. Entscheiden diese
nicht alle Streitigkeiten leichter und kürzer nach ihren
väterlichen Gesetzen, als wir, die wir zwanzig Jahre
lang das Recht vergebens bey sechs und dreyssig Doctoren aufsuchen? Wie kann ich an die Rechtsgelahrt-
heit dieser Menschen glauben, da sie in so vielen
Jahren und in so vielen Büchern nicht finden können,
was Rechtens ist? Liegt es nicht am Tage, von
welchen die zahllosen Rechtshändel in Deutschland
angesponnen und unterhalten, und welche es sind,
wodurch die Fürsten in Kriege verwickelt, und die
Staaten mit Aufruhren und Meutereyen erfüllt werden?" — Selbst Edelleute also aus den vornehmsten
Familien machten ihr Glück um desto gewisser und
schneller, wenn sie gute Rechtsgelehrte, und mit den
Titeln von Doctoren geschmückt waren; und auch solche
mächtige Geschlechter, dergleichen im Anfange des
sechszehnten Jahrhunderts die Hutten waren, glaubten sich um desto sicherer, wenn sie in ihrer Mitte

einen berühmten Rechtsgelehrten hatten, der sie allenthalben vertreten konnte.

Ulrich von Hutten trat seine zweyte Reise nach
Rom in Gesellschaft von mehrern Jungen vom Adel
im October 1516. an *). Diese seine Gefährten
hinderten ihn, den Weg über Basel zu nehmen, und
den Erasmus zu besuchen. Er beklagte sich hierüber in einem von Worms aus geschriebenen Briefe,
und meldete dem Erasmus zugleich, daß er durch
die zudringliche Freygebigkeit seiner Familie genöthigt
werde, eine Zeit lang nach Rom zu gehen, um in

*) Man sehe den am 24. Oct. von Worms aus an den Eras-
mus geschriebenen Brief: in Epistolis *Erasmi* p. 1573. 74.
in Oper. *Hutteni* p. 88. 89. Mit dem Dato dieses Briefes
streitet das Datum eines andern Briefes an den Gerbellius,
welchen Ulrich von Hutten schon secundo Calendas Aug.
1516. in Bologna geschrieben haben soll. Man sehe *Burckhard*
I. 105—107. *Hutteni* Oper. p. 86. 87. Burckhard ließ
diesen Brief aus der ersten Edition des poetischen Briefes Italiens an den Kaiser Maximilian abdrucken, welchem der Brief
angehängt war. In diesem Briefe an den Gerbellius ist sowohl das Jahr, als der Monat durchaus falsch abgedruckt
worden; das Jahr, weil Ulrich von Hutten in dem Briefe
an den Gerbellius der Flucht des Hogstraten von Rom erwähnt, die nach allen Briefen von Pirkheimer, Oper. p. 24.
und Hutten, Epist. ad Erasmum, in Suis Epist. 1619. auch
nach dem Breve des Pabstes gegen die Briefe der dunkeln
Männer, welches Hogstraten zuerst nach Deutschland brachte,
erst im Frühlinge des J. 1517. erfolgte. Ausser dem Jahre
ist in dem Briefe an den Gerbellius, wie Burckhard ihn
mitgetheilt hat, auch der Monat falsch angegeben, weil Hutten im Aug. 1516. noch nicht, und im Aug. 1517. wie wir
gleich sehen werden, nicht mehr in Italien war. Neben der
von der Reise im Oct. 1516. an den Erasmus geschriebenen
Briefe beweist auch die vierte Rede in Ducem Wirtenbergensem, daß Ulrich von Hutten noch im Sept. 1516. in Deutschland war. Er widerlegte in dieser Rede die falschen Beschuldigungen, welche Herzog Ulrich in der am 6. Sept. bekannt
gemachten Vertheidigungsschrift vorgetragen hatte. Man kann
nicht sagen, daß seine Verwandten ihm die Schrift des Herzogs
Ulrich nachgeschickt, und daß Ulrich von Hutten die Schrift
in Italien widerlegt hätte. Er erfuhr die Neuigkeiten, welche seine Familie betrafen, allein durch Pirkheimer; und die

diesem gesetzlichen Gefängnisse die Rechte zu studiren *),
welche Reise den schon gefaßten Entschluß vereitelt
habe, zu ihm zu kommen, und sich ihm als seinen
Schüler und unverdrossenen Gehülfen anzubieten **).
Beym Anfange der Reise nach Rom war Ulrich
von Hutten frey von dem Zittern und den Schäden
am Beine, die ihn so viele Jahre gequält hatten †).
Dies war ein Glück für den jungen Ritter, der bald
nach seiner Ankunft in Rom in einen Streit gerieth,
worin er gewiß das Leben verlohren hätte, wenn er
so entkräftet gewesen wäre, als er nicht lange vorher
war, und bald nachher wieder wurde. Auf einem
Lustritt, den er und einer seiner Freunde von Rom
aus nach Viterbo machten, duldete Ulrich von
Hutten die Schmähungen nicht, welche fünf durch
Grösse und Stärke furchtbare Franzosen aus dem
Gefolge des französischen Gesandten gegen den Kayser
Maximilian ausstiessen. Die durch des deutschen
Ritters Widerspruch erbitterten Franzosen fielen nicht
nur über ihren Widersächer her, und schlugen ihn

Hutten hatten ihm noch nicht einmal im Sommer 1517. geschrieben. Nondum scribentibus Huttenis per te intellexi,
regrassari Tyrannum, et bellum esse. S. Ipf. Epift. VIII.
Cal. Jun. scriptam in Op. *Pirkheim.* p. 264. in Op. *Hutteni*
p. 98. 99.

*) l. c. ad Erafm. Quod meum falutare confilium intervertit
importuna meorum liberalitas: liberalitatém enim vocant,
quod difcendis legibus fumptum elargiuntur, atque ob id
nunc Romam mittor. . . . Si venies in Italiam, nihil remo-
rabitur euntem ad te ex illo legali carcere etc.

**) Ib. Omnes mihi Deos irafci puto, quorum voluntate fit,
quo minus fim tecum aliquot annos . . . Non is fum ego
forte, qui omnino peffim placere tibi . . at non indignus
fuiffem, qui ad tuos pedes didiciffem Graecas literas, qui
te fectatus effem ftudiofe, cuftodiviffem vigilantiffime, ob-
fervaffem reverenter, omnia tua juffa exfecutus effem, ad
omnem nutum exfiluiffem. . . Conftitueram ire ad te, ac
fecutus forte in Britanniam usque fuiffem.

†) N. Totus a tremore convalui, item ex morbo pedis.

auf die unwürdigste Art, sondern sie verfolgten ihn auch, da er sich losriß, mit entblößten Degen, um ihn auf der Stelle niederzumachen. Ungeachtet Ulrich von Hutten von seinem Freunde verlassen wurde, so vertheidigte er sich doch mit dem größten Muthe, erlegte den Wildesten seiner fünf Feinde, und schreckte dadurch die übrigen in die Flucht *). Er erkaufte den glorreichen Sieg, welchen das Gerücht bald eben so weit umhertrug, als seine gelehrten Verdienste **), durch eine Wunde im linken Backen ***), und er selbst hielt es der Mühe nicht unwerth, seine That und seine glückliche Errettung in sechs kleinen Gedichten zu besingen †). Um der Rache der mit Schimpf zurückgejagten Franzosen, und der Freunde des Getödteten auszuweichen, gieng Ulrich von Hutten wahrscheinlich noch vor dem Ende des J. 1515. nach Bologna ††); denn schon im Anfange des folgenden Jahrs antwortete er dem Reuchlin auf einen kleinmüthigen Brief, den dieser an ihn geschrieben hatte, in einem kurzen, aber kräftigen Trostschreiben, aus welchem freylich erhellet, daß Ulrich von Hutten mehr Zutrauen zu sich und zu der Sache seines Freundes hatte, als Reuchlin selbst. „Ich beschwöre dich", schreibt er an den Reuchlin, „bey deiner Wohlfahrt, oder wenn uns beyden noch etwas

---

*) Die Umstände dieses Kampfs erzählt Hutten in Epist. ad *Gerbellium* ll. cc. ad *Erasmum* p. 1618. und Camerarius in Vita *Melancht.* p. 90. 91. Camerarius hörte die Geschichte aus Huttens eigenem Munde. Sein Gedächtniß betrog ihn nur darum, daß er vier Franzosen, statt fünf, als Angreifer des deutschen Ritters angab.

**) *Camer.* l. c. Celebrabat autem fama non eruditionem modo illius, sed fortitudinem quoque, gloriosi facineris praedicatione, etc.

***) ll. cc.

†) Poem. 71—73. p.

††) Epist. ad *Erasm.* 1618. p.

theureres ift, nicht mehr so unglückliche Dinge zu
weiffagen *). - Worzu das? Wenn ich in kurzem fter=
ben follte, so wird deine Tugend dir schon sagen,
was du zu thun haft. Erschrecke mich nicht, ich bitte
dich, sondern behalte eben den Muth, womit du
bisher deine Widerwärtigkeiten ertragen haft. Wenn
du, unser Anführer, den Muth sinken lässest, so wer=
den auch manche deiner sonst wackern Krieger durch
deine Klagen schüchtern gemacht werden. Rufe uns
ja nicht mehr das Weibische: Wenn ich in kurzem
sterben follte, entgegen! Wer so gelebt hat, wie du,
der stirbt nicht, und alles ist reiner Gewinn, was
du in einem solchen Alter noch von Jahren durchlebst.
Du haft Ruhm genug erworben, haft lebend solche
Zeugnisse von andern gehört, deren Wenige nach ih=
rem Tode theilhaftig werden; ja du bist auf eine
gewisse Art deinen Nachkommen oder der Nachwelt
gegenwärtig gewesen. Was mich betrift, so bin ich
für meine Bemühungen schon hinlänglich dadurch be=
lohnt, daß man mich nicht unter die letzten deiner
Vertheidiger gezählt hat. Sey stark, wackerer Cap=
nion! Wir haben einen grossen Theil der Last von
deinen Schultern genommen, und haben ein Feuer
angelegt, das zu seiner Zeit in helle Flammen aus=
brechen wird. Du kannst, wenn du willst, ganz
ruhig seyn. Ich habe mir solche Mitstreiter gewählt,
deren Alter und Stand sie zu dem Streite vollkom=
men tüchtig machen. In kurzem wirst du vernehmen,
wie das Trauerspiel, welches deine Feinde dir berei=
ten wollten, unter einem allgemeinen Gelächter in eine
Farce wird verwandelt werden. Dies unternehme ich
wider alle deine Erwartung. Wenn du mich recht
kenntest, so würdest du mir nicht schreiben, daß ich
die Sache der Wahrheit nicht verlassen möchte. Ich,

*) Epist. Reuchl. II. 185. Opera Hutteni p. 90. 91.

die Wahrheit, und das Haupt der Wahrheit verlaſſen? Du haſt nur einen ſchwachen Glauben an deinem
Hutten! Wenn du dich auch an dieſem Tage zurück-
zögeſt, ſo würde ich, ſo viel an mir iſt, den Krieg
erneuern, und würde mir gewiß keine feige oder unerfahrne Gehülfen ausſuchen. Mit dieſen würde ich
dreiſt einen Kampf eingehen, in welchem ich die wider
uns verbundenen Rotten zu ſchlagen hofte", u. ſ. w.
Nicht lange nach dieſer Antwort an den Reuchlin
ſchrieb Ulrich von Hutten den vorher erwähnten
Brief an den Gerbellius. Die wichtigſte Neuigkeit in dieſem Briefe war, daß Hogſtraten, der
anfangs, ſtolz auf ſeine Empfehlungen und die mit-
gebrachten Schätze, den Himmel zu beſtürmen gedroht
habe, vor kurzem in der Stille von Rom fortgegangen ſey, nachdem er ſein Geld ohne die geringſte
Wirkung herdurchgebracht hatte *). Um dieſe Zeit
legte ſich Ulrich von Hutten mit einem ſolchen
Fleiſſe auf das Studium der Rechte, daß er die wenigen Tage für verlohren achtete, welche er auf ſeine
poetiſche Epiſtel verwendet hatte, die im Nahmen des
flehenden Italiens an den Kaiſer Maximilian geſchrieben, und nachher im Nahmen des Kaiſers, wenn
gleich ohne ſeinen Auftrag, vom Eobanus Heſſus
beantwortet wurde **). Der letzte Brief, welchen
Ulrich von Hutten aus Bologna ſchrieb, war vermuthlich die Antwort an ſeinen Freund Pirkheimer,
worin er dieſem gelinde Vorwürfe darüber machte,
daß er wegen des Ausgangs der guten Sache Reuch-

*) l. c. De Capnionis cauſſa bene te ſperare jubeo. Salus
in procinctu eſt. Hogoſtratus Theologiſtarum alpha ingenti
decocta pecunia, (tanti ſpem ſuam emit,) nihil effecit.
Quique olim pecunia fretus ſua optimo cuique moleſtus fuit,
τῇ κεφαλῇ τόν ϱϱανον εξαϱασσειν επιϱειϱων, fractus animo eſt, deſtitutusque lupus hians diſceſſit.
**) Poemata *Hutteni* p. 124. et ſq. Eben daſelbſt ſteht auch die
Epiſtola responſoria p. 133. et ſq.

lin's zu zweyfeln anfange *). Wenn auch der hab:
süchtige Leo den unschuldigen Mann verdamme, so
werde Reuchlin gewiß doch bey allen gutdenkenden
Männern, und besonders bey der unpartheyischen
Nachwelt obsiegen. Schwerlich erhielt Ulrich von
Hutten noch die Antwort auf diesen Brief **), in
Italien selbst. Im May, oder in den ersten Tagen
des Junius 1517. entstand ein heftiger Streit zwi:
schen den in Bologna studirenden Deutschen und Ita:
liänern, in welchem Ulrich von Hutten beynahe
sein Leben verlohren hätte. Die deutsche Nation er:
nannte unsern Ritter zu ihrem Fürsprecher bey dem
Podesta der Stadt. Ulrich von Hutten verthei:
digte, wie er glaubte, seine Landsleute mit der größ:
ten Mässigung, beleidigte aber dennoch das Haupt
von Bologna so sehr, daß es ihm rathsam schien,
nicht länger in dieser Stadt zu bleiben †): Er gieng
über Ferrara nach Venedig, wo er zwey Ritter
von Hutten antraf, die nach dem gelobten Lande
wahlfahrten wollten. In Venedig wurde Ulrich
von Hutten von den vornehmsten und gelehrtesten
Männern und Jünglingen auf eine so ehrenvolle Art
aufgesucht und beschenkt, daß er dem Erasmus
betheuerte, auf allen seinen Reisen nie eine solche
                                        Aufnahme

---

*) Opera *Pirkheim.* p. 264. Op. *Hutteni* p. 98. 99. Herr
    Wagenseil hat diesen, wie andere aus Italien geschriebene
    Briefe, nicht nach ihrer wahren Zeitfolge geordnet.

**) Op. *Pirkheim.* p. 24.

†) Ad *Erasm.* p. 1618. Eam ob causam non tuli Gallorum
    persecutionem, meque eripui ex Scylla in Charybdim provo-
    lutus. Orta enim inter Germanos ac Longobardos seditione,
    pene absumptus tum, jussusque causam apud civitatis præsi-
    dem communi Germanorum nomine perorare. Hiscus is est
    Genuensis natione. Quanquam pro nostra injuria, et illius
    iniquitate non satis acerba esset oratio, vehementer offendi
    hominem. Quare Ferrariam inde profectus sum.

Aufnahme gefunden zu haben *). Von Venedig eilte
er nach Deutschland, und zwar zuerst nach Augsburg
zurück, wo sich damahls Maximilian aufhielt. Hier
wurde er von seinen Freunden, dem Geheimschreiber
Jacob Spiegel, dem Mathematiker Rabius,
am allermeisten aber vem Conrad Peutinger, dem
Kayser Maximilian als ein edler Mann von grossen
Verdiensten und noch grössern Hofnungen empfohlen
und vorgeführt **); und Peutinger erwähnte unter
andern Lobsprüchen, die er Ulrichen von Hutten
in Gegenwart des Kaysers und vor einer erlauchten
Versammlung gab, des gefahrvollen Kampfs, welchen der junge Ritter zur Vertheidigung der kaiserlichen Ehre in Italien bestanden habe †). Auf die
Empfehlungen Peutingers und der beyden andern
vorher genannten Räthe des Kaysers, umwand Maximilian an einem feyerlichen Hoftage die Stirne
Ulrichs von Hutten mit einem Lorbeerkranze, welchen Constantia, die schöne Tochter Peutingers
geflochten hatte, und ertheilte ihm zugleich in einem
kaiserlichen Diplom den Ehrennahmen und die Vorrechte eines gekrönten kaiserlichen Dichters ††). Von

---

*) In Epist. ad *Erasm*. l. c. Deos omnes adjuro, charissime
Erasme, majorem hnmanitatem me non invenisse, si orbem
peregrinationis meæ retexam.

**) Ib.

†) In Epist. ad *Peutinger*. p. 108. 109. in Operibus *Hutteni*.
Non memoria excidit, quanta tu nuper diligentia, quanto-
que studio, redeuntem ex Italia me commendaveris Maximiliano Cæsari. Qui quum tua gravi oratione in confessu am-
plissimorum virorum de meis studiis, deque illa ærumnosâ
per Europam peregrinatione, simul de quadam mea feliciter
pugnata pugna persuasus esset, ut me honoraret: quos tu
non magnificos titulos, quæ non celebria nomina, quas
immunitates, quæ privilegia protulisti? ut ingratissimus sim
omnium, qui usquam vivunt, mortalium, nisi te valde
amem, et reverenter colam.

††) In Epist. ad *Peuting*. l. c. Postremo, qua pompa ad Cæsarem adduxisti, ut ille tuo instinctu ad se admist, ut coro-

H

dieſer Zeit an ließ Ulrich von Hutten ſich gewöhn=
lich bekränzt und in ritterlicher Rüſtung abmahlen
und in Kupfer ſtechen *). Er empfieng die Dichter=
krone am 15. Jul. 1517. und am 21. Jul. meldete
er ſchon von Bamberg aus **) in einem ausführlichen
Briefe dem Erasmus ſeine Rückkunft nach Deutſch=
land, und alles, was er während ſeiner Abweſenheit
Angenehmes und Unangenehmes erfahren hatte. Er
war ungewiß, ob er an den Kaiſerlichen Hof gehen,
oder ob er den Mainziſchen Hof vorziehen ſolle. Die
Bulle, gegen die Briefe der dunkeln Männer, die
damahls in Deutſchland bekannt gemacht wurde,
fürchtete er nicht mehr, als eine Waſſerblaſe†). Von
Bamberg aus begab er ſich auf ſeine ritterliche Burg,
wo er den Reſt des Jahrs zubrachte, und ſich vor=
züglich mit der Ausgabe der Schrift des Lauren=
tius Valla de falſo credita, & ementita Conſtantini Donatione, die im December 1517. auf dem
Schloſſe Steckelberg abgedruckt wurde, beſchäftigte.
Er ſetzte der Declamatio des Valla eine Vorrede
oder Zueignungsſchrift an Leo X. vor, welche dieſer
Pabſt nur alsdann nicht übel hätte aufnehmen können,
wenn er ſo beſchaffen geweſen wäre, als er ſich an=
fangs angekündigt, oder wie man gehoft hatte, daß
er werden würde. Mit dieſer Vorrede und dieſem
Buche fieng Ulrich von Hutten den dritten und

---

nam poeticam impoſuit: illam ajo Coronam, illam Lauream,
quam tu ante domi tuæ accurate contexere, et adornante
filia Conſtantia, omnium, quæ iſtic ſunt, puellarum et forma
et moribus præſtantiſſima apparueras. Das kaiſerliche Di=
plom ſteht beym *Burckhard.* III. p. 75. et ſq.

*) I. 113. *Burckhard.*

**) Epiſt. *Eraſm.* p. 1518.

†) l. c. Rumpantur ilia obſcuris viris, qui jam, quæ nos
excommunicamur, ingentem circumferunt bullam bene bullam. Quid enim tumidius, quid imbecillius?

gefährlichsten Krieg, den Krieg mit dem Römischen
Hofe an. Der Anfang dieses dritten Krieges fiel bey=
nahe ganz mit den ersten Anfängen des Streits zusam=
men, in welchen kurz vorher Luther mit den unver=
schämten Ablaßpredigern verwickelt worden war, un=
der bald nachher, wie bey Ulrich von Hutten,
eine offenbare Empörung gegen die tyrannische Ge=
walt des Römischen Bischofes nach sich zog. Lu=
ther und Ulrich von Hutten setzten den Krieg wi=
der den Römischen Hof, ein jeder einzeln für sich fort,
bis sie endlich durch gemeinschaftliches Interesse näher
mit einander verbunden wurden.

Seit der Wiederherstellung der alten Literatur
war nichts so schön und so gründlich, und zugleich
mit einer solchen Kühnheit gegen den päbstlichen Hof
geschrieben worden, als die eben erwähnte Rede des
Laurentius Valla, in welcher dieser von den Päb=
sten verfolgte Märtyrer der Wahrheit auf das bündigste
bewies : Daß Constantin der Grosse nie ganze
Provinzen und Reiche unter dem Nahmen eines Pa=
trimonii Petri geschenkt, noch auch der Pabst Syl=
vester ein solches vorgebliches Geschenk angenommen
habe ; daß, wenn der erstere ein solches Geschenk
wirklich gemacht, und der andere es wirklich angenom=
men hätte, dennoch das Geschenk durchaus ungültig
sey, weil der Kayser kein Recht gehabt habe, das
Geschenk zu machen, und noch weniger der Pabst,
als ein Nachfolger Christi, dessen Reich nicht von
dieser Welt war, dasselbe anzunehmen; daß die soge=
nannte Donatio Constantini niemahls durch Verjäh=
rung habe gültig werden können ; daß endlich die
Päbste, wenn die Schenkung auch jemahls gültig ge=
wesen, oder geworden wäre, sich der Herrschaft über
Länder und Völker durch ihre unerhörte Tyranney
längst verlustig und unwürdig gemacht hätten. „Habt

ihr nicht", frågt Laurentius Valla die Pábste *),
"unser gemeines Wesen durch eure ungerechten Erpressungen erschöpft? Habt ihr nicht unsere Tempel beraubt, unsere Weiber und Töchter geschändet, unsere
Städte und Häuser mit Mord und Blut erfüllt?
Seyd ihr es nicht, welche nicht bloß die Völker,
sondern auch die Kirche und den heiligen Geist mit
einer Schaamlosigkeit, die selbst Simon Magus
verabscheuen würde, verkauft haben, und noch immer
verkaufen? Seyd ihr es nicht, die unaufhörlich andern predigen, daß sie nicht stehlen, und keinen falschen Göttern dienen sollen, und die dessen ungeachtet
öffentlich rauben, und alles was heilig ist schänden
und mit Füssen treten? Wir rufen Gott zum Zeugen,
daß eure Ungerechtigkeiten uns zwingen, euch den
Gehorsam aufzukündigen, wie Israel einst vom Ro-
hobeam abfiel, da ihr nicht unsere Väter, nicht
unsere Herren, sondern beständig unsere Feinde und
Henker waret **)"? Natürlich verboten die Pábste ein
Buch, das solche Grundsätze und Aeusserungen entheilt,
bey den strengsten Strafen, welche sie nur androhen
konnten. Ulrich von Hutten verbreitete das verbo-
tene Buch nicht nur durch ganz Europa, sondern widmete es sogar Leo X. und zwar mit einer Wendung,
die den Pabst in Verlegenheit setzen mußte, und ihn
beynahe zwang, die Vermessenheit des deutschen Ritters ungestraft hingehen zu lassen. "Ich widme dir",
sagte Ulrich von Hutten in der Zuschrift an Leo
X. "mit Zuversicht die Rede des Laurentius Valla,

---

*) Auf den fünf letzten Seiten der Ausgabe von 1528. 8. Ha-
genox.

**) Deum testamur, injuria cogit nos rebellare, ut Israel a
Roboam facit. . . Hæc nobis sustinenda sunt? an potius cum
tu pater nobis esse desieris. nos quoque filios esse oblivisce-
mur? pro patre, summe pontifex, aut si hoc te magis juvat, pro domine hic te populus advocavit, non pro hoste,
atque carnifice.

die von allen deinen Vorgängern unterdrückt worden,
weil sie die Schenkung Constantins bestreitet, an
welche nie ein würdiger Nachfolger Christi und
Petri glauben konnte. Ich fürchte gar nicht, daß
du, wie einige sich einbilden, durch diesen Beweis
meiner Ehrfurcht beleidigt werden werdest. Du warst
vom Anbeginn deiner Erhebung an die Liebe der
Welt, der Wiederhersteller des Friedens und der
Ruhe, der Beschützer von Künsten und Wissenschaften *). Du versprachst dem ermüdeten Erbkreise,
welchen dein Vorgänger stets beunruhigt, und in die
blutigsten Kriege hineingezogen hatte, Frieden, und
also auch Freyheit und Sicherheit. Meine Zuschrift
wird ein rühmliches Denkmahl werden, daß man
unter deiner Regierung nicht nur frey habe denken,
sondern auch frey habe reden und schreiben dürfen **).
Die Rede des Valla klagt allerdings deine Vorgänger an; allein gerade deswegen ist sie so nützlich,
weil sie die Wahrheit verkündigt, und die Feinde des
menschlichen Geschlechts verfolgt. Denn waren nicht
jene Päbste die Feinde der ganzen Christenheit, welche
die Schätze aller Länder an sich rissen, und allen
Völkern das härteste Joch auflegten? Welche die
Könige ihrer Thronen, und die Unterthanen ihres Ei-
genthums beraubten? Kann man diejenigen Nachfolger und Stellvertreter Christi nennen, die nichts von
dem thaten, was Christus gethan und befohlen
hatte? Nein! sie verdienen vielmehr den Nahmen
von Dieben, Räubern und Tyrannen. Oder kann

---

*) Tu ille orbis amor, illud humani generis delicium, restau-
rator pacis, bellorum extinctor, auctor securitatis, turbarum
sedator, pater studiorum, fomes literarum, optimarum artium, felicis ingeniorum cultus reformator.

**) Quin etiam ipsum tibi illum dedico, ut testatum sit, quam
te pontifice renata libertate verum dicere licuerit omnibus,
verumque scribere.

es ärgere Räuber geben, als diejenigen, welche so rauben, daß sie in ihren Räubereyen gar kein Maaß und Ziel beobachten? Deine Vorgänger waren es, welche alle Arten von weltlichen und geistlichen Gnaden und Dispensationen schon so viele Jahrhunderte verkauften; welche in den Sünden anderer Menschen, und selbst in den Strafen der Sünde nach dem Tode, eine Gelegenheit zur Beute fanden: Die Würden von Bischöfen und Prälaten um hohe Summen öffentlich feil boten, und fast jährlich bald unter dem Vorwande von Türkenkriegen, bald von Erbauung eines Tempels zu Ehren des heiligen Petrus, ausserordentliche Steuern von der ganzen Christenheit forderten. Und dessen ungeachtet verlangten diese unersättlichen, diese grausamen Tyrannen, daß man sie allerheiligste und allerseligste Väter nennen sollte. Und wenn jemand sich unterstand, das Geringste an ihren Sitten und Handlungen zu tadeln, so fiengen sie gleich an zu wüthen, und wollten nicht bloß den Leib, sondern auch die Seele der Freunde der Wahrheit und Tugend verderben! Wäre es daher nicht die größte Beleidigung für dich, wenn jemand dich diesen Räubern und Tyrannen zugesellen, oder von dir vermuthen wollte, daß du, wie sie, denken und handeln werdest? — Ich zweifle also gar nicht, daß das Büchlein, welches ich dir darbiete, deinen Beyfall erhalten werde. Solltest du es gut finden, mir dieses auf irgend eine Art zu erkennen zu geben, so will ich mich bemühen, daß ich dir in der Folge noch öfter ähnliche Geschenke darbringen könnte *)". Ohne diese muthwillige Schlußformel hätte man beynahe glauben können, daß Ulrich von Hutten Leo X. wirklich für das geha'

---

*) Quod etsi non dubitem, quin valde tibi placeat, tamen ubi hoc publico aliquo testimonio adprobatum abs te intellexero, dabo operam, ut sæpe aliquid tale inveniam.

ten, und das von ihm erwartet, wofür es in der Zueignungsschrift scheint, daß, er ihn gehalten und von
ihm erwartet habe.

Ulrich von Hutten erreichte durch die Dedikation an Leo X. den Zweck, den er erreichen wollte.
Ungestrafte Bekanntmachung eines Buchs, das ihm
den Bedürfnissen seines Volks und Zeitalters anges
messen schien; und dies war das erste und einzige
Mahl, wo der sonst gar nicht schlaue Ritter die auf
ihre List stolzen Päbstlinge überlistete. Leo X. bemerkte es dem Anscheine nach nicht einmahl, daß
eine solche Schrift und Vorrede erschienen sey, dergleichen das ihm gewidmete Werk enthielt. Die Wirkungen, welche Vallas Schrift sammt Huttens
Dedikation hervorbrachte, kann man aus dem Ein-
drucke beurtheilen, den das Werk noch im Anfange
des J. 1520. auf Luthern machte. Der kühne
Reformator hatte schon über ein Jahr lang ohne alle
Zurückhaltung auf den Römischen Hof geschimpft;
allein solche Dinge, dergleichen Valla und Hutten
von den Päbsten und ihren Dienern vorbrachten,
waren ihm noch nicht in den Sinn gekommen. Das,
was er jetzt las, setzte ihn in eine eben so grosse
Angst als Verwunderung; denn nun konnte er fast
nicht mehr, so sehr er sich auch dagegen sträubte,
der Ueberzeugung widerstehen, daß der Römische
Pabst der Antichrist sey °).

°) *Lutheri* Epist. Jenæ 1556. 4. Vol. I. fol. 248. Habeo in
manibus . . . donationem Constantini a Laurentio Vallæs.
confutatam, per Huttenum editam: Deus bone, quantæ seu
tenebræ, seu nequitiæ Romanensium: et quod in judicio dei
mireris, per tot sæcula non modo durasse, sed etiam prævaluisse, ac inter decretales relata esse tam impura, tam
crassa, tam impudentia mendacia, inque fidei articulorum,
ne quid monstrosissimi monstri deüt, vicem successisse. Ego
sic angor, ut prope non dubitem, Papam esse proprie Anti-

Die Bekanntmachung und Dedikation der Schrift
des Laurentius Valla war vielleicht eine Nebensa
che, wenigstens keine Hinderniß, daß der freymüthige
Rüger der Erpressungen und Gewaltthätigkeiten der
Päbste im Frühlinge des J. 1518. in die Dienste
des ersten deutschen Erzbischofs genommen wurde.
Nach dem Tode Eitelwolfs von Stein hatte
Ulrich von Hutten an dem Hofe des Churfürsten
Albert von Mainz keinen eifrigeren Gönner, als den
Leibarzt Stromer, welcher vermuthlich seinen Herrn
bewegte, unsern Ritter nach Mainz zu ziehen, wozu
Eitelwolf von Stein Ulrichen von Hutten
schon vor der letzten Reise nach Italien Hoffnung
gemacht hatte. Bevor Hutten seine Stelle in Mainz
antrat, machte er in den Geschäften seines Herrn eine
kurze Reise nach Paris *), wo er im Febr. 1518.
mit dem berühmten Budäus und andern Gelehrten
speiste, und durch seinen edlen Anstand, oder durch
seinen feinen und muntern Wiz eben so sehr gefiel,
als er in Italien und Deutschland gefallen hatte **).
Ulrich von Hutten muß nur wenige Wochen in
Frankreich zugebracht haben; denn im April war er
nicht nur nach Deutschland, sondern auch aus Sachsen, wohin er den Erzbischofe begleitet hatte, nach

christum illum, quem vulgata opinione exspectat mundus.
Adeo conveniunt omnia, quæ vivit, facit, loquitur, statuit.

*) *Erasm.* in *Spongia* p. 12. Atque utinam Huttenus ita tem-
perasset sua consilia, uti quemadmodum tum respectu principis sui, cujus negotium agebat, honorifice acceptus est
apud Gallos.

**) *Bud. ad Erasm.* in *Erasmi* Epist. CCCIV. Vol. I. p. 298.
Huttenus hac transiit, vir omnino festivus et comis, et nobilitatem, generositatemque præ se ferens. Eum convivio
accepissem, si promittere voluisset, sed apud Ruzeum eum
primum vidi, cum illud ac prandium vocatus essem, et
Huttenum illuc esse ignorarem: Postridie discessit, rediturus
hac, ut promisit. S. auch I. p. 309.

Mainz zurückgekehrt †). Es ist eine sehr natürliche
Vermuthung, wenn man annimmt, daß Ulrich von
Hutten auf der Reise nach Frankreich nicht unter-
laſſen habe, den berühmten Budäus, den le Fevre
d'Etaples und die treflichen Aerzte Copus und
Ruellius für den Bund der Reuchlinianer zu gewinnen. Wenigstens nennt er von dieſer Zeit an die
angeführten vier Männer beſtändig als die vornehmsten Gönner und Verfechter Reuchlins, und der
wahren Aufklärung in Frankreich *). Ueberhaupt
betrieb Ulrich von Hutten im J. 1518. keine andere Angelegenheit mit einem ſolchen Feuer, als wie
er in Frankreich, Italien, und beſonders in Deutſchland alles, was gelehrt und genievoll, oder edel und
erlaucht war, gegen die Bettelmönche und deren ge-
meinſchädliche Bemühungen vereinigen, und das, was
ſchon vereinigt war, noch enger zuſammenziehen, und
zu einem ernſtlichen und allgemeinen Kampfe auf-
bringen möchte. Er redet von dieſen ſeinen Abſichten und Bemühungen nicht nur in dem angeführten
Briefe an den Grafen von Nuenar, und in der
Vorrede und Nachrede zu ſeinem Triumphus Capnionis, ſondern auch in den Briefen, womit er ſeinem
Freunde Pflug in Italien den wieder aufgelegten

---

†) Man ſehe die Epiſtolam ad illuſtrem virum Hermannum de
Neovenar Comitem Huttenianam, qua contra Capnionis æmulos confirmatur, ſcripta III. Nonas Aprilis. Unſere Bibliothek beſitzt eine einzelne, wahrſcheinlich die erſte Edition dieſes
Briefes. Hermann von der Hardt hat dieſen Brief im
zweyten Theile der Hiſtoria Reformationis wieder abdrucken
laſſen. Von ſeiner Reiſe nach Augsburg im Febr. 1518. deren im Schweiz. Muſ. J. 1789. S. 852. Erwähnung geſchieht,
finde ich nichts.

*) In Epiſt. ad Comitem de *Neovenar.* p. 6. In Galliis vero
hoc in Capniomattigas odium ſtrenue alit, vir nobilis ae
egregie eruditus Guilielmus Budæus. Et ibidem conſtanter
nos tuetur Copus Baſilienſis regi a medicinis, ac Stapulenſis
Faber etc. S. auch Epiſt. ad *Pirkheim,* ſcriptam p. 59.
Edit. *Burchardi.*

Nemo zuſchickte, und worin er ſich ſelbſt und ſein
Geſpräch Aula gegen die halb ernſtlichen, halb ſcherz=
haften Vorwürfe und Einwürfe ſeines Freundes Pirk=
heimer vertheidigte. „Wollte Gott", ſchreibt er an
den Grafen von Nuenar, „daß alle diejenigen zu
Schanden würden, die ſich den wiederaufblühenden
Wiſſenſchaften widerſetzen, und die neuangelegten
Pflanzſchulen der herrlichſten Tugenden zertreten wol=
len! Bleib du nur, mein lieber Graf, dir ſelbſt und
deinem Vorſatze getreu. Ich werde gewiß alle Ge=
fahren und Arbeiten willig mit dir theilen, und alle
diejenigen, welche mir an den Höfen der Fürſten für
unſere Abſichten nützlich zu ſeyn ſcheinen, zu gewinnen
ſuchen *). Schon viele treſliche Männer ſind auf
unſerer Seite; in Nürnberg Pirkheimer, in Augs=
burg Peutinger, in Wien Cuspinianus, Jacob
de Banniſiis, Jacob Spiegel und Johannes
Stabiüs, lauter Räthe und Vertraute des Kayſers;
in Mainz Heinrich Stromer, der bey unſerm Erz=
biſchof Albert nichts unterläßt, wodurch er den Wiſ=
ſenſchaften und wahren Gelehrten aufhelfen, und die
Feinde derſelben demüthigen kann. Zum Beweiſe,
was wir von dieſem Fürſten hoffen dürfen, mag dir
folgender Vorfall dienen. Neulich gab Stromer
ihm eine Schrift von Pfefferkorn, worin Reuchlin
und deſſen Freunde auf das unverſchämteſte verläum=
det werden. Albert fieng an, das Pasquill zu leſen,
warf es aber bald mit den merkwürdigen Worten in's
Feuer: So mögen alle diejenigen umkommen, die auf
eine ſolche Art zu reden und zu ſchreiben wagen. Un=
möglich kann unſere Nation ſolche Unwürdigkeiten,
dergleichen ſich dieſe Buben gegen die gelehrteſten,
tugendhafteſten und vornehmſten Männer auf den

---

*) Traducam interim ad partes, quosques in principum aulis
aptos eſſe videro.

Canzeln und in Schmähschriften erlauben, länger
ertragen; und auch diejenigen, die bisher verblendet
waren, müſſen endlich die Augen öfnen *). Selbſt
die Zänkereyen, worein die Widerſacher der ächten
Tugend und Frömmigkeit untereinander verfallen,
müſſen ihren Untergang befördern. Vielleicht weißt
du es noch nicht, daß ſich vor kurzem zu Wittemberg
in Sachſen eine Parthey gegen das Anſehen der
Päbſte erhoben hat, während daß eine andere die
päbſtlichen Indulgenzen aus allen Kräften vertheidigt.
Die Anführer beyder Partheyen ſind Mönche, und
beyde ſchreyen, heulen und klagen, ſo laut ſie können.
Kürzlich hat man ſogar angefangen zu ſchreiben. Es
werden Sätze, Schlüſſe und Artikel gedruckt und
ausgebreitet. Eben deswegen hoffe ich, daß ſie ſich
einander aufreiben werden. Als mir neulich ein Bruder des Bettelordens erzählte, was in Sachſen vor-
gehe, ſo antwortete ich ihm: Vernichtet nur, damit
auch ihr vernichtet werdet! Der Himmel gebe, daß
unſere Feinde ſo heftig, als möglich, gegen einander
kämpfen, und ſich dadurch ein gemeinſchaftliches Verderben bereiten **). Wenn Deutſchland mich hören
wollte, ſo müſſen wir dieſem Uebel eher abhelfen,
als die Türken bekriegen, ſo nothwendig auch dieſes
iſt. Denn was ſuchen wir ſo ſehr das Haus der
Ottomannen, mit welchem wir bloß über die Herr-
ſchaft ſtreiten, umzuſtürzen, während daß wir die
Verderber der Wiſſenſchaften, der Religion und der
guten Sitten in unſerer Mitte dulden✝)"!

*) p. 3. Ferre enim las indignitates hae natio diutius non
poteſt. Nec qui adhuc lippiunt, aliquando non aperient
oculos.

**) p. 6. Ipſe de hoc negotio nuper factus certior a quodam
ex fratribus, hoc illi reſpondi: conſumite, ut conſumamini
invicem. Opto enim, ut quam maxime diſſideant inimici
noſtri, et pertinaciſſime conterant.

✝) Quodſi me audiat Germania, quanquam inferre Tarcis

Ulrich von Hutten begleitete seinen Herrn, den Churfürsten von Mainz, auf den merkwürdigen Reichstag, der im Sommer und Herbste des J. 1518. zu Augsburg gehalten wurde *). Auch auf diesem Reichstage ließ er sich nichts angelegener seyn, als wie er sowohl die Fürsten und Herren, als die Gelehrten, die dort versammelt waren, gegen die Bettelmönche und den römischen Hof empören; wie er das Ansehen von beyden schwächen, und die Absichten derselben vereiteln könne. „Ich habe mir”, schrieb er im Sept. von Augsburg aus an seinen Freund, Julius Pflug in Italien, „in diesen Tagen viel damit zu schaffen gemacht, daß ich allenthalben umhergelaufen bin, und jeden Gutgesinnten aus dem Gefolge der Fürsten für den Reuchlin zu gewinnen mich bemüht habe °°); welche Mühe mir dadurch sehr erleichtert wurde, daß alle von selbst geneigt waren, sich für die Sache Reuchlins zu erklären. — Was macht ihr aber denn in Italien, und welches Feuer legt ihr dort an”? — Einige Monate später schrieb Ulrich von Hutten an seinen Freund Pirkheimer: „Freylich giebt es unter unserm Stande, der am meisten weise seyn sollte, noch sehr viele Unweise. Allein diejenigen, die bey dem Kaiser das größte Gewicht haben, sind unserer Partey sehr zugethan. Eben dieses versprechen uns die Freunde der übrigen Fürsten, und die Fürsten selbst. Dafür nennen wir auch die Fürsten Mäcene und Auguste; nicht, als wenn sie diese

bellum necesse est hoc tempore, prius tamen huic intestino malo remedium opponere, quam de Asiatica expeditione cogitare jussero.

*) Schweiz. Muf. Jahrg. 1789. 843. S.

°°) Ipse mihi negotium his diebus feci, discurrendo, ambiendo, apprehendendo, dum optimum quemque ex aulis principum in partes Capnionis traham, quanquam huc ultro illi concedant, nec jam opus sit parare nobis amicos.

Ehrennahmen schon verdienten, sondern um in ihnen
eine heilsame Nacheiferung zu erwecken; und diese
Hoffnung ist uns bisher nicht fehlgeschlagen. Einige
haben wir durch Schaam beynahe gezwungen, für
uns zu wirken. Andern haben wir wenigstens die
Meynung beygebracht, daß es eines Fürsten würdig
sey, die Wissenschaften zu beschützen. Eben daher
ist mein Rath, daß wir gegen diese Art von Men:
schen nach allen Seiten hin Netze auswerfen; daß
wir sie durch alle Arten von Lockspeisen zu fangen su:
chen, und also auch willig Aemter von ihnen anneh:
men; besonders da wir sehen, daß auch die Rechts:
gelehrten und Theologisten nur auf diesem Wege sich
emporheben *)". — Am Ende des Briefes zählt Ul:
rich von Hutten mit Frohlocken auf, was Eras:
mus und Buddus, was Faber, Copus und Ruel:
lius in den letzten Jahren für die Verbesserung der
Gottesgelahrtheit, der Rechtsgelehrsamkeit und der
Arzneykunde gethan hatten; und ruft dann voll Be:
geisterung aus: „Herrliches Jahrhundert! Jezt
ist es eine Freude zu leben, wiewohl man noch nicht
ermüden darf. Jezt blühen die Wissenschaften und
die Genies auf. Nimm den Strick, alte Barbarey,
und sieh dich nach einem andern Zufluchtsort um **)"!
Was Ulrich von Hutten, in dem Briefe an den
Bilibald Pirkheimer, seine und seiner Freunde Fac:
tion oder Bund nannte, das nannte er in der Vor:
rede und Nachrede zum Triumphus Capnionis eine
Verschwörung gegen die Vertheidiger der Barbarey.

---

*) p. 15. 16. Quare est consilium meum, benevolentiam
istiusmodi generis hominum modis omnibus captare, ac ubi
ubi liceat, favori principum retia tendere, et ob id illis ad-
haerere, ac publica incunctanter munera obire; etc.

**) p. 59. O saeculum! o litterae! juvat vivere, etsi quiescere
nondum juvat! Bilibalde! vigent studia, florent ingenia!
Heus tu, accipe laqueum barbaries, exsilium prospice!

Die ungerechten Gewaltthätigkeiten, welche die Bettelmönche gegen den Reuchlin übten, war die erste Ursache der Verbindung der Kenner und Verehrer der alten Literatur gegen die Schulgelehrten. Die Schmähungen, welche die Bettelmönche allenthalben auf den Canzeln gegen die Anhänger des Reuchlin auszustoßen fortfuhren, nicht weniger die Schmähschriften, welche Hogstraten und dessen Verbündete im J. 1518. gegen die Reuchlianer ausstreuten, und in welchen sie auch der angesehensten und ehrwürdigsten Männer nicht schonten, wurden die Veranlassung, daß der Bund gegen die dunkeln Männer sich noch enger zusammenzog, und nun den Entschluß faßte, nicht bloß einen geheimen, sondern einen offenbaren Krieg gegen die gemeinschaftlichen Feinde zu führen, und alle Mittel zu versuchen, wie man dieselben zu Boden werfen könne.

Ulrich von Hutten unterließ während seines Aufenthalts in Angsburg nicht, alle seine Freunde, und durch diese viele deutsche Fürsten auf die Tyrannen, welche der päbstliche Hof so lange über Deutschland ausgeübt habe, aufmerksam zu machen; ungeachtet er mit Leo X. und dessen Gesandten darin übereinstimmte, daß man den Türken den Krieg ankündigen müsse. Ulrich von Hutten schrieb eine Orationem exhortatoriam ad Principes Germaniæ, ut bellum Turcis invehant *), erfuhr aber bald zu seinem größten Verdruße, daß die deutsche Fürsten in keine ernstliche Berathschlagungen über den Krieg eingiengen; weßwegen er wünschte, daß die Türken an die Thore von Deutschland anklopfen möchten, damit die zaudernden Stände einmal aus ihrem Schlummer erweckt würden **). Eben deßwegen

---

*) I. 125. Analect. ad Part. sec. p. 12. *Burckbard.*
**) Epist. ad *Pirkheim.* p. 48. Dimissum est his Concilium . . .

aber, weil Hutten es mit dem Türkenkriege eben so
ernstlich, oder noch ernstlicher meynte, als Leo X.,
verabscheute er um desto mehr die schlaue Habsucht
des Pabstes, der den Türkenkrieg als einen Vorwand
brauchen zu wollen schien, um aus Deutschland große
Summen für seine Familie und übrigen Lieblinge zu
erpressen. Ulrich von Hutten drang nicht bloß
darauf, daß man das Reich gegen äussere Feinde schützen, sondern daß man auch das Vaterland von dem
unerträglichen Joche des römischen Hofes befreyen
müsse. Wegen dieser Aeusserungen gegen den römischen Hof baten ihn mehrere Freunde, daß er die Er-
weckungsrede nicht drucken lassen möge, wie er schon
im Anfange des Reichstages zu thun die Absicht hatte *). Er gab diesen Bitten eine Zeitlang nach,
und schrieb daher seinem Freunde Pflug nach Italien, daß die Rede an die Fürsten nicht werde gedruckt werden **). Bald nachher ließ er zwar seine
Rede drucken, aber nicht vollständig, sondern an vielen Stellen verstümmelt, die seinen Gönnern, den
Räthen des Kaisers, zu bedenklich vorgekommen waren. Die erste in Augsburg gedruckte Ausgabe die-

---

nihil peperit . . . Legatus pontificis hians lupus discedit,
nihil a Germanis pecuniæ referens. Quod non tam probo,
(nicht improbo, wie abgedruckt ist,) quam irascor, de bello
Turcico nemini curam esse. Atque igitur, ita me salus ser-
vet, ut velim ad ipsum Germaniæ limen pulsare Turcas:
quo isti excitentur aliquando cunctatores.

*) Præf. huj. Orationis liberis omnibus ac vere Germanis di-
catæ p. 127. Oper. Edit. *Wagenseil.* . . . accesserunt me ex
amicis quidam, solliciti illi de salute profecto mea, . . .
. . . qui vehementer ab hoc Instituto deterrebant, fore putantes, ut quia insunt quædam orationi ipsi, in statum Romanum liberiora, quam malus aliquis pontifex ferre possit,
ut mihi periculum inde, aut certum etiam malum proveniret.

**) p. 268. Poemat. *Hutteni.* Mea ad principes exhortatio non
editur in lucem, quod insunt quædam liberiora, quam ferat
hæc ætas. Nosti quam in partem soles παῤῥησιάζειν. Sed
non est ingenuitati locus.

ser Rede enthält daher auch nichts gegen den Pabst
und dessen Legaten, nichts gegen die Absichten von
beyden, oder gegen den Druck, welchen sowohl der
römische Hof, als die dem römischen Hof ergebene
Geistlichkeit bisher über Deutschland ausgeübt habe,
und noch ausübe. Ulrich von Hutten bemüht sich
zuerst, den in Augsburg versammelten Fürsten zu zeigen, daß der Krieg gegen die Türken eben so nothwendig als rathsam sey; nothwendig, weil der tür-
kische Sultan ganz Syrien, Aegypten u. s. w. unterjocht habe, und mit den Schätzen und den zahllosen Schaaren seines ungeheuer erweiterten Reichs
unversehens über Deutschland herfallen werde, wenn
man ihm nicht bey Zeiten, und gehörig vorbereitet
entgegengehe; rathsam, weil alle Provinzen und
Städte von Deutschland mit müßigen Landsknechten
angefüllt seyen, die sich wegen der herrschenden Hun-
gersnoth oder Theurung nach Sold oder Beschäfti-
gung sehnten, und, wenn sie beyde nicht bald erhielten, sich zusammenrotten, mit dem allenthalben schwü-
rigen, zur Empörung geneigten Pöbel verbinden, und
Fürsten, Obrigkeiten und den Adel ins Verderben
bringen würden °). Er ermahnt ferner die deutschen
Fürsten, bald mit einem strafenden Ernste, bald mit
einer rührenden Innigkeit, daß sie um der gemeinen
Nöthen des Vaterlandes willen doch eine Zeitlang
ihre wilden Schmäuse, ihre prächtigen Turniere und
Jagden, ihre üppigen Tänze und andere Ergötzun-

gen

°) p. 4. et 14. Multi egent, multi esuriunt, in omnibus
passim urbibus, oppidis, ac vicis ociosi vagantur milites.
Quo res quo vergat, ignorare non potestis. cum vix dum
exacto mense videritis, quid illa in agro Juliacensi sic con-
juncta octo milia sibi proposuerint. Nempe ut collecta ad
se reliqua egentium turma, quam jam undique advocabant,
in locupletum domus impetum facerent, omnia rapinis, omnia cædibus miscerent.

gen unterbrechen; daß sie ihren elenden Rang- und Grenzstreitigkeiten entsagen; ihren Ehrgeiz und Habsucht oder Eroberungssucht bezähmen; ihre beständigen Fehden und Räubereyen endigen; endlich mit patriotischem Eifer sich untereinander und mit dem Kaiser vereinigen möchten, um den gemeinschaftlichen Feind desto nachdrücklicher angreifen zu können *). Wenn die Fürsten den Landfrieden nicht weiter bráchen, so würde der gemeine Adel auch nicht länger Straßenraub üben, wozu ihn theils die Beyspiele, theils die Nachsicht der Fürsten aufmunterten **). Ulrich von Hutten schickte die von seinen Freunden beschnittene Rede †) im October an den Jacob de Bannisiis, und im November an den Bilibald Birkheimer, gegen welchen er sich bitterlich darüber beklagte, daß in dem einst so freyen Deutschland die

---

*) p. 18. Atque hoc quis non fentit, qui modo videt, veftrum quotidie aliquos frivolis ex caufas mutuas incurfiones facere, pecora abigere, villas ac vicos exurere, agros populari, fegetes obterere, finitima quæque vafta reddere, jam etiam urbes obfidere, üc expugnare, etc.

**) p. 21. Quia ex principibus funt, qui rapiunt, ... atque in illis nos exercent rapinis, ... alii ad latrocinia connivent, ac alunt ipfi latrones, ... et docemur, et cogimur latrocinari.

†) Die erste Ausgabe, welche ich in einer aus Gotha erhaltenen Sammlung der lateinischen Schriften Ulrichs von Hutten finde, hat folgenden Titel: Ulrichi de Hutten, equitis Germani, ad principes Germaniæ, ut bellum Turcis invehant, Exhortatoria. Publico Germaniæ concilio apud Auguftam Vindelycorum Anno Domini 1518. Maximiliano Auftrio imperatore. Cum privilegio imperiali. Gleich hinter dem Titel ist der Brief an Peutingern abgedruckt, welchen er im Sommer 1518. aus Mainz geschrieben hatte. Am Ende ist ein kurzes Gedicht angehängt, in welchem die deutsche Nation zum Türkenkriege aufgefordert wird; und auf dieses folgt zuletzt der Brief an Jacob de Bannisiis, worin Ulrich von Hutten bittet, daß jener in seinem eigenen, und in seines Freundes Nahmen dem Kaiser die Rede überreichen möchte. Unter dem Briefe liest man die Worte: In Officina exculoria Sigismundi Grimm Medici, et Marci Wyrfüng., Aug. Anno MDXVIII.

J

Freyheit zu reden und zu schreiben so sehr verschwun-
den sey. „Allein", setzte er hinzu, „ich halte es für etwas Unedles, die Wahrheit nicht zu sagen, wenn
auch die Verkündigung derselben mit großen Gefahren verbunden ist. Zugleich glaube ich, daß man
nicht die Pflichten eines rechtschaffenen Mannes erfüllen könne, wenn man sein Leben oder seine Würden
niemals in Gefahr bringen will °). Diese und ähnliche Betrachtungen bewogen ihn, die unverstümmelte
Rede im folgenden Jahre auf seinem Schloße Steckelberg von neuem auflegen zu lassen **). In der Zuschrift an alle freye Männer und ächte Deutsche, welche er dieser Rede vorsetzte †), führt er zwey Grün-

---

*) . . . Orationem ad principes mitto tibi editam. Ut scripse-
ras, inquis? minime. Atque hoc est, quod doleo, non licere mihi, quod opus maxime fuit, hoc tempore loqui,
aut scribere. Manca est igitur; et partem sui meliorem per
deos, quæque inprimis desiderari potuit, infelix illa declamatio perdidit; non vitio quidem meo, sed eorum, qui ne
suam quidem caussam libere agi sustinent. Adeo ingrata est
hoc tempore dicendi libertas. Adeo Germania esse desiit
Germania. . . . Εγω δ'αγεννκε ανδρος εργον. ηγκμαι, το
μη αλιθες, εικαι μεγας ανθιεηται κινδυνος, διαγορευειν.
Sed mihi, si dignitatem habere volo, et vitam habere si
volo, officium boni viri implere non licet.

**) In Dedicat. ad liberos omnes etc. in Op. p. : 127. — Parui,
quique erat, animi ardorem restrinxi, ac me ipse continui.
Quod ut ægre feci, ita haud multum diu facere potui. Ut
cogitare enim cœpi, quanto honestius sit, quantumcunque
præsens ultro adire periculum, ut patriæ prosis, quam saluti
propriæ consulere, dum hanc publico commodo, et maxime
in re necessaria adjumento fraudes, excitavi ipse me, ac con-
firmavi, etc. Diese vollständige oder ergänzte Rede Ulrichs
von Hutten ist die einzige wichtige Arbeit dieses Reformators,
welche ich nicht gesehen habe. Wenn einer meiner Leser sie
besitzen sollte, so würde er mich sehr verbinden, wenn er mir
dieselbe mittheilen wollte.

†) Vid. Oper. Hutten. Edit. Wagenf. p. 127—129. Herr Wagenseil zeigt am Ende des ersten Bandes der Huttenschen
Werke an, daß er diese Zuschrift aus dem Burkhard II.
54. p. genommen habe, wo ich sie aber nicht finde. Die
Zuschrift ist unterschrieben: In arce Huttenica MDXVIII. Hier

de an, warum er die Rede bekannt gemacht habe.
Was die Gefahr betreffe, welcher er sich nach der
Meynung seiner Freunde aussetzen solle; so halte er
dafür, daß diese ganz oder fast ganz eingebildet sey.
Er übe eine gerechte, und einem jeden Deutschen noth=
wendige Freyheit, welche ihm gewiß der friedfertige
und edelmüthige Leo X. nicht übel deuten werde.
Wenn aber auch ein Ungewitter über ihn hereinbre=
chen sollte, so verlasse er sich auf den Schutz der
Deutschen, um derentwillen er sich diese Gefahren zu=
gezogen habe. Würde jemand die Freyheit der Deut=
schen so unterdrücken wollen, daß man sich gegen kein
Unrecht, keine Beschimpfung regen dürfte; der möge
sich in Acht nehmen, daß nicht die zusammengepreßte
und beynahe erstickte Freyheit sich endlich losreisse,
und zum grossen Verderben ihrer Unterdrücker los=
breche. „Wir selbst geben unsern Unterdrückern den,
wie wir glauben, weisen Rath, daß sie der deutschen
Freyheit stets einen gewissen Spielraum lassen, damit
sie nicht in dem Bestreben, sich zu entfesseln, alles
umkehren und niedertreten möge. Sie läßt sich allen=
falls fangen und leicht binden, wenn es mit Maaß
und List geschieht. Allein nie wird sie sich ganz fesseln,
und wie eine Sklavin fortführen lassen. Es ist doch
gewiß ein gemässigter Gebrauch unserer Freyheit,
daß ich dem tiefen Schmerze, von welchem ich mich
durchdrungen fühle, durch bescheidene Klagen Luft
mache. Ihr, welchen die Freyheit des Vaterlandes
am Herzen liegt, die ihr die Würde der deutschen
Nation anerkennt, die ihr Euch noch nicht ganz dem

muß entweder 1519. stehen, oder Hutten verfertigte die Zu=
schrift schon im J. 1518. und ließ sie erst 1519. drucken.
So gewiß die verstümmelte Rede 1519. in Augsburg gedruckt
wurde, so gewiß wurde die vollständige Rede 1519. wieder
aufgelegt. S. Epist. ad *Eoban. Hessum* III. Non. Aug. 1519.
scriptam: Mitto ad vos orationem exhortatoriam, in quam
reposui, qua Casaris scriba exemerant.

Aberglauben hingegeben habt, lest und thut ein Glei=
ches *)". Es wäre ein Glück für den Römischen
Stuhl, vielleicht auch ein Glück für Deutschland ge=
wesen, wenn Leo X. und die übrige Geistlichkeit
diesen bescheidenen und gegründeten Klagen und Vor=
stellungen Gehör gegeben hätten. Leider wurden sie
aber weder damahls, noch auch in der Folge unter
ähnlichen Umständen gehört.

Mehrere berühmte Schriftsteller eigneten unserm
Ulrich von Hutten auch die Oratio dissuasoria,
oder die Rede zu, qua dissuadebatur, ne principes
in Decimæ præstationem, quam Legati Leonis X.
coram imperatore Maximiliano in conventu principum ad expeditionem contra Turcas petierant,
consentirent †). Diese Rede ist deswegen höchst

---

*) l. c. Si quis fit, qui ita velit extinctam Germanorum li-
bertatem, ut contra nullam penitus injuriam, nullam contumeliam vel reclamare nobis liceat; ei videndum, ne quando
illa fic conftricta ac pæne fuffocata cum maximo repente
hujus fervitutis authorum incommodo ac detrimento erum-
pat, æ fe fibi adferat. Quam quidem, ut prudenter hæc
æftimemus, et confilium ipfi quoque demus oppressoribus no-
ftris, quanto confultius fuit, aliquem femper fpiritum agere,
neque arctiffime comprimi, quam ubi fe manifefte ftrangulari
jam fenferit, impetu facto, ereptione fui multa conculcare,
ac evertere? Patitur enim capi illa, ac vinciri leviter patitur, præfertim ate fi quis valeat, et aftutia poffit, duci ac
perimi non patitúr, nec in totam everti fuftinet. Perinde
aliquid nobis ultro detur, ne omnia ipfi ufurpemus, ac ab
invitis eripiamus, etc.

†) Die Rede steht beym Freher, Script. rer. Germ. II. 393.
Freher sagt am Ende der Rede, daß man Ulrich von Hut=
ten für den Verfasser halte. Herr Prof. Hegewisch urtheilt
gleichfalls in der Geschichte Maximilians des Ersten II.
162. 163. daß die Rede ganz im Huttenschen Geiste geschrie=
ben sey. Struve hingegen, und Burckhard, zweifeln oder
ldugnen es auch, daß die Oratio dissuasoria vom Ulrich
von Hutten herrühre. S. Burckbard II. 301. III. 303. 304.
weil der Verfasser am Ende sage, daß er von dem Bischofe zu
Wirzburg, Lorenz von Bibra, zum Priester geweiht wor=
den sey.

merkwürdig, weil sie eine der vornehmsten Ursachen
war, warum man auf dem Reichstage zu Augsburg
den päbstlichen Legaten die Bewilligung der Türken-
steuer abschlug. Ungeachtet sie aber mit Hutten-
scher Freymüthigkeit geschrieben ist, und lauter Thatsachen und Facta enthält, welche Hutten in frühern
so wohl, als spätern Schriften vorgetragen hatte;
so stimme ich doch eher denen bey, welche die Rede
Ulrichen von Hutten absprechen, als die sie ihm
zueignen. Das Latein des unbekannten Redners ist
nicht schlecht, reicht aber doch lange nicht an die
Schönheit und Stärke der Huttenschen Schreibart.
Ueberdem räth der unbekannte Redner eher vom
Türkenkriege ab, als er dazu ermuntert, indem er
sagt, daß man die Türken nicht in Asien, sondern in
Italien suchen müsse; daß jeder Europäische König
stark genug sey, seine Gränzen gegen die Asiatischen
Türken zu vertheidigen; daß aber die ganze Christenheit bisher nicht Kräfte genug gehabt habe, die viel
gefährlicheren Türken in Italien zu bändigen, die
schon Jahrhunderte lang das Blut armer Christen
getrunken hätten, und noch immer nicht gesättigt
worden *). Endlich würde Ulrich von Hutten es
gewiß seinen Freunden nicht verhehlt haben, wenn
er ausser seiner Oratio exhortatoria noch eine dissua-
soriam geschrieben hätte. Eine solche dissuasoria wäre
aber nicht nur ein Widerspruch mit der erstern, sondern sie wäre auch durchaus unnütz gewesen, da
Ulrich von Hutten in seiner exhortatoria eben so
viel gegen den päbstlichen Hof vorgebracht hatte, als

---

*) l. c. ap. *Freb.* p. 395. Turcam profligare vultis. Laude
propositum, sed vehementer vereor, ne erretis in nomine.
In Italia quærite, non in Asia. Contra Asiaticum quisque
nostrorum regum pro finibus suis defendendis per se satis
est. Ad alterum vero domandum totus orbis christianus non
sufficit.

in der diſſuaſoria nachher geſagt wurde. Vielleicht
hob ein Freund oder Bekannter Ulrichs von Hutten, der die unverſtümmelte Rede des letztern geleſen
hatte, die vornehmſten Stellen, welche die vorſichti-
geren Vertrauten des Verfaſſers weggeſtrichen wünſchten, aus, und ſetzte aus dieſen Bruchſtücken nach ſeiner Art eine diſſuaſoria zuſammen.

Zu den früheſten Früchten der Muße, welche
Ulrich von Hutten ſich ſelbſt unter dem ſchrecklichen
Getümmel des Reichstages ſchuf, gehört ſein Geſpräch
de Aula *). Er ſchrieb dieſen Dialog auf das Bitten
des Mainziſchen Leibarztes Stromer, welcher wollte,
daß Ulrich von Hutten ſich durch irgend ein neues
Produkt ſeines Genies auf dem Reichstage bekannt
machen ſollte, und gab das Geſpräch nicht nur unter
dem Beyfall dieſes ſeines Freundes, ſondern auch der
Kaiſerlichen Räthe Peutinger, Spiegel und Sta-
bius heraus. In einer ſcherzhaften Schutzſchrift ſchiebt
es Ulrich von Hutten dem Leibarzt Stromer
in's Gewiſſen: Ob er auch wohl bedacht habe, welche Gefahren er ſeinem Freunde dadurch zugezogen,
daß er ihn zur Schilderung des Hoflebens aufgefordert habe. Vielleicht werde einer von den Rittern,
die ſchon vorher die gelehrten Kenntniſſe und Arbeiten
Ulrichs von Hutten verachtet hätten, bey der erſten
Nachricht von dem Inhalt des Geſprächs über das
Hofleben auffſpringen, Streitroß, Waffen und Rüſtung fordern, und ausrufen: Das ſoll mir der Schreiber nicht ungeſtraft gethan haben °°)! Im Geſpräche

*) Er fieng es ſchon im Auguſt an. Fol. 46. Primum Cauicula-
ribus, infeſto ſtudiis tempore, ingenium cum exerceam.
Ich bediene mich der Ausgabe dieſes Geſprächs, die ſich in der
aulica vita et oppoſita huic privata a diverſis auctoribus de-
ſcripta, atque ab Henrico Petreo Herdeſiano, Francoforti ad
Mœnum Anno 1577. edita findet.

°°) Fol. 46... Hoc ille feret impune ſcriba? Noſti enim,

selbst treten nur zwey redende Personen auf; ein alter
Hofmann, der des Hoflebens überdrüssig ist, und ein
angehender Höfling, der das Hofleben versuchen will,
weil er seine Jahre nicht ganz in einer handlungslo-
sen Muße hinbringen mag. Der erstere schildert das
Hofleben unter der Allegorie eines untreuen gefahrvollen Meers, das unaufhörlich von entgegengesetzten
Stürmen und Winden gepeitscht, das nicht nur durch
eine Menge von Seeräubern und Klippen, sondern
auch durch Sirenen unsicher gemacht werde, und die
meisten, welche es beschiffen, nicht in einen glücklichen
Hafen führe, sondern an die Sandbänke der Armuth,
der Krankheit, der Reue und des Ueberdrusses auswerfe. In dem Huttenschen Gespräche ist nichts
von dem übertreibenden Tone, den man in der Schrift
des Aeneas Sylvius de Curialium miseriis an-
trift; und doch schildert Ulrich von Hutten die
ekelhaften Speisen und Getränke, welche man auch
damahls an den meisten Höfen den Beysitzern der
Marschallstafel reichte *), die Tischwäsche und das
Tischgeschirr **), die Betten und Betttücher †), be-

quantum literatis detractum putent, quando scribas vocant,
nobis contumeliam minime agnoscentibus.

*) Fol. 71. Primum cibus ut multis, ita negligenter appa-
ratus, marcescentibus saepe, ac rancidis cornibus, in vas nihil purius conjectis; quibuscum Grylli se, Muscae, ac Ara-
nei, et id genus animalia miscuerunt, aut quae vermes jam
pepererant. Atque hae quales quales sunt, semicoctae tibi
nonnunquam apponuntur. . . . Vinum aut acidum, aut quod
ab alia sumtum mensa est. .

**) Ib. Crassum ac multo semper jure impinguatum mantile,
ut digitis haerens quoquo trahas, sequatur. Calices situ op-
pleti ac feculenti, mirum in modum conspurcatae, juxta in-
quinata omnia, ac obscoena, et odore ut plurimum teter-
rimo.

†) Adde lectos non impuros tantum, sed et pestilentes saepe
. . . lodices sextum ante mensem lotas, in quibus se volu-
tarunt morbosi illi, quae multam, si inspicias, saniem, multum pus exceperunt.

ſonders aber den Schmutz der alle Gemächer durch-
ſtreichenden und verunreinigenden Hunde, welchen nur
zu bemerken man für bäuriſch hielt. *): Dies alles
ſchildert Ulrich von Hutten faſt eben ſo, wie
Aeneas Sylvius es im vorhergehenden Jahrhundert geſchildert hatte. Man kann leicht denken, daß
Ulrich von Hutten, ſeiner Offenherzigkeit ungeachtet, die Einſchränkung werde hinzugeſetzt haben: Daß
man von den angeführten Beſchwerden des Hoflebens
nirgends weniger fühle, als an dem Hofe des beßten,
freygebigſten und aufgeklärteſten Fürſten, des Erzbi-
ſchofes Albert von Mainz.

Ulrich von Hutten ſchickte dieſes Geſpräch unter andern ſeinem Freunde Pirkheimer in Nürnberg
zu, und bat ſich deſſen aufrichtiges Urtheil aus.
Pirkheimer antwortete ſcherzend °°), aber doch ſo,
daß man es ernſtlich nehmen konnte: Das Geſpräch
de aula ſcheine ihm, wo nicht eine unzeitige, doch
eine frühreife Frucht zu ſeyn. Ulrich von Hutten hätte erſt alsdann von den Mühſeligkeiten und
Gefahren des Hoflebens reden ſollen, wenn er ſie
Jahre lang erfahren hätte, und tauſendmahl getäuſcht,
hintergangen, beſchimpft und beunguadigt worden
wäre. Uebrigens wünſche er von Herzen, daß ſein
Freund vor allen Cyklopen, Centauren, Scyllen,
Charybden und Silenen des Hofes, welche er ſo ſchön
geſchildert habe, bewahrt bleiben, und bald ein ſeinen
Verdienſten entſprechendes Glück finden möge.

*) Ib. Huc adde, quod non hominum tantum, ſed heſtia-
rum etiam ferendus eſt fœtor, canum excrementis tota referta aula, adverſus quæ obturaſſe nares adeo eſt inurba-
num, ac inelegaus, ut in fabulam quoque venire ſoleat.

**) Opera Pirkh. p. 251. Oper. Hutteni p. 174. Herr Wa-
genſeil hat, ich weiß nicht warum, Pirkheimers Brief nach
der Gegenantwort von Hutten abdrucken laſſen.

Auf diesen Pirkheimerischen Brief antwortete
Ulrich von Hutten in dem vortreflichen Schreiben,
welches ich schon so oft angeführt habe *). Er setzt
in dieser Rechtfertigung mit einer hinreissenden Bered:
samkeit alle die Gründe auseinander, die ihn bewogen
hätten, sein bisheriges unstetes und geschäftloses Leben
aufzugeben, und sein Glück sowohl, als seinen Ge:
nius in dem Dienste eines der beßten deutschen Fürsten
auf die Probe zu stellen. „Das gegenwärtige Jahr",
schreibt Ulrich von Hutten, hat mir allerdings
einen nicht geringen Zeitverlust und manche kleine
Sorgen dadurch verursacht, daß ich mir meine Hof:
kleider, meine Pferde und Rüstung anschaffen, das
Hofcerimoniel und die Hofordnung lernen, und aus
allen diesen Ursachen meine Freunde und Verwandten
häufig ansprechen mußte **). Allein deswegen habe
ich weder den Wissenschaften nach dem Briefwechsel
mit meinen gelehrten Freunden entsagt, wie viele
unter diesen gefürchtet, und mir deswegen nicht ge:
schrieben haben †). Du siehst, daß ich selbst in diesem
Jahre mehrere kleine Schriften ausgearbeitet habe,
und ich hoffe, daß ich in der Folge noch mehrere werde
liefern können, wenn ich mich ganz werde eingerich:
tet, und an das Hofgeräusch, von welchem ich mich aber
schon jetzt sehr leicht zurückziehen kann, werde ge:
wöhnt haben. Ich war es mir selbst, ich war es
meiner Familie, am meisten aber den Wissenschaften
schuldig, mich wenigstens eine Zeit lang in das han:

---

*) Ap. *Burckh.* P. I. p. 1. et sq. in Op. *Hutteni* p. 145. Un:
  sere Bibliothek besitzt die Originalausgabe von 1518. Ich ci:
  tire den Brief immer nach dem Abdruck beym Burckhard.

**) p. 32. 33.

†) p. 6. Illis vero suspiciosis amiculis, quandoquidem hunc
  in me fastum cadere arbitrati sunt, irascor, ut superbis, ut
  fastu ipsis turgentibus, et rem nostris indignissimam studiis
  admittentibus.

delnde Leben zu werfen. Mir ist es nicht genug, mit den Verdiensten und dem Ruhme meiner Vorfahren zu glänzen *). Ich verachte den Adel, welchen bloß das Glück der Geburt ertheilt, und der nicht durch persönliche Verdienste erworben, oder unterstützt ist. Ich will mich, wo möglich, durch mich selbst adeln, und auf meine Nachkommen etwas fortpflanzen, was ich nicht von meinen Voreltern empfangen habe. Um mich aber dahin zu erheben, wo hin ich zu kommen trachte, brauche ich mehr Vermögen als ich besitze oder ererben werde, wie wohl dieses nicht geringe ist; und das Vermögen, was zu meinen Absichten hinreicht, kann ich ganz allein an einem Hofe, oder in dem Dienste eines Fürsten erwerben **). Nicht bloß meine Familie verlangt von mir, daß ich ihren Ruhm erhalten und vermehren soll †). Nein! der ganze deutsche Adel hat seine Augen auf mich gerichtet, und hegt von mir Erwartungen, die meinem gelehrten Nahmen entsprechend sind ††). Wenn ich mich jetzt schon in eine gelehrte Muße begrübe, würde ich da einen der sehnlichsten meiner Wünsche erfüllen können: Den Wissenschaften bey meinem Stande Ansehen zu verschaffen? Würden nicht vielmehr alle fragen: Was hat denn dieser mit so grossen Kosten, so beschwerlichen Reisen, so vielem Zeitverlust und Mühe gelernt oder ausgerichtet? Würden nicht alle in dem Wahne bestätigt werden, daß die

---

*) p. 37. et sq.

**) p. 36. 38. . . . Certus aut amplioribus esse opus mihi (facultatibus), aut istas non satis esse: quamvis non sunt angustissimæ illæ. p. 29. Opus est enim mihi, ut emergam, aliunde quæsitis.

†) p. 24.

††) p. 25. Præterea intuetur me universus ordo. . . Magnam de me exspectationem, majorem opinionem habent, eamque ex nominis mei fama . . . metuuntur.

Wiſſenſchaften die Menſchen träge, feige und zu allen
groſſen Geſchäften und Unternehmungen untüchtig
machen *). Bey den Kräften, die ich in meinem
Alter noch in mir fühle, könnte ich es nicht über mich
gewinnen, daß ich mich von der groſſen Welt, in
welche ich kaum hineingeblickt habe, beſtändig entfernen, und mich ganz einem ſtillen Schriftſteller-Leben
widmen ſollte **). Oder ſollte ich mich gar auf meine
ritterliche Burg' einſperren? Kein Leben iſt mühſeliger
und unruhiger, als das Leben auf unſern Ritterbur-
gen, und du würdeſt ſehr irren, wenn du glaubteſt,
daß wir auf unſern Schlöſſern die Ruhe und Sicherheit genöſſen, deren du dich in deiner ruhmwürdigen
Vaterſtadt zu erfreuen haſt. Die Bauern †), welche
uns ernähren, ſind äuſſerſt arm. Was wir von ihnen
erhalten, iſt ſehr wenig, und dies Wenige muß durch
eine beſtändige Sorgfalt erworben werden. Wir
müſſen uns ferner dem Schutze irgend eines Fürſten
unterwerfen; und ſelbſt dann kann es geſchehen, daß,
wenn ich meine Burg nur auf eine kurze Zeit verlaſſe,
ich einem von denen in die Hände falle, mit welchen
mein Schirmherr in Fehde lebt. Um dieſem Unfall
zu entgehen, unterhalten wir mit groſſen Koſten viele
Pferde und ein zahlreiches Gefolge. Wir dürfen uns
nicht zwey Stücke Weges weit von unſern Burgen
entfernen, ohne vom Kopfe bis auf die Füſſe bewaf-

*) p. 25. Quid ergo tanti eſt, hunc iſto labore, hac impen-
ſa, hoc diſpendio didiciſſe? Atque ita poſt ſentient .. ex
literarum ſtudio fieri homines pigros, deſides, ignavos, ceſ-
ſatores, molles, et ſupinos, et idcirco tanquam a re noſtris
majoribus, hac nobilitate, his imaginibus valde indigna liberos ſuos dehortabuntur, ac abſtrahent.

**) p. 3. An ego poſſem hoc ætatis intra quatuor parietes la-
tere, et priusquam expertus eſſem iſtas mundi turbas, iſtos
olfeciſſem tumultus, in hos me ſeceſſus, hos tranquillum
recondere?

†) p. 19. et ſq.

net zu seyn. Eben so bewaffnet und gerüstet müssen
wir unsere Nachbaren besuchen, oder auf die Jagd
und den Fischfang gehen. Alle Tage entstehen zwischen unsern und unserer Nachbaren Bauern Streitigkeiten, welche wir zu schlichten haben. Geben
wir hier entweder zu viel nach, oder bestehen wir
zu hartnäckig auf unsere Rechte; so laden wir uns
gleich eine, oder mehrere Fehden auf. Dies ist die
Muße, dies sind die Vergnügungen, die wir auf dem
Lande genießen. Selbst unsere Burgen sind nicht zum
Vergnügen, sondern zur Sicherheit gebaut. Vieh-
ställe und Rüstkammern nehmen den größten Raum
ein. Allenthalben sind Uebelgerüche von Pulver,
oder von Ställen und Misthaufen. Unaufhörlich
hört man das Blöcken von Schaafen, das Bellen
der Hunde, das Brüllen von Kühen und Ochsen,
und auf unserer Burg, die grossen Wäldern nahe liegt,
auch das Geheul der Wölfe. So wie jeder Tag seine
eigene Arbeit und Sorge hat, so auch seine eigene
Unruhe, wegen der ewigen Ebbe und Fluth von Kom-
menden und Gehenden, unter welchen manche Diebe,
Mörder und Räuber sind. — In eine solche Räuberhöhle wirst du mich doch nicht für mein ganzes Leben
hinabstossen wollen?"

Bevor Ulrich von Hutten den Brief, in welchem er sich gegen Pirkheimer's Vorwürfe rechtfertigte, abschicken konnte, empfieng er von diesem
Freunde ein zweytes Schreiben, das die Frage enthielt: Welchem von den in den alten Erdbeschreibern
angeführten Flüssen die Wolha oder Wolga entsprechen möge, die in dem neu erschienenen Buche de
duabus Sarmatiis genannt werde *)? Es mußte
Ulrichen von Hutten nicht wenig freuen, daß er

*) p. 54.

eine Frage beantworten konnte, welche ihm einer der
gelehrtesten Geographen der damahligen Zeit vorlegte.
Hutten lernte in Augsburg den Kaiserlichen geheimen
Rath Siegmund von Herberstein kennen, der
vor kurzem von einer Gesandtschaft an den Hof zu
Moskau zurückgekommen war. Von diesem erfuhr
er, daß die Wolha mit dem Rha oder Rhas des
Ptolemäus einerley sey; daß sie sich nicht, wie der
Verfasser der Schrift von den beyden Sarmatien
behauptet hatte, in das schwarze, sondern in das
kaspische Meer ergieße: Daß es endlich keine solche
Nyphäische und Hyperboreische Berge gebe, dergleichen die Alten in den Gegenden angenommen hätten,
die nothwendig innerhalb der Gränzen des Moskovi-
tischen Reichs begriffen seyn mußten.

Ulrich von Hutten schrieb den Brief an Bilibald Pirkheimer gegen das Ende der glücklichen
Cur, wodurch er von der größten Plage seines Lebens, der Liebesseuche, oder doch von den heimlichsten
und eckelhaftesten Symptomen dieser Krankheit befreyt
wurde °)? So wie er die Cur, die vorzüglich in
dem Trinken eines Decocts von dem Guajacholze bestand, auf den Rath seines Freundes Stromer angefangen hatte; so schrieb er auf die Bitte eines
andern Freundes und berühmten Arztes, des Paulus
Riccius, die Geschichte seiner Krankheit gleich nachher
nieder, da er davon befreyt worden war **). Auch
damahls noch war sowohl der wahre Ursprung, oder

---

*) p. 49. et sq. Ich mache die im Text hinzugefügte Einschrän-
kung, weil ich von Aerzten höre, daß Hutten durch die Gua-
jac-Cur nicht wirklich geheilt worden. — Nach dem, was er
selbst von seiner Heilung sagt, hätte ich an der gänzlichen Ausrottung des Uebels nicht zweifeln können.

**) Man sehe die Nachrede de Guajaci Medicina et morbo Gal-
lico.

das Vaterland, als die Natur der scheußlichen Krankheit gänzlich unbekannt *). Man wird in gleichem
Grade mit Entsetzen und Mitleiden erfüllt, wenn
man die Quaalen liest, welche die ersten unglücklichen
Schlachtopfer der Liebesseuche nicht nur von der jüngst
ausgebrochenen Krankheit, die schon zu Hutten's
Zeiten viel weniger als anfangs wüthete **), sondern
auch von der Unwissenheit und den henkerischen Versuchen der Aerzte und Wundärzte ausstehen mußten.
Der Anblick der Leiden, die Ulrichen von Hutten
weder in der Nacht ruhen, noch bey Tage essen ließen,
rührte einen seiner Freunde so sehr, daß er dem, wie
er glaubte, unheilbar Kranken den Rath gab, sich
selbst das Leben zu nehmen; und, da dieser als ein
Christ den Selbstmord verabscheute, hinzusetzt, daß
man ihn wider seinen Willen von den nicht länger
zu ertragenden Martern befreyen müsse †). Außer
den Folterschmerzen, welche Ulrich von Hutten
duldete, wurde sein Anblick und sein Dunstkreis zuletzt so eckelhaft, daß er allen, denen er sich näherte,
beschwerlich, und vielen unausstehlich war ††). Zuerst
war ihm das linke Bein fast unbrauchbar geworden,
da die Krankheit über acht Jahre lang hier ihren
vornehmsten Sitz aufgeschlagen zu haben schien. In
der Mitte des Schienbeins saßen mehrere eiternde Ge-

*) C. 2. Juvatque morbum hunc putare nihil aliud esse, quam
depravati sanguinis quandam suppurationem, quæ post in
tumores et nodos consiccata induretur, et cujus scaturigo
quasi quædam a male affecto pullulet jecinore. Amplius quæ
sit ejus natura, qui status ac qualitas, quantæ jam diu,
quam odiosæ quæstionis est? . . . Silebant ab ejus ortu totum in Germania biennium Medici.

**) C. 1. Quippe tanta fuit, quum primum oriretur, fœdi-
tate, ut qui nunc grassatur, vix illius generis esse putetur.

†) C. 26.

††) Ib. Cum . . . ita essem adspectu ac odore fœdus, ut
omnibus essem gravis, quibusdam odio etiam . . .

schwüre, welche man durch keine Kunst weder theilen
noch in ein einziges zusammenziehen konnte. Noch
peinlicher waren zwey Erostosen an oder über den
Fersen beyder Füsse, besonders des linken Fusses,
die durch die beizendsten Mittel eben so wenig weggeschaft, als durch erweichende aufgelöst werden konnten. Diese Auswüchse erregten sehr oft die entsetzlich-
sten stechenden Schmerzen; und solche Schmerzen empfand er fast immer, wenn er nur auf den linken Fuß
trat *). Die linke Lende, Hüfte und das Knie waren
so entfleischt und geschwächt, daß sie fast nur mit
der blossen Haut bekleidet waren, und ihm kaum er-
laubten, das Bein zuzusetzen. Die linke Schulter
war durch eine Verhärtung, welche die Grösse eines
Eys hatte, so ausgemergelt, daß er den Arm nicht
aufheben konnte. Arm und Hand waren eben so
mager, als die linke Hüfte und das linke Bein. An
der rechten Seite saß unter der untersten Rippe ein
Geschwür, das zwar keine Schmerzen machte, aber
durch den ausfliessenden Eiter einen höchst widrigen
Uebelgeruch verbreitete. Ueber dem Geschwüre war
eine Erostose, die ein an der Rippe angewachsener
Knochen zu seyn schien. Zuletzt hatte der Kranke
hinten am Kopfe eine Stelle, die bey der geringsten
Berührung schmerzte, als wenn der Hirnschädel durch-
bohrt würde, und die ihn hinderte, das Gesicht
oder den Kopf, anders als mit dem ganzen Cörper,
umzudrehen. — Ulrich von Hutten versuchte acht
Jahre lang alle Arzneyen, Salben, Incisionen und
Kauterien, die man als Mittel gegen seine Krankheit vorschlug; und er stand unter andern eilfmahl

*) Super ea tuber erat, ut os crederetur ita induratum, et in
eo suppungens citra intermissionem dolor immensus, immo-
dicus... Eo fluxus erat vehemens, et qui irrestibilis plane
videretur. At quoties pedi insisterem, dolore afficiebar im-
patibiliter.

die Salbe- oder Speichelcur aus, während welcher
die Kranken 20 — 30. Tage in Badestuben einge-
sperrt, mit vielen und schweren Betten beynahe erstickt, der Hals, der Mund und die Zunge entzündet,
und mit den Säften des Cörpers sehr oft auch die
Zähne weggespuckt wurden *). Ja nicht selten geschah es, daß die Kranken vor Hitze oder gänzlicher
Erschöpfung verschmachteten **). Mehr Linderung,
als alle diese Quacksalbereyen, verschafften ihm die
strenge Mässigkeit, Nüchternheit und Enthaltsamkeit,
die er während seiner Krankheit beobachtete. Dieser
strengen Art zu leben verdankte er es, daß er neben
seiner Krankheit auch die grossen Beschwerden und
Nöthen seiner Reisen ausgehalten, und gar keinen
Schaden an irgend einem Theile seines Cörpers gelitten hatte †). Nach solchen Prüfungen wurde es
ihm nicht sehr schwer, die einem jeden andern unleidlichen Fasten, welche man ihm während der letzten
Guajaccur vorschrieb, unverbrüchlich zu halten. Da
er ohngefähr vier Wochen in der Cur, die ihn heilte,
begriffen war, so schrieb ihm Pirkheimer, daß er
sich vor den Mädchen in Acht nehmen möchte.
„Wenn du wüßtest", antwortete Ulrich von Hutten,
„wie wenig ich esse und trinke, wie blaß, mager und
ausgemergelt ich geworden bin, so würdest du mich

vor

*) C. 4.

**) Ib.

†) C. 5. Atque his modis, simul cibi et potus abstinentia,
et vitæ parsimonia, multa effugi, quæ me tanto tempore,
tam iniquo peregrinantem, ut plurimum et rerum penuria
adversa multa adire coactum, nunquam mihi constantem,
inquietum semper, ac turbatum conficere poterant. Idque
effeci, ne quis mihi adhuc nervus cum tot profundis et
malignis ulceribus adederentur. tibiæ, læsus sit, ne quod os
vitiatum, nequando faciem corripuerit morbus, in ore et
lingua nequid vitii contigerit, interánea servata ut sint.

vor den Verführungen der Liebe nicht gewarnt haben *)". Wenige Wochen nach der vollendeten Cur
war Ulrich von Hutten schon so munter und stark,
daß er sich ein ganz neuer, oder wiedergebohrner
Mensch zu seyn schien **). Er endigte die Geschichte
seiner Krankheit noch in Augsburg vor dem Ausgange des Novembers, widmete sie dem Erzbischofen
von Mainz als ein Neujahrsgeschenk im Anfange des
J. 1519. und übergab seine Handschrift dem Buchdrucker Johannes Scheffer in Mainz, der sie im
April fertig lieferte †). Manche von meinen Lesern
werden sich in gleichen Graden darüber wundern,
daß Ulrich von Hutten mit einer solchen Offenherzigkeit von seiner schrecklichen Krankheit geredet,
daß er die Geschichte derselben einem geistlichen Fürsten gewidmet, und daß ein Ordensgeistlicher und
Doctor der Theologie, der berühmte Thomas Murner, eben diese Geschichte aus dem Lateinischen in das
Deutsche übersetzt hat ††).

---

*) p. 50. Quia απεχεσθαι των αφροδισιων hortaris; quem si
videas, ut palleam, ut macer et exfuccus sim, nihil tale
suspiceris.

**) In Dedic. ad Albertum principem: Quod effectum cum sit,
et depulsa omni valetudine vires ita receperim, ut de novo factus, ac renatus homo videar, non applaudam ipse mihi in
ejus rei commemoratione, quæ hanc salutem præstitit?

†) Der Buchdrucker Scheffer beklagt sich am Ende des Werks
sehr über die fehlerhafte Copey, welche Hutten's Secretär
von dem Werke seines Herrn gemacht hatte. Omnes prope
versus corrupit, et me non in moram solum, sed in maxi-
mam etiam difficultatem conjecit. Aemulatus tamen utcunque sum Huttenicam editionem primariam. Ich glaubte anfangs, daß Scheffer durch die letzten Worte auf eine frühere
Ausgabe hingewiesen habe, die noch vor der seinigen erschienen sey. Vermuthlich aber sollte Editio primaria Huttenica
weiter nichts, als das Concept, oder die Original-Handschrift
Ulrichs von Hutten bedeuten.

††) Die Uebersetzung erschien im J. 1519. zu Strasburg unter
dem Titel: Ulrichen von Hutten eins teutschen Rit-

K

Kein Volkslehrer der damahligen Zeit konnte die
herrschenden Laster der Fürsten, des Adels, und der
hohen und niedern Geistlichkeit ernstlicher strafen, als
Ulrich von Hutten sie in der Geschichte seiner
Krankheit, und fast in allen nachfolgenden Schriften
strafte. „Wollte Gott”! heißt es im zwanzigsten Abschnitt der Krankheitsgeschichte, „daß unser erdbeherr-
schendes, und der Herrschaft der Erde würdiges Volk
sich doch einmahl selbst schätzen lernte, und die grossen Uebel einzusehen anfienge, welche es sich durch
seine Unmässigkeiten aller Art zuzieht. Andere Nationen glauben, daß sie die Gesetze der Natur übertreten, wenn sie so viel essen und trinken, als sie
ertragen können. Wir hingegen suchen einen Ruhm
darin, mehr in uns hineinzuschütten, als unsere Cörper
zu fassen fähig sind. Wir preisen diejenigen als
Sieger, die am meisten getrunken haben; und Trun-
kenheit sowohl, als die eckelhaften Ausleerungen, die
darauf folgen, sind unter uns keine Schande mehr.
Gewiß unsere Vorfahren, welche das Kaiserthum
und die Herrschaft über die Erde erwarben, hatten
andere Sitten, als wir, welche jedes Kind in Italien
mit keinem andern Nahmen, als mit dem Nahmen
von Trunkenbolden belegt. Mit dieser schimpflichen
Völlerey verbinden wir eine weibische Weichlichkeit,
und eine verächtliche Leckerhaftigkeit und Schlemme-
rey. Das traurigste ist dieses, daß die verdorbenen
Sitten sich am meisten in den Ständen finden, [die

ters von der wunderbarlichen Arzney des Holz Gunia-
cum genannt, und wie man die Franzosen oder Blat-
tern heilen soll, zu Herrn Albrechten, dem Churfürsten, Cardinalen und Erzbischoff von Mentz ein
Buch beschrieben, durch den hochgelerten Herrn Thomas Murner der heiligen Geschrifft und beider Rechten Doctor gedeutschet und verdollmetschet. — In der
Uebersetzung sind sowohl die Dedication, als die beyden Briefe
von Riccius und Hutten weggelassen worden.

den übrigen zu Mustern dienen sollten. Fürsten,
Ritter, Bischöfe und Prälaten sind es vorzüglich,
die von kostbaren Balsamen und Wohlgerüchen duften;
die ihre verzärtelten Cörper in die feinste Leinwand
und die theuerste Seide kleiden; die nicht anders, als
auf den weichsten Daunen ruhen können; die endlich
ihre meiste Zeit an unermeßlichen Schüsseln, und bey
vielfassenden Bechern zubringen, welche mit heissen
ausländischen Gewürzen, Weinen und andern Ge=
tränken angefüllt sind. Ist es nicht unter uns zum
Sprichwort geworden, daß ein jeder, der ein üppiges
Leben führen wolle, in den geistlichen Stand treten
müsse, um Bischof oder Prälat zu werden, oder
wenigstens an den Herrlichkeiten derselben Theil zu
nehmen? Freylich werden diese Häupter unsers Volks
und unserer Kirche für ihre Unmässigkeit hart gestraft.
Denn kaum der zehnte unter ihnen ist frey von Gicht,
Podagra, Wassersucht und andern Krankheiten, die
unsern Vorfahren unbekannt waren *). Leider stra=
fen die Laster der Vornehmen nicht bloß ihre Skla=
ven, sondern auch das Vaterland, das durch die
grossen Summen, welche jährlich für auswärtige Ge=
würze und andere Waaren des Luxus fortgeschickt
werden, mit jedem Jahre mehr und mehr verarmt.
Unsere Leckerhaftigkeit und Prachtliebe allein hat die
Fugger's bereichert, während daß wir zu Bettlern
geworden sind. Diese Diener unserer Lüste übertref=
fen selbst unsere Fürsten an Reichthümern, und an
der Zahl und Pracht von Pallästen; und sie sind es
jetzt fast allein, bey welchen in Deutschland Geld
gefunden wird **). Wir würden diese Fürsten unter

*) l. c. Cum inquam vix decimus quisque nunc reperiatur
in Germania nobilium, qui non aut podagra laboret, aut
articulari morbo crucietur, aut hydropisi infestetur, ischia,
lepra, aut illo maxima secum mala invehente morbo Gallico
divexetur.

**) Quæ res una locupletavit Fuchcros . . . qui soli pecunias

den Kaufleuten nicht beneiden dürfen, wenn alle Grosse und Vornehme so weise gewesen wären, als mein Großvater Lorenz von Hutten, der seines grossen Reichthums ungeachtet durchaus kein ausländisches Gewürz an seiner Tafel, und keine ausländische Stoffe an seinem Cörper duldete."

So gnädig und freygebig auch Albrecht von Mainz gegen Ulrich von Hutten war, so wog doch diese Gnade die Langeweile und die Unannehmlichkeiten nicht auf, welche unserm Ritter das Hofleben und die Mainzischen Höflinge machten. Er war des Hoflebens schon überdrüßig, da er es kaum einige Monate gekostet hatte *). Diesen Ueberdruß überwand er eine Zeit lang, theils durch den angenehmen Umgang mit dem ihm gleichgesinnten Leibarzt Stromer **), theils durch die Hoffnung von dem Churfürsten vielleicht zu etwas besserem, als zum blossen Hofiren, gebraucht zu werden. Da diese Hoffnung nicht erfüllt wurde, so konnte er seinem Widerwillen gegen das Hofleben nicht länger widerstehen, und faßte im Anfange des J. 1519. den Entschluß, dem Zwange des höfischen Lebens zu entsagen. Der Churfürst entließ Ulrichen von Hutten, den er bloß als eine Zierde seines Hofes betrachtet hatte, in Gna-

habent in Germania, soli magnificas ædes, ac speciosa ædificia. Quippe in tantum creverunt illi voluptatis nostræ ministri, ut eorum opes ante cujuslibet ex his principibus censum habeantur.

*) Vid Epist. ad Pent. scripta VIII. Calend. Junii 1518. in Oper. *Hutteni* p. 109 Et jam quæris forte, quemadmodum me tractet aulica vita. Nondum optime. Quanquam quid non ferendum est apud vere Principem Albertum Archiepiscopum? sic humanum? sic beneficum ac liberalem? deinde sic erga litteras et litteratos omnes adfectum? Alioqui valde ista nauseo, fastum aulicorum, magnifica promissa, sesquipedales salutationes, insidiosa colloquia, et inanes fumos.

**) Ib.

ben, und verſprach zum Beweiſe dieſer ſeiner Huld, daß er ihm das bisherige Jahrgehalt auszahlen laſſen werde, er möge ſich aufhalten, wo er wolle *). Ulrich von Hutten wurde in ſeinem Entſchluſſe wahrſcheinlich durch zwey Umſtände beſtärkt: Nämlich durch eine genauere Bekanntſchaft mit dem berühmten Franz von Sickingen, welche Bekanntſchaft er im Anfange des J. 1519. machte, und dann durch den Krieg mit dem Schwäbiſchen Bunde, welchen ſich der Herzog Ulrich von Wirtemberg um dieſelbige Zeit durch die übereilte Unterjochung der Reichsſtadt Reutlingen, eines Mitgliedes des Bundes, zuzog **). Franz von Sickingen, und die ganze Huttenſche Familie nahm an dieſem Kriege Theil; und die Gelegenheit, das ſeinem Geſchlechte zugefügte Unrecht zu rächen, war zu günſtig, als daß nicht auch Ulrich von Hutten ein gleiches hätte thun ſollen †). Bevor ich des Feldzugs, welchen Ulrich von Hutten gegen den Herzog von Wirtemberg mitmachte, weiter erwähne, muß ich mehrere Schriften anführen, die er vor dem Ausbruche dieſes Krieges drucken ließ.

Die frühſte unter dieſen Schriften war das kleine Geſpräch Febris betitelt, das im Februar 1519. gedruckt, in demſelbigen Jahre mehrmahl nachgedruckt, und auch ſchon in eben dieſem Jahre in das Deutſche

---

*) Epiſt. ad Eraſmum pridie Nonas Martii 1519. ſcript. in Op. *Hutteni* p. 188. 189. Pertæſum eſt aulæ: ita nihil mihi convenit cum purpuratis iſtis. Impetraſſe videor a principe, ut ubi ubi ſim, ſtipendio me proſequatur: hoc nomine laudabis eum magno noſtro commodo.

**) Sattlers Geſch. der Herzoge von Wirtenb. II. 4. u. f. S.

†) In Epiſt. cit. ad Eraſmum: At ego expeditioni, quæ nobis paratur ingens, equeſtri pariter ac pedeſtri exercitu, intererio ipſe: tantum abeſt, ut metuam latronem illum. Brevi totam turbari Germaniam videbis.

übersetzt wurde *). Die redenden Personen des Gesprächs sind Ulrich von Hutten, und das Fieber, das von ihm verabschiedet wird. Da dieses seinen bisherigen Gastfreund bittet, daß er ihm doch eine neue Herberge anweisen möge; so zeigt Ulrich von Hutten auf die Wohnung des Cardinals Cajetan hin, der stets auf Purpur und hinter den kostbarsten Vorhängen schlafe, stets von Silber speise, aus Gold trinke, und zwar beydes so leckerhaft, daß er alles, was man ihm in Deutschland vorsetze, verschmähe, und laut darüber klage, daß er sich in vier langen Monaten auch nicht ein einziges Mahl habe gütlich thun können. — Das Fieber weigerte sich, der Weisung Huttens zu folgen. — Indem dieser sich darüber wundert, ruft das Fieber unwillig aus: „Ich sollte zu jenem elenden, ausgemergelten Alten jenem Käsebruder **), einkehren, der für drey Heller zu

---

*) Unsere Bibliothek hat sowohl die beyden ersten Ausgaben dieses Gesprächs, als die deutsche Uebersetzung. Ein jedes dieser drey Stücke macht nur einen Bogen aus. Ausser diesen Editionen gab es noch einen Nachdruck vom J. 1519. welchem der Phalarismus angehängt war. Dieser wurde in Löwen verboten. *Erasmus* ad *Huttenum* in huj. Oper. p. 200. Febrem ac Phalarismum nescio qui curarunt rursus excudendum. At Febris Lovanii vetita est distrahi, quod quosdam ημιθεος nominatim attingere videtur. Alioqui perplacet omnibus. Phalarismum, quoniam adhærebat Febri, una cum Febre exulat, sed Lovanio duntaxat; neque enim longius se profert hujus Scholæ Tyrannis. Ich vermuthe, daß Ulrich von Hutten dieses Gespräch noch in Augsburg schrieb. Zuerst bittet ihn das Fieber, daß er es doch nicht gegen den Winter austreiben möchte: Ne expellas hoc hyemis, incertam quo divertendum sit. — Dann weist er das Fieber in die Wohnung des Cardinals Cajetan, der in vier Monaten nicht mit Vergnügen gegessen habe. Nec per quatuor menses adhuc semel appetitui satisfecit. — — Wenn man von der Ankunft des Cardinals Cajetan in Deutschland, selbst in Augsburg vier Monate vorwärts rechnet, so fällt man noch immer in das Jahr 1518.

**) So wurden die neuen Cardinäle genannt, welche Leo X. in so großer Menge geschaffen hatte.

Abend speist, und deſſen Koch ich oft mit einer hal=
ben Unze Fleiſch vom Markte zurückkommen ſehe?" —
„Du verwechſelſt", antwortet Hutten, „ohne Zweifel
einen andern mit Ihrer Herrlichkeit, oder Ihro Gna=
den, vor welcher man ſich mehr, als vor allen deut=
ſchen Fürſten beugt. Wie ſollte der Legat a Latere
ſo kümmerlich leben, da er es immer wiederholt, daß
die Deutſchen nicht zu leben wüßten, und deswegen
mit Recht den Nahmen von Barbaren und Trunken=
bolden verdienten." „Wie er ſelbſt leben mag", erwie=
dert das Fieber, „weiß ich nicht. Daß er aber ſeine
Leute ſchlecht nährt und ſchlecht kleidet, iſt nur zu
gewiße Erſt vor kurzem klopfte ich an das Hofthor
des Cardinals, und bat mir nur auf einige Tage Un=
terkunft aus. Indem der Schweizer die Thüre öfnete,
hörte ich ein Geräuſch, wie von Perſonen, die etwas
mit Ungeſtüm verlangen. Was wollen, fragte ich,
die dort Lärmenden? Die Bedienten des Cardinals,
war die Antwort, fordern noch Brod, weil das
Mittageſſen ſie nicht geſättigt hate — Ich ließ mir
dieſes geſagt ſeyn, und gieng weiter." — Nach dem
Cardinal ſchlägt Ulrich von Hutten dem Fieber
die Palläſte und Schlöſſer der ſchwelgeriſchen Fürſten
und Ritter, die prächtigen Wohnungen der reichen
Fugger's, und zuletzt die Curie eines üppigen Dom=
herrn vor, der erſt neulich aus Italien zurückgekom=
men war, und die Kunſt angenehm zu leben in Rom
ſelbſt gelernt hatte. Das Fieber verſpricht, daß es
mit dieſem Curtiſan, oder Römiſchen Höfling, den
erſten Verſuch machen wolle. — Ulrich von Hut=
ten ließ ſein Geſpräch mit dem Fieber ſeinem edeln
Freunde, Franz von Sickingen, zu Liebe in das
Deutſche überſetzen, und eignete ihm die Ueberſetzung
mit einer kurzen, am 1. März 1519. geſchriebenen
Dedication zu *). Ohngefähr um eben die Zeit, als

*) Der Titel iſt: Dialogus, oder eyn geſprech Febris ge=

die Ueberſetzung gedruckt worden war, kam der Car=
dinal Cajetan nach Mainz, ohne daß ſich Ulrich
von Hutten im geringſten vor ihm fürchtete *).

Gleich nachher, da Ulrich von Hutten die De=
dication ſeines verteutſchten Geſprächs geſchrieben
hatte, brach er auf, um ſich zu dem Heere des
Schwäbiſchen Bundes zu begeben. Unterwegens
ſchrieb er einen lateiniſchen Brief an den König
Franz den Erſten von Frankreich, der als Kunſt=
werk betrachtet zu den größten Meiſterſtücken gehört,
die nicht nur von Ulrich von Hutten, ſondern
von irgend einem alten oder neuen Schriftſteller ge=
liefert worden. Man leſe, und frage ſich alsdann,
ob es möglich geweſen ſey, Franz dem Erſten
kürzer, bündiger und ſchöner zu ſagen: Wie unwür=
dig es ſeiner Majeſtät und ſeines Ruhms, wie nach=
theilig den großen Entwürfen, mit welchen er umgehe,
wie bedenklich es ſelbſt für die Ruhe und das Glück
ſeines Reichs ſeyn würde, wenn er den mit Laſtern
und Schande bedeckten Herzog Ulrich in Schutz
nähme. — Ich ſetze voraus, daß Ulrich von Hut=
ten dieſen Brief eben ſo wenig an den König von
Frankreich geſchickt, als die Reden gegen den Herzog
von Wirremberg vor dem Kayſer gehalten habe.

nannt, durch den Ehrenveſten und Hochberümten Ulrich
von Hutten in latein beſchriben, jetz durch gut gönner
zu deutſch gemacht. Gedruckt zu Leyppzk durch Wolfgang
Stöckel 1519. Die lateiniſchen Editionen zeigen keinen Druckort
an. In der Zuſchrift an Franz von Sickingen heißt es un=
ter anderm: Wiewol dieß klein Büchlein, dieweil es etwas
ſchympß oder geſpeyeß inhalt, ewrm bandel oder übung . . . .
nit gemeß iſt, ... ſo hab ich ſolches Büchlein vom latein
in das deutſch, wiewol das im latein vil lieblicher und künſtli=
cher, dann im deutſchen lauten mag, verwandeln laſſen.

*) Epiſtola *Hutteni* ad *Glauberg.* p. 226. Oper. *Hutteni:* Fe=
bris Dialogus traductus eſt in Germanicum; mittam impreſ=
ſum tuis, fratri, ſocero, et aliis cognatis munus. Tantum
abeſt, ut metuam huc accedentem illum a Latere.

Sollte er aber das Schreiben an Franz den Er=
sten wirklich abgeschickt haben, so würde ich bey
einer oder der andern Stelle erinnern, daß sie vielleicht
nicht mit zu grosser Kühnheit geschrieben seyen *),
(denn Hutten glaubte wirklich weder den König noch
die Schweizer fürchten zu dürfen,) sondern daß sie dem
Könige von Frankreich so scheinen mußten, und also,
wenn man ihn gewinnen und nicht reißen wollte, we=
nigstens unzeitig waren **).

Das Bundesheer rückte schon in der letzten Hälfte
des März in Wirtemberg ein †). Da Herzog Ul=
rich von den Schweizern verlassen wurde, so blieb
ihm nichts übrig, als in's Elend zu gehen, in wel=
ches ihn mit wenigen Getreuen auch die Wittwe des
ermordeten Hutten begleitete ††). Alle Städte und
Festen des Herzogthums, selbst das Schloß zu Tü=
bingen, wo Herzog Ullrich seine Kinder und seine
Schätze dem Kern seines Adels anvertraut hatte,
fielen in wenigen Wochen fast ohne Schwerdtschlag
in die Hände der Sieger. Diese bedauerten nichts
mehr, als daß es nichts zu streiten und zu erbeuten

---

*) Er steht in den zu Steckelberg zusammengedruckten Hutte=
nischen Schriften. S. 191. und in den Operibus Huttenl
von Wagenseil 190. et sq. p.

**) Z. B. Deinde illius veteris memento adagio: Cum Germa-
nis pugnandum ei, qui male pugnare velit. Nam omnino
pugnandum est tibi, si hanc caufam probas. Sed ego non
idcirco proverbiorum te moneo, quod ita mihi placeat Germania, ut invictissimam appellare velim, sed quia neminem
cognovi, lætam a Germanis unquam victoriam reportasse.

†) Sattler II. 10. u. f. S. und Huttens Briefe in ejus Ope-
rib. p. 197. et sq.

††) Hutt. ad Arnold. de Glauberg. l. c. p. 206. Quod pene excidit, paucis ante fugam diebus, cum Tubingæ ageret Ty-
rannus, fuit ibi cum illo simul uxor gentilis mei interemti.
Quod idcirco non patior ignorare te, quo ne cuiquam dubi-
am esse sinas interemtionis cauffam; spurcissimam mulierem,
fœdissimum scortum, nostrum exitium, et hujus belli He-
lenam.

gebe; und sie wünschten sogar, daß entweder die
Schweizer aus ihren Gebirgen, oder Franz der
Erste über den Rhein kommen möchte °). Die
Bundestruppen hielten so gute Mannszucht, daß kein
Ort geplündert wurde, und die Einwohner des Her-
zogthums wie im sichersten Frieden lebten, ja sogar,
wie sonst, die Bäder und Gesundbrunen besuchten **).
So fürchterlich die Gefängnisse, und der Anblick der
Gefangenen waren, welche man aus den Kerkern be-
freyte †); so entzückend schön schienen unserm Ulrich
von Hutten die Landschaften in Schwaben, und
selbst die Lage von Stuttgart ††). So bald sich die
letztere Stadt ergeben hatte, so ritt Ulrich von
Hutten mit seinen Anverwandten in das Dorf, wo
Hans von Hutten begraben worden war, und ließ
das Grab öfnen. Er fand zu seinem größten Erstaunen den Leichnam des Erschlagenen nicht verwest,
sondern sowohl erhalten, daß man die Züge noch
erkennen konnte. Ja da man den Leichnam berührte,
ließ er noch Blut von sich; welches selbst Ulrich

°) l. c. p. 206. 207. De Gallo nescitur, quid ille sibi promit-
tat. Nos cum neque metuimus, et valde speramus. Nam
copiis cum abundamus, hostem desideramus potentem, spe
prædæ ac gloriæ simul.

**) Ulrich von Hutten selbst war im Wildbade. S. ej. Epist.
ad *Frid. Piscator.* p. 210. In thermis accepisti, inquis? in
ipsis illis Friderice thermis. Tanta est hoc in bello securi-
tas enim, ut lavent etiam homines, quo minus, quomodo
ferre possim militiæ incommoda, mirari debes.

†) Ib. p. 207. Ad *Chilianum Salensem:* Dii boni! quos car-
ceres invenimus, quam captivorum saciem!

††) *Hutt.* ad *Frid. Piscat.* p. 210. Habet hae regione haud
facile aliam Germania pulcriorem. Ager optimus, cœlum
mite bonum et salubre, montes, prata, valles, flumina,
fontes, sylvæ, amœnissima omnia, fruges ut vix alibi pro-
ventu faciles. *Vina ut in his locis.* Ipsam Studgardiam terræ
paradisum appellant Suevi. Ita situ est amœno. Quam fuit
indignum, pessimo sub latrone tot esse bona, mercturque
principem terra hæc bonum.

von Hutten für einen untrüglichen Beweis der Unschuld des Erschlagenen hielt *). In Stuttgart be-
suchte er keinen eher, als den Reuchlin, und zu
diesem Besuche nahm er Franzen von Sickingen
mit, welchen er schon lange gebeten hatte, daß,
wenn auch Stuttgart mit Sturm erobert werden sollte,
doch vorher im ganzen Heere ausgerufen würde: Daß
niemand sich an dem Hause Reuchlin's vergreifen
solle ⁿ⁰). Der verdienstvolle Greis dankte den beyden
Rittern für diese Aufmerksamkeit, als für die größte
Wohlthat, welche sie ihm hätten erweisen können,
und nannte sie bey dieser Gelegenheit Geissel Gottes †). Franz von Sickingen versprach dem
Reuchlin seinen kräftigen Beystand, und er hielt dieses Versprechen so sehr, daß er nicht lange nachher
die Dominicaner, vor welchen sich Päbste und Könige
fürchteten, durch einen einzigen Fehdebrief nöthigte,
unter demüthigenden Bedingungen Frieden mit dem
verfolgten Reuchlin zu schliessen, und ihm die Pro-
ceßkosten zu erstatten, welche ihnen schon die Richter
in Speier zuerkannt hatten. — Erst während dieses
Kriegzuges lernte Ulrich von Hutten die ganze
Grösse Franzen von Sickingen kennen, welche er
daher voll Bewunderung in mehrern aus Wirtemberg
geschriebenen Briefen schildert. „Ich werde”, schreibt
er an Arnold von Glauberg, „von unserm Bundes-
hauptmann, Franz von Sickingen, mit der größten
Freundschaft und Achtung behandelt ††). Er hat mich

---

*) Ad *Arnold. de Glauberg* p. 198. . . . Rem admirandam . . .
vidisses, quartum jam annum defossum corpus non consum-
tum, non putrefactum, totam adhuc faciem cognoscibilem.
Quin etiam sanguine commaduit attactum. En igitur innocentiæ testimonium!

ⁿⁿ) Epist. ad *Erasmum* in *Hutt.* Op. p. 217. 218.

†) Mecum ipse Franciscus Capnionem adfatus est perquam
familiariter, qui vos salutando flagellum dei salutabat.

††) In Op. p. 197.

beständig bey sich. Wir schlafen zusammen und schwa-
tzen zusammen, so oft wir freye Stunden haben.
Gegen die wahre Gelehrsamkeit hegt er die innigste
Ehrfurcht. Ein wahrhaftig grosser Mann, von hohem Geist und Muthe, den weder Glück noch Unglück erschüttern können. So angenehm sein freund-
schaftlicher Umgang ist, so lehrreich sind seine Gespräche, wenn von ernsthaften Dingen geredet wird.
Seine Art zu denken und zu handeln sind gleich edel.
Dabey haßt er allen falschen Schein, und eitles Ge-
pränge. Wegen dieser Tugenden ist er dem Soldaten so lieb, daß sie es bedauern, daß er nicht der
oberste Anführer des Bundesheers sey." „In Reuchlins Sache", schrieb er bald nachher an den Erasmus, „hat besonders Franz von Sickingen seine
Grösse gezeigt; ein Mann, dergleichen Teutschland
lange nicht gehabt hat, und der verdient, auch durch
dich der Nachwelt empfohlen zu werden. Ich hoffe
gewiß, daß Franz von Sickingen unserer Nation
grosse Ehre bringen werde. Wir bewundern nichts
in den Helden des Alterthums, was er nicht nachzuahmen suchte. Er ist weise, beredt und thätig;
und alles, was er sagt und thut, ist edel und groß.
Gott segne die Unternehmungen dieses deutschen
Helden *)!"

Während des Feldzugs gegen den Herzog von
Wirtemberg wurde die Sehnsucht nach der Ruhe
in Ulrich von Hutten immer stärker, und aus dieser Sehnsucht entsprang der Wunsch, bald und glücklich verheirathet zu seyn. „Mich verlangt", schrieb
er kurz vorher, ehe er aus Schwaben nach Mainz
zurückgieng, an seinen Freund Piscator **), „nach

*) Oper. *Hutt.* p. 218.
**) Oper. *Hutt.* p. 210. 211.

Ruhe, und dazu brauche ich eine Frau, die mich pflegt. Du kennst meine Art zu leben. Ich kann nicht gut allein seyn, selbst bey Nacht nicht; und man preise mir nicht länger die Beschwerden des Ehestandes, und die Vortheile der Einsamkeit. Ich bin, glaube ich, des einsamen Lebens nicht fähig. Ich muß jemanden haben, an dessen Seite ich mich von meinen Sorgen und Arbeiten erhohlen; mit dem ich scherzen, spielen, lachen, und mein entweder zu sehr angestrengtes, oder auch erbittertes Gemüth abspannen und wieder besänftigen kann. Gieb mir eine Frau, lieber Friederich; und damit du weißt, wie ich sie wünsche, so suche mir eine junge, schöne, keusche, heitere, sanftmüthige und wohlerzogene Frau, die nicht ohne Vermögen ist. Reichthum verlange ich nicht, und was den Stand betrift, so glaube ich, daß diejenige edel genug seyn werde, mit welcher Ulrich von Hutten sich vermählen wird "*). Gewiß werden alle meine Leser mit mir wünschen, daß Ulrich von Hutten eine solche Gattinn gefunden hätte, als er zu haben wünschte. Der Wunsch, glücklich verheirathet zu seyn, war nicht vorübergehend. Wenn derselbe noch im J. 1519. erfüllt worden wäre, so würde sich Ulrich von Hutten vielleicht die Verfolgungen nicht zugezogen haben, die ihm schon im fol=

---

*) Tenet me quoddam tranquillitatis desiderium, quam olim ineam. Ad hoc opus uxore est, quæ me curet. Nosti mores. Non facile solus esse possum, ne nocte quidem, facessant mihi enim prædicare quidam cœlibatus bona, et solitudinis incommoda. Non videor esse capax. Me quidem habere oportet, ubi curas, et ipsa ubi acriora etiam studia remittam. Quicum ludam, quo jocos conferam, amœniores et leviusculas fabulas misceam. Ubi solicitudinis aciem obtundam, curarum æstus mitigem Da mihi uxorem, Friderice, et ut scias qualem, venustam, adolescentulam, prope educatam, hilarem, verecundam, patientem, satis habeat, non multum. Divitias non quæro enim, et ad genus quod pertinet, satis nobilem futuram puto, quæcunque Hutteno nupserit.

genden Jahre ein stilles häusliches Leben unmöglich machten.

Ulrich von Hutten kehrte im Junius 1519. nach Mainz zurück, voll Freude über den Sieg, welchen man über den Herzog von Wirtemberg erfochten hatte, und voll froher Hoffnungen, daß man bald die Bettelmönche, und den tyrannischen Pabst in Rom auf gleiche Art besiegen werde. Franz von Sickingen versprach ihm seinen Beystand in dem Streite mit den Cöllnern, und höchstwahrscheinlich auch in den fernern Bemühungen, Deutschland von dem Joche der römischen Kirche zu befreyen. In Mainz selbst wurde Ulrich von Hutten nicht nur von seinen zahlreichen und gelehrten Freunden, sondern auch von dem Churfürsten auf das Beßte empfangen, der ihm die gehoffte oder schon versprochene Erlaubniß bestätigte, mit Beybehaltung der Besoldung zu leben, wo und wie er wollte °). Erasmus meldete ihm die angenehme Bothschaft, daß der junge Prinz Ferdinand, Bruder Carls V. sehr viel auf Ulrichen von Hutten und dessen Schriften halte °°). Um diesen jungen Fürsten noch mehr zu gewinnen, sollte Franz von Sickingen ihm seine Dienste anbieten, um welche damals Könige und Fürsten buhlten †). Endlich wurde Ulrich von Hutten von allen Seiten, aus Italien, Frankreich und Deutschland, von Hohen und Niedern, von Gelehrten und Ungelehrten, auf das dringendste

*) Ad *Eob. Hessum*, in Oper. p. 220.

°°) l. c. p. 217. Quod scribis de Ferdinando, mire placet, studia nostra amare adolescentem. Erexisti animum mihi speranti fore, ut orbis capita adversus barbariem nobiscum conspirent.

†) Epist. ad *Philip. Melancht.* p. 227. Primum conciliandus vobis Ferdinandus est, quo de Franciscus mereri bene gestit. Post facile erit exagitare impsobos.

aufgefordert, daß er den gegen die Romanisten an:
gefangenen Krieg muthig fortsetzen, und auf die Hül:
fe aller aufgeklärten, tugendhaften und frommen Men:
schen sicher rechnen solle *). Kann man es unter
diesen Umständen unbesonnene Täuschung und Rasch:
heit, oder wilden Reformationseifer und Revolutions:
geist nennen, wenn Ulrich von Hutten die allge:
meinen Aufforderungen für die Stimme des erwach:
ten Volks, wenn er den Beruf, das Volk von frem:
den Unterdrückern zu befreyen, für einen göttlichen
Beruf hielt; wenn er hoffte, daß die Vertheidiger
der Wahrheit und Freyheit über die allenthalben ver:
haßten Feinde derselben siegen würden; und eben deß:
wegen den Entschluß faßte, daß man von nun an
derselben gar nicht mehr schonen, sondern sie viel:
mehr geradezu angreifen müsse? — Dieser wichtige
Entschluß wurde noch in Mainz gefaßt **), wo Ul:
rich von Hutten bis in den August blieb. Er
meldete seinen Freunden in Erfurt, dem Eobanus
Hessus und Petrejus Aperbachus, sowohl von
Mainz als von Steckelberg aus, wo er den Rest des

---

*) *Brunfelf.* in Refponf. ad *Erafmi Spongiam* p. 40. Habuit
enim epistolarum ab amicis, quantum ego æstimare potui,
acervum 2000. et hoc succissivis horis agebat, dum apud
Vangiones eramus, ut in volumen redigeret, cui titulum
erat præfixurus familiarium epistolarum. Erant in ea sarcina
epistolæ graves et eruditæ ab regibus, optimatibus, principibus, nobilibus, episcopis, studiosis, et eruditis omnibus,
quorum nomina et ingenia celebrata hodie funt, ex omnibus
nationibus, ex Italia, ex Galliis, ex Bohemia. Atque hi
omnes inter alia, et novarum rerum fabulas, congratulaban-
tur de bello fumpto Romanistas, et Curtifanos, laudabant
inftitutum, hortabantur, ut cœptis manum admoveret.

**) Hutten meldete dieses dem Erasmus, und Erasmus sei:
nem Freund in England. Epift. 449. Vol. I. 481. p. Audio
bellum parari Dominicanis et Romanensibus. Vereor ne ex
hoc ludo nafcatur incendium maximum. Bellum indicetur
Dominicanis et Romanensibus, et interim fævietur in omnes
facerdotes exemplo Bohemorum.

Jahrs zubrachte, was er vorhabe; und bat diese
Freunde, daß sie sich aufraffen und zu gleichen Ab=
sichten mit ihm wirken möchten °). Er beklagte es
sehr, daß er um des Churfürsten von Mainz willen
Luthern nicht zum Mitstreiter in dem Kriege gegen
die römischen Tyrannen annehmen könne, indem er
dadurch eine Gelegenheit verlohren habe, das dem
Vaterlande erwiesene Unrecht auf der Stelle zu rä=
chen †). Diese Gelegenheit, auf welche Ulrich
von Hutten hindeutete, war allem Vermuthen
nach eine gehoffte nähere Verbindung zwischen Al=
brechten von Mainz und dem Churfürsten von
Sachsen, welcher Luthern schützte. Die Ablaß=
prediger hatten von Anbeginn an den Churfürsten
von Mainz, unter dessen Nahmen und Ansehen die
Ablaßkrämerey getrieben worden war, dadurch gegen
Luthern, und selbst gegen den Churfürsten von
Sachsen einzunehmen gesucht, daß sie das Gerücht
verbreiteten, als wenn Luther alles, was er gegen
den Ablaß unternommen, auf Antrieb des Churfür=
sten von Sachsen unternommen habe, der dadurch
dem Erzbischof von Mainz Eins versezen wolle ††).

So

*) In Epistolis ad hos viros, in *Hutten.* Oper. p. 219—223.
Ah! ne metue! Plures erunt similis argumenti scriptores,
quam non putas. Neque illud sine gloria facinus audebi-
mus. Ego quos possim ad partes traducere ex illis, qui multa
possunt; sed hactenus non intellexerunt negotium, ac libenter nunc per me erudiuntur, aliquando scietis.

†) l. c. p. 222. Lutherum in communionem hujus rei acci-
pere non audeo, propter Albertum principem, qui temere
persuasus est, aliquid ad se pertinere hoc negotium, quum
ego secus judicem. Quod doleo ob quandam mihi intercep-
tam occasionem, qua insigniter ulcisci patriæ potui injuriam.
Etsi nihil socius ob ipsum facio, interim et rectius fortasse,
quod opto instructum.

††) *Lutheri* Epist. Latinæ Jenæ 1556. 4. Vol. I. Fol. 51. et 52.
Illi ipsi Rahulæ, et multi alii cum illis nova machina in-
structi ubique garriunt, principis nostri illustrissimi esse to-

So sehr sich Ulrich von Hutten allenthalben um kräftige Hülfe bewarb, wo er dergleichen hoffen konnte; so sehr hielt er von Anbeginn an Eltern und Brüder davon zurück, gemeinschaftliche Sache mit ihm zu machen, oder ihn nur mit Gelde zu unterstützen, damit sie nicht, wenn ihm etwas widriges zustieße, in sein Unglück verwickelt werden möchten *).

In den drey Monaten, welche Ulrich von Hutten im J. 1519. in Mainz verlebte, vertheidigte er den Erasmus gegen den Engländer Eduard Lee oder Leus, welchen er als einen unwissenden Verschlumber behandelte †); schrieb auf die Bitte der Verleger und mehrerer gelehrten Mitglieder des Capitels, die den Reuchlin dem Inquisitor Hogstraten entrissen hatten, eine Zueignungsschrift an den Churfürsten Albrecht zu der berühmten Ausgabe des Livius, die nach einer alten Handschrift in der Dombibliothek abgedruckt wurde, und außer zwey tausend verbesserten Lesarten das Ende des vierzigsten

tum, quod ego ago, tanquam inductus ab eo ad invidiam Archiepiscopi Magdeburg. Tu quæso consule. quid hic faciendum: principine sit aperiendum. Ego mei caussa principem in suspicionem venire, ægerrime omnino vero, et inter tantos principes dissidii origo esse, valde horreo et timeo. Diesen Brief schrieb Luther im Februar 1518. an seinen Freund Spalatin.

*) *Otto Brunf.* in Resp. ad *Erasmi* S포ngiam p. 10. Neque illi, (sanguine conjuncti,) unquam ejecerunt, neque male illi volnerunt. Et mira hæc est impudentia in te, qui sic libere nugaris. Semper monebat parentem, rogabitque post hæc matrem viduam, et fratres omnes, ne constarent suæ caussa invidiam sibi, ne quid suppeditarent vel operæ, vel impensatum, unde possent ab æmulis vocari in jus, vel in malam suspicionem venire. Selbst nach dem Tode des Vaters entsagte Ulrich von Hutten lieber den väterlichen Gütern, als daß er seine Familie in Gefahr gesetzt hätte, diese Güter zu verlieren. ib. p. 11.

†) Der Fehdebrief an den Leus steht in *Hutten.* Op. p. 212. et sq.

und den größten Theil des drey und dreyßigsten Buchs
lieferte, die vorher nie waren gedruckt worden *);
arbeitete an seiner Trias Romana, von welcher er
selbst sagte, daß noch nichts Freyeres und Stärkeres
gegen die römischen Blutsauger geschrieben worden **),
und knüpfte den Briefwechsel mit allen seinen Freunden wieder an. Zu gleicher Zeit ließ er auf seinem
Schloße Steckelberg die Reden gegen den Herzog
Ulrich von Wirtemberg, den Phalarismus,
und einige andere die sogenannten Huttenschen Händel betreffenden Schriften drucken. Diese Sammlung von Schriften wurde im Sept. 1519. fertig,
und enthielt keine Stücke, die ich nicht bisher, ein
jedes zu seiner Zeit berührt hätte, außer einigen
kleinen Gedichten, der fünften Rede gegen den Herzog Ulrich, und der Apologie gegen den Herrn von
Uffäß, der den Phalarismus in Würzburg öffentlich als eine Schmähschrift zerrissen hatte. Die
fünfte Rede, welche den übrigen ähnlich ist, arbeitete Ulrich von Hutten während des Kriegszuges

*) Man sehe *Nicol. Carbachii* adm. ad Lect. in Fine *Livii.*
Carbach und Wolfgang August waren die Herausgeber.
Huttens Zueignungsschrift ist auch abgedruckt in T. III. p.
106. *Burckhard.* et Op. *Hutteni* p. 182. et sq. In dieser
Dedication heißt es unter anderm: Quin etiam, ne potuisse
hanc provinciam detrectare me existimes, pertractus sum
eo ab insignibus tuis canonicis, Laurentio Truchses, Deca-
no, Theodoro Teobel, Scholastico, et adfini meo Marquardo
de Hatstein probatis literatura et moribus viris, quibus vel
idcirco libenter parui, quod cum semper amarint omnes hi,
ac tuentur politiora studia; tum Laurentius ipse, anno abhinc sexto, ab atroci crudelissimorum hominum, theologistarum injuria quodam suo divino consilio, magnum virum,
Joannem Capnionem nobis servavit, ac tutum praestitit.

**) In Epist. citatâ ad *Eob. Hessum*, et *Petrej. Aperbachum* III.
Non. Aug. MDXIX. Moguntiæ scripta p. 220. Cudetur
mihi nunc dialogus, cui titulus Trias Romana, quo nihil
vehementius, nihil liberius adhuc editum est in Romanæ
aurifugæ. Brevi perfectum habebitis.

gegen den Herzog von Wirtemberg aus †). Peter von Uffäß verdiente die Beschimpfung, welche Huttens Apologie über ihn brachte. Der Mann hatte, nach Ulrichs von Hutten Erzählung, von Ludewig von Hutten, dem Vater des Erschlagenen, und von der ganzen Huttenschen Familie, die größten Wohlthaten empfangen, und war als ein treuer Freund von dem Ritter Ludewig an den Kaiser abgeschickt worden, damit er dem Vater des Ermordeten und der ganzen Familie von Hutten von dem Herzoge Ulrich die verdiente Genugthuung verschaffen möchte. Anstatt diesen Auftrag seines Wohlthäters auszurichten, ließ er sich vielmehr von dem Herzoge Ulrich erkaufen, und durch einen Gehalt von zwey hundert Goldgulden zum eifrigsten Verfechter desselben anwerben °). Um seinen Eifer auch in Wirzburg an den Tag zu legen, zerriß er den Phalarismus Ulrichs von Hutten öffentlich; wofür er von diesem noch glimpflicher, als er es erwarten konnte, abgestraft wurde. — Ulrich von Hutten fand im Herbste 1519. in der Bibliothek zu Fulda eine alte Handschrift, welche eine Vertheidigung Heinrichs IV. gegen den Pabst Hildebrand enthielt, und wozu er auch noch in diesem Jahre die Vorrede oder die Dedication schrieb **). Ueberdem verfertigte er auf seinem Schloße Steckelberg in den lezten Monaten des

---

†) In Epist. ad *Chilianum Halens.* p. 207. Orationes meas re-
video, ubi quintam, quæ ex victoria congratulabitur nobis
addidero, edam in lucem.

*) p. 188. 189.

**) In Epist. ad *Eob. Hessum* p. 221. Oper. *Hutteni.* Inveni
nuper, dum Bibliothecam Fuldensem, pulveribus pæne de-
perditam, et carie situque debellatam excutio, libellum insigniter elegantem adversus Gregorium Pontificem, qui et
Hildebrant, ejusque sectatores inscriptum, in quod illud ad
lachrymas usque doleo, quod finis deest. . . Dignum dum
adscribere præfationem, quæ simul edetur.

J. 1519. seine Gespräche: Febris secunda, Fortuna, und Inspicientes, und ließ sowohl diese, als die Trias Romana und den in Fulda gemachten Fund, in Mainz bey Johann Scheffer drucken, wo die Apologie Heinrichs IV. im März, und die Gespräche im April 1520. erschienen. Es ist weniger sonderbar, als es so scheint, daß der Churfürst Albrecht um eben die Zeit, wo er die Partey des Pabstes gegen Luthern nahm, Ulrichen von Hutten schüzte, und diesem erlaubte, eigene und fremde Schriften in Mainz drucken zu lassen, welche den römischen Hof noch viel mehr als Luthers Streitigkeiten beleidigen mußten. So sehr Albrecht Luthern haßte, weil dieser die von ihm geschüzten Ablaßprediger angegriffen, und dadurch die von dem Ablaß gehofften Vortheile vernichtet hatte *); so sehr wünschte er mit andern geistlichen Fürsten, daß die Raubsucht des römischen Hofes, die ihn unter andern genöthigt hatte, die Kosten seines Palliums durch den Ablaßhandel zusamenzusuchen, allmählich möchte eingeschränkt werden. Gerade um die Zeit, als Hutten die eben genannten Schriften drucken ließ, hatte er den Erzbischof ganz nach seiner Art umgestimmt †). Wenn Albrecht bald nachher öffentlich andere Gesinnungen äusserte, so kann man daraus nicht schließen, daß er deßwegen seine Denkart wirklich geändert habe.

*) Luther schonte keines geistlichen Fürsten weniger, als des Erzbischofs von Mainz. In der Præfat. zu den lat. Werken: Witeb. 1558. fol. p. 6. klagte er den Erzbischof Albert als die Hauptursache an, daß der erste Funke des Streits bis zu einem so schrecklichen Brande vergrößert worden: Tota culpa est Moguntini, cujus sapientia et astutia eum fefellit, qua voluit meam doctrinam compescere, et suam pecuniam, per indulgentias quæsitam, esse salvam.

†) Hutt. Op. I. p. 219. In Epist. ad Hessum et Aperbachum: Ego, quos possim ad partes traducere ex illis, qui multa possunt, sed hactenus non intellexerunt negotium, ac libenter nunc per me erudiuntur, aliquando scietis.

Selbst im J. 1521. litt er es nicht, daß Bettelmönche in seinem Stifte gegen Luthern predigten.
Hingegen wünschte er, daß man das Evangelium
ohne Geräusch, rein und lauter vortragen möchte,
weil alsdann die Schlacken sich allmählich von dem
unverfälschten Golde der göttlichen Wahrheit abson-
dern würden *). Er wollte mit dem römischen Hofe
nicht öffentlich brechen; allein sehr gerne hätte er
den Pabst, wie Luthern gebändigt, wenn er ges
konnt hätte. Er begünstigte in der Folge Franz
von Sickingen und dessen Freunde, als diese den
Erzbischof von Trier angegriffen; und noch später
mußte selbst Luther bekennen, daß Albert von
Mainz in vielen Stücken dem Evangelio nicht zuwider
sey **). Dieß machte dem Churfürsten von Mainz
um desto mehr Ehre, da Luther ihn auch lange nach
dem Ablaßstreit zu wiederholten Mahlen durch Drohungen und andere Heftigkeiten höchlich beleidigt
hatte †).

Ulrich von Hutten hatte Recht, wenn er die
Schrift gegen den Pabst Hildebrand, welche er
dem Staube und Moder in der Stiftsbibliothek zu
Fulda entriß, ein schön geschriebenes Werk nannte,
dergleichen man aus dem eilften Jahrhundert nicht

---

*) Man sehe einen merkwürdigen Brief des Hedio in *Hotting*
Hist. ecclef. II. 525. 526. Auch Capito schrieb 1521. an
den Melanchton, daß der Erzbischof Albert es heimlich mit
Luthern halte. I. 176. *Seckendorf.*

**) *Luth.* Epist. II. V. fol. 270. . . qui alioqui non est adver-
farius evangelio.

†) Man sehe den fürchterlichen Brief an den Erzbischof Albert,
in Luthers deutschen Werken, der Jenaischen Ausgabe I. 556.
sammt des Erzbischofs höflicher Antwort 557. und dann den
Brief an den Capito. Op. Lat. *Luth.* Edit. Wittenberg. II.
305. f.

hätte erwarten sollen *). Der ungenannte Verfasser
redet von der Erhaltung und Einigkeit der Kirche,
von den Pflichten eines guten Hirten oder Pabstes,
von den Grenzen des priesterlichen Ansehens, von
der Größe und Würde des römischen Reichs und
seiner Oberhäupter, von der Scheußlichkeit der Spaltung, welche die Kirche und das Reich trenne, und
allenthalben Aufruhr und Zwietracht hervorbringe,
mit einer solchen Freymüthigkeit und zugleich mit einer solchen evangelischen Sanftmuth, mit einer solchen Kenntniß der heiligen Schrift, der alten, Kirchenväter, und selbst der Geschichte, daß man diese
Apologie Heinrichs IV. zu den ehrwürdigsten und
merkwürdigsten Denkmählern nicht nur des eilften
Jahrhunderts, sondern des ganzen Mittelalters zählen kann. — In der ersten Freude über die Entde-
ckung dieses Kleinods würde Ulrich von Hutten
es dem neuerwählten Kaiser Carl V. als das wichtigste Geschenk, was er ihm darbieten könne, übergeben haben, wenn der junge Monarch schon in
Deutschland gewesen wäre **). Weil aber die Ans
kunft Carls V. erst erwartet wurde, so widmete Ulrich von Hutten die von ihm gefundene Schrift
dem Erzherzoge Ferdinand, mit der Bitte, daß
dieser sie seinem Bruder dem Kaiser mittheilen;
daß beyde Fürsten den Inhalt derselben beherzigen,

---

*) Epist. ad *Hessum* p. 222. 223. Videbis auctorem, crede
mihi, qualem iis in temporibus vixisse non putasses. Strenue
Pontificum tyrannidem oppugnat, et pro libertate Germanica
belligerat is animosissimus. Argumentum est Apologia Henrici imperatoris, quem pontifex anathemate percusserat.
Nihil vidi liberius, elegantius hoc in genere nihil, ita per-
cellit, itaque proterit ac jugulat impostores.

**) Man sehe Dedicat. sive præf. Hutteni ad Ferdinandum
principem p. 32—49. II. *Burckhard.* Ich führe diese Vorrede
oder Zueignungsschrift auch deßwegen nach dem Abdruck beym
Burckhard an, weil gerade diese Dedication in der Original-
ausgabe etwas beschädigt ist.

die allgemeinen Wünsche der Deutschen erhören, die
edle deutsche Nation von dem schimpflichen Joche der
weibischen und lasterhaften Romanisten befreyen, und
Heinrich IV. nicht aber den meisten übrigen Kai-
sern nachahmen möchten, welche den Päbsten wie
Knechte gedient, als Unterthanen den Eid der Treue
geleistet, ihre Krone von den Füßen der Päbste angenommen, und das ganze Reich den römischen Bischöfen zu einem beständigen Raube hingegeben hätten *). — Seine Absicht sey im geringsten nicht,
die Päbste in Verachtung zu bringen, sondern sie,
wo möglich, aus Tyrannen in Väter des Volks, aus
Dieben und Räubern in wahre Hirten umzuschaffen **).
„Schon lange", fährt Hutten fort, „hatte die Welt
einen solchen unverdorbenen Pabst nöthig, wie Leo
X., welcher der Christenheit den Frieden wieder gegeben, und alle Freunde der Wahrheit aufgefordert
hat, alte und nützliche Schriften aufzusuchen und bekannt zu machen. Hier ist eine solche, die er unstreitig nach Verdienst aufnehmen, und dessen Herausgeber er danken wird. Sollte er dieses nicht thun,
sondern die Schrift und den Herausgeber mit Flüchen

---

*) *Hutten.* in Dedicat. p. 36. Servierunt enim Romanis pontificibus, servierunt proh pudor! quotquot ex Germanis im-
peratoribus aut urbe Romana illis cesserunt, aut scelerate
ementitam Constantini donationem ratam habuerunt, aut
jusjurandum inito principatu reddendum illis dignum duxe-
runt, aut ab eorum pedibus acceperunt imperatorium diadema,
aut sententiam in se dicere passi sunt, aut sua edicta, suas-
que leges ab illorum constitutionibus supprimi tulerunt, aut
Germaniam quotannis compilandam illis permiserunt, aut ad
palliorum episcopalium Romae mercatum, veniarum hic, dispensationum, gratiarum, et omnis generis bullarum nundi-
nationes conniverunt.

**) p. 44. 45. Hic videre videor quosdam obstrepere mihi,
hoc dicentes: Quid? tu Pontificem contemtum reddes igitur?
ego vero minime, sed adempto illi fuco, ut vera pontificis
eniteat imago, faciam . . . ex tyranno pontificem, ex rege
patrem, ex fure pastorem mundo restituens?

und Bannstrahlen verfolgen, so würde er nicht als
ein Hirt, sondern als ein reissender Wolf verfahren,
der die Heerde, welche er hüten und weiden sollte,
ins Verderben bringt *). — Auch dann aber wer=
de ich nicht aufhören, die Wahrheit zu verkündigen,
welche ich erkannt habe, und auszubreiten im Stan=
de bin, damit ich nicht dereinst mit dem reuigen Pro=
pheten auszurufen gezwungen werde: Wehe mir, daß
ich geschwiegen habe, weil ich ein Mensch mit be=
fleckten Lippen war! Gewiß muß man Gott mehr,
als den Menschen gehorchen; dem Gott, welcher
uns befiehlt, die Wahrheit zu sagen, und der sich
selbst die Wahrheit nennt **). Paulus schreibt an
seinen Jünger: Predige die Worte Gottes zu seiner
Zeit, und selbst mit Ungestüm. Höre nicht auf zu
bitten, zu warnen, zu tadeln. Es wird eine Zeit
kommen, wo sie die wahre Lehre nicht ertragen wer=
den, u. s. w. Auch Christus befiehlt, daß man
die Wahrheit mit Muth verkündigen, und diejenigen
nicht fürchten müsse, welche zwar den Leib, aber nicht
die Seele verderben können. Ich bin, ruft eben
dieser unser Heiland aus, gekommen, um Feuer auf
die Erde zu werfen; und was kann ich anders wol=
len, als daß dieses angezündet werde? — Gewiß
also ist es ein großes Verdienst, die verborgene
Wahrheit an das Licht zu bringen, und ich hoffe da=
für Belohnungen, wenn auch nicht in dieser Welt,
wenigstens in jenem ewigen Vaterlande, wo ein je=
der nach seinen Werken Vergeltung empfangen wird †)".
— Man sieht, daß Ulrich von Hutten zu der Zeit
als er dieses schrieb, über die Größe und Gefähr=

---

*) p. 38. Jam non eſſet hoc enim paſtoris Leonis, ſed prae=
    datoris lupi devorare, quod oportuit paſcere, aut perdere,
    quod cuſtodire neceſſe erat.
**) p. 43.
†) p. 33. l. c.

lichkeit seines Unternehmens tief nachgedacht hatte, und daß er sowohl die Bewegungsgründe als den Muth zu dem Beruf, welchem er folgte, aus der heiligen Schrift schöpfte, die er stets fleißig studiert hatte, und von dieser Zeit an noch viel fleißiger las als vormals.

Bevor noch Ulrich von Hutten etwas von dem Eindruck erfahren konnte, welchen die von ihm herausgegebene Schrift in Rom, und bey den Anhängern des römischen Hofs gemacht hatte oder machen würde, gab er die oben genannten Gespräche heraus, unter welchen die Trias Romana oder der Vadiscus bey weitem das wichtigste ist *). Er widmete das leztere seinem Anverwandten und Freunde, dem Ritter Sebastian von Rotenhan, und in der Dedication sagt er unter andern: „Ich will dir dieses Buch gerade nicht als gut empfehlen, weil die Sache, davon ich rede, äusserst schlecht ist. Ich kann es aber doch vielleicht wegen der Wahrheit dessen, was darin vorgetragen, und wegen der Freymüthigkeit thun, womit es vorgetragen wird. Ich wenigstens habe mir in keiner andern Schrift so sehr gefallen, als in der gegenwärtigen. Unsere Freyheit war durch die Fesseln der Päbste gebunden: Ich löse diese Fesseln. Die Wahrheit war gänzlich aus unserm Vaterlande verbannt: Ich führe sie zurück".

---

*) Auf dem Titelblatt der Gespräche stellt ein Holzschnitt, der sich auf das Gespräch Fortuna beziehbt, das Glück vor, mit einer griechischen Umschrift; von welcher Ulrich von Hutten damals nicht ahndete, daß sie so bald durch seine eigenen Schicksale widerlegt werden würde: Θεῷ μαχεσθαι δεινον ετι, και τυχη. πασιν γαρ ἐν φρονεσι συμμαχει τυχη. Unsere Bibliothek besitzt noch eine andere Ausgabe derselben Gespräche, die ohne Zweifel in Steckelberg gedruckt ist, weil sie mit den übrigen auf diesem Schlosse gedruckten Schriften Papier, Lettern und Format gemein hat.

— Nur allein um dieses Gesprächs willen verdiente Ulrich von Hutten den Ehrennamen eines Befreyers seines Vaterlandes, und eines Vertheidigers der deutschen Freyheit. In keiner andern Schrift sind die beynahe unglaublichen Mißbräuche und Verdorbenheit der Kirche, die ungeheuern Laster und Ränke des römischen Hofes, die Ergiessungen eben dieser Laster und Ränke über alle übrige Länder von Europa, die beyspiellosen Erpressungen, welche die Päbste besonders in Deutschland ausübten, der beschimpfende Hohn, wodurch die Romanisten ihre Erpressungen und Gewaltthätigkeiten noch schwerer machten, die brechende Geduld der auf das äusserste getriebenen Völker und ihrer Fürsten, und die Unvermeidlichkeit einer gewaltsamen Revolution, mit richtigeren und lebhafteren Farben geschildert worden, als in der Trias Romana Ulrichs von Hutten. Ein jeder, welcher wissen will, was die römischen Päbste und deren Anhänger einst gewagt, und was unsere Vorfahren geduldet haben, komm und lese. Keiner wird das unsterbliche oder der Unsterblichkeit würdige Werk aus der Hand legen, ohne die Asche seines Urhebers zu segnen; keiner, ohne noch jezt von eben den Empfindungen ergriffen zu werden, die seinen Verfasser einst begeisterten; keiner, ohne zu gestehen, daß solche Uebel nicht länger zu ertragen waren, und daß, wenn sie nicht durch vernünftige Vorstellungen und gütige Vermittelungen weggeschaft werden konnten, sie mit offenbarer Gewalt angegriffen und fortgeschaft werden mußten. Man schließe nach den Impressionen, welche die Huttensche Schrift nach mehr als dritthalb Jahrhunderten auf uns macht, wie große Wirkungen sie in jenen zu einer beynahe allgemeinen Empörung reifen Zeiten hervorbringen mußte °).

°) Cochläus Histor. de act. et script. Luth. fol. 19. 6. Edit.

Die redende Personen des Gesprächs sind Ulrich von Hutten und einer seiner Freunde Ehrenhold, welchem der erstere alles das wiederholt, was er von einem Reisenden, Vadiscus, über die Eigenthüm: lichkeiten von Rom und dem römischen Hofe, die immer Triadenweise zusammengenommen werden, ge: hört hatte. Der Wiedererzähler wird oft von Eh: renhold unterbrochen, und beyde theilen einander über das, was Vadiscus gesagt hatte, ihre Ge: danken mit.

„Wenn mich nicht alles trügt", sagt Hutten zum Ehrenhold, so strebt unsere Nation immer mäch: tiger zur Freyheit empor. Gerade die Weisesten und Edelsten des Volks ertragen es am ungeduldigsten, daß die unwissenden und lasterhaften Päbstlinge uns das, was unsere frommen Vorfahren den Kirchen geschenkt haben, theils durch List und Ränke, theils mit offenbarer Gewalt entreißen; daß sie diese ihre Absichten gar nicht verhehlen, und zu den gewaltthä: tigsten Räubereyen noch den bittersten Hohn, und die empörendsten Beschimpfungen hinzufügen *). Die Unwürdigkeiten, welche man sich gegen uns erlaubt, haben einen so hohen Grad erreicht, daß sie unmög: lich noch steigen, oder länger gebuldet werden können. Unsere in Augsburg versammelten Fürsten empfanden es vor kurzem sehr tief, als der Cardinal Cajetan bey dem Anblick einer langen Prozession von prächtig gekleideten und geschmückten Geistlichen ausrief: Was

---

Parif. 1565. sagt von Huttens Trias: Is tum ediderat Triadem Romanam, libellum quidem parvulum, sed mire festi-
vum, et inventionis ingeniosæ, argumento Laicis admodum
plausibilem, et acceptum. *Quo sane effecit, ut nihil æque
invisum esset Germanis complurimis, ac nomen Romanæ Curiæ,
et Curtisanorum.*

*) p. 6. Ich zähle von der Seite der Dedication der Trias
Romana an.

für vornehme Stallknechte haben wir Römer doch *)!
Nicht weniger unverschämt war jener Römer, mit
welchem ich über die Bedrückungen unserer Nation
sprach, und dem ich den Rath gab, daß die Roma=
nisten um ihrer selbst willen doch eine gewisse Mäßi=
gung im Plündern beobachten sollten. „Die Bar=
„baren", antwortete er keck, „sind nicht allein nicht
„werth, daß sie kein Gold erhalten, sondern daß ihnen
„das, was ihnen noch übrig geblieben ist, mit Feinheit
„abgenommen werde **)." Kein Volk wird in Rom
so allgemein und so sichtbar verachtet, als die Deut=
schen; und warum verachtet? Weil wir uns aus
übertriebener, oder übelverstandener Frömmigkeit von
den nichtswürdigen Römlingen das abzwaken lassen,
was ihre tapfern Vorfahren uns nicht durch die Ge=
walt der Waffen entreissen konnten. Alte und Junge,
Weiber und Männer, Kaufleute und Handwerker,
Geistliche und Hofleute, ja selbst die verworfensten
Juden, spotten in's geheim und öffentlich unserer Thor=
heit, und belegen uns mit allerley Schimpfnamen †).
Die Schaamlosigkeit der Ablaßkrämer und der päbst=
lichen Legaten, hat in unsern Tagen selbst dem grossen
Haufen in vielen Gegenden von Deutschland die Au=

---

*) l. c. p. 7. Quantos .. stabularios Romani habemus, stul-
titiam exprobans nobis, qui, cum tales simus, eo cogi susti-
nemus, ut cardinalium, et episcoporum Romæ mulas et equos
fricemus, ac despectissimam quamlibet servitutem obeamus!

**) p. 8. . . . audi, qua contumelia respondit: Non solum,
inquit, barbaris aurum minime præbeatur, sed etiam si apud
eos inventum fuerit, subtili auferatur ingenio.

†) p. 6. . . Ut quos pueri, senes, viri, mulieres, opifices,
mercatores, sacrifici, nobiles, ignobiles, liberi, servi, in
summa, quos omnes rident, etiam captivi nationum omnium, Judæi, quos publico et privatim dicteriis ac scommati-
bus prosequuntur omnes, quibus palam et manifeste illu-
dunt, quos explodunt, quos turpibus cognomentis, et pu-
dendis appellationibus insectantur, per jocum pariter et serium, nullam ob caussam, sed stultitiæ opinione.

gen geöfnet. Wie laut war nicht zum Beyspiel vor
kurzem das Geschrey in Frankfurt über das Verfahren
der päbstlichen Legaten, welche vielen Tausenden die
Erlaubniß verkauften, Milch und Butter an Fasttagen essen zu dürfen, und zugleich selbst ohne Scheu
in den Fastenzeiten alle Arten von Fleischspeisen unter
dem Vorwande aßen, daß die deutschen Fische ihre
Mägen beschwerten *). Wenn es aber auch unter
Vornehmen und Geringen noch manche giebt, welche
die Verbrechen der Romanisten und ihre eigene Schande und Beleidigungen nicht einsehen; so muß man
so lange rufen, klagen, warnen und stoßen, bis auch
diese zu fühlen anfangen, was man gegen sie geübt,
und was sie selbst bisher geduldet haben. Freylich
kann dieses nicht ohne Gefahr geschehen. Allein keine
große That wird ohne Gefahren vollbracht. Gesetzt
auch, daß wir dies Unternehmen noch nicht ausführen,
so werden wir doch vielleicht andere Glücklichere ermuntern, daß sie die christliche Welt aus ihrem
Schlafe erwecken, und gegen ihre Tyrannen in Bewegung setzen. Deutschland kann sich um die ganze
Kirche nicht mehr verdient machen, als wenn es die
tausendfältigen Exactionen der Päbstlinge auf einmahl
abbricht, und die römischen Copisten, Protonotarien
u. s. w. des verdienten Hungertodes sterben läßt **).
Selbst die Türken sollten nicht so bald und so ernstlich

---

*) p. 23. At populus Francofurdiensis quibus nuper convitiis
detestatus est culinam apud se pontificis legatorum? non observabant ritus enim, sed vescebantur jejuniis, ut semper,
cibo omnis generis. . . Cumque sic coenarent, patiebantur
amplius butyri usum emere ab se nostros.

**) p. 44. Si non obtineat etiam, tamen constum esse in merito est, et forte exemplum dabit hoc se passim, ut idem
alii faciant, ac tandem moveatur mundus, et resipiscat Germania, quæ, ut mihi videtur, melius de Christo, melius de
ecclesia mereri non poterit, quam si mox abrupta hac exactionum injuria et pecunia hic retenta, istos Romæ Copistas,
et protonotarios fame enecet.

bekriegt werden, als die Ruchlosen, welche Christum, seine Altäre und Sacramente, ja den Himmel selbst verkauft haben, und noch immer feil bieten *). Hievon, mein lieber Ehrenhold, würdest du dich leicht überzeugen, wenn ich Zeit hätte, dir das zu wiederhohlen, was der kürzlich von Rom zurückkommende Vadiscus über diese Stadt und den Römischen Hof gesagt hat ". — Ulrich von Hutten läßt sich von seinem Freunde bewegen, das Gehörte wieder mitzutheilen, und fangt dann die Rede des Reisenden auf folgende Art an. „Drey Dinge", sagte Vadiscus, „erhalten die Würde von Rom; das grosse Ansehen des Pabstes, die Reliquien der Heiligen, und der Handel mit dem Ablaß. Wiederum bringt man drey andere Dinge von Rom zurück; ein verletztes Gewissen, einen verdorbenen Magen und einen leeren Beutel. So wie Rom ferner drey Dinge tödtet: Ein gutes Gewissen, ächte Frömmigkeit und Heiligkeit des Eides; so verlacht das heutige Rom drey andere: Die Beyspiele oder Tugenden der Vorfahren, das Priesterthum Petri, und das jüngste Gericht **). An drey Dingen hat Rom einen Ueberfluß: An Gift, Alterthümern und wüsten Plätzen. Drey andere fehlen gänzlich: Einfalt, Mäßigkeit und Aufrichtigkeit. Dreyerley Waaren werden in Rom öffentlich verkauft: Christus, geistliche Würden und Weiber. Von drey Dingen hört man in Rom ungern reden: Von allgemeinen Concilien, von der Verbesserung der Kirche und der Aufklärung der Deutschen; und eben so sehr betrübt man sich über die Einigkeit der deutschen Fürsten, über die abnehmende Blindheit des Volks, und über das Bekanntwerden der römischen Ränke. Drey Dinge könnten uns auf einmahl

*) p. 10.

**) p. 13. et sq.

von allen römischen Uebeln befreyen: Die Ablegung des Aberglaubens, die Abschaffung der römischen Aemter, und eine gänzliche Umschmelzung des römischen Hofes. Drey Dinge sind in Rom in hohem Werthe: Schöne Weiber, schöne Pferde, und dann die päbstlichen Bullen. Drey Dinge sind in Rom sehr gemein: Stolz, Kleiderpracht und fleischliche Lüste, welche man nicht nur auf allen natürlichen, sondern auch auf so vielen unnatürlichen Wegen sucht, daß selbst die erfinderischsten Wollüstlinge und Wohllustlehrer des Alterthums von ihnen lernen könnten. Die Müßigen in Rom thun weiter nichts, als spazierengehen, schmausen und huren; und so wie die Reichen sich von dem Schweiße der Armen, vom Wucher und der Beute der ganzen Christenheit nähren, so leben die Armen von Knoblauch, Zwiebeln und ein wenig Kohl. Drey Bürger haben vorzüglich in Rom ihren Sitz aufgeschlagen, Judas, Simon und das Volk von Gomorrha. Die Cardinäle in Rom ziehen gewöhnlich drey verderbliche Dinge hinter sich her: Die langen Schleppen ihrer Kleider, womit sie Staub erregen und den Augen sowohl als den Lungen schaden; ein zahlreiches Gefolge, das meistens aus Taschendieben, Meuchelmördern, Mädchen- und Frauenverkäufern, Giftmischern und anderm Gesindel besteht; und endlich ihre geistlichen Gnaden und Dispensationen, womit sie in der Nähe und Ferne alles rein ausfegen. — Drey Dinge kommen den Römern nie zu oft: Die Pallien der Bischöfe, die Annaten und die Menses papales. — So wohl die Pallien, als die Annaten sind immer mehr und mehr, und zuletzt so sehr erhöht worden, daß die Kirchen und deren Angehörige darunter erliegen. Das Pallium des Erzbischofs von Mainz kostete vor nicht gar langer Zeit nur 10000. Gulden; jetzt hat man es auf 20000. Gulden gesetzt, weil

einst ein Bischof sich geweigert hatte, die geforderten
10000. fl. zu bezahlen. Welch ein ungeheurer Druck
diese hohen Preise der Pallien für die Kirchen seyen,
erhellt allein daraus, daß ein alter Mann lebt, wel=
cher acht erzbischöfliche Pallien hat kaufen gesehen *).
Hiezu kommen noch die Annaten, die von den Ro=
manisten weit über ihren Werth angeschlagen werden,
ohne daß jemand das Herz hat, sich diesen Erpressun=
gen zu widersetzen **). Mit eben der List und Kühn=
heit, womit die Päbste die Pallien und Annaten stei=
gerten, wußten sie auch die sechs päbstlichen Monate,
welche man ihnen bey der Vergebung von geistlichen
Pfründen zugestanden hatte, auf das ganze Jahr aus=
zudehnen †). Dies geschah vermöge der reservatio
pectoralis und der Dispensationen, oder geistlichen
Gnaden, gegen welche keine auch noch so heilige und
alte Rechte und Gewohnheiten gelten, und welche
man daher mit Recht eine der verdammungswürdig=
sten Erfindungen der Römischen Priesterlist nennen
kann ††). So bald eine reiche Pfründe offen wird,
oder durch das hohe Alter und die Kränklichkeit des
gegenwärtigen Besitzers die Hoffnung giebt, daß sie
es bald werden werde; so heißt es, daß der Aller=
heiligste

---

*) p. 17.

**) p. 34.

†) Ib.

††) p. 38. 39. Sed de pectorali reservatione — dici quid potest
pro rei magnitudine? aut quæ verba satis sunt explicandæ
sceleri, quod tale est, ut ego nullis laqueis, nullis crucibus,
aut aculeis, nullis ignibus, ne ultimo quidem, quo mundus
conflagrabit, expiabile credam? — Nihil contra electiones,
nihil patronorum jus, nihil antiquæ consuetudines, nationum
ritus, aut uninscujusque privilegia, vel principum auctorita=
tes proficiunt. Immedicabile enim est hoc venenum, neque
uspiam est securius sceleri patrocinium, quo se tuentur,
quibus omnis alia fraus, omnes captiones et imposturæ....;
infeliciter cesserunt.

heiligste in seiner Brust dies Beneficium irgend einem seiner Vertrauten vorbehalten habe. Eben daher suchen die Bewerber durch Empfehlungen, Kriecherepen und Bestechungen in die Zahl dieser zahlreichen päbstlichen Vertrauten aufgenommen zu werden. Nicht selten verspricht oder verkauft man dieselbige Pfründe *) an zwey oder drey Candidaten, und nun werden neue Bewerbungen und Bestechungen erfordert, um unter den Hoffenden den Preis zu erhalten. Leben die Besitzer von Pfründen zu lange, so klagt man sie der Simonie, oder der Kezerey oder eines andern Verbrechens an, und excommunicirt sie, bevor sie nur noch ihre Ankläger erfahren haben; oder man ängstigt die Unschuldigen so lange, bis sie sich loskaufen, oder vor Gram sterben °°). Bey diesem schändlichen Pfründenhandel bekümmert man sich in Rom nicht darum, ob die Käufer die erforderlichen Eigenschaften besitzen, welche die Gesetze der Kirche verlangen. So wie die Romanisten selbst ohne Dispensation Sünden begehen, so dispensiren sie alle andere Menschen von den ihrigen; und nichts ist ihnen erwünschter, als die Sünden der Menschen, weil diese mit grossen Summen abgekauft werden. Päbstliche Dispensationen geben Knaben die Rechte von Erwachsenen, Weibern die Rechte von Männern; Unedeln und Unwissenden die Rechte von Edlen und Gelehrten, Fremdlingen und Abwesenden die Rechte von Einheimischen und Gegenwärtigen; und daher kommt es, daß so viele Pfründen und Pfarreyen an Kinder und Weiber, besonders an Italiäner vergeben werden, welche die ihrem Hirtenstabe anvertrauten geistlichen Schaafe nie gesehen haben, und auch nicht sehen

---

*) p. 39. inpr. p. 51. 31.

°°) p. 36.

wollen *). Um der angeführten Umstände willen wirst
du dich also nicht wundern, wenn Menschen aus allen
Weltgegenden nach Rom eilen, nicht sowohl aus
Ehrfurcht gegen den Römischen Namen, als um
irgend einen Gewinn zu erhaschen, und eben so zügel-
los, als die Römer leben zu können: Wenn ferner
diejenigen, die in Rom etwas suchen, Empfehlungs-
briefe, Geld und Unverschämtheit im Lügen nöthig
haben; wenn man nur allein durch Gunst, Ansehen
und Geld in Rom etwas ausrichten, und auch nur
allein durch Unverschämtheit, Kühnheit und Bestechungen in diesem Babylon zu grossen Dingen ge-
langen kann **). Drey Dinge allein können diesen
grossen Uebeln abhelfen, und Rom in einen bessern
Zustand versetzen: Der Ernst der deutschen Fürsten,
die Verzweyfelung der deutschen Nation, und dann
die Waffen der Türken †). Wenn die Christen nicht
stark genug seyn sollten, die Romanisten zu bändigen
und zu bessern; so wünschte ich, daß die Türken Rom
eroberten, und mit Verschonung des unschuldigen Volks
alle diejenigen mit der Schärfe des Schwerdts schlagen möchten, die nicht nur selbst unheilbar verdorben
sind, sondern auch die ganze Kirche, und alle christliche Völker verderben. Es ist aber nicht einmahl
nöthig, das kranke Haupt der Kirche ganz abzuschnei-
den, sondern nur zu heilen, welches freylich nicht ohne

---

*) p. 35. . . . per quodlibet nefas restitiis actis, consuetudine
abolitâ, ruptis pactis, conventionibus solutis, fide calcata,
profligatis legibus, strangulata religione, omnibus inversis et
perversis, comittuntur et pueris sacerdotia nunc, pene in-
fantibus, pro dispensatione pecuniam accipiente Roma. Neque ullum est nefas, ullum scelus, ulla perversitas, quam
conscire nos Romani nolint, quo dispensationum fruantur
pretio, qui peccant tamen ipsi sine dispensatione. Scis Ma-
guntiæ quendam mulieri Florentinæ etc.

**) p. 32. etc.

†) p. 41. 42.

grosse Schmerzen wird geschehen können *). Wenn
das Haupt gründlich geheilt ist, so wird auch der
Cörper der Kirche bald hergestellt werden. Die weniger Reichen, und mehr arbeitenden Priester werden
heiliger leben, und werden lieber rechtmäßige Frauen
heirathen, als sich in den Armen von üppigen und
untreuen Beyschläferinnen umherwälzen. Diese heilsame Veränderung, haben bisher die träge Sorglo-
sigkeit der Fürsten, der Aberglaube des Volks, und
der Mangel von wahrer Aufklärung unter allen Ständen gehindert. Eben deswegen müßen wir in die
Fußstapfen unsers Heilandes treten, und unaufhörlich
gegen die Pharisäer und falschen Schriftgelehrten
schreyen, wenn sie uns auch Blutgerüste und den Tod
androhen. Wir müßen nicht länger dulden, daß
Rom uns durch eine übertünchte Heiligkeit, durch
Ränke oder auch mit Gewalt unterjoche: Daß es uns
die Bullen und Saßungen, welche der Pabst mit
einigen seiner Lieblinge gemacht hat, als untrügliche
Geseße der Kirche aufdringe, oder uns durch seine
Indulgenzen, durch den Vorwand von Türkenkriegen,
und die den Legaten gegebenen geistlichen Gewalten
ausplündere **). Die Nachfolger Petri sollten fi-
schen, aber nicht Gold, sondern Seelen; denn welche
Gemeinschaft können Christus und Belial haben?
Christus rief: Selig sind die Armen, denn sie werden das Himmelreich erben. Die Päbste hingegen,
und deren Unterhändler schreyen, so laut sie können,

---

*) p. 29. Non vivet, sagt Hutten, sine capite corpus; neque
auferre caput necesse est, tantum inde resecare, quæ vitiosa
sunt, oportet, et morbum curare, ac remedium advertere.
Hoc fiet autem more prudentis medici, ut morbi caussa ablata et evulso, quod eum fovet, ipse alimenti indigus, de-
fectis viribus paulatim ubeat, et evanescat. Est enim sana-
bile caput hoc, sed magno eum dolore propter curandi acer-
bitatem.

**) p. 46.

daß man um deſto mehr Antheil an dem Reiche
Gottes haben werde, je mehr man Ablaß kaufe;
woraus nothwendig folgt, daß die reichen Kinder der
Welt Gott wohlgefälliger, und in der künftigen Welt
viel ſeliger ſeyn werden, als die armen Frommen,
die nur wenig in den Seckel der Ablaßkrämer wer=
fen können. Am meiſten werden die einfältigen Wei=
ber betrogen, welchen die Beichtväter leicht einreden,
daß alle häusliche Tugenden nichts ſeyen, gegen das
Verdienſt, durch den Kauf von Ablaß zu frommen
Stiftungen und Unternehmungen etwas beygetragen
zu haben. Die Mönche ermuntern ihre weiblichen
Beichtkinder zum kaufen von Ablaßbriefen, ſelbſt
alsdann, wann ſie das Geld ihren Kindern entziehen,
oder ihren Männern ſtehlen ſollten. Nicht weniger
unerträglich ſind die Misbräuche, welche die päbſtli=
chen Legaten, die Bettelmönche und andere Vorläufer
mit den von den Päbſten erhaltenen geiſtlichen Gnaden
und Gewalten treiben. Alle dieſe geiſtlichen Wuche=
rer diſpenſiren etwa nicht bloß von Faſten, oder un=
vorſichtigen Gelübden, ſondern von den heiligſten
Verſprechungen und Eiden, ſo wie von der Schuld
und den Strafen, welche man ſich durch die ſchwer=
ſten und unnatürlichſten Verbrechen zugezogen hat. —
Um des leidigen Gewinns willen kommen drey Dinge
in Rom nie zu Stande: Die Seligſprechung der
Heiligen, der Bau der Peterskirche, und der Krieg
gegen die Türken *). Die Italiäner ſelbſt geſtehen,
daß man dieſe drey Vorwände bloß in der Abſicht
erfunden habe, um den Barbaren das Geld abzulo=
cken. In Italien verlangte man nie Beyträge weder
zum Türkenkriege noch zum Tempelbau in Rom,
noch zur Seligſprechung von Heiligen. Auch würde
keiner einen Heller zu dieſen Abſichten beytragen,

*) p. 50.

so wenig als man Ablaßbriefe umsonst annehmen
würde. Die Italiäner lachen laut, wenn sie hören,
daß wir Deutschen unser Geld hergeben, um die Laster und Lüste der Romanisten zu nähren, oder wenn
sie sehen, daß fromme Deutsche nach Rom wallfahrten, um Ablaß zu hohlen*). Die neuern Römer
haben ein solches Zutrauen zu unserer Thorheit, daß
sie selbst drey Dinge als die Stützen und Bollwer-
ke von Rom angeben; seichte Gräben, eingefallene
Mauern und niedrige Thürme." — Gegen das Ende
des Gesprächs zeigt es sich am meisten, daß die
Methode, die Eigenthümlichkeiten von Rom triadenweise zusammenzufassen, keine bequeme Methode war.
Sehr oft waren die Eigenthümlichkeiten des neuern
Roms in grösserer, als dreyfacher, oder auch nicht
in dreyfacher Zahl vorhanden; und in beyden Fällen
mußten verwandte Dinge getrennt, oder ungleichartige
verbunden werden; woraus hin und wieder Wieder-
hohlungen oder Verwirrung entstanden. Ich hebe
daher aus den übrigen Triaden bloß noch die eine oder
die andere heraus. „Es giebt drey Dinge", sagt
Hutten dem Vadiscus nach, „an welche in Rom
sehr wenige Menschen glauben: Unsterblichkeit der
Seele, Gemeinschaft der Heiligen und Strafen nach
dem Tode. Wer der Äztern nur erwähnen wollte,
würde sich in Rom lächerlich machen **). Zu dem

---

*) l. c. Aut non pars eorum, quæ illic offerunt peregre visum
advenientes adhuc Romano pontifici cedit? ad quam stultitiam
prius omnia perderent, quam adduci vellent Italiæ homines,
factumque a nobis ipsi ad cachinnum usque derident. . . .
In Italia quidem vidi neminem horum quicquam facere, quæ
nostri tanto detrimento, publico pariter et privato admittunt,
neque enim indulgentias emunt, vix gratis datas accipiunt,
neque contribuunt adversus Turcas, et facultates sciunt de-
ludendis et expilandis barbaris esse inventas, ob idque ad
se nihil pertinere arbitrantur. Præterea ad templorum, ut
nos hic, structuras ne stipem quidem conferunt.

**) p. 57.

geiſtlichen und weltlichen Schwerdte, welche die Päbſte
ſich ſchon lange anmaaßten, iſt noch ein drittes hinzu
gekommen: Dasjenige nämlich, womit der oberſte
Hirte der Kirche ſeine Heerde nicht bloß ſchiert,
ſondern ſchindet, oder alles das wegſchneidet, was
ihm verdorben, oder krebsartig und anſteckend ſcheint*).
Drey Dinge endlich giebt es, welche man in Rom
beſſer, als in einer jeden andern Stadt lernen kann:
Die Kunſt zu ſchwelgen, die Kunſt zu betriegen, und
die Kunſt ſich allen natürlichen und unnatürlichen
Lüſten zu überlaſſen. Dieſe ſind die Gifte, womit
Rom alle übrige Völker, und beſonders die Deutſchen
angehaucht und verdorben hat, und um welcher willen
Rom eben ſo ſehr verdient, der allgemeine Pfuhl,
und die allgemeine Quelle der Laſter der Europäiſchen
Völker genannt zu werden, als der bodenloſe Abgrund, in welchen die durch Verbrechen und Laſter
zuſammengebrachten Reichthümer unſers Erdtheils hin-
abſinken.“

Auch, die drey übrigen neuen Geſpräche, welche
Ulrich von Hutten mit dem Vadiscus zuſammen
drucken ließ, ſind ſehr lesenswerth, wenn ſie gleich
nicht ſo merkwürdig ſind, als das letztere. In dem
Dialog Fortuna trägt Hutten der Göttinn des Glücks
ſeinen Entſchluß vor, ſich vom Hofe, oder der groſſen
Welt zurückzuziehen, und bittet ſie, daß ſie ihm, auſſer einer guten Frau ſo viel geben wolle, als er
brauche, um auf ſeiner väterlichen Burg mit Anſtand
leben zu können; welche Summe er ſelbſt auf eine
jährliche Einnahme von tauſend Gulden anſchlägt.
Die Göttinn des Glücks antwortet dem Flehenden:
Daß Jupiter ſie mit Fleiß geblendet habe, damit
ſie weder die guten und böſen Menſchen, noch die

*) p. 60. 61.

Güter und Uebel, welche sie aus ihrem Füllhorn hervorziehe und auswerfe, unterscheiden könne. Ulrich von Hutten scheine ihr zwar werth, das zu erlangen, warum er so bescheiden bitte; allein sie sey nicht gewiß, ob bey ihrem nächsten Wurf das Gute, was sie hervorziehe, ihm, oder einem Unwürdigen zufallen, und ob nicht mit dem Guten zugleich etwas sehr Böses verbunden seyn werde. Bey dieser Bemerkung nimmt Ulrich von Hutten ein schönes und reiches Mädchen wahr, das er sich gern zueignen möchte. Die Fortuna bringt die Schöne hervor; allein sie fällt nicht unserm Ritter, sondern einem unwürdigen Höfling zu, der die Vorzüge des Mädchens nicht zu schätzen weiß. — Dies führt auf die Lehren der Weisheit hin: Daß die wahre Glückseligkeit nicht vom Glück, am wenigsten von grossen Reichthümern abhange; und daß derjenige der Glückseligste sey, der, wie Ulrich von Hutten, das Nothwendige besitze, und sich mit diesem Nothwendigen begnügen könne.

Das Gespräch, Febris secunda überschrieben, ist als Sittengemählde sehr interessant; denn schwerlich wird man anderswo eine so treue Schilderung des Elendes der meisten concubinarischen Priester, der Laster der meisten Beyschläferinnen von Geistlichen, und der Unordnungen, ja selbst der groben Verbrechen finden, in welche Priester sehr oft durch die Prachtliebe, Ueppigkeit und Schwelgerey ihrer Concubinen gestürzt wurden. „Du weißt nicht", sagt das Glück zum Hutten *), „welche eine Pest die Concubinen für die Geistlichen sind. Denn ausser daß diese geilen Dirnen die Kräfte ihrer Liebhaber vor der Zeit erschöpfen, und den guten Nahmen derselben zu Grun-

*) p. 4.

de richten, quälen sie ihre Beyschläfer unaufhörlich
durch neue Forderungen oder Wünsche von Kleidung,
Putz und Vergnügungen. Die unglücklichen Skla-
ven ihrer sträflichen Leidenschaft wagen es nicht, den
unersättlichen Concubinen etwas abzuschlagen, aus
Furcht, daß diese ihnen untreu werden, oder sich
heimlich in die Arme von andern Liebhabern werfen
möchten. Sie scharren und schinden daher, so viel
sie können; bestehlen ihre Kirchen und Klöster, ver-
giften, verrathen, schwören falsche Eide, und üben
die größten Greuelthaten aus, nur um den Begierden ihrer ausgelassenen Geliebten genug zu thun *).
Mit allen diesen Aufopferungen und Anstrengungen
können es die concubinarischen Geistlichen doch nie
dahin bringen, daß sie allein geliebt werden, oder
wenn sie es werden, daß sie dieses Glückes gewiß
sind. Der Regel nach denken die Beyschläferinnen
in den Armen des einen Liebhabers schon an einen
andern. Sie lieben selten einen einzigen, sondern ihr
Dichten und Trachten geht nur dahin, wie sie so
viele, als möglich, in ihre Schlingen ziehen **). Wenn
die getäuschten Beyschläfer auch am Ende die Fehl-
tritte und Treulosigkeit ihrer Bettgenoßinnen gewahr
werden; so können sie dieselben doch selten entfernen,
weil sie ihnen Dinge anvertraut, oder Dinge mit

*) p. 12. Quin etiam vidi, qui ut esset, quod concubinis
darent, furabantur, et legebant sacra, qualis quidam nuper
ex fratribus sumtuosum amans scortum, eo deferebat ex sa-
crario auri et argenti non parum. . . Praeterea vidi pejerare
alios, et veneno grassari, ac proditiones moliri, et scelera
fidem supra committere.

**) p. 10. Illae enim, quoties unum amplexantur, jam de
alio cogitant, vere nullum amant, modos omnes sibi pro-
spicientes, ut quam plurimis frui liceat, in hoc prudentes,
quod aetatem labi vident, itaque annos saepe numerant, seque
interdum accusant, quod non multos satis habuerint, temporis ut rei praeterea nullius parcae, idque magis ibi etiam,
lucrum ubi est.

ihnen vorgenommen haben, die sie durchaus nicht bekannt werden laßen dürfen." — Aus Huttens Gespräch lernt man es, daß das Concubinat der Geistlichen zu den größten Schäden der Kirche gehörte, und daß es eine der vornehmsten Ursachen der schrecklichen Sittenverderbniß der europäischen Völker vor den Zeiten der Reformation war.

Die redenden Personen des Gesprächs Inspicientes betitelt, sind die Sonne, Phaethon und der Cardinal Cajetan, der äusserst aufgebracht über die Sonne ist, weil sie bey seiner Ankunft in Augsburg viele Tage hintereinander nicht erschienen war, und eben dadurch den Glanz seines Einzuges vermindert hatte. Phaeton und die Sonne unterhalten sich über die Absichten des päbstlichen Legaten, und über die Sitten der Deutschen und ihrer Fürsten, welchen der Gesandte des Pabstes unter dem Vorwande des Türkenkrieges ihr Geld abnehmen wollte. — „Dieser Legat", sagt die Sonne, „wird der erste seyn, welchen man mit leeren Händen nach Hause schickt." Die Römer werden sich nicht wenig darüber wundern, daß die Barbaren sich so etwas unterstanden haben; denn für Barbaren hält man in Rom alle anderen europäische Völker, und auch die Deutschen, die, in Rücksicht auf Tugenden oder auf Sitten, die Italiäner sehr weit übertreffen, als welche man wegen ihrer Treulosigkeit, ihrer Ränke, ihrer Weichlichkeit und Ueppigkeit mit Recht Barbaren nennen kann *).

---

*) p. 7. Adhuc in barbaris funt fcilicet Germani, Roma judice non minus, quam Galli, et extra Italiam nationes reliquæ; verum quod ad morum bonitatem attinet, et civilitatis opinionem, virtutisque studia, et animorum conftantiam, ac integritatem, cultiffima eft natio; contra Romani isti extrema barbarie deformati. Sunt enim mollitie primum, et luxu perditi, deinde levitas eft, et inconftantia plusquam muliebris, fides rara, fraus, et malitia, quæ vinci non poffunt.

Wollte Gott! daß die Deutschen mit ihren übrigen
Tugenden auch noch die Nüchternheit verbänden. Unterdeſſen hoffe ich, daß ſie ſich der letztern Tugend
immer mehr und mehr befleiſſigen werden. Man trinkt
ſchon jetzt weniger, als vormahls, und fängt an,
nicht vortheilhaft von ſolchen zu reden, die eine Ehre
im Trinken ſuchen. Nur die Sachſen ſind noch immer ihrer alten Sitte des Zutrinkens hartnäckig ergeben. Ganz Deutſchland würde nicht Wein genug
hervorbringen, dieſe Säufer zu befriedigen. Allein
ſie berauſchen ſich nicht in Wein, ſondern in einem
Getränk, das ſie aus Getraide und gewiſſen Kräutern
bereiten." „Haben dieſe Menſchen", frägt Phaeton,
auch Menſchenverſtand?" — „Allerdings", antwortet
die Sonne. „Kein deutſches Volk hat eine beſſere
Verfaſſung und weiſere Geſetze. Keins lebt ruhiger
im Frieden und treibt das Unrecht, was andere ihm
zufügen wollen, nachdrücklicher ab, als die Sachſen,
die im Kriege unüberwindlich ſind. Wenn dies Volk
zugleich nüchtern wäre, oder ſeyn wollte, ſo würde
ich demſelben keine andere Nation vorziehen. Auch
jetzt ſind ſie ſtärker, größer und ſchöner, als andere
Deutſche. Sie ſind die einzigen, die weder Aerzte
noch Rabuliſten kennen, weil ſie ſelten krank ſind,
und alle Streitigkeiten nach ihren alten Geſetzen und
Gewohnheiten entſcheiden *)." Auſſer dieſen entdeckt
Phaeton noch andere Deutſche, unter welchen Männer und Weiber ganz nackt zuſammen baden, und

---

*) p. 8. 9. . . civitatem ſuam nemo rectius gubernat, tutius
nemo vivit, vel aliorum injurias felicius arcet, bella autem
ſunt invicti. . . Si poſſint et tales eſſe, et ſobrie vivere,
equidem nullam his nationem prætulero. Corporibus . . .
ſunt ita vegetis et bene habitis, ut extra nulli. — Quin
etiam medicos Germanorum ſoli ignorant hi, perraro ægro-
tantes alioqui, et jureconſultos exſibilant magno cum contemptu. — Jus dicunt . . . ſuo quodam antiquitus repetito
more, conſulte, ut minus injuriæ nusquam facile invenias,
ita præſcriptis legibus conſueti mores ſunt.

die erstern die letztern küssen, sie umarmen, ja sogar
bey ihnen schlafen, ohne daß der Ruf und die Keusch-
heit der Weiber durch diese Vertraulichkeit den geringsten Abbruch leiden *). Phaeton sieht ausser den
Fürsten und Herren in Augsburg noch viele Ritter,
und frägt daher seinen Vater, wie diese beschaffen
seyen. „Die deutschen Ritter", erwiedert die Sonne,
„machen die eigentliche Stärke der deutschen Nation
aus. Sie sind zahlreich und in den Waffen geübt.
In diesen allein, oder vorzüglich, scheint die alte
deutsche Treue, Redlichkeit, und die alles Fremde has-
sende Deutschheit zurückgeblieben zu seyn. Freylich
haben die deutschen Ritter viele Feinde, weil sie andere berauben und befehden, sowohl Fürsten, als
vorzüglich die Kaufleute **). Die Fürsten können
nicht, und wenn sie auch könnten, so wollen sie diesen Unordnungen keinen Einhalt thun. Sie selbst
brauchen die Ritter, als die Werkzeuge ihrer Wuth. —
Die Kaufleute und Reichsstädte werden von den ächten
Rittern, die nie in Städten wohnten, deswegen gehaßt, beraubt und befehdet, weil die Kaufleute und
Reichsstädte seidene und andere kostbaren Stoffe und
Schmuck, und eine Menge von ausländischen Gewürzen einführen, wodurch die Stärke, der kriegeri-
sche Muth und andere alte Tugenden des deutschen
Adels und des deutschen Volks geschwächt, und Prachtliebe, Weichlichkeit, Ueppigkeit und andere Laster

---

*) Ib. Quosdam lavantes video promiscue viros, et mulieres, cum
    nudis nudos, . . nullo cum pudoris detrimento. . . Has illi
    quidem osculantur . . . et blande amplectuntur . . quin
    etiam condormiunt nonnunquam . . fidem ostentant hac
    in re suam. — Neque fere custodita alibi pudicitia mulierum
    illibatior est, quam hic neglecta, et in periculum missa,
    adulteria vero nusquam rariora sunt, nusquam religiosius co-
    litur matrimonium et sanctius habetur.

**) p. 12. 13.

genährt und verbreitet werden." — „Ich lobe", sagt hierauf **Phaeton**, „den Eifer der deutschen Ritter für die guten alten Sitten. Hingegen table ich ihre Strassenräubereyen, ungeachtet sie mit Muth ausgeführt werden. Eben so wenig gefällt mir die centaurische Rohheit, welche man noch so sehr vielen Deutschen von Adel vorwerfen kann. Wollte Gott, daß die deutschen Ritter ein Mittel ausfindig machten, wie sie jeden Zunder und Stoff des ausländischen Luxus sammt allen den Krämern, welche dadurch die Sitten des Volks verderben, und die Nation nicht bloß lasterhaft, sondern auch arm machen, auf einmahl aus Deutschland vertreiben, und auf ewige Zeiten von den deutschen Gränzen abhalten könnten *)." Fehden und Strassenraub waren also selbst noch damahls, als Ulrich von Hutten seine Inspicientes schrieb, in Deutschland sehr gemein. Er verabscheute das Rauben, nicht weniger aber den auswärtigen Handel, weil er glaubte, daß die vielen neuen Producte beyder Indien, die von den monopolisirenden Fuggers in Deutschland eingeführt wurden, die Mannheit der Deutschen und ihre übrigen Tugenden gänzlich vernichten würden. Luther und die übrigen Reformatoren urtheilten, wie Ulrich von Hutten; und vielleicht würden wir alle, die wir die Wirkungen des Großhandels besser kennen, in den damahligen Zeiten den genannten Männern gleichfalls beygestimmt haben.

---

*) p. 15. Plane quædam est in his antiquæ adhuc virtutis specimen, latrocinia tamen, etsi robusta sit hæc improbitas, non laudo. Præterea quod nimius esse rigor, et centaurica quædam asperitas videtur, non placet. Homines vero probarem, si adinvento consilio cogerent delicatulos istos, et voluptarios corruptores, per quos fit, ut male audiat Germania, aut relicta mollitie melius instituere vitam; aut excedere Germania statim priusquam ad omnes perveniat depravationis contagio.

Es war nicht zu erwarten, daß der Römische Hof bey den kühnen und wiederhohlten Anfällen, welche Ulrich von Hutten auf denselben gethan hatte, ganz ruhig bleiben werde. Auch beklagte sich Leo X. im Jul. 1520. über die Ausgelassenheit des Mainzischen Höflings in einem Schreiben an den Cardinal und Erzbischof Albrecht, das nicht feiner, milder und doch zugleich kräftiger geschrieben werden konnte. „Man hat uns", heißt es in diesem Schreiben *), „ein Buch von einem gewissen Ulrich Hutten **) überreicht, dessen Vorrede die unwürdigsten Dinge gegen den heiligen Stuhl enthält. Die gelehrten und treflichen Männer, welche uns zuerst auf diese Schrift aufmerksam machten, haben uns zugleich andere noch schlimmere Schriften von eben diesem Verfasser gezeigt, und dabey dringend von uns verlangt, daß wir die Heftigkeit des unbescheidenen Mannes nach Verdienst ahnden möchten. Ungeachtet wir geneigt waren, eher unsrer apostolischen Milde, als dem uns gegebenen Rathe zu folgen, so konnten wir doch nicht umhin, uns nach dem Verfasser genauer zu erkundigen, und hier erfuhren wir zu unserer größten Verwunderung, daß der genannte Hutten zu deinem Hofe gehöre, und daß die Bücher in deiner Stadt Mainz gedruckt werden. Die besondere Liebe, welche wir dir immer bewiesen haben, machte uns glauben, daß dieses ohne dein Wissen und Willen geschehen sey; und doch wurden wir fast gezwungen, das Gegentheil anzunehmen, weil es sich)

---

*) *Burckhard* II. 50. p.

**) Burckhard wundert sich darüber, daß der Pabst, welcher unsern Ritter sehr gut kennen mußte, sich des Ausdrucks: Von einem gewißen Ulrich von Hutten, bediene. — Dies war hoher Ton vom Römischen Hofe. Auch in der Bulle gegen Luthern heißt es: In scriptis *cujusdam* Martini Lutheri, u. s. w. Ulrich von Hutten machte in seinem Commentar bey dem Worte cujusdam, die Bemerkung: Attende emphasin.

beynahe nicht denken läßt, daß einer deiner Vertrau=
ten an deinem Hofe und unter deinen Augen einen
solchen Frevel ohne dein Wissen habe begehen können.
Da wir unterdessen mehr geneigt sind, das erstere,
als das letztere zu glauben, so bitten wir dich bey
dem Wohlwollen, womit wir dich stets umfangen
haben, daß du diejenigen, die gegen unsern heiligen
Stuhl so feindselig gesinnet sind, zur gebührenden Be=
scheidenheit zurückführen, oder sie auch auf eine solche
Art strafen wollest, daß andere von einem ähnlichen
Muthwillen abgeschreckt werden. Dies wird dir um
desto mehr Ehre bringen, da du ein so edles Glied
unsers heiligen Stuhls bist."

Nach einem solchen päbstlichen Schreiben konnte
sich der Erzbischof von Mainz fast nicht anders be=
nehmen, als er sich wirklich benahm. Er bat Ulrich
von Hutten, daß er das Schreiben gegen den Rö=
mischen Hof aufgeben möchte. Da Hutten dieses
nicht versprechen wollte, so gab er ihm zwar nicht einen
förmlichen Abschied, allein er mußte es doch geschehen
lassen, daß der freymüthige Ritter sich von dem Main=
zischen Hofe zurückzog *). Auch konnte er nicht um=
hin, bald nachher den Befehl zu ertheilen, daß nie=
mand bey Strafe der Excommunication weder die

---

*) *Brunfels.* in Responf. ad *Erasmi* Spongiam p. 9. . . . Cardinalem hunc neque ejecisse Huttenum, neque libenter di-
misisse ab se. . . . Subtraxit se ultro ex aula, quum jam
tantæ essent insidiæ ab Romanensibus, ut tuto versari non
posset. Quanquam ne hæc quoque est prima caussa: sed
quoniam volebat illi arcere calamum Cardinalis, ne scriberet,
in Curtisanos; non passus est adimere sibi hanc licentiam.
Interea tamen revocatus est per litteras non semel, iisque
manu episcopi scriptis. Solus enim erat, qui audebat libere
admonere episcopum. Ich habe eine Ausgabe der Resp. vor
mir, die mir gütigst aus Zürich mitgetheilt worden, und we=
der eine Jahrszahl, noch den Nahmen des Druckorts enthält.
Sie war 1529. In der Bibliothek des berühmten Bullinger,
und ist voll Druckfehler.

Huttenschen, noch andere ähnliche Schriften gegen den Römischen Hof kaufen, und lesen solle *). Dieses Befehls ungeachtet ersuchte der Erzbischof Albrecht unsern Hutten in der Folge mehrmahl in eigenhändig geschriebenen Briefen, daß er nach Mainz, und an seinen Hof zurückkehren möchte. Ulrich von Hutten ließ sich eben so wenig, als Luther, weder durch die Einladungen des Erzbischofs, welchen er wirklich schätzte, noch durch die Drohungen des Pabstes von der gefahrvollen Bahn, die er einmal betreten hatte, abwendig machen. Im Gegentheil dachte er je länger je mehr daran, wie er Gewalt mit Gewalt vertreiben, und wie er die Unterdrücker der deutschen Freyheit nicht bloß mit der Feder, sondern auch mit den Waffen bestreiten wolle.

Nachdem Ulrich von Hutten einmahl wußte, daß Albrecht von Mainz als ein Mithelfer in dem Kampfe mit Rom für ihn verlohren sey, war das Erste, was er unternahm, daß er sich öffentlich mit Luthern verband, welchen er höchst wahrscheinlich schon von Augsburg her in der Stille begünstigt, aber erst vor kurzem von diesen günstigen Gesinnungen im Geheim unterrichtet hatte. Er schrieb nämlich im März 1520. an Philipp Melanchton, und bat ihn, seinem Freunde Luther zu melden, daß dieser bey andringender Gefahr sich sogleich zum Franz von Sickingen begeben möchte, wo er die vollkommenste

---

*) Epift. *Lutheri* I. fol. 282. Malorum cauſſæ accedit, quod epiſcopus Moguntinus per conciones mandavit, Hutteni nomine expreſſo, libros ejus contra Romanum pontificem neque legi, neque emi ſub excommunicationis ſententia: adjecto in fine, eandem ſententiam de ſimilibus libris, ubi meos occulte taxat. Verum ſi et me ita nominatim tractaverit, jungam Hutteno et meum ſpiritum, ita me excuſaturus, ut epiſcopum Moguntinum non ſim lætificaturus. Forte finem tyrannidi ſuæ ipſi ſibi accelerant hoc conſilio.

Sicherheit finden werde, und aller seiner Widersacher
spotten könne *). Mit dieser ersten Bitte verband er
eine andere: Daß Luther auf seinem Ritte zu Fran=
zen von Sickingen ihn, Ulrichen von Hutten,
auf dem Schloße Steckelberg besuchen wolle, wo er
demselben, wenn es nöthig sey, einen Zehrpfennig
geben werde. — Ulrich von Hutten wünschte damals
noch, daß niemand es erfahre, daß der Rath, zum
Franz von Sickingen zu fliehen, von ihm her=
komme: Aus einem Grunde, welchen er dem Briefe
nicht anzuvertrauen wagte **). Dieser Grund, näm=
lich die Abneigung des Erzbischofs Albrecht von
Mainz gegen Luthern, und die Hoffnung, den Erz=
bischof bey der gegenpäbstlichen Partey zu erhalten,
verschwand einige Monate nachher gänzlich. Ulrich
von Hutten merkte es schon im Junius 1520., noch
ehe das päbstliche Sendschreiben angelangt war, daß
er von dem Churfürsten zu viel gehofft habe, und daß
dieser, anstatt die heftigen Anfälle auf den päbstlichen
Stuhl zu billigen, sie vielmehr im Geheim table, und
vielleicht nächstens öffentlich tadeln werde. — So bald
Hutten dieses in Mainz, wahrscheinlich aus dem
Munde des Churfürsten selbst erfahren hatte, so schrieb
er im Jun. 1520. aus der oben genannten Stadt fol=
genden ersten Brief an Luthern †): „Es lebe die
Freyheit! Wenn du dort für die Dinge, welche du mit
gleich

*) In Oper. *Hutt.* p. 229.

**) Quæ de Francisco scripsi Luthero significanda, quæso illi
propere in aurem dic, ita ut ne a me quispiam hos in ne=
gotio intersceſſum resciscat. Causa est, quam non capit epi=
stola. Si laborat, nihil est, quod aliorum quærat subsidia.
Hic salus est. Hic agitur, ut securissime possit medium di=
gitum ostendere omnibus suis æmulis. *Magnæ mihi et per=
quam graves cum Francisco rationes sunt. Si adesses, coram
aliquid effutirem.*

†) In Op. p. 247. ap. *Burckhard.* II. 63.

gleich großem Geiste und Muthe unternimmst, Hindernisse findest; so nehme ich den innigsten Antheil daran. Auch ich arbeite hier nach meinem Vermögen. Christus sey mit uns, und stehe uns bey, die wir, du mit mehrerm Glück, ich nach meinen geringen Kräften, seine Satzungen wiederherstellen, und seine von den Päbstlern verdunkelte Lehre an das Licht bringen! Wollte Gott! daß alle so dächten, oder daß jene ihr Unrecht erkennten, und auf den Weg der Wahrheit zurückkehrten. Es heißt, daß man dich in den Bann gethan habe. Wie groß, mein theurer Luther, würdest du seyn, wenn dieses wahr wäre! Dann würden alle Fromme von dir sagen: Sie fiengen die Seele des Gerechten, und verdammten unschuldiges Blut. Allein Gott unser Herr wird ihnen ihre Ungerechtigkeit zurückgeben, und wird sie in ihrer Bosheit vernichten. Dies sey unsere Hoffnung, dies unser Glaube! Eccius ist von Rom zurückgekommen, wie es heißt, mit Reichthümern und Pfründen überhäuft. Der Sünder wird in seinen Wünschen und Begierden gelobt; uns hingegen leite der Herr in seiner Wahrheit. Unterdessen sey vorsichtig, und gib auf die Anschläge deiner Feinde Acht. Du siehst selbst, welch' ein unersetzlicher Verlust es für das Ganze wäre, wenn du jetzt fallen solltest! Was deine eigene Person betrifft, so weiß ich, daß du viel lieber sterben, als, wie bisher, leben möchtest. Auch mir stellt man nach. Ich werde mich hüten, so viel ich kann. Sollte man Gewalt brauchen wollen, so hoffe ich, daß ich ihnen nicht nur gleiche, sondern selbst größere Kräfte entgegensetzen könne. Der Himmel gebe, daß sie mich bloß verachten! Eccius hat mich in Rom als einen solchen genannt, der es mit dir halte. Hierin hat er freylich nicht Unrecht, weil ich in allen Stücken, die ich von dir hörte, stets einerley Meynung mit dir hegte. Allein darin hat der Schmeich-

N

ler des Pabstes gelogen, daß wir uns schon vorher
mit einander verschworen hätten, da ich bisher nicht
die geringste Gemeinschaft mit dir gehabt habe. Der
unverschämte Bösewicht! Wir wollen sehen, daß ihm
vergolten werde, wie er es verdient hat. Sey du nur
stark, und wanke nicht! Allein wozu dieser unnöthige
Rath? Wisse nur, daß du mich auf alle Fälle und
in allen Nöthen zu deinem Gehülfen haben wirst!
Du kannst mir daher alle deine Anschläge ins künftige
sicher anvertrauen. Laßt uns die gemeine Freyheit
retten, und unser lange unterdrücktes Vaterland erlösen! Gott ist mit uns, und wenn Gott mit uns ist,
wer will wider uns seyn? Die Cöllner und Löwe-
ner haben dich gelästert. Dies sind die teufelischen
Rotten gegen die Wahrheit! Allein wir werden sie mit
Hülfe unsers Heilandes durchbrechen. Wenn die
Nichtswürdigen ihrer Pflicht eingedenk gewesen wären,
so hätten sie wahr und frey urtheilen sollen. Dies
habe ich ihnen in einer Vorrede vorgehalten, welche
du lesen, und Capito dir schicken wird. Ich reise
heute zum Erzherzog Ferdinand ab. Hier werde ich
nicht ermangeln alles zu thun, was ich zu deinem Beßten ausrichten kann. N. wünscht, daß du zu ihm kom-
mest, wenn du dort nicht mehr sicher bist. Er werde
dich auf eine deiner würdige Art aufnehmen, und dich
gegen jedermänniglich schützen. Er hat mir drey oder
viermal aufgetragen, daß ich dir dieses melden sollte.
Deine Briefe werden mich in Brabant finden. Dahin schreib mir, und lebe wohl in dem Herrn!".

Die Vorrede, deren Ulrich von Hutten in seinem Schreiben an Luthern erwähnte, war diejenige, womit er im Junius 1520. mehrere Briefe drucken ließ, die gegen das Ende des vierzehnten Jahrhunderts zu den Zeiten der beyden Gegenpäbste, Ur-
banus VI. und Clemens VII. von den berühmtesten

hohen Schulen in Europa zur Tilgung des ärgerlichen
Schisma geschrieben worden waren °). Ulrich von
Hutten fand diese Sammlung von Briefen bey dem
Zollinspector Eschenfelder in Boppart, der ihn eben
so gut bewirthete, als er vorher den Erasmus be=
wirthet hatte, und seinem ritterlichen Gastfreunde bey
der Abreise mit dem Manuscript der Briefe ein Ge=
schenk machte. Unser Ritter verfertigte noch Unterwe=
gens †) eine Vorrede dazu, und schickte sie sogleich zum
Drucke fort. Er gesteht in dieser Vorrede, daß die
Briefe, die er jetzt bekannt mache, freylich nicht ver=
dienten, mit dem Plinius, dem Solin, dem Quin=
tilian, dem Arzt Marcellus und andern Werken
des Alterthums verglichen zu werden, welche er vor
kurzem dem Staube der Fuldischen Stiftsbibliothek

*) Der Titel ist: De Schismate extinguendo, et vera eccle=
siastica libertate adserenda epistolæ aliquot mirum in modum
liberæ, et veritatis studio strenuæ. Etwas tiefer stehen die
Worte: Vide lector et adficieris, und noch tiefer: Huttenus id
lucem edit. — Am Ende der Vorrede steht: Vive libertas!
und unter diesem Ausruf: Jacta est alea. Dies Motto,
welches Hutten bey allen nachfolgenden Schriften beybehielt,
wurde hier zum ersten Mahle gebraucht. Die Briefe sind
folgende: Epistola Oxoniensis universitatis ad Pragensem soro=
rem suam carissimam: Epistola responsoria universitatis Pragensis
ad sororem suam charissimam: Epistola Oxoniensis, Pragensis=
que universitatum ad universitatem Parisiensem sororem nostram
primogenitam, et dominam nostram: Epistola Parisiensis, Oxo=
niensis Pragensisque universitatum ad Romanos omnes: Epi=
stola earundem universitatum, et Romanæ Generalitatis ad
Urbanum pontificem, et Wenceslaum Imperatorem: Epi=
stola Wenceslai Imperatoris ad omnes populos Christianos:
Und endlich Exhortatio ad Germanos, ut resipiscant, ex ve=
tusto codice descripta. Diese letztere Exhortatio ist ohne
Zweifel von Ulrich von Hutten hinzugesetzt worden. In der
von Hutten veranstalteten Ausgabe dieser Briefe ist kein Druck=
ort genannt. Fast gewiß aber sind sie auf dem Schlosse Ste=
ckelberg gedruckt worden. Man sieht hieraus, daß Albrecht
von Mainz es sich schon vor dem Empfange des päbstlichen
Sendschreibens verkettet hatte, daß fernerhin Bücher gegen
den Römischen Stuhl in Mainz gedruckt würden.

†) Inter equitandum.

entrissen habe. Nichts destoweniger seyen die Briefe auch bey ihrer rauhern Sprache werth, von allen Biedermännern gelesen, und reiflich erwogen zu werden. „Zuerst", sagt Ulrich von Hutten, „kann man daraus lernen, daß man nicht erst in unsern Tagen angefangen habe, sich den Anmaaßungen und den ungerechten Erpressungen der Päbste zu widersetzen, sondern daß eben dieses schon von unsern Vorfahren, und allen übrigen europäischen Völkern geschehen sey. Besonders aber können unsere Universitäten aus diesen Briefen sehen, wie die älteste und ehrwürdigste aller hohen Schulen, die zu Paris, die verderbliche Spaltung in der Kirche muthig zu heben gesucht; wie sie die Rechte des Volks, des Kaisers und der Concilien, in der Wahl, Bestätigung und Prüfung der Päbste aus alten Urkunden erforscht, den Ursprung der unrechtmäßigen Gewalt der Päbste gezeigt, und diese unrechtmäßige Gewalt einzuschränken gerathen habe; wie sie für diese gemeinnützigen Bemühungen von dem falschen Pabste Clemens VII. gemißhandelt, und in den Staub getreten, aber gleich von ihren beyden Schwestern der Universitäten zu Orford und Prag aufgerichtet, und zum standhaften Dulden und Ausharren im Streite ermuntert worden; wie endlich diese drey hohen Schulen sich unter einander sowohl, als mit dem Volke in Rom verbunden, und nicht nur den Kayser, sondern auch Urban VI. aufgefordert haben, der Zerrüttung der Kirche, und allen daher entstehenden Gräueln ein Ende zu machen. — Wie sehr waren die Theologen der ältern Zeit von den heutigen verschieden! Unter diesen ist noch keiner erfunden worden, welcher gegen die Tyranney des Römischen Stuhls, gegen die Simonie, und andere gemeine Laster seiner Diener und Mitglieder, gegen die Unverschämtheit der Ablaßkrämer öffentlich geschrieben oder gepredigt, oder nur zu stimmen das Herz gehabt hätte. Vielmehr suchen

sie alle eine Ehre darin, den Päbsten zu schmeicheln, die Erpressungen und Ränke derselben zu unterstützen, den Aberglauben zu befördern, und alle diejenigen zu unterdrücken, welche die Wahrheit und Freyheit wieherherstellen wollen. Allein ich sehe voraus, daß diese Tyranney nicht lange mehr dauern, sondern von denen, welche sie bisher übten, bald werde weggenommen werden. Die Art ist schon an die Wurzel der Bäume gelegt. Jeder Baum, der keine gute Früchte bringt, soll umgehauen, und der Weinberg des Herrn gereinigt werden. Seyd daher wacker, deutsche Männer, und erhebt euch! Ihr habt weder schwache noch unerfahrne Anführer in der Wiedererlangung eurer Freyheit! Laßt nur nicht mitten im Kampfe nach. Wir wollen, wir müssen einmal durchbrechen, besonders da wir so viele Kräfte, eine so günstige Gelegenheit, ein so reines Gewissen, und eine so gute Sache haben; da endlich die Tyranney, welche uns bisher niederdrückte, bis zum höchsten Grade gestiegen ist *)". — „Denkt doch nur einmal", setzte Ulrich von Hutten in der Exhortatio ad Germanos, ut resipiscant hinzu, „denkt doch nur einmal daran, aus welchem Volke die Cardinäle und Prälaten in Rom sind, und ihr werdet finden, daß fast kein Deutscher darunter ist. Fragt hingegen einmal nach, woher die Bedienten, die Bedienten der Bedienten, die Köche und Becker der Cardinäle, die Stallknechte, Bereuter, Wasserträger und Mauleseltreiber sind; und ihr werdet erfahren, daß sie alle Deutsche sind, als wenn man diese edle Nation in Rom nur zu den gemeinsten und verächtlichsten Arbeiten tüchtig hielt. Hört, was der heilige Gregorius

---

*) Perrumpendum est enim, perrumpendum tandem, præsertim hæ cum sint vires, hæc conscientia, tales occasiones, tanta caussæ æquitas, et cum ad summum jam conscenderit tyrannidis hujus grassatura.

saqt: Man muß die Unterthanen erinnern, daß sie
nicht mehr, als recht und billig ist, unterthänig seyen,
damit sie nicht die Laster der Menschen, welchen sie
sich über die Gebühr unterwerfen, zu ehren gezwungen werden *).

Nachdem Ulrich von Hutten dem Erzbischofe
Albrecht von Mainz mehr entsagt hatte, als von
demselben verabschiedet worden war; so bewarb er
sich, wenn auch nicht eifriger, doch wenigstens öffentlicher als vorher, um Bundesgenossen in dem Kriege
gegen den römischen Stuhl. In dieser Absicht unternahm er im Jun. 1520. die Reise an den kayserlichen Hof. Allein von dieser Zeit an verließ ihn
gleichsam das Glück. Er erfuhr unaufhörliche Kränkungen, und fand Kälte, Feindseligkeit und Unbestand,
wo er kräftige Hülfe erwartet hatte. Alle diese Unfälle erhöhten seinen Eifer für die Freyheit seines
Volks, und für die Sache Gottes, anstatt ihn zu
schwächen. Sein Muth blieb unerschüttert; doch
ward sein Gemüth dadurch so sehr erbittert, daß er
nicht selten mehr seinem Unwillen, als der ruhig überlegenden Vernunft gehorchte.

Auf seiner Reise nach Brabant hielt sich Ulrich
von Hutten einige Tage in Cölln auf, um selbst in
diesem Hauptsitze der Unwissenheit und des Verfolgungsgeistes Freunde für die gute Sache anzuwerben. Der berüchtigte Agrippa lernte ihn während
dieser Zeit kennen, faßte aber kein Zutrauen zu dem
Saturnischen Mann, von welchem er fürchtete,

*) Sicut dicit Gregorius: admonendi sunt subditi, ne plus
quam expedit, sint subjecti, necum studeant plus. quam
expedit, hominibus subjici, compellantur eorum vitia venerari.

daß er große Unruhen erregen werde †). Keine Hoff=
nungen nämlich waren gerechter, als diejenigen, wo=
mit Ulrich von Hutten an den kaiserlichen Hof
gieng, und keine wurden grausamer vereitelt. Wie
sollte Hutten sich nicht den glücklichsten Ausgang
seiner Entwürfe versprechen, da Carl V. wegen der
feindseligen Bemühungen, wodurch Leo X. die Wahl
des jungen Kaisers zu hintertreiben gesucht hatte,
gegen den päbstlichen Hof eingenommen seyn mußte;
da der Bruder des Kaisers, der Erzherzog Ferdi=
nand, ihm persönlich gewogen war; und da Carl V.
selbst dem treusten Freunde Huttens, Franzen von
Sickingen, ausgezeichnete Gnade bewies? Dieser
günstigen Aussichten ungeachtet war Ulrich von
Hutten kaum an dem Hoflager des Kaisers anges
kommen, als alle seine Freunde ihm den Rath ga=
ben, daß er sich so bald als möglich wieder entfernen
möchte, weil die Abgeordneten des Pabstes, und die
sogenannten Curtesanen schon Meuchelmörder bestellt
hätten, die ihn am kaiserlichen Hofe selbst mit Gift
oder Dolch aus dem Wege räumen sollten °). Wenn
er nicht bald fliehe, so werde er schwerlich mehr ent=
rinnen können **). Ulrich von Hutten, im festen

---

†) *Agrippæ* Epist. Lib. II. Ep. 54. Sed audi majora, et
quorsum audacium aliquod hominum progrediatur audax te-
meritas. Fuit hic apud nos Huttenus cum aliquot aliis Lu-
theranæ factionis assclis, qui nunc in Cortesanos, ut vocant, Romanosque legatos calamum stringunt; ipsi etiam
Romano pontifici infensi, magnas seditiones, ni Deus provi-
deat, concitaturi. Vides, quorsum ista tendunt, et jam
principes aliquot et respublicæ istis aures præbent — ego
certe contemplatus hominem totum Saturnium nihil in illo
bonæ spei repositum habeo.

°) In Epist. ad Carol. Imp. p. 1. Sed ego quod monitus sum
nuper, itidem certiorem faciam, subornator jam multo ante
ab istis, qui extinguendo mihi, sive ferro id, sive veneno
parari posset, operam darent: idque in tua aula, ubi tunc
negotium mihi erat.

**) Conquest. ad Germanos p. 3. Cumque descendissem in

Zutrauen auf seine Unschuld, kehrte sich anfangs an
diese Warnungen nicht. Da aber dieselbigen Warnungen mit jedem Tage häufiger und dringender wurden; so glaubte er, daß er sie nicht länger verachten
dürfe, und machte sich eiligst von dem kaiserlichen Hofe
auf. Gleich im Anfange seiner Rückreise begegnete
er dem Inquisitor Hogstraten, der bey dem Anblick
Ulrichs von Hutten beynahe vor Schrecken gestorben wäre. „Du bist des Todes", rief der Ritter
ihm zu, „jezt sollst du Ruchloser für deine Thaten
büssen". Indem er dieses sagte, griff er an sein Schwerdt,
faßte sich aber bald wieder, und entließ den elenden
Mönch mit folgenden Worten: „Fürchte dich nicht,
ich will mein Schwerdt jezt nicht mit so schlechtem
Blute, wie das deinige ist, beflecken. Wisse aber,
daß viele Schwerdter gegen dich gezückt sind, und
daß diese dich unfehlbar treffen werden *)". Schon

Brabantiam paulo poſt, et dies aliquot in aula invictiſſimi
regis, ac domini noſtri Caroli verſarer, monitus ſtatim a
neceſſariis ibi meis ſum, ſi me ſervatum vellem, ut diſce-
derem ſtatim. Ibi enim potiſſimum diſpoſitam mihi fraudem,
ibi collocatas inſidias: nec fieri poſſe, ut effugerem, niſi mox
fugerem.

*) In *Hochſt. ovante* verſus finem: Et pridem, ſagt Hogs-
ſtraten, egreſſo Lovanium factus obviam, equo inſidens,
comitatus duobus miniſtris ſic me terruit, ut parum abeſſet,
quin conciderem metu. Eroſtrate, inquit ore et vultu truci,
et voce aſpera, nunc pœnam lues, nunc periiſti flagitium:
admota interim manu gladio, quo accinctus erat, ceu jam
jam percuſſurus, me vero exanimato, et neſcio quid parante
deprecari, et forte fugam meditante, neque enim ſpem vidi
ſalutis, ſubdit iterum: perſiſte Furcifer, non reddam ego,
quod commeritus es, meus enim enſis non debet imbui tam
vili ſanguine, ſed ſcias, multorum gladios jamjam intentos
in jugulum tuum. Periſti, certum eſt. Faſt eben ſo erzählt
dieſe Geſchichte Otto Brunfels, der ſie aus Huttens Munde
ſelbſt gehört hatte. Eben die er Vertheidiger Huttens erklärt
es daher für ein falſches Gerücht, oder für eine Erdichtung,
was Erasmus in ſeiner Spongia p. 79. geſagt hatte: Daß
Ulrich von Hutten den ſtolzen Inquiſitor in Brüſſel angetroffen, und ſich vor demſelben ſo ſehr gefürchtet habe, daß er
deswegen von Brüſſel weggegangen ſey.

auf der Rückreise vernahm er, daß die Warnungen
seiner Freunde in Brüssel sehr gegründet gewesen waren. Indem er den Rhein herauffuhr, hörte er von
vielen, die aus Rom zurückkamen, daß der Pabst
gegen ihn auf das äusserste erbittert sey, und die hef-
tigste Verfolgung gegen ihn anheben werde †). In
Mainz freuten sich seine Freunde nicht wenig darüber, daß er ihnen wieder gegeben sey, indem manche schon gefürchtet hatten, daß man ihn aus der
Welt geschafft habe, oder doch nächstens schaffen
werde. In Frankfurt erzählten ihm seine Gönner
und Bekannten, daß der Pabst an mehrere deutsche
Fürsten geschrieben, und sie gebeten habe, daß sie
sich Huttens bemächtigen, und ihn gefesselt nach
Rom schicken möchten. Besonders habe er diese Bitte an den Erzbischof und Churfürsten Albrecht von
Mainz gethan, und der Bitte die Drohung hinzugefügt: Daß er dem Churfürsten seine ganze Gnade
entziehen wolle, wenn dieser sich nicht in der Gefangennehmung Ulrichs von Hutten als einen treuen
und eifrigen Diener des heiligen Stuhls beweise.
Zu allen diesen schrecklichen Nachrichten kam endlich
folgende hinzu: Daß der Legat des Pabstes sich an
den Kaiser gewandt, den weltlichen Arm zu Hülfe
gerufen, und Carl V. ersucht habe, Ulrichen von
Hutten für vogelfrey zu erklären, und dem Gesandten des Pabstes oder dessen Subdelegirten zu erlauben, daß sie sich ihres Feindes allenthalben, wo sie
ihn fänden, bemächtigen und ihn in Fesseln legen könnten *). Ueber diese Nachrichten erschracken viele von
Huttens Freunden, und zogen sich furchtsam zurück **). Er selbst fand, daß er eine Zeitlang der

---

†) Ib.

*) Conquestio ad Germ. p. 5.

**) Ib. p. 4. Ibi tum, qui amici fuerant, territi complures

Gewalt seiner Feinde weichen, und die Städte so wohl als die Höfe meiden müßte. Unterdessen war er fest entschlossen, selbst während dieser freywilligen Abgeschiedenheit von der Welt; weder die Vertheidigung der Wahrheit, noch die der deutschen Freyheit, für welche er sein Leben aufzuopfern verpflichtet sey, auf einen Augenblick aufzugeben †). Ulrich von Hutten gieng nicht nach Steckelberg, sondern nach Ebernburg, weil er auf dieser festen Burg seines Freundes Sickingen sicherer, als auf seiner eigenen zu seyn glaubte. Hier schrieb er im September und October sowohl an seine Freunde als an mehrere Fürsten, unter welchen er die Briefe an den Kaiser, an die Churfürsten von Mainz und von Sachsen, an den Ritter Sebastian von Rotenhan, und endlich an alle deutsche Fürsten, Ritter und Gemeinen sogleich auf dem Schloße Ebernburg zusammendrucken ließ °). Alle diese Briefe sind mit einer Kraft, Be-

sunt, ac animo perculsi. Neque ita longe post, qui imbecilles erant, nec animis valebant satis, abstinere cœperunt.

†) l. c. p. 5. Cedam malorum potentiæ, cedam aulis, cedam conciliis, cedam urbibus, cedam publico: sed ita cedam, ut interim tamen neque a veritatis adsectione, ad quam referenda omnia sunt, neque a vindicatione libertatis patriæ, pro qua mortem etiam formidare non debeo, discessurus unquam sim.

°) Der Titel dieser Sendschreiben ist folgender: Hoc in libello hæc continentur: Ulrichi de Hutten, equitis Germani, ad Carolum imperatorem, adversus intentatam sibi a Romanistis vim et injuriam Conquestio: ejusdem alia ad Principes, ac viros Germaniæ, de eadem re Conquestio: ejusdem ad Albertum Brandenburgensem, et Friederichum Saxonum ducem, principes Electores, aliæque ad alios epistolæ. Jacta est alea. Am Ende stehen die Worte: Dirumpamus vincula eorum, et projiciamus a nobis jugum ipsorum. Unsere Bibliothek besitzt allein drey von einander verschiedene Ausgaben dieser Briefe, unter welchen mir zwey in Steckelberg gedruckt zu seyn scheinen. Man kann ohne Bedenken annehmen, daß es von diesen Briefen noch mehrere Editionen oder Nachdrücke gegeben habe; und die Verfolgungen des Pabstes also, weit entfernt das Publicum von dem Lesen der Huttenschen Schrif-

redſamkeit und Freymüthigkeit geſchrieben, wie man.
ſie von einem Manne von Huttens Geiſte, Stand=
haftigkeit und Unſchuld, und von der Größe des ihm
zugefügten Unrechts erwarten kann. Zugleich aber
ſind ſie mit einer Mäßigung abgefaßt, dergleichen
man in den erſten Ergieſſungen des Unwillens un=
ſers gekränkten Ritters nicht vermuthen ſollte; mit ei=
ner Mäßigung, womit Luther ſie ſchwerlich in einer
ähnlichen Lage geſchrieben hätte *). Wenn ich die
Freymüthigkeit in Huttens Sendſchreiben gemäßigt
nenne, ſo beurtheile ich ſie nach dem Maßſtabe ſei=
ner, nicht aber unſrer Zeiten, wo man den Ton in
Huttens Briefen gänzlich unehrerbietig, oder doch
nicht ehrerbietig genug finden würde. In dem Send=
ſchreiben an Carl V. ſtellt er dieſem vor, wie ſehr
der Pabſt ſich gegen die Majeſtät des Kaiſers, ge=
gen die Rechte freyer und edler deutſcher Männer,
ſelbſt gegen alle Gerechtigkeit und Billigkeit vergangen
habe, daß er einen deutſchen Ritter, der ſich zu Recht
erbiete, unverhört und unvertheidigt habe feſſeln, weg=

ten abzuſchrecken, machten es nur um beſto begieriger darnach,
wie nach Luthers Arbeiten.

*) Am Ende des Briefes an den Churfürſten Friederich von
Sachſen erkannte Ulrich von Hutten ſelbſt, daß er freymü=
thig geſchrieben habe, ohne ſich deßwegen zu entſchuldigen.
Hæc ad te pro animi commotione magis, quam te dignum
eſt, libere. Sed bene de te ſperabam. Igitur exiſtimavi,
ad liberum ſcribendum libere. Leidenſchaftlicher, als in allen
zu Ebernburg im Herbſte 1520. geſchriebenen, und nachher
gedruckten Briefen, hatte Hutten ſeinen Zorn in einem nicht
bekannt gemachten Schreiben an Luthern geäuſſert. Luther.
in Epiſt. ad Spalatinum XI. die Sept. ſcripta: Tom. I. fol.
282. Hutten literas ad me dedit, ingenti ſpiritu æſtuantes
in Romanum pontificem: ſcribens ſe jam et literis, et armis
in tyrannidem ſacerdotalem ruere: motus, quod pontifex
venenum et ſicas ei intentarit, ac Epiſcopo Moguntino man=
darit, captum et vinctum Romam mittere. O dignam, in=
quit, cæco Pontifice dementiam! et fol. 284. 285. ad eund.
Spalatinum: Huttenus ingenti ſpiritu accingitur in Roma=
num pontificem: armis et ingenio rem tentans.

führen, foltern und hinrichten laſſen wollen *). „Es
iſt wahr”, fährt er fort, „ich habe durch meine Schrif=
ten zu bewirken geſucht, daß der bisherige Zuſtand
der Dinge verändert und verbeſſert würde. Weil
ich meinen Schmerz über die Plünderungen und an=
dere Unwürdigkeiten, welche die Romaniſten an uns
Deutſchen ausübten, nicht länger zurückhalten konn=
te, ſo habe ich gerufen, geſchrien, geſchrieben, um
meine Mitbürger zum Gefühl ihrer Uebel zu erwecken;
und es iſt mir gelungen, viele Edle und Mächtige
gegen die Bedrücker unſers Vaterlandes in Harniſch
zu bringen. Soll ich aber deßwegen, weil ich mein
Vaterland habe retten wollen, zu Grunde gerichtet;
weil ich andere von ihren Banden zu befreyen ge=
ſucht, gefeſſelt; weil ich die Ehre meines Kaiſers und
Volks vertheidigt, als ein Böſewicht geſchändet;
weil ich die Wahrheit gelehrt, und die Menſchen zu
einem wahrhaft chriſtlichen Leben ermahnt habe, für
einen Verläumder erklärt, und als ein Mörder mit
dem Tode geſtraft werden? Was will man dann
mit den Meineidigen, Ketzern, Götzendienern, Meu=
chelmördern und Kirchenſchändern anfangen, wenn
man ſolche Verdienſte mit dem Verluſte von Freyheit,
Ehre und Leben ſtraft? Hier kannſt du die Stellver=
treter Chriſti, und die Nachfolger des heiligen Pe=
trus erkennen! Wenn dieſe nicht deine Güte nach
ihrer Bosheit ſchätzten, ſo werden ſie nicht das Herz
haben, von dir etwas zu bitten, was du als ein gu=
ter Kaiſer und gerechter Richter nie zugeben kannſt.
Ermanne dich alſo, unüberwindlicher Kaiſer! Nimm
auf deine und des heiligen römiſchen Reichs Würde,
wie auf meine Unſchuld Rückſicht! Du haſt Stärke

---

*) p. 3. Non eſt hæc magna atrocitas enim, inauditum, in=
    defenſum, indicta cauſſa, velle vincire, velle torquere,
    velle occidere, præſertim judicium expectantem, et eogni=
    tionem appetentem?

genug, um es zu können; Ursache genug, um es zu
wollen; und selbst die Nothwendigkeit zwingt dich,
dem Uebermuthe der Romanisten Grenzen zu setzen".
— Franz von Sickingen, welcher damals kaiserlicher geheimer Rath und Hauptmann war, über-
brachte diese Klageschrift Carl V. *); und übernahm
zugleich die Vertheidigung seines Freundes bey dem
Kaiser, welcher ihm versprach: Daß er Ulrichen
von Hutten weder unverhörter Sache verdammen,
noch auch zugeben wolle, daß der verfolgte Ritter von
andern unterdrückt werde **).

In dem Briefe an den Erzbischof Albrecht von
Mainz macht er diesem seinem Wohlthäter gelinde
Vorwürfe darüber, daß nicht er, sondern das Gerücht es Ulrichen von Hutten bekannt gemacht
habe, daß der päbstliche Hof den Churfürsten gebeten, ein ehemaliges Mitglied seines Hofes gefangen zu
nehmen, und gebunden nach Rom zu schicken. —
So sehr Ulrich von Hutten wünschte, daß der
Brand, welchen Leo X. durch seine Raserey errege,
nicht auch die übrigen deutschen Bischöfe ergreifen,
und daß besonders sein erhabener Gönner und Beschützer, der Erzbischof Albrecht, seine Tage in un-
verrücktem Wohlergehen verleben möge; so sehr ver-
wünschte er denjenigen, welcher ihn von dem Umgange mit einem so guten und frommen Fürsten abriß.
Diese Trennung schmerzte ihn mehr, als daß er von
den Höfen und Städten, selbst von dem goldenen
Mainz ausgeschlossen wurde †).

---

*) p. 1. . . . statim has fortissimo viro, tuo consiliario, et a
bellis ministro, amico meo Francisco de Sickingen, cum ad
te proficisceretur jam, perferendas tradidi.

**) S. Epist. Hutt. ad Luther. ap. *Burckhard.* II. p. 128. 129.

†) Utinam liceret nunc maxime colloqui tecum! Atque igitur
male pereat, qui me a tuo convictu, principis, sic erga

In dem Briefe an den Ritter Sebastian von
Rotenhan fragt er diesen seinen Freund angelegent-
lich, was er nach dem Blitzstrahl, welchen Leo X.
herabgeschleudert habe, mache und hoffe? Ob er noch
das Herz habe, Ulrichen von Hutten gegen die
aufgebrachten und verläumderischen Curtisanen und
Romanisten zu vertheidigen? Ob er noch fränkischen
Muth und ächte Freyheitsliebe besitze? — „Ich glaube nicht", fährt er fort, „daß der Himmel uns Deutsche so sehr verlassen habe, daß nicht sehr viele auf
meine Seite treten sollten. Wenn dieses nicht bald
geschieht, so ist es um unsere Freyheit, und um die
evangelische Wahrheit gethan. Wiewohl, wenn man
mich auch ganz verläßt, so werde ich mich doch mit
dem Bewußtseyn meiner guten Sache und der Dankbarkeit der Nachwelt trösten. Bey dem fränkischen
Adel vertrete mich, so gut du kannst. Bey meinen
Feinden hingegen schildere mich als ganz muthlos und
niedergeschlagen, damit sie mich verachten mögen"!

Das Sendschreiben an den Churfürsten Friederich zu Sachsen fängt Ulrich von Hutten mit
der Betrachtung an: Daß man sich nun endlich der
Römischen Tyranney mit Nachdruck entgegensetzen
müsse, da sie nach allen brüderlichen Warnungen und
Vorstellungen in ihren Gewaltthätigkeiten nicht allein
nicht nachlasse, sondern noch immer weiter gehe. So
grausam und blutgierig die Bulle sey, welche Leo X.
gegen Luthern bekannt gemacht habe; so sehr sey es
auch gegen die Pflicht eines guten Hirten, und eines

veram pietatem, sic erga bonos adfecti abstrahit! Quo haud
scio, an molestius in hoc adverlo meo casu evenerit aliquid.
Sed obdurabo in omnibus bis, aliquando dissimulabo etiam.
Excludor ab aulis, ab urbibus, illa etiam, o dolor, aurea
Moguntia, a publico convictu, ab hominum consortio, homo
nullius improbitatis reus, de nullo scelere . . convictus,
adsertor veritatis, etc.

Nachfolgers Chriſti, daß man ihn, beſſen ganze
Schuld darin beſtehe, die deutſche Freyheit und die
evangeliſche Lehre wiederherſtellen zu wollen, ungehört, und ohne Urtheil und Recht zur Folter und zum
ſchimpflichen Tode, nach Rom zu ſchleppen gedenke.
„Der römiſche Stuhl”, ruft Hutten aus, „dies neue
Babylon, dieſe Mutter aller Unzucht und Laſter
wird fallen! Es iſt mir, als wenn ich eine Stimme
vom Himmel hörte: Vergeltet dieſem vielköpfigen
Ungeheuer, wie es euch vergolten hat. Verdoppelt
das Maaß, welches es euch gegeben, und miſcht ihm
das Zweyfache in eben dem Becher, in welchem es
euch gemiſcht hat! — Wer wird aber das uns an-
gethane Unrecht rächen; wer das, was gänzlich verdorben iſt, beſſern und herſtellen? Gott! Allerdings
Gott, aber, wie er oft vorher that, durch die Hände
der Menſchen! Ihr Fürſten und Häupter des Volks,
werdet ihr uns mit Rath und That helfen? Was
beginnſt du beſonders, edler Sachſenfürſt, dem es
gleichſam durch ein Erbrecht zukommt, die deutſche
Freyheit zu vertheidigen? Wollte Gott, daß ihr,
welche die Kräfte habt, den Muth, oder wir, die
wir es wagen, die Kräfte beſäßen, damit wir mit
dem Heilande der Welt gegen das vielförmige Thier
ſtreiten könnten, welches jetzt mehr, als jemahls die
Wahrheit angreift, die Heiligen niedertritt, die Unſchuldigen in's Gefängniß wirft, unſere Schätze ver-
ſchlingt, die Sitten der Völker verdirbt, und dennoch
von vielen angebetet wird! Die deutſche Nation, dieſe
Königinn der Völker, erwartet es vorzüglich von dir
und deinen Sachſen, daß ihr die Freyheit des Vaterlandes retten werdet. Denke an die glorreichen
Beyſpiele des Arminius, der Heinriche und Ot-
tonen? Rufe dir die groſſen Thaten zurück, welche
dein freyes und unüberwundenes Volk in den Kriegen
mit den Römern, Ungarn und Franken; welche es

in Brittannien, Gallien, Italien, und selbst in Hi-
spanien verrichtet hat! Die Sachsen waren das einzige deutsche Volk *), was kein fremder Feind je
unter das Joch beugen konnte. Freylich liesset auch
ihr euch von den listigen Päbsten eine Zeit lang
Schlingen anlegen; allein diese Schmach könnt ihr
dadurch mehr als austilgen, daß ihr die Freyheit
der deutschen Nation wieder erkämpfet, und Deutschland sich selbst wiedergebt. — Wahrscheinlich aber
wird dieser Freyheitskampf nicht ohne Blutvergießen
unternommen werden können? Das mögen diejenigen
verantworten, welche ihre ungerechte Gewalt über
uns nicht wollen fahren lassen **). Wenn wir uns
aber recht zusammennehmen, so ist weder Blutvergießen noch offenbare Gewalt, sondern nur standhafter Ernst nöthig. Der erste und beste Weg, die
Römische Tyranney zu zerstören, ist diese, daß wir
ihnen die Gelder vorenthalten, welche wir bisher
dem Römischen Hofe bloß zur Nahrung aller Arten
von Lastern hingeschickt haben. Laßt uns ferner nach
dem Beyspiele des Kaisers Otto des Grossen nach
Rom gehen, und hier den Senat des Pabstes so
säubern, wie dein grosser Ahnherr that, und den
Römischen Bischof so einschränken, daß er sich nicht
wie ein Gott über die übrigen Bischöfe erhebe.
Laßt uns endlich sowohl die übermässigen Einkünfte,
als die Zahl der Priester vermindern, und die Mönche ganz abschaffen. Wenn der ersten wenigere und
diese wenigen nicht so reich sind, als jetzt, so werden
sie

---

*) Multa consulto prætereo, quin unum satis est, meminisse,
solos nunquam externis servisse Saxones.

**) Sed non sine cæde, sine sanguine fient, quæ conamur?
Hoc illi viderint, qui caussam nobis persequendi sui dant:
qui mihi dignissimi videntur, quos percutiamus gladio, eum
alios gladio toties percusserint prius ipsi.

sie arbeitsamer, treuer und frommer werden, als
bisher; und durch die Vertilgung der Mönche, besonders der Bettelmönche, werden wir dem Volke eine
seiner größten Lasten abnehmen, und die Haupturhe-
ber nicht nur der Armuth, sondern auch der Unwissenheit und des Aberglaubens des gemeinen Mannes
ausrotten. So bald wir die Römischen sowohl, als
die einheimischen Blutsauger zurückgewiesen, oder
weggejagt haben; so bald wird des Goldes und Sil-
bers die jetzt so selten sind, genug in Deutschland
werden. Wir können dann von den zurückgehaltenen
Schätzen entweder den Türkenkrieg führen, oder die
wahrhaftig Armen ernähren, oder Schulen, Wissenschaften und Gelehrte unterstützen*). Freylich werden
die Epicurischen Romanisten nach ihrer Gewohnheit
schreyen: Daß man das Schiff Petri in den Grund
bohren, das Gebäude der Kirche zerstören, und das
Gewand des Herrn zerreißen wolle. Allein du, mein
Fürst! siehst es gewiß ein, daß ich die christliche
Mildthätigkeit nicht aufgehoben, sondern recht ange-
wandt wissen, die christliche Kirche nicht zerstören,
sondern wiederherstellen, und daß ich nicht die christliche Religion und deren würdige Lehrer, sondern den
Antichristen bekämpfen will. Wollte Gott! daß du
und die übrigen deutschen Fürsten mit mir gleiches
Sinnes wären. Wenn ich euch aber nicht gewinnen,
und das Feuer, wodurch die Schäden und Feinde
unserer Religion und unsers Vaterlandes weggebrannt
werden müssen, auch anderswo nicht erregen kann,

*) Verum id quantumcunque nobis, aut qualecunque relinque-
tur, in meliores verti usus poterit: nempe ut alantur magni
exercitus, et imperii propagentur fines: etiam Turcæ, si vi-
debitur, debellentur. Ut qui aliter egent, publicitus quo
inopiam alant, accipiant. Utque doctissimi alantur homines,
et literarum foveantur: in summa, ut virtuti præmia sint,
internæque egestatis habeatur ratio, ignavia exulet, fraus
accidat.

O

welches ich noch immer zu thun hoffe; so will ich
mich wenigstens zu nichts herablassen, was eines tapfern Ritters unwürdig ist. Ich werde nie einen
Fingerbreit von meinem bisherigen Vorsatze oder
Wege abweichen, und euch als solche bemitleiden, die
von den Tugenden der Väter ausgeartet seyen. Ich
werde stets ein freyer Mann bleiben, weil ich den
Tod nicht fürchte. Nie soll man vom Ulrich von
Hutten hören, daß er sich einem auswärtigen Könige, er sey so groß als er wolle, und noch weniger
dem Pabste verkauft habe. Am allerwenigsten werde
ich mit euch die vielköpfige Bestie anbeten, theils
weil ich dieses meiner unwürdig glaube, theils weil
ich fürchte, daß die Schalen des göttlichen Zorns
über mich möchten ausgegossen werden. Jetzt entsage
ich den Städten, weil ich die Wahrheit nicht verlassen kann. Ich lebe in einer freyen Einsamkeit, weil
die Umstände nicht erlauben, daß ich frey unter den
Menschen umherwandle. Man kann mich tödten,
aber ich kann nicht dienen, und kann auch nicht sehen,
daß Deutschland in einer schimpflichen Knechtschaft
erhalten werde *). Vielleicht aber werde ich bald

---

*) In fine epistolæ ad Frieder. Elect. Quod si flectere vos
nequiero, neque alibi etiam incendium, quo hæc adurantur,
excitare, quod præstare tamen solus potero, nihil admittam
forti indignum equite. Neque unquam . . . vel tantillum
ab iis, quæ proposui, discedam: vestri autem, quos a virili
fortitudine degenerare videbo, si quidem videbo, miserebor.
Maneboque liber, quia mortem non timeo. Neque unquam
de Hutteno audiatur, quod externi alicujus regis, quantus
quantus erit ille, nedum ignavi pontificis imperata faciat.
Tantum aberit, ut illam vobiscum adorem multicipitem be-
stiam, cum, quia non feret hoc natura mea, neque me
dignum arbitrabor, tum vel maxime, quod timebo, ne illæ
effundantur in me divinæ iracundiæ phialæ. Nunc autem
urbes desero, quia veritatem deserere non possum: liberrime-
que lateo, quia libere versari inter homines non licet,
magno cum periculi, quod circumstat, contemptu. Mori
enim possum, servire non possum. Etiam Germaniam videre
servientem non possum.

aus meiner jetzigen Freystätte herausbrechen, meine Mitbürger um Hülfe anflehen, und da, wo ich das meiste Volk versammelt sehe, ausrufen: Welcher unter euch ist, der es wagt, mit Ulrich von Hutten für die öffentliche Freyheit zu sterben"? Luther schickte das für den Churfürsten bestimmte Exemplar dieses, wie der übrigen Briefe, an den Spalatin, damit dieser es seinem Herrn übergeben möge. Er machte dabey die Bemerkung, daß er nun glaube, daß das bisher unüberwindliche Pabstthum könne überwunden werden *).

Der letzte Brief an alle deutsche Stände ist am schönsten geschrieben, und doch liest man ihn mit dem geringsten Vergnügen, weil Hutten, der muthige Vertheidiger der vaterländischen Freyheit, und der kühne Angreifer fremder Tyrannen, hin und wieder, wenigstens meinem Gefühle nach, durch Hutten den Redner, oder den Nachahmer der Rhetoren der Alten, entstellt worden ist. Nachdem Ulrich von Hutten seine Unternehmungen gegen den Römischen Hof, und die gewaltsamen Maaßregeln des Römischen Hofes gegen seine Freyheit und sein Leben kurz erzählt hat, so ruft er auf einmahl aus: „Wohin soll ich fliehen? Woher soll ich Hülfe nehmen? Euch flehe ich daher an, deutsche Fürsten, deutsche Ritter und Städte, daß ihr die vieljährigen und unbeschreiblichen Drangsale und Arbeiten, welche ich um euertwillen, und zu eurer Vertheidigung ausgestanden oder unternommen habe, nicht auf eine solche Art vergelten, und nicht erlauben möget, daß fremde Verfolger mich in

*) Epist. I. Vol. p. 294. 295. Principi curabis suum reddi exemplar, ego meum teneo. Deus bone, quis finis harum novitatum! Papatum hactenus invictum incipio talem habere, qui convelli etiam possit ultra omnium spem: aut ultima dies instat.

eurer Mitte ergreifen, fesseln und zum Tode fortführen? Eben dieses bitten meine betagten Eltern,
meine bekümmerten Brüder, meine ganze Verwandt-
schaft, alle meine unzähligen Freunde. — Soll ich
Unglücklicher aus diesem Lande weggeschleppt werden,
das mich als Säugling aufgenommen? Von diesem
Himmel, der mich ernährt, von diesen Freunden,
Verwandten und Gönnern, mit welchen ich so ver-
gnügt zusammen gelebt habe? Soll ich diesen Heerd,
diese Altäre verlassen, nicht um anderswo elend zu
leben, sondern um dem schimpflichsten und grausamsten
Tode übergeben zu werden? Seht ihr denn nicht aus
meinen Gefahren, was euch bevorsteht? Erkennt ihr
nicht, daß mein Untergang eure Knechtschaft nach sich
ziehen werde? Oeffnet endlich einmahl die Augen,
und bemerkt, wohin es mit uns gekommen ist"! —
Diese Tiraden, die in dem Munde eines Demosthenes und Cicero sehr rührend gewesen wären,
scheinen mir unpassend in dem Munde eines deutschen
Ritters, der einen solchen Charakter und Standpunkt
hatte, und auch öffentlich angenommen hatte, als
Ulrich von Hutten; nicht einmahl gerechnet, daß
solche Declamationen gefährliche Bewegungen erregen,
oder doch seinen Widersächern Anlaß zu den Vorwürfen geben konnten, daß er Aufruhr im Reiche
anrichten wolle. Mit vollkommnem Rechte aber
konnte Ulrich von Hutten zu allen seinen Landsleu-
ten sagen: „Man klagt mich nicht deswegen an, weil
ich schlecht gelebt, sondern man will mich deswegen
strafen, daß ich mich der Wohlfahrt meines Vaterlandes angenommen habe. Man will mich fesseln,
nicht, weil ich Jemanden beleidigt, sondern weil ich
gesucht habe, meine Nation von dem längst erlittenen
Unrecht zu befreyen. Gestattet mir also, was nach
uralter deutscher Sitte auch dem Geringsten unter dem
Volke erlaubt wird: Daß ich mich vertheidigen darf,

und daß ich nicht ungehört verdammt werde." Auch
konnte Hutten mit dem vollkommensten Rechte vor
ganz Deutschland die gefährlichsten seiner Feinde und
Verfolger nennen: Die niedrigen Curtisanen, die alle
geistliche Beneficien, welche sie durch Kriechereyen
und Bestechungen erschlichen hatten, dem verdorbenen
Römischen Hofe verdankten, und die, um noch mehr
rere zu erschleichen, dem Römischen Hofe durch alle
Arten von Angebereyen und Ränken halfen, daß ihr
Vaterland immer mehr ausgeplündert werde *).
Ulrich von Hutten schließt sein Sendschreiben mit
folgenden merkwürdigen Erklärungen: „Ich bin stets
ein Feind von Unruhen gewesen, und habe nie gesucht,
das Haupt einer Empörung zu werden. Und damit
ihr sehet, wie wenig es meine Absicht war, den
Zustand der Dinge mit Gewalt umzukehren, so sage
ich auch, daß ich bloß deswegen lateinisch geschrieben
habe, um gleichsam heimlich zu warnen, und den
gemeinen Mann nicht zum Hörer meiner Klagen
und Beschwerden zu machen. — Auch jetzt noch wünsche ich nicht, daß meine Verfolger gestraft werden,
so sehr sie mich auch gereizt haben. Mein einziges
Bestreben geht dahin, daß meine und meines Vaterlandes Feinde in's künftige das nicht mehr thun
dürfen, was sie bisher gethan haben **)."

---

*) Hi, ut compiletur quotidie patria hæc, adjumento funt,
confilium dant, opem advertunt, impii Curtifani, deteftabi-
les Symoniaci, qui iftam mifcent abominabilem publice pra-
xin, qua Criftus illuditur. . . . Qui hoc mihi difcrimen, hoc
periculum conciliarunt, haud aliam ob cauffam, quam quia
fuas artes prodidi, crimina detexi, rapinis obftiti, graffa-
turæ impedimentum attuli.

**) Semper tumultum fugi: feditionis author effe nolni: atque
ut intelligatis, quam non fuerit meum confilium, publicam
ifti ftatui everfionem moliri, latine fcripfi, quafi fecreto
admonens: neque vulgus habere ftatim confcium volui, aut
populares mox contingere aures: . . Neque enim adhuc author effe volo, licet tot modis laceffitus, ut, quia male

Ulrich von Hutten hatte die jetzt beurtheilten
Briefe kaum vollendet, als er es nöthig fand, seinen
bisherigen Entschluß, über die Angelegenheiten des
Vaterlandes nur lateinisch zu schreiben, zu ändern.
Er gab in der Mitte des Septembers 1520. zu Ebernburg eine deutsche Uebersetzung seines Sendschreibens
an den Churfürsten Friederich zu Sachsen, und
einige Wochen nachher eine Uebersetzung seiner Klag-
geschrift an alle Stände deutscher Nation
heraus *). In der Vorrede zu der letztern, führte
er die Gründe an, warum er sich vorgenommen habe,
seine lateinischen Schriften allmählich in das deutsche
zu übertragen. Er finde nämlich immer mehr und
mehr, daß man seine lateinisch geschriebenen Werke
bey Ungelehrten auf eine falsche, und ihm nachtheilige
Art ausgelegt habe und noch auslege. Damit er sich
nun bey Jedermann alles Verdachts erledige,
und damit selbst der gemeine Mann erkennen möge,
daß er stets erbarlich, eerlich und als einem
stummen von Adel nit ungebürlich, geschrieben, und welches die Braut sey, darum man
ihm tanzen zugemut; so wolle er allen Ständen
deutscher Nation seine Werke in der Muttersprache
vorlegen **). Die ausserordentlichen Wirkungen, wel-

---

fecerunt, puniantur: tantum, ne posthac faciant, cavere
volo.

*) Von der erstern sollen zwey gleichzeitige Editionen vorhanden
seyn. *Burckhard* II. p. 119. Unsere Bibliothek besitzt nur
eine derselben. Die Uebersetzung der Clagschrift an alle
Stend deutscher Nation kenne ich bloß aus den Nachrichten
und Proben beym Burckhard l. c. Diese Uebersetzung hatte
das Motto: Ein großes dingk die warheit, und stark
über alle. III. Esdrä 4.

**) In der Uebersetzung aller der Briefe, welche er gleich nach
seiner Ankunft auf Ebernburg schrieb, kam ihm ein anderer
zuvor. In der Vorrede zu dieser Uebersetzung hieß es unter
andern: Hye habt ir den rechten aureitzer, der uns ob gott
will, die großen hoepter, als Keiser, Fürsten, und den Adel

che Luthers deutsche Schriften hervorbrachten, veranlaßten wahrscheinlich in Ulrich von Hutten den
Gedanken, daß er auf demselbigen Wege dem Römischen Tyrannen und dessen Anhängern nene Feinde
erwecken wolle.

Ulrich von Hutten war in den drey oder vier
letzten Monaten des Jahrs 1520. welche er auf dem
Schlosse Ebernburg zubrachte, als Schriftsteller so
thätig, oder noch thätiger, als er jemahls gewesen
war. Er schrieb nämlich ausser den angeführten Briefen einen Commentar über die Bulle des Pabstes
gegen Luthern und dessen Schriften und Anhänger;
sowohl ein deutsches als ein lateinisches Gedicht über
das Verbrennen von Luthers Schriften; ein deutsches Gedicht über die unmäßige und unchristliche
Gewalt des Pabstes zu Rom; eine Anzeige des Betragens der Römischen Päbste gegen die deutschen
Kaiser; deutsche Uebersetzungen von mehrern seiner
Schriften; endlich ein Gespräch: Bullen betitelt,
welches er aber vielleicht erst im Anfange des folgenden Jahrs vollendete, und dann mit mehrern andern
Dialogen vermehrte. Und während diesen literarischen
Arbeiten gieng sein Briefwechsel mit abwesenden Freunden stets seinen gewöhnlichen Gang fort *).

Die am wenigsten bedeutende unter den genannten
Schriften ist meiner Meynung nach der Commentar

zu hülf in dieser Sachen erwecken soll. Da zu, und anderem
seinem loblichen Fürnemen, geb ihm glück und heil der all-
mechtig gott, welchem zu eeren, uns allen zu nutz und gut,
er dieses on zweifel vorgenommen hat.... Hyeneben lossent euch
den frommen Hutten befolhen sein. Troß Romanist! Ap. *Burck-*
hard. II. 120. 121. Ich habe diese Uebersetzung nicht gesehen.

*) Man sehe über alle diese Arbeiten aus dem letzten Viertel
des J. 1520. seinen Brief an Luthern beym *Burckhard.* II.
130. 131. wo er diese Schriften fast alle selbst aufzählt.

über die Bulle Leo X. welcher folgenden Titel führt.
Bulla Decimi Leonis, contra errores Martini Lutheri, et sequacium *). Unten stehen die Worte:
Vide lector, operæ precium est. Adficieris. Cog-
nosces, qualis pastor sit Leo. Zwischen dem Ober-
und Untertitel, wenn ich mich so ausdrücken darf,
ist ein Holzschnitt, welcher das Siegel der Bulle
vorstellt, und um dieses Siegel liest man die Worte:
Astitit Bulla a deptris ejus, in vestitu deaurato,
circum amicta varietatibus. Der Commentar enthält
vielmehr kurze Randglossen, als weitläuftigere Anmerkungen, welche letztern nach damahliger Sitte mit
kleinern Lettern zwischen den Text der Bulle hinein-
gedruckt sind. Beyde enthüllen mit vieler Bitterkeit
die wahren Absichten und Grundsätze des die Miene
von Frömmigkeit, Sanftmuth und Eifer für die Religion annehmenden Pabstes. Die kurze Vorrede ist
vorzüglich an die Deutschen, und die Nachrede an
den Pabst und die Romanisten gerichtet. Auch in
diesen finde ich nichts, was Ulrich von Hutten
nicht schon anderswo, und meistens viel besser gesagt
hatte. Die Deutschen beschwört er, daß sie endlich
einmahl gegen den Römischen Stuhl aufstehen möchten, weil nie eine günstigere Zeit zur Abwerfung des
päbstlichen Joches gewesen sey **). Dem Pabst hingegen giebt er den Rath, daß er von seiner Habsucht,
und seinem unzeitigen Verfolgungsgeiste ablassen:
Daß er den Tempel des Herrn von den Dieben,
Räubern, Wucherern und andern Bösewichtern,

---

*) Sowohl Huttens Anmerkungen über die päbstliche Bulle,
als mehrere seiner folgenden Schriften stehen in der ersten
lateinischen Ausgabe von Huttens Werken abgedruckt.

**) Quæso vos per immortalem Christum, quando opportunum
magis tempus fuit, quando melior occasio dedit se, aliquid
Germano dignum nomine gerendi? Omnia videtis eo tendere, ut spes sit, quanta nunquam prius, extinctum iri hanc
tyrannidem, isti morbo medicinam adfuturam.

welche ihn bisher befleckt hätten, reinigen; daß er sich der wahrhaft christlichen Tugenden befleissigen, und besonders aufhören solle, die Vertheidiger der Wahrheit mit unversöhnlicher Rachgier zu verfolgen, damit er sich nicht ein viel grösseres Uebel zuziehe, als er jetzt zu heben gedenke; denn derjenigen, welche Luther aufgeweckt habe, seyen viel mehrere, als daß der Pabst oder ein jeder anderer Bischof es wagen dürfte, so viele Seelen zu verderben, wenn sie auch die Macht dazu besässen *).

Das lateinische Gedicht auf das Verbrennen von Luthers Schriften in Mainz ist schöner, als das deutsche, und doch hat das letztere allem Vermuthen nach viel mehr Leser und Beherziger gefunden, als das erstere **). Unendlich wichtiger, als diese beyden Gedichte, ist die Clag und Vormanung gegen dem übermässigen unchristlichen Gewalt des

---

*) Quare meum est consilium, ne unquam in mentem veniat tibi, ulterius persequi Lutherum, cum iis una, quos ille commovit. Plures sunt enim, quam ut vel tibi, vel ulli episcopo liceat tantum animarum, si possitis etiam, perdere.

**) Das lateinische Gedicht ist überschrieben: Ulrichi ab Hutten, Equit. Germ. exclamatio in incendium Lutheranum, und steht in einer Sammlung von Flugschriften, unter welchen bloß das lateinische Gedicht von Ulrich von Hutten ist: Der Titel ist dieser: Contenta. Ulrichi ab Hutten Equitis Germ. etc. Chunradi Sartoris Saxofranci, de eadem re ad Germanos Oratio. Carmen elegans et doctum in Hyeronimum Aleandrum, hostem Germanicæ libertatis. Conclusiones deeem christianissimæ per And ream Bodenstein de Carolostad, Wittenbergæ disputatæ. Von diesen Flugschriften haben wir auf unserer Bibliothek nur einzelne Blätter. Vollständig sind sie in der Gothaischen Sammlung der lateinischen Schriften Ulrichs von Hutten. Ein Kenner der letztern kann keinen Augenblick zweifeln, daß ausser der Exclamatio in incendium Lutheranum keins der übrigen Stücke von Ulrich von Hutten herrühre. Von dem deutschen Gedichte finden sich auf unserer Bibliothek zwey Exemplare, wovon das eine nur einen halben, das andere einen ganzen Bogen beträgt. Beyde führen den Titel: Ein Clag über den Luterischen Brandt zu Mentz durch Herr Ulrich von Hutten.

Babstes zu Rom, und der ungeistlichen Geistlichen. Durch Herrn Ulrichen von Hutten,
Poeten und Orator der ganzen Christenheit,
und zu voran dem Vaterland deutscher Nation
zu nutz und gut, von wegen gemeiner Beschwernuß, und auch seiner eigenen Notdurft,
in reimensweise beschrieben. Jacta est alea.
Ich habs gewagt. Wenn man auch nur allein
nach der Menge von Auflagen *), die bey seinem
Leben gemacht, und nach den verschiedenen Gestalten
und Titeln, unter welchen dies Gedicht nach Huttens
Tode wieder gedruckt worden ist, urtheilen wollte;
so hätte man Grund genug zu behaupten, daß vielleicht keine seiner übrigen Schriften so stark und so
allgemein auf die ganze Nation gewirkt habe, als
gerade dies Klagelied über die unmäßige und unchristliche Gewalt des Römischen Pabstes; weßwegen
auch die Curtisanen öffentlich äusserten, daß keine
Strafe hart genug sey, wodurch die Schuld dieser
über alle Maassen unbescheidenen Schrift gebüßt
werden könnte **). Das Klagelied enthält den Kern,
oder das Wesentliche von dem, was Ulrich von
Hutten in seinen frühern Werken über die Ausar-
tung und den Verfall der Kirche und Kirchenzucht,
über den offenbaren Widerspruch der Hoheit, Herrschaft und Raubsucht des Römischen Hofes mit den
Lehren und Beyspielen Christi und der Apostel, über
die Schwelgerey, Prachtliebe, Ueppigkeit und den

*) Unsere Bibliothek hat deren allein drey, die alle von einander
verschieden sind. Der ältesten unter diesen drey Editionen,
welche unstreitig die Originalausgabe ist, fehlen mehrere Bogen.
In den beyden spätern Ausgaben sind einige Wörter verbessert
oder verändert; und die Stellen der heiligen Schrift oder der
Kirchenväter, auf welche das Gedicht sich bezieht, sind nicht
lateinisch, sondern deutsch angeführt.

**) In Epist. ad *Luther.* l. c. . . . item Poema Germanicum,
propter quod nullam satis pœnam arbitrantur sacrifici, qua
plectar. Ita ferunt, omnes honestatis limites egressum me.

frechen Unglauben der Cardinäle und übrigen Mitglieder des päbstlichen Hofes, über den Uebermuth
und die Erpressungen der päbstlichen Legaten, über die
schrecklichen Mißbräuche von Ablaß, Pallien, Annaten, Dispensationen und andern päbstlichen Gnaden,
über das ungeistliche Leben der Bischöfe, Prälaten
und Domherren, über die Verdorbenheit der Ordensgeistlichkeit, über die Unerträglichkeit der Lasten,
welche die Päbste und deren Diener der deutschen
Nation aufgelegt, und welche man in Italien nie geduldet habe, endlich über die Nothwendigkeit, der
Tyranney der Päbste und der übrigen Geistlichkeit
ein Ende zu machen, eingeschärft hatte. Und alle
diese wichtigen und gegründeten Klagen trug Ulrich
von Hutten nicht nur in deutscher Sprache, sondern
auch in deutschen Reimen, und mit einer solchen
Kürze und Einfalt vor, daß sein Gedicht von dem
gemeinsten Verstande gefaßt, von dem ärmsten Manne
gekauft, von jedem Volkssänger gesungen, und von
Trödlern leicht über ganz Deutschland fortgetragen
werden konnte. „Bisher”, sagt Hutten, „habe ich
lateinisch geschrieben.” Jetzt hingegen rufe ich in der
Muttersprache das ganze deutsche Vaterland an, weil
unserer Nation der Rauch, welcher sie bisher blen-
dete, von den Augen weggeblasen, und selbst der
gemeine Mann aufgeklärt werden muß, damit die
Deutschen die Betrügereyen der Romanisten erkennen,
und das reine Evangelium von Römischen Fabeln
unterscheiden können °). Höre auch du gnädiglich

°) Latein ich vor geschriben hab.
  Das was eim jeden nit bekandt.
  Jetz schrey ich an das vatterlandt.

  Den teutschen muß man diesen rauch
  Vord augen blasen, der sie blendt,
  Das trügerey blieb unerkendt.

  Denn wo dies Nation wär clug,

meine Klagen, durchlauchtigster König Carl! Denn
alles, was ich sagen und thun werde, soll zu deiner
Ehre und unter deiner Leitung geschehen. Du sollst
der Urheber und der Vollender seyn; denn mir ge-
bührt es nicht, Aufruhr im Reiche anzufangen *).
Zu dieser wichtigen Unternehmung biete ich dir alle
meine geringen Kräfte an. Ich verlange dafür keine
Belohnung; vielmehr wollte ich gern ruhmlos und
in der größten Armuth sterben, wenn nur die unerträglichen Beschwerden meines Vaterlandes abgethan würden **). Luther und ich haben bis jetzt
viele Menschen belehrt. Ich hoffe daher, daß man
uns nicht so mitspielen werde, wie dem **Johann
Huß** und **Hieronymus von Prag**. Sollte mir
aber auch dasselbige Schicksal bevorstehen, so würde
ich doch als ein frommer Held Spieß und Schild
bis in den Tod bey die Wahrheit setzen †). Hört
auch ihr, ihr frommen Städte, ihr Tapfern von

      So hät das Evangelium
      Vor diesen Fabeln seinen rum.

*)   Dan was ich bißer dingen thu,
      Sal gscheben alls zu eren dir.
      Dan sunst nit wölt gebüren mir,
      Im reich uffrur zu heben an.

      Deß salt eyn Hauptmann du allein
      Anheber, auch vollender seyn.

**) Und beger von dir des keinen Lon.
      Möcht ich allein erlebet han,
      Daß würd gelegt beschwerung ab,
      Darvon ich vil geschrieben hab,
      In armut wolt ich sterben gern,
      Auch alles eygnenn nützs entberen.

†)   Biß izo unßer ruffen iwen.
      Wer weiß, was den ist beschert,
      Wir haben ye vil leut bekert.
      Darumb ich hoff, es hab nit not.
      Wär mir dann schon gewiß der bot,
      Noch wolt ich als ein frummer hilt,
      Bey warheit sezen spieß und schilt.

Adel, und ihr biedern deutschen Krieger sowohl zu Pferde als zu Fuß. Helft uns den Aberglauben tilgen, und die Wahrheit an den Tag bringen! Ich hofte bisher, daß dieses auf andere Arten geschehen könne. Da aber die Romanisten und Curtisanen sich nicht in Güte fügen wollen, so müssen wir sie mit der Schärfe des Schwerdts zwingen. An Waffen und Rüstungen, an Pferden und Männern, fehlt es uns nicht *)." Huttens Klagelied wurde wahrscheinlich bald nach seinem Tode mit einigen nicht sehr bedeutenden Veränderungen unter folgendem Titel wieder aufgelegt: Lebendige abcontrafactur deß ganzen Bapstthumbß. Sampt einer tröstlichen ermanung an die freyen, starken Helden deutscher Nation, das sie doch einmal das vatterlandt von diesem hellischen Hundt gar erretten; kurzweilig und tröstlich zu lesen. Manes Hutteni. Jezunt von Newem außgangen †).

---

*) Den aberglauben tilgen wir.
Die warheit bringen wider dir.
Und dweil das nit mag sein in gut,
So muß es kosten aber blut.
Do nem im keiner zschwernuß ab,
Wiewol ichs selbs geschweet hab.
Hofft zu erfinden ander maß.
Nun aber nit wil helffen das,
So mus man thun, wies fügen wil;
Wolauff es ist die zeyt und zil.

Wil harnisch ban wir und vil pferd,
Wil hellebarden, und auch schwerd.
Und so hilfft freundtlich warnung nit,
So wollen wir die tranchen mit.

Wenn der Raum es erlaubt, so will ich das Klagelied Huttens, sowohl um der großen Wirkungen willen, welche es zu seiner Zeit hervorgebracht hat, als zur Probe der deutschen Poesie unsers Ritters, am Ende seiner Lebensbeschreibung abdrucken lassen.

†) Die Veränderungen bestehen vorzüglich in diesen vier oder fünf Punkten. Zuerst hat das Gedicht in der neuen Ausgabe

Ja die Schilderungen und Warnungen in dem Klag-
gedichte Ulrichs von Hutten wurden über ein
Jahrhundert nach seinem Tode für so wahr und tref-

auf der zweyten Seite noch die Ueberschrift: Klag Red Hut-
teni an alle hohe und nider stände teutscher Nation.
Zweytens sind zwischen den vier und fünfzigsten Vers:
 Wie weit geh der Tyrannen gleit,
und den fünf und fünfzigsten:
 Hierumb ich sprich auß Gottes leer
folgende sechs Verse eingeschaltet worden, womit Christus
den Ulrich von Hutten anredet:
 Du bist mir ein außerweltes vas,
 Als auch der Apostel Paulus was.
 Far hin, zeigs herrn und fürsten an,
 Ich wöll sie all ermanet han,
 Zu bessern ihr leer und leben.
 Darzu ihnen mein gnad wöll geben.
Und dann geht das Gedicht wieder, wie in den ersten Editi-
nen fort; doch nicht, als wenn der lebende Hutten, sondern
als wenn seine Manes klagten; weßwegen auch dem Verse:
 Hierumb ich sprich auß Gottes leer,
das Wort Manes vorgesetzt ist. — Drittens ist eine Stelle
auf der dreyzehnten Seite des Gedichts nicht nur geändert,
sondern auch durch einen großen Irrthum entstellt worden.
Anstatt nämlich, daß es in den Originalausgaben heißt:
 Doch sol man wissen, und ist war,
 Es sein vergangen etlich jar,
 Do wollt ich Rom erkennen auch,
 Und was do wer der Römer gbrauch.
liest man diese neuen oder ungeschmolzenen Verse in der Ab-
contrafactur:
 Ihr Herrn sollt wissen nund ist war,
 Es seindt nun hin wol etlich jar,
 Ward ich zu Men geschlossen auß
 Hoher schul und meines vaters hauß
 Ein testament macht mir den Strauß.
 Da wolt ich Rom erkennen auch, u. s. w.
Viertens sind die Marginalien in der Abcontrafactur anders,
und auch weniger zahlreich, als in der Clag und Vormanung.
Fünftens hat die erstere sowohl, auf dem Titel als am Ende,
mehrere ausdrucksvolle Holzschnitte, auf welchen entweder der
Sturz des Pabstes bey der Erscheinung Christi, oder die
Schmausereyen der Geistlichen, und ihr vertraulicher Umgang
mit den Concubinen, oder die Klagen der Bauern, oder auch
religiöse Handlungen, welche man zur Zeit der Reformation
als Auswüchse des Pabstthums ansah, carricaturmäßig vorgestellt werden.

senb gehalten, daß man sie abermahls unter einem
neuen Titel abdrucken ließ: Aufwecker der deutschen Nation, an alle hohe und niedere Stände des heyligen Reichs; sampt eygentlicher wahren Beschreibung, und gleichsam natürlichen
Contrafeyr des Römischen Bäpstlichen Hofwe-
sens, weyland von dem vortreflichen edlen
Ritter, Oratorn und Poeten, Herrn Ulrich
von Hutten, unserm geliebten Vaterlandt
deutscher Nation, zur Aufmunterung in Druck
verfertigt. Welcher (Aufwecker) weil er zu
jetzigen Zeiten sich sehr wol schicket, und der
vor diesem Seculo gewünschte Held und Erretter der evangelischen Freyheit, nunmehr von
Gott verordnet, obhanden ist, der deutschen
Nation billich widerholet, und öffentlich an
Tag gegeben werden sollen, zum glücklichen
newen Jahr 1632. *)

Um dieselbige, oder fast dieselbige Zeit mit der
Clag und Vormanung erschien Ain Anzeygung:
Wie alwegen sich die Römischen Bischoff
oder Bepst gegen den deutschen Kaysern gehalten habenn, durch Herr Ulrichen von Hutten auf das kürzest, auß Cronicken unnd hi-
storien gezogen, Kaysers Ma. fürzubringen †).

*) Diesen letzten Nachdruck des Huttenschen Klageliedes habe
ich nicht gesehen.

†) Diese Anzeygung ist zwey Bogen stark, und auf eben dem
Papier und mit eben den Lettern gedruckt, womit die erste
Ausgabe der Clag und Vormanung gedruckt ist. Weder
Jahr, noch Druckort sind angegeben. So sicher man voraus-
setzen kann, daß beyde deutsche Schriften in Eberaburg gedruckt
worden; so sicher kann man auch annehmen, daß die Anzei-
gung gleichfalls im J. 1520. erschienen sey, bevor noch Carl V.
auf dem Reichstage zu Worms feierlich erklärt hatte, daß er
die Partey des Pabstes gegen Luthern und dessen Anhänger
nehmen werde.

Ulrich von Hutten erzählt in dieser Schrift kürzlich alle die Ränke und Treulofigkeiten, welche die Päbste an den deutschen Kaifern, von Otto dem Großen an bis auf Maximilian I. und Carl V. ausgeübt hatten. Den meiften Eindruck mußten auf des jungen Kaifers Gemüth theils die heimlichen Machinationen machen, wodurch Leo X. Carl V. von dem deutschen Kaiferthrone zu verdrängen gefucht, theils ein Wort, welches fein Großvater Maximilian gegen Leo X. ausgefprochen hatte: Nun ift diefer Bapft auch zu einem Bößwicht an mir worden. Nun mag ich fagen, das mir keyn Bapft, fo lang ich gelebt, ye trewe oder glauben gehaltenn hatt; hoff, ob gott will, diefer foll der letzt fein. Nachdem Ulrich von Hutten das ganze Sündenregifter der Römifchen Päbfte gegen die deutschen Kaifer vollendet hatte, fo fetzte er hinzu: „Darumb foll Key. Maie. fich unterwenfen laffen, das fy fich den Bapft nimmer „mit gutten Worten dahnn reden laß, daß fy die-„jenen, fo zu fölchen dingen dem ganzen land unnd „aller Chriftenheyt zu gut vermannung thun, ver-„folgen; oder außtilgen laß dan ye erkannt werden „muß, das Doctor Luthers und mein fchreiben nrer „Maie. der ganzen deutfchen Nation zu eeren, nutz, „frummen und wolfart reichen. War ift das es vie-„len Keyßeren, die auch gern deutfchenn landt gehol-„fenn, und nm fein Freiheit widerpracht hattenn, „darann gefelet, das fy nit gehapt, die fie aus „grundt der fchrifften difer Sachen, wie von nöten, „bericht hetten. Dann es wiffen wenig, wo dem „Bapft fein herz liggt; ob es ban fchon etlich wif-„fenn, fein zum Taxl geiftlich, zum Texl haben fy „nit den mut das fy es fagen und offenbaren gedörf-„fen, forchten die Bepftliche Tyrannen. So es nun „bazu ift kommen, das leut fein, die das wiffen,

„unnd

„unnd dörffen ydermann zu gut, aber sonnderlich
„Keyßerlicher Majestät zu eerenn und nutz, die War=
„heyt fürzubringen, soll man die nit alleyn nit verfol=
„gen, noch daran Jehindert werden lassen, sondern
„soll man sy fürdern, ynen darzu helffen und raten.“
So passend diese Schrift für die damahlige Lage
Ulrichs von Hutten und für seine Absichten war,
so konnte sie doch ihres Inhalts wegen nicht ein so
allgemeines Intereße erregen, als die Clag und
Vormanung. Ich finde daher auch nicht, daß sie
so oft aufgelegt, oder daß so bemerkbare Wirkungen
von ihr angeführt werden, als von dem Gedichte,
das in die Seufzer und Klagen von vielen Tausenden
und selbst Hunderttausenden einstimmte.

Die letzte gelehrte Arbeit, welche Ulrich von
Hutten gegen das Ende des J. 1520. zu Stande
brachte, oder von neuem zum Drucke bereitete, war
eine deutsche Uebersetzung von mehrern seiner lateini=
schen Gespräche, die mit einer Zuschrift an Frantzen
von Sickingen unter dem Titel bekannt gemacht
wurden: Gesprächbüchlein Herrn Ulrichs von
Hutten. Feber das Erst. Feber das Ander.
Vadiscus oder die Römische Dreyfaltigkeit.
Die Anschawenden. Diese Uebersetzung ist nicht
nur für die Geschichte unserer Sprache merkwürdig,
sondern sie unterscheidet sich auch von dem lateinischen
Original durch mehrere Gedichte, welche Ulrich von
Hutten einem jeden der vier Gespräche vorgesetzt und
angehängt hat. Der Inhalt der Gedichte stimmt
mit dem der Gespräche überein, und besonders ist
das Gedicht, welches Hutten dem übersetzten Vadis=
cus hinzugefügt hat, ein körniger Auszug dieses reich=
haltigen Dialogs *). Die Zuschrift des Gespräch=

---

*) Ich habe zwey völlig gleiche Exemplare des Gesprächbüchleins
vor mir, eins aus der Wolfenbüttelschen, das andere aus

P

büchleins an Franzen von Sickingen verdient aus
mehrern Ursachen ganz eingerückt zu werden:

„Dem edlen, hochberümpten, starkmütigen und
„ernvesten Franzen von Sickingen Keys. Ma.
„rat, thiener und Haubtmann, meinem besondern
„vertrawten und tröstlichen guten Freund, entbeut ich
„Ulrich von Hutten meinen freundlichen Grus
„und willigen Dienst. On ursach ist das sprichwort,
„in nöten erkennt man den Freund, nit in gebrauch
„kommen. Dann worlich darff nyemant sagen, das
„er mit einem Freund verwaret sey, er hab dann den
„in seinen nottürftigen anligenden Sachen dermassen,
„das er jn innwendig und auswendig kenne, versucht
„und geprüft. Wiewol nun der glückselig zu achten,
„dem nye von nöten ward, einen Freund dieser ge-
„stalt zu probieren, mögen doch auch sich die der
„Gnaden Gottes berümen, so in iren nöten bestän-
„dige und harthaltende Freund erfunden haben. Un-
„der welchen ich mich dann nit wenig Gott und dein

der Gothaischen Bibliothek, deren Mittheilung ich der Güte
des Herrn Hofraths Langer, und des Herrn Raths und Bib-
liothekars Hamberger zu danken habe. Das Titelblatt ist ein
Holzschnitt, der gleichsam in drey Felder abgetheilt ist. Auf
dem obersten hält ein Fürst unserm Hellande eine Tafel entgegen, auf welcher die Worte stehen: Exaltare qui judicas
terram, redde retribut: Superbis. Das mittlere Feld enthält
das Verzeichniß der Gespräche. An beyden Seiten sind die
Bildnisse Luthers und Huttens. Unter dem erstern liest man
die Worte: Veritatem meditabitur guttur meum; unter dem
andern: Perrumpendum est tandem, perrumpendum est;
zwischen diesen beyden Motto's: Odivi ecclesiam malignantium.
Das unterste Feld stellt einen Haufen von Prälaten und Mönchen vor, die von Reutern und Fußvolk mit Lanzen und
Spiessen angefallen werden, und mit verzerrten Gesichtern
und Angstgeberden die Flucht nehmen. In dem Bande der
Huttenschen deutschen Schriften, welche ich aus der Gothaischen Bibliothek erhalten habe, steht am Ende noch eine neue
Uebersetzung des Vadiscus von Ulrich Varnbüler dem Jün-
gern, die 1544. zu Strasburg gedruckt worden.

„Glück zu bedanken hab. Dan als ich uff das auſ-
„ſerlichſt an leib, eeren und gut von meinen ſeyhen-
„den genötiget, ſo ungeſtümmigklich, das ich kaum
„Freund anzuruffen Zeyt gehabt, biſt du mir nit,
„als oft geſchicht, mit tröſtlichen worten, ſonder
„hilfftragender that begegnet. Ja mag ich, als das
„ſprichwort iſt, ſagen, von himmel herab zugefallen.
„Heyerumb iſt wol die freuntſchaft deren, die ſich
„zu guten und glückhafftigen Zeyten beweiſen, (wie-
„wol die mer ein luſtige geſelſchaft, dann wore freunt-
„ſchaft genennt werden mag) dannocht nit zu ver-
„werffen. Aber ich hab under den zweyen eben den
„underſcheydt, den die ärzte under den ſpeiſen. De-
„nen etzliche allein ſüß und ſchmackhafftig, etzliche
„auch darzu geſundt und heylſam ſeint: So iſt es
„mir darzu kommen, das nit luſtigs geſchmacks, ſon-
„der heylſamer arzney, nit frölichs beyweſens, ſonder
„gewärtiger hilff bedörfft; hab alsdann dich (ich achte
„aus göttlichen zuſchicken und verſehung) funden,
„der nit geachtet, was ein yeder von meiner ſachen
„rede, ſonder wie die an ir ſelbs geſtalt beherziget.
„Haſt dich nit durch ſchrecken meiner widerwertigen
„von verfaechtung der unſchuldt abzunehen laſſen, ſon-
„der aus Liebe der warheit und erbärmnus meiner
„vergewaltigung für und für über mir gehalten. Und
„do mir aus groſſe der far die ſtätt verſchloſſen ge-
„weſt, alsbald deine häuſſer (die ich aus der und
„andern urſachen willen Herbergen der Gerechtigkeit
„nennen mag) aufgethan, und alſo die angefochten
„und verjagte warheit, in die ſchos deiner hilff em-
„pfangen, und in den Armen deiner beſchirmung ganz
„kecklich gehalten. Daraus dan gevolgt, das ich in
„meinem fürſatz, den auch du erber und reblich nen-
„neſt, nit wenig geſterkt, alle gelerten und kunſtlie-
„benden deutſcher Nation, (den dann auch nit wei-
„niger, dan mir ſelbs an dieſer ſachen gelegen) ſich

„in freuden und frolocken erhaben, und gleich als
„nach einen trüben wetter von der freudenreichen
„sonnen erquickt worden. Dargegen die boshaftigen
„Curtisanen und Romanisten, die mich verlassen ge=
„meynt, und derhalben nahet einen triumph von mir
„gefürt hätten, do sye gesehen, das ich mich (im
„sprichwort ist) an ein veste unerschütte wand gelae=
„net hab, iren stolz und übermut gegen mir etwas
„nidergelassen, sich vast ingethan, und kleines lauts
„worden. Für solche deine wolthat dir genugsamen
„Dank sagen, hab ich nit mangel an gemüt und
„willen, sondern am glück und vermoegen gebrechen.
„Würt mir aber ye ein bessere Zeit erscheinen, und
„sich aenderung des glücks, (als dann meine freye
„hoffnung zu gott) begeben, will ich dir allem mei=
„nen vermoegen nach dermassen wider thienen; das
„du ye auffs wenigest mich keinen fleiß dir Dankbar=
„keit zu erzoeigen gespart haben, spüren solt, und
„mittler Zeyt, mit dem, das mir kein frevel noch
„gewalt, kein troß noch übermacht, kein armut noch
„ellend benemen mag, das ist, mit Krefften meiner
„sinnen und vermoegen der verstäntnuß trewlich und
„fleißigklich thienen, auch dir neßo, wie etwan Ver=
„gilius den zweyen wolverthienten jünglingen, zugesagt
„haben,

wo eßwas mein geschrifft vermag,
dein lob mussz sterben keinen Tag.

„Wie wol ob du dich schon gegen mir dermassen,
„wie obberürt, nit gehalten, hettest du dennoch on
„das, mit deinen ritterlichen eerlichen gethaten ver=
„thient, (als ich und alle, deren vermoegen ist, ver=
„gangen oder gegenwertige ding durch behelff der
„geschrifft und erkanntnuß zu künfftiger Zeyt bringen)
„das wir deinen namen us dunkelen vergessz in das
„liecht der ewigen gedaechtnus seßten. Dan on

„schmeychelen und liebkosen zu reden, bist du, der
„zu diser Zeyt, do yedermann beddaucht, deut-
„scher Adel hatte etzwas an strengkheit der gemüten
„abgenommen, dich dermaſſen erzoeigt und bewisen
„hast, das man sehen mag, deutsch blut noch nit
„versyngen, noch das adlich gewaechs deutscher tugent
„ganz ausgewurzelt sein. Und ist zu wünschen und
„zu bitten, das Gott unserem haubt Keyser Carlen
„diner tugenthafftigen unerschrockenen mutsamkeit er-
„kanntnus ingebe, damit er dich deiner geschicklichkeit
„nach in hohen trefflichen seinen haendeln, das Rö-
„misch reich, oder auch ganzer Christenheit betreffend,
„so mit rat und der that brauche. Denn alsdann
„würde frücht deiner tugent zu weiterem nuß kommen.
„Fürwar einen solichen mut solt man nit ruwen
„laſſen, noch innwendig bezyrks kleiner sachen ge-
„braucht werden laſſen. Aber ich hab mir nit für-
„genomen, in diser vorred dein lob zu beschreiben,
„sonder einmal meinem herzen das gesteckt voll guter
„gedanken und freuntlicher gutwilligkeit, die ich gegen
„deinen unwidergeltlichen an mir begangenen wol-
„thaten, die doch du noch taeglich ye mehr und mehr
„überhauffest, trag, ein lufft geben, schenk dir zu
„disen newen Jar die nachfolgenden meine büchlin,
„die ich nechst verschienenen tagen, in der gerechtig-
„keit, wie vorgenannt, herbergen eylends und on
„groesseren fleis verteutscht hab. Und wünsch dir
„damit, nit als wir offt unserenn freunden pflegen,
„ein fröliche sanffte ru, sondern grosſze, ernstliche,
„dapfere und arbeitsame geschaefft, darinn du vilen
„menschen zu gut dein stolzes heldisch gemüt brauchen
„und üben mögest. Darzu woell dir Gott Glück,
„Heyl und Wolfahrn leyhen. Geben zu Ebern-
„burgk", u. s. w.

So bald Ulrich von Hutten selbst in Sicherheit war, so war einer seiner ersten Gedanken, wie

er auch seine übrigen Freunde, die in gleichen oder
ähnlichen Gefahren schwebten, besonders Luthern
und Erasmus, gleichfalls in Sicherheit bringen,
oder sie wenigstens gegen die Nachstellungen der gemeinschaftlichen Feinde bey Zeiten warnen wolle *).
Im Nov. 1520. schrieb er an den Erasmus, und
forderte diesen auf das angelegentlichste auf, daß er
so bald als möglich fliehen, und sein theures Leben
dem Vaterlande und den Wissenschaften zum Beßten
erhalten möge **). Nach den Schritten, welche der
päbstliche Hof gegen ihn selbst und gegen Luthern
gethan, sey für den Erasmus unter den Romanis-
sten und Curtisanen keine Sicherheit mehr. Beyde
sagten es laut, daß Erasmus die Quelle von allem
Bösen sey; daß er Luthern und Hutten den Weg
gebahnt, und überhaupt den Zeitgenossen Begierde
nach Freyheit und bessern Kenntnissen eingeflößt habe †).
Erasmus habe zwar in den letzten Zeiten durch
sanfte Worte, und selbst durch Schmeicheleyen das
Gemüth des Pabstes zu mildern gesucht; allein er
habe dadurch nichts ausgerichtet, und werde von den
Feinden der Wahrheit und Freyheit nicht weniger,
als die Wissenschaft selbst gehaßt. Dieser Haß werde
gewiß noch zunehmen, wenn man sehe, daß man
gegen die päbstliche Wütherey die Waffen ergreife;
welches er, Ulrich von Hutten, schon gethan hätte,
wenn er nicht von Franzen von Sickingen, wäre

---

*) Epist. ad *Erasm.* in Herrn von Mosers patriot. Archiv.
7. B. S 25. Male mihi cedat, quidquid hoc est, quod
tanto cum periculo incepi, hoc temporis, nisi me sollicitum
magis habet tua salus, quam mea fortuna, Erasme optime!

**) Fuge heus tu, fuge, ac te nobis serva. ib.

†) l. c. p. 26. Jam palam clamant isti, omnium horum auctorem esse te, atque ab hoc fonte profluxisse, quidquid est,
quod male nunc habet Leonem: te prævidisse nobis, te eru-
diisse, te primum incitasse libertatis studio hominum mentes,
te esse illum, a quo pendeamus alii.

zurückgehalten worden, als welcher hoffe, daß man den jungen Kaiser gewinnen, und wenn auch nicht zum Mithelfer machen, wenigstens dahin bewegen könne, daß er den Unternehmungen Huttens und seiner Freunde keine Hindernisse entgegensetze *). „Wenn du auch", fährt Ulrich von Hutten fort, „die gewaltsamen Mittel nicht billigest, so kannst du wenigstens mein Vorhaben nicht tadeln, Deutschland zu befreyen und den Wissenschaften einen neuen Glanz zu geben. Gesetzt daß ich dieses Vorhaben nicht ausführen sollte, so wird doch keine List oder Klugheit des päbstlichen Hofes hinreichen, den Brand auszulöschen, den wir gegen ihn erregt haben. Das Feuer wird fortbrennen, auch wenn man uns unterdrücken sollte, und aus unserer Asche werden noch stärkere und muthigere Vertheidiger der Freyheit aufstehen. Eben deswegen, weil ich hievon überzeugt bin, werde ich nichts unversucht, werde mich durch keine Drohungen abschrecken lassen **). Wenn auch selbst der Kaiser sich gegen uns erklärt, so sind uns doch nicht alle Mittel genommen; und man darf gewiß hoffen, daß der Kaiser nicht lange werde verführt werden. — Du glaubtest bisher, daß du unsere Unterdrücker durch gründliche Vorstellungen, und selbst durch schmeichelndes Lob zurückrufen könntest. Jetzt mußt du selbst einsehen, daß deine Bemühungen eitel

---

*) Quod jam ante factum esset, nisi Francisci consilium fuisset, regem tentare prius, spe concepta, fore ut hoc ipse rex agat, aut certe agentibus nobis conniveat; etc.

**) Sin contra eveniet, tamen nullum est tam prudens Pontificis consilium, quo exstinguere hoc a nobis excitatum semel incendium liceat. Profecto enim ardebunt ista, quantumcunque reluctantibus ipsis, etiam si vos opprimant. Jam alios enim pariet vehementiores etiam libertatis adsertores sinis iste noster. Atque eo magis ago haec, quod futurum hoc scio. Conaborque omnia, et undecumque licebit ansam nobis arripiam, nihil non tentabo. A quo nullae minae, nulla, quae obducant, pericula satis sunt.

waren, und daß nichts übrig bleibt, als die unheilbar
angefreſſenen Glieder mit Feuer und Schwerdt weg-
zubrennen und wegzuhauen *). Damit du nicht in
dieſem Streite freyheitliebender Männer gegen feige
Tyrannen erdrückt werdeſt; ſo rette dich nach Baſel,
wo die Einwohner theils aus eigenem Antriebe, theils
durch Luthers Schriften und durch eins meiner
deutſchen Gedichte entzündet, die Freyheit auſſeror-
dentlich begünſtigen **).

Wenn man mit dieſem Briefe an den Erasmus
einen andern verbindet, welchen Ulrich von Hutten
nicht lange nachher an Luthern ſchrieb †); ſo kann
man ſich zwar einen richtigen Begrif von den Hofnungen und Befürchtungen unſers Ritters, auch allenfalls von der Gründlichkeit oder Nichtigkeit von beyden machen; allein man kann durchaus keinen vernünftigen Grund entdecken, warum der faſt ganz verlaſſene
Ulrich von Hutten ſchon damahls gegen die Curtiſanen und Romaniſten losſchlagen wollte. „Du
würdeſt mich gewiß bedauern”, ſchreibt Ulrich von
Hutten an ſeinen geliebteſten Freund und Bruder, den unüberwindlichen Herold des gött-

---

*) p. 30. Hinc tu laude conatus es revocare hos, benigne id
    quidem, sed vincente ipsorum dementia nihil eblanditus es.
    Jam non est igitur tempus, ut desperata salute, cujus in tan-
    tum capaces isti non sunt, abjiciamus putrida cadavera,
    exuramus et aboleamus?

**) Ib. Multum te capiunt Basileenses tui, quæ mora est,
    quin eo concedas quam primum, præsertim nusquam liberio-
    res cum sint homines, suapte alioqui natura, nunc Lutheri
    etiam scriptis, et meo quodam poemate Germanice scripto
    mire inflammati. Das Gedicht, worauf Hutten hier bindeu-
    tet, iſt kein anderes, als die clag und vormanung u. ſ. w.
    Man ſieht, wie groß und auffallend damals die Wirkung von
    deutſchen Schriften war, in welchen die Mißbräuche der Kir-
    che, die Irthümer in der Religion, und die Laſter, Unwiſſen-
    heit und Aberglaube der Geiſtlichen gerügt wurden.

†) Dieſer Brief ſteht beym Burckhard II. 127. et ſq, p.

lichen Worts, Martin Luther, „wenn du Zeuge
von den Widerwärtigkeiten wärest, womit ich hier
zu kämpfen habe. Indem ich neue Freunde und
Helfer anwerbe, fallen eben so viele alte ab; so groß
und tief gewurzelt ist noch immer der Aberglaube der
Menschen, daß, wer gegen den Römischen Pabst
streite, eine unerläßliche Sünde begehe. Der einzige, welcher sich unser mit unerschütterlicher Standhaftigkeit annimmt, ist Franz von Sickingen;
und auch diesen hätte man neulich bald zum Wanken
gebracht, indem man ihm einige ungeheure Dinge
zeigte, welche du solltest geschrieben haben, die aber
unmöglich von dir herrühren können. Um die widrigen Eindrücke zu vertilgen, welche man auf Franzens Gemüth gemacht hatte, fieng ich an, ihm deine
Schriften vorzulesen, welche er bisher nur kaum gekostet hatte. Er fand bald Geschmack an dieser
Lectur, und da er allmählich merkte, welch' ein Gebäude und auf welchem Grunde du dieses Gebäude
aufgeführt habest, so fragte er voll Verwunderung:
Ist denn wirklich jemand kühn genug, alles bisherige
einzureissen; und wenn er den Muth hat, besitzt er
auch Kräfte genug? Ich habe ihn allmählich so be-
geistert, daß jetzt fast kein Abendessen vorübergeht,
an welchem er sich nicht etwas aus deinen oder meinen Schriften vorlesen liesse. Als einige seiner Freunde und Bekannten ihn neulich ermahnten, daß er
eine so bedenkliche Sache verlassen möchte, antwortete er: Die Sache, welche ich vertheidige, ist gar
nicht bedenklich, oder zweyfelhaft, sondern die Sache
Christi und der Wahrheit. Auch verlangt es das
Wohl unsers Vaterlandes, daß Luthers und Huttens Rathschläge gehört, und der wahre Glaube
vertheidigt werde. Unterdessen verhehle ich es dir
nicht, theuerster Luther, daß Franz mich bisher
von Thätlichkeiten gegen unsere Feinde abgehalten

hat, damit diese noch übermüthiger werden. Auch
hält er es für rathsam, abzuwarten, was der Kaiser
beschliessen, und was man auf dem nahen Reichstage in Worms unserntwegen vornehmen werde. Ich
setze wenig Hoffnung auf den Kaiser, weil er mit
Schaaren von Geistlichen umgeben ist, unter welchen
vorzüglich einige sich seines Zutrauens ganz bemächtigt haben. Franz von Sickingen hingegen glaubt,
daß der Kaiser auf dem Reichstage in Worms endlich erkennen werde, was man von den treulosen
Päbsten und deren Anhängern zu halten habe. Nicht
wenige prophezeyen, daß in Worms eine grosse Spaltung zwischen dem Pabste und dem Kaiser entstehen
werde. Franz wird alsdann nicht ermangeln, seine
Pflicht zu thun, und er vermag sehr viel bey dem
jungen Carl *). Deine Schriften hat man nun schon
dreymahl verbrannt. — Verlassen die Menschen deswegen unsere Parthey? So wenig, daß das Volk
nur noch mehr entflammt worden ist. Dein Nahme
wird in diesen Gegenden allenthalben mit Ehrfurcht
genannt, und dagegen fehlte vor kurzem nur wenig
daran, daß man den Aleander zu Mainz gesteinigt
hätte. — Ich habe neulich an den Spalatin geschrieben, und ihn gebeten, daß er seines und deines
Fürsten Gesinnungen in Rücksicht meiner und meiner
Freunde erforschen möchte: Ob er nämlich uns im
Fall der Noth wohl Hülfe leisten, oder, wenn er
dieses nicht wolle, uns in seinen Landen einen sichern
Zufluchtsort gestatten möchte? Diese Hülfe oder Erlaubniß würde ein sehr grosser Gewinn für unsere
Sache seyn. So bald ich dieses hoffen darf, so
fliege ich zu dir; denn ich kann es nicht länger aus-

---

*) l. c. p. 130. Et futurum nonnulli arbitrantur, magnæ in-
ter utrumque infensionis hoc tempore initium, ubi suum
officium Franciscus faciet. Potest apud Cæsarem multum,
sed opportune adgredi parat.

halten, einen Mann, den ich wegen seiner Tugenden so sehr liebe, nicht persönlich zu kennen." — „Reuchlin", setzt er in einer Nachschrift hinzu, „hat Franzen von Sickingen in diesen Tagen geschrieben, daß er nächstens hieher kommen werde. Der Predigerorden zittert. Wir wollen sehen, was die Sache für einen Ausgang nehmen werde *)." Die letzten Worte beweisen, daß die Dominicaner selbst nach der Aussöhnung, welche Franz von Sickingen im Jun. 1520. zwischen dem Orden und zwischen Reuchlin mehr erzwungen als veranlaßt hatte, neue Feindseligkeiten angefangen, oder doch anfangen wollten. Die Bestätigung dieser Nachricht findet man in einem Briefe des Hedio an den Zwingli **), und in einem Gespräch Hochstratus ovans betitelt, das im Jahr 1521. erschien ***), und fälschlich dem Ulrich von Hutten zugeschrieben wurde, da weder die Sprache noch der Witz Huttenisch sind, und Hutten überdem im Anfange des J. 1521. mit ganz andern Dingen, als mit einer Satire auf den Hogstraten und dessen Genossen beschäftigt war. — Die Bettelmönche paßten im Sommer 1520. den Zeitpunkt ab, wo ihre bisherigen Widersächer von Rom abwesend, und ihre Gönner hingegen in grossem Ansehen und gegenwärtig waren †). Sie drohten, daß sie gar nicht mehr gegen Luthern kämpfen würden, wenn der päbstliche Hof nicht den Reuchlin verdamme ††). Auch stellten sie wahrscheinlich vor, daß der Sieg

---

*) l. c. Capnion huc veniet propediem. Ita facturum rescripsit Francisco. Prædicatores trepidant. Videbimus rei eventum.

**) *Hotting.* Hist. eeclef. II. 519. 20.

***) *Erasmus* in Spongia 6. 7. Exiit ante biennium dialogus, cui titulus ni fallor, Hochstratus ovans, etc.

†) *Hochstr.* ovans p. 20.

††) p. 16.

der Reuchlinisten die in Rom so verhaßten Lu:
therischen Händel veranlaßt hätte. Genug Reuch=
lin wurde in Rom öffentlich verdammt, und die
Cöllner verkündigten ihren Sieg durch Zettel, welche
sie allenthalben anschlagen und austheilen ließen *).
Der ernstlichere Kampf zwischen Luthern und dem
Römischen Hofe machte, daß man den falschen und
erschlichenen Sieg der Bettelmönche kaum bemerkte;
und die Art, wie man die päbstliche Bulle gegen
Luthern in Deutschland aufnahm, würde wahr=
scheinlich das in Rom über den Reuchlin ausgespro=
chene Urtheil entkräftet haben, wenn auch nicht
Franz von Sickingen sich abermahls des Reuch=
lins angenommen hätte. Dieser brachte die Bettel=
mönche durch neue Drohungen dahin, daß sie Ruhe
versprechen und einen ewigen Frieden angeloben muß=
ten **). Vielleicht wäre auch dieser zweyte Friede
wieder gebrochen worden, wenn nicht der Tod den
Johann Reuchlin in eben dem Jahre, in welchem
Franz von Sickingen an seinen Wunden starb,
den Verfolgungen seiner Feinde entrückt hätte.

Wenn man Ulrichen von Hutten auch bloß
nach seinen eigenen Briefen und den darin enthaltenen
Geständnissen beurtheilt, so kann man ihn darüber
gar nicht entschuldigen, daß er schon gegen das Ende
des Jahrs 1520. den Krieg gegen die Romanisten
und Curtisanen wirklich anfangen wollte; dann es ist
keine Entschuldigung für einen Mann, wie Hutten,

---

*) *Hed.* ad Zwingl. l. c. Miram tragœdiam recensavit nobis
heri Buschius, qui a Colonia advenit. Reuchlinus condem-
natus est Romæ in gratiam Monachorum, triumphant super-
bissime, schedulis affixis nullibi non Coloniæ in portis, in
ecclesiis, etc. neque temperant a conviciis. Condemnatio-
nis summam lingua vernacula adjecerunt, in qua traducunt
Episcopum Spirensem, et quosdam alios magnates.

**) p. 19.

wenn man sagt, daß er sich durch den Unwillen über
die heftigen Maaßregeln des Römischen Hofes habe
übernehmen und leidenschaftlich hinreissen lassen. Er
klagt selbst in allen seinen Briefen und Schriften
darüber, daß die meisten seiner bisherigen Freunde
ihn auf das Gerücht von den Nachstellungen des
Römischen Hofes aus abergläubiger Furcht verlassen
hätten, weil es den Menschen noch immer eine un-
verzeihliche Sünde zu seyn scheine, wenn man gegen
den Römischen Pabst Krieg führe. — Er hatte nicht
Vermögen genug, um Reisige oder gemeine Reuter
und Landsknechte in Sold nehmen zu können. Was
wollte oder konnte er also mit den wenigen Treuen
und Tapfern anfangen, welche ihm übrig geblieben
waren? Einige Curtisanen niederwerfen, oder die
päbstlichen Legaten auffangen? Schwerlich wäre er
stark genug gewesen, um das letztere auszuführen;
und wenn er es auch ausgeführt hätte, so würde er
dadurch den Römischen Hof und dessen Freunde in
Deutschland nicht überwunden, sondern nur noch mehr
erbittert, so wie durch die Beraubung von Curtisanen den Landfrieden gebrochen, und sich wahrscheinlich die Reichsacht zugezogen haben. — Es war also
ein Glück, daß Franz von Sickingen damahls
dem ohnmächtigen Zorne seines Freundes einen Zaum
anlegte, aber nicht rühmlich für Ulrich von Hutten, daß er durch einen solchen Zaum zurückgehalten
werden mußte. Desto ehrenvoller war das Betragen,
was er von dem ersten Augenblicke seiner gefährlichen
Verfolgungen an gegen Eltern und Brüder beobachtete *). Er bat nämlich seine Eltern und Brüder,
daß sie ihn weder mit Gelde, noch auf andere Arten
unterstützen, auch sonst keinen Theil an seinen An-

---

*) *Burckhard.* II. 124. Ex Brunfelfii Refponf. ad Erafmi
Spongiam.

schlägen und Unternehmungen gegen den Römischen Hof nehmen möchten, damit nicht, wenn ihm etwas widriges begegnen sollte, die ganze Familie in einen gemeinschaftlichen Untergang hineingezogen werde.

Ulrich von Hutten hofte von Carl V. mehr, als Luther *), und Franz von Sickingen mehr als Hutten. So sehr sich die beyden Ritter in ihren Erwartungen betrogen, so sehr wurde auch Ulrich von Hutten getäuscht, wenn er Franzen von Sickingen eine feste unerschütterliche Wand nannte, an welche man sich mit Zuversicht lehnen könne, wenn man gleich von allen Bannstrahlen und Ränken des päbstlichen Hofes verfolgt, und selbst von dem Kaiser verlassen werde. Keine Täuschung war verzeihlicher als diese, indem ganz Deutschland Franzen von Sickingen eben das zutraute, was Ulrich von Hutten ihm zutraute °°). Franz von Sickingen war nämlich gegen das Ende des J. 1520. auf dem höchsten Gipfel seines Ruhms, seiner Macht und seines Ansehens; und im ganzen deutschen Reiche wurde kein Fürst gefunden, dessen Beystand man so allgemein gesucht, und dessen Schutz man für so sicher gehalten hätte, als den von Franzen von Sickingen. Die Fehden, welche er gegen die Städte Worms und Metz geführt, besonders aber der kühne und glückliche Zug, den er gegen den Herzog Anton von Lothringen unternommen, hatten ihn in ganz Deutschland, vorzüglich unter der Rit-

---

*) Luther schrieb an den Spalatin nach der Crönung Carls V. zu Aachen: . . exspectamus reditum vestrum felicem quotidie, cum multis novitatibus, et una vetustate, quæ est, aulam Carolinam nullius spei esse.

**) Ausser andern anzuf. Stellen sehe man *Cochl.* de Act. *Luth.* S. 86. b. De quo occulte ad Ulricum Huttenum sunm Lutherus, se plus confidentiæ erga illum gerere, majoremque in eo spem habere, quam habeat in ullo sub cœlo principe.

terschaft eine solche Bewunderung erworben, daß er
als das Haupt des deutschen Adels anerkannt, von
dem Adel zu den größten Dingen ermuntert, und
selbst von seinen Neidern für nicht weniger unüberwindlich, als das von ihm neuerbaute Schloß Ebernburg an der Nahe gehalten wurde *). Die Fürsten,
die sich vor ihm fürchteten, bemühten sich, ihn durch
Gnadenbezeugungen und Jahrgehalte zu gewinnen.
Eben dieses that auch der neuerwählte Kaiser, welcher ihn auf die ehrenvollste Art zuerst nach Aachen
und nachher nach Mainz einladen ließ, persönlich mit
ihm über eine Heeresmacht, welche Franz gegen
Frankreich führen sollte und auch wirklich führte,
unterhandelte, und von eben diesem Ritter ohne Un-
terpfand ein Darlehn von 2000. fl. empfieng, welches er vergebens bey dem ersten Fürsten des Reichs
gesucht hatte **). Die größte Stärke Franzens von
Sickingen war der deutsche Adel, der ihm schon
im J. 1520. innigst zugethan war, und sich im folgenden Jahre noch genauer mit ihm verband †).

*) Man sehe *Leodii* historiolam de Francisci a Sickingen rebus
gestis, et calamitoso obitu ap. *Freber.* p. 252. 253. Dici
equidem vix posse credo, quantum famæ et honoris hæc
expeditio Francisco peperit. Nobilitas Germana illum ad
sidera tollere, dicere dignum Imperio, hortari ad majora,
fortunam summam polliceri, modo pergeret, asserere . . . .
eoque fastigii pervenit, ut ille optime de rebus suis consultum crederet, cui Franciscus bene volebat. Germaniæ priu-
cipes beneficiis sibi illum demereri studere, stipendia dare,
nihilque non facere, quo illum quisque in sua vota pertra-
heret. . . . Pater Swickerus opes Francisco filio adeo auctas
reliquit, ut is mortuo Swickero patre arcem ignobilem Eber-
burgum tantis munitionibus circumsepserit, ut ne omnibus
quidem Romani imperii viribus expugnari posse diu vulga-
tum sit.

**) Kriege und Pfandschaften des Edlen Franzen von Sickingen,
Manheim 1787. S. 26. 27.

†) l. c.

Ulrich von Hutten blieb auch im J. 1521.
auf der Feſte zu Ebernburg, von wo aus ſeine Au=
gen während des Reichstages zu Worms ſtets auf
das, was in dieſer Stadt vorgieng, gerichtet waren.
Ungeachtet weder er ſelbſt, noch auch Franz von
Sickingen, wegen ſeiner noch fortdauernden Fehde
mit der Stadt Worms den Reichstag beſuchen konn=
ten; ſo hatten ſie doch ſo gute Anſtalten getroffen,
daß ſie alles, was geſagt und vorgenommen wurde,
eben ſo richtig und faſt ſo geſchwind erfuhren, als
wenn ſie ſelbſt gegenwärtig geweſen wären *). Auch
war Ulrich von Hutten in den vier erſten Mona=
ten des J. 1521. als Schriftſteller nicht weniger ge=
ſchäftig, als er es in den vier letzten Monaten des
verfloſſenen Jahrs geweſen war; und er ließ daher
während des Reichstages eine Menge von Schriften
drucken, wodurch entweder der wankende oder ſchon
nachgebende Kaiſer zurückgerufen, oder die päbſtlichen
Legaten und die deutſchen geiſtlichen Fürſten, welche
den jungen Carl belagerten und zuletzt beſtürmten,
gewarnt und geſchreckt, oder endlich die ängſtlich oder
ungeduldig harrenden Freunde der Wahrheit getröſtet,
oder ermuntert, oder auch zurückgehalten werden
ſollten. Zu den erſten Arbeiten Huttens, die im
J. 1521. erſchienen, gehörten vier Geſpräche, wel=
che den Titel führten: Dialogi Huttenici novi, perquam feſtivi: Bulla, vel Bullicida: Monitor primus: Monitor ſecundus: Prædones. Gleich unter
dem Verzeichniß der Geſpräche erblickt man in einem
Holz=

*) Epiſt. ad *Aleandr.* p. 3. Nunquam a vobis oculos diverti-
mus. Etiam qui locorum ſpatiis disjungimur, animis tamen
prope conſtituti ſumus. Ex quadam quaſi vigilia in omnia
veſtra, etiam in orationem intendimus. Quid enim eſt hoc,
quod cum tu illam præclaram habuiſſes orationem paucos ante
dies, ego quid pridie dixeris, nona ſtatim hora poſtridie his
intellexi? ſic deſidemus, Aleander, ſatagentibus vobis.

Holzschnitt Huttens vollständiges geharnischtes Bildniß mit der Umschrift: Ulr. ab Hutt. Germani.
Libert. Propugnant. und unter dem Holzschnitt stehen die Worte: Jacta est alea. Er widmete diese
vier Gespräche dem Fürsten Johann, Pfalzgrafen
beym Rhein, Herzoge von Baiern und Grafen von
Spanheim, der ihn gebeten hatte, daß, wenn er in's
künftige etwas recht freyes und zur Freyheit ermun-
terndes drucken ließe, er es ihm so bald als möglich
schicken möchte *). Die Gespräche nehmen in eben
der Ordnung an Interesse und Reichhaltigkeit zu, in
welcher sie auf einander folgen. In dem ersten sind
die deutsche Freyheit, die päbstliche Bulle, Ulrich
von Hutten als Bullenwürger, und Franz von
Sickingen die redenden Personen. Die deutsche
Freyheit warnt die päbstliche Bulle, daß sie sich
nicht mehr mit dem Trotze, wie vormahls, nach
Deutschland wagen möge, wo man sie statt der ge-
wohnten Ehrfurcht mit Verachtung empfangen werde.
Die personificirte Bulle kehrt sich an diese Warnungen so wenig, daß sie vielmehr mit ihrer alten Keckheit die deutsche Freyheit zu mißhandeln anfängt.
Die Freyheit ruft Ulrichen von Hutten zu Hülfe,
und dieser tritt in Gesellschaft Franzen von Sickingen hervor, verweist der Bulle allen den Un-
fug, welchen sie bisher in Deutschland verübt habe;
und da sie weder auf die Vorwürfe, die ihr gemacht,

---

*) Burckhard wundert sich nicht ganz ohne Ursache: Daß Ul-
rich von Hutten in der Dedication der vier Gespräche doch
nur von dreyen rede. En hoc igitur nomine petunt te novi
tres dialogi, in hac specula .... tumultuaria lucubratione
a me compositi. Er löst diese Schwierigkeit, wie sie uns allein gelöst werden kann. Entweder nämlich rechnete Hutten
den Monitor primus und Secundus nur für ein Gespräch, oder
das erste Gespräch Bulla betitelt war im vorhergehenden Jahre
nicht nur geschrieben, sondern auch gedruckt worden; und nur
die drey übrigen waren novi Dialogi.

Q

noch auf die Rathſchläge, die ihr gegeben werden,
die geringſte Rückſicht nehmen will, ſo handhabt
Ulrich von Hutten die Bulle eben ſo, wie dieſe
vorher die Frenheit gehandhabt hatte. Die gegeiſſelte
Bulle ſchreit vergebens um Benſtand. Die Deutſchen
hören nicht, weil ſie auf eine wunderbare Art erleuchtet ſind, und den alten Aberglauben gegen die
ächte Religion, ſo wie den ehemaligen Gößendienſt
gegen wahre Frömmigkeit ausgetauſcht haben *).
Die verlaſſene und beſchimpfte Bulle zerplaßt vor
Zorn, und giebt nun alle die Laſter und Ränke von
ſich, von welchen ſie erzeugt, oder die durch ſie
genährt und befördert worden waren. Die Schilderung des Inhalts der zerplaßten Bulle iſt meiſterhaft †).

In dem Monitor primus treten Luther und ein
Warner (monitor) auf, welcher leßtere dem erſtern
ſeine Bedenklichkeiten über die Gefahren der angefangenen Neuerungen mittheilt. Luther rechtfertigt ſich

*) Dixi tibi, ſagt Hutten zur Bulle, oculos habent jam ipſi,
non foris quæruut, multo minus emunt. Nec te audiunt
hæc vociferantem, *illuminati mira jam intelligentia*, adeo ut
pro ſuperſtitione, quam vos ingeſſeratis, veram induerint
religionem, pro idololatria pietatem colere ſciant.

†) Fol. 9. Actum eſt de Bulla, rupit ſe mediam. Verum
ecce magnorum hinc malorum cumulum, venena multo pe-
ſtilentiſſima. Sed videamus, qualia ſunt ea. — Hæc perfidia
eſt familiare Curtiſanis flagitium, hæc miſera ambitio. Ecce
autem oſtendentem ſe hic avaritiam, pene inanem adhuc
toties quanquam a nobis impleta eſt, illique ancillantes, rem
mirabiliter vanam, indulgentias. Atque hic peculatus eſt,
et injuria ac rapacitas juxta. Eſt et perjurium reverenter
ab ipſis habitum. Quanta ſe vero cum exultatione effert
ſacerdotalis faſtus, et ficta pontificum ſanctitudo, ac vene-
randa hypocriſis. Hic et ſuperſtitio eſt, et ſimulatio ac diſ-
ſimulatio et multiplex dolus. Fraudumque genus omne, et
gloria ac oſtentatio, quæque modis omnibus fœda ſunt, et
aſpectu quoque fugienda, luxus, crapula, ebrietas, et multi-
formis libido.

durch den Beweis: Daß die Päbste, Cardinäle und Bischöfe, die übrige Geistlichkeit, ja die Religion selbst in einem solchen Grade verdorben seyen, daß man die daher entstehenden Uebel nicht länger ertragen könne. Der Warner kann hier zwar nicht widersprechen; nichts destoweniger entfernt er sich von dem Luther, weil man in der alten Kirche vielmehr sein Glück machen könne, als in der neuen, indem er selbst nächstens Cardinal zu werden hoffe.

In dem Monitor secundus unterreden sich gleichfalls ein Warner und Franz von Sickingen; und diese Unterhaltung wird dadurch für die Geschichte so wohl von Franz von Sickingen, als von Ulrich von Hutten so interessant, weil man daraus die Plane beyder Ritter, und die Bewegungsgründe ihres Betragens immer deutlicher zu erkennen anfängt. Der warnende Freund theilt Franzen von Sickingen die nachtheiligen Gerüchte mit, die auf dem Reichstage zu Worms von ihm herumgiengen. Man halte ihn nämlich der Ketzerey verdächtig, weil er Luthers Parthey nehme, und Ulrichen von Hutten hege. Auch fürchte man, daß er etwas gegen die Bischöfe und übrige Geistlichkeit, so wie gegen die Satzungen und Bullen der Päbste unternehmen werde. Franz von Sickingen giebt alles, was man von ihm sage, als wahr zu; allein er läugnet es durchaus, daß man daraus eine gerechte Anklage gegen ihn anstellen könne. Hutten sey wegen seiner Schriften weder förmlich angeklagt noch verdammt worden. Wenn man Luthern erlaube, was man jedem Angeklagten erlauben müße, sich zu vertheidigen, so sey gar nicht zu zweyfeln, daß er sich wegen der Predigt des reinen Evangeliums gleichfalls werde rechtfertigen können. Endlich glaube er, daß ein jeder rechtschaffener Mann, der die Religion und das Vaterland

liebe, verbunden sey, sich dem Unwesen der Päbste
und der übrigen Geistlichkeit aus allen Kräften zu
widersetzen. „Wen Gott einmahl erweckt hat", so
fährt Franz von Sickingen fort, „um über den
gegenwärtigen Zustand der Dinge mit Ernst nachzu=
denken *); wie kann der ruhen, wenn er sieht, daß
die Päbste und Cardinäle, anstatt das Volk zu lehren
und die heiligen Gebote durch ein heiliges Leben zu
besiegeln, Länder und Städte an sich reissen, Völker
und Fürsten gegen einander aufhetzen, und die gött=
liche Religion, deren Häupter sie seyn wollen, so
wohl durch ihre falschen und verderblichen Satzungen,
als durch ihre offenbaren Laster entweihen? Wie kann
man mit gutem Gewissen länger still sitzen, wenn
man wahrnimmt, daß die Päbste und Cardinäle durch
ihre Indulgenzen, Gratien, Dispensationen, Rela=
xationen, Absolutionen und tausend andere Kunstgriffe
die christlichen Völker, welche sie unterrichten und
bessern sollten, immer mehr und mehr ausplündern,
und mit ihren Ränken und Lastern anstecken: Daß
die Bischöfe den Häuptern der Kirche nachahmen,
und daß die übrige Geistlichkeit die Unternehmungen
der Romanisten gegen die Freyheit und das Eigen=
thum aller Nationen so viel als möglich begünstigt,
um mit den Päbsten und deren Dienern herrschen
und schwelgen zu können?" — „Wann du hierin auch
recht hast", erwiedert der Warner, „so bedenke,
daß niemahls jemand ein glückliches Ende hatte, der
sich unterstand, den Priesterorden zu bestreiten." —
Daß diese sprichwörtliche Regel ihre Ausnahmen
habe, kann dich ausser vielen andern Beyspielen die
Geschichte des Böhmen Ziska lehren. Hat dieser
nicht den Ruhm eines der größten Feldherren erlangt?

---

*) Fol. 15. An quiescendum ei arbitraris, cuicunque deus
istam cogitationem immisit etc.

Hat er nicht das Lob hinterlassen, daß er sein Vaterland von der Tyranney befreyt, ganz Böhmen von den trägen und unnützen Mönchen gereinigt, die Räubereyen der Päbste und Romanisten abgestellt, den Tod des heiligen Mannes Huß gerächt, daß er während der Vollendung aller dieser grossen Thaten nie an seinen eigenen Vortheil, sondern nur an das Beßte der Religion und des Vaterlandes gedacht, und endlich sein ununterbrochen glückliches Leben unter frommen Ermahnungen an seine Glaubensgenossen beschlossen habe?" — „Es scheint", frägt der Warner, „als wenn du wohl Lust hättest, dies Beyspiel nachzuahmen?" — „Warum nicht", sagt Franz von Sickingen? „Wenn die Geistlichkeit weder Warnungen noch brüderlichen Züchtigungen nachgeben will; so muß sie zuletzt gezwungen werden." — Der Warner: Gesetzt aber, daß Kaiser Carl, welchem du Gehorsam schuldig bist, dir alle Feindseligkeiten gegen die Kirche und die Häupter der Kirche untersagte?

Franz von Sickingen. Auch dies würde mich nicht von meinem Vorhaben abhalten. Und damit du siehst, daß ich hierin Recht habe, so sage ich dir, daß ich denen nachahme, welche lange vorher, ehe sie ein Gebäude aufführen, oft und genau berechnen, was ein solches Gebäude kosten werde. Ich werde nämlich nicht das thun, was böse oder unverständige Rathgeber dem Kaiser jetzt eingeredt haben, sondern wovon ich voraus sehe, daß er sich in der Folge darüber freuen wird, daß es geschehen sey; nicht was er gegenwärtig, sondern was er bey reiferen Jahren und Einsichten für gut halten wird? Sollte ich dem jungen Kaiser, wenn er im hitzigen Fieber läge und kaltes Wasser von mir verlangte, seine schädlichen Wünsche erfüllen?

Der Warner: Freylich würde ich nicht dazu rathen. Allein du weißt doch seine Erklärung, daß er sich stets auf die Seite des Römischen Hofes halten, daß er seine ganze Macht zur Unterstützung der Römischen Kirche anwenden, und nie leiden werde, daß das Ansehen und die Vorrechte des Pabstes im geringsten geschmälert würden? Allem Vermuthen nach wird er der Bulle Leo X. gegen Luthern und dessen Anhänger durch eine Kaiserliche Achtserklärung ein neues und grösseres Gewicht geben. Hüte dich also, daß du nicht in die Ungnade eines Monarchen fallest, über dessen vorzügliche Huld du dir bisher Glück wünschen konntest.

Fr. von Sickingen: Meine Treue und Ergebenheit gegen den Kaiser erlaubt mir nicht, etwas zu thun, wovon ich überzeugt bin, daß es sowohl ihm, als dem Reiche schaden werde. Nicht zu gehorchen, ist sehr oft der beßte Gehorsam. Ich erwarte es, daß der Kaiser mich darüber zur Rede stelle, warum ich Luthers Parthey nehme. Alsdann will ich ihm die Ursachen meines Betragens auf eine genugthuende Art auseinandersetzen. — Am beßten hätte Carl gethan, wenn er sich in die Religionssache gar nicht gemischt, und die wichtigen Angelegenheiten des Reichs, welche man darüber ganz versäumt hat, vorgenommen hätte. Wäre der Lauf der Dinge nicht durch die Dazwischenkunft des Kaisers gestört worden; so hätte die Kenntniß der evangelischen Lehre, welche Luther ausbreitet, in kurzer Zeit und ohne Tumult so viel gewirkt, daß die Menschen ihr Leben gebessert hätten, das Kaiserliche Ansehen wieder wäre hergestellt, und die verderblichen Verfechter von Mißbräuchen und Irrthümern vertrieben worden *). Die

*) Fol. 18. Putas enim subnascentem in Germania nunc evangelicæ doctrinæ Luthero dispensante cognitionem, si non au-

Gesinnungen des Kaisers sind in Gottes Hand. In jedem Falle werde ich ihm eher zu dienen und zu nutzen, als durch einen schmeichlerischen Gehorsam zu gefallen suchen. Mein fester Vorsatz ist daher, daß, wenn er mir in dieser Sache etwas wider mein Gewissen befiehlt, ich mich dessen weigern, und wenn er auf seinem Befehl bestehen sollte, daß ich es ihm öffentlich abschlagen werde. Man muß mehr darauf sehen, was Gottes Wille ist, als was einzelnen Menschen in den Sinn kommt; besonders da hier die Wahrheit und Religion auf dem Spiele stehen.

Der Warner: Hast du denn gar keine Hoffnung, daß sich die Lage der Dinge ohne Gewalt ändern und bessern werde?

Fr. von Sickingen: Der leichteste Weg zur Besserung wäre dieser, wenn der Kaiser sich von den falschen Bischöfen, die ihn verstrickt haben, losmachte, dann biedere, tapfere und verständige Männer an seinen Hof und in seinen Rath zöge, und den wahren Glauben, und die ächte Freyheit zurückführte, indem er die übermächtigen und überreichen Priester auf ihre ursprüngliche Bestimmung zurückbrächte. — Wenn ich aber finde, daß man dergleichen von ihm gar nicht erwarten kann, so werde ich auf meine eigene Gefahr etwas wagen, der Ausgang mag seyn, welcher er wolle.

Der Warner: Und hiezu hast du den Ulrich von Hutten zum mächtigen Anreizer, der, wie ich sehe, kein ferneres Zögern duldet, und sich alle ersinnliche Mühe giebt, über dem Haupte eurer Widersacher ein Ungewitter zu versammeln?

diffet Karolus reclamantes certatim facerdotes, non effecturam paucos intra menfes fuiffe, ut et melius hic viverent homines, et fua imperatori dignitas reftitueretur, mali ac perniciofi de occupato ab fe ftatu dejicerentur?

Fr. von Sickingen: Allerdings brauche ich ihn gern, weil er den wahren Geist hat, der zu solchen Unternehmungen nöthig ist *).

Das vierte Gespräch, Prædones überschrieben, ist wichtiger als alle vorhergehenden, so wie es auch eben so weitläuftig, oder noch weitläuftiger ist, als alle seine Vorgänger. Ich rechne dieses Gespräch zu den ersten Meisterwerken Ulrichs von Hutten, und bin fest überzeugt, daß man in den Schriften aller seiner übrigen Zeitgenossen nicht so vollständige Schilderungen der Sitten der angesehensten Stände, und so scharfsinnige Betrachtungen über die Gebrechen der deutschen Staaten sowohl, als über die erforderlichen Besserungsmittel finden wird. Die redenden Personen sind Ulrich von Hutten, ein Kaufmann oder angesehener Bedienter der Fuggers in Augsburg, und Franz von Sickingen, welche in einer Reichsstadt zusammentreffen. Ulrich von Hutten will über den Kaufmann herfallen, weil dieser die deutschen Ritter Räuber gescholten hatte. Franz von Sickingen besänftigt seinen aufbrausenden Freund, und bringt zugleich dem Kaufmann bessere Begriffe von der deutschen Ritterschaft bey, indem er zeigt, daß die wenigsten Straßenräuber von Adel seyen, und daß der ächte Adel alle Räubereyen, die ohne vorhergegangene Ankündigung von Fehden verübt werden, selbst höchlich verabscheue. Das aber könne man nicht Straßenraub nennen, wenn man, wie Franz von Sickingen, seinem Feinde aus gerechten Ursachen den Krieg ansage, und ihm

*) *M.* Qua in re monitorem habes acrem et vehementem, Huttenum istum, impatientem omnis, ut video, moræ, ac omnem jam lapidem, ut malum concilietur istis, emoventem. *Franciscus.* Et libenter utor. Nam et ipsi spiritus est huic rei idoneus.

dann Schaden und Abbruch thue, wo man könne.
Auch würde es höchst unbillig seyn, wenn man der
deutschen Ritterschaft das Privilegium nehmen wollte,
die Gerechtigkeit und Unschuld mit den Waffen zu
vertheidigen. Die Ritter seyen eben sowohl von Adel
als die Fürsten und Herren, ungeachtet sie nicht von
so hohem Adel seyen *); und man müßte ihnen also
auch dieselbigen Vorrechte zugestehen **); besonders da
es ein Gesetz der Ritterschaft, und ein Gelübde von
Rittern sey, daß sie die Unschuldigen und Wehrlosen
beschützen, und die Unterdrückten befreyen und vertheidigen wollen †). Ueberhaupt seyen die Straßenräuber, welche man mit dem Tode strafe, die am
wenigsten zahlreichen und gefährlichen Räuber in
Deutschland. Die großen Kaufleute, besonders die
Fuggers, dann die Schreiber oder Canzler und
Doctoren, am allermeisten aber die Geistlichkeit übten einen viel häufigern und schädlichern Raub aus,
als diejenigen, welche man vorzugsweise mit dem
Namen von Räubern zu belegen pflege. — „Wir",
ruft der Commissionär der Fuggers aus, „sollten
Räuberey treiben, da wir gerade euch Ritter um
eurer Räuberey willen aus ganz Deutschland vertilgt
wünschen"! — „Allerdings"! antwortet Franz von
Sickingen. „Wenn ihr auch nicht mit offenbarer
Gewalt raubt, so thut ihr es mit List und heimlicher
Gewalt. Suchten nicht bisher deine Herren, die
Fuggers, auf jede erlaubte und unerlaubte Weise

---

*) Fol. 20. 21.

**) l. c Vides igitur, quam non conveniat, hoc adimere
nobis, quo solo nobiles sumus, ut vi armorum æquitatem
tueamur.

†) Ib. Praesertim lex nobilitatis cum sit, auxilio levare op-
pressos, opem ferre miseris, adflictis succurrere, agnoscere
derelictos, ulcisci iniqua perpessos, resistere improbis, ab
innocentia propulsare vim, tueri viduas et orphanos, ut te
convictum toties jam negare haud possis.

alle übrige Kaufleute von dem Handel mit indischen
Waaren auszuschließen, um ganz allein durch die
Einführung von entbehrlichen, oder der Gesundheit
und den Sitten schädlichen Waaren den Deutschen
ihr Gold und Silber zu nehmen? Ist es nicht deß=
wegen der Wunsch aller redlichen Deutschen, selbst
der gutgesinnten Kaufleute, daß deine Herren je eher
je lieber aus unserm Vaterlande vertrieben werden °)?
Ist es nicht Raub, daß sie Deutschland mit einer
Münze erfüllen, die nicht den innern Gehalt hat,
den sie haben sollte **)? Ist es endlich nicht Raub,
daß sie sich beynahe ein eben solches Monopol von
päbstlichen Ablaßbriefen, von Pfründen, Dispensa=
tionen, und andern päbstlichen Gnaden, wie von in=
dischen Waaren verschaft haben; daß sie Deutschland
mit römischem wie mit indischem Tand überschwem=
men, und ihren Mitbürgern für den einen, wie für
den andern, gutes Geld ablocken †)? Wie verderblich

*) Fol. 23. Sed in malis et perniciosis censeo summe divites
illos, qui inita societate Monopolium exercent, quorum ne-
quissimi sunt heri tui Fuccheri. Quos si suffragiis agatur res
hæc, quotumquenque futurum in Germania bonum virum
etiam vestro de ordine existimas, qui non primos omnium
pellendos Germania, et extreme relegandos censeat, quod
cum perditis nugis impleant patriam hanc, aurum hic ob-
vertunt exteris immensum infinitum, mores vero reddunt,
quales dixi.

**) Fol. 24.

†) Fol. 35. Itaque ipse quidem potentissime tractant Curtisa-
nicam, et quemadmodum in aliis solent frivolarum rerum
mercimoniis, sic ibi quoque propolium instituerunt, et emunt
a pontifice minoris, quod vendunt majoris postea, non sin-
gula tantum beneficia, sed solidas etiam gratias. Juveniun-
turque Bullæ apud eos, et dispensationes per eorum mensas
eunt. Neque facilius est, lucrari Sacerdotium, quam si
Fuccheros amicos habeas. Quod et scite ipsi, et celeriter
dant operam, solique sunt, per quos omnia obtinere licet
Romæ. . . Ipsa nonnunquam curia negotiis vacaret, nisi essent Fuccheri, qui mittendis et remittendis celerrime litteris, officium interponerent.

werden die reichen Kaufleute überdem noch durch die
ausserordentliche Pracht in ihren Wohnungen, Haus:
rath und Kleidung, und durch die Schwelgerey und
Völlerey, die in ihren Gastmahlen herrscht *)? Wer:
fen nicht die Kaufleute uns Rittern eine bäuerische
Rohheit und Einfalt vor? Und gewiß leben wir auch
einfacher, nüchterner, mäßiger und keuscher auf un:
sern Schlößern, als die übermüthigen Reichen in
den Städten **).

Gefährlicher als die beyden bisher angeführten
Arten von Räubern sind die Canzler und Schreiber
der Fürsten, die sich, sammt den übrigen Rabulisten
und Doctoren, zu unserer Väter und Großvater Zei:
ten über die meisten deutschen Länder verbreitet ha:
ben †). Diese sind allenthalben, und rauben allent:
halben; an den Höfen der Fürsten, in den Senaten
und Zünften der Städte, in öffentlichen und gehei:
men Berathschlagungen und Zusammenkünften, im
Kriege und im Frieden, zu Hause und ausser Hause.
Diese sind jezt die Regierer und Führer aller Staa:
ten und öffentlichen Angelegenheiten, die Quellen des
Rechts und der Gesetze; und wenn sie wollen, so
können sie die Verfassungen wie die Regierungen än:
dern. Waren sie es nicht, welche den Kaiser Maxi:
milian ganz in ihren Händen hatten, ihn unaufhör:

---

*) Fol. 24. 25.

**) l. c. Ut plurimum vero est penes nos agrestis quædam, et
inculta negligentia, quam tu feritatem interpretaris, et in-
humanitatem vocas. Certe simplicius vivimus, quam vos,
et antiquius, etiam continentius, et puto sobrie magis, ac
severius. So wenig Ulrich von Hutten und Franz von
Sickingen den Adel allein in die Abstammung von gewissen
Eltern sezten; so behielten doch auch sie die alte Regel: Meliores esse naturas in bono genere, quam ignobili. fol. 25. b.

†) Fol. 27. b. Quod audire a senibus hoc tempore soleo,
avorum adhuc nostrorum memoria incogniti passim apud nos
fuerunt doctorculi.

lich ausplünderten, und zu allem, wozu sie wollten,
mißbrauchten *)? Wachsen sie nicht auch schon an
dem Hofe unsers jungen Kaisers nach, und üben sie
nicht an den meisten übrigen Höfen eben den Uebermuth, wie an Maximilians Hofe aus? So lange
dieser Zustand der Dinge fortdauert, so lange können
auch die guten Fürsten nicht gut seyn vor ihren Canz-
lern, aus deren Cabineten man alle Verfügungen wie
Göttersprüche hohlt, und von welchen man alle Ver-
ordnungen der Könige und Fürsten kaufen muß, weil
sie weder Recht noch Gnade umsonst widerfahren lassen **). Auch die Doctoren, die nicht in dem Rath
der Fürsten, sondern in den Gerichten sitzen, suchen
beständig das Recht, und finden es nie, weil sie
die Gesetze wie weiches Wachs nach ihrem Interesse
drehen, bis das Unrecht Recht, und das Recht Unrecht wird †). Die blutigsten Kriege könnten Deutschland nicht so unglücklich machen, als die Ränke der
Rabulisten; und wir würden besser daran seyn, wenn
das Recht ganz allein auf die Entscheidung der Waffen
ankäme, als jezt, da es aus verworrenen und sich selbst

---

*) Scribæ sunt, et Jurisconsulti, eo utrique nocentiores, quo
latius eorum patet rapina. Nam ubique sunt, neque usquam
non prædantur, in principum aulis, in civitatum senatibus,
et decuriis, in publicis conventibus, et privatis consultatio-
nibus, militiæ, domi, in bello et in pace. Denique rerum
capita sunt hi, habenturque ut promi, et condi legum,
ac juris, neque sine his gubernatio est. Constituunt autem
imperia ipsi, et mutandis rerum statibus, cum volunt, authores fiunt . . Scribæ totum regebant Maximilianum nobis,
solique apud eum potentes erant. fol. 26.

**) Ib. Rebus profecto sic stantibus, nusquam bonis bonos esse
licebit principibus, per cancellarios istos, e quorum scriniis
tanquam a divino quodam oraculo petuntur, quæ ad res
et publice, et privatim constituendas pertinent: a quibus
regum diplomata nundinari oportet, et principum rescripta
emercari, qui sunt quasi quidam regum oculi, sine quibus
nihil illi vident, nihil agnoscunt. Quare etiam ducunt eos,
quo volunt, volunt autem, quo sibi expedit.

†) Ib. et fol. 28.

widersprechenden Büchern gesucht wird. Wie sehr hätten wir Ursache uns zu freuen, wenn alle diese Bücher an einem Tage verbrannt, und alle Doctoren an einem Tage aus Deutschland verjagt würden Dieß wäre um desto nothwendiger, da nicht bloß die von ihnen bethörten und geplünderten Fürsten glauben, daß sie ohne diese Rathgeber nicht regieren können, sondern auch der große Haufe in dem traurigen Wahne steht, daß niemand ohne den Rath von Doctoren sein Recht erhalten, oder sich eines drohenden Unrechts erwehren könne; wodurch unzählige Menschen ihres Vermögens und ihrer Ruhe beraubt werden. Die habsüchtigen und unwissenden Schreiber und Doctoren gehören überdem zu den heftigsten Feinden und Verfolgern der Wissenschaften, weil sie fürchten, daß sie nicht bestehen könnten, wenn wahre Gelehrte emporkämen und hochgeachtet würden *).

Die verderblichsten unter allen Räubern, von welchen unser Vaterland zerrüttet wird, sind die Bischöfe, die Stiftsherren und Mönche, welche den größten und schönsten Theil von Deutschland an sich gerissen haben, und noch immer mehr an sich zu reißen suchen; welche die Einkünfte dieser Güter sowohl, als das, was sie den Armen abzwacken, in frevelhaften Kriegen und schändlichen Lüsten verschwenden, den Verstand und die Herzen des Volks, die sie aufklären und bessern sollten, durch Aberglauben und böse Beyspiele verderben, die Wissenschaften hassen, weil sie merken, daß dadurch den Deutschen die Augen geöffnet worden **), und endlich das Joch des

---

*) Fol. 28. b. Quia enim eruditionis inanes, ne contemnantur inter eruditos, timent, non desinunt ubique persequi doctos; ac illud conantur, ne quis usquam aut ingenio præditus, aut doctrina clarus vir floreat aut emergat.

**) Fol. 37. . , de doctis male suspicantur omnibus . . . non

Pabſtes noch immer drückender und unerträglicher machen. Sind es nicht die Creaturen der Päbſte, welche das Herz gehabt haben, zu behaupten, daß die Statthalter Chriſti die Lehre des Heilandes aufheben und einſchränken; daß ſie die tugendhafteſten und frommſten Menſchen verdammen, die laſterhafteſten ſeelig ſprechen, überhaupt alles thun und laſſen können was ſie wollen, ohne daß jemand dagegen murren dürfe *). Deutſchland kann nicht eher frey und glücklich werden, als bis man die Feſſeln der päbſtlichen Tyrannen zerbrechen, die Prieſter zu ihren eigentlichen Pflichten anhalten, die übermäßigen Einkünfte der Biſchöfe, Stiftsherren und Mönche ſowohl, als die todten Schätze der Kirchen zu gemeinnützigen Zwecken anwenden, und alle geiſtliche Orden gänzlich aufheben wird **). Leider widerſetzen ſich dieſen Verbeſſerungen am meiſten die Fürſten, weil ſie befürchten, daß ihre Anverwandten der Biſthümer, welche man der Ritterſchaft faſt ganz entzogen hat, beraubt werden, und daß die ſchon verſorgten Mitglieder ihrer Häuſer ihnen von neuem zur Laſt fallen möchten †). — „Um deſto nothwendiger iſt es", ſagt Ulrich

injuria, nam literæ fuerunt, per quas reſipuit tempeſtate hac Germania.

*) Fol. 26. b. Atque ibi erexerunt impudens hoc idolum, pontificem Maximum, cui omnia conceſſerunt, etiam ut poſſit, ſi velit, contra Chriſti doctrinam edicere aliquid, ut edixerunt hactenus multa, et ab Evangelio diſcedere, quantumcunque longe placet, utque ei liceat beatum facere, quemcunque viſum fuerit, ſi is vivat peſſime etiam, et damnare animas eorum, qui innocentiſſime converſantur. Breviter, ut tantum poſſit, quantum ſibi permittere audeat, neque ei contradicere liceat, ne obmurmurare quidem, etc.

**) Fol. 26. et ſq.

†) Fol. 30. Conſultum jam eſſet, niſi obſtaret ordo principum, ex quo ſunt, qui epiſcopatus ambiunt, et ipſi, ac ſuli jam pene detruſis nobis contra leges occupant. Hi ubi vos viderint pertinacius rem hanc agentes, qua putas vi aggredientur, vocatis in auxilium propinquis ſuis, qui ferre

von Hutten zum Franz von Sickingen, „daß die
Ritterschaft sich mit den Städten verbinde, die mächtig und reich sind, und mehr, als irgend ein anderer
Stand, nach politischer und religiöser Freyheit em-
porstreben *). Mit ihrer Hülfe können wir den gerechtesten aller Kriege, den Krieg gegen die Priester
getrost anfangen; denn wenn man es von jeher für
erlaubt, und selbst für nothwendig hielt, eine jede
Tyranney zu bekämpfen, mit wie viel größerem Recht
und Eifer müßen wir dann solche Tyrannen angreifen,
die uns nicht nur unser Eigenthum und unsere Freyheit, sondern die uns auch die Wahrheit und Religion
nehmen, und neben unsern Cörpern auch unsere Seelen verderben wollen **!) Wie sehr wünschte ich, daß
dieser Krieg eher heute, als morgen angefangen würde!”

„Ich werde dir gewiß kräftig beystehen”, antwortet Franz von Sickingen, „wenn der rechte Zeitpunkt gekommen seyn wird. Allein du scheinst mir
zu sehr zu eilen, und ich sehe voraus, daß wir im

non possunt, spoliari hos, ne ad patrimonia eis sua necesse
sit reditum fieri. — Tandem video, sagt der Kaufmann,
quid moretur facinus pulchrum, et necessarium.

*) Fol. 37. Hoc agendum nobis arbitror, ut honestissimas
Germaniæ civitates, dimissis, si quæ fuerunt, prius simulta-
tibus ac inimicitiis in rei societatem accipiamus. Nam vehementer video eas ad libertatem erectas, ac fœdæ servitutis
pudori affici, ut nullum alium ordinem. Habent autem vires, et pecunia abundant, ut si bello agenda hæc sint, ut
agentur credo, nervos suppeditare sciunt.

**) Ib. Et si unamquamque semper tyrannidem oppugnare
necesse visum est, quo nunc studio agi debemus, quando
hujusmodi sunt tyranni, qui non in possessiones tantum no-
stras, licenter impetum faciunt, et civili nos libertate exu-
unt, sed fidem etiam, fas, et religionem abolere connitun-
tur, ac veritatem opprimunt, et ab hominum auribus aver-
terunt Dei verba, et ipsum jam a cogitationibus nostris Christum parant eximere, neque corpora nostra affligere satis
habent, sed in animas adhuc, quantum in se est, atrocissime
sæviunt, et immaniter degrassantur.

Anfange unsers Unternehmens von unsern Widersachern
würden unterdrückt werden, wenn wir deiner Haftig=
keit und Ungeduld nachgeben wollten.   Du darfst
nicht fürchten, daß die Zeit des Kampfs noch lange
entfernt sey.   Deutschland ist durch dich und Luthern
aus dem tiefen Schlafe erweckt worden, in welchem
es begraben lag, und sieht immer mehr und mehr
die Ränke und den Trug ein, wodurch es bisher ge=
täuscht worden *).

Aus den Gesprächen, welche ich meinen Lesern
zuletzt im Auszuge vorgelegt habe, lernen wir die
wahren Absichten Ulrichs von Hutten, die Mit=
tel, welche er zur Erreichung dieser Absichten gewählt
hatte, oder noch zu wählen gedachte, und die Gründe
seiner Denkart sowohl, als seiner sonst zweydeutig
scheinenden Handlungen vollkommen kennen.   Ulrich
von Hutten hielt die Gewalt, welche die Römi=
schen Päbste und deren Anhänger über das Eigen=
thum, die Ehre, die Freyheit und das Leben der
Deutschen ausübten, für eine Tyranney, der man
sich nicht nur mit Recht, sondern, wenn es nicht an=
ders seyn könne, mit den Waffen in der Hand ent=
gegensetzen könne und entgegensetzen müsse.   Er flößte
diese Denkungsart zuerst dem mächtigsten der deut=
schen Ritter ein, der nicht lange vorher noch ein

Franz

---

*) Fol. 36. b. . . . Ego quidem adero tibi, sed nactus occasio=
nem et opportune. Nam tu nimis mihi videris properare.
. . . Velles autem intempestive ordientes nos ab iis, qui
consultum nollent Germaniæ opprimi? . . . At fieret credo,
si audentem te sequeretur alii.   Proinde tempus expecta
mecum aliud, quod cum erit, dices ipse fuisse conficien=
dis rebus his opportunum magis. . . Prope est, ni fallor.
Nam Germania resipiscit jam ac ipsa per te, et Lutherum
expergefacta a profundo quodam somno cognoscere frau=
dem, qua consopita fuit, incipit.

Franciscaner-Closter hatte stiften wollen *); und durch diesen sowohl, als durch seine Schriften dem größten Theile
des deutschen Adels, welcher ohne das wegen der Annaten,
Pallien und anderer Exactionen, wodurch er erschöpft
und von den Bisthümern ausgeschlossen wurde, gegen
den päbstlichen Hof und die geistlichen Fürsten erbittert
war. Auf Huttens Antrieb trat wirklich der größte
Theil der deutschen Reichsritterschaft im J. 1521.
in ein Schutz- und Trutzbündniß gegen die geistlichen
Tyrannen zusammen. Ungeachtet Hutten die deutsche Ritterschaft allein stark genug glaubte, um den
Krieg gegen die Priester zu führen; so rieh er doch,
daß man sich mit den vornehmsten Städten verei-
gen müße, weil diese gleichfalls durch seine und seiner
Freunde Schriften und Ermahnungen aufgeklärt waren, und sich, mehr als alle andere Stände des
Reichs, nach der Befreyung von dem Joche der Päbste und der Geistlichkeit sehnten. Auch dieser Plan
war eben so weise, als er allem menschlichen Ansehen
nach leicht ausführbar war. Franz von Sickingen war noch vor kurzem, wenn auch nicht dem
Range, wenigstens dem Ansehen nach der erste Hauptmann des schwäbischen Bundesheers gewesen; eines
Heers, welches Ul ichen von Hutten so mächtig
schien, daß man dadurch nicht bloß einen deutschen
Fürsten vertreiben, sondern auch den Schweizern und
Franz dem Ersten von Frankreich widerstehen könne. Von Carl dem Fünften hoften Hutten und
Franz von Sickingen während und nach dem
Reichstage zu Worms, daß er seine Gesinnungen
ändern, und den Freunden der Wahrheit und Frey-
heit, wenn gleich auch nicht helfen, wenigstens nach-

*) Fol. 16. *Pradon.* Et tamen volebas lignipedibus Francis-
canis novum nidum conſtruere tu, qui jam ſtaret credo;
niſi interveniſſem ego, eximens opinionem tibi.

R

sehen werde. Und auch diese Hoffnungen kann man
nicht schimärisch nennen, da der Kaiser der Achtserklärung gegen Luthern und dessen Anhänger ungeachtet Franzen von Sickingen auf das gnädigste
begegnete, eine grosse Summe Geldes von ihm, als
Darlehn annahm, und ihn zu einem der vornehmsten
Feldherren in dem Kriege gegen Frankreich erkohr.
Wenn aber auch der Kaiser fortfahren sollte, dem
Römischen Hofe, wie bisher anzuhangen; so waren
doch Franz von Sickingen und Hutten fest
entschlossen, selbst gegen die Befehle des Kaisers ihre
Entwürfe zu verfolgen, weil es besser sey, Gott,
als den Menschen zu gehorchen, besser, dem Vaterlande und dessen Oberhaupte wirklich zu dienen, als
den gemeinschädlichen Befehlen eines jungen übelbe-
rathenen Fürsten zu folgen. Beyde Ritter glaubten,
daß das Recht des Krieges dem Reichsadel eben so
gut als den Reichsfürsten zukomme; und eben deswegen verheelten sie ihre Absichten im geringsten
nicht. Der Krieg für die Wahrheit und Freyheit
sollte nicht bloß gegen die Mönche, sondern auch
gegen die Bischöfe geführt werden; und in diesem
Kriege fürchteten Sickingen und Hutten, daß sie
den heftigsten Widerstand in den deutschen Fürsten
finden würden, weil die meisten Bischöfe aus fürstlichen Häusern abstammten, und die fürstlichen Häuser
auch in's künftige hofften, ihre nachgebohrnen Söhne
mit Bisthümern und andern reichen Pfründen zu
versorgen. So siegreich aber Hutten den Römischen
Stuhl, die Romanisten und Curtisanen in seinen
Schriften bestritt, so unwiderstehlich er andere von
der Güte und Nothwendigkeit seiner Absichten über-
zeugte; so vortrefliche Entwürfe er sowohl der ganzen
Nation, als besonders den mit ihm Verbündeten angab; so wenig wußte er den rechten Zeitpunkt zu
treffen, wo man mit Glück und Nachdruck zu han-

deln anfangen konnte. Er wollte auch während des
Reichstages losbrechen, und wenn Franz von Sickingen ihn nicht zurückgehalten hätte, so würde er
den Reichstag in Worms selbst beunruhigt haben °).

Die Vorsehung vereitelte die gerechtesten Befürchtungen, wie die gerechtesten Hoffnungen. Nicht der
Adel, nicht die Städte, sondern die Standhaftigkeit
der Fürsten war es, wodurch die Reformation vollendet wurde. Und doch führte Luther um dieselbige
Zeit gleiche Klagen mit Ulrich von Hutten gegen
die Fürsten, wiewohl auch Luther wie Hutten erkannte, daß das Volk in Deutschland schon zu sehr
aufgeklärt worden sey, als daß man die alte Tyranney länger fortsetzen könne. „Ich fürchte sehr",
schreibt Luther an Wenzel Link °), „daß, wenn
die Fürsten noch ferner den thörichten Herzog Georg
hören, in ganz Deutschland eine Empörung ausbre-
chen werde, die alle Fürsten, alle Obrigkeiten und
den ganzen Klerus in's Verderben bringt. Der gemeine Mann ist jetzt allenthalben sehend und in heftiger Bewegung. Er will und kann nicht länger die
bisherigen Unterdrückungen leiden. Gott ist es, der
dieses thut, und der alle auch offenbare Drohungen
und Gefahren vor den Augen der Fürsten verbirgt.
Bete also mit mir, theuerster Wenzel, und laß uns
gleichsam wie eine Mauer dem Zorne Gottes in den
Tagen des Gerichts entgegenstehen. — Suche, wenn
du kannst, durch die Senatoren deiner Stadt die
Fürsten zu bewegen, daß sie doch ja mit Sanftmuth
zu Werke gehen, und sich nicht einbilden, daß das

°) Man sehe bes. die beyden Briefe an Luthern beym Burckbard II. 211—213. Cogit me amicorum prudentia, veren-
tes nimium aliquid aufurum, adhuc quiescere. Alloqui ad
ipsos muros concitassem aliquam turbam pilentis istis.

°°) II. fol. 30. Epist.

Volk jetzt noch so sey, wie es sonst war. Möchten
sie es doch so deutlich, als ich sehen, daß das Schwerdt
über ihren Häuptern schwebet. Sie suchen Luthern
zu Grunde zu richten. Luther hingegen arbeitet zu
ihrem Heil. Ihnen steht der Abgrund bevor, den
sie mir bereiten, weit entfernt, daß ich mich vor ihnen fürchten sollte. Es ist mir, als wenn ich dieses
im Geiste der Weissagung redete *)". Diese Klagen
und Befürchtungen über und wegen der Fürsten sind
um desto merkwürdiger, da man nicht lange nachher
den Fürsten ganz entgegengesetzte Vorwürfe machte,
und sie beschuldigte, daß gerade der Eigennutz, um
welches willen die Reformatoren fürchteten, daß sie
sich jeder Veränderung und Verbesserung am heftigsten widersetzen würden, sie zur Begünstigung der
Reformation am meisten angetrieben habe.

Unter den übrigen Schriften, welche Ulrich von
Hutten während des Reichstages in Worms vollendete oder drucken ließ, verdienen zwey deutsche Auf-
sätze in Ansehung des innern Werths bey weitem den
Vorzug. Diese beyden Schriften haben folgende
Titel: Concilia wie man die halten sol. Und
von verleyhung geystlicher lehenpfründen. An-
zöig damit, der Bäpst, Cardinälen und aller
Curtisanen list, ursprung und handel biß uff
diß Zeit. Und: Ermanung das ein yeder bey
dem rechten alten christlichen glauben bleiben
unnd sich zu keiner newerung bewegen lassen soll, durch Herr Cunrat Zärtlin in 76. Artikel vervaßzt. Hutten fand die erste Schrift,
welche unter Friederich dem Dritten entworfen worden war, auf dem Schlosse Ebernburg unter den
Büchern Franzen von Sickingen, und die andere,

*) Hæc certe in spiritu loqui me arbitror.

welche ein Vicarius zu Bamberg, Cunrat Zärtlin, genannt Playebacher, für den Ritter Johann Schotten im Anfange des J. 1521. geschrieben hatte, wurde ihm durch einen Freund zugeschickt. Beyde Büchlein waren des Lobes werth, das Ulrich von Hutten auf dem Titel vorzüglich dem erstern ertheilte. Wenn diese Schriften so allgemein gelesen wurden, als man wegen ihres Inhalts und ihres populären Vortrags vermuthen muß; so haben sie gewiß zum Fortgange der Reformation nicht wenig beygetragen, weil sie über viele wichtige Punkte eine Aufklärung verschaffen, wie sie bis dahin in deutscher Sprache noch nie gegeben worden war *).

*) Ulrich von Hutten kündigte und pries die beyden Schriften auf dem Titel durch diese Reime an:

> Willt wissen in eim Knopf und griff,
> Warumb doch schwank sant Peters schiff,
> Und wer das hatt durchlöchert gar:
> Du findst es hye ganz offenbar.
> D:r stamm Simon und sein gschlecht,
> Babst, Carbindl, und all ir gbrecht,
> Münch, Curtisän, mit hoffsgenossi;
> Entdeckt seind hye, an Fromkeit blossi.
> Und leug ich dir, so binn villycht
> Mit freu ich ein oder wycht.
> Ein wunderbüchlin bin ich gnannt
> Lang zeyt gelegen unbekannt.
> Nun wünsch ich fürbär, rechter zeyt,
> Glaub mir, der daß im pfeffer leyt.
> Concilium, Concilium,
> Concilium.

Am Ende sind zwey schlechte Holzschnitte, welche Ulrich von Hutten und Carl V. vorstellen. Ueber einem jeden dieser Holzschnitte stehen drey Verse. Die über dem Brustbilde des Kaisers beweisen, daß die beyden Schriften noch vor den harten gegen Luthern genommenen Maaßregeln in den Druck gegeben wurden:

> O Karle, Keysser lobesan,
> Greiff du di sach zum ersten an,
> Gott würts mit dir on zweyfel han.

Die Vorrede Huttens ist am Tage Valeri oder am 29. Jan. hingegen die Zuschrift Conrad Zärtlin's an den Ritter Schotten den 20. Febr. 1521. unterschrieben.

Die erste Schrift setzt den Ursprung, Fortgang und alle verderbliche Folgen der päbstlichen Gratien, das Ansehen von allgemeinen Kirchenversammlungen, welchen selbst die Päbste unterworfen seyen, die Unfehlbarkeit der erstern, und die Fehlbarkeit der letztern, die Ränke, welche die Päbste zur Vereitelung der Concilien in Costnitz und Basel gebraucht hatten, und die Nothwendigkeit eines gut eingerichteten Conciliums aus einander, um die Kirche in Haupt und Gliedern zu verbessern. Die zweyte beweist, daß alles das, was Luther, Hutten und andere weise und fromme Männer in der Kirche und Lehre abgestellt oder verändert wissen wollten, blosse Menschensatzungen oder Neuerungen seyen, wodurch man zum Vortheile der Päbste und der übrigen Geistlichkeit den alten Glauben verkehrt habe. Besonders zeigt der Vicarius Zärtlin in belehrender Kürze, was der Ablaß und der Bann ursprünglich gewesen seyen; wie die Päbste den einen und den andern immer weiter ausgedehnt hätten; und wie besonders die Bettelmönche und die Universitäten, auf welchen die Bettelmönche bald zu herrschen angefangen, die Gewalt der Päbste befördert, und die christliche Welt in Fesseln gelegt hätten; wie sie auch die Gewalt der erstern und die Fesseln der letztern noch jetzt aus allen Kräften zu erhalten suchten. „Sye, die Bettelmönche", sagt Conrad Zärtlin, „haben auch abgethan die alten Lerer, daz evangelium verdunkelt, den Aristotelem eingefürt, mit des heydens träumungen die ewig worheit verwechselt, exponiert und außgelegt. Wo aber die geschrift dem Aristotele zuwider, sye mit falscher glosen den verstandt des heyligen geysts und Christi ehe abgethan, dann sye vonn iren eygen fürnemen absteen wolten. Das ist der münchischer Theologen anfang, ein außleschung des Evangeliums, zunemen des Türkens, ein einfürung aller heidnischer

laster, und der brunn alles böses so yezund vor augen ist. — Zu dem ist ein ander gifft kommen, nemlich die Universiteten, in denen, als vil den glauben
belangt, die Bettelmönnich herrschen. Die bestetigt
der Bapst, beendigt sye, das keiner nichts wider jn
wöll fürnemenn, sondern die Römisch Kirch beschir-
me. — Seyndt also nutz gewesen die Universiteten
dem glauben, wie ein frommer man gesagt hat, als
die teufel, oder andere seynde des glaubens, den sye
gewaltiglich sampt den münnichen und dem Bapst
außgelescht haben, uns ire träum fürgehalten ze glau-
bent, so sich doch ye in zehen jahren, oder zeitlicher
verwandlen; machen uns also ein unstedten glauben,
der ein fundament und gruntfeste sein solte, ist un-
stetter weder ein flyessend wasser. — Die hohen schulen haben zu dem glauben alle kunst abgethon, vil
ungelerter lerer geschöpft, welch yezunt von den kindern verspottet werden. Ist also ein dreyfacher strick.
Der Bapst, die Universiteten, die Bettelmünnich,
wurdet nit leichtlich zerbrochen. Dann des Bapsts
jagdhund seyndt die münnich gegen dem volk, die
Universiteten gegen der oberkeit, so ein ansehens haben
bey den narrechten Fürsten und herren. Es fliessen
sich die münni) und hohen schulen, wo ein quall
des lebendigen .vassers und des evangelischen verstandt
wil in die welt kommen, das sye mit den philisteyes
ren erdrich und irdischen verstandt darin werfey. Dann
der bapst fürcht seiner tyrannen, die hohen schulen
ihres namens, die starken Bettelmünnich die arbeit,
und das sye mit dem karst, als sye dann starke bau-
ren seind, sich neren müßten, und nit so geyl und
frech leben vonn dem almusen, so den armen und
krankenn zusteet". — Hier unterbricht Ulrich von
Hutten den letzten Zärtlinschen Artikel von dem
zunächst folgenden mit einem Notabene, und schiebt
den Ausruf ein: Dank hab du edels Hyrn.

Alle übrige Arbeiten, welche Ulrich von Hutten
noch während des Reichstags zu Worms verfertigte,
bestehen in Straf, oder Warnungs; oder; Klage; und
Entschuldigungsschreiben an den Kaiser, an die in
Worms versammelten weltlichen und geistlichen Für=
sten, an den Erzbischof Albrecht von Mainz, an
die beyden päbstlichen Legaten Aleander und Ca=
raccioli, und an den Bilibald Pirkheimer *).

Unter allen Huttenschen Schriften sind keine,
von welchen man mehr wünschen möchte, daß er sie
wie geschrieben hätte, als die zu letzt erwähnten Jn=
vectiven und Briefe, in welchen übrigens die Spra=
che eben so musterhaft, als in den besten seiner
Werke ist. Ulrich von Hutten ließ sich bey der
Abfassung dieser Schreiben so sehr von seinem Zorne
übernehmen, daß er darüber in die unanständigsten
Drohungen und Grobheiten verfiel; daß es hin und
wieder beynahe schien, als wenn er seiner Sinnen
nicht mehr mächtig wäre, und sich also selbst, wie man
wenigstens jetzt, nach mehr als drittehalb Jahrhun=
derten glauben sollte, durch diese wiederhohlten tha=
tenlosen Ausströmungen von Wuth vielmehr Scha=
den, als seinen Feinden Abbruch thun mußte. Ul=
rich von Hutten wirft beyden Legaten alle Arten

*) Die Sammlung dieser Briefe hat auf der ersten Seite des
Titelblatts ein Bildniß Ulrich's von Hutten, und auf der
zweyten Seite folgendes Register: Hulderichi ab Hutten eq.
Germ. in Hieronymum Aleandrum, et Marinum Caraccio=
lum, Leonis Decimi, P. M. Oratores in Germania, invec=
tivæ singulæ. In Cardinales, episcopos et sacerdotes, Luthe=
rum Wormaciæ in concilio Germaniæ impugnantes, invec=
tiva. Ad Carolum Imperatorem pro Luthero et veritatis ac
libertatis caussa exhortatio. Jacta est alea. Herr Wagen=
seil muß zu der Zeit, als er den ersten Band der Hutten=
schen Werke herausgab, die während der Reichsversammlung
zu Worms geschriebenen Invectiven nicht besessen haben, weil
er sie sonst der Sammlung der Huttenschen Briefe angehängt
hätte.

von schändlichen Lastern und Verbrechen, und dem
Aleander nicht nur seine jüdische Geburt, sondern
sein noch nicht einmahl durch die Taufe abgelegtes
Judenthum vor. Er droht beyden, daß sie entweder
durch den Strick, oder durch das Schwerdt gestraft
werden sollten, bevor sie das von ihnen verhöhnte
Deutschland verliessen *). Am meisten empörte ihn
die Unverschämtheit, womit die päbstlichen Legaten
bey der grossen und allgemeinen Gährung der Gemüther in Deutschland fortfuhren, jede Art von Erpressungen, über welche man sich in allen Ständen so
laut beklagte, nach wie vor, auszuüben, und dabey
sowohl der deutschen Nation, als dem deutschen Kaiser
frevelhaften Hohn zu sprechen **). „Wenn ihr Deutschen”, sagte Aleander, „auch das päbstliche Joch
abschüttelt, so wird der heilige Vater dennoch sein
Ansehen und seine Macht behalten. Der Pabst hat
so viel Geist, und ist so fruchtbar an Hilfsmitteln,
daß, so bald ihr dieses wagt, ihr durch euch selbst
und durch eure Waffen für diesen Aufruhr werdet gestraft werden. Das bisherige Joch sey so schwer,
als es wolle, Ihr werdet gewiß ein noch viel schwe-
reres tragen müssen, wenn ihr es euch einfallen lasset,

*) In Invect. in *Aleandr.* Neque ita fore bonorum, atque
malorum immemorem Christum, ut te omni improbitate af-
fectum hominem, omni imbutum scelere et sacrilegio impu-
nitum ire hinc patiatur. . . . omnem advertam diligentiam,
omne adhibebo studium, omnia tentabo, conaborque, ut qui
furore, amentia, et iniquitate gravis accessisti, vita inanis
hinc efferaris.

**) Inv. in *Aleandrum :* . . . Sed quod tanta confidentia vi-
deam, in hac rerum Germanicarum admirabiliter immutante
se ratione, hac temporis inclinatione, his inevitabilis fati
minis, omne adhuc incontinentiæ vos, omne immodestiæ
exemplum prætergredi. Quod ego aliud profecto non censeo, quam coactos vos divina necessitate non videre, quæ
videtis maxime, nec audire, quæ auditis plurimum, et
imprudentes accersere malum vobis ipsos, ac ferri manife-
stum in exitium præcipites.

euch frey davon zu machen. Gebt doch nur auf die
göttlichen Strafen acht, die euch jetzt schon treffen;
die grosse Theurung, die vieljährige Pestilenz und die
Zwentracht eurer Fürsten °). Die päbstlichen Legaten
hatten die Frechheit, öffentlich zu äussern: Daß der
Kaiser nur durch die Gnade des Pabstes Kaiser sey,
und daß er es nicht seyn würde, wenn der Pabst es
nicht wolle; daß überhaupt die Wahl des Römischen
Kaisers von dem Winke des heiligen Vaters abhange °°). Auch Caraccioli kehrte sich an das
Schreyen und Klagen der Deutschen, was er von
allen Seiten hörte, gar nicht, sondern verkaufte Recht
und Unrecht, die Erlaubniß zu sündigen, und die
Befreyung von begangenen Sünden eben so sicher,
als irgend einer seiner Vorgänger gethan hatte †).

*) Ut pontificium, ajebas, excutiatis pigum etiam Germani',
suam nihilominus dignitatem, etiam regnum tuebitur pontifex. Etsi jam res eo deducta est, ut futurum sit, vestris
vos telis confici. Tantum enim valet ingenio ille: ut certum sit, quamprimum hoc vos. auß fueritis, exitiabili vestra clade expiatum iri facinus. Ut grave incusatis jugum
hoc, quod non nisi longe graviori commutabitis. Ecce autem divinas jam in vobis ultiones, tantam annonæ difficultatem, tot annorum pestilentiam, intestinam principum dis-
cordiam!

**) In Epist. sec. ad Carolum Imperat. Tu vero ne sine dete-
riorem esse conditionem meam, quam fuit apud felicis me-
moriæ Friderichum primum ejus, qui legatum Rom. pontificis, jactantem, episcopo Romano subesse imperatorem Romanum, stricto gladio in oculis adeo Cæsaris invasit, cum
isti petulantius adhuc multo te contempserint. Quorum vocem quis non, liber saltem, aut Germani sanguinis cum ge-
mitu audivit: beneficio pontificis esse imperatorem te, neque
fore si ille nolit: etiam imperatoris Romani electionem ex
nutu pendere pontificis.

†) Invect. in Caracciolum, zu Anfang: Reclamamus tyrannidi
vestræ crudeli, et abominandæ: contra vim reluctamur,
imperium detrectamus: potentiæ resistimus: ad libertatem
passim conspiramus: atque hæc omnia obfirmate adeo, et
pertinaciter agimus, ut putatum nuper sit, satis invidiosos
vos, infestosque vulgo redditos: tu nihilominus, quasi nihil
horum ad te pertineat, sceleratas tuas negotiationes secure,

Welche scharfe Waffen, ruft hier wahrscheinlich ein
jeder Leser von gemäßigter Denkart aus, würde dieser
allerdings unleidliche Troß in Worten und Thaten
gegen die Päbste und päbstlichen Legaten hergegeben
haben, wenn nicht Hutten diese Waffen durch fal=
sche, oder wenigstens unbewiesene Anschuldigungen
und durch unwürdiges Schimpfen und Drohen abge=
stumpft, oder gar wider sich selbst gekehrt hätte *)!
Und doch war es vielleicht der uns so sehr beleidigende
Ungestüm in den Huttenschen Strafschriften, wel=
cher die Wirkungen derselben auf die brausenden
Gemüther der Zeitgenossen am meisten verstärkte.
Wenigstens ist so viel ausser allem Zweifel, daß die
Häupter der Reformation in Sachsen das, was
Hutten 1521. gegen die päbstlichen Legaten geschrie=
ben hatte, nicht zu stark, sondern den Zeiten und
Personen vollkommen angemessen fanden, weil sie be=
trächtliche Abschnitte aus Huttens Invectiven in der
ersten Ausgabe von Luthers lateinischen Werken
wieder abdrucken liessen **). Besonders freute sich
Luther darüber, daß Ulrich von Hutten dem
neuen Babylon Lieder vorsinge, welche diesem nicht
sehr gefallen könnten †).

ut nunqnam ante, exerces: et aliis quidem precio peccata
indulges: aliis vero pacta pecunia, ut peccent, permittis.
Juventutem Germanicam precium pro connubiis postulas:
Jus, fas, licitum, et honestum emi abs te pateris: fidem,
religionem, aequum et iniquum precio addicto habes, etc.

*) Z. B. Non contineo diutius me. Non. Nam qui ob
pessima tua scelera, ob sacrilegam nundinationem, et in=
ductum vitae contagium *stomacho, et iracundia exarsi*, ubi per=
tinacius videro haec agere te, manibus temporare non po=
tero. Certe profecto malum cunciliabo tibi, si vivam, nisi
modo desinis, modo abis. Perrumpam illas tanto jam tem=
pore obturatas mihi Caroli aures, perrumpam.

**) *Luth.* Op. Lat. Ed. Wittenb. Vol. II. fol. 176. 177.

†) Epist. Vol. I. fol. 504. Huttenus, et multi alii fortiter
scribunt pro me, et parantur indies cantica, quae Babylonem
istam parum delectabunt.

Auch der Brief an die in Worms versammelten
Bischöfe, Aebte und übrigen Geistlichen, der ohnge-
fähr in eben dem Tone, wie die an die päbstlichen
Legaten geschrieben war, erhielt Luthers ganzen
Beyfall, und vermuthlich den Beyfall aller eifrigen
Freunde der Reformation *). Ulrich von Hutten
kündigt in diesem Schreiben nicht bloß den Mönchen,
nicht bloß den Päbsten, sondern auch den deutschen
Prälaten, die er bisher immer noch auf eine gewisse
Art geschont hatte, einen offenbaren Krieg an, weil
er zu bemerken vermeynte, daß die hohe deutsche
Geistlichkeit eben so unverbesserlich, als der Römische
Hof sey.

„Ihr Unwürdigen", heißt es unter anderm, „die ihr
von unserm Almosen schwelgt, und die Güter unserer
Vorfahren verpraßt, ihr selbst predigt das Evangelium
nicht, und ihr wollt auch nicht einmal, daß es von andern gepredigt werde. Wenn ihr das göttliche Wort
lehrtet, und nicht darnach lebtet, so würden wir mit
Recht gegen euch murren können. Wie sollten wir
euch aber jetzt dulden, da ihr euch schämt, das Wort
Gottes dem Volke vorzutragen, und hingegen euch
nicht schämt, auf die ruchloseste Art zu leben. — Weg
von den reinen Quellen der Wahrheit, ihr unsaubern
Säue! weg aus den heiligen Tempeln, ihr lasterhaften
Wucherer! berührt die geweihten Altäre nicht mehr mit
euren so oft befleckten Händen **)! Ich kann keinen unter euch für einen Bischof anerkennen, denn ihr habt
alle eure Bisthümer und Würden gekauft, und keiner

---

*) *Lutheri* Epist. I. fol. 330. . . una cum epistolis adjunctum
ad pileos istos, et galeritas upupas Wormaciæ scriptis misis-
sem ipse.

**) Proripite a purissimis fontibus vos, immundi porci. Ex-
cedite sacris adytis, scelesti negotiatores! Ne tangite manibus toties pollutis sacra altaria!

unter euch ist durch seine Verdienste, sondern durch
Gold zum Bischofhute oder andern Würden gelangt †).
Ich habe euch oft zugerufen, daß ihr euch durch eure
unmäßige Tyrannen euch selbst den Untergang bereiten
würdet. Ihr habt euch aber nicht allein nicht gebessert, sondern ihr wollt eure wankende Herrschaft dadurch befestigen, daß ihr das Wort Gottes, und den
frommen Herold des göttlichen Wortes, Martin
Luther, zu unterdrücken trachtet, von dessen Asche
ihr zu meinem Würgeopfer fortzugehen gedenkt? Ihr
habt dem Kaiser schon durch eure ungestümmen Bitten,
und selbst Drohungen, das Edict gegen Luthern abge-
zwungen! Fahrt nur fort, zu wüthen und niederzu-
treten, wie ihr bisher gethan hat! Unsere Zeit wird
auch kommen *). Wisset, daß auch wir die gerechteste
Ursache und die günstigste Gelegenheit haben, uns gegen euch zu verbinden. Wisset, daß die Sache der
Freyheit und der Wahrheit nicht bloß von uns beyden
abhängt. Wenn ihr uns auch aus dem Wege räumt,
so werden viele Luthers und Huttens aufstehen, die
unser Blut rächen werden °°). So lange ihr die Unschuld und Wahrheit verfolgt, so lange kündige ich
mich euch als euern unversöhnlichsten Feind an. Ihr

---

†) Quia enim stomachum movistis mihi, audeo dicere, ex vobis neminem esse episcopum. Omnes enim emistis episcopa-
tum. Neque aliquem ex vobis merita, sed aurum provexit
ad gradum hunc.

*) Scio, qua est indole, (imperator); diu renuit iniquissimam
postulationem. Verum efflagitationibus fatigatus, minis com-
pulsus, nam et huc impotentiae pervenistis, . . dedit, quod
dare non potest: si possit, non debet. — Verum agite, fu-
rite, fruimini successu . . rulte per vesaniam, ite praecipites,
impellite, vastate, proterite, vaecordes, et amentes invadi-
te, et invehimini. Etiam nostra aliquando aderunt nobis
tempora.

°°) Nam duorum hominum numerum tanta res aestimanda non
venit. Sciatis multos esse Lutheros, multos passim Huttenos, et si quid nobis accidat, eo majus futurum ab aliis
periculum vobis.

könnt mir vielleicht mein Leben nehmen; allein das
Bewußtseyn meiner warmen Vaterlandsliebe, und den
Trost, durch meine gemeinnützigen Bemühungen den
Dank der Nachwelt zu verdienen, könnt ihr mir nicht
rauben. Vielleicht werdet ihr den gegenwärtigen Lauf
der Dinge eine Zeitlang zurückhalten: Vielleicht das,
was bevorsteht, zu hindern suchen; allein das, was
einmal geschehen ist, könnt ihr nicht mehr ungeschehen
machen. Selbst am Tage des jüngsten Gerichts hoffe
ich gewiß, daß es mir höher angerechnet werden wird,
daß ich euch beleidigt, und daß ich eure Besserung
selbst mit Ungestüm verlangt habe, als wenn ich eure
Ungerechtigkeiten geduldig ertragen hätte: Besonders
da ihr meine frommen und brüderlichen Warnungen
stets verschmäht habt *)."

Der erste Brief an den Kaiser ist freylich in einem
ganz andern Ton geschrieben, als die Briefe an die
päbstlichen Legaten, und an die deutschen Bischöfe;
allein er enthält dennoch solche Warnungen und Vorwürfe, von welchen Hutten leicht hätte vorhersehen
können, daß sie den jungen Monarchen nicht bekehren, sondern nur noch mehr entfernen würden. „Ich
achte es", schreibt Ulrich von Hutten, „für meine,
und aller rechtschaffenen deutschen Schuldigkeit, dich
von einem Schritte zurückzuhalten, wodurch du nicht
bloß das allgemeine Beßte, sondern auch dein eigenes
Ansehen und Würde in die größten Gefahren bringen
würdest. Alle gute und fromme Menschen nehmen
den lebhaftesten Antheil an Luthers Sache, und
alle diese gute und fromme Menschen sind in gleichem
Grade betrübt und erstaunt darüber, daß du wider

*) Et in extremo illo judicio tutam magis fore confido, offen-
disse vos, quam demeruisse: et cum tumultu exegisse melius,
quam per quietem patienter tulisse: praesertim piam admoni-
tionem cum sitis aspernati.

alles Recht und Billigkeit, und gegen alle deutsche Gesetze einen unschuldigen Mann verdammt, und seine Bücher zu lesen verboten hast, bevor er einmal gehört worden. Entlasse, unüberwindlicher Kaiser, die Verführer, die sich deiner bemächtigt haben, und die dir im Glück eben so wenig schaden, als im Unglück dienen können. Rufe vielmehr deine treuen und tapfern Diener zu dir, welche im Frieden sowohl als im Kriege deine Stützen seyn werden. Du wirst es schon bemerkt haben, welch' eine allgemeine Betrübniß es erregte, als man dich bey deiner Ankunft in Deutschland nicht mit tapfern Rittern und Herren, sondern mit ganzen Schaaren weibischer und verschmitzter Priester umringt sah *)! Noch größer wurde der Unwille, als man die Forderung vernahm, welche Aleander an dich gemacht hatte. Und gewiß würden die Freunde der Wahrheit schon damals etwas ihrer Würdiges unternommen haben, wenn sie nicht geglaubt hätten, daß du die zugemuthete Unwürdigkeit so ahnden würdest, wie sie es verdiente. Unmöglich kannst du alle biedern Deutschen und die deutsche Freyheit niedertreten, bloß um die Rache deiner und unserer Feinde zu befriedigen, und um das fremde Joch, welches wir nicht länger tragen wollen, noch schwerer zu machen".

Ulrich von Hutten hörte bald, wie nachtheilig sein Brief an den Kaiser auf diesen gewirkt habe. Er entschuldigte sich daher in einem zweyten Briefe, von welchem es besser gewesen wäre, wenn er sich denselben erspart hätte. „Ich gestehe es", heißt es in

---

*) Intelligere potuisti, quantum essent passim contristati nuper homines, cum te primo ingressu tuo, adverso Rheno accedentem, non viris ad bellorum munia idoneis, sed pileatis istis, et magno sacerdotulorum grege circumseptum viderent. Rem enim præter spem, suaque indignam expectatione intueri se putabant, et obsolescere jam statim ac initio Germanici nominis famam arbitrabantur.

diesem Entschuldigungsschreiben, „mein erster Brief
ist etwas hart; allein ich habe ihn in der besten Absicht, zur Vertheidigung des gemeinen Bestens, und
zur Rettung deiner Ehre geschrieben. Auch glaubte
ich, daß es mir in einem so gerechten Unwillen erlaubt
seyn würde, frey zu handeln und zu schreiben; und
wenn mir daher in der Heftigkeit meines Schmerzes
etwas entwischt ist, was deiner Majestät nicht geziemt;
so bitte ich, daß du mir dieses verzeihen mögest, da ich
nicht wissentlich und vorsetzlich gefehlt habe *). Das
Schwerdt deiner Gerechtigkeit möge mich treffen, wenn
ich nicht alles, so wohl das, was dir gefallen hat,
als was dir mißfallen mußte, aus reiner Vaterlandsliebe und wahrer Ergebenheit gegen dich geschrieben
habe. Auch will ich gern ganz schweigen, wenn du
es mir befehlen solltest **) ". — — Dies letztere hätte
Ulrich von Hutten eben so wenig versprechen, als
den ersten Brief an den Kaiser auf eine solche Art
schreiben sollen, wie er ihn geschrieben hatte.

Ulrich von Hutten fand es vielleicht nicht der
Mühe werth, sich bey dem Churfürsten Albrecht von
Mainz wegen des im Frühlinge 1521. an ihn erlas-
senen Schreibens so zu entschuldigen, wie er es bey
Carl V. that. Sonst aber ist es einleuchtend, daß er
auch an den Erzbischof nicht so hätte schreiben müssen,
                                                 wie

---

*) Duriuscula, fateor, est epistola ad te proxime data, opti-
ma tamen mente et scripsi et transmisi. Putabam in tam
justa indignatione licere mihi et facere libere, et scribere.
. . . Nam hoc restat deprecandum abs te. Si in acerbitate
doloris, quem ex summa rerum indignatione conceperam,
eam admisi perturbationem per quam dispicere non potui,
quid te dignum esset: et in mira animi commotione minus
habui rationem majestatis tuæ, ut condones errorem piæ
affectioni.

**) Non scripturus posthac, si tu jubeas. Nam libenter tibi
non factis tantum, sed scriptis etiam gratificabor.

wie er schrieb. „Wenn ich", so fängt er den Brief
an den Churfürsten Albrecht von Mainz an, „stark
genug wäre, um dich mit Gewalt von dem abzuzie-
hen, wovon ich dich weder durch meine Bitten, noch
durch meine Warnungen habe abziehen können; so
würde ich dich wider deinen Willen von der Rotte der
Bösewichter losreissen, in welche du durch die List des
Teufels geworfen bist. — Welches Mißgeschick, oder
welche Arglist konnte dich von deinem Eifer für die
Wissenschaften, und von der Vertheidigung der Freyheit abführen! Ich hoffe nicht, daß du durch das,
was ich an die ganze Reichsversammlung geschrieben
habe, werdest beleidigt werden. Sollte dieses aber
geschehen, so wisse, daß einem jeden rechtschaffenen
Manne die Sache der Wahrheit und der Freyheit
theurer seyn muß, als die Freundschaft oder Gnade
einzelner Menschen. Ich liebe und verehre dich noch
immer so sehr, daß ich mein Blut hingäbe, wenn
ich dich dadurch auf bessere Gedanken bringen und bewirken könnte, daß du nicht mehr unter den Gottlosen
säßest *)".

Die jetzt erwähnten Briefe erbitterten nicht nur
die Widersächer, sondern gaben ihnen sogar zu Spöttereyen Anlaß. Dies sehen wir aus einem Briefe,
welchen Hermann von dem Bussche gegen das Ende
des Reichstages an Ulrich von Hutten schrieb **).
„Ich wünschte", schreibt Hermann von dem Bussche, „daß deine Drohungen den Romanisten übler

*) Faxit servator Christus, ut deseras ecclesiam malignantium,
et accepta saniori mente, cum impiis non amplius sedeas.
Hoc ego sanguinis mei jactura etiam, si posse, redimere
impigerrime velim, et fortissime.

**) Rapps Nachlese nützlicher Urkunden II. 148. Opera *Hutteni*
p. 214. et sq.

bekommen möchten, als sie ihnen bisher bekommen sind. Diejenigen, welche sich anfangs sehr vor dir fürchteten, lachen und spotten jetzt selbst in solchen Zirkeln, in welchen wir uns finden. Du bellst nur, sagen sie, und beissest nicht. Es sey leicht einen Feind zu ertragen, der nur drohe und nicht zuschlage. Wozu, fahren sie fort, alle diese leeren Drohungen? Warum donnert die Wolke nicht einmal, wenn sie nicht bloß Wind enthält? Euer Hutten kann nur schrecken, aber nicht schaden, und sein Zorn ist eitel, da er nicht mit Thaten verbunden ist. Er schreibt an den Kaiser, an die Fürsten und Bischöfe, und an uns. Er droht immer, und wir sind hier so sicher, verrichten unsere Geschäfte so ruhig, als wenn kein Hutten in der Welt wäre. Seht ihr denn nicht, ihr Deutschen, daß wir in unserm Eifer für die Sache des heiligen Stuhls nicht allein nicht nachgelassen, sondern daß wir ihn sogar verdoppelt haben; und daß wir nicht eher von hier gehen werden, als bis wir unser Werk vollendet, und Luthern verdammt haben, gesetzt auch, daß dies Urtheil das schrecklichste Blutbad in Deutschland anrichten sollte? Die spanischen Ritter und Soldaten verfolgen hier öffentlich mit dem Schwerdte alles, was sich gegen den Pabst, oder für Luthern erklärt; und wir schweigen, und machen ihnen allenthalben muthlos Platz. Hierin besteht unsere ganze Freyheit. Wenn du glaubst, daß du dieser zu Hülfe kommen könnest, was zauderst du denn, oder worauf wartest du noch? Etwa auf die Abreise des Kaisers? Dann kommst du zu spät, wenn du so lange zögerst, bis diejenigen sich entfernt haben, welche die deutsche Freyheit, dich, und Luthern am feindseligsten bestritten, ich meyne die päbstlichen Legaten. Kommen diese unangefochten aus Deutschland weg, dann, lieber Hutten, wirst du einen großen Theil der Erwartung täuschen, welche man von dir gehegt hat.

Sorge wenigstens dafür, daß die Romanisten nicht alle unversehrt von dannen gehen. Wenn man gegen die Curtisanen Krieg führen will, so muß man vorzüglich diejenigen angreifen, die keine Deutsche sind, und uns Deutsche am meisten hassen; denn diejenigen beunruhigen, die täglich aus Deutschland nach Rom gehen, erregt mehr Neid und Haß, als es Ruhm bringt. Es schmerzt selbst deine vertrautesten Freunde, daß du dich bis jetzt so ruhig verhalten hast. Ich erwarte hier täglich die Bekanntmachung des kaiserlichen Edicts, welches, wie uns die Romanisten mit großem Geräusche drohen, nicht bloß gegen die Schriften, sondern auch gegen die Leiber der Anhänger von Luther mit gerechter Strenge wüthen wird *)".

Nicht weniger dringend, als Hermann von dem Busche, forderte Eobanus Heßus in einem dich-

---

*) Cochläus, der selbst in Worms gegenwärtig war, nennt Hermann von dem Busche und Ulrich von Hutten stets als die kühnsten Gegner des Pabstes, und man sieht aus seiner Erzählung, daß der Kaiser und die Bischöfe sich vor Ulrichen von Hutten und dessen Parten vielmehr fürchteten, als man aus dem verdrußvollen Schreiben Hermanns von dem Busche vermuthen sollte: fol. 33. Praecipue vero irascebantur, minisque et clamoribus frendebant duo ex Germanorum Poetis, stemmate quidem avito nobiles, et ingenio clari, sed animo maxime feroces, Ulricus Huttenus Francus, et Hermannus Buschius Westphalus, hostes sane antiqui, hic Theologorum scholasticorum, et Monachorum, ille Curtisanorum, ac Nunciorum Romanæ curiæ. bes. 39. b. In vulgo autem turbulentissime jactabantur querelæ, cum ab aliis, tum vero amarissime ac vehementissime a duobus poetis supradictis, Ulrico Hutteno, et Hermano Buschio: quorum hic praesens in urbe, clamoribus, et querimoniis omnia complebat: ille vero absens non longe a Wormacia in arce Francisci nobilis viri conviciosissimam misit eo epistolam, adversus omnes episcopos et clericos. Unde fiebat, ut nihil expectaretur certius, quam gravis et cruenta contra Cæsarem, omnemque clerum seditio. Sed ætas, bonitasque Cæsaris, ac principum diligentia proclives in seditionem animos cohibuerunt.

terifchen Sendfchreiben unfern Ritter auf, die Waf=
fen zur Vertheidigung der Wahrheit zu ergreifen.
Hutten antwortete feinem Freunde in einer poetifchen
Epiftel, und bende Gedichte wurden ohne Benennung
der Zeit und des Orts im J. 1521. wahrfcheinlich
mehrere Monate nach geendigtem Reichstage zufam=
mengedruckt. Der Titel ift diefer: Hoc in libello
hæc continentur: Helii Eobani Heffi ad Hulderi-
chum Huttenum, ut chriftianæ veritatis cauffam, et
Lutheri injuriam armis contra Romaniftas profequa-
tur. Exhortatorium. — Hulderichi Hutteni ad
Helium Eobanum Heffum pro eadem re reponforium
elegiaco carmine. Lege, placebunt. Bende Ge=
dichte find ihrer Verfaffer würdig, wiewohl mir das
Huttenfche viel mehr Kraft und Wärme, als das
feines Freundes zu haben fcheint. Hutten meldete
dem Eobanus Heßus, daß er die deutfche Freyheit
mit den Waffen wiederherftellen, oder auch während
diefes Unternehmens als ein freyer Mann fterben
wolle *). — Er habe alles gethan, was er gekonnt ha=
be, um den Aleander zu fangen, indem er alle Wege
befetzt, und Hinterhalte gelegt habe. Zwar fey ihm
der Böfewicht unter dem Schutze des Kaifers entgan=
gen; allein doch mit der Furcht, daß es ihm ein ande=
res Mahl nicht wieder gelingen werde **). Auch habe
er durch feine Maaßregeln fchon fo viel erreicht, daß
dem päbftlichen Hofe die Luft vergangen fey, Legaten

---

*)   Aut mihi libertas vivo reparabitur armis,
          Aut hoc erit faltem, liber ut emoriar.

**) l. c.
      Integer hinc Aleander abit, dubium hoc tamen illi,
        Qui femel effugit, femper ut effugiat.

      Quod potui, facere infidias, fervare receffus,
       Complectique omnes oblidione vias,
    Ceffatum nihil eft. At Cæfaris agmine tuti
      Evadunt. Cradas. Sic voluiffe deum.

nach Deutschland zu schicken, und den Curtisanen die
Lust, nach Rom zu reisen, um Unschuldige zu krän=
ken, oder irgend eine Beute zu erhaschen *). Zuletzt
verspricht er seinem Freunde, daß er durchbrechen
oder umkommen, und daß, so lange er lebe, der un=
schuldige Luther keinen Tropfen Bluts verlieren wer=
de, der nicht mit seinem Blute vermischt sey **).

Ulrich von Hutten wiederholte Luthern das,
was er ihm schon ein halbes Jahr vorher geschrieben
hatte, und wozu er von seinen übrigen Freunden auf=
gemuntert wurde: Daß jetzt die Zeit und die Noth=
wendigkeit da sey, wo man den Priesterkrieg anfangen
müsse; vielleicht auch, daß er diesen Krieg mit der
Ueberrumpelung der päbstlichen Legaten anfangen wolle.
— Luther widerrieth Ulrich von Hutten alle Ge=
waltthätigkeiten. „Die Welt", schrieb er ihm,
„ist durch das Wort überwunden, die Kirche dadurch
gerettet worden; und sie wird also auch durch das
Wort wieder hergestellt werden. So wie überdem der
Antichrist sein Reich ohne Gewalt der Waffen an=
gefangen hat, so wird es auch ohne dieselben zerstört
werden †)". Ulrich von Hutten antwortete hierauf:

*) l. c.
    Et quasi Vindelicas Germania clauserit Alpeis,
      Mittere legatos desiit illa suos.
    Desiit obtento verum subducere fuco.
      Venalem nec jam ponit ut ante deum.
    Ipsi etiam seu vincla timent mea Curtisani,
      Sive aliud, multos jam latuere dies.
    Et veriti turbare bonos, intendere lites,
      Grassari, et Romæ prædam agitare suæ.
    Constituere modum sibi, jamque dedere quietem
      Vexatæ miris ante modis patriæ.

**)   Nec cadet insontis de sanguine gutta Lutheri,
      Quæ, si adsim, non sit sanguine mixta meo,

    Atque ita perrumpam. Perrumpam, aut ipse peribo,
      Hæc postquam semel est alea jacta mihi.

†) Vol. I. Epist. 332. 333. fol. ad Spalatinum. Quid Hutte=

„Ich werde fortfahren tapfer für die Sache der Wahrheit zu kämpfen. Nur weichen unsere Rath-schläge darin ab, daß die meinigen menschlich, oder auf menschliche Klugheit gegründet sind, deine hinge-gen ganz von den Fügungen der Fürsehung abhan-gen *)". — Wenn Ulrichen von Hutten sich des-sen erinnert hätte, was Luther im vorhergehenden Jahre höchst wahrscheinlich an ihn eben so wohl, als an den Spalatin geschrieben hatte; so würde er Luthern noch die Frage haben vorlegen können, wo-her es dann komme, daß dieser sein muthiger Freund jetzt auf einmal ganz anders denke, als er sonst ge-dacht habe. — Als Hutten im Sept. 1520. die Nachricht gab, daß er von nun an die Romanisten und Curtisanen nicht bloß mit der Feder, sondern auch mit dem Degen bestreiten wolle; so meldete Luther dieses dem Spalatin nicht nur ohne das geringste Zeichen von Tadel, sondern mit allen Zeichen des Wohlgefallens; und setzte sogar hinzu, daß wenn der Erzbischof von Mainz seine Schriften namentlich, wie Huttens Schriften verbieten sollte, er alsdann seinen Geist mit Huttens Geist zusammenspannen, und sich so vertheidigen werde, daß der Erzbischof sich gewiß nicht darüber freuen solle **). Als Luther

nus petat, vides. Nollem vi ac cæde pro evangelio certari: ita scripsi ad hominem. Verbo victus est mundus, verbo servata est ecclesia, etiam verbo reparabitur. Sed et Anti-christus, sicut sine manu cepit, ita sine manu contere-tur per verbum. Mitto etiam epistolam meam ad principem.

*) In Epist. ad *Luth.* p. 211. II. *Burckh.* Ego idem strenue conabor interim, sed in eo differunt utriusque consilia, quod mea humana sunt, tu, perfectior jam totus ex divinis dependes.

**) Vol. I. Epist. fol. 282. 83. Hutten literas ad me dedit ingenti spiritu æstuantes in Rom pontificem: scribens se jam et literis, et armis in tyrannidem sacerdotalem ruere: mo-tus, quod pontifex sicas et venenum ei intentarit. — Malo-rum caussæ accedit, quod episcopus Moguntinus per concie-

im Herbste 1520. von Spalatin erfuhr, (eine Nach:
richt, die ich sonst nirgends aufgezeichnet finde,) daß
Ulrich von Hutten aus dem Schlosse Ebernburg
herausgebrochen sey, um die päbstlichen Legaten auf:
zufangen; so freute er sich darüber, und beklagte es
nur, daß der Ritter seine Beute verfehlt habe *).
Wenn also Luther im Frühlinge 1521. eben das ver:
warf, worüber er sich im Herbste 1520. gefreut hatte;
so konnte es nicht daher kommen, daß Luther und
Spalatin den Gebrauch der Waffen zur Vertheidi:
gung der Wahrheit und Freyheit überhaupt mißbillig:
ten, sondern daß der Churfürst Friederich von
Sachsen erklärt hatte: Er wolle mit Hutten und
seinen Genossen nichts zu thun haben, und eben so we:
nig Theil an dem Kriege nehmen, welchen Ulrich von
Hutten, Franz von Sickingen, und deren Freunde
gegen den Pabst und die Geistlichkeit anzufangen ge:
dachten. — Luther schickte deßwegen die Antwort,
welche er Hutten gegeben hatte, an den Spalatin,
damit dieser sie dem Churfürsten vorlegen, und ihn
überzeugen möchte, daß Luther ganz in den Gesin:
nungen seines Herrn an Hutten geschrieben habe.

Aus dem Briefe, welchen Ulrich von Hutten
kurz vor Luthers Abreise aus Worms an seinen
Freund Pirkheimer in Nürnberg schrieb, erhellt,
welchen innigen Antheil er an Luthers Glück, und
an eben dieses großen Lehrers Bemühungen nahm.
„Sein letztes Briefchen", heißt es unter andern,

nes mandavit, Hutteni nomine expresso, libros ejus contra
Rom. pontificem neque legi, neque emi . . . Verum si et
me ita nominatim tractaverit, jungam Hutteno et meum spi-
ritum, ita me excusaturus, ut episcopum Moguntinum non
sim lætificaturus. et fol. 284. 85. Huttenus ingenti spiritu
accingitur in Rom. pontificem armis et ingenio rem tentans.
*) Epist. Vol. II. fol. 7. Gaudeo Huttenum prodiisse, atque
utinam Marinum aut Aleandrum intercepisset.

„hat mir Thränen ausgepreßt, indem er mir meldet, wie unwürdig man ihn behandelt, und wie man ihm befohlen habe, daß er auf seiner Rückreise das Wort Gottes nicht verkündigen solle. Welch' eine Ungerechtigkeit, die der schwersten göttlichen Strafen werth ist! Das Wort Gottes zu fesseln, und dem Prediger des göttlichen Worts den Mund zu verstopfen! — Unter den Rechtsgelehrten in Worms sind mehrere, welche behaupten, daß man nicht allein nicht nöthig habe, Luthern das vom Kaiser gegebene Wort zu halten, sondern daß man sogar verbunden sey, es zu brechen. — Vor kurzem schlug jemand ein Blatt in Worms an, in welchem es hieß, daß vierhundert Ritter sich zu Luthers Beßten verschworen hätten, und am Ende die aufrührerischen Worte: Buntschuh, Buntschuh hinzu gefügt worden. Die unvernünftigen Menschen, welche Luthern nützen wollen, und ihm den größten Schaden thun! Wiewohl einige vermuthen, daß Luthers Feinde diesen Anschlag gemacht haben, um ihrem Gegner Haß und Neid zu erwecken. Franz von Sickingen hat feyerlich geschworen, daß er für die Sache der Wahrheit alles wagen und thun wolle. Du weißt, daß eine solche Versicherung aus seinem Munde so unverbrüchlich, wie ein Götterspruch ist. Eine größere Seele giebt es jetzt in Deutschland nicht. Ich wollte, daß ich nicht so viele Wohlthaten von ihm empfangen hätte, damit ich desto unverdächtiger sein Lob ausbreiten könnte. — Reize du die Gemüther deiner Mitbürger; denn auf die Reichsstädte habe ich ein nicht geringes Vertrauen gesetzt, wegen der Liebe zur Freyheit, wovon sie beseelt sind. — — Auch Pirkheimer litt im Jahre 1521. große Verfolgungen von den Romanisten*); aber doch mehr

*) S. ej. Epist. ad *Huttenum*, in Op. *Pirkh.* p. 405. in Op. *Hutteni* p. 293.

um Reuchlins als um Luthers willen, ungeachtet
man ihm die Schrift, Eckius dedolatus zueignete,
und auch deßwegen von allen Seiten die Angriffe auf.
ihn erneuerte *).

So wie Carl V. Luthern verdammte, um den
Pabst zum Bundesgenossen gegen Frankreich zu ge=
winnen; so nahm er gleich nach dem Reichstage zu
Worms Franzen von Sickingen und Ulrich von
Hutten in seine Dienste, damit er durch diese Ritter
und deren Gehülfen den Krieg gegen Frankreich desto
nachdrücklicher führen möchte *). Franz von Si=

*) l. c. Nec mihi tam Lutheri, quam Capnionis amicitia no-
cuit, cujus inimici præcipue me infestarunt. — Quin et
Eckius dedolatus non parvas mihi suscitavit turbas.

**) Kriege und Pfedschaft, Fr. von Sickingen S. 20. Der
Kaiser schickte seinen Brichtvater, den berüchtigten Glapio, zu
den beyden Rittern nach Ebernburg, von welchem Besuch
Hutten in der Expostulatio cum Erasmo p. 30. folgende in=
teressante Anekdote erzählt: Ejus hæc audita mihi et Francisco, assidentibus nonnullis item aliis vox est, cum Ebern-
burgum ad nos a Cæsare missus esset — se fateri hoc, neque dubitari, neminem eorum, qui implacabiliter Luthero
inimici essent, negaturum, ab illo primum patefactam Chri-
stianis omnibus januam, per quam ad veram reconditissimo-
rum sacræ scripturæ sensuum cognitionem ingredi liceat.
Cumque ego intulissem, quod igitur tantum illius peccatum
esse possit, quod cum tali benemerito comparatum prægra-
vare debeat, ego quidem, respondit, non video. Et tamen
nemo interim capitalius Lutherum oderat, etc. Daß Hut=
ten in kaiserliche Dienste getreten sey, wird im neuen Karst=
hans S. 17. als eine Neuigkeit erzählt; der Bauer Karst=
hans sagt zum Franz von Sickingen: Der Kaiser . . ver=
volget auch den Hutten, wie ich höre. Der Ritter antwortet:
Lieber, das laß dich nit irren was geschehen; ist villeycht mit
in böser meynung geschehen; so hat er Hutten yetzund zu
Diener uffgenommen, unnd hoff ganz, er werd nit lang Bäb=
stisch seyn, er schickt sich wol darin. — Ulrich von Hutten
erhielt zweyhundert Goldgulden jährlichen Soldes. Brunf. Responsio p. 89. et Burckhard II. 240. ex Brunfelsii Resp. Der
Ritter von Croneberg, Sickingens Schwiegersohn, hatte
eben so viel vom Kaiser erhalten, aber dem Kaiser seinen
Dienst noch im Februar 1521. aufgekündigt. Lutheri Ep. I.

ckingen brachte ein Heer von 3000. Mann zu Pferde, und 12000. zu Fuß zusammen *), und es war
nicht seine Schuld, daß die kaiserliche Macht an den
Mauern von Metz scheiterte. Statt der Belagerung
dieser Stadt, auf welcher der Graf von Nassau
bestand, rieth er, tief in Frankreich einzudringen,
und alles mit Feuer und Schwerdt zu verheeren, welches der sonst menschliche und edelmüthige von Sickingen in diesem Kriege für erlaubt hielt. Franz
von Sickingen gerieth durch den mißlungenen Feld-
zug nicht nur in sehr großen Schaden, indem der kaiserliche Hof den Sold der für denselben angeworbenen
Truppen nicht bezahlte, sondern er verlohr dadurch
auch eine erwünschte Gelegenheit, die Gnade des Kaisers noch mehr zu erwerben, durch welche er vielleicht
seinen und seiner Freunde Untergang hätte vermeiden,
und der Reformation noch wichtige Dienste hätte leisten
können. Wahrscheinlich war es auf, oder gleich nach
dem Rückzuge aus Frankreich, wo Franz von Sickingen und Ulrich von Hutten die Stadt Schlettstadt befehdeten, und die Cartheuser um 2000. Goldgulden straften, weil sie Huttens Bildniß zu einem
höchst schmutzigen und beleidigenden Gebrauche angewendet hatten **). Auch bey der Befehdung von
Schlettstadt wurden von den Sickingischen Kriegern

---

f. 325. Vielleicht ließ sich auch dieser von neuem zum Dienste
gegen Frankreich anwerben.

*) ll. cc.

**) *Nic. Gerbel.* ad *Joh. Schwebelium*, p. 25. in Centur. epist.
ad Schwebelium. Huttenus Carthusianos, quia imagine sua
pro anitergiis usi sunt, duobus millibus aurcorum nummun
multavit. Der Brief war am Tage des Apostels Thomas
1521. geschrieben. Ich glaube nicht, daß die Nachricht, welche Erasmus dem Melanchton gab: Daß Hutten seine
Freunde in Schlettstadt pecunia aliqua multavit, sich auf
diese Fehde beziehe. Erasmus wollte weiter nichts sagen,
als das der flüchtige Hutten von seinen Freunden in Schlett-
statt Geld geborgt habe.

Gewaltthätigkeiten verübt, welche selbst die Bewunderer des Helden nur damit entschuldigen konnten, daß in dem hitzigen Eifer etwas menschliches mit untergelaufen seyn möge *). Kurz vor oder nach dieser Fehde veranstaltete Franz von Sickingen einen Ritterconvent in Landau, wo sehr viele von Adel zusammen kamen, und sich mit einander verabredeten, wie sie sich gegen die Vergewaltigungen mächtiger Nachbaren schützen, und wahrscheinlich auch, wie sie die Sache der Freyheit und Religion gegen die Romanisten und Curtisanen vertheidigen wollten; eine Verbindung, wodurch Franz von Sickingen, wie sein deutscher Lebensbeschreiber sagt **), trefflichen Undank bey Churfürsten und Fürsten verdiente.

Die Fehden und Unterhandlungen, denen Ulrich von Hutten nach dem Reichstage zu Worms beywohnte, hinderten ihn in den letzten acht Monaten des J. 1521. so viel zu schreiben, als er in den vier ersten geschrieben hatte. Die einzige ächte Schrift, welche Hutten nach dem Reichstage zu Worms verfertigte, ist meiner Meynung nach das Gespräch: Der neue Karsthans, nicht aber der Karsthans, und noch weniger der Ludus in caprum Emseranum, oder der Eckius dedolatus, oder einige ähnliche lateinische Pamphlets, auch nicht das kleine Gespräch: Wer hören wil wer die gantzen Welt arm gemacht hat, der mag lesen vises biechlein; die unß solten reich machen an der seel, die haben uns arm gemacht an gut, und gott waist wie es den seelen gangen ist; und das ist das ander biechlein, das von dem Adel ausgeet und haist: die weyß gilgen die gott gepflanzt hat; welches viel

*) Ap. *Burckh.* II. 219. p.
**) S. 27.

leicht der Pendant einer viel wichtigern Schrift ist, ich
meyne der Kläglichen Klag an den christlichen Rö=
mischen Kayser Carolum, von wegen Doctor
Luthers und Ulrich von Hutten. Auch von
wegen der Curtisanen und Bättelmönch. Daß
kayserlich Maiestät sich nit laß sollich leut ver=
führen. Der erst Buntsgenoß. Alle Schriften,
deren Titel ich eben angeführt habe, sind gewiß oder
höchst wahrscheinlich im J. 1521. gedruckt worten, den
Eckius dedolatus und vielleicht den Karsthaus ausge=
nommen, wiewohl ich eher glaube, daß auch der letz=
tere im J. 1521. erschienen ist.

So wie man Ulrichen von Hutten für den
Verfasser aller andern namenlosen gegen die Priester=
schaft und Schullehrer gerichteten Schriften hielt,
welche in den ersten Zeiten der Reformation heraus=
kamen; so auch für den Verfasser des Gesprächs Karst=
hans *), in welchem der Doctor Murner, Karst=
hans ein Bauer, Studens, ein Sohn des Bauern,
endlich Luther und Mercurius vorkommen, und sich
über die Angelegenheiten der Kirche, vorzüglich aber
über die Verdienste und Schriften von Doctor Luther
und Docter Murner unterreden, welcher letztere ge=
gen den ersten geschrieben hatte **). Ich spreche dies

---

*) *Burckh.* II. 307. III. 312.

**) Unsere Bibliothek besitzt zwey Ausgaben dieses Gesprächs,
und unter diesen, wie es mir scheint, die Originalausgabe,
auf deren Titelblatt die redenden Personen, und von diesen
der Doctor Murner mit einem Katzengesichte in einem Holz=
schnitte vorgestellt sind. Einer von denen, in deren Händen
die Originalausgabe vormals war, hat auf das Titelblatt die
Jahrszahl 1520. geschrieben, und dabey auf die breyzehnte
Seite verwiesen, wo es heißt: Witers was wunder ist ge=
schehen in diesem XX. jar zu Mentz, da kam ein Legat
von Rom dahin, u. s. w. Diese Stelle würde für das
J. 1520. entscheidend seyn, wenn diesem, und nicht diesen
kunde. Ich halte es daher mit einem der ehemaligen Besitzer

sen Dialog Ulrichen von Hutten mit Zuversicht ab,
weil er in schweizerischer oder vielmehr elsaßischer
Mundart geschrieben, und die Rechtschreibung ganz
anders, als in Huttens deutschen Schriften ist °).
Auch würde Ulrich von Hutten zwar einen Bauern
und dessen Sohn mit dem Doctor Murner oder dem
Doctor Luther, aber er würde schwerlich beyde zusammengebracht, und noch weniger mit dem ganz entbehrlichen Mercurius in einem Gespräch vereinigt
haben.

Das Gesprächbiechlin heüw Karsthans hingegen athmet allenthalben den Geist und die Sprache
Ulrichs von Hutten so sehr, daß, wenn er nicht
der Verfasser seyn sollte, wie ich glaube, es von einem
seiner vertrautesten Freunde herrühren müßte, die mit
ihm auf dem Schlosse Ebernburg wohnten, und von
allen Geheimnissen sowohl Huttens als Sickingens
vollkommen unterrichtet waren **). Die Underreder

der zweyten Ausgabe, oder des Nachdrucks, der auf das Titelblatt 1521. geschrieben hat. Meine Gründe sind, weil in
dem Gespräch sowohl das, was zu Mainz bey der Verbrennung der Lutherischen Schriften vorfiel, als die Disputation
Luthers mit dem Dr. Eck zu Leipzig, als nicht ganz kürzlich
geschehene Dinge angeführt werden. Luther erwähnt dieses
Gesprächs in einem Briefe, der um Pfingsten 1521. geschrieben wurde; Vol. I. f. 331. Habet Germania multos Karst-
hansen; so wie er von Murners Streitschrift im Anfange
dieses Jahrs redet. I. 299. 310.

*) Z. B. S. 3. Auch sagt man, ein Katz sey der newn bösenn
würm einer, wann ym sein herr etwas leyds thut, so gaug sie
hien, und leck ein Krot, auch zerbyß u. s. w. . . . Gang wirff
mit steynen zu yneu, das sie der Henker muß würgen; was
ungemach entsteht von diesen falschen würmen.

**) Franz von Sickingen belegt alles, was er sagt, mit Stel-
len aus der heiligen Schrift; er erklärt bisweilen Wörter aus
fremden Sprachen, z. B. Antichrist, statt dessen man damals
häufig Endchrist sagte. Der Bauer Karsthans wundert sich
über die Gelehrsamkeit seines Junkers, welche Verwunderung
ihm Franz von Sickingen durch die Nachricht nimmt, daß

des Gesprächs sind ein Bauer Karsthans und Franz
von Sickingen. Der Ritter frägt den Bauer, war:
um er so ernstlich aussehe; und Karsthans antwor:
tete dem Junker, daß er wohl Ursache habe, verdrieß:
lich auszusehen, weil er von den Pfaffen unaufhörlich
und unleidlich geplagt werde, ohne daß er eine Besse:
rung seiner Lage hoffen könne. Diese Klagen geben
Anlaß zu einer Unterredung über die Bedrückungen,
den Geiz und andere Laster der Geistlichkeit, welche den
Beyspielen und Lehren Christi und der Apostel, wie
sie von Luthern und Hutten aus der Vergessenheit
hervorgezogen worden, schnurstracks entgegengesetzt
seyen. Beyde stimmen darin überein, daß der Pabst
der größte Antichrist, oder Verkehrer des Evangeliums
sey: Daß der gemeine Adel durch die Romanisten
und Curtisanen am höchsten beschwert werde: Daß
die Sachen nicht länger so fortgehen könnten, als bis:
her; daß man aber, wenn auch Gewalt nöthig seyn
sollte, die Lage der Dinge zu ändern, nicht aus Ei:
gennutz, oder Rachgier, oder Neid, sondern bloß von
Gottes, und seiner göttlichen Wahrheit und
Gerechtigkeit wegen handeln müsse. Zu den
merkwürdigsten Stellen des neuen Karsthans gehört
das, was auf dem fünften vorletzten Blatt von dem
Schaden gesagt wird, welchen der Adel durch die
Geistlichkeit gelitten habe und noch leide. Franz von
Sickingen: „Hierumb gelaubt ich von nöten sein, ..
das alle geistliche Stift und Clöster, auch die ewigen

Ulrich von Hutten den Winter über, welchen er auf Eberns:
burg zugebracht, bey Tische oder nach der Mahlzeit Luthers
Schriften, oder die Bibel, vorgelesen und erklärt habe. Wenn
man mit diesem Dato die beyden andern im neuen Karsthans
enthaltenen Nachrichten verbindet, daß der Kaiser Franzen
von Sickingen kürzlich zum Kriegszuge gegen Frankreich
verordnet, und auch Ulrich von Hutten zu seinem Diener
angenommen habe; so wird man bald überzeugt, daß das Ge:
spräch im J. 1521. nicht lange nach dem Reichstage zu Worms
verfertigt worden.

gebåchtnuß, als fie die nennen, und jarzent begångknůß
ganz abgethan werden; dann durch fölliche feind wir,
zuvoran der gemeyn adel, uff das höchst beschwårt
und in armut gefetzt, und müffen noch als je mehr
und mehr abnehmen. Wiewol etliche thorechte uß irer
unwiffenheit fagen, die Thumbflifft feyen Spitål des
Adels, und wöllen nit erkennen, daß fie mehr Raubs
håufer des Adels find. Dann erftlich haben unfere
Alten die Pfründen geftifft, darnach haben die Pfaffen
ye mer und mer (wie fie noch thun) von uns an fich
erwuchert und gekaufft. Vil nemen uns auch die Bis
schoff mit gewalt. So thut kein Edelman jetzt feinen
fun uff ein ftifft, er gåb im fünffter ein weyb und ließ
in fich neren, wie er nit eren möcht, unnd als mans
cher armer thun muß. Dann die pfrunden muß man
zu Rom kauffen; darzu erwerben fie am meiften teyl
die Curtifanen, den muß man darnach penfion ges
ben; alfo koftet es gar vil einen jungen in Teutfchland
auf ein ftifft zu bringen. Dann alda wil bereit gelt
fein, das nit yederman alwegen haben mag, er wöll
dann fein groffen fchaden thun, åcker, wifen, weins
gårten, höf, oder dorff verkauffen, oder verfetzen.
Sind diefes Spitål des Adels? Ja mer mögen es
genannt werden Spitål der verråterifchen Curtifanen
und Romaniften; die werden den meiften teyl darin
verfehen, haben auch das regiment in allen ftifften,
und kompt durch fie das gelt nach Rom. Karfthans.
Etwan hab ich gehört, die pfaffen wåren lang gerecht
verjagt, wenn der adel thåt; dann fie fagen, ir wöllt
nit wider euwere freund thun. Franz. Wol mag
alfo darvon geredet werden; es mögen auch etlich uns
weyfenn, (wie ich vor gefagt,) anders nit wenen,
dann wir feyen zumal wol daran mit den ftifften;
aber warlich zu reden, ift nyemand in Teutfchland,
den die pfaffheit våfter befchwårt, dann den gemeynen
Adel".

Am Ende des Gesprächs folgen dreyssig Artikel, welche Juncker Helfreich, Reiter Heintz, und Karsthans mit sampt irem anhang, hart und vest zu halten geschworen haben. In diesen Artikeln wird niemand Ulrichen von Hutten verkennen. Die Artikel lauten so:

„Zum ersten, das sie hinfür die pfaffen, wie die nezund leben, nit geistliche vätter, sunder fleischliche Buben nennen wollen.

Zum andern, das sie alle münch für gleyßner halten wöllen, und sich zu keiner Kutten guttes nymmer mer versehen.

Zum dritten, das sie hinfür der obgemelten pfaffen bann gleich achten wollen, als ob sie ein gans anbließ.

Zum vierden, hinfür an kein stifftung, brüderschafft, walfart, kirchen, ablaß, oder dergleychen einen pfenning nemehr zu geben.

Zum fünften, den Babst zu Rom für ein Endchrist zu halten, und im in allen dingen entgegen zu sein.

Zum sechsten, das sie die Cardinäl, Prothonotarien, Officiäl, Bischoff, Auditor, und andere zu Rom des Teufels Apostel nennen, und halten wöllen.

Zum siebenden, das sie den hoff zu Rom, und des Babst gesind die vorhellen nennen wöllen.

Zum achten, das sie herr Ulrichs von Hutten helfer sein wöllen wider die Curtisanen, und ire anhänger.

Zum neunten, all Curtisanen gleich den unsinnigen hunden zu halten, das in die zu schlagen, fahen, würgen, und tödten gezeme.

Zum

Zum zehenden, das sie ein yeden Bäbstlichen Legaten, für ein verräter teutscher nation, und gemeynen seynd unsers vatterlands halten wöllen.

Zum eylfften, das sie ein yeden geistlichen hinfür, gleych wie ein andern, nach seinen werken halten und urteylen wöllen.

Zum zwölfften, verstosst oren zu haben, so offt die pfaffen, wie yezund, von irer freyheit und weyhe sagen.

Zum dreyzehenden, schwören sie ein ewige feyndschafft den geistlichen rechten, allen Bäbstlichen bullen und brieffen, und allen den, die sie umbfüren, ußgeben, oder über in halten und sie beschirmen.

Zum vierzehenden, in fürt an kein gewissen darüber zu machen, ob sie genugsamlich verursacht, einen pfaffen, oder Clericken schlügen, oder trätten.

Zum fünfzehenden, daß sie hin für uff Freytagen und andern Fasttagen entweders gar fasten, oder aber on underschidlich fleisch, visch, und was in fürs kompt, wie an andern Tagen, essen wöllen.

Zum sechszehenden, eim yeden bettelmünch, der in ein keß abfordere, ein vierpfündigen Stein nach zu werffen.

Zum sybenzehenden, in ihr behausung keinen münch lassen, unnd ob einer unversehener sach daryn käm, in uß zu jagen, unnd im mit besem bis über die Thür schwellen nachzukeren.

Zum achtzehenden, auff keinen Sendt hinfür zu geben, und auch ihren Nachpauren, so viel in müglich, nit gestatten fürt an wie bißher zu rügen, sunder wöllen sie sich selbs brüderlich under einander straffen, und zum Besten underweysen.

T

Zum neunzehenden, ob ein Official oder send-
pfaff zu in kåm, das sie in wöllen mit hunden uß-
hetzen, und die kinder lassen mit kat bewerffen.

Zum zweintzigsten, das sie allen Pedellen, die Ci-
tation oder bannbrieff zu in bringen, zum ersten die
oren abschneyden, darnach, ob sie wider kåmen, die
augen ußstechen wöllen.

Zum ein und zweinzigsten, das sie keinen pfarrer
bey in leyden wöllen, er sey dann genugsam das
ewangelium und Christlich gesatz zu predigen, und
darneben eines erbern frummen lebens.

Zum zwei und zweinzigsten, hinfür nit mer zu
gestatten, das einer ein pfarr hab, und die nit selbs
versorg.

Zum drey und zweinzigsten, kein bildniß fürtan
mehr, sie seyen von stein, holtz, gold, sylber, oder
wie gemacht, sunder allein gott im geist anzubetten,
und im zu dienen.

Zum vier und zweinzigsten, kein brot, wein, saltz,
wasser, kraut, wachs, oder anders hinfür zu weyhen
lassen, sundern alles, das sie mit Dancksagung nieß-
sen, für geweyht und gesegnet zu halten.

Zum sechß und zweinzigsten, das sie den statio-
nierern, wo sie die uff der strassen ankommen, ihre
pferdt nemen, die seckel raumen, sie nit trucken schle-
gen, wie vil sie pfund haben, wol überschlagen,
darnach mit dem heiligthumb faren lassen wöllen.

Zum sieben und zweinzigsten, ob ir einer eim gey-
tzigen ungeistlichen pfaffen etwas nemen oder ent-
pfremden möcht, das wöllen sie so sünd achten, als
hetten sie uff ein würffel getretten.

Zum acht und zweinzigsten schwören sie ein feynd=schaft, allen Doctor Luthers seynden und abgündern.

Zum neun und zweinzigsten, der heimlichen beycht halber, Doctor Luthern und andere der sach verstän=digen und unparthyschen an zu suchen, und ihres rats darin zu pflegen, unangesehen, wie es die geyt=zigen pfaffen bishär gehalten.

Zum dryßigsten, das sie in allen obgeschribenen artickeln ire leyb und gut zusammen setzen wöllen. Unnd ruffen gott zu gezeugen, das sie nit ir eygene sach hierinn, sundern dit gotliche warheit, christen glaub, und des gemeynen vatterlands wolfarn, bewegt. Und was sie thun, geschicht in christlichen erbern guten meynnung, u. s. w." — Die Meynung war gewiß gut. Nur konnte das eigenmächtige Gefangenneh=men, Plündern, Schlagen, Ohrenabschneiden, und Würgen nicht durch die gute Meynung gerechtfertigt werden *).

Weder der Ludus in Caprum Emferanum, Wittembergæ 1521. noch der Eccius dedolatus authore Joanne Francisco Cottalembergio poeta lau=reato, sind von Ulrich von Hutten **), ungeachtet Huttens Beyspiel die Verfasser dieser und anderer

<hr>

*) Unsere Bibliothek besitzt noch einen dichterischen Dialog zwi=schen Karsthans und Kegelhans, der hinter der Passio Doc=toris Martini Lutheri secundum Marcellum in klein 8 wahr=scheinlich im J. 1521. gedruckt worden ist. Der Dialog beträgt nur ein Octavblatt, und die Poesie ist so schlecht, daß dies Gespräch weder von Hutten, noch von einem andern berühm=ten Dichter der damaligen Zeit geschrieben seyn kann. — So wohl das Gespräch, als die Passio Lutheri, sind in Luthers Briefen abgedruckt worden. Burckhard führt II. 310—315. noch mehrere Flugschriften aus jenen Zeiten an, die wahrschein=lich eben so wenig von Hutten sind, als diejenigen, die ich gleich beurtheilen werde.

**) Dies glaubte auch Burckhard nicht II. 310. 314.

muthwilligen oder freymüthigen Schriften zur Nachahmung gereizt hat. Der Ludus in Caprum Emferanum besteht bloß aus einem einzigen Bogen, und
enthält ausser einem kurzen Gespräch zwischen dem Caper und der Empusa, worin diese dem Emser nach
der erlittenen Niederlage den Rath giebt, statt der
offenbaren Waffen die heimlichen vergifteten Pfeile
der Verläumdung zu brauchen, fünf Seiten von Epigrammen, die sich fast alle um das Wort Caper drehen.
Weder in dem Gespräch, noch in den Gedichten, ist
auch nur ein Körnchen von Huttenischem Salze *).
Das Gespräch Eccius dedolatus betitelt ist mit mehr
Witz geschrieben, und doch ist die Sprache, Erfin-
dung und Laune so sehr von der Huttenschen ab-
weichend, daß Kenner der leztern den Eccius dedolatus unmöglich für eine Arbeit von Hutten halten
können. Luther vermuthete, daß Pirkheimer der
Verfasser des gehobelten Eckius sey; und diese Vermuthung müssen mehrere gehabt haben, weil Pirkheimer das Gerücht selbst an Hutten schrieb **).
— Mir scheint das Gespräch auch Pirkheimers nicht
werth zu seyn, ungeachtet die Schreibart besser ist,
als sie in den meisten Schriften von Pirkheimer
zu seyn pflegte. Im Eccius dedolatus kommen schon
Spöttereyen auf den ziegenböckischen Emser vor;
und um dieser Anspielungen willen würde ich den
Eccius dedolatus in das Jahr 1521. sezen, wenn
nicht Luthers Brief, und uoch mehr die Jahrszahl
am Ende des Dialogs, das J. 1520. anzeigten †).

---

*) Luther sagt von diesem Ludus: I. 330. f. . . . satis indicat
autores primarios.

**) S. Luth. Epist. I. fol. 251. a.

†) Es heißt am Ende: Acta decimo Kalendas Marcii Anno
MDCCXX. in occipitio Germaniæ. . . . Impressum per
Agrippam Panoplium Regis Persarum Bibliopolam L. Simone
Samaritano et D. Juda Schariottide: Consulibus in urbe Lu-
cernarum apud Confluentes Rhenum, et Istrum.

Luther billigte solche Spottschriften gar nicht; denn
er hielt es für besser, daß man jemanden geradezu seine
Schandthaten vorhalte, als ihn hinter dem Rücken
lächerlich mache *).

Ungefähr um dieselbige Zeit erschienen die Epistola de Magistris nostris Lovaniensibus, quot et
quales sint, quibus debemus magistralem illam dam-
nationem Lutheri, cum S. Nicolai Vita; und:
Ecce mi lector longo jam tempore expectantibus
nobis Lovaniensium et Coloniensium Apologiam vix
tandem prodire ausus est aliquis, qui se objiceret
Luthero. Sed ita Magistrorum nostrorum et Pa-
pisticæ sectæ causam egit, ut ostenderit magis,
quid optent, velint, et ardeant Domini Magistri
de facultate, quam quid possint, imo hoc quoque
vel præter mandatum facultatis declaravit, nihil
posse magistros, quam cremare. 1521. Simon
Hessus. — Der Brief von den Magistris nostris
in Löwen gehört zu den seltensten Flugschriften aus
jenen Zeiten, und einer der ehemaligen Besitzer des
Exemplars, das sich jezt auf unserer Bibliothek findet, hielt, wie er es auf dem Titelblatt anmerkte,
die Schreibart des Briefes und des Lebens des Carmeliten Egmond für unläugbar Huttenisch **).
Allein Ulrich von Hutten würde sich gegen Luthern nicht so fremd gestellt haben, als der Verfasser des Briefes an mehrern Stellen that †). Wenn

*) l. c. Non tamen placet iste modus in Eccium insaniendi,
quod sit famosus libellus, meliorque est aperta criminatio,
quam iste sub sepe morsus.

**) Die Epistel MDXVIII. Mense Aprili, die Vita Anno
MDXX. datirt. Es scheint, als wenn beyde erst 1521. gedruckt worden.

†) S. B. Non sum is, mi Zwingli, qui Lutheri libros intel-
ligam, ob quæstiones aliquot remotiores, nec me causæ illius
misceo, cum ipse non egeat talibus patronis. — Qualis sit

man auch sagen wollte, daß Ulrich von Hutten
im J. 1518. seine Ergebenheit und Hochachtung ge=
gen Luthern versteckt habe; so wissen wir dagegen,
daß er um eben die Zeit, wo die Epistola de Magistris nostris Lovaniensibus geschrieben seyn soll, so
wenig über Luthern unterrichtet war, daß er sich
vielmehr über den Streit zwischen den Augustinern
und Dominikanern nur deßwegen freute, weil die
Mönche sich einander aufreiben würden *). Schwer=
lich hätte auch Hutten sich selbst so citirt und ge=
lobt, als in diesem Briefe geschehen ist **). —
Das Leben des Carmeliten Egmont enthält lauter
Dinge, welche Ulrich von Hutten kaum erfahren
konnte. Dieß Leben muß schon allein deßwegen Hut=
ten abgesprochen werden, weil es mit dem vorherge=
henden Briefe einerley Verfasser hat.

Die kleine Schrift des angeblichen Simon Heß=
sus ist eine feine Persiflage der Gegner Luthers,
die bis 1521. auf den Kampfplaz getreten waren,
indem sie dem Scheine nach die Sätze widerlegt,
welche Luther gegen den Pabst und die Schultheo=
logen vertheidigte. — Ulrich von Hutten war im
Jahr 1521. nicht dazu gestimmt, um über die An=
griffe, welche man auf Luthern machte, heimlich,
und gleichsam hinter dem Vorhange herauszulachen.

Lutherius nescio, nisi quod libri, quos hactenus edidit, te-
stantur, eum in esse literis theologicis non tam veteribus,
quam recentioribus exercitatissimum, præterea ingenium ar-
guunt sanum, et pectus multis variisque dotibus vere Chri-
stianis instructum.

*) Man erinnere sich des Briefes an den Grafen von Nuenar,
dessen ich zu seiner Zeit erwähnt hatte.

**) Nam hoc (Edmundensis) subinde jactitat e suggestu, quod
Huttenus noster arcem impudentiæ vocare solet. — Hutteni
postrema fœtura mire probatur doctis omnibus; utinam ille
vivat ultra Nestoris annos; ita semper vincit se ipsum, felix
illud et fœcundum ingenium.

Die sonst nicht schlechte Schreibart des Auffsaßes ist
von Huttens Sprache nicht weniger verschieden, als
der darin herrschende Geist von dem Geiste der Huttenschen Schriften aus dem J. 1521. verschieden ist *).

Wenn man sich vormals nicht für berechtigt gehalten hätte, Ulrichen von Hutten alles zuzueignen, was auf die entfernteste Art gegen den päbstlichen Hof gerichtet zu seyn schien, so hätte man ihm
folgendes aus einem einzigen Bogen bestehende Pamphlet nicht zuschreiben können: Habes hic lector Dia-
logum de Fratre Hieronymo Nicolai Savanorola
Ferrariensis ordinis praedicatorum, Floren. laqueo
suspenso, igne atque aqua consumto. Epistolam
Joachimi Turrani, Veneti, ejusdem ordinis magistri generalis, et Francisci Ramalicii I. V. doct.
Hispani ad Alex. VI. de Hiero. et Sylvestro Floren. et Dominico de Pisia complicibus damnatis.
Epistolam Alexandri Papae approbantis conciones
in Hiero. factas, lepore refertam. MDXXI. —
Was konnte Hutten für ein Interesse haben, den
Bericht des geistlichen Henkers der Dominikaner in
Florenz, und die Antwort des Pabstes auf diesen
Bericht, drucken zu lassen; und wenn er es that,
warum sollte er seinen Nahmen verschweigen? In
dem kleinen Gespräch zwischen den Brüdern Tuscus
und Remus, das vor den Actenstücken hergeht, ist
auch nicht ein Fünkchen des Huttenschen Genies
vorhanden.

Jezt sind aus dem J. 1521. noch zwey deutsche
Schriften übrig, von welchen man zwar Ulrich
von Hutten nicht für den Verfasser gehalten hat,

*) Die Schrift ist auch in der Wittenbergischen Ausgabe der lateinischen Werke Luthers abgedruckt. II. f. 126.

die sich aber doch auf ihn beziehen, und daher in seiner Geschichte nicht übergangen werden dürfen. Die erste ist das Gespräch: **Wer hören wil, wer die ganzen Welt arm gemacht hat, u. s. w.** Ein Graf und ein Edelmann unterreden sich über den Verfall des Glaubens sowohl, als des Adels; und kommen darin überein, daß die Geistlichkeit die Ursache von beyden sey; daß man die Ordensgeistlichkeit abthun, und die überreiche und mächtige Weltgeistlichkeit einschränken; daß der Adel sich deßwegen mit einander vereinigen, und den Diener Gottes, Luthern, sammt dem Verfechter der Wahrheit, Ulrichen von Hutten, beschützen und unterstützen müsse. Vom leztern heißt es im Anfange: „Ich sich aber kain meer under unß Adelischen leuten, wann ainen mann; sein namen ist ainer von Hutten der sich des Lutherischen Kampf undernimbt; der almechtig got verleih im krafft und sterck, das er überwind alle seine feind, die wider den christlichen glauben sein"; und am Ende von Ulrichen von Hutten und Doctor Luther: „Gemacht zu lob dem frummen Luther, der uns weyst den Tag, und dem Ritterlichen forfechter des Luthers, den man nent herr Ulrich von Hutten; ain frummer und ain gerechter Edelman, der kempfen und fechten will von der wahrheit wegen Christi". — Der Inhalt dieses Gesprächs ist ganz aus Huttenschen Schriften, und vorzüglich aus den Prædonibus geschöpft.

Auf dem Titel des Gesprächs wird gesagt, daß dieses das andere Büchlein sey, das von dem Adel ausgehe. Vielleicht war das erste Buch, welches mehrere Adelsgenossen bekaunt machten, die **klägliche Klag an den Römischen Kayser Carolum von wegen Doctor Luthers und Ulrich von Hutten.** Dieß Buch ist, wie die Verschiedenheit der

Sprache und Mundart in den verschiedenen Abschnit=
ten lehrt, von mehrern genau miteinander verbunde=
nen Freunden, wie man vorgiebt, fünfzehn an de
Zahl, in der Absicht geschrieben worden, um dem Kai=
ser Carl V. die gerechten Klagen der deutschen Na=
tion, und die beßten Mittel, diesen Klagen abzuhel=
fen, mit Bescheidenheit vorzulegen. Die Verferti=
gung dieser Schrift fällt, wie man gleich aus den
Datis des ersten Abschnitts sieht, in die Zeit der
ersten Ankunft des jungen Kaisers in Deutschland,
wo er schon einige ungünstige Mandate gegen Lu=
thern und andere Freunde der Wahrheit erlassen
hatte, wo man aber noch hoffte, daß Carl V. bald
andere Gesinnungen annehmen werde. Die Verfas=
ser der aus fünfzehn Abschnitten bestehenden Schrift
lebten, nach ihrer Sprache und Mundart zu urthei=
len, insgesamt am Oberrhein, im Elsaß, in der
Schweiz und in Schwaben; und waren, wenn auch
nicht von Adel, wenigstens treue Anhänger des deut=
schen Adels, dessen sie sich nicht nur gegen die Geist=
lichkeit und Fürsten, sondern auch gegen die Docto=
ren und Schreiber annahmen. Ich halte die Klagen
der fünfzehn Bundesgenossen über die Mißbräuche
des geistlichen und weltlichen Regiments in Deutsch=
land für eine der geistreichsten, belehrendsten, und
noch jezt interessantesten Schriften, die in dem drit=
ten Decennio des sechszehnten Jahrhunderts erschie=
nen sind; für eine Schrift, die zu ihrer Zeit von
ausserordentlicher Wirkung gewesen seyn muß *). Die

---

*) Ich glaube, daß Erasmus in seinem Briefe an den Jodo=
rus Jonas Ep. DLXXII. T. I. Ep. p. 642. auf die Klagen
der Bundesgenossen anspielte, weil in einigen Abschnitten Aus=
züge aus dem Encomio Moriæ gegeben werden: E meis li=
bris, quos scripsi, priusquam somniarem oriturum Lutherum,
odiosa quædam decerpserunt, et in Germanicam versa lin=
guam publicarunt, quæ viderentur affinia quibusdam Lutheri
dogmatis. In der Spongia p. 95. beschuldigt Erasmus Ul=

Klage des erſten Bundesgenoſſen, unſtreitig der beßte
Abſchnitt der ganzen Schrift, iſt eine ehrerbietige und
rührende Bittſchrift an den Kaiſer Carl V., worin
man dem jungen Monarchen vorſtellt, wie das deut=
ſche Vaterland bisher unſägliche Bedrückungen an
Seele und Leib, an Ehre und Gut gelitten; wie aber
allmählich der deutſchen Nation durch den Reuch=
lin, den Erasmus, und andere vortrefliche Män=
ner, über den Urſprung und die Ungerechtigkeit dieſer
Bedrückungen die Augen geöffnet, und eine Begird
chriſtliches wáſen erweckt worden; wie beſonders
got in den letzten Zeiten geſchickt habe zwen ſun=
der ußerwelt kún unnd erleuchte botten zu
beraiten deinen wág in das regiment, und
dich zu laiten und wyſen in deinem ſúrgang,
durch deren múg und flyß alles ab wág ge=
than wird, das dem Kayßer irrung brácht
an ſeinem Ampt. „Diſe zwen gottes botten", fährt
der erſte Bundesgenoß fort, „ſind Martinus Lu=
ther und Ulrich von Hutten; ſie ſind baid teutſch
geboren, hochgelert und chriſtliche menner, die al ir
tag dohin gericht haben, das gottes eer ein ſúrgang
hatte, wie es ſich erzaigt in ihrem außbruch. Dann
was ſucht anders Martinus Luther, wann ain lu=
there raine dargebung ewangeliſcher Lere in Schulen,
und uff den predigſtúlen, u. ſ. w. Ulrich von
Hutten übt die ſáder und das ſchwárt zu erwecken
alte deutſche erbarkeit, in treu, glauben und war=

rich von Hutten geradezu, daß dieſer die deutſchen Auszüge
und Ueberſetzungen ſeiner Schriften gemacht habe: p. 95. Acci-
dit ab eodem poſt quiddam multo incivilius, ac mihi peri-
euloſius, de quo tamen nunquam expoſtulavi, nec minus
amicus eſſe cœpi, ſed cautior eſſe decrevi. Quam vero non
amice fecit, qui decerpta ex meis libris odioſa loca vertit
in linguam Germanicam, et evulgavit? At ego illa vulgo
non ſcripſeram, neque volebam nudi legi. — Wenn Erasmus Recht hatte, ſo war Ulrich von Hutten wenigſtens
Mitverfaſſer der kläglichen Klag, u. ſ. w.

heit, u. f. w." — Alle Stände deutscher Nation
seyen darüber erschrocken, daß der Kaiser seinem món-
chischen Beichtvater, dem päbstlichen Legaten, und
andern gleißnerischen Pfaffen so viel Zutrauen geschenkt habe; allein sie, die fünfzehen Bundesgenossen, hätten die allgemeinen Befürchtungen, und die
daher entstandenen Bewegungen dadurch besänftigt,
daß sie gesagt: „Du werdest dich weder am bäpstlich
legaten keren, noch an die bättelmünch; ob du schon
etlich mandat habest lossen außgon als man sagt, sy
es doch nit dein wissen doby, oder werdest es bald
enderen; du werdest dir Christum, der durch den Lu-
ter und Hutten redt, lieber lossen sein, dann alle
wält; du werdest den growen münch von dir tun,
und werdest Erasmum von Roterdam zu eim beichtvater und innerlichen radt annemen, oder den Luther,
oder den Carlstat, oder ainen andern inen gelich. Du
werdest sunderlich die wältlichen Churfürsten, und dine
redlichen vetter, die frummen Payrischen herren, und
den edlen Frantz von Sickingen, Ulrichen von Hutten, Hertzog Friderich Pfalzgrafe, und deren glichen,
die nächsten nach dir lassen sein. Du werdest alle
Curtisan und bättelmünch in acht unnd aberacht
thun. Du werdest kein bischoff lassen ein churfürst
sin. Du werdest gantz kain cardinal in teutschland
lossen. Du werdest gebieten, man soll hailsame ler-
nung der drey sprach und andre edlen Künst in schulen lassen ein fürgang haben. Das evangelische clar-
heit uff der Kanzel soll allein geprediget werden; wer
darwider sein will, der soll gestrafft werden. Du
werdest verbieten fürhin kain pallium meer zu Rom
kauffen, kain annat meer geben, kain ablaß meer in
unser land lon kummen, kain bättelmünch meer lassen sanden, sunder das sy sich neren mit bequemer
und müglicher weiß. Das man kain fürhin laß kummen in die bättelorden, sunder sie lassen absterben.

Das man fürter kain umb schuld laß in ban thun.
Das man kain pfaffen meer, dann ein pfründ laß.
Das jetlicher pfaff muß uff seiner pfründ sein. Das
all Pfarrer und byschoff ire ämpter mit predigen und
anderm selbs verrichten. Das man kain münch noch
nunn laß dry gelübte thun ee sie dreissig jar alt werden. Das allen münch und nunnen zieme auß dem
kloster zu gon, wo sie merken, das klosterläben inen
dienet zu der selen schaden. Das kain curtisan dörff
fürhin ein pfründ anfallen. Das man in kaim ding
sol recht oder dispensierung zu Rom suchen, sunder
all gaistlich heudel für den landtsbyschoff kummen lassen. Das man ein gwisse summ ordne, wie vil man
söll guts in die klöster bringen und nit meer. Wie
vyl pfaffen in jetlicher statt sein söllen, und nit meer.
Das man on das man kayßerlichen gwalt insunderheit
erlang, fürhin kain ewigen jartag oder pfründ söll stifften.
Das alle münch und nunnen aller örden den landts-
byschoffen söllen underworffen sein. Das allen pfaffen erloubt sey eewiber zu haben, domit so vil schand
und sünd vermitten blyb. Das man kain rechthan-
del auch am weltlichen rechten über ein jar umbziehe
dem armen man zu verderbniß. Das kayßerlich majestät fürhin die edlen brauche in Legation des rychs,
und in iren räten, und nit laß fürhin so vyl Johannes und Conrade und Hainrice, und dergleichen ba-
chanten, und schriber und finanzer verrichten große
sachen römisch reichs, so doch jetz der adel seine kind
laßt studieren, und underwisen werden in kunst, und
in sitten. Das fürhin abgestellt werd das seelloß ver-
wegen volck aller kriegsknecht, das do gelt näme,
und züge dem tüfel zu, sunder jetliches land helffe
irem herren, und fürhin der adel sich übe im kriegen,
denen es zugehört. Das die fuckereien zerstört werden, das zutrinken ein brunn aller laster peinlich gestrafft werd, das schampere klaider an man und

frawen abgethan werden, das offentlich gotslesteren, offentlich eebruch, zutrinken sy genugsame sach, darumb ainer aller eer entsetzt werde. Das man fürhin nit gült kauff uff ligenden gütern, und das man alle gülte moge uff gute Zyl ablösen. Das kain krieg on urloub kaißerlicher Majestät und der churfürsten soll fürgon ".

Der zweyte Bundesgenoß setzt die grossen Nachtheile der vierzigtägigen Fasten: Der dritte den Schaden der Clöster: Der vierte das Unnütze des Geplerrs der sogenannten sieben Tage in den Clöstern: Der fünfte die Nothwendigkeit der Reformation des Predigamts und Predigstuhls: Der sechste die Misbräuche und Albernheiten der bisherigen Prediger aus den Bettelorden nach dem Erasmus: Der siebente das Entbehrliche sowohl, als das Verderbliche des häufigen Messelesens, der Umgänge, der sieben, dreyßig, oder Jahrtage u. s. w.: Der achte die Wichtigkeit der Aufklärung des gemeinen Volks, und der deutschen Schriften von Ulrich von Hutten sowohl, als von Luther: Der neunte die Gründe der baldigen Erlösung der Ordensgeistlichen beyderley Geschlechts *): Der zehente alle die Stücke, die an der Geistlichkeit **), und der eilfte alle diejenigen, die an dem weltlichen Stande zu reformiren seyen: Der zwölfte das Elend

*) In diesem Abschnitt wird behauptet, daß in Deutschland über 28000., und in ganz Europa über viermal hundert tausend Bettelmönche vorhanden seyen. Auch sey in keinem Orden so viel Zwietracht, als unter den Barfüßern. „Die reformierten sind wieder unreformirt, die reformierten unter einander meer zweitrachtig dann beiden und türcken, all barfüßer in gemein wider ander orden, und wider pfarrer, pfaffen, und bischoff, u. s. w."

**) Hierin heißt es unter andern: Daß man die Ehe, Firmlung, Oelung und Pfaffenweihe für keine Sacramente zu halten, und Messe nur am Freytage halten, auch keinen Doctor Scholasticus anders, als zur Verachtung lesen solle.

und die Bedrängnisse der Mönche und Nonnen: Der
dreyzehnte das Ersprießliche der Hülfe der tapfern
Eidgenossen: Der vierzehnte das verächtliche und thö-
richte des bisherigen heiligen Dienstes nach dem Erasmus: Und der fünfzehnte das gefährliche aller neuen
Lehren auseinander, die in den letzten drey oder vier
Jahrhunderten vorzüglich durch die Bettelmönche entstanden seyen *). Die kurze Anzeige des Inhalts
der fünfzehn Abschnitte, und die wenigen Proben,
die ich besonders aus dem ersten Abschnitt der Klagen
an Carl V. angeführt habe, beweisen zweyerley:
Erstlich, daß schon im J. 1521. Luther und Hutten als die beyden Häupter der Reformation, jener
der Lehre, dieser der Kirche angesehen wurde, welches Urtheil vollkommen richtig ist **). Zweytens,
daß in allen Theilen von Deutschland und der Schweiz
viele aufgeklärte und fromme Männer lebten, welche
Luthers Reformation nicht nur beförderten, sondern
auch viele Mißbräuche und Irrthümer früher als

*) Die falschen und schriftwidrigen Neuerungen werden vorzüglich
nach Luthern aufgezählt. Unterdessen heißt es hier noch:
„Welcher sagt, daß kein Fägfeuer sey, der irret".

**) Eben dieses erhellt aus der Oratio ad Carolum maximum
Augustum et Germaniæ Principes pro Ulricho Huttheno, equite
Germano, et Martino Luthero, Patriæ et Christianæ libertatis adsertoribus, Authore S. Abydeno, Corallo Germano,
welche Rede man auch für eine Arbeit Ulrichs von Hutten
gehalten hat. Die Gedanken in dieser Rede sind fast alle Hut-
tisch, allein die Sprache und Manier sind von denen Ulrichs
von Hutten so sehr verschieden, als kaum in einer andern
Schrift, die dem fränkischen Ritter fälschlich zugeeignet worden.
Die Rede ist gewiß gegen das Ende des J. 1520. oder im
Anfange des folgenden Jahrs geschrieben und gedruckt worden,
wie folgende Stelle beweist: Nostis fortasse, quod nuper
Pasquillus, et Vadiscus dixerunt. Huttens Vadiscus wurde
im J. 1520. gedruckt. Die jetzt erwähnte Oratio pro Hutteno et Luthero ist nicht auf unserer Bibliothek. Ich habe sie
in einer Sammlung von lateinischen Huttenschen Schriften
gelesen, welche Herr Rath Hamberger mir gütigst aus der
Gothaischen Bibliothek mitgetheilt hat.

Luther und Melanchton einſahen, und die eigent-
lich ſogenannten Reformatoren ſelbſt erſt reformirten
oder aufklärten, ungeachtet dieſe es meiſtens waren,
welche durch ihr überwiegendes Anſehen die weiſen
Rathſchläge von andern ausführten, oder in Erfül-
lung brachten *).

Im J. 1522. ließ Huttens ſchriftſtelleriſche Thätigkeit auf einmahl nach; faſt gewiß aus keinem andern Grunde, als weil er mit den Vorbereitungen
zu dem Kriege zu ſehr beſchäftigt war, welchen
Franz von Sickingen, Hartmuth von Cronenberg, und der mit dieſen Rittern verbundene Adel,
gegen die deutſchen Biſchöfe anfangen wollten. Die
Geſchichte ſagt von den Thaten, welche Huttens
Freunde in dem kurzen Kriege gegen die Geiſtlichkeit
verrichteten, nur wenig, und von Huttens Thaten
ſchweigt ſie ganz und gar. Die Geſinnungen und
Entwürfe des letztern hingegen lernen wir aus den
drey kleinen Schriften kennen, welche er in dieſem
Jahre herausgab. Leider mißlangen die beßten Entwürfe Ulrichs von Hutten, wie die lange über-
dachten Unternehmungen ſeiner Genoſſen. Bevor ich
von dem Ausgange dieſer Unternehmungen rede, muß
ich von den Schriften Rechenſchaft geben, wodurch
Ulrich von Hutten ſeinen Bund zu ſtärken, die
Parthey ſeiner Gegner zu entkräften, und die gehäſ-
ſigen Vorwürfe, welche man ihm machte, zu widerlegen ſuchte.

*) Im Jul. 1521. wandte ſich ein Probſt, wahrſcheinlich der
Probſt von Camberg, Bartholmäus Bernhardi, der erſte
Geiſtliche von Luthers Partey, welcher ſich verheirathete, an
Ulrichen von Hutten, um ihn wegen ſeiner Heirath um
Rath zu fragen. Ulrich von Hutten antwortete, daß er
wegen dieſes Schritts keinen Verluſt des guten Namens ſeines
Freundes befürchte, und daß er ihm zu ſeinem Vorhaben
alles Glück und Segen wünſche. Der Brief ſteht beym Burck-
hard II. 314. 15.

Die erste Schrift, welche er im J. 1522. druc
cken ließ, war seine Beklagungen der Freistette
deutscher nation *). Dies kleine deutsche Gedicht
besteht nur aus einem einzigen Bogen, und enthält
eine Aufforderung an die Reichsstädte, sich mit dem
deutschen Adel zu verbinden, damit sie sich desto
kräftiger der Vergewaltigungen der Fürsten erwehren
können. „Die Fürsten", sagt Hutten, „haben den
Adel zu Grunde gerichtet, und nun wollen sie auch
die Städte verschlingen, von welchen schon ein nicht
geringer Theil unterjocht worden ist. Ihre Habsucht,
wie ihre Tyrannen, ist ohne Gränzen. Schon lange
baten sie die Kaiser bald um Zölle, bald um andere
gemeinschaftliche Freyheiten und Vorrechte, denen
niemand widersprechen durfte. Jetzt ist der Kaiser
über's Meer gezogen; und sie wünschen, daß er nie
wieder komme, damit sie die Gewalt, welche der
Kaiser ihnen übergeben hat, stets behalten mögen.
Sie schinden ihre Unterthanen, und berauben ihre
Nachbaren und Angehörigen, ohne daß man sein
Unrecht jemandem klagen oder Genugthuung deswegen erhalten kann. Wenn also nicht die deutsche
Freyheit, und mit dieser das deutsche Vaterland vernichtet werden soll; so ist es hohe Zeit, sich den
tyrannischen Fürsten, wenn sie sich gleich unsere Obrigkeit nennen, aus allen Kräften zu widersetzen. Dies
kann

*) Burckhard II. 215. war ungewiß, ob diese Schrift im J.
1521. oder 1522. gedruckt worden. Ich zweifle gar nicht
daran, daß sie in der ersten Hälfte des J. 1522. erschienen
sey. Hutten redet in dem Gedicht von dem Reichsregiment
in Nürnberg als von einem Regiment, das schon eine Zeitlang
eingerichtet war, und viele Proben seiner Grundsätze gegeben
hatte. — Ich habe zwey Exemplare der Beklagungen vor
mir: Eins aus Gotha, das andere aus Wolfenbüttel. Beyde
stimmen genau mit einander überein. Ich schreibe hier keine
Stellen ab, weil ich das ganze Gedicht am Ende abdrucken
lassen will.

kann nur alsbann mit Glück geschehen, wenn die
frommen Städte die Freundschaft des Adels annehmen, und sich mit diesem zur Rettung des Väter-
landes vereinigen. — Die Städte hörten entweder auf
die Stimme der deutschen Ritter nicht, oder die Ritter warteten nicht so lange, daß die Städte gemeinschaftliche Verabredungen mit ihnen hätten nehmen
können. Die Fürsten trauten aber den Städten alles
zu, warum Ulrich von Hutten sie gebeten hatte,
und eben deswegen achteten besonders die geistlichen
Fürsten auf dem Reichstage zu Nürnberg in den J.
1522. 23. wenig oder gar nichts auf das, was die
Städte vorschlugen *) Ulrich von Hutten hielt
den Bund, zu welchem er die Städte ermunterte,
für ein heilsames und selbst nothwendiges Schutz- und
Trutzbündniß: Huttens Feinde hingegen bräuchten
gar keine gewaltsame oder künstliche Auslegung, um
in der Beklagunge der Freystette deutscher Nation Beweise zu finden, daß ihr Verfasser offenbar
Aufruhr predige.

Die zweyte Huttensche Schrift ist ein demütige ermanung an ein gemeyne statt Wormbß
von Ulrich von Hutten zugeschrieben. Dieses
Sendschreiben ist Sonntags nach Jacobi 1522. auf
der Sickingschen Feste Landtställ datirt, und besteht aus anderthalb Bogen in Quart. Ulrich von
Hutten ermahnt darin die Obrigkeit und Gemeine
zu Worms, dem Evangelio und den lautern Predi-
gern des Evangeliums standhaft anzuhängen. Die
Religion gebiete zwar, einem jeden und auch den
Geistlichen zu geben, was man ihnen schuldig sey.

---

*) *Seckend.* Hist. *Luth.* P. I. p. 261. Nam etsi inter civitates
multæ essent, quæ magno studio emendationem urgebant,
exigua earum tamen in his comitiis ratio, ut planius ali-
quoties in suis literis questus est, habita fuit.

Allein wenn die Geistlichkeit die Gewissen der Worm=
ser beschweren, oder die reine Lehre unterdrücken
wolle; so seyen sie berechtigt, Gewalt mit Gewalt zu
vertreiben, und ihren Tyrannen mit dem Schwerdte
zu begegnen. „Wollte Gott", ruft Ulrich von
Hutten, „daß wir die Wahl der geistlichen Hirten
nicht den trunkenen Domherren überliessen, sondern
uns derselben selbst unterwänden; denn würden wir
in deutschen Landen viel weniger reisige Bischöfe,
aber mehr fromme und gelehrte Leute zur Unterwei=
sung des Volks haben. — Wenn ihr fest auf dem
Worte Gottes beharret, so werden alle eure Feinde
Ursache haben, sich mit euch in Freundschaft zu ver=
einigen; denn das Wort Gottes wirkt den Frieden.
Sollten aber die Widersacher der Wahrheit sich gegen
euch auflehnen; so seyd getrost, denn ihr sehet, daß
fast alle Städte, der größte Theil des Adels und
des gemeinen Volks sich für das Evangelium erklärt
haben."

Die dritte und wichtigste Schrift, welche Ulrich
von Hutten im J. 1522. herausgab, war seine
Endtschuldigung wyder etlicher unwarhafftig=
ger außgeben von ym, als solt er wider alle
Geystlicheit und Priesterschafft sein, mit er=
klärung etlicher seiner geschrifften *). „Ich höre

*) Diese Schrift scheint zu den seltensten Werken Ulrichs von
Hutten zu gehören. Sie ist weder auf unserer, noch auf der
Gothaischen und Wolfenbüttelischen Bibliothek. Burckhard
hatte sie auch noch nicht gesehen, als er den zweyten Theil
seines oft angeführten Buchs schrieb. Glücklicher Weise erhielt
er sie bey der Ausarbeitung des dritten Theils, und ließ sie
in diesem S 205. u. f. abdrucken. Dem ganzen Inhalt nach
kann diese Apologie nicht eher, als 1522. gedruckt worden seyn.
Eine einzige Stelle, S. 242 wo Hutten von Leo X. als
einem Lebenden, und von dem Vorsatz des Pabstes, ihn un=
verhört nach Rom führen zu lassen, als von einer frischen Be=
gebenheit zu reden scheint, könnte einen glauben machen, daß

mit Betrübniß", sagt Ulrich von Hutten, „daß
man mich als einen Feind aller Geistlichkeit verschreit,
der den Adel sowohl, als das gemeine Kriegsvolk
zur Vertilgung des ganzen Klerus aufzureizen suche.
Da alle meine Schriften das Gegentheil beweisen,
so kann ich dieses Gerücht bloß für eine Verläumdung
der Curtisanen halten, die so sehr gegen mich erbittert
sind, daß einige öffentlich äusserten: Das Erstechen
sey die beßte Arzney für mich; andere, daß sie nichts
mehr wünschten, als mich mit eigenen Händen umbringen zu können; und noch andere"), daß ich werth
sey, als ein Verräther und Bösewicht geviertheilt,
und zur heilsamen Warnung in vier verschiedenen Ländern auf das Rad geflochten zu werden. — Meine
Meynung war nie und ist auch jetzt nicht, unschuldige Menschen, am wenigsten fromme Geistliche zu
beleidigen. Vielmehr strebte ich von jeher und strebe
noch immer darnach, die würdige Priesterschaft vor
Schaden zu hüten und ihren Nutzen zu fördern.
Dies geschah selbst in den Schriften, wo ich „über
„die unterdrückung der christlichen, zu voran unsers
„vatterlands deutscher Nation freyheit, und die man-
„nigfaltige Beschwerung klagte, damit alle Christen-
„heit, aber, mehr dann andere, wir deutschen, on-
„zal und maaß durch die Bäpst, und den Römischen

die Vertheidigungsschrift im Anf. des J. 1521. abgefaßt worden. Allein ich bin überzeugt, daß die gegenwärtige Zeit, in
welcher Hutten an der angeführten Stelle redete, nur eine
Rednerfigur gewesen sey; denn sonst spricht er von seiner Klage
und Vermahnung gegen die übermäßige unchristliche Gewalt
des Pabstes zu Rom als von einer Schrift, die schon eine geraume Zeit erschienen, und die in allen Theilen von Deutschland die Veranlassung zu den bittersten Vorwürfen der Curtisanen gegen ihn geworden sey. Hutten erwähnt auf eine dunkle Art in seiner Expostulatio des Pabstes Leo X. als eines
Lebenden p. 41. Quodque in caussa est, cur tot egeant Romæ
decimi Leonis creaturæ, etc.

*) S. 209. 253.

„gebrauch überladen und beschwert sein, auch noch
„täglich ye mer und mer werden; und daß die Bäpst
„so ganz frevelich die götlichen und evangelischen
„warheit durch villerhandt unfruchtbare leichtfertige
„constitution und gesetz, nit zu erhebung gemeines
„christlichs nutz, sonder zu verdruckunge goetlicger
„gesetz und abnehmung christlicher Frenheit, engen
„gewinn und nutz zu suchen thienen, enn lange Zeit
„her verdunkelt und geblendt haben; anstadt der gots
„geboten yr unverschampten lügen und gedicht ben
„den einfältigen christlichen schäflein geübt, eingedrun-
„gen, und deutsche nation dermassen also überredt und
„in bezwangliche haltung gebracht, daß wir nit allein
„so lange zeit pension, annaten, zalung für die
„bischofsmentel, für allerley confirmation, dispensa-
„tion, relaxation, gratien und dergleichen haben vol-
„gen lassen, sondern auch, das doch zu erbarmen und
„sich zu schämen ist, wann ye geliebt, yre legaten
„uns aplaß zu verkauffen, geldt zum türkischen Krieg,
„oder saut Peters moensters erbawung, oder aber aus
„anderen ertichten ursachen, von uns zu fordern,
„zu uns herausgeschickt, und dasselbig sogar fren und
„on alle scham, daß sy auch darzu, als ob wir ye
„zinsbar wären, den zehenden oder zwenzigsten pfen-
„nig auff uns zu legen, understanden; nit enn gnü-
„gen gehapt, über alle genstlichkeit, darzu sy es dann
„mit list und gewalt bracht haben, an menigklicks
„eintrag oder widersprechung zu herrschen und regie-
„ren, sonder auch auf daß sy sich noch weiter unserer
„gedult und vorsenmung misbrauchen, sich under-
„wunden, in das weltlich regiment zu greiffen, gesetz
„gemacht, daß ein Bapst auch in der welt zu regis-
„ren, Kenser, Koenig und Fürsten nach seinem gefal-
„len zu setzen und zu entsetzen hab. Das sie dann
„auch eine lange zeit her also in gebrauch gehalten,
„den roemischen Kensern und andern grossen eintrag

„gethan, vil stett, land und reiche gewaltigklich an
„sich gezogen, viler nation zerstörung, auch land und
„leut grüntlich verdorben, vorursacht hon. Und als
„sie mit der erdichten übergebung Constantini, etwas
„hinfür zu schaffen, bey yn selbs vorzeigt gewesen,
„mit hand und waffen umb sich gegriffen, mitler Zeit
„die einfaltigen Christenheit zum tail gezwungen,
„alles, was sie auffsetzten, ob das schon eeren oder
„billicheit entgegen wär, vestiglich zu glauben und
„hallten, ayd, pflicht, gelübd und büntnuß aufge-
„loest und genichtiget, die heyligen, bewärten und
„unwidersprechlichen schrifft nach irem willen, warzu
„sie gewollt, bezwungen, genoetiget und getrungen,
„wann sie gelust oder eygner nutz erfordert hat, newe
„gesetz gemacht, oder die gemachten abgethon, die
„ganzen christlichen welt mit iren bullen belogen und
„betrogen, einen falschen schein von yn ausgeben,
„was sie in sollichem oder dergleichen machen oder
„brechen, setzen oder abthun, anders nit zu achten
„sein, dann wär es von gott selbst allso beschehen;
„ja ob schon ein bapst eins unchristlichen boesen le-
„bens wär, mit berümung niemant hab sie zu urtei-
„len, oder über sie zu erkennen. Darumb sie sich
„auch mit einem tirannischen stolz über die christlichen
„Kirchen erhaben, die heyligen Concilia, durch über-
„macht und gewalt under sich geworffen und verdem-
„pffet, ayd und pflicht von den bischoffen, so sie
„confirmiren, zu keinem concilio nimmer mer zu ra-
„ten gefordert, und alle, die jhenen, die solliche ire
„tiranney lenger nit haben leyden, noch gedulden
„woellen oder moegen, als die Kriechen, Boehemen
„und andere, ein grossen Theil der Christenheyt, von
„der Kirchen abgesondert, für abtrünnigen und Ketzer
„zu achten, und hallten geheissen.”

„Diese grossen Misbräuche” fährt Hutten fort,
„waren es, welche mich zuerst empörten. Als ich

nachher wahrnahm, daß die Curtisanen durch ihre
bösen Künste den Pabst in allen seinen Unternehmun=
gen bestärkten: daß sie die von unsern Vorfahren
gemachten geistlichen Stiftungen nach Rom zogen;
daß sie die Rechte der Patronen auslöschten; daß
sie viele fromme und redliche Männer durch ihre Ränke
bekümmerten und drückten, und, so viel als möglich,
keinen würdigen Mann mehr zu etwas kommen ließen;
daß sie mit den geistlichen Lehen, wie die Kaufleute
mit Pfeffer und Seide handelten; daß sie ungeheure
Summen nach Rom schleppten, und dafür welsche
Sitten zurückbrachten; so ergriffen mich Mitleiden mit
meinem unterdrückten Vaterlande, und Unwille über
die schmähliche Dienstbarkeit, worein man dasselbe
gestürzt hatte. Endlich entbrannte ich über dem un=
geistlichen Leben der meisten Geistlichen, welche den
Stand, der den übrigen zum Muster dienen sollte,
bloß deswegen ergreifen, um alle Lüste genießen und
alle Laster ungestraft üben zu können, welche sie sonst
nicht hätten genießen oder üben dürfen. — Diese Ur=
sachen trieben mich an, nicht eher zu ruhen, als bis
ich den Curtisanen und ihren Anhängern eine Ver=
folgung erweckt hätte, wodurch die bösen Mißbräuche
abgethan würden".

„Denen, welche mich fragen, warum ich mich einer
Sache unterwinde, deren andere sich nicht annehmen,
gebe ich zur Antwort: Daß ich bey den erwähnten
Mißbräuchen nicht mehr, oder noch weniger als an=
dere verliere: Daß ich aber nichts dazu kann, „daß
„Gott mich mit einem Gemüth beschwert hat, dem
„gemeiner Schmerz weher thut, und vielleicht mehr,
„als andern, zu Herzen geht." Ich habe eine Zeit
lang gewartet, ob sich vielleicht ein Geschickterer
und Erfahrnerer fände, der sich der gemeinen Sache
annähme. Da ich aber bemerkte, daß niemand her=

vortreten wollte, und daß sich das Regiment der Cur=
tisanen zur Unterdrückung der vaterländischen Freyheit
und der göttlichen Wahrheit immer mehr erhob; so
wagte ich es im Nahmen Gottes, mich dieser uner=
träglichen Tyranney entgegenzustellen. Ich kann bey
diesem Unternehmen weiter nichts, als Leib und Gut
verlieren, welche ich beyde nicht so sehr achte, daß
ich denselben ein so löbliches Vorhaben aufopfern
sollte. Wenn ich auch, wovor mich die göttliche
Gnade behüten wolle, in meinem Unternehmen un=
tergienge; so getröste ich mich doch meiner wohlmey=
nenden christlichen Absichten und des guten Saamens,
welchen ich ausgestreut habe, und den keine List oder
Gewalt der Curtisanen mehr zertreten, oder ausrotten
wird. Ich hoffe so gelebt zu haben, daß kein unbe=
scholtener Mann durch mich gekränkt worden ist.
Vielmehr habe ich mir sehr vieles versagt, Armuth,
Gefahren und Nöthen ausgestanden, um mich in allen
guten Künsten zu unterrichten. Wie sollten denn gute
Menschen, wenn es mir übel gienge, sich über mein
Unglück freuen? Im Gegentheil darf ich von ihnen
Mitleiden und allen guten Willen erwarten".

„Meine Feinde glauben mich durch die Fragen in
Verlegenheit zu setzen, wer mir dann das Recht ge=
geben, solche laute Beschwerden zu führen? und ob
es mir zukomme, Aufruhr im Reiche zu stiften? Hier=
auf dient zur Antwort: Ich brauche keine Erlaubniß,
oder Bevollmächtigung zu dem, was allen Menschen
befohlen ist: An der göttlichen Wahrheit zu halten,
dem Nächsten stets das Beßte zu rathen, dem Va=
terlande zu dienen, und in diesem Dienste selbst den
Tod nicht zu scheuen. — Hingegen habe ich so we=
nig die Absicht gehabt, Aufruhr zu stiften, daß ich
mich vielmehr, so viel an mir ist, bemüht habe,
durch die Abstellung der Mißbräuche, wodurch die

Ruhe und der gemeine Friede gestört wird, dem Vaterlande eine dauerhafte Eintracht und Freyheit wiederzugeben. Wie aber kann man mich unter irgend
einem Scheine beschuldigen, daß ich meine Obrigkeit,
oder meine Oberen nicht anerkenne? Habe ich nicht
zuerst die Rache zu Gott gestellt? Habe ich nicht
darnach die gemeine Noth Kaiserlicher Majestät fle-
hend und unterthänig vorgetragen? Habe ich nicht
die Fürsten und Herren gewarnt, daß, wenn sie nicht
selbst der geistlichen Tyranney Maaß und Ziel setzten,
alsdann das unsinnige Volk sich erheben, und mit Un-
vernunft in den Haufen, Schuldige und Unschuldige,
schlagen werde. — Dies alles genügt freylich den
Curtisanen nicht, die nur alsdann Ruhe und Frieden
im Reiche anerkennen, wenn man jeden Bischof über
den Kaiser, und den Pabst über Gott setzt; wenn
man sie alle als Herren verehrt, sie mögen leben
wie sie wollen, sie mögen selbst den Schweiß und
das Blut der Armen in unnützer Pracht und schändlichen Wohlüsten verzehren. — Leider hat man uns
den Strick über die Hörner geworfen. Können wir
diesen nicht ohne Gewalt auflösen, so habe ich nichts
dagegen, wenn man ihn mit Gewalt zerreißt. Gegen öffentliche Friedbrecher und Feinde des Vaterlandes kann niemand vorwürken oder mißhandeln.
Vergebens nennen sie sich Gesalbte Gottes. Vergebens berufen sie sich auf den unauslöschlichen Charakter der Geistlichkeit, auf die Freyheit der Kirche,
auf das furchtbare Gesetz: Si quis suadente diabolo.
Ihren Charakter, ihre geistliche Salbe haben sie durch
ihr Leben längst ausgelöscht, und die Schrift unter-
sagt es nirgends, daß man Geistliche, wie andere
Menschen, wenn sie Verbrechen begangen haben,
strafe. Dürfte man den Geistlichen nicht mit dem
Maaße wieder messen, womit sie andern messen;
dürfte man sie nicht bändigen, wenn sie die göttliche

Wahrheit und alle Ehrbarkeit mit Füſſen treten; ſo wäre der Glaube der Chriſten eine Tyranney und Gefängniß, und Chriſti Wort wäre falſch, wo er ſpricht: Mein Joch iſt leicht und meine Bürde iſt ſüß. Wenn man gegen Päbſte und Biſchöfe keine Kriege anfangen ſoll, warum haben denn die Päbſte und Biſchöfe ſeit Jahrhunderten ſo hartnäckige Kriege gegen die Römiſchen Kaiſer geführt? Warum hat vor wenigen Jahren der Bluthund Julius die ganze Chriſtenheit in eine allgemeine Mörderey hineinge= zogen? Warum haben in unſern Zeiten die Päbſte ſo viele Bürger zu Rom, Siena, Bononien und an andern Orten martern und hinrichten laſſen? Wa= rum hat Leo X. den rechtmäßigen Herzog von Ur= bino mit Gewalt vertrieben, und ſelbſt mehrere Cardinäle umbringen laſſen? Wenn ſolche Geiſtliche ſich auf die Freyheit der Kirche berufen, ſo iſt das eben ſo, als wenn ein Wolf, der dem Hirten Scha= den zugefügt hätte, in eine Kirche flöhe, und hier auf die Freyheit der geweyhten Stätte pochte. Alle Pro= pheten ſind voll von Weiſſagungen, in welchen dem Volke und den Dienern Gottes die ſchwerſte göttliche Rache verkündigt wird, wenn ſie die heiligen Gebote auf eine ſo freventliche Art übertreten, als ſie von den Päbſten, Biſchöfen und der übrigen Geiſtlichkeit nun ſchon Jahrhunderte lang übertreten worden ſind”.

Ulrich von Hutten hatte die letzten unter den jetzt beurtheilten Schriften kaum vollendet und drucken laſſen, als Franz von Sickingen, welchen Ulrich von Hutten höchſt wahrſcheinlich begleitete, die Fehde gegen die Geiſtlichkeit begann. Franz von Sickingen, und Hartmuth von Crouenberg gaben um dieſe Zeit Ulrichen von Hutten gar nichts an Eifer für die Ausbreitung des Evangeliums, und an Haß gegen die curtiſaniſche Geiſtlichkeit nach.

Beyde wurden Schriftsteller und Belehrer, und besonders suchte Hartmuth von Cronenberg den Kaiser, das Reichsregiment zu Nürnberg, und selbst den Pabst zu bekehren *). Luther billigte die Sendschreiben Hartmuths von Cronenbergs, ungeachtet der Ton derselben trotziger, als der Huttensche war, vollkommen, und ermunterte den Ritter, alle die Verfolgungen standhaft zu ertragen, welche seine Freymüthigkeit ihm zuziehen würde **). Zugleich aber war er mit dem Kriegszuge nicht zufrieden, welchen Franz von Sickingen gegen die verbündeten Fürsten unternahm †). Spalatin hingegen fand des

*) Ueber die Sendschreiben von Cronenberg, deren mehrere in Luthers deutschen Werken stehen, sehe man *Seckend.* I. p. 225. Seinen Brief an den Kaiser finde ich in einer Sammlung von deutschen Flugschriften aus den ersten Zeiten der Reformation, welche Herr Hofrath Langer mir aus Wolfenbüttel geschickt hat, und worin auch Huttens Beklagung der Freystädte deutscher Nation enthalten hat. Diesem Brief ist ein anderer vom J. 1521. an Franzen von Sickingen angehängt, den Seckendorf nicht anführt. Der Brief an den Pabst Hadrian steht in einer ähnlichen Sammlung aus derselbigen Wolfenbüttelischen Bibliothek, welche die Uebersetzung der vier Gespräche von Hutten, von welchen die Trias eins ist, in sich schließt. In dieser letzten Sammlung findet sich auch Sickingens Brief an seinen Schwiegervater Diethern von Hanschuchsheim. Hartmuth von Cronenberg sagte in mehrern seiner Briefe, daß er sich gern wollte viertheilen lassen, wenn er dadurch die Aufnahme des Evangeliums durch ganz Deutschland bewirken könne.

**) Vol. II. Epist. Fol. 101. Quid igitur reliquum est, quam quod expectes fellis et aceti poculum, hoc est, calumniæ aspergines, ignominiæ labes, persecutionum ingruentes procellas, quas catervatim tuam in loquendo libertatem excepturas, et sequuturas esse ne dubites.

†) *Franciscus Sickingen* Palatino bellum indixit. Res pessima futura est. II. 98. Es wundert mich, daß Luther in dem Briefe an Hartmuth von Cronenberg diese seine Mißbilligung nicht äusserte, da er dem Ritter doch einen Gruß an Ulrich von Hutten und Franzen von Sickingen auftrug. Omnes amicos nostros nomine meo salutabis officiis, nominatim vero Franciscum, et Ulricum de Hutten Equitem, et si qui sunt alii. f. 108.

Ritters von Cronenberg Briefe zu heftig und zu
wenig auf die Schrift gegründet, oder vielmehr nicht
genug mit Sprüchen aus der Bibel belegt. Allein
den Krieg gegen den Churfürsten von Trier scheint
er als einen gerechten Religions-Krieg angesehen zu
haben, durch welchen die von dem Erzbischofe auf
das härteste verschlossene Thür des Evangeliums wieder werde geöfnet werden *). Der vornehmste Grund
des Krieges gegen den Erzbischof von Trier war allerdings der Religionseifer Franzen von Sickingen,
und die schmeichelnde Hoffnung, daß die zahlreichen
Freunde des Evangeliums in Trier gegen den Klerus
aufstehen, und ihrem Erretter den Sieg erleichtern
würden †). Eine andere Ursache war die Begierde,

---

*) Sickingen, schrieb er den 16. Sept. 1522. an den Herrn
von Dolzig, habe den Krieg angefangen, um „dem Worte
Gottes die Thüre zu öffnen, die von demselbigen Bischoff
nach menschlichen Vermögen auf das härteste beschlossen." Ap.
Seckend. I. 226. p.

†) *Leodii* Historiola de *Franc. a Sickingen* rebus gest. etc. in
Freberi script. rerum Germ. T. III. p. 254 Hunc omnino
debellare quacunque data occasione Franciscus statuit, nec
id operosum fore multæ caussæ dictitabant; sciebat Civitatem
Treverum summum jamdudum odium in clerum concepisse.
Adhæc renascentis Evangelii libertas universam Germaniam
adeo in viros ecclesiasticos concitaverat, ut passim ludibrio
haberentur, et acceptissimum deo sacrificium sese præstitisse
credebat, qui summo opprobrio, fœdaque ignominia illos ad-
fecisset. *Cochläus* de act. et scr. *Luth.* fol. 84. Edit. Parif.
1565. — Maimbourg und andere gaben, wie man leicht denken kann, die Begierde zu rauben, als die einzige Ursache des
Krieges an. Cochläus gestand aber doch ein, daß die Verschwörung des Adels gegen die Geistlichkeit eine gefährliche
Verschwörung gewesen sey, und daß sie nicht nur dem Stifte
Trier, sondern allen deutschen Fürsten leicht den Untergang hätte
bringen können: Dum vero Nurenbergæ consisterent principes
et status imperii, gravis et periculosa facta est in Germania
nobilium conjuratio autore Francisco de Sicking, quem ad
res novas impellebant seditiosis suggestionibus apostatæ, præsertim Oecolampadius et Buccrus .... Et nisi Archiepiscopus ipse opportune in ea tum urbe fuisset, ... actum
fuisset non modo de civitate illa, verum etiam de toto illo

sich an dem Erzbischofe von Trier an dessen Bundesgenossen, dem Landgrafen Philipp von Hessen,
und an dem heßischen Adel zu rächen, welcher letztere
eine beträchtliche Summe, deren Bezahlung er über-
nommen hatte, zu entrichten sich weigerte. Diese
wahren Ursachen führte Franz von Sickingen in
dem Fehdebriefe, welchen er dem Erzbischofe zuschickte,
nicht an, sondern er brauchte bloß den Vorwand:
Daß der Erzbischof schon auf dem Reichstage zu
Augsburg sich feindselig gegen ihn betragen, und unter andern gesagt habe: Franzens Vermessenheit
sey nicht länger zu dulden, indem er eine Stadt nach
der andern angreife, und nun auch Fürsten bekriege.
Wenn man dem Erzbischofe hätte folgen wollen, so
würde man schon längst Ernst gegen den übermüthigen
Ritter bewiesen haben.

Sickingens Gesinnungen bey dem Anfange des
Krieges gegen den Erzbischof von Trier entdecken sich
theils in den Ermahnungen, welche er an seine Krieger, theils in dem Manifeste, das er an das feindliche Heer ergehen, theils endlich in den Devisen selbst,
welche er auf die Ermel seiner Ritter und übrigen
Soldaten sticken oder heften ließ. Die Devisen bestanden in dem Worte: Tetragrammaton, und in
dem Spruche: O Herr, dein Will werde. In
der Ermahnung an seine Krieger bewies er aus der
heiligen Schrift, daß er den Krieg gegen den Erzbischof aus bylliger Sach und Raitzung unternehme. In dem Sendschreiben an das feindliche
Heer hieß es: „Meine lieben brüder und nachpauren,

archiepiscopatu, imo de omnibus, ut multorum erat metus,
episcopatibus, collegiisque et monaſtériis Germaniæ. Nam
ex urbis illius direptione totus ejus exercitus ditari potuiſ-
ſet, ao mox innumera seditioſorum turba ad illius famæ ode-
rem se illi conjunctura fuiſſet.

warumb kompt jr wider mich zu fechten und streiten?
Nun bin ich doch mit euch daran. Ich beger euch
zu erloesen von dem schweren entchristlichen joch und
gesetz der pfaffheit, und zu evangelischen liechten ge=
setzen und christlicher freyheit zu bringen; so woelt
ihr das nit leiden; thut als der den fallenden svechtag
hat, will nit, das man jm helff, das er nit verderbe;
dencket das jr wider Christum und sein Evangelium
streitet, und nit wider mich. Um des Evangeliums
willen will ich den Tod nicht flyehen, Gots will ge=
schehe. Amen". Den feindlichen Adel redete er so
an: „O festen, edeln, lieben Mitbrüder, wolt Got
jr het euch das bedacht; warumb zyehend jr wider
euch, eur kynder und kynds kynder? Warumb zer=
reyssent jr eur freihant, und woellen knecht und ge=
fangen der beschornen seyn? Denket jr nit, wann
Frantz überwunden wirt mit seinem anhang, wie
man darnach euch wirt ain zaume und pyße inn das
maul legen, und euch fieren, wo N. hin wollen?
yr woellet den helffen, die den teutschen adel verderbt
haben mit lugen, ewer vetterlich güter an sich gezo=
gen, als sind die beschwornen knaben, die stifft und
clöster. Jr und die ewern mangeln, sy leben im sauß,
verthon das ewer mit huren, hoffart, voelleren, bü=
beren; wolt jr ewer leben für die setzen? Ja sy woel=
len unser selen auch verderben, so sy uns das evan=
gelium Christi und wort Gots nit lassen predigen,
auch selber nit predigen und gedencken unser selen
mit jren aygen draeimen, fündly, gesetzen, und leren
gleissenden worten. wolt got, das jr der sach noch
nachgedechte t, so werden jr Francisco N. beistann.
Gots will geschech. Amen. Al syg von Got" *).

Franz von Sickingen brach gegen das Ende
des Sommers mit einem ansehnlichen Heer, welches

*) Ap. *Burckh.* II. 231. et sq. p.

einige auf 500. Reuter und 5000. Mann Fußvolk,
andere auf 600. oder gar 5000. Reuter, und auf
10000. Mann Landsknechte angeben *), in das
Triererische auf, und überraschte den Churfürsten fast
ganz wehrlos, entweder weil er zu karg gewesen war,
um sich zu rüsten, oder weil er sich durch das von
Franzen ausgebreitete Gerücht hatte bethören lassen:
Daß die Rüstungen von Sickingen nicht irgend
einen seiner deutschen Widersacher, sondern dem König von Frankreich gölten. Franz von Sickingen
nahm St. Wendel wie im Laufe weg, und rückte
vor Trier, welches er heftig beschoß, um die Stadt
früher zu erobern, als dem Erzbischofe von seinen
Bundesgenossen Hülfetruppen geschickt werden konnten. Allein der muthige Erzbischof that in seiner
Hauptstadt den heftigsten Widerstand. Auch eilten
der Churfürst Ludwig von der Pfalz und der Land-
graf Philipp von Hessen schnell herbey, und Franz
von Sickingen erhielt ein drohendes Mandat des
Reichs-Regiments über das andere, welche ihm unter den schwersten Strafen befahlen, von der Belagerung von Trier abzulassen. Franz von Sickingen hob daher freywillig die Belagerung auf. Sein
christliches Heer aber wüthete auf dem Rückzuge in
den Trierischen Landen auf eine so unerhörte Art mit
Feuer und Schwerdt, daß dadurch die evangelischen
Streiter nothwendig sich und ihre Sache dem Volke
äusserst verhaßt machen mußten **). Der Erzbischof
gewann St Wendel, in welchem Franz eine Besatzung zurückgelassen hatte, leicht wieder. Dieß
war den verbündeten Fürsten nicht genug. Sie mußten den noch übrigen Theil der guten oder erträgli-

*) Man sehe Pfedschaften Franz von Sickingen S. 50. Se-
ckendorf T. I. 226. Burckhard II. 239.

**) Burckhard II. 234. Leod. l. c, 254. L.

chen Jahrszeit dazu, die Schlößer der **Sickingischen** Freunde, und besonders des Mainzischen Adels, der Franzen gefolgt war, zu belagern. Unter diesem fiel auch das feste und prächtige Cronenburg, welches der Ritter Hartmuth nicht gehörig besezt hatte, den vereinigten Fürsten in die Hände *). Der Churfürst Albrecht von Mainz, der seinen Vasallen nicht nur erlaubt hatte, mit Franzen von Sickingen zu ziehen, sondern auch zugegeben hatte, daß die gewonnene Beute öffentlich in Mainz versteigert werde, nahm sich nun des Adels seines Stifts mit vieler Wärme an. Da die schriftliche Fürsprache nichts half, so ersuchte er die vereinigten Fürsten um eine Zusammenkunft in Frankfurt. Auch hier waren die Fürsten zuerst unerbittlich, und ließen sich zulezt nur durch das demüthige Flehen des Erzbischofs Albrecht bewegen, daß sie sich mit 25000. Gulden befriedigten, welche der Erzbischof von Mainz im Namen seines Adels in verschiedenen Terminen zu bezahlen versprach **).

Den Winter über streiften die **Sickingischen** Truppen auf die fürstlichen, und die fürstlichen auf die **Sickingischen** Gebiete †). Beide Theile rüsteten sich von neuem zum Kriege, und in dieser Absicht gieng Franz von Sickingen nach Schweinfurt, wo er den ganzen Winter zubrachte, wahrscheinlich weil er glaubte, daß er von hier aus die Fränkischen und Böhmischen von Adel am leichtesten an sich ziehen könne ††). Bevor er nach Schweinfurt aufbrach, entließ er nicht nur die der Reforma-

*) Pfedesch. Fr. von Sickingen S. 33. und Leod. p. 255. l. c.
**) Ib.
†) Pfedesch. 36. u. f. S.
††) l. c. S. 33.

tion günstigen Geistlichen, welche er bisher auf sei=
nen Schlößern gehegt hatte °), sondern auch Ulrich
von Hutten, und zwar den leztern theils wegen
seiner Kränklichkeit, theils aber, weil dieser sein Freund
im schlimmsten Fall eine härtere Rache zu fürchten ge=
habt hätte, als andere Ritter °°). Um diese Zeit,
oder kurz vorher war es, wo Franz I. von Frankreich
unserm Ritter eine jährliche Besoldung von 400.
Cronen, und den Titel eines Raths mit der Bedin=
gung anbot, daß Hutten leben könne, wo er wolle.
Ulrich von Hutten schlug diese Anerbietung als
deutscher Patriot aus, ungeachtet er durch die An=
nahme der französischen Dienste allen Verfolgungen
hätte entgehen können †). Gewiß ahndeten Franz
von

°) Man sehe Præf. ad Centuriam Epist. ad *Johannem Schwe-
bellium* script. Noluit sane eos, quos charos habuit, in discrimen secum adducere, verum benigne illos demisit, qui
ad arma minus essent idonei. . . . Ex ædibus itaque tuis
avitis, nempe arce Landsteyn, . . prodierunt viri docti,
et pii, qui evangelium Christi ad vicinos, et alios propaga-
runt, Bucerus scilicet, qui Argentoratum, Casparus Aquila,
qui Isenacum in Thuringiam, et parens meus, qui Bipon-
tum concesserunt. . . Quod factum est Anno MDXXII. —
Schwebel vergaß den Oecolampadius.

°°) Aus diesem Grunde entließ Franz vielleicht auch Hartmuth
von Cronenberg, der mit Ulrich von Hutten zugleich in
Basel war. S. Epist. *Erasmi* I. 760. p. ad *Larinum*. Erasmus
warf Ulrichen von Hutten unter anderm auch vor, daß selbst
Franz von Sickingen ihn ob invidiam entlassen habe. Hier=
auf antwortete Otto Brunfels in respons. ad *Erasmi* spongiam p. 10. Quod neque ob invidiam dimiserit, neque unquam malo animo fuerit in Huttenum, testes appello illius
superstites filios. Quod si nunc viveret integerrimus vir, re-
cogeret et ipsemet hoc in jugulum tibi.

†) *Otto Brunf.* p. 38. . . spondebat nuper Galliarum rex 400.
coronas, ut principem agnosceret se, nec quicquam muneris
haberet, quam ut a consiliis staret, morareturque ubicun-
que vellet locorum, et tamen nihil cristas inde erigens,
fortunam oblatam generoso animo contempsit: cùm fuisset
alioqui optima occasio ad regem deficiendi, et in summa jam
erat luorum persecutione, ut merito, et citra calumniam

von Sickingen und Ulrich von Hutten bey ihrem Abschiede nicht, daß innerhalb weniger Monate keiner von behden mehr unter den Lebendigen seye, und daß Franz von Sickingen den Schauplatz noch früher als Ulrich von Hutten verlassen würde.

Franz von Sickingen kehrte im Frühling des J. 1523. zurück, um seine Schlößer gegen die Angriffe der Fürsten zu vertheidigen. Sobald die vereinigten Fürsten hörten, daß ihr Widersacher in seine Feste Landstein zurückgekommen sey; so ließen sie gleich nach Ostern dieß Schloß berennen, und fiengen bald darauf an, dasselbe so heftig zu beschießen, daß die vier und zwanzig Fuß dicken Mauern nicht widerstehen konnten *). Als man dem am Podogra kranken Ritter die Nachricht brachte, daß ein Theil der Mauer durch die Gewalt des Geschützes niedergeworfen sey; so ließ er sich, weil ihm die Sache unglaublich vorkam, an die beschädigte Stelle der Mauer führen. Franz war hier kaum angekommen, als eine neue Kugel die Mauer traf, und einen solchen Staub erregte, daß er beym Zurückgehen fiel, und entweder durch spitzige Pallisaden, oder durch scharfe Steine, auf welche er hinstürzte, eine tödtliche Wunde in der Seite empfieng **). Nach diesem Unfall verlohr die belagerte Besatzung allen Muth, und Franz munterte sie selbst auf, die Burg unter den leidentlichsten Bedingungen zu übergeben. Nach der Ue-

potuisset ab germanis in aliam gentem deficere. Possemus de hoc literas exhibere tibi, etc.

*) Pferdeschaften 40. u. f. S. Leodius l. c. p. 257. 258.

**) Der jüngere Schwebel sagt in der Vorrede zur Centuria Epist. daß Franz von Sickingen durch eine Kugel verwundet worden. Dieselbige Nachricht finde ich in dem wahrlichen Bericht, welche Weislinger im *Huttenus* delarvatus. S. 410. hat abdrucken lassen.

X

bergabe besuchten die drey Fürsten den verwundeten Franz in dem Gewölbe, wohin er sich hatte bringen lassen. Franz reichte bloß dem Churfürsten von der Pfalz die Hand, und erwiederte nur mit einigen Worten auf den sanften Vorwurf: Warum er ihn befehdet habe? Die Fragen und Vorwürfe der beiden andern Fürsten wies er mit der Antwort ab: Daß er sezt mit einem größern Herrn zu reden habe. Die drey Fürsten beteten knieend mit dem sterbendeu Ritter, der am 7. May 1523. seinen Geist aufgab, und, durch die Veranstaltung seiner erlauchten Feinde, ein seines Namens würdiges Leichenbegängniß erhielt*).

Ulrich von Hutten begleitet vom Oecolampadius, kam im Wintermonat des J. 1522. nach Basel, wo er bis zu Ende des Jenners 1523. blieb**). Der berühmte Ritter wurde in allen Städten, welche er durchzog, und auch in Basel, mit unterscheidender Achtung empfangen. Der Senat der leztern Stadt wies ihm eine Wohnung an, und bewillkommte ihn durch ehrenvolle Geschenke. Die Mitglieder des Raths kamen eins nach dem andern, um Ulrichen von Hutten ihre Freude über seine glückliche Ankunft zu bezeugen, und ganze Schaaren von Freunden, Bekannten und Unbekannten, strömten herzu, um ihn zu sehen oder wiederzusehen †). Ja selbst mehrere Fein-

---

*) Pfebschaften, u. s. w. 67. S.

**) Hottingers helvet. Kirchengeschichte III. 96. S. Als Erasmus den Brief an den Carinus am 1. Febr. 1523. schrieb, Epist. Vol. I. p. 760. hatte Hutten Basel schon verlassen. Nun sagt Hutten selbst p. 4. Expostulatio cum Erasmo, daß er länger als fünfzig Tage in Basel geblieben sey. Per dies plus quinquaginta, quos istis substiti.

†) Expost. p. 5. Et cum tot per Germaniam civitates publice, tot privatim boni viri, nullo neque periculi, neque invidiæ metu, optima fide hospitium Huttero exhibeant, solus Erasmus est, qui et periculum propositum habeat, et invi-

de boten ihm von neuem ihre Freundschaft an. Nur
der älteste, und am meisten geliebte und geehrte un=
ter allen Freunden, welche er in Basel hatte, Eras=
mus, war gleich unsichtbar und unzugänglich, und ließ
dem von ihm so oft und so sehr gepriesenen, jezt aber
unglücklichen Hutten, gleich nach seiner Ankunft in
Basel sagen: Daß, wenn er nicht etwas sehr noth=
wendiges mit ihm zu sprechen habe, er ihn mit sei=
ner Gegenwart verschonen möge, weil eine solche Un=
terredung den Haß der päbstlichen Partey, unter wel=
chem Erasmus jezt beynahe schon erliege, um vie=
les vermehren würde. Dieser Antrag, welchen Eras=
mus einem alten und verfolgten Freunde aus über=
mäßiger Furchtsamkeit machen ließ, war zwar hart,
aber verzeihlich. Allein unverzeihlich grausam war
der Ton, womit er im Jahr nach Huttens Tode
eine andere Ursache seiner Entfernung von dem im Ba=
sel Schutz suchenden Ritter anführte. Erasmus
war so unverschämt, selbst an den Melanchton zu
schreiben: Er habe den Besuch Ulrichs von Hut=
ten vorzüglich deßwegen abgelehnt, weil dieser nur
ein Nest gesucht, wo er habe sterben können. Ohne
seine Vorsicht hätte er den prahlerischen Ritter mit
seiner garstigen Seuche, und einer ganzen Schaar
von angeblichen Freunden des Evangeliums aufneh=
men müssen. In Schlettstadt habe Hutten fast alle
seine Freunde um mehr oder weniger Geld gestraft.
Auch den Zwinglius habe er zudringlich um Un=
terstützung gebeten. Seine Bitterkeit und seine Prah=
lerey seyen gar nicht zu ertragen gewesen" *). —

diam sustinere haud possit. et p. 7. Interim senatus urbis
data publica fide, hospitio lætus accipit, hospitale quoque
munus offerens, ipsi magistratus alius super alium reverenter
adeunt, multi omnium ordinum quasi certatim irruentes in-
visunt, etiam ex inimicis quidam redeunt in gratiam. Solus Erasmus clausum se domi tenet, etc.

*) Vol. I. p. 817. — Nam quod Hutteni colloquium depreca.

Schwerlich hat Erasmus etwas anderes geschrieben, was seinem Herzen mehr Schande machte, als diese unerwiesene Vermuthungen eines für seinen Ruhm, seine Pensionen und seine Börse übermäßig fürchtenden Mannes, wodurch er das Andenken eines unglücklichen, längst verstorbenen, und, wie er selbst überzeugt war, durch andere gegen ihn aufgehetzten Mannes entehrte und verspottete. Es war natürlich, daß Ulrich von Hutten durch die Zurückgezogenheit des Erasmus, wenn er sie auch auf das mildeste erklärte, betroffen wurde. Unglücklicher Weise unterdrückten der Ritter von Eppendorf, und andere Uuterhändler nicht allein alles das, was das Benehmen des Erasmus hätte entschuldigen können, sondern sie entflammten auch das gereizte Gemüth Ulrichs von Hutten noch mehr, und stellten die Verfahrungsart des Erasmus von der nachtheiligsten Seite vor.

Bey seiner Ankunft in Basel war Ulrich von Hutten kränklich; aber nicht so krank, als Erasmus ihn in seiner Spongia und in mehrern Briefen vorstellte, wo er sagte, daß Hutten wegen seiner zerrütteten Gesundheit die geheizten Zimmer nicht habe verlassen können. Ulrich von Hutten gieng die ganze Zeit über, wo er sich in Basel aufhielt, täglich oder fast täglich aus, und stand oft, oder spazierte, ungeachtet es Winter war, drey Stunden auf

bar, non invidiæ metus tantum in caufa fuit: erat aliud quiddam, quod tamen in Spongia non attigi. Ille egens, et omnibus rebus deftitutus quærebat nidum aliquem, ubi moreretur. Erat mihi gloriofus ille miles cum fua fcabie in ædes recipiendus, fimulque recipiendus ille chorus titulo Evangelicorum, fed titulo duntaxat. Sletftadii mulctavit omnes amicos aliqua pecunia. A Zwinglio improbe petiit, quod ipfe Zwinglius mihi fuis literis perfcripfit. Jam amarulentiam, et glorias hominis nemo, quam patiens, ferre poterat.

dem Markte und andern öffentlichen Plätzen mit sei=
nen Freunden umher *). Vielleicht war seine Kränk=
lichkeit, und die nicht passenden, oder doch so schei=
nenden Rathschläge, welche ihm ein Arzt in Basel
gab, die Ursache, daß er eine höchst witzige Satyre
gegen den Doctor schrieb, die zwar damals in Ab=
schriften umhergieng, aber nie gedruckt worden ist **).
Als Erasmus sich darüber wunderte, daß Ulrich
von Hutten bey seinem Gesundheitszustande, und
in seiner ganzen übrigen Lage noch Lust zu solchen
Schriften hätte; so antwortete der Ritter von Ep=
pendorf, daß Ulrich von Hutten sich durch solche
Scherze die Zeit zu vertreiben suche. Uebrigens be=
schäftige er sich ernstlich damit, seinem Styl die höch=
ste Vollendung zu geben °).

Ulrich von Hutten hatte noch nicht volle zwey
Monate in Basel gelebt, als die bischöfliche Geist=
lichkeit bey dem Senat so heftig auf seine Entfernung
drang, daß die Obrigkeit ihn bitten mußte, um der
öffentlichen Ruhe und um seiner eigenen Sicherheit
willen die Stadt wieder zu verlassen ††). Wenn man

---

*) Expost. p. 4. Ego vel per valetudinem, vel aliter ab
hypocaustis vel tantillum abesse non potui, ut te semel aut
iterum convenirem, per dies plus quinquaginta, quos istic
substiti, qui saepe in medio foro totas tres horas confabulan-
tes amicos sustinui.

**) Spong. p. 7. Ediderat libellum quendam in medicum hu-
jus urbis, plane ridiculum.

†) Ib. . . illum totum in hoc esse, ut stylum absolveret.

††) Hottinger III. 118. S. Erasm. in Praef. Spongiae, nec
non in ipsa Spongia p. 93. Respondeat igitur mihi Huttenus, quum hinc abiret, an recta, publicaque via pervenerit
Milthusium, et an clara luce Milthusio discesserit. Die Lage
der Stadt Basel in Rücksicht auf die Religionsstreitigkeiten
schildert Erasmus so: Et gloriatur hic se fuisse circumfusum
agminibus Lutheranorum. Egregiam vero gratiam communi-
cati hospitii refert huic urbi, in qua, qui vivo jam fere
biennio, neminem novi, qui se patiatur dici Lutheranum,
et in qua publico edicto cautum est, ne quisquam in con-

dem Erasmus trauen darf, so stellten Huttens
Feinde ihm bey seiner Abreise aus Basel so sehr nach,
daß er nicht den nächsten Weg, oder die grosse Lands
strasse nach Mühlhausen nehmen durfte.   Hutten
wandte sich nach Mühlhausen, weil er wahrscheinlich
schon abwesend von der Obrigkeit und Bürgerschaft
dieser Stadt über die einzuführende Reformation be
fragt worden war.   Man setzte diese Berathschlagun=
gen mit dem nun gegenwärtigen Ritter fort, und
Hutten hatte die Freude, zu erleben, daß das Pabst=
thum am 12. März abgeschaft wurde.   In Mühl=
hausen erhielt Ulrich von Hutten den unseligen
Brief des Erasmus an den Larinus, in welchem
es unter andern hieß: „Hutten hat sich hier nur
einige Tage aufgehalten.   Er hat aber weder mich,
noch habe ich ihn besucht.   Und doch würde ich ei=
nen alten Freund, dessen glücklichen Genius ich im=
mer geliebt habe und auch jetzt noch liebe, nicht ab=
gewiesen haben, wenn er zu mir gekommen wäre.
Um seine übrigen Angelegenheiten bekümmere ich mich
nicht *).” — Diese Worte enthielten mehrere hands
greifliche Unwahrheiten.   Es war falsch, daß Hut=
ten nur einige wenige Tage in Basel geblieben sey;
falsch, daß Hutten den Erasmus nicht besucht,
oder, was einerley war, zu besuchen die Absicht ge=
habt habe; falsch endlich, daß Erasmus den Hut=
ten nicht würde abgewiesen haben, wenn er zu ihm
gekommen wäre.

cione doceat, quod adverfetur Evangelio, ne Lutheri qui=
dem auctoritate fretus.

*) I. 760. Fuit hic Huttenus, paucorum dierum hofpes,
interim nec ille me adiit, nec ego illum. Et tamen fi me
conveniffet, non repuliffem hominem a colloquio, veterem
amicum, et cujus ingenium mire felix ac feftivum, etiam
nunc non poffum non amarc. Nam fi quid illi præterea
negotii eft, nihil ad me pertinet.

Ulrich von Hutten wurde um desto mehr aufgebracht, da der Brief des Erasmus neben einigen kalten Lobsprüchen auf den abgewiesenen Freund
eine Menge von offenbaren Ausfällen, oder heimlichen
Anspielungen auf die Reformatoren enthielt. Es
brauchte nicht einmahl solche Aufhetzer, als von welchen Erasmus redet, um den beleidigten Ritter zu
bewegen, daß er den Erasmus auf eine so nach-
drückliche Art zur Rede stellte, als es in der Expostulatio cum Erasmo Roterodamo geschah. Erasmus empfieng die erste Nachricht von dieser gegen
ihn gerichteten Schrift durch den Ritter Eppendorp,
der von Mühlhausen zurückkam*). Nun rathschlagte
er mit seinen Freunden, wie man den Huttenschen
Fehdebrief zurückhalten könne, und alle stimmten am

---

*) Erasmus widerspricht sich hier abermals auf die gröbste Art.
In seiner Spongia erzählt er, daß er mit dem Rhenanus
und Eppendorp darüber gerathschlagt habe, wie man den
Hutten abhalten könne, die Streitschrift drucken zu lassen;
und daß der Rath dieser Freunde dahin ausgefallen sey: Erasmus müsse an Hutten schreiben, um ihn zu besänftigen.
In dem geheimen Briefe hingegen, welchen Erasmus bald
nachher an den Goclenius schrieb, und der an der Spitze der
Londonschen Ausgabe der Briefe des Erasmus vom J. 1642.
steht, sagt er: Daß Eppendorp durch die Drohung mit dem
Huttenschen Fehdebriefe Geld vom Erasmus und dessen
Freunden zu erpressen gesucht habe. Et hoc agebat, ut ab
amicis extorqueretur pecunia, ne libellus iste prodiret. Mirum autem, quibus technis hoc agebat apud me, apud Fro-
benium, apud Bentium, Botzemum etiam hac gratia evoca-
rat Constantia. . . Egebant uterque misere, sicut hoc hominum genus solet. Debebat uterque animam. Wenn Eppendorp diese Erpressung so offenbar übte, als Erasmus sagt;
wie konnte er dann einem solchen Nichtswürdigen nicht nur so
schonen, sondern selbst so loben, als er es in seiner Spongia
that? wie sagen, daß Eppendorp ihm gerathen habe, an
Ulrich von Hutten zu schreiben, um diesen wieder zu gewinnen? Eppendorp zeigte nachher einen Brief von Ulrich von
Hutten vor, in welchem dieser betheuerte, daß jener ihm beständig abgerathen habe, etwas gegen den Erasmus zu schreiben. — Erasmus erklärte auf seinen bloßen Verdacht hin das
Zeugniß Ulrichs von Hutten geradezu für falsch.

Ende dahin zusammen, daß Erasmus an Ulrichen von Hutten schreiben, und diesen zu besänftigen, oder von öffentlichen Feindseligkeiten zurückzuziehen suchen müße. Der Brief, welchen Erasmus am 25. März 1523. an Ulrichen von Hutten abschickte °), war nicht dazu gemacht, das verwundete Gemüth des Freundes zu heilen. Erasmus erzählte zwar, auf welche Art und unter welchen Bedingungen er sich Huttens Besuch verbeten habe. Er erinnerte Hutten an ihre alte Freundschaft, so wie an die Freude, welche Hutten dem Hogstraten und andern gemeinschaftlichen Widersächern durch eine Streitschrift gegen den Erasmus machen würde. Er bat endlich, daß Ulrich von Hutten ihm in einem freundschaftlichen Briefe melden möge; worüber er sich zu beschweren Ursache zu haben glaube. Dann aber führte er ihm auch zu Gemüthe, daß Huttens Ruf durch einen Angriff mehr, als der von Erasmus leiden würde. Er solle nur bedenken, was für Sagen von ihm herumgiengen; wie der Pfalzgraf gegen ihn erbittert sey, und einen seiner Knechte neulich habe hinrichten lassen; wie man endlich von einem gänzlich entblößten und mit Schulden beladenen Flüchtling, dergleichen Ulrich von Hutten sey, gewiß vermuthen werde, daß er eine schmutzige Beute zu erhaschen suche. Ulrich von Hutten antwortete dem Erasmus, wie er es verdiente. Er warf ihm kürzlich alles das vor, weßwegen er ihn ausführlicher in der Expostulatio angeklagt hatte, und er versprach, daß er ihm die Expostulatio selbst in drey Tagen zusenden wolle. Erasmus suchte sich in einem neuen Briefe zu rechtfertigen **). Hutten erwiederte hier-

---

*) I. 719. Der Brief hat eine falsche Jahrszahl, nämlich 1524. In diesem Jahre war Hutten schon lange gestorben.
**) Spong. p. 9.

auf in einem sanftern Ton, wie Erasmus sich ein-
bildete, weil er die Nachricht von Sickingens
Tode erhalten habe *). Zugleich meldete er ihm,
daß die Expostulatio, wovon schon Abschriften um-
hergiengen, an den Buchdrucker geschickt worden sey.
Wenn Erasmus sie von diesem wieder erhalten
könne, und dann zu schweigen verspreche; so wollten
sie nach, wie vor, Frieden und Freundschaft halten**).
Mehrere Freunde des Erasmus riethen diesem,
daß er das zum Druck bestimmte Manuscript an sich
kaufen und dadurch unterdrücken solle. Allein er
weigerte sich dieses zu thun, da die Expostulatio
schon zu oft abgeschrieben, und es nicht mehr in ihres
Verfassers Gewalt sey, die Bekanntmachung derselben zu hintertreiben. Er erbot sich sogar, die Kosten
des Drucks herzugeben, damit sie nur desto eher ins
Publikum käme. An der Aufrichtigkeit dieser Anerbietung kann man mit Grund zweifeln, da sich
Erasmus über Ulrich von Hutten, über diejenigen, welche ihn gegen den Erasmus gereizt und
den Druck der Expostulatio betrieben hatten, über
den Buchdrucker Schott in Straßburg, ja sogar
über den Hedio, der den Schott geschützt hatte,
mit einer solchen Heftigkeit und Bitterkeit ausließ,
wie er nicht würde gethan haben, wenn Huttens
Schrift ihm so gleichgültig gewesen wäre, als er
seine Freunde glauben machen wollte. „Ich mißgönne",
schreibt er in seiner Dedication der Spongia, „dem
Ritter von Hutten die Gastfreundlichkeit der Schweizer nicht, welche ihm eine Freystätte gegen diejenigen
eröfnen, die ihm nachjagen, um ihn dem Henker zu

*) Ib.
**) So verstehe ich folgende nicht deutliche Worte in der Spongia
p. 9. Et hanc fert conditionem, librum jam esse missum
typographo, ut obticescerem, ita pacem, atque amicitiam
fore inter nos, si vellem, ut antea.

übergeben. Allein man muß doch dahin sehen, daß
er die Gastfreundschaft der Schweizer nicht dazu miß=
braucht, um Schandschriften gegen verdiente Männer
zu schmieden, und ungestraft den Pabst, den Kaiser,
die deutschen Fürsten, und selbst die ehrwürdigsten
Männer Helvetiens anzugreifen." Eines gleichen In=
halts war der Anklagebrief, welchen Erasmus am
10. Aug. 1523. an den Rath zu Zürich erließ, und
dessen nachtheilige Wirkungen Ulrich von Hutten
durch ein Gegenschreiben vom 15. Aug. abzuwenden
suchte, in welchem er, ohne die geringsten Beschul=
digungen gegen den Erasmus vorzubringen, bloß
um die Mittheilung der Anklagepunkte und um ge=
neigtes Gehör bat°). „Ich will sterben", (so schrieb
Erasmus kurz nach der Erscheinung der Hutten=
schen Expostulatio °°), „wenn ich geglaubt hätte,
daß in der ganzen deutschen Nation so viel Unver=
schämtheit, Giftigkeit und Grausamkeit vorhanden
wäre, als ich in der einzigen kleinen Schrift von
Hutten finde." „Der Buchhändler Schott", meldet
er dem Senat in Straßburg, „hat nicht nur Hut=
tens Schrift gegen mich gedruckt, sondern hat sie auch
vor kurzem mit einer andern Schandschrift von neuem
wieder aufgelegt †). Dieses kümmert mich meinetwe=
gen nur wenig; allein ich fürchte, daß eine solche
Ausgelassenheit nicht nur eurer Stadt, sondern auch
der Sache des Evangeliums überhaupt schaden könne."
Einige Monate später wiederholte Erasmus diese

*) Diese beyden Briefe hat zuerst Herr Heß in seinem Leben
des Erasmus II. 573. u. f. S. abdrucken lassen, aus wel=
chem sie Herr Schubart in Huttens Leben 146—148. S. mit=
getheilt hat.

**) Epist. Vol. I. p. 721. Auch dieser Brief ist falsch datirt.
Statt 1522. muß das Jahr 1523. stehen.

†) Ib. p. 793. Epist. 674.

bige Warnung *), nachdem Schott Huttens Expoſtulatio zum drittenmal gedruckt hatte. Auf
dieſe dringenden Bitten des Erasmus wollte die
Obrigkeit in Straßburg den Buchhändler ſtrafen;
allein Hedio wandte dieſe Züchtigung aus Mitleiden
mit der Frau und den vielen Kindern des Schott
ab **). Erasmus machte dem Hedio deswegen
nicht geringe Vorwürfe. Er ſagte, daß es beſſer geweſen wäre, wenn Schott gebettelt, oder die Reitze
ſeiner Frau verkauft, als durch die Bekanntmachung
ſolcher Schandſchriften Brod für Frau und Kinder
zu erwerben geſucht hätte. In dem geheimen Briefe
an den Goclenius theilte er dieſem die Nachricht
mit: Daß man die Expoſtulatio Ulrichs von Hutten tief in Deutſchland hineingeſchickt, weil man keinen Verleger in der Nähe habe finden können; daß
aber auch ſelbſt in Deutſchland niemand ſich mit dem
Drucke der Schrift habe befangen wollen, wenn nicht
Eppendorp deswegen ausdrücklich nach Straßburg
gereiſt wäre, und den Schott durch die Vorſpiege-
lung, daß die Schrift nicht ſo gar heftig ſey, zum
Verlage bewegt hätte †). Alle dieſe Gerüchte waren
falſch, oder äuſſerſt unwahrſcheinlich, und widerſpra-
chen ſogar andern Gerüchten, welche Erasmus ſelbſt
oft in ſeiner Spongia und ſeinen Briefen anführt:
Daß Schott die Huttenſche Expoſtulatio auch

---

*) I. p. 805. Epiſt. 687.

**) I. 844. 45. Epiſt. 725.

†) Sed ante mortem epiſtola Huttenica etiam procul mitteba-
tur ad Germanos, quod non poſſent invenire typographum.
Nec inveniſſet, niſi ſceleroſus Epphendorpius, quum hic ob
æs alienum, ac ſuſpiciones hominum non poſſet diutius vivere, ſub prætextu, quaſi peteret thermas Badenſes, com-
migraret Argentoratum. Ibi vix ægre perſuaſit Typographo,
nihil eſſe amurulentiæ. Et Scotus ille miſere invidebat Fro-
benio, quemadmodum ferme omnes. Unde amicitia Frobe-
nii magnam mihi conflavit invidiam.

aus Neid gegen den Froben, den Verleger des
Erasmus, gern gedruckt; daß er dem Hutten ein
Honorar dafür bezahlt, und die Schrift, der Warnungen des Erasmus und der Drohungen der Obrigkeit ungeachtet mehrmahl hinter einander wieder
aufgelegt, habe *).

Ulrich von Hutten begab sich wahrscheinlich
im Junius 1523. von Mühlhausen nach Zürich, entweder um seiner Gesundheit willen, oder weil Zwingli
ihn eingeladen hatte; und nicht lange nachher erschien
die Expostulatio cum Erasmo Roterodamo °°). Die

*) Spongia p. 113. Jam vero nescio, an nihil tribuendum
sit quorundam suspicioni, qui dictitant, Huttenum ex equite
factum sedentarium, hujusmodi libellos ad questum scribere, eumque geminum, dum et hi numerant, qui conducunt
operam, et in quos scribit pecunia redimunt, ne, quod
scriptum est, edatur. — Jam ut audio numeravit aliquid et
typographus. Auch dieses Gerücht war ganz falsch. Hutten
erhielt nichts für seine Expostulatio, und wußte nicht einmal,
daß Schott sie gedruckt hatte. *Otton. Brunfels.* Resp. 44. p.
Erasmus war so geneigt, nicht nur das, was er hörte, sondern auch das, was er las, auf eine seinem jedesmaligen Ge-
müthszustande angemessene Art auszulegen, daß man sich nicht
einmal auf das verlassen kann, was er in den Büchern und
Briefen seiner Bekannten zu finden glaubte. Wer mit seinen
Briefen vertraut ist, dem werden viele Fälle aufgestoßen seyn,
wo er seinen Gegnern, oder denen, von welchen er in Meynungen abwich, Dinge unterschiebt, und aus den Schriften und
Briefen anderer beweisen will, an welche diese andern nie gedacht hatten. Im Nov. 1533. schrieb er an den Goclenius:
Man sehe genug sowohl aus den Briefen des Melanchton,
als aus seinem Commentar über den Brief an die Römer:
Daß er der Menschen, mit welchen er bisher verbunden gewe-
sen, überdrüßig sey: Weßwegen Erasmus auch glaubte, daß
Luthers Freund einem Rufe nach Pohlen folgen werde. Ep.
1258. Vol. II. p. 1479. Melanchton vocatus est in Poloniam.
Id ad me scripsit Episcopus Plocensis, qui eum vocavit.
Et ipse Melanchton in Commentario epistolæ ad Romanos,
et in privatis ad me literis satis declarat, se suorum pigere.
Aehnliche Vermuthungen kommen auch von Luthern vor.

°°) Ulrich von Hutten erhielt die Nachricht von dem Tode
Franzen von Sickingen noch in Mühlhausen. *Erasmi* Spon-

Expoftulatio mißfiel Luthern, noch mehr dem Eobanus Heſſus, am allermeiſten dem Melanchton †). Hierauf berief ſich Erasmus nachher in

gia p. 9. Als er von hier aus den zweyten mildern Brief an
den Erasmus ſchrieb, war die Expoſtulatio noch nicht gedruckt.
Ib. Interea, ſagt Erasmus, ib. p. 10. commigrat Thurre-
gium Huttenus. — Am 19. Jul. 1523. als Erasmus an
den Pirkheimer ſchrieb, war Hutten ſchon in Zürich, und
damals war auch die Expoſtulatio vor kurzem ausgegeben worden. Der Brief an den Pirkheimer iſt der erſte, in welchem
Erasmus der gedruckten Expoſtulatio mit friſchem Schmerze
erwähnt. Hottinger III. 118. S. weiß nichts davon, daß
Hutten gezwungen worden, Mühlhauſen zu verlaſſen. Vielmehr erzählt dieſer Geſchichtſchreiber, daß der Magiſtrat in
Mühlhauſen den Ritter von Hutten gegen einen aufrühreri-
ſchen Menſchen geſchützt habe, der ihn in ſeiner Wohnung
habe beſtürmen wollen. Erasmus hingegen ſchreibt, in ſe-
creta epiſt. ad Goclenium: Hutten ſey in Mühlhauſen ſo verhaßt geweſen, daß, wenn er nicht fortgegangen wäre, die
Bürger gedroht hätten, das Auguſtiner-Cloſter, wo er gewohnt habe, anzufallen. Er ſey alſo mitten in der Nacht von
Mühlhauſen nach Zürich entflohen. Erasmus ſetzt noch hinzu:
Hutten ſey in der Stadt Zürich ſelbſt nur einige Tage geweſen. Dann habe ihn Zwingli zu einem Prediger auf dem
Lande geſchickt. Hutten habe ſeine Freunde allenthalben um
Geld geſtraft. — Die erſte Ausgabe der Expoſtulatio charakte-
riſirt Erasmus ſo: in Epiſt. ad Magiſtr. Argent. p. 804. Eſt
iſtic Joannes Scottus typographus, qui pridem excudit libellum Ulrici Hutteni, in me ſcriptum — addidit picturas
odioſas. Unter den odioſis picturis verſtand er wahrſcheinlich
nichts anders, als ſeinen und Huttens in Holz geſchnitte-
nen Kopf, und über beyden Köpfen einen dunklen Kreis mit
dem Namen von Melanchton und Luther umſchrieben. —
Auch Burckhard kannte keine ältere, als dieſe Ausgabe mit
den erwähnten Holzſchnitten.

†) *Lutheri* Epiſt. II. fol. 160. 195. *Eob. Heſſ.* Epiſt. familiar
Lib. IV. 87. p. Hutteni libellum non probamus, Lutherus,
Philippus, Heſſus, quanti tu facis hos triumviros, atque
inter eos regem? cave ſentias contra. Malam excitavit no-
ſter amicus Tragœdiam. Apud me quidem excuſat ſe, quod
in Eraſmum ſcripſerit, verum hic ego nullam excuſationem
accipio. *Gerbelius* ad *Shweb.* in Centur. Epiſt. Theol. ad
Schwebelium ſcripta 1597. p. 56. 57. Non credis, quam
amarulenter Philippus cum Scoto expoſtulet, ob excuſum
ejus in Eraſmum judicium. Ita vel verentur eloquentiam
hominis, vel diffidunt probæ cauſæ.

den Briefen an seine Freunde. Allein er vergaß hinzuzusetzen, daß, wenn Luther mit Huttens Expostulatio nicht zufrieden war, er die Spongia des Erasmus noch viel mehr tadelte °). Vielleicht waren es die Urtheile seiner abwesenden Freunde, welche Ulrichen von Hutten bewegten, von Zürich aus an den Erasmus zu schreiben, daß man die Abfassung und Bekanntmachung der Expostulatio als ein Verhängniß ansehen müße; daß er sich aber in der Folge vorsichtiger betragen wolle **). Die Freunde der Reformation hingegen, die in der Schweiz, im Elsaß, im Zwenbrückischen und andern benachbarten Landen lebten, die also den Erasmus genauer kannten, und seine letzten Briefe früher gelesen hatten, billigten es laut, daß Ulrich von Hutten den Erasmus entlarvt habe, und Zwingli, Bucerus, Oecolampadius, Capito, Gerbelius, Hedio, und andere dachten sich und schilderten den Erasmus schon damahls, und auch beständig nachher eben so, wie Ulrich von Hutten ihn gezeichnet hatte †). Erasmus empfand es auch sehr bald,

---

*) II. 160. Equidem Huttenum nollem expostulasse, multo minus Erasmum extersisse. Si hoc est spongia abstergere, rogo quid est maledicere, et conviciari? — Incredibilem enim nominis et authoritatis jacturam fecit hoc libro . . . . et p. 195. ad *Erasm.* ipsum: Compescuimus sane aliquot, qui jam paratis libris te in arenam trahere volebant, atque ea ratio fuit, ut et Hutteni expostulationem optarem non editam, multo minus tuam spongiam. in qua ni fallor, tu ipse jam sentis, quam facile sit de modestia scribere, et in Luthero immodestiam arguere, sed difficillimum, imo impossibile praestare, nisi dono spiritus singulari.

**) Spong. p. 10. Inde scribit, ut hoc factum in Aten Homericam rejiciamus, post haec omnia prudentius acturum sese.

†) Man sehe Hottingers helvet. Kirchengesch. 3. Theil 96. 97. S. Gerbelius und dessen Freunde konnten sich nicht genug darüber wundern, daß die Sächsischen Reformatoren Huttens Angriff auf den Erasmus so heftig tadelten: ad *Schweb.* p. 57. Quanquam quid esset tandem flagitii, si dissimulantem tam

wie sehr sich die Denkart und Gesinnungen von sehr
vielen seiner ehemaligen Freunde und Bekannten geän=
dert haben *); und wie viele andere furchtbare Geg=
ner jetzt gegen ihn aufstanden, nachdem, wie er sich
selbst ausdrückt, Ulrich von Hutten einmahl das
Eis gebrochen hatte **). Keiner vertheidigte Ulri=
chen von Hutten und strafte den Erasmus nach=
drücklicher, als der trefliche Arzt Otto Brunfels
in der Responsio ad Erasmi Spongiam, welche der
Rotterdammer nie zu beantworten wagte †).

Wir können es jetzt noch weniger, als die Zeit=
genossen entscheiden: Ob es besser gewesen wäre, daß
Ulrich von Hutten seine Expostulatio unterdrückt
hätte, oder daß er sie bekannt machte. Das aber
muß meinem Urtheile nach einem jeden, der die Ex=
postulatio mit der Spongia vergleicht, einleuchten,

diu impietatem quoquo modo evocassem? — Si non satis
damnavit Spongia doctrinam Christi praedicatam hactenus a
Luthero, quaerant quaeso alios, qui acrius incessant?

*) Man lese, wie er in dem Briefe an den Melanchton Epist.
703. Vol. I. 817. 818. die ihm nahe wohnenden Reformato=
ren schildert.

**) Epist. 673. Vol. I. 792. p. Post hunc exortus est alius
illo tum indoctior, tum rabiosior, cui nondum respondimus;
et consultius arbitror negligere, quandoquidem audio non
paucos alios accinctos ad hujusmodi vipereos libellos in me
jaciendos. Ab hoc genus intemperiis nec Caesar nec ponti=
fex potest me tueri. Nec enim illi deos verentur, nec ho=
mines.

†) Am Ende der Responsio sagt Brunfels, wie er endlich zur
Bestreitung der Spongia des Erasmus gekommen sey. p. 55-57.
Luther und Melanchton waren ib. eine Zeitlang der Mey=
nung, daß man die Schmähschrift des Erasmus gar nicht
beantworten müsse, weil es notorisch sey, daß sie lauter Ver=
läumdungen enthalte. Hermann von dem Bussche wollte
anfangs gegen den Erasmus in Felde ziehen. Letzterer glaubte
deßwegen zuerst auch, daß Busschius der Verfasser der Re=
sponsio sey, ungeachtet er vorher selbst gesagt hatte, daß,
wenn jemand ihm antworten sollte, dieser gewiß Otto Brun=
fels seyn würde. p. 57.

daß Huttens Schrift viel mehr Wahrheit, viel we=
niger Gift und häufigere Merkmahle einer ungeheu=
chelten Betrübniß über die Nothwendigkeit, einen
einst verehrten Freund strafen zu müssen *), enthalte,
als die Erasmische Gegenschrift **). Erasmus
wagte es nicht einmahl, die hönisch=zweydeutige Art,
womit er in dem Briefe an den Larinus von
Huttens Ankunft in Basel, und dem Nicht=Sehen
dieses alten Freundes geredet hatte, nur zu berühren,
viel weniger zu rechtfertigen. Auch hatte er nicht
das Herz, zu läugnen, daß er in den letzten Zeiten
den Päbsten und dem päbstlichen Hofe, der Römi=
schen Kirche und den Bettelmönchen, endlich den
erklärtesten Feinden aller Verbesserung der Religion,
Wissenschaften und Sitten Lobsprüche gegeben habe,
die seinen ehemaligen Urtheilen schnurstracks entgegen
gesetzt seyen. Er entschuldigte diese Schmeicheleyen
allein damit, daß man nicht immer die Wahrheit sa=
gen könne, und daß selbst Christus und die Apostel

die

---

*) Um desto ungerechter war die Beschuldigung, welche Erasmus,
wie andere giftigen Beschuldigungen gegen Ulrichen von Hutten
erst nach dessen Tode vorbrachte: Et ut sibi videbatur vir for-
tis, sic cogitabat, seniculus est, valetudinarius est meticulosus
et imbecillis ist, mox efflabit animam, ubi legerit hæc tam atro-
cia. Hoc illum cogitasse, voces etiam, quas jactabat, arguebant.
— Attamen in Spongia nusquam objicio luxum, quem illum
nec miserabilis ille morbus dedocere potuit, nusquam aleam,
aut scorta, nusquam profusione decoctam pecuniam, confla-
tum æs alienum, ac frustratos creditores. Non in hostem
regero vera notaque crimina. Noch wüthender schrieb Erasmus im J. 1525. an Luthern über seinen längst verstorbenen
Freund. Luthers ungedr. Briefe von Schütz II. B. 58. u. f.
S. und Heß II. 182. bes. 184. 185.

**) Eben so urtheilt Herr Heß in seiner Biographie des Eras-
mus, die mir erst zu Händen gekommen ist, nachdem ich obi-
ges geschrieben hatte. Der genannte Gelehrte bemerkt auch,
daß Erasmus glaubte, Ulrichs von Hutten möglichst geschont zu haben. II. 146. 147.

die Wahrheit verhehlt hätten *); daß man sich in der
Noth zweydeutig ausdrücken dörfe **); daß er endlich
die Lobsprüche nur aus gemeiner Höflichkeit, oder
unter gewissen Bedingungen ertheilt habe, welche sich
ein jeder Vernünftiger leicht habe hinzudenken können,
oder die er auch an andern Orten hinzugefügt habe †).
Ulrich von Hutten war in seiner Expostulatio sehr
vorsichtig mit Beschuldigungen, die auf bloße Arg=
wöhne und Gerüchte gegründet waren. Erasmus
hingegen warf auf bloße unverbürgte Sagen hin nicht
nur Hutten, sondern überhaupt den sogenannten
Evangelikern Schmähsucht und alle Arten von groben
Ausschweifungen, Betriegereyen und Erpressungen

---

*) Spongia p. 83. Christus primum legens Apostolos ad Evan-
gelicam prædicationem, vetuit, ne proderent, se esse Christum. Si veritas ipsa jussit eam veritatem ad tempus sileri,
citra cujus cognitionem, ac professionem nulli contigit salus, quid novi, si ego dixi alicubi, supprimendam veritatem?

**) Ib. p. 74. 75. Sed interim obliquo dicto fallo. — In dis-
crimine licet ambiguo fallere. David etiam furorem simulavit.

†) Z. B. 74. 75. p. Auf die letzte Art entschuldigt er die Stellen:
Daß er nie ermangeln werde, dem Römischen Stuhl beyzuste=
hen, und daß ein jeder frommer Christ den Römischen Pabst
begünstige, oder ihm gewogen sey. Scribo, me non defuturum
sedi Romanæ — si illa non desit gloriæ Christi: me illi
pro virili adfuturum, si illa sinceris rationibus provehere
nitatur veritatem Evangelicam. Hujusmodi cum multis locis inculcem, tamen dissimulat Huttenus. — Alicubi scripsi, neminem pium non favere pontifici Romano. Hic non
videt, postulasse dictionis œconomiam, ut pontifice conci-
liato odium in quosdam transferrem, qui rem parum dextre
gerebant nomine pontificis. Neque tamen falsum est, quod
scripsi. Favet enim pontifici, quisquis cupit illum maxime
florere dotibus apostolicis: licet odisse Leonem, et tamen
favere pontifici. Qui favet malefactis pontificum, non favet
pontificibus. Noch viel elender war die Ausflucht, die er we=
gen der Benennung eines alten Freundes nahm, welche er
in dem Briefe an den Larinus dem Inquisitor Hogstraten
gegeben hatte. p. 24. Spongia. Er wollte seine Leser glauben
machen, als wenn dieses bloß Ironie gewesen sey. Nam quod
illum alicubi non familiarem quidem, sed veterem amicum
appello, quis non intelligit subesse ironiam? Damit ein jeder

Y

vor *). Ja er wollte sich sogar stellen, als wenn er glaube, daß die Mönche in Cölln und Löwen den Hutten erkauft hätten, um die Expostulatio gegen den Erasmus zu schreiben **). Die Spongia Erasmi adversus aspergines Hutteni erschien wahrscheinlich im August 1523. kurz vor dem Tode desjenigen, gegen welchen sie gerichtet war, und wurde in kurzer Zeit mehrmahl aufgelegt †).

sehen könne, daß man das, was Erasmus vom Hogstraten sagte, unmöglich für Ironie nehmen konnte; so schreibe ich die ganze Stelle aus dem Briefe an den Larin ab: Epist. 650. Vol. I. p. 758. Pridem late sparsus erat hic fumus, libros meos exustos esse in Brabantia, idque auctore R. P. Jacobo Hochstrato, vetere meo, si non familiari, certe amico: et commentum tam impudens homines etiam literati desultoriis epistolis distulerant.

*) p. 68. 69. Si quos novit, qui pro vino, scortis, et alea semet oblectant sacra lectione, sanctisque confabulati unculis, qui neminem fraudant debita pecunia, sed ultro largiuntur non debitam egentibus: qui adeo non maledicunt immerentibus, ... qui nemini vim aut inferunt, aut minantur: qui non jactant glorias suas .... Si quos novit inquam hujusmodi moribus vere Evangelicis praeditos, commonstret, et habebit me sodalem. Nam ego Lutheranos video, Evangelicos aut nullos, aut admodum pancos video. Diese Stelle mußte Erasmus hart büssen, weil sie die gröbsten Verläumdungen enthielt.

**) p. 109. Das einzige, was Erasmus Ulrichen von Hutten als seinem Freunde vorwerfen konnte, war die Art, wie dieser mit einem Briefe umgegangen war, welchen Erasmus an den Erzbischof von Mainz geschrieben, und an Hutten geschickt hatte, damit dieser ihn nach Befinden der Umstände übergeben, oder zurückhalten könne. Weil der Erasmische Brief günstige Urtheile über Luthern enthielt, so ließ Ulrich von Hutten ihn nicht nur von vielen lesen, sondern auch drucken, bevor das Schreiben selbst in die Hände des Cardinal-Erzbischofs kam. Spongia p. 94. 95. Erasmus stellte Ulrichen von Hutten deßwegen in Mainz freundlich zur Rede; und dieser antwortete beschämt: Daß der Vorfall durch die Nachläßigkeit seiner Secretäre verursacht worden. Et tamen hac de re vix tribus verbis expostulavi coram. Atque is risu verecundo confitens factum, respondit, secretarorium incuria commissum esse.

†) Erasmus Ep. 658. Vol. I. 773. schrieb an den Goclenius

Wenige Wochen vor seinem Tode schrieb Ulrich von Hutten an seinen Freund Eobanus Hessus in Erfurt; welcher Brief eins der letzten und rührendsten Denkmähler des Geistes und Herzens von Hutten ist. „Wird dann", ruft er seinem Freunde aus der Ferne zu *), „mein Mißgeschick nicht endlich einmahl aufhören, mich so grausam, wie bisher, zu verfolgen? Mein einziger Trost ist, daß ich noch immer einen Muth habe, der wenigstens meinem Unglück gleich kommt. Deutschland, wie es jetzt ist, konnte mich nicht länger dulden. Eine freywillige Flucht brachte mich in die Schweiz, und wird mich vielleicht noch weiter führen. Nur eins verdanke ich meinem Schicksale, daß es mich aus dem Geräusche des Krieges in eine ruhige Muße versetzt hat, die ganz den Arbeiten des Geistes gewidmet ist. Ueberbringer dieses wird dir etwas gegen die Tyrannen überliefern, welches ich, so bald als möglich, drucken zu lassen bitte, damit die Nachwelt doch die Bosheit derjenigen kennen lerne, welche sich der Freyheit, Tugend und Religion widersetzt haben. Ich hoffe, daß Gott dereinst die zerstreuten Freunde der Wahrheit wieder sammeln, und unsere Widersächer demüthigen werde. Mich verlangt sehr zu wissen, wo Crotus sich jetzt aufhält. Grüße den Aperbach und unsere übrigen Freunde, die gewiß nicht nachlassen werden, die gute Sache zu vertheidigen **)." —

---

am 25. Sept. 1523. Er zweyfle nicht, daß die Spongia schon bis zu ihm gekommen sey. Non dubito, quin Spongia jam ad vos perlata sit. Huttenus excessit e rebus humanis 29. die Augusti: cujus morte periit magna ex parte meæ Spongiæ gratia. Unsere Bibliothek hat eine Ausgabe der Spongia, die am 23. Sept. 1523. zu Basel in der Frobenschen Officin gedruckt, und am 23. Sept. vollendet worden ist. Dies war also vermuthlich die zweyte Auflage.

*) XVI. Lib. Epist. famil. Heß p. 290.

**) Hutten schrieb diesen Brief zu Zürich 12. Calend. Aug.

Burkhard glaubte, daß die Schrift gegen die Tyrannen, deren Hutten in dem angeführten Briefe erwähnt, die Oratio ad Carolum Maximum Augustum, et Germaniæ principes, pro Ulrico Hutteno, Equite Germano, et Martino Luthero, Patriæ et Christianæ Libertatis adsertoribus, Auctore S. Abydeno, Corallo Germ. gewesen sey *). Ich kann hierüber nichts entscheiden, da mir die Rede an den Kaiser und die deutschen Fürsten nicht zu Gesichte gekommen ist.

Ulrich von Hutten blieb standhaft und unablässig thätig bis an den Augenblick, wo die letzten Kräfte seines von Mühseligkeiten, Sorgen, Kummer und Krankheiten ausgemergelten Cörpers gänzlich nachließen und erloschen. Dies geschah gegen das Ende des Augusts im J. 1523. in dem Hause des Pfarrers Schnegg auf der Insel Ufnau im Zürcher-See, wohin Zwinglt ihn geschickt hatte, damit er von dem in der Arzneykunde hocherfahrnen Geistlichen curirt würde **). Allein der Pfarrer Schnegg konnte dem unheilbar Kranken eben so wenig seine Gesundheit wieder geben, als es kurz vorher das Pfeffers-Bad gekonnt hatte †). In allen Ländern Europens

*) II. 306. 307.

**) Hottingers Kirchengeschichte 3. Th. S. 118. Hottinger setzt Huttens Tod auf den 1. Sept. Erasmus auf den 29. Andere auf den letzten August.

†) Ib. Camer. l. c. p. 91. Tandem — non procul ab urbe Tigurina morbis confectus, quibus frequentibus et acribus laboraverat, mortem obiit annos natus XXXVI. — Ich habe diese Worte des Camerarius mit Fleiß angeführt, weil sie, wie das Gerücht von Vergiftung beweisen, daß die genausten Freunde Huttens in Deutschland nicht wußten, daß der Ritter allein an der Liebesseuche gestorben sey. Dies Gerücht erhielt sich in der Schweiz. Man sehe Gesneri Bibl. f. 342. und die Grabschrift, welche ein Prediger in Basel verfertigte beym Weislinger in Hutt. delarv. p. 14. Die Grabschrift hieß so:

beweinten die Mufen und Grazien den frühzeitigen
Tod ihres Lieblings *); nirgends aber aufrichtiger und
fchöner, als in Thüringen und Sachfen, wo feine
treuften Freunde lebten **). Ulrich von Hutten
wurde auf der Jnfel Ufnau begraben, die von ihm
nachher oft Huttens Jnfel genannt worden ift. Die
unruhigen Zeiten, in welchen er ftarb, waren ver:
muthlich am meiften Schuld daran, daß feiner feiner
Freunde den Gedanfen hatte und ausführte, durch
irgend ein Denfmahl oder Jnfchrift die Stätte zu
bezeichnen, wo die Refte eines der größten deutfchen
Männer eingefenft worden †). Ulrich von Hut-

Ulricus Huttenus
Eques et Poeta
in infula Lacus Tygurini
Uffnort dicta ex morbo Gallico
quem thermis Pfeiferfianis pel-
lere conabatur, in reditu mortuus.
Diefe letzte Nachricht fcheint unrichtig zu feyn.

*) Man fehe Nachrichten über die Elegien und Epitaphien auf
Huttens Tod, Burckhard II. 268. III. 279. et fq.

**) Man fehe unter anderm einen Brief des Heßus an den
Draco: *Heffi* Epift. fam. I. p. 35. . . . periit, periit nofter
Huttenus. Huttenus nofter obiit potianatus .. Quis fuit ille tam
(pene dicere aufim), iniquus Deus, qui hoc tam floridum ingenium nobis inviderit? Libet iterum ac fœpius exclamare: heu Deos
crudeles, heu crudelia fata. Sed opus effe video, ut ad Elegos
confugiam. Non enim capere poteft epiftola brevis, quantum
nunc doleam. Sed ah mi cariffime Huttene, fic nos reli-
quifti? an potius abiifti? quo vero? ecquando redibis? heu,
eras totus amabilis. Nemo hominum improbiffimorum ho-
ftis major, nemo bonorum amantior. — Eben fo aufrichtig
beweinten feinen Tod Crotus, Camerarius und Melanchton,
ungeachtet der letztere fich vor feiner Kühnheit etwas gefürchtet
hatte. *Camer.* in Vita *Melancht.* p. 90. 92. Et dolore autem
tum Philippi Melanchtonis, ac noftro, et deploratione quoque Croti quafi jufta facta funt Hutteno Deque eo verfus
in itinere a nobis compofiti, et refutati quidam mortuum
lacerantes.

†) Helvet. Calender vom J. 1795. S. 21. 22. 23. Nach Geß-
ners Erzählung wurde Ulrichen von Hutten wirflich ein
Monument gefetzt, das alfo verfchwunden feyn muß. f. 342.
Obiit in peregrinatione anno 1523. morbo confumptus Gal-

ten hinterließ weiter nichts, als einige Bücher und
Handschriften, welche letztern nach seinem Tode größ-
tentheils gedruckt wurden *). Sein Freund Eppendorp rühmte sich, die Schulden des Verstorbenen,
die etwas über 150. Gulden betragen hätten, bezahlt
zu haben. Ich würde dieses Freundschaftsopfer
mit dem Erasmus bezweifeln, wenn ich nicht in
dem eben angeführten Briefe des Zwingli die Nachricht fände: Daß aus dem Schiffbruche des Huttenschen Vermögens zweyhundert Gulden gerettet worden, und daß Eppendorp diese Summe vielleicht
zur Tilgung der Huttenschen Schulden erhalten
werde **).

Die ungedruckten Schriften, welche man unter
Huttens Nachlaß fand, gehören zu den am wenigsten wichtigen, die aus seiner Feder geflossen waren.
Die erste hatte den Titel: C. Saluſtii, et Q. Curtii
Flores, ſelecti per Huldericum Huttenum, Equitem, ejusque ſcholiis non indoctis illuſtrati; und
die andere war ein Gespräch Arminius überſchrie-

lico, et in laeus Tigurini inſula, ubi nuper Epitaphium,
nobili quodam Franco procurante, lapidi ſepulchrali inciſum
ab amicis noſtris ei poſitum eſt, his verbis:
    Hic eques auratus jacet, oratorque diſertus,
    Huttenus vates, carmine et enſe potens. —
Gesners Bibliothek kam 1545. zu Zürich heraus.
*) Hottinger III. S. 118. *Burckhard* III. 276. 277. Zwingli
    wußte sechs Wochen nach Huttens Tode noch nicht, daß dieser
    etwas anders, als eine Feder und einige Briefe nachgelassen
    habe. S. ej. epiſt. ap. *Heſſ.* in Vit. *Eraſmi* II. 576. 77. . .
    Sed ſcito, Huttenum nonnihil æris alieni et apud noſtros
    contraxiſſe, nec omnia ſua ſolvendo eſſe, ita nihil reliquit,
    quod ullius ſit pretii. Libros nullos habuit, ſuppellectilem
    nullam, præter calamum. Ex rebus ejus nihil vidi poſt
    mortem, præter epiſtolas aliquot, quas hinc inde ab amicis
    accepit, ſac ad eos miſit, inque unum confarcinavit.
**) l. c. p. 277. Referebat idem tabellio, ſupereſſe ex Hut-
    teni rerum naufragio aureos ducentos, quos Eppendorfius
    fortaſſe adepturus eſſet.

, und der jüngere
Scipio für die drey größten Feldherren aller Völker erklärt worden; und dann führt er mit deutscher
Freymüthigkeit die Gründe an, um welcher willen er
hoffe, daß er, Arminius, einem jeden der drey
berühmten Helden werde gleichgesetzt oder vorgezogen
werden. Die Sprache ist nicht weniger schön, als
in den übrigen lateinischen Schriften Ulrichs von
Hutten **).

Vielleicht sollte ich hier meine Feder niederlegen,
nachdem ich, so weit meine Quellen reichten, alles,
was Ulrich von Hutten während seines Lebens Gutes und Böses gedacht oder geschrieben, gethan oder
gelitten hat, treu und vollständig erzählt, und dadurch
meine Leser in Stand gesetzt habe, das letzte End-
urtheil über den berühmten Ritter auszusprechen. Bey
der Methode, welcher ich in der gegenwärtigen Lebensbeschreibung gefolgt bin, könnte ich, ohne den
Vorwurf von Unvollständigkeit fürchten zu dürfen,
ganz abbrechen, wenn ich einen, und zwar den wichtigsten Punkt in der Geschichte Ulrichs von Hutten, nach Würden aus einander gesetzt hätte. Dies

*) *Burckhard* II. 316—318. Die Flores wurden 1528. in Basel, der Arminius 1529. in Straßburg gedruckt. Hervagius
wollte auch die Flores Livii, ab Hutteno collectos herausge-
ben, so wie einige Ausgaben oder Handschriften von alten
Schriftstellern, welche Hutten gebraucht hatte, abdrucken.
Es scheint aber nicht, als wenn er die einen und die andern
habe bekommen können. ib.

**) Unsere Bibliothek hat die Ausgabe des Arminius, welche
Burckhard II. 318. zuletzt nennt. Coburgi 1635. 12.

war aber in dem Fortgange der Huttenschen Le=
bensbeschreibung nicht gut möglich, weil man, um
die Verdienste eines Reformators richtig zu bestim=
men, nothwendig die Gedanken, Schriften und Un=
ternehmungen der übrigen mit ihm verbundenen Re=
formatoren genau kennen, und mit einander verglei=
chen muß. Ich versparte daher die Untersuchung der
Verdienste Ulrichs von Hutten um die Reforma=
tion bis an das Ende seiner Biographie; und um
meine Leser in diese Untersuchung gleichsam einzulei=
ten, oder dazu vorzubereiten, sammle ich die Haupt=
züge des Geistes und Herzens Ulrichs von Hutten
in ein kurzes Gemählde zusammen, in welchem ein
jeder, der mich bis hieher begleitet hat, die Zeichnung
und Farbengebung ohne Mühe wird beurtheilen
können.

Huttens grosse, starke und schöne Seele wohnte
in einem kleinen, schwächlichen und nicht schönen Cör=
per, der durch frühe und schreckliche Krankheiten,
und andere Drangsale ausgemergelt, entstellt, und
vor der Zeit aufgerieben wurde *). Sein hoher Geist
und Muth drückten sich eben so stark in Blicken,
Mienen und Geberden, als in seinen Reden aus.
Schüchterne Beobachter fanden in seinen Augen und
in seinem Gesichte einen gewissen Troß, der sie in
Furcht setzte **). Erfahrnere Kenner hingegen sahen
in seiner ganzen Person nichts, als die Merkmahle
des seltenen Adels seines Geistes und Herzens, so
wie der seltenen Bildung, welche ihm seine Reisen

---

*) Camerar. in Vita *Melancht.* p. m. 92. Sed neque opum
abundantia, neque corporis, in quo admodum pusillo atque
debili inerat animus ingens, atque ferox, viribus pollens.

**) Camerar. l. c. Non prorsus alienus a saevitia, quae etiam
vultus acerbitate, et minus clemente interdum oratione in=
dicabatur.

und der Umgang mit allen Claſſen von Menſchen
gegeben hatten *). Hutten ſah gewiß nur in ſolchen
Augenblicken furchtbar, oder, wie Camerarius ſagte,
wild aus, in welchem alle Männer von Genie ſo
erſcheinen. Sonſt aber mußte die frohe Laune, die
ihn ſelbſt in den größten Nöthen und den ſchwerſten
Krankheiten nur auf kurze Zeit verließ, in Verbindung mit dem Abglanz ſeiner groſſen Geiſtesgaben
und Tugenden, über ſeine ganze Perſon viele und
anziehende Reitze verbreiten, welche ſeelenloſe Schönheit nie geben kann. Dies beſtätigen die Zeugniſſe
ſeiner Freunde; eben dieſes ſeine ganze Lebensgeſchichte.
Als Heſſus den Tod ſeines Freundes erfuhr, ſo war
die Liebenswürdigkeit des heitern und witzigen Hutten
dasjenige, deſſen Verluſt er am eheſten, wenn auch
nicht am meiſten beweinte **). Huttens Liebenswürdigkeit war eine der mächtigſten Schlingen, wodurch
er alle gelehrte, geiſtvolle und tugendhafte Männer
ſeiner Zeit, welche er kennen lernte, unwiderſtehlich
an ſich zog, und, ſo lange er lebte, in den Feſſeln
der Liebe und Freundſchaft gefangen hielt °).

*) *Budæus* in Epiſt. ad Eraſmum, inter hujus epiſt. CCCIV.
Vol. I. p. 298. Huttenus — vir omnino feſtivus et comis,
et nobilitatem, generoſitatemque præ ſe ferens. So auch
Bapt. Egnat. in Epiſt. ad *Eraſm.* Epiſt. Vol. II. 1608. Udalricus Huttenus, vir . . cum moribus, tum litteris ornatiſſi-
mis . . Eum ego, ut par erat, primum tuo nomine ſua-
viſſime complexus ſum, mox virtus, ſuavitasque ejus effecit,
ut non minus ille mihi ſua, quam tua commendatione gra-
tus jucundusque foret. — Endlich Zwingli an Pirkheimer:
„Iſt das euer fürchterlicher Hutten — das der Zerſtörer
der Uebelwaltiger — der ſich mit einer ſolchen Sanftmuth zum
Freunde, zum Kinde, zum gemeinen Mann herabläßt? Wer
ſollte es dieſem freundlichen Munde anmerken, daß er ein
ſolches Ungewitter über die Papiſten ausgehaucht hätte?" —
Schon Herr Schubart führte 197. S. dies Zeugniß an.

**) l. c. Sed ah! mi cariſſime Huttene, ſic nos reliquiſti? an
potius abiiſti? quo vero? ecquando redibis? heu! eras totus
amabilis.

†) Der ſchönſte Kupferſtich von Ulrich von Hutten iſt perle

Viele Zeitgenossen Ulrichs von Hutten über=
traffen ihn an Gelehrsamkeit; allein kein Schriftsteller
des sechszehnten Jahrhunderts besaß alle Vorzüge
des Geistes, welche das Genie ausmachen oder ver=
herrlichen, in so eminenten Graden, in solcher Zahl
und einer solchen harmonischen Mischung, als Ul=
rich von Hutten. Sein Gedächtniß war eben so
schnellfassend und treu, als seine Einbildungskraft
feurig und fruchtbar, sein Witz original und treffend,
und sein Verstand durchdringend war. Die Briefe
der dunkeln Männer, und die Huttenschen Gesprä=
che gehören zu den größten Meisterstücken der Satire
und des Dialogs, die in irgend einer Sprache und
unter irgend einem Volke geschrieben worden. Viele
andere kannten und beschrieben die Mängel der hohen
Schulen und ihrer Lehrer, der Schulwissenschaften
und der Methode ihres Vortrags eben so gut, oder
noch besser, als Ulrich von Hutten. Keiner aber
hatte die Sitten aller Stände, vorzüglich der Geist=
lichkeit, und die Gebrechen des Staats sowohl, als
der Kirche, so genau beobachtet und erforscht. Keiner

nige, welchen Herr von Moser nach einem in der Hutten=
schen Gallerie in Wirzburg befindlichen Original=Gemählde hat
stechen, und dem siebenten Bande seines patriotischen Archivs
hat vorsetzen lassen. Nach diesem ist, so viel ich urtheilen kann,
Huttens Porträt vor dem ersten Bande von Burckhards
Werke, oder das vor Schubarts Leben, das beste Die ange=
führten Bildnisse scheinen mir treu und richtig getroffen, nur
zu verschiedenen Zeiten und in verschiedenen Gemüthsstimmun=
gen des Ritters gezeichnet zu seyn. Die meisten ersten Ausga=
ben der Huttenischen Schriften sind mit einem in Holz ge=
schnittenen Bildniß ihres Verfassers geziert. Diese ausseror=
dentlich übereinstimmenden Bildnisse entsprechen, dem größern
Theile nach, mehr dem Porträt vor dem ersten Bande von
Burckhards Werk, als dem Kupferstiche im Moserischen
Archiv. Am schlechtesten sind die Bildnisse oder Holzschnitte,
welche mehrere Huttenische Schriften aus den Jahren 1520.
und 1521. enthalten, und auf welchen nicht bloß das Brust=
bild, sondern die ganze Person unsers Ritters in voller Rü=
stung vorgestellt ist.

schilderte sie so lebendig, und brachte durch seine Schilderungen so grosse Wirkungen hervor, als Ulrich
von Hutten. Der bey weitem größte Theil der
Schriften des sechszehnten Jahrhunderts, und unter
diesen selbst die Schriften der größten Reformatoren
werden jetzt entweder gar nicht mehr, oder nur von
Gelehrten und Geschichtforschern gelesen. Die meisten
Schriften Ulrichs von Hutten hingegen verdienen,
nicht bloß als Urkunden vergangener Zeiten, sondern
um ihrer selbst, um des Vergnügens und Nutzens
willen, die sie noch jetzt allen gebildeten und unter-
richteten Personen gewähren, gelesen und wiedergelesen
zu werden. Wenn Ulrich von Hutten in den
Zeiten des Demosthenes oder Cicero gelebt hätte,
so würde er die größten der Griechischen und Römischen Redner erreicht oder übertroffen haben. Wäre
er aber in den Zeiten der ausgebildeten deutschen
Sprache gebohren worden; so würde er der erste,
oder einer der ersten deutschen Dichter, und nicht
bloß Dichter, sondern auch Prosaisten geworden seyn.
In der neuern Zeit dichtete keiner so schöne lateinische Gedichte, schrieb keiner eine so schöne lateinische
Prose, als Ulrich von Hutten; wenn gleich viele
andere die Regeln der Prosodie und der Syntax genauer beobachteten, als er. Das Eigenthümliche
seiner dichterischen und prosaischen Werke, wie seines
Genies, war die blitzähnliche, bald erleuchtende, bald
verzehrende Kraft und Schnelligkeit, welche die Alten
so sehr am Cäsar bewunderten *). Spuren und
Ausflüsse dieser unterscheidenden Merkmahle des Huttenschen Genies findet man auch in seinen deutschen
Schriften, ungeachtet er seiner Muttersprache weniger
mächtig war, als der lateinischen. Die griechische

---

*) το ὀρχσηριον, et ille Cæsari proprius vigor, celeritasque
quodam igne volueris. S. Casaub. ad Suetonii Cæsar. Cap. 45.

und römische Sprache, und die in diesen Sprachen
geschriebenen Werke, welche erst zu seinen Zeiten
durch die Buchdruckerkunst recht verbreitet wurden,
machten für ihn, wie für viele andere glücklichgebohr=
ne Männer und Jünglinge, die den Finsternissen der
Schule entronnen waren, die einzige gedeihliche Nah=
rung des Geistes aus; und man muß es daher Ulri=
chen von Hutten und den übrigen Freunden der
alten Literatur im Anfange des sechszehnten Jahr=
hunderts verzeihen, wenn sie glaubten, daß die wahre
Aufklärung einzig und allein in der Erlernung der
griechischen und römischen Sprache, und in dem
Studio der griechischen und römischen Schriftsteller
bestehe.   Ulrich von Hutten schränkte sich aber
nicht, wie viele damahls sogenannte Dichter, auf das
bloße Lesen von Dichtern, Geschichtschreibern und
Rednern ein. Er frohlockte, wie ein Wonnetrunke=
ner, daß die wahre Gottesgelahrtheit durch die Aus=
gaben und Erklärungen der Kirchenväter, die wahre
Rechtsgelehrsamkeit durch die Wiederherstellung und
Erläuterungen der Römischen Gesetzbücher, und die
ächte Arzneykunde durch die Bekanntmachung der
grossen Aerzte des Alterthums umgeschaffen würden*).
Wenn man sich erinnert, daß Ulrich von Hutten
seine ganze Jugend, und den größten Theil seines
männlichen Alters in mühseligen Abentheuern, pein=
lichen Krankheiten, geräuschvollen Kriegszügen, oder
in einem bald freywilligen, bald unfreywilligen Elende
zubrachte; und daß er vom J. 1506. an nie ein
ganzes an einander hangendes Jahr, sondern höchstens

---

*) Epist. ad *Pirkheim*. Ao. 1518. script. ad *Burckhard*. p. 59.
Aus eben diesem Briefe sieht man, daß Hutten das Griechi=
sche während seines ersten Aufenthalts in Jtalien zu lernen
anfieng: ib. p. 53 . . . Remus, quocum Papiæ olim studui,
tunc, quum uno sub Magistro Græcarum literarum studio
initiaremur.

einige Monate lang einer ruhigen, glücklichen und gesunden Muße genoß; so muß man sich eben so sehr darüber wundern, daß er sich die alten Sprachen und Schriftsteller so eigen machen, als daß er so viele vortrefliche Werke ausarbeiten konnte. Begreiflich wird dieses allein durch seinen ausserordentlichen Fleiß und Thätigkeit, die weder durch Reisen und Gefahren, noch durch die schmerzhaftesten Krankheiten unterbrochen oder erstickt wurden; und dann durch das Feuer und die Schnelligkeit seines Genies, aus dessen Fülle die Meisterwerke in gebundener und ungebundener Rede mehr von selbst hervorströmten, als mit Anstrengung hervorgezogen werden durften.

So trefflich auch die Geistesgaben Ulrichs von Hutten waren, so zweifle ich doch wegen gewisser Eigenheiten seines Charakters sehr daran, daß er ein grosser Feldherr, oder Staats- und Geschäftsmann geworden wäre, wenn sein Schicksal ihn an die Spitze von Heeren, oder an das Steuerruder von Reichen gesetzt hätte. Desto glücklicher aber war er durch seine unverdrossene Thätigkeit, durch die Liebenswürdigkeit seines Umganges und Witzes, durch seine Ueberredungsgabe, durch seinen Muth und seinen Eifer für Freyheit, Wahrheit und Tugend, zum Haupte einer Parthey geschaffen, welche das seit Jahrhunderten fest gegründete Reich der Unwissenheit, des Aberglaubens und geheiligter Mißbräuche und Laster umwerfen, oder erschüttern sollte. Er war es vorzüglich, der die berühmtesten Gelehrten in dem größten Theile von Europa, die Räthe und Vertrauten von vielen deutschen Fürsten, ja selbst mehrere deutsche Fürsten in einen Bund gegen die Cöllner, oder gegen die Bettelorden vereinigte. Er war es ferner höchst wahrscheinlich, der durch die Mitglieder eben dieses Bundes die Absichten der päbstlichen Legaten

auf dem Reichstage zu Augsburg im J. 1518. ver=
eitelte, und die meisten deutschen Stände gegen den
päbstlichen Hof stimmte. Er war es endlich, der
dem fränkischen und rheinischen Adel den lebhaftesten
Enthusiasmus für die Reformation einflößte, und
der eben diesen Adel zuerst gegen den Römischen Hof,
und dann gegen die deutschen Bischöfe und Prälaten
empörte, die weder sich selbst bessern, noch die Reli=
gion und Kirche gebessert wissen wollten. Eine ge=
wisse Ungeduld und Voreiligkeit, die gleichsam aus
der Wurzel des Huttenschen Genies selbst hervor=
sproßten; Fehler, welche seine Freunde zwar eine Zeit
lang bezähmten, wovon sie aber doch am Ende hin=
gerissen wurden, machten, daß die weisesten Entwürfe
nicht den erwünschten Ausgang genommen, den sie
gehabt haben würden, wenn Hutten und dessen Ge=
nossen den Augenblick der reifen Handlung ruhiger
hätten abwarten können.

Ulrich von Hutten war nicht nur einer der
größten Geister, sondern auch einer der edelsten Män=
ner, welche das an grossen Geistern und edeln Män=
nern so fruchtbare Deutschland hervorgebracht hat.
Huttens hoher Adel lag in dem Gemüth, womit,
wie er sich selbst naiv ausdrückte, Gott ihn beschwert
habe; das gemeine Noth tiefer fühlte, als eigene,
und vermöge dessen er nicht nur bereit war, die
Vergnügungen, Ehrenstellen und Reichthümer, zu
deren Genuß und Besitz sein Stand, sein Alter,
seine Verbindungen und Talente ihn berechtigten,
sondern selbst sein Leben aufzuopfern, um das über
alles geliebte Vaterland von Tyrannen, Aberglauben
und Sittenverderbniß zu erlösen, und durch Wahr=
heit, Tugend und vernünftige Freyheit zu beglücken.
Wenn die Begierde, für Wahrheit, Freyheit und
Tugend alles, was selbstsüchtige Menschen begeh=

ren, aufzuopfern, in andern Reformatoren auch
eben so stark, als in Ulrich von Hutten war *),
so war sie in keinem andern reiner und lauterer. Er
betrübte sich nicht allein nicht, sondern freute sich
vielmehr darüber, wenn andere für die gute Sache
eben so viel, oder noch mehr thaten, als er zu leisten
im Stande war. Er hatte nichts von der geheimen
Eifersucht, die das Gute allein, oder zuerst ausführen will; von welcher Eifersucht man ausser dem
Melanchton vielleicht keinen andern Reformator,
am wenigsten Luthern freysprechen kann **). Von
dem Augenblicke an, wo er sich öffentlich mit Luthern verbunden hatte, beunruhigten ihn Luthers
Gefahren, und kränkte ihn das Unrecht, das Luthern widerfuhr, viel mehr, als sein eigenes; und er,
der alle Verfolgungen mit dem festesten Muthe er-
trug, weinte bitterlich, als er hörte, daß man dem
Herolde des Evangeliums den Mund verstopfte, und
das Wort Gottes zu predigen verboten habe. Von
eben dieser Zeit an redete er für Luthern lauter,
vertheidigte ihn gegen seine Feinde heftiger, als er
je für sich gesprochen, oder sich selbst vertheidigt hatte.

*) Luther sagt in seiner Schrift de servo arbitrio in T. II.
Oper. Lat. Edit. prim. Witemb. fol. 428. sehr wahr von
sich und seinen Gehülfen: Neque enim ego, Dei gratia,
tam stultus et insanus sum, qui ob pecuniam, quam
nec habeo, nec cupio, aut ob gloriam, quam, si vellem,
non possem in mundo sic mihi infenso obtinere, aut ob
vitam corporis, quæ nullo momento mihi certa esse potest,
tanto animo, tanta constantia, quam tu pervicaciam vocas,
per tot pericula vitæ, per tot odia, per tot insidias,
breviter per furias hominum, et dæmonum hanc causam
tam diu agere, et sustinere vellem. An tibi soli putas esse
cor, quod istis tumultibus commovetur? Nec nos saxei sumus, aut ex Marpesiis cautibus nati.

**) Ohne diese Eifersucht wären die Streitigkeiten mit Carlstadt
und den Schweizerischen Reformatoren nie so heftig und verderblich geworden, als sie wirklich wurden. Man sehe Hotting. Hist. ecclesiast. Sæculi XVI. T. II. p. 774—820. bes.
820. p.

Endlich betrachtete er Luthern als ein von der Vorsehung besonders auserwähltes und ausgerüstetes Werk-
zeug, an welches sich ein jeder Freund der Wahrheit
anschliessen, und welches man als Haupt und Lehrer
erkennen müße. Ungeachtet er den Kampf für Wahrheit und Freyheit früher, als Luther angefangen,
und auch eine Zeit lang, nachdem Luther aufge-
standen war, ohne ihn fortgeführt hatte; so redete
er doch von seinen grossen Verdiensten um die Reformation entweder gar nicht, oder er erwähnte ihrer
mit einer Bescheidenheit, deren nur eine so grosse
Seele fähig war, als solcher, die mit Luthers Verdiensten gar nicht zu vergleichen seyen °). So wie
er, der das Haupt des anticöllnischen Bundes war,
sich einige Jahre vorher gern einen Reuchlinianer
nennen ließ, so verschmähte er nachher den Nahmen
eines Lutheraners nicht; nicht, als wenn er durch
Luthern erst erweckt worden wäre, oder als wenn
dieser ihn zuerst belehrt oder allein durch ihn gewirkt
hätte, sondern um dadurch anzudeuten, daß er gleiche
Absichten mit Luthern habe **). Die angeführten

Tat-

---

*) Z. B. Expoſtulat. p. 40. . . hoc . . concedis, quod is non
primus quidem, ſed potentiſſime Ro. Pontificum tyrannidi
reſtitit. Evangelium, ut ante ſe nemo, in locum reſtituit.
Humanis ſanctionibus fidem abrogavit. Pſeudoepiſcopis fucum
detraxit. Papiſticas fraudes mundo aperuit. Indulgentiis,
et id genus aliis impoſturis Germaniam clauſit.

**) l. c. p. 41. . . malo Lutheranum dici me, quandoquidem
ſic vocantur, qui hæc agunt nunc, quam officium deſerere.
Quanquam igitur nec magiſtro uſus illo ſum, nec ſocio, ac
ſeorſim negotium hoc agam, et quacunque factione cenſeri
infeſtiſſime oderim: quia tamen valuit hoc jam, utiqui Ro.
Pontificis tyrannidi adverſantur. quorum præcipue in numero
ſemper haberi volo, et veritatem qui aſſerere audent, quique ab humanis ſanctionibus ad Evangelicam ſeſe doctrinam
recipiunt, Lutherani vulgo cognominentur, feram æquanimi-
ter appellationis injuriam, ne rei profeſſionem abnegare videar.

Thatsachen sind mehr als hinreichend, die ungerechte Beschuldigung des Erasmus zu widerlegen: Daß Ulrich von Hutten durch seine Ruhmredigkeit allen Menschen unerträglich geworden sey. Wenn Hutten so ruhmredig gewesen wäre, als Erasmus andere glauben machen wollte; so würde er sich unfehlbar in seinen Schriften verrathen, und würde nicht alle seine Freunde, den einzigen Erasmus ausgenommen, bis an seinen Tod behalten haben. Vielleicht nannte aber Erasmus das schon Ruhmredigkeit, daß Ulrich von Hutten von dem Fortgange der guten Sache, für welche er in den letzten Jahren allein lebte, und von gewissen Entwürfen, die sich auf diese Sache bezogen, mehr hofte, als der Erfolg zeigte, daß er davon hätte hoffen sollen.

Ein so geistvoller, unterrichteter, thätiger und mit so grossen Gedanken beschäftigter Mann, als Ulrich von Hutten war, mußte nothwendig die herrschenden Laster seiner unwissenden, trägen und verdorbenen Zeitgenossen hassen. Er liebte Scherz und frohe vom Weine erheiterte Gesellschaften, wie Erasmus sie liebte. Allein er verabscheute die Völlerey und Schwelgerey der damahligen weltlichen und geistlichen Höfe nicht weniger, als die Leckerhaftigkeit, Weichlichkeit und Prachtliebe der reichen Städter und der Curtisanen, welche Römische Sitten angenommen hatten. Er verdankte es allein seiner strengen Nüchternheit, Mäßigkeit und Enthaltsamkeit, daß das Uebel, welches ihn so viele Jahre quälte, seinen Cörper nicht mehr verunstaltete und früher aufrieb; und nachdem er von seiner Krankheit befreyt war, oder befreyt zu seyn glaubte, zechte er nicht mit seinen Freunden, wie Erasmus errathen läßt *), sondern

*) Die alea und scorta, wovon Erasmus in der oben ange-

3

er las bey und nach Tische Franzen von Sickingen seine und Luthers Schriften vor. Seinen
starken Hang für das andere Geschlecht läßt er in der
Febris secunda das Fieber durch ein Wort ausdrücken, das wir im deutschen nicht durch ein einziges
gleichgeltendes Wort übersetzen können, ohne die De-
licatesse zu beleidigen *). Ein Fehltritt, wozu ihn
dieser Hang verführte, zog ihm die fürchterliche Krankheit zu, welche den beßten Theil seines Lebens nicht
nur trübte, sondern sein Leben überhaupt vor der
Zeit abkürzte. Vor der Reformation fanden sich in
allen Europäischen Städten unter dem Schutze der
Obrigkeit öffentliche Häuser der gemeinen Liebe, die
nicht nur von unverheyratheten, sondern auch von
verheyratheten Männern von allerley Stande, ja in
manchen Gegenden sogar von Welt- und Ordensgeistlichen ohne Aergerniß besucht wurden. Eben daher
redete Ulrich von Hutten so offenherzig von den
Symptomen seiner Krankheit. Aus demselbigen
Grunde konnte seine Schrift ohne Aergerniß einem
deutschen Erzbischofe gewidmet, und von einem Doctor der Gottesgelahrtheit in das Deutsche übersetzt
werden. So allgemein und erlaubt im Anfange des
sechszehnten Jahrhunderts die Wohnungen des öffentlichen Vergnügens, und das Besuchen dieser Häuser
war; eben so tadellos und fast so gemein war das
öffentliche Verspotten und Beschimpfen von Widersä-

<hr>

führten Stelle der Spongia spricht, sind eben so erdichtet oder
unerwiesen, als die compotationes. Das einzige, was Verdacht erregen könnte, ist dieses, daß Otto Brunfels die
Erasmischen Vorwürfe von alea et scortis gar nicht berührt.

*) *Febr.* Sec. p. 15. *Febr.* Ergo neque sapientia erit? *Hutten.*
Quis vetat? *Febr.* Tua solacitas, quam una ego compesco.
Und p. 17 *Febr.* Duodecim dehebas dare mihi, annum vi-
delicet integrum, absolute sapientem ut facerem hac adempta
tibi salacitate, qua præpeditum est tibi diu jam serium illud
sapere.

chern, und dann ein Hang zu Abentheuern, der ir-
rende Ritter sowohl, als fahrende Schüler durch alle
Länder von Europa umhertrieb. Ulrich von Hutten spottete, und Luther schimpfte lieber. Wenn
der erstere durch seine persönlichen Satiren auch eben
so sehr fehlte, als der andere durch seine Schmähungen; so zog er sich wenigstens dadurch nicht so viele
Feinde zu, und schadete auch der guten Sache nicht
so sehr als Luther that *). Viel nachtheiliger wurde für Ulrichen von Hutten seine Abentheurerey,
wenn ich mich anders so ausdrücken darf. Das lange
Umherschwärmen in allerley Landen, ohne Geld und
ohne den Rath und Beystand von Anverwandten,
stürzte ihn in unsägliche Gefahren und Unfälle,
raubte ihm viele kostbare Zeit, hinderte die Bildung
seines Geistes und Herzens, stumpfte endlich das zarte
Gefühl von Ehre ab, indem die Nöthen, in welche
er oft gerieth, ihn zwangen, Allmosen anzunehmen,
oder darum zu bitten, oder auch Schulden zu machen, von welchen er nicht voraussehen konnte, wann
er im Stande seyn würde, sie wieder abzutragen.
So häufig dieses alles in jenen Zeiten geschah, und
für so unbedeutend es auch gehalten wurde; so kann
doch derjenige, welcher dem Andenken Ulrichs von
Hutten wohl will, nicht umhin, zu wünschen, daß
dergleichen Flecke sich nicht in dem Leben des edel-
müthigen Ritters finden möchten.

Ich komme jetzt zur Untersuchung des Antheils,
welchen Ulrich von Hutten an der Reformation
hatte. Für diese Untersuchung verspreche ich mir um
desto mehr Aufmerksamkeit, da sie, wie ich mir
schmeichle, eine beträchtliche Lücke in der Geschichte
der Reformation ausfüllen wird. Die schweizerischen

*) Man sehe *Hotting.* l. e.

Geschichtschreiber stellten die Verdienste Zwinglis, Calvins und ihrer Gehülfen, so wie die Deutschen die Arbeiten Luthers, Melanchtons und ihrer Freunde in ein vorzügliches Licht. Beyde schwiegen von den Bemühungen Ulrichs von Hutten ganz, oder berührten sie auch nur im Vorbeygehen. Gerechter als beyde, waren die Feinde der Reformation *). Keiner hingegen wurde gegen Ulrich von Hutten ungerechter, als der sonst vollkommen unterrichtete, und meistens unpartheyische Verfasser der Historia Lutheranismi. Ungerecht wurde dieser allein aus Unwissenheit, weil er die seltenen Schriften Ulrichs von Hutten nicht so genau kannte, als Luthers Werke. Auch um der Geschichte der Reformation willen wäre es daher zu wünschen gewesen, daß Huttens Schriften früher zusammengedruckt und allgemeiner bekannt geworden wären, als sie bisher geworden sind.

Der P. Maimburg hatte in seiner Geschichte der Reformation gesagt: „Die deutsche Ritterschaft begünstigte die Lehren Luthers, in der Hofnung, an dem Raube der Bisthümer und reichen Clöster Theil zu nehmen. Das Haupt der deutschen Ritter war Ulrich von Hutten, ein kühner Mann und schöner Schriftsteller, der durch seine Reden und Werke alles gegen den Pabst empörte, den Pabst noch mehr, als Luther haßte, und die Mängel des päbstlichen Hofes noch mehr, als dieser übertrieb **)." In der Widerlegung dieses Abschnitts der Maimburgischen Geschichte verringert Seckendorf die Verdienste der deutschen Ritterschaft um die Reformation

---

*) Cochl. de Act. et Ser. Luth. fol. 19. 21. 33. 39. 84. 89. Ed. Parif. 1565. nec non Maimb. l. ſtatim cit.

**) Hiſt. Lutber. L. I, Sect. 35. p. 119. 130.

faſt bis zu unbeſtimmlichen Graden *); und von Ulrich von Hutten ſagt er ſogar, daß er durch ſeine
Heftigkeit der Reformation mehr geſchadet, als ge-
nutzt habe. Sein einziger Beweis ſind die Worte
Luthers, in welchen dieſer Reformator wünſchte,
daß man für das Evangelium nicht mit dem Schwerdte
ſtreiten möge **).

Um die Verdienſte von Luther und Hutten gehörig unterſcheiden zu können, muß man die Reformation, welche die meiſten Europäiſchen Völker ſehn-
lich wünſchten, und welche man im ſechszehnten Jahrhunderte glücklich unternahm, in ihre Hauptbeſtand-
theile zerlegen, und dabey auf die Zeitrechnung und
Wirkung ſowohl der Huttenſchen, als der Luthe-
riſchen Schriften genau Achtung geben.

Die Reformation, worauf man im Anfange des
ſechszehnten Jahrhunderts ſo heftig drang, umfaßte
dreyerley große Veränderungen: Erſtlich eine Verbeſſerung der Kirche in ihrem Haupte; zweytens eine
Verbeſſerung der Kirche in ihrem übrigen Cörper,
oder in allen ihren Gliedmaaſſen; endlich eine Verbeſſerung der Religion in Lehren und Gebräuchen.

---

*) p. 131. Ex his colligi poteſt, præſidia ab equitibus illis
reformationi præſtita non ejus eſſe momenti, quod iis tri-
buit Maimburgius.

**) Ib. Caput itaque Franconicæ nobilitatis qui hunc vocat
Maimburgius, hiſtoriam viri, immitibus ſatis agitati, et
extra patriam plerumque agentis aut ignoravit, aut non ſatis conſideravit; neque violentia illius, quam calamo, et
aliquando manu, cum poterat, exercebat, religioni profuit,
nocuit potius. Improbavit eam etiam Lutherus, et eo quidem, quo magno in periculo verſabatur tempore, ut ex epiſtola menſe Junio anni 1521. ad Spalatinum data videre licet, Lib. I. Ep. 232. ita ſcribit: Quid Huttenus petat, vides. Nollem vi et cæde pro evangelio certari. Ita ſcripſi
ad hominem. Verbo victus eſt mundus, etc.

Unter der Reformation der Kirche in ihrem Haupte
verstand man zu den Zeiten, und lange vor den
Zeiten der Kirchenverbesserung, eine solche ernstliche
Einschränkung des Römischen Pabstes und des Rö-
mischen Hofes, wie sie das Wohl der Christenheit
und die Freyheit unabhängiger Völker verlange.
Hierunter begriff man vorzüglich die Aufhebung oder
Verminderung der unrechtmäßigen Gewalt, welche
die Päbste sich über die christlichen Völker und deren
Fürsten, über Concilien und deren Schlüsse, über das
Fegefeuer, die Hölle, den Himmel, ja selbst über
das Wort Gottes und die Lehren des Heilandes der
Welt angemaaßt hatten, und noch anmaaßten; eine
gänzliche Abschaffung oder beträchtliche Mäßigung der
Pallien und Annaten, des Verkaufs von geistlichen
Pfründen und von Ablaß; endlich eine völlige Ver-
nichtung der schaamlosen Reservationen und Dispensationen, wodurch die Häupter der Kirche nicht nur
von verbotenen Speisen und Ehen, sondern von Eiden
und Bündnissen, von Erfordernissen und Pflichten,
welche die Gesetze der Kirche, oder die wohlerwor-
benen Rechte von Patronen, Stiftern und andern
Corporationen vorschrieben und verlangten, ja selbst
von der Schuld der größten Verbrechen lossagten,
Recht und Unrecht feil, den rechtmäßigsten Besitzstand
ungewiß machten, Kirchensatzungen, fremde Rechte
und Vorrechte, ja selbst ihre eigenen schon erkauften
Entschliessungen wiederum um des Geldes willen zu
Boden traten, in die ansehnlichsten Aemter und
Pfründen die unwürdigsten Menschen hineinstießen, die
würdigsten Männer hingegen entfernten oder zu Tode
quälten, und durch alle diese Erpressungen und Ungerechtigkeiten ungeheure Summen nach Rom zogen,
und endlose Streitigkeiten veranlaßten.

Unter der Verbesserung der Kirche in ihren Gliedern, verstand man im Allgemeinen eine Zurückfüh-

rung der ganzen Welt- und Ordensgeistlichkeit zu denjenigen Pflichten und Sitten, die ihnen von Gott, oder dem Stifter der christlichen Religion vorgeschrieben worden; besonders die Aufhebung der weltlichen Macht, der weltlichen Geschäfte und Herrlichkeiten der Bischöfe und Prälaten, wodurch sie von ihren geistlichen Arbeiten abgezogen, und in alle Laster verdorbener Weltkinder gestürzt wurden: Bessere Einrichtung und Besetzung der Stifter, wodurch diese ihrer ursprünglichen Einrichtung mehr entsprächen; sorgfältigere Auswahl und Prüfung der Pfarrer; Untersagung des Concubinats und Einführung der Priesterehe; Aufhebung, oder wenigstens eine solche Einschränkung der geistlichen Orden, der Clöster eines jeden Ordens und der Reichthümer der meisten Clöster, wie sie das Wohl eines jeden Landes erfordere; Herstellung der alten Zucht und Ordnung in den Clöstern, welche man fortdauern zu lassen gut finde; Ausrottung der Bettelorden, und der mehr als tyrannischen Gewalt, welche die Bettelmönche über die Gewissen, die Freyheit und das Leben aller Menschen, besonders der Freunde der Aufklärung und der Tugend an sich gerissen hatten; Umschaffung der hohen Schulen, der Schulwissenschaften und Lehrarten, welche bisher Unwissenheit, Aberglauben und Sophistereyen verbreitet und genährt hätten; zuletzt Auflösung der Gerichtsbarkeit und übrigen Gewalten, welche die Geistlichkeit zum größten Schaden aller Nationen geübt, so wie der gefährlichen Exemtionen, welche sie bisher zum Drucke aller übrigen Stände genossen habe.

Die dritte große Veränderung, welche viele gutgesinnte und unterrichtete Männer schon seit Jahrhunderten gewünscht hatten, war die Verbesserung der Religion in Lehren und Gebräuchen, indem beyde von ihrer ursprünglichen Reinigkeit ausgeartet waren. Die

Quellen der Religion, welche man im sechszehnten
Jahrhundert auf den hohen Schulen und Canzeln
lehrte, und schon lange gelehrt hatte, waren nicht die
heilige Schrift, nicht die Werke der ersten Kirchen-
lehrer, nicht eine gebildete, aber bescheidene Vernunft,
verbunden mit einer gründlichen und geläuterten Gelehrsamkeit; sondern die Satzungen der Päbste, die
widersprechenden und zugleich unverständlichen Schriften einiger Schulgelehrten, und dann ein ungeheurer
Haufe von Fabeln oder Legenden, die noch immer
vermehrt wurden. Anstatt die Macht, Weisheit und
Güte des wahren Gottes, und die Sittenlehre seines
erhabenen Gesandten zu verkündigen, predigte die
verdorbene christliche Religion den ungereimtesten Gö-
tzendienst. Anstatt die Menschen zur Tugend hinzu-
leiten und vom Laster abzumahnen, lehrte sie, wie
man alle Tugenden entbehren, und doch die Belohnungen derselben erhalten; wie man alle Laster und
Verbrechen ausüben, und sich dennoch vor den Strafen derselben sichern: Kurz wie man in dieser Welt
fromm und in jener Welt selig werden könne, ohne
ein einziges von den Geboten zu erfüllen, welche
Christus vorgetragen und seine Jünger aufgezeichnet
hatten — Die abgöttische Anbetung der Heiligen und
ihrer Bilder und Reliquien; die Lehren vom Ablaß
und dem Meßopfer, besonders von den Seelmessen;
die Lehren von der Verdienstlichkeit der Fasten, Ca-
steyungen, Wallfahrten, Processionen, gewisser Ge-
betsformeln und anderer sogenannten guten Werke;
endlich die Lehre von dem Einkauf aller guten, und
dem Abkauf aller bösen Werke, waren die Haupt-
punkte, welche man schon lange gerügt hatte und nun
immer stärker zu rügen anfieng.

Das Bedürfniß der drey jetzt angeführten Verbesserungen wurde im Anfange des sechszehnten Jahr-

hunderts nicht gleich stark und allgemein gefühlt. Am
allgemeinsten und lebhaftesten sehnte man sich nach
der sogenannten Verbesserung der Kirche in ihrem
Haupte, und nach der Befreyung von den unerträglichen Beschwerden, welche die Päbste allmählich
auf die Europäischen Völker gelegt hatten. Diese
forderten in Deutschland gleich laut die Völker, wie
die Fürsten, die geistlichen wie die weltlichen Fürsten
und Stände, am lautesten die Bischöfe, Prälaten
und Stifter, weil diese am meisten von den Päbsten
und der Römischen Curie gedrückt wurden. Die
Bettelmönche als die Unterhändler der Päbste, und
dann die übrigen Mäckler, die mit Ablaß und andern
päbstlichen Gratien wucherten, waren die einzigen,
welche eine jede Reformation der Kirche in ihrem
Haupte fürchteten.

Weder Ulrich von Hutten, noch Martin Luther waren die ersten, welche über die unerhörten
Mißbräuche der päbstlichen Gewalt, und über die
daher entstehenden Laster der Europäischen Völker
klagten. Seit drey Jahrhunderten hatten die frömm-
sten und gelehrtesten Doctoren und Schriftsteller, die
berühmtesten Schulen und Concilien, fast alle Europäischen Nationen und Fürsten dieselbigen Klagen
geführt, und Gegenmittel gegen diese grossen Uebel
ausfindig zu machen gesucht. Diese Klagen und Versuche von Gegenmitteln waren nicht allein ohne alle
Wirkung geblieben, sondern der Römische Hof hatte
auch seine Erpressungen in eben dem Verhältnisse
vermehrt, in welchem die Europäischen Nationen,
vorzüglich die höhern Stände, ungeduldiger und auf-
geklärter zu werden anfiengen. Vielleicht trug der
päbstliche Stuhl nie hinter einander zwey so kühne,
auf die größten Verbrechen und die Schande dieser
Verbrechen so stolze Tyrannen, als Alexander VI.

und Julius II., und dann einen so leichtsinnigen
stets darbenden Verschwender und Religionsspötter,
als Leo X. war. Diese drey Päbste trieben die
Pallien, Annaten und päbstlichen Monate, die Dispensationen, Reservationen, Ablaßkrämerey und andere böse Künste bis auf einen beynahe unglaublichen
Grad, und reißten dadurch alle Stände bis zur Verzweyflung. Während dieser Gährung der Gemüther
fiengen Ulrich von Hutten und dessen Freunde
den Krieg wider die Bettelmönche an, und gaben die
Briefe der dunkeln Männer heraus, welchen gleich
nachher die Rede des Laurentius Valla über die
Schenkung Constantins mit der Vorrede von Hutten folgte. Die Briefe der dunkeln Männer machten die Bettelmönche und alle übrige Schulgelehrten
im höchsten Grade lächerlich; so wie der Krieg gegen
die Cöllner, und Huttens Ausgabe der Schrift des
Laurentius Valla den päbstlichen Hof in gleichem
Grade verhaßt machten. Die Folgen dieses Krieges
und dieser Werke offenbarten sich gleich auf dem Reichstage in Augsburg, wo die deutschen Stände solche
Entschließungen faßten und solche Klagen führten,
als wenn Ulrich von Hutten und dessen Freunde
die einen angegeben, und die andern abgefaßt hätten.
Von dieser Zeit an wurde Ulrich von Hutten von
allen Seiten aufgefordert, den glücklich angefangenen
Krieg gegen die Päbste und Curtisanen muthig fort-
zusetzen. Um der allgemeinen Stimme zu gehorchen,
ließ er mehrere so wohl eigene, als ältere von ihm
gefundene Schriften drucken, unter welchen die Trias
Romana, die Klage und Ermahnung über die unchristliche Gewalt des Römischen Pabstes, und seine
Sendschreiben an die deutschen Fürsten, besonders an
den Churfürsten Friederich von Sachsen bey weitem die wichtigsten waren. In den angeführten
Schriften leistete Ulrich von Hutten viel mehr, als

irgend ein Widersacher des päbstlichen Hofes bis dahin geleistet hatte. Zuerst schilderte er alle Erpressungen und Ungerechtigkeiten des Römischen Hofes mit so lebhaften Farben, daß auch selbst diejenigen, deren Gefühl durch das lange Tragen und den allmähligen Anwachs der Lasten abgestumpft worden war, mußten erweckt werden. Mit gleicher Stärke mahlte er den in Deutschland lange nicht genug bekannten Unglauben, und die scheußlichen Laster der Päbste und ihrer Höflinge; verglich diese mit den Beyspielen und Lehren Jesu und seiner Jünger; bewies, daß die Italiäner und besonders die Römer nichts von dem glaubten, thaten und litten, was sie um des schnöden Geldes willen wollten, daß die Deutschen glauben, thun und leiden möchten; erzählte, wie die Italiäner die Deutschen deßwegen verachteten und verhöhnten, daß sie sich ihr gutes Geld durch die List der Römer abnehmen ließen; sagte endlich, wie man die Päbste und deren Diener ohne Krieg und Aufruhr bezähmen, das Vaterland von dem tyrannischen Joche befreyen, und den verlohrnen Wohlstand so wohl, als die guten Sitten wieder herstellen könne. Diese Schilderungen, diese Vergleichungen, diese Erzählungen und Betrachtungen machten einen erstaunlichen Eindruck in allen deutschen Landen auf die Geistlichen sowohl, als die Layen. Der größte Theil der deutschen Ritterschaft verband sich gegen den päbstlichen Hof, und die päbstlich gesinnte Geistlichkeit. Fast in allen Reichs- und andern grossen Städten äusserte sich der Haß gegen die Romanisten und deren Anhänger auf die unzweydeutigste Art, bevor Luther noch ein Wort gegen den Pabst und die Tyranney des Römischen Hofes geschrieben hatte. Tezel wagte es schon im J. 1518. gar nicht mehr, und der päbstliche Legat Miltitz im J. 1519. und 1520. wenigstens an manchen Orten nicht, öffentlich zu erscheie

nen *); letzterer sagte selbst zu Luthern, daß er auf
seiner ganzen Reise durch Deutschland, gegen eine
Person, die es mit dem Pabste gehalten, drey Lu=
therischgesinnte angetroffen habe, und daß er sich mit
einer Armee von 25000. Mann nicht getraue, Lu=
thern wegzuführen **). Wegen dieses fast allgemei=
nen Aufstandes hatte Miltiz auch nicht das Herz,
mit den päbstlichen Breven hervorzurücken, welche
ihm die Vollmacht gaben, Luthern gefangen zu
nehmen, und nach Rom zu schicken †). Unter den
weltlichen Fürsten forderten es die heftigsten Feinde
von Luther eben so ungestüm, als seine eifrigsten
Gönner, daß den Ungerechtigkeiten und Plünderun=
gen des Römischen Hofes und seiner Werkzeuge
schleunig Einhalt geschehe ††). Auf dem Reichstage
zu Regensburg im J. 1523. stimmten die geistlichen
sowohl, als die weltlichen Stände, so sehr sie auch
über Luthern getheilt waren, dahin zusammen, dem
päbstlichen Legaten die berühmten centum gravamina
zu übergeben, und dabey zu erklären, daß sie die
Beschwerden, worüber sie sich jetzt klagten, durch=
aus nicht länger dulden wollten †††). Die centum

---

*) *Seckend.* I 61. 63.

**) *Luther.* Præf. ad T. I. Op. Lat. p. 5. Si haberem 25.
millia armatorum, non confiderem te posse a me Romam
perduci. Exploravi enim per totum iter animos hominum,
quid de te sentirent. Ecce ubi unum pro Papa stare inveni,
tres pro te contra Papam stabant.

†) Ib.

††) Man sehe die muthigen Gravamina, welche der Herzog Ge=
org von Sachsen 1521. auf dem Reichstage gegen den päbst=
lichen Hof und die Römischen Curtisanen übergeben ließ. ap.
Seckendorf Lib. I. p. 146.

†††) Ib. p. 256. 257. Ea se diutius tolerare nec velle, nec
posse, sed rei iniquitate cogi et impelli, ut pro suo captu
et industria de aliis commodioribus viis et mediis cogitent,
quibus exonerari ab illis molestiis, et in pristinam libertatem
vindicari possunt.

gravamina waren gleichsam Auszüge aus Huttens
Schriften, und verriethen es nicht nur durch ihren
Inhalt, sondern auch durch die Sprache, Beyspiele
und Nußanwendungen, daß sie nach Huttenschen
Mustern entworfen waren. Manche Städte, beson=
ders in der Schweiz, fiengen die Reformation gegen
den Römischen Hof mit Ernst an, bevor sie wesent=
liche Veränderungen in der übrigen kirchlichen Ver=
fassung, und besonders bevor sie die geringsten Neue=
rungen in der Lehre wagten *). Unläugbar war
schon in den J. 1518. 1519. und 1520. der bey
weitem größte Theil der Einwohner, Fürsten und
Obrigkeiten in Deutschland in einem solchen Grade
gegen den Römischen Hof empört **), daß ohne die
unglücklichen Spaltungen, welche nachher die Refor=
mation der Lehren und Gebräuche veranlaßte, die
sogenannte Verbesserung der Kirche in ihrem Ober=
haupte viel allgemeiner und durchgreifender ausgeführt
worden wäre, als später in wirklich geschah.

*) Man sehe unter anderm die höchst merkwürdige Kirchen=
Reform in Bern vom J. 1525. beym Hottinger, Histor.
ecclef. Sæculi XVI. T. I. 6 9. et sq. p. Die Obrigkeit
in Bern befahl in diesem Edict, daß die sieben Sacramente,
die Verehrung der Heiligen, die Wallfahrten, das Fe=
gefeuer, Stifter, Clöster u. s. w. nach, wie vor, bestehen
sollten; allein sie erlaubte zugleich den Priestern die Ehe, un=
tersagte den Besitz von Pfründen und geistlichen Würden an
Orten, wo man nicht gegenwärtig sey, das Kaufen von Ablaß
und Dispensationen, indem ins künftige alles, wovon der
Pabst oder Bischof ums Geld dispensire und absolvire, erlaubt
seyn solle; hob die Exemtion der Geistlichkeit von der weltlichen
Gerichtsbarkeit und von den öffentlichen Abgaben auf; befahl
die Gefangennehmung und Bestrafung von Römischen Bu=
ben, welche Pfründen anfallen, oder sich derselben gegen die
Rechte von Stiftern und Patronen bemächtigen wollten, u. s. w.

**) Eant, sagt Otto Brunfels, ergo et procidant cum merci-
moniis suis, cum bullis et cæris, cum pergameno et plum-
bo, cum indulgentiis et dispensationibus, præstringant oculos
vobiscum anathemate et præstigiis suis; si tam nihil est,
quod fecit Huttenus. Videant, an potuerint unquam majorem et crudeliorem pestem optare. p. 29.

Die Stimmung der Gemüther in Deutschland,
welche Huttens Schriften und Verbindungen vorzüglich hervorgebracht hatten, war auch die Ursache,
daß die ersten bescheidenen Aeusserungen Luthers
gegen die Indulgenzen ein so grosses, mit der Veranlassung in gar keinem Verhältniß stehendes Auffehen
erregten. Als die Unverschämtheit des berüchtigten
Tezels Luthern zuerst antrieb, gegen die Mißbräuche
des Ablasses zu predigen, war dieser weit davon entfernt, den Ablaß überhaupt zu verwerfen. Er glaubte
vielmehr, für die Ehre des Ablasses und des Pabstes
zu streiten, wenn er sich den Mißbräuchen des Ab-
laßverkaufs entgegensetze *). Er schrieb daher sowohl
an den Erzbischof von Mainz, als den Bischof von
Brandenburg, und bat diese Oberhirten flehentlich,
daß sie doch die seelenverderbende Ablaßkrämerey verbieten möchten. Der ängstlich fromme, und in seiner
einsamen Zelle übermäßig arbeitende junge Mann war
damahls, als er diese Briefe schrieb, mit dem Laufe
der Welt so unbekannt, daß er nicht einmahl wußte,
daß der Pabst und der Erzbischof Albert von Mainz
den Ertrag der verkauften Indulgenzen mit einander
theilten **). Erst nachdem er merkte, daß er von
den beyden Bischöfen keine Antwort erhalten würde,
gab er zuerst seine Theses über die Indulgenzen, und
dann seine Predigt über denselbigen Gegenstand heraus; immer noch nicht, um den Ablaß zu verdam-

---

*) Præf. T. I. primæ edit. Oper. Latin. *Luth.* p. 2. Ego
tum eram Concionator, juvenis — doctor Theologiæ, et
cœpi diffuadere populis — Et in iis certus mihi videbar,
me habiturum patronum Papam, cuius fiducia tum fortiter
nitebar, qui in fuis decretis clariffime damnat Quæftorum,
ita vocat indulgentiarios prædicatores.

**) Ib. Mox fcripfi epiftolas duas, alteram ad Moguntinen-
fem Archiepifcopum Albertum, qui dimidium pecuniæ ex indulgentiis habebat, alterum dimidium papa, id quod tunc
nefciebam.

men, ſondern nur um zu beweiſen, daß die Werke
der chriſtlichen Liebe einen Vorzug vor den Indulgenzen verdienten *); oder um wenigſtens mit gelehrten
Männern beſcheiden zu unterſuchen, ob das, was
die Ablaßprediger von den Indulgenzen ſagten, der
heiligen Schrift, und den Ausſprüchen der Kirche und
der Päbſte gemäß ſey °°). Um ſowohl die etwas
dunkeln Theſes zu erläutern, als ſeine Gegner zu be-
ſänftigen, ließ er bald ſeine Reſolutiones folgen,
welche er um Pfingſten 1518. dem Pabſt Leo X.
widmete †). Er beklagte ſich in dieſem Schreiben
über die Schaamloſigkeit und die Ungerechtigkeit ſeiner
Widerſacher; geſtand, daß es ihm ſelbſt ein unbegreif-
liches Wunder ſey, wie räthſelhafte Theſes ſo auſſer-
ordentliche Bewegungen hätten hervorbringen können ††); und verhehlte dem Pabſt die herrſchende

---

*) Ib. Rogans, compeſcerent Quæſtorum impudentiam, et
blasphemiam. Sed pauperculus frater contemnabatur. Ego
contemptus edidi diſputationis ſchedulam, ſimul et Germanicam concionem de indulgentiis, paulo poſt etiam reſolutiones, in quibus pro honore Papæ id agebam, ut Indulgentiæ
non damnarentur quidem, ſeḍ bona opera charitatis illis
præferrentur.

**) *Luther.* in Epiſt. Ao. 1518. die S. Trinitatis ad Leon, X.
ſcripta, in T. I. Epiſt. fol. 69. Tandem cum nihil poſſem
aliud, viſum eſt, ſaltem leviuscule illis reluctari, id eſt,
eorum dogmata in dubium et diſputationem vocare. Itaque
ſchedulam diſputatoriam edidi, invitans tantum doctiores, ſi
qui vellent mecum diſceptare, etc.

†) Ib. fol. 70. Itaque quo et ipſos adverſarios mitigem, et de-
ſideria multorum expleam, emitto ecce meas nugas, decla-
ratorias mearum diſputationum.

††) Fol. 70. Porro, quodnam fatum urgeat has ſolas meas diſputationes præ cæteris non ſolum eis, ſed omnium magiſtro-
rum, ut in omnem terram pæne exierint, mihi ipſi miracu-
lum eſt. Apud noſtros, et propter noſtros tantum ſunt editæ, et ſic editæ, ut mihi incredibile ſit, eas ab omnibus
intelligi. Diſputationes enim ſunt, non doctrinæ, non dogmata, obſcurius pro more, et ænigmaticos poſitæ. Alioqui
ſi prævidere potuiſſem, certe id pro mea parte curaſſem, ut
eſſent intellectu faciliores.

Stimmung der Gemüther in Deutschland nicht *),
welche er aber, setzt er hinzu, so wenig vorausgese-
hen, oder beabsichtigt habe, daß er sich vielmehr dem
heiligen Vater als dem Statthalter Christi ganz
überlasse, und selbst den Tod willig annehmen wolle,
wenn Leo X. dieses Opfer für das Heil der Kirche
nöthig finde **). Gegen den Ausgang desselbigen
Jahrs unterschied er zwar, wie viele andere vor ihm,
die Römische Kirche von der Römischen Curie, und
sagte, daß man sich dieser mit eben dem, oder einem
noch grössern Rechte, als den Türken, widersetzen könne; allein er erhob zugleich die Römische Kirche so
sehr, daß kaum ein Bettelmönch sie mehr hätte erheben können †). Er wiederhohlte dieselbigen Lobsprüche in dem Schreiben, welches er am 3. März 1519.
an Leo X. abschickte. In diesem Briefe betheuerte
er, daß er nie daran gedacht habe und auch jetzt nicht
daran denke, die Gewalt des Pabstes und der Römischen Kirche im geringsten zu untergraben. Vielmehr versichere er auf das feierlichste, daß er die Gewalt der Römischen Kirche über Alles anerkenne, und
daß seiner Ueberzeugung nach im Himmel und auf
Erden nichts über ihr sey, als allein Jesus Christus ††). Er erbot sich sogar, wenn der Pabst seinen

Geg-

---

*) Fol. 69. Verum nihilominus crescebant fabulæ per taber-
nas de avaritia sacerdotum, detractionesque clavium, summi-
que pontificis, ut testis est vox totius hujus terræ.

**) Fol. 71. Quare beatissime pater, prostratum me pedibus
tuæ beatitudinis offero, cum omnibus, quæ sum, et habeo:
vivifica, occide, voca, revoca, approba, reproba, ut pla-
cuerit. Vocem tuam vocem Christi in te præsidentis et lo-
quentis agnoscam. Si mortem merui, non recusabo.

†) Fol. 136. Vol. I. Epist. Illam scio purissimum esse thalamum
Christi, matrem ecclesiarum, dominam mundi, sed spiritu,
id est, vitiorum, non rerum mundi, sponsam Christi, fili-
am Dei, terrorem inferni, victoriam carnis, ec.

††) Vol. I. Epist. fol. 153. Nunc beatissime pater coram Deo,

Gegnern nur Stillschweigen auflege, für die Römische Kirche zu schreiben, den aufgebrachten grossen
Haufen zur Verehrung derselben zurückzubringen und
andere zu warnen, daß sie nicht seine Heftigkeit gegen
die Römische Kirche nachahmen möchten °). Luther
that dieses gleich nachher wirklich in seinem Unterricht auf etliche Artikel, so ihm von seinen
Abgönnern aufgelegt und zugemessen wer-
den **). Er widerspricht in dieser kleinen Apologie,
wie er sie in seinen Briefen nennt ***), dem Gerüchte,
als wenn er behaupte, daß der lieben Heiligen Fürbitte, das Fegefeuer, die guten Werke, nämlich Fasten, Beten, Ablaß u. s. w. die Gewalt und die
Gesetze der Römischen Kirche nichts seyen. Er erklärt, daß und wie er an alle diese Artikel glaube,
und schließt nicht nur mit den größten Lobsprüchen
auf die Römische Kirche, sondern auch mit dem Rath:
Daß man sich aus keinerley Ursache von der Römischen Kirche trenne, oder ihren Geboten widersetzen
solle. — Luther schrieb diese Apologie auf die Bitte
des Churfürsten Friederich und seines Freundes
Spalatin †). Er hielt, wie er dem letztern meldete,
um diese Zeit um des Churfürsten und der Universität
Wittemberg willen vieles zurück, was er sonst über

et tota creatura sua testor, me neque voluisse, neque hodie
velle ecclesiæ Romanæ, ac beatit: Tuæ potestatem ullo modo
tangere, aut quacunque versutia demoliri: quin plenissime
confiteor, hujus ecclesiæ potestatem esse super omnia: nec
ei præferendum quidquam sive in cœlo, sive in terra præter
unum Jesum Christum dominum omnium: nec beatitudo tua
ullis malis dolis credat, qui aliter de Luthero hoc machi-
nantur.

*) Ib.
**) In Luthers deutschen Werken, Jena, 1615. fol. Erst. Band.
165. u. f. Blätter.
***) Vol. I. fol. 154. 155. 168. 169.
†) Vol. I. Epist. fol. 154. a.

A a

370

das die Kirche und die Schrift zerstörende Rom aus,
geschüttet hätte *). Ich habe sogar, setzt er hinzu,
der Römischen Kirche und dem Römischen Pabste in
meiner deutschen Schutzschrift genug geschmeichelt,
wenn dieses anders etwas hilft °°). Seine wahren
Gesinnungen waren aber sowohl um diese Zeit, als
nach der Disputation zu Leipzig, daß er weder selbst
von der Römischen Kirche abfallen, noch auch an,
dere zum Abfall bewegen wolle †); wie wohl er schon
während des Lesens und des Studiums der päbstlichen
Gesetze, wodurch er sich zu der Disputation in Leipzig
vorbereitete, zu ahnden anfieng, daß der Römische
Pabst entweder der Antichrist, oder ein Apostel des
Antichrists sey ††). Aus den angeführten Stellen

*) fol. 168. Multa ego premo et caufa principis, et univerſi-
   tatis noſtræ cohibeo, quæ, ſi alibi eſſem, evomerem in va-
   ſtatricem eccleſiæ, et ſcripturæ Romam, melius Babylonem.
   Non poteſt eccleſiæ, et ſcripturæ veritas tractari, mi Spalatine, niſi hæc bellua offendatur.

**) Ib. fol. 169. Quanquam jam edita vernacula quadam Apo-
   logia ſatis aduler Romanæ eccleſiæ, et pontifici, ſi quid forte
   id proſit.

†) Ad *Spalat.* fol. 154. b. Nunquam fuit in animo, ut ab
   apoſtolica ſede Romana voluerim deſciſcere: denique ſum
   contentus, ut omnium vocetur aut etiam ſit Dominus: quid
   hoc ad me? — — und ad *Spal.* in hiſtor. expoſ. Diſput.
   Lipſ. Vol. I. fol. 191. De primatu Romanæ eccleſiæ acrius
   certatum eſt. Ego primatum honoris non negavi, nec pote-
   ſtatis dei, ſaltem jure divino, nihil repugnaturus, imo conſtanter confeſſurus ac defenſurus: ſi facto, vel jure humano
   illum habeat.

††) Vol. I. fol. 156. in Epiſt. ad Spalatinum Dominica Invoca-
   vit ſcripta: Verſo ad decreta pontificum, pro mea diſputa-
   tione, (in aurem tibi loquor) neſcio, an papa ſit Antichri-
   ſtus ipſe, vel Apoſtolus ejus. Adeo miſere corrumpitur, et
   crucifigitur Chriſtus, id eſt veritas, ab eo in decretis. Diſ-
   crucior mirum in modum, ſic illudi populum Chriſti, ſpecie
   legum, et Chriſtiani nominis. Aliquando tibi copiam faciam
   annotationum mearum in decreta: ut taceam, quæ alia Romana Curia Antichriſti opera ſimillima exundat. Man ſehe
   ferner die Aeuſſerungen ſeiner Geſinnungen über den Pabſt,

erhellt unwidersprechlich, daß man von allen Feindseligkeiten in Worten, Schriften und Thaten, die in
den J. 1517. 1518. 1519. gegen den Römischen Hof
in Deutschland ausgeübt wurden, Luthern durchaus
nicht als den Urheber ansehen könne, indem dieser
alles that, was in seiner Macht war, um die deutsche Nation in dem Gehorsam gegen die Römische
Kirche und den Römischen Hof zu erhalten. Wenn
daher Luther im J. 1520. auf einmahl seine Gesinnungen, den Ton seiner Schriften und seine Art
zu handeln änderte; so lag davon der Grund außer
ihm, und zwar ganz allein in der Aufklärung und
den Beyspielen, welche ihm Huttens Schriften gaben, und dann in dem Muth, welchen ihm die Anerbietungen der Huttenschen Freunde einflößten.

Die erste Revolution in Luthers Denkart über
den römischen Hof brachte Huttens Ausgabe der
Rede des Laurentius Valla, sammt der Zuschrift
des Herausgebers hervor. Aus diesem Werke lernte
er die Grundlosigkeit der wichtigsten Vorrechte des
päbstlichen Hofes, den Mißbrauch seiner Macht, und
die Verdorbenheit seiner Sitten kennen, wie er sie
vorher nie gekannt hatte; und nun konnte er fast
nicht mehr zweifeln, daß der römische Pabst der Antichrist sey *). Die Wirkungen, welche die Schrift

und die Römische Kirche im J. 1519. In Præf. T. I. Oper
Lat. p. 5.

*) Vol. I. Epist. fol. 248. in Epist. ad *Spalat.* Vigilia Matthiæ
script. Habeo in manibus . . donationem Constantini a Laurentio Vall. confutatam, per Huttenum editam: Deus bone,
quantæ seu tenebræ, seu nequitiæ Romanensium: et quod
in Dei judicio mireris, per tot sæcula non modo durasse,
verum etiam prævaluisse, ac inter decretales relata esse tam
impura, tam crassa, tam impudentia mendacia, inque fidei
articulorum, ne quid monstrosissimi monstri desit, vicem successisse. Ego sic angor, ut prope non dubitem, Papam esse
proprie Antichristum illum, quem vulgata opinione exspectat

des Laurentius Valla und Huttens Vorrede auf
Luthern gemacht hatten, sind schon sehr sichtbar in
dem Briefe, welchen er am 6. Apr. 1520. an den
Pabst Leo X. schrieb *). In diesem Briefe sagt
er zwar Leo X. sehr viel schönes, allein zugleich sagt
er nach Huttens Beyspiel von Rom und dem römischen Hofe alles erdenkliche Böse. Er nennt die
Stadt Rom eine Verderberinn der Seelen, der Leiber und des Wohlstandes aller europäischen Völker,
und den römischen Hof eine zügellose Räuberhöhle,
ein schaamloses Hurenhaus, ein Reich der Sünde,
des Todes und der Hölle **). Er hofft dem gutgesinnten Pabst einen großen Dienst zu erweisen, wenn
er an das Thor der Hölle, in welcher Leo X. gefangen sitze, recht stark anschlage †). Vergebens hoffe
man Frieden von ihm, wenn man nicht seinen Gegnern Zaum und Gebiß anlege; oder wenn man von
ihm fordere, daß er wiederrufen, und die heilige Schrift
nicht nach seiner beßten Erkenntniß auslegen solle.
Er werde es nie leiden, daß das Wort Gottes, welches die Freyheit aller Christen predige, gefesselt werde ††). Diese lezte wichtige Bedingung, wodurch die
vornehmste Grundsäule der Macht des Pabstes und
der Kirche umgeworfen wurde, hatte Luther in den
drey vorhergehenden Jahren nie so gemacht, als er
sie im Frühlinge 1520. vorschrieb.

Eine noch viel größere Revolution in Luthers
Art zu denken und zu handeln brachten die Briefe

mundus. Adeo conveniunt omnia, quæ vivit, facit, loquitur, statuit.

*) Vol. I. 255. fol. Epist.

**) fol. 257.

†) Ib. 258.

††) fol. 260. Deinde leges interpretandi verbi Dei non patiar:
cum oporteat verbum Dei esse non alligatum, quod libertatem docet omnium aliorum.

Sylveſters von Schauenberg, eines fränkiſchen
Ritters, und Franzen von Sickingen hervor, in
welchen beyde ihm anboten, daß ſie und ihre Freunde Luthern ſchützen, und gegen jedermänniglich vertheidigen wollten, wenn der Churfürſt von Sachſen ihn nicht länger in ſeinen Landen behalten könne *).
Dieſe Anerbietungen befreyten ihn, wie er ſelbſt ge-
ſteht, auf einmal von aller Menſchenfurcht, die ihn
bis dahin noch zurückgehalten hatte **); ſo wie bald
nachher Ulrichs von Hutten Sendſchreiben an die
deutſchen Fürſten ihn überzeugten, daß das Pabſt-
thum viel leichter, als irgend ein Menſch geglaubt
habe, überwunden werden könne †). Ohne alſo,
wie bisher, ſich nach den Geſinnungen des Churfürſten Friederich zu richten, oder den Vertrauten des
Churfürſten, ſeinen Freund Spalatin zu fragen,
gab er zuerſt ſeine lateiniſche Schrift de Captivitate
Babylonica, und dann ſeinen deutſchen Aufruf an
den Kaiſer, und die übrigen deutſchen Fürſten heraus, ſo wie er im December deſſelbigen Jahrs das
päbſtliche Geſetzbuch öffentlich verbrannte ††).

*) Er erwähnt dieſer Briefe zuerſt in einem Schreiben an Spa-
   latin vom 13. May. Vol. I. fol. 226. *Seckend.* Lib. I. p. 111.
   Er redet davon in mehrern folgenden Briefen, I. fol. 272.
   275. 276.

**) I. 275. fol. ad *Spalat.* Quia enim jam ſecurum me fecit.
   Sylveſter Schauenberg, et Franciſcus Siccingen ab hominum
   timore, ſuccedere oportet Dæmonum quoque furorem, etc.
   Dies wichtige Factum bemerkte auch Seckendorf, I. III. p.
   ſo wie Cochläus es lange vorher erzählt hatte. De Act. et
   ſcr. *Luth.* fol. 21. b, Edit. Pariſ. 1565.

†) Vol. I. 295. f. Epiſt. Papatum hactenus invictum incipio talem habere, qui convelli etiam poſſit ultra omnium ſpem.

††) Ueber die Schrift de captiv. Babyl. *Seckend.* I. 114. Die
   deutſche Schrift erſchien ſpäter: Man ſehe Epiſt. Vol. I. 276.
   278. 283. 90. entweder gegen das Ende des Novembers, oder
   im Anfange des Decembers.

Unter den kleinen Schriften von Luther sind ge=
wiß keine, welche die Reformation so sehr befördert
haben, als die beiden eben angeführten. Die latei=
nische enthielt den ersten Entwurf einer Reformation
der Lehre; die deutsche einen Entwurf der Reforma=
tion der Kirche in Haupt und Gliedern. Als der kai=
serliche Beichtvater Johann Glapion die erstere
las, litt er, wie er selbst zum Canzler Pontanus
sagte, nicht weniger Angst und Schmerzen *), als
wenn er von Kopf bis zu Fuß mit einer schweren
Peitsche gegeisselt worden wäre. Den Aufruf an den
hohen Adel deutscher Nation nannten Luthers Freun=
de selbst ein Zeichen zum Kriege **), und auch Lu
ther sah voraus, daß er dadurch den römischen Hof
im höchsten Grade beleidigen werde †). „Wenn
mein Kriegsgeschrey", schrieb er an Spalatin,
„auch niemanden gefallen sollte; so muß es mir um
desto mehr gefallen, indem ich die seelenverderbende
römische Tyranney mit den schärfsten Waffen angrei=
fe" ††). Es mußte Luthern unerwarteter seyn, daß
die deutsche Schrift dem sächsischen Hof nicht ganz
mißfiel, als daß sie in Deutschland von vielen ge=
billigt, und daß in kurzer Zeit über 4000. Exem=
plare davon verkauft wurden †††). Von nun an ver=

---

*) I. p. 143. Seckend.

**) I. fol. 278. Epist. Luth.

†) fol. 276. Editur noster libellus in papam de reformanda
ecclesia vernaculus, ad universam Nobilitatem Germaniæ:
qui summe offensurus est Romam, ductis in publicum impiis
artibus, et violentis potestatibus ejus.

††) I. fol. 281. Classicum meum etsi nullis forte probabitur,
mihi tamen probari necesse est, ad invadendam Romani An=
tichristi tyrannidem, totius orbis animas perdentem. Acu=
tissimum est, et vehementissimum: quo simul languidulos
istos convitiatores, spero, faciam obstupescere.

†††) l. c. fol. 278. Libertate, et impetu fateor plenus est.
Multis tamen placet, nec aulæ nostræ penitus displicet. — —
Hoc unum habe, in manu mea ejus editionem non fuisse.

hehlte Luther es gar nicht mehr, daß er das Pabst
thum für den wahren Sitz des Antichrists halte;
daß er dem Pabst nicht allein gar keinen Gehorsam
schuldig zu seyn, sondern vielmehr alles erlaubt glaube, was zum Sturze desselben beytragen könne *).

Die Schrift von des christlichen Standes
Besserung an den christlichen Adel deutscher
Nation war der Form nach eine Nachahmung der
Sendschreiben Ulrichs von Hutten an den Kaiser,
und die deutschen Fürsten; und dem größten Theile
des Inhalts nach ein Auszug aus Huttens Trias,
aus eben desselben Klage und Ermahnung, und aus
dem Briefe an den Churfürsten Friederich von
Sachsen. Luther redet **) von der übermäßigen
Zahl der Cardinäle und päbstlichen Schreiber; von
dem ungerechten Raube, und der Anhäufung von
Pfründen in den Händen der Cardinäle, und der mehrern Tausende von päbstlichen Schreibern, endlich von
den Lastern von beyden, wie Hutten davon geredet
hatte. In derselbigen Schrift räth Luther, wie
Ulrich von Hutten an, den Pfarrern die Ehe zu
gestatten, die Bettelklöster, und mit diesen die Ju-
bilden, Wallfahrten, Brüderschaften, Butterbriefe,
Ablaßbriefe, Seelenmeßen und Jahrtage abzuschaffen, den Genuß oder Nichtgenuß von Fleischspeisen
in den Fasten frey zu geben, keinem Geistlichen mehr
als eine Pfründe zu erlauben, die Universitäten zu
reformiren, die Seiden- und Sammtkrämer, die über-

Jam enim excusus, multiplicatusque in 4000. exemplarium
distrahebatur.

*) Ib. Nos hic persuasi sumus, Papatum esse veri et germani
illius Antichristi sedem: in cujus deceptionem, et nequitiam
ob salutem animarum nobis omnia licere arbitramur. Ego
pro me confiteor, Papæ a me' nullam deberi obedientiam:
nisi eam, quam γνησιῳ Αντιχριστῳ debeo.

**) I. B. der deutschen Werke 294. 297. S.

flüßigen Specereyen, den Fuggerhandel, den Zins-
kauf, das Zutrinken und die Frauenhäuser abzuthun *).
Am meisten eigenthümlich war Luthern in der Schrift,
von welcher ich jezt rede, der Eingang, worin er behauptet: Daß der Glaube allein Christen, und daß
die Taufe alle Christen zu Priestern mache; daß in
der Noth jeder Christ taufen und absolviren könne,
weil alle Getaufte Priester seyen; daß die Geistlichen
und Weltlichen durch das Amt, und nicht durch den
Stand unterschieden seyen u. s. w. Diese und andere ähnliche Behauptungen, welche Luther in der
Schrift de captivitate Babylonica vorgetragen hatte,
nannte Erasmus Paradoxa, welche der große Haufe viel öfter mißverstehen, als in einem vernünftigen
Sinn nehmen müsse, und dadurch nichts anders als
Streitigkeiten und Spaltungen erregt, und unterhalten werden könnten **). — Auch Ulrich von Hutten
nahm, um die Zeit als Erasmus seine Spongia
schrieb, nicht alle neue Lehren von Luther an. Allein sagte er, die Romanisten hassen Luthern nicht
deßwegen, weil er in der Lehre von dem freyen Willen, von den Sacramenten, und einigen andern Punkten zu irren scheint; denn diese Abweichungen würden
sie ihm allenfalls nachsehen: Sondern weil er ihnen
die Candle ihres bisherigen Gewinns verschließt, ihre

---

*) Ib. 302–314. S.

**) Spong. p. 115. Dum enim fine fine rixamur, an fit ali-
quod bonum opus hominis, fit, ut revera nullum habeamus
opus bonum. Dum delitigamus, an sola fides absque operibus conferat salutem, fit, ut nec fidei fructum, nec bonorum operum mercedem capiamus. Quædam autem ejus generis funt, ut fi maxime vera effent, non expediat ingerere
auribus populi, veluti liberum arbitrium nihil effe, niß nomen inane: quemlibet Christianum effe facerdotem, et poffe
remittere peccata, et poffe confecrare corpus domini, fola
fide conferri jufticiam, opera noftra nihil ad rem facere.
Hæc paradoxa jactata apud vulgus, quid aliud, quam gi-
gnunt diffidium, ac feditionem?

Ränke und Laster der Welt vor Augen legt, so viele Creaturen Leo X., so viele Bischöfe, Protonarien und Schreiber hungern oder darben macht, den Glanz des päbstlichen Hofes, so wie den Zufluß der Curtisanen vermindert. — Weil ich eben dieses schon vor Luthern betrieben habe, und noch jezt nach meinem beßten Vermögen betreibe; so dulde ich den Namen eines Lutheraners, damit die Welt sehe, daß ich noch immer der Sache der Freyheit und Wahrheit treulich anhange *). — Wenn Seckendorf Huttens Schriften, und die Wirkungen derselben auf Luthers ganze Denkart gekannt hätte; so würde er sich nicht mehr darüber so gewundert haben, wie er sich darüber wunderte, daß ein Mönch, der stets in und für die Schule und den Katheder gelebt hatte, eine so große Kenntniß des Zustandes der Dinge in Rom und der ganzen Lage der Kirche habe erlangen können **).

*) Expost. p. 41. . . . facile remissuros fuisse iratos Romanistas, quæ de libero arbitrio, de sacramentis, et quibusdam aliis perperam sentire illis videtur; hoc persequi, per quod suo quæstui obviam itur, suis lucris via præcluditur, suæ imposturæ frigent, doli patescunt. Quodque in caussa est, cur tot egeant Romæ decimi Leonis creaturæ, tot episcopi, et protonotarii sumptus minuere cogantur, ipsa illius Summi aula evacuetur, in Consistorio solitudo fiat, Curtisani frustra ambiant, copiisæ, et tot in urbe notarii ad famem compellantur. Quæ ego, quia et prius, quam ille inciperet, aggressus sum, et pro mea virili pertinaciter in hunc usque diem egi, etc.

**) p. 112. Deinde remedia expendit adversus luxum, avaritiam, Simoniam ecclesiasticam, omnesque Romanæ curiæ defectus, quos longo ordine recenset: ut tantam rerum peritiam, non nisi cum admiratione in homine monacho et scholæ atque Cathedræ addicto cognoscere liceat. Luther war, wie er selbst am Ende der Vorrede zum ersten Bande seiner lateinischen Werke sagt, nie eifriger mit dem Studio der heiligen Schrift, und besonders der Paulinischen Briefe beschäftigt; und wurde nie mehr von Zweyfeln besonders über die Stellen, in welchen von Gottes Gerechtigkeit geredet wird, gequält, als gerade in den Jahren 1519. und 1520. und er hatte also gerade in diesen Jahren am wenigsten Zeit, sich durch

In der Schrift über des christlichen Standes
Befferung hatte Luther von den Päbften und dem
päbftlichen Hofe, von den Pfarrern und Mönchen
gehandelt; allein die Bischöfe waren gar nicht, oder
mit einer leichten Hand berührt worden. Er füllte
diese Lücke durch die Schrift aus: Adversus falso
nominatum ordinem Epiſcoporum *), welche er im
J. 1522. oder in eben dem Jahre herausgab, in
welchem Franz von Sickingen und deſſen Gehülfen den Krieg wider die Bischöfe anfiengen. Auch
in dieser Schrift erkennt man offenbar das Vorbild,
welches er nachahmte; Ulrichs von Hutten Sendſchreiben an die in Worms verſammelten Bischöfe,
welche Luther bey seiner erſten Erſcheinung so sehr
bewundert hatte **). So schwer es auch war, die
Heftigkeit zu übertreffen, womit Ulrich von Hutten
gegen die Bischöfe geschrieben hatte; so muß man
doch nach der Vergleichung beyder Invectiven geſtehen, daß Luther von dieser Seite den Preis verdiente †).

---

elgene Erfahrung eine solche peritiam rerum zu erwerben, welche Seckendorf an ihm bewunderte.

*) T. II. Edit. primæ Oper. Lat. fol. 307.

**) V. 330. f. Epiſt. *Luther.*

†) Ich schreibe nur folgende Stellen ab : p. 309. At hic , sat
ſcio objicient, periculum eſſe, ne excitetur tumultus contra
epiſcopos, et principes illos eccleſiaſticos. En reſpondeo.
Scilicet igitur negligetur verbum Dei, et peribit totus populus? Scilicet æquum et fas eſt, omnes animas in ſempiter-
num perire et occidi, quo iſtarum larvarum temporalis et
vaniſſima pompa ſervetur, et in sua pace duret? Imo præ-
ſtaret; damna enim ſpiritualia pendenda sunt, ſexcenties
omnes epiſcopos ſemel perire, omnes collegiatas eccleſias,
omnia Monaſteria extirpari , erui, et everti funditus, quam
unam animam perire. Ut interim taceam infinitas, atque
adeo omnes animas perituras, propter illas vanas et pueriles
puppas, et plus, quam mortuos, ac mutos truncos. Und
f. 318. Vis uno verbo dicam, quid ſint Epiſcopi? Lupi,
Tyranni, proditores, homicidæ, monſtra orbis, terra pes-

So wie Luther gleichsam wider Willen, und
nach einem dreyjährigen Sträuben in den Krieg gegen den Pabst hineingezogen wurde; so eilten ihm
auch in manchen Verbesserungen der Lehre und Gebräuche seine Zeitgenossen, und selbst seine Schüler
zuvor, nachdem sie von ihm den ersten Stoß empfangen hatten. Nicht Luther, sondern Carlstadt und
andere waren es, welche im Jahre 1521. als Luther
auf der Wartburg lebte, die Verehrung der Reliquien,
der Heiligen und ihrer Bilder, das Meßopfer, u. s. w.
abschafften, und Mönchen und Nonnen die Erlaubniß gaben, ihrer abgelegten Gelübbe ungeachtet zu
heirathen °). Luther tadelte diese eigenmächtigen
Veränderungen im äussern Gottesdienste höchlich, weil
sie nicht ohne einigen Widerspruch, und nicht ohne
ein gewißes Freudengeräusch, selbst von Seiten derjenigen, welche sie durchsezten, gemacht wurden °°).
Am frühesten billigte er die Abschaffung der Meße †).

---

dera, apostoli Antichristi sunt, ad perdendum orbem, et ex-
tinguendum evangelium sculpti, et facti.

°) *Melancht.* in Præf. ad T. II. Oper. Lat. *Luth.* prim. Edit.
p. 9. 10. Illud commemorare hoc loco nolo, qui primi
publice præbuerint utramque partem cœnæ Domini, qui
primi omiserint privatas missas, ubi deserta primum sint
monasteria. Nam Lutherus de his materiis ante conven-
tum, qui fuit in urbe Vangionum 1521. tantum pauca di-
sputaverat. Ritus non mutavit ipse, sed eo absente Carolostadius et alii ritus mutarunt. Cumque quædam tumul-
tuosius fecisset Carolostadius, rediens Lutherus quid probaret, aut non probaret, editis suæ sententiæ perspicuis testi-
moniis declaravit.

°°) Epist. Vol. II. fol. 59. ad Joan. Langum Erfurtensem:
Ante omnia cavete, ne Erphordienses nostratinm æmulentur
tumultum in auferendis imaginibus, Missis, una specie, et
aliis omnibus. Verbo solo auferenda sunt omnia scandala,
ut sponte sua cadant, et sine manu contorantur, sicut idola
per apostolos ablata sunt.

†) In Epist. ad *Spalat.* die St. Martini 10. 1521. script. T. I.
fol. 365. Abrogationem missarum confirmo hoc, quem mitto
libro.

Ueber die Ehe der Ordensgeistlichen hatte er fast das
ganze 1521. Jahr durch quälende Zweifel †). Erst
gegen das Ende des Jahrs sah er ein, daß die Gelübbe der Ordensgeistlichen beiderley Geschlechts eben
so ungültig als gottlos seyen ††); und nun wurde er
den Klöstern, Clostergelübden, Mönchen und Nonnen auf einmal so gram, daß er kaum ober nicht einmal ihre Namen ausstehen konnte †††). Von den Reliquien urtheilte er noch um Ostern 1522. daß sie
zwar genug, und nur zu viel gezeigt worden; daß man
sie aber doch nicht wegschaffen, sondern auf eine Tafel mitten im Chor hinlegen, und alle sonst übliche
Gebräuche des Gottesdienstes beybehalten solle °).
Nachdem Luther die Abschaffung der Messe einmal
gebilligt, und die Ehe von Mönchen und Nonnen für
erlaubt erklärt hatte; so machte er dem Hofe und seinem Freunde Spalatin bittere Vorwürfe darüber,
daß man die Aufhebung der Clöster, und die Ver-
heirathung der Geistlichen nicht öffentlich gestatten
wolle **). Noch viel heftiger aber klagte er darüber,
daß man den Stiftsherren in Wittemberg erlaube,
ihre abgöttische Meße zu halten. Er werde nicht eher
ruhen, als bis er diese Abgötterey abgeschaft habe.
Wenn man es ihm und seinen Gehülfen auch nicht

---

†) Man sehe Ep. Vol. I. fol. 344. 45. 348. 350. 352.

††) Ib. fol. 359.

†††) fol. 364. l. c.   Tanta monstra mihi iste adolescentum, et
    puellarum coelibatus miserrimus quotidie manifestat, ut nihil
    jam auribus meis sonet odiosius, monialis, monachi, sacer-
    dotis nomine: et paradisum arbitror conjugium vel summa
    inopia laborantem.

°) II. 61. fol.

**) II. fol. 221. Obsecro si veritas est, istum Coelibatum,
    et Monasticen divinitus damnari, sicut non est dubium,
    cur non liceat diversum tentare et sequi? an perpetuo de
    verbo dei disputandum solum est, et opere semper absti-
    nendum?

einmal verdanken wolle, daß sie der Welt, und auch
dem sächsischen Hofe das reine Evangelium verkün,
digt, und dadurch ihre Seelen gerettet hätten; so soll,
te man doch wenigstens darauf einige Rücksicht neh,
men, daß sie keine geringe Summen in den Seckel
des Churfürsten gebracht hätten, und noch täglich
hineinbrächten *).

Nach den vorgetragenen Datis und Betrachtun,
gen wird schwerlich jemand mehr läugnen können;
Daß Ulrich von Hutten nicht nur die Verbesse,
rung der Kirche in Haupt und Gliedern lange vor
Luthern mit dem größten Glück angefangen, son,
dern daß er auch zuerst Luthern über die Verdor,
benheit der Kirche, und die Nothwendigkeit ihrer
Verbesserung aufgeklärt; daß er ihm ferner durch
seine Schriften Stoff und Beyspiel, und durch die
von ihm belehrten und gewonnenen Freunde den Muth
gegeben habe, zwar spät, aber dann mit dem größten
Nachdruck gegen den römischen Hof und das Pabst,
thum zu streiten; daß endlich der Eifer Ulrichs von
Hutten und seiner zahlreichen und angesehenen Freun,
de unter dem Adel, an allen Höfen und in allen
Städten Deutschland zu den vornehmsten Ursachen
gerechnet werden müsse, wodurch die Werke und Leh,
ren von Luther so schnell und mächtig verbreitet wor,
den, und so ausserordentliche Wirkungen hervorgebracht
haben **).

*) II. fol. 246. .. Deinde arbitror, nos non fuisse, aut esse
principi damno, ut commoda taceam, nisi nullum commo-
dum vos putatis Evangelion per nos ortum, quo et animæ
vestræ salvantur, et substantia mundi non parva ad marsu-
pium principis redire cœpit, ac quotidie magis redit, ut,
si ab aliis meremur invidiam, a vobis certe meliorem quam
hanc gratiam mereri debueramus.

**) Man lese folgende merkwürdige Stelle des bekannten Feind,s
der Reformation, des Cochläus in hist. de act. et script.

Die Rechtmäßigkeit der Bemühungen Ulrichs von Hutten, die Tyranney des römischen Hofes zu vernichten, muß auch jezt einem jeden Unparteyischen einleuchtend seyn. Die angeblichen Vorrechte des heiligen Stuhls waren lauter erschlichene oder erzwungene Usurpationen, wodurch alle Völker und Stände erschöpft, und die Räuber selbst im höchsten Grade verdorben wurden, während daß man die Religion in eine Waare, und den Hof des Oberhauptes der Kirche in eine Diebshöhle, oder eine Wechselbank verkehrt hatte. Nationen und Fürsten, Weltliche und Geistliche fühlten die Ungerechtigkeit und Größe des Drucks, und erklärten auf die feierlichste Art, daß sie die bisherigen Lasten nicht ferner tragen wollten. Ulrich von Hutten rief den deutschen Ständen zu, daß nicht einmal ein blutiger Krieg, sondern nur standhafter Ernst nöthig sey, um die fremde Tyranney zu zerstören. Wenn aber der römische Hof nicht nachgeben, sondern seine Usurpationen mit Gewalt behaupten wolle; so sey kein Krieg heiliger und nothwendi-

Luth. Edit. Paris. 1565. — Multæ id genus querimoniæ spargebantur in vulgus, non solum a Luthero ipso, sed etiam a complicibus ejus, maxime a Poetis, et Rhetoribus plerisque, qui Theologis et Monachis oppido infesti erant non solum propter Lutherum, sed etiam propter Johannem Capnionem, et Erasmum Roterodamum . . . Sed et Jurisconsulti non pauci, ac Aulici, qui equibus, autoritate, et gratia florebant, pro Luthero contra Ecclesiasticos multa, non tam scriptis libris, quam epistolis et sermone, tum clam ad aures principum, tum palam ad populum agebant, ac gliscens Laicorum in Clericos odium suis detractionibus callide augebant. Maxime vero incendebat animos non modo Procerum, et Nobilium, verum etiam Civium et Rusticorum, Ulricus Huttenus, eques Germanus, vir et nobilis familiæ, et acerrimi ingenii. Qui et antea, priusquam Lutheri nomen orbi notum esset, multa pro libertate Germaniæ, contra pensionum quaestus et citationum vexationes . . . scripserat: non solum carmine, verum etiam soluta oratione vehemens et acer. Is tum ediderat Triadem . . . quo sane effecit, ut nihil æque invisum esset Germanis quam plurimis ac nomen Ro. Curiæ et Curtisanorum, fol. 19. ad annum 1519.

ger, als derjenige, der für die unterdrückte Freyheit und Wahrheit geführt werde.

Ulrich von Hutten wollte aber nicht bloß einen auswärtigen Feind, den römischen Hof, bekriegen, sondern er bemühte sich auch aus allen Kräften, die deutschen Bischöfe und Prälaten, die deutschen Stifter und Clöster mit Krieg zu überziehen, und fieng diesen Krieg durch den vereinigten Fränkischen und Rheinischen, besonders den Rheinischen Adel wirklich an.

So unläugbar es ist, daß dieser innerliche Krieg gegen die deutsche Hohe und Ordensgeiftlichkeit ein Reichsfriedensbruch, oder wider die Gesetze des Reichs war, so unläugbar wird es durch die von mir mitgetheilten Auszüge aus den Huttenschen Schriften, die in den Jahren 1521. und 1522. erschienen, daß Hutten bey dem Kriege gegen die deutsche Geistlichkeit eben so reine Absichten hatte, und daß er, und Franz von Sickingen diesen Krieg für eben so gerecht und nothwendig hielten, als den Krieg gegen den Römischen Pabst. Beyde Ritter beruhigten sich selbst, und rechtfertigten sich vor andern durch die Gedanken: Daß man Gott mehr, als dem Menschen gehorchen müsse; daß der Kaiser durch Bischöfe und Mönche irre geleitet worden, und bey reiferem Alter gewiß die Künfte seiner jetzigen Verführer, so wie die grossen Dienste oder Verdienste derer, welche sich eine Zeitlang seinem Willen widersetzt hätten, erkennen werde; daß die Fürsten, vorzüglich die geistlichen Fürsten, den Adel bisher schon beraubt und unterdrückt hätten, und ihn noch ferner zu unterdrücken suchten; daß sie in eben dieser Absicht dem Reichsadel das Recht des Krieges genommen, sich selbst aber stillschweigend vorbehalten hätten, oder wenigstens dieses Recht ohne Scheu ausübten; daß weder die Freyheit des

Vaterlandes, noch die Reinigkeit der Religion, von
welcher die Bischöfe die größten Feinde seyen, her=
gestellt werden könne, wenn die geistlichen Fürsten so
viele Länder, so viele Gewalt, und so viele ungeist=
liche Geschäfte als bisher behielten, und die Ein=
künfte von Stiftern und Clöstern auf eine den Ab=
sichten der Stiftung so offenbar widersprechende Art
angewendet würden; daß man also gegen solche Ty=
rannen und Religionsfeinde keinen Friedensbruch be=
gehen könne; und daß endlich die Schuld des Bluts,
das in dem Kampfe für Wahrheit und Freyheit ver=
gossen werde, nicht auf die Vertheidiger sondern auf
die Unterdrücker von beiden falle. — Wenn der Krieg
gegen die deutsche Geistlichkeit einen glücklichern Aus=
gang gehabt hätte; so würde die Reformation in
Deutschland eine ganz andere Ausdehnung erhalten
haben, als sie nachher erhielt. Der vornehmste
Grund, warum der Krieg mißlang, war allem Ver=
muthen nach dieser, daß er zu sehr übereilt wurde;
und wenn der deutsche Adel eine solche Uebereilung
begieng, so kann Ulrich von Hutten am wenigsten
frey davon gesprochen werden. Selbst die traurige
Endschaft des Sickingischen Krieges schlug den
Muth des deutschen und besonders des fränkischen
Adels nicht nieder. Noch im J. 1524. war es eine
allgemeine Sage: Daß viele von Adel versprochen
hätten, daß weit und breit kein Bischof bleiben solle,
wenn die Stadt Nürnberg sich mit ihnen verbinden,
und ihnen eine sichere Aufnahme innerhalb ihrer
Mauern zusagen wolle *).

Ich berühre hier den Krieg des deutschen Adels
gegen die Geistlichkeit weder in der Absicht, um zu
be=

---

*) Seckendorf I. 290. p.

beweisen, daß dieser Krieg gegen die damaligen Reichs-
gesetze war, noch daß Ulrich von Hutten, und
vielleicht der größte Theil des damaligen deutschen
Publicums dennoch glauben konnte, daß dieser Krieg
ein rechtmäßiger und nothwendiger Krieg sey; sondern
vielmehr, um die Frage zu untersuchen: Ob die Reformation der Kirche in ihren Gliedern, welche Ulrich von Hutten und Luther gleich eifrig wünschten, nicht ohne Zwang und Gewalt vollendet werden
konnte, wie der erstere glaubte; oder aber ob, wie
Luther in vielen Stellen seiner Schriften dafür hielt,
die Macht der Wahrheit allein hinreichend war, nicht
nur die Verbesserung des Hauptes, sondern auch des
Cörpers der Kirche zu Stande zu bringen? — Nach
meinen geringen Einsichten urtheilte Ulrich von
Hutten nicht nur richtiger, sondern auch viel gleich-
förmiger als Luther.

Ulrich von Hutten wünschte es eine Zeitlang
mehr als er es hoffte, daß die geistlichen Fürsten
außer der Errettung vom päbstlichen Joche auch die
freye Predigt des Evangeliums begünstigen, oder wenigstens zugeben würden. Da er aber noch während
des Reichstages zu Worms, und noch deutlicher nachher merkte, daß die Bischöfe nicht weniger als der
Pabst gegen das Evangelium erbittert seyen, weil
man ihnen gesagt hatte, daß dieses eben so wenig von
ihrer Herrschaft, ihren Einkünften, und ihren Im-
munitäten, wie von denen des Pabstes rede; so gab
er in allen seinen Schriften den Rath, daß, wenn
man in dem Bekenntniß des Evangeliums mit Gewalt gestört werde, man eine solche Gewalt mit Gewalt zurücktreiben könne *). Von eben der Zeit an

---

*) Auf dem Reichstage zu Nürnberg sagte der Gesandte Ferdi-
nands zu den Bischöfen und Prälaten (Seckendorf I. 289.)
Ihr Herren bedenkt eure Ehre und Frommen! Wenn ihr keine

B b

verhehlte er die Meynung und den Vorsaz nicht:
Daß man die Bischöfe und Prälaten nicht anders
als mit Gewalt zwingen könne, ihren unchristlichen
Herrlichkeiten, Vorrechten, Reichthümern, Beschäfti=
gungen und Sitten zu entsagen; und daß er und sei=
ne Freunde alle Stände des Reichs, am meisten den
Adel und die freyen Städte dahin zu bringen such=
ten, um den durchaus nothwendigen Krieg gegen die
Feinde und Unterdrücker des wahren Christenthums
und der vaterländischen Freyheit mit Nachdruck an=
zufangen.

Schon in Huttens Leben bemerkte ich, daß Lu=
ther im J. 15'0. die Kriegserklärung des fränki=
schen Ritters gegen den Pabst billigte; daß er es um
eben diese Zeit bedauerte, daß Hutten den Fang des
päbstlichen Legaten verfehlt habe; daß er aber im
Frühling des J. 1521. seinen ritterlichen Freund von
allen gewaltsamen Unternehmungen aus dem Grunde
abmahnte, weil die Welt durch das Wort überwun=
den worden, und auch jezt die Religion gewiß da=
durch werde gereinigt werden; daß aber Hutten durch
diese Ermahnung nicht überzeugt worden, sondern lie=
ber seiner menschlichen Klugheit, als den himmlischen
Gesinnungen des Reformators folgen wollte. Luther
blieb sich in der Meynung von dem Gebrauche oder
Nichtgebrauche von Gewalt zur Bestreitung des Pabst=
thums in der Folge eben so wenig gleich, als er es
in den Jahren 1520. und 1521. war. — Ulrich
von Hutten äusserte sich gegen römischen Curtisanen
nirgends so hart und feindselig, als Luther in sei=

Hülfe wider die Türken leistet, und Luthers Lehre nicht un=
terdrückt, so werdet ihr so gut, als andere, vertrieben werden.
Der Bischof von Gurk antwortete: Es ist besser, daß die
Lutheraner, als daß die Türken ausgerottet werden, und ich
will lieber Hülfe gegen die erstern, als gegen die letztern schicken.

ner lezten Antwort auf die letzte Streitschrift des Prie=
rias *). „Wo aber ir rasend wüten", heißt es
hier, „so ein fortgang sol haben, dünckt mich, es
were schier kein besser Rath und Erßney im zu stew=
ren, denn das Keyser, Könige und Fürsten mit Ge=
walt dazu theten, sich rüsteten, und griffen diese sched=
liche Leute an, so alle Welt vergifften, beide mit
ihrer Teuffelsleer und schendlichem grewlichen Wan=
del, und machten einmal des Spiels ein Ende, mit
Waffen, nicht mit Worten. Denn was lallen die
verdampten Leute, die auch des gemeinen Sinns be=
raubt sind, anders, denn das verkündiget ist, das
der Antichrist thun sol, ob sie uns noch einst für
Narren, unverständiger denn Klöz halten"?

„So wir Diebe mit Strang, Mörder mit Schwerd,
Ketzer mit Fewer straffen, warum greiffen wir nicht
viel mehr an diese schedliche Lehrer des Verderbens,
als Bäpste, Cardinäl, Bischove, und das gantze
geschwürm des Römischen Sodoma, die Gottes Kir=
che ohne Unterlaß vergifften und zu grund verderben,
mit allerley Waffen, und waschen unsere Hende in
ihrem Blut, als die wir beyde uns und unsere Nach=
kommen, aus dem allergrößten fehrlichsten Fewer wol=
ten erretten".

*) I. Vol. Op. Lat. Wittenberg. fol. 195. In der Jenaisch.
deutsch. Ausg. I. Bl. 60. In beyden Aufgaben steht diese
letzte Replik Luthers unrichtig unter den Schriften des J.
1518. Sie muß nothwendig lange nach der Disputation in
Leipzig geschrieben worden seyn, unter vielen andern Gründen
aus folgenden, weil sie mit dem Inhalt der Schriften aus
den Jahren 1518. 1519. gänzlich streitet, und der Disputator
Eck nicht nöthig gehabt hätte, eine einzige bescheidene Thesis
gegen den göttlichen Ursprung der höchsten päbstlichen Macht
anzugreifen, wenn Luther sich schon früher auf eine so unge=
bundene Art über den Pabst und die ganze Römische Geist=
lichkeit ausgelassen gehabt hatte. Auch führt Cochläus die
Streitschrift gegen den Prierias, wovon hier die Rede ist,
unter dem J. 1520. an. S. Historiam de actis et scriptis
Luth. fol. 21. b. Edit. Paris 1565. 8.

388

Als Carlstadt und andere Freunde in Wittenberg anfiengen, oder angefangen hatten, die Reliquien, Bilder der Heiligen u. s. w. eigenmächtig wegzuschaffen; so kehrte Luther zu seinen sanftmüthigen Gesinnungen zurück, und widerrieth alle Gewalt und den damit verbundenen Auflauf, weil das Wort Gottes schon durch sich allein obsiegen werde *), und weil die Schwachen geführt, aber nicht gestossen werden müßten **). Er erklärte diejenigen für leichtfertige Menschen, welche glaubten, daß man das Wort Gottes mit Fäusten und Schwerdtern ausbreiten müsse †). Sein und seiner Freunde Streit sey nicht gegen Fleisch und Blut, sondern gegen die bösen Geister. Man solle doch nur Acht geben, auf welche Art er bisher zu Werke gegangen sey. Er habe eben so wenig, als Christus und die Apostel, Bilder und Tempel oder Clöster bestürmt; und doch seyen die Clöster selbst in den Ländern derjenigen Fürsten, welche gegen das Evangelium stritten, gänzlich verwüstet; und viele vernünftige Männer seyen der Meynung, daß er allein ohne Gewaltthätigkeit der Herrschaft des Pabstes mehr geschadet habe, als irgend ein König durch die Stärke der Waffen zu schaden im Stande gewesen sey ††). „Siehe nun",

*) II. 59. fol. Epist.

**) II. 69. fol. ib. Nam hac ratione mihi ipsi excidit iste cultus, ut nesciam, quomodo et quando desierim sanctos appellare orando, contentus uno Christo, et Deo patre. Quocirca probare non possum eos, qui apud nos simpliciter damnant cultores Sanctorum Oportuit enim infirmos lente ducere, et non subito deturbare, etc.

†) II. fol. 88. Sunt enim non parum multi leves et futiles homunciones, putantes rem Evangelicam gladio et pugnis esse promovendam.

††) II. 291. fol. Sunt quoque permulti putantes plus incommodi per me sine manibus allatum esse Romano Pontifici, quam ullum potuisse regem etiam totis regni sui viribus.

sagt er in seiner Warnung gegen Aufruhr *), „treibe, hilff treiben das heilig Evangelium; lere, rede, schreibe und predige, wie Menschengeseß nichts seyen; wehre und rat, das niemand Pfaff, Münch, Nonne werde, und wer drinnen ist, herausgehe; gib nicht mehr Geld zu Bullen, Kerzen, Glocken, Tafeln, Kirchen, sondern sage, daß ein christlich Leben stehe in Glaub und Liebe, und las uns das noch zwey Jahr treiben, so soltu wol sehen, was Bapst, Bischove, Cardinal, Pfaff, Münch, Nonne, Glocken, Thurn, Meß, Vigilien, Kutten, Kappen, Platten, Regel, Statuten, und das ganße Geschwürm und Gewürm Bepstlichs Regiments bleibe; wie der Rauch soll es verschwinden".

Gleich bey dem ersten Anschein von Unruhen, die in Deutschland entstanden, warnte Luther auf das bündigste gegen den Aufruhr †); und diese Gesinnungen behauptete er in den folgenden traurigen Jahren, wo die Landleute in mehreren Gegenden von Deutschland wider ihre Obrigkeit aufstanden, oder aufgehezt wurden. Er gieng in seinem Eifer so weit, daß er sagte: Es sey besser, daß alle Bauern niedergemacht, als daß Fürsten und Obrigkeiten gekränkt würden, weil die Bauern das Schwerdt ohne Gottes Geheiß ergriffen ††). Er ermahnte die Unterthanen, es mit ruhiger Geduld zu leiden, wenn die Fürsten ihnen ihre Güter, und auch die heilige Schrift nähmen. Weil sich aber die Gewalt der Fürsten nicht über die Seelen, nicht über den Glauben und die Religion, nicht in den Himmel erstrecke; so sollten auch

---

**) II. 62. Blatt.

†) Deutsche Werke. 2. B. 60. u. f. Bl.

††) Epist. II. fol. 219. Ego sic sentio, melius esse omnes Rusticos cædi, quam principes, et Magistratus, et quod Rustici sine autoritate Dei gladium accipiunt.

die Unterthanen bey Verlust ihrer Seelen Seligkeit
nicht dem Frevel der Fürsten dienen oder gehorchen,
und also auch das neue Testament der Obrigkeit nicht
ausliefern, wie es in mehrern Ländern befohlen worden. Bey dieser Gelegenheit hielt Luther den
Fürsten seiner Zeit die berüchtigte Lobrede *):
„Und solt wissen, daß von Anbeginn der Welt gar
ein seltzamer Vogel ist umb ein klugen Fürsten, noch
viel seltzsamer umb einen frommen Fürsten. Sie sind
gemeiniglich die größten Narren, oder die ergesten Buben auf Erden, darumb man sich allezeit bey Inen
des ergesten versehen, und wenig guts von ihnen ge-
warten muß, sonderlich in göttlichen Sachen, die der
Seelen Heil belangen; denn es sind Gottes Stock-
meister und Hencker, und sein göttlicher Zorn gebraucht
jr, zu straffen die Bösen, und eusserlichen Friede zu
halten. Es ist ein großer Herr unser Gott, darumb
muß er auch solche edle, hochgeborne reiche Hencker
und Bötel haben, und will, daß sie Reichthumb,
Ehre und Furcht von jedermann die geusse und die
Menge haben sollen" †).

Das Reden und Schreiben wirkte weder so schnell,
noch so viel als Luther gehofft hatte. Weit entfernt
sich zu bekehren, suchten die geistlichen und auch mehrere mit ihnen gleichdenkende weltliche Fürsten das
Evangelium nicht nur in ihren eigenen Landen, sondern auch in dem übrigen Deutschlande zu unterdrü-
ken; zu welcher Absicht sie in ein enges Bündniß zu-
sammentraten. Diese Halsstarrigkeit reizte Luthern
so sehr, daß er Gott bitten wollte: Daß alle geistliche
und andere Fürsten, welche dem Evangelio widerstreb-

---

*) Deutsche Werke. II. 181. 182.

†) Ein Spruch von Luther war: principem, et non latronem
esse, vix possibile. Epist. I. 350. f. Seckendorf I. p. 212.
Man vergleiche auch Epist. Vol. II. 323. 387. f.

ten, ohne Barmherzigkeit vertilgt werden möchten *). Solche Gebete hatten nach Luthers Art zu denken mehr zu bedeuten, als die heftigsten Kriegserklärungen, weil der Reformator glaubte, daß Gott die Gebete der Frommen erhören werde †). Noch kräftiger waren die Wünsche, welche er nicht lange vor seinem Tode gegen den Pabst und den ganzen Anhang äusserte. „Indeß soll ein Christe, wo er des Pabstes Wappen siehet, dran speyen und Dreck werfen, nicht anders, denn so man einen Abgott anspeyen und mit Dreck werfen soll, Gott zu Ehren. Darnach solte man ihn selbs, den Pabst, Cardinal, und was seiner Abgötterey und päbstlicher Heiligkeit Gesindlin ist, nemen, und ihnen als Gottes-Lästerern die Zungen hinten zum Hals herausreissen, und an den Galgen annageln an der Reihe her, wie sie ihr Siegel an den Bullen in der Reihe herhangen, wiewohl solches alles geringe ist gegen ihre Gottes-Lästerung und Abgötterey. Darnach liesse man sie ein Concilium, oder wie viel sie wollten, halten am Galgen oder in der Höllen unter allen Teufeln. — Wohlan, wenn ich Kayser wäre, wüßt ich wohl, was ich thun wolt. Die lästerlichen Buben allesambt, Bapst, Cardinal, und alles päbstlich Gesind zusammenkoppeln und gürten, nicht weiter, denn drey Meilen Wegs von Rom gen Ostia führen — daselbs ist ein Wässerlin, das heißt, lateinisch Mare Tyrrhenum, ein köstlich Hellbad wider alle Seuche, Schaden, Gebrechen päbst-

---

*) Epist. II. 387. f. Atque hactenus eis sit indultum. Si denuo aliquid moliti fuerint, orabimus Deum, deinde monebimus principes, ut absque misericordia perdantur, quandoquidem sanguisugæ insatiabiles quiescere nolunt, nisi Germaniam sanguine madere sentiant.

†) In dem zu Worm geschriebenen Briefe an den Churfürsten Friederich sagt er unter anderm: „Ich wollt Hertzog Georgen schnell mit einem Wort erwürgen, wenn es damit were ausgericht".

licher Heiligkeit, und seines heiligen Stuhls — daselbs wolt ich sie säuberlich einsetzen, und baden; und
ob sie sich wollten förchten vor dem Wasser, wie gemeiniglich wahnsinnige Leute das Wasser scheuen, wolt
ich ihnen zur Sicherheit mitgeben den Felsen, darauf
sie und ihre Kirche gebaut ist. Auch die Schlüssel,
damit sie alles binden und lösen können, was im Himmel und auf Erden ist, auf daß sie dem Wasser zu
gebieten hätten, was sie wollten; dazu sollten sie auch
den Hirtenstab und Keule haben, damit sie das Wasser
möchten ins Angesicht schlagen, daß ihm Maul und
Nasen blutet, u. s. w." *).

Ulrich von Hutten räsonnirte über die Fälle,
wo man Gewalt brauchen, und nicht brauchen müsse
und könne, viel zusammenhängender, als Luther.
„Wenn die deutschen Fürsten", sagte Hutten, so ei-
nig sind und bleiben, als sie in den Jahren 1522—1524.
waren; so ist kein Krieg, sondern nur Ernst nothwendig, um alle Beschwerden abzuschaffen, wozu das
Oberhaupt der Kirche bisher Anlaß gegeben hat. Wenn
wir ferner fortfahren, Fürsten und Völker aufzuklä-
ren; so können ohne Krieg und Gewaltthätigkeiten
die Universitäten und Lehranstalten verbessert, die
Ehelosigkeit der Priester aufgehoben, die geistlichen
Orden abgeschaft oder wenigstens bis zur Unschädlich-
keit eingeschränkt, endlich Lehren und Gebräuche gereinigt werden; allein wir werden es durch Predigen
und Schreiben nie dahin bringen, daß die Bischöfe
ihren Herrschaften, Einkünften, Gerichtsbarkeiten und
übrigen Vorrechten entsagen". Da nun, wie Hutten
und alle übrigen Reformatoren voraussetzten, die fürst-

*) Die angeführten Stellen stehen im achten Bande der deutschen
Werke Luthers, Jena: Ausg. 241. 247. 248. 266. Ich habe die
letzten Stellen in des Jesuiten Weislingers Huttenus delarvatus 219. u. f. S. gefunden.

lichen Besitzungen, Einkünfte, Beschäftigungen und Sitten der Bischöfe mit der heiligen Schrift eben so sehr, als mit dem Wohl der Religion und der Völker stritten: Da die Bischöfe zur Behauptung ihrer unrechtmäßig erworbenen und gemeinschädlichen Herrlichkeiten sich mit dem Pabste und dessen Anhängern verbanden, und alle Besserung der Kirche und Lehre zu hindern suchten; so war es nach Huttens Urtheil durchaus nothwendig, die Feinde des Evangeliums, und der öffentlichen Freyheit und Wohlfahrt, zu ihren Pflichten zurückzuführen, und, wenn sie über die Seelen und den Glauben ihrer Unterthanen eine tyrannische Gewalt ausüben wollten, diese mit Gewalt zurückzutreiben. Der Erfolg rechtfertigte Huttens Art zu urtheilen vollkommen. Die Reformation mußte gegen die mächtigen Feinde derselben, welche dadurch verlohren hatten, und noch mehr zu verlieren fürchteten, mit den Waffen in der Hand vertheidigt und durchgesetzt werden. Wenn die Kaiser, und alle mächtige weltliche Fürsten, welche im sechszehnten und siebenzehnten Jahrhundert gegen die Reformation fochten, auf einmal über das Wesen der christlichen Religion, und über ihr eigenes sowohl, als ihrer Völker Interesse hätten aufgeklärt werden können; dann wäre es freylich leicht gewesen, blutige Kriege zu vermeiden, um die Kirche in Haupt und Gliedern zu bessern. Allein Zwang und Gewalt wären allemal unvermeidlich geblieben, weil es sich gar nicht denken läßt, daß die Päbste und die hohe Geistlichkeit jemals ihren Ansprüchen oder, wie sie glaubten, ihren alten und heiligen Rechten freywillig entsagt hätten.

Wenn die Mißbräuche im Staat und in der Kirche so zahlreich, so groß und so gemeinschädlich sind, als sie im Anfange des sechszehnten Jahrhunderts waren: Wenn alle Vorstellungen und Beweise der Grundle-

sigkeit, Ungerechtigkeit und Schädlichkeit solcher Mißbräuche nicht allein nichts helfen, sondern nur zu noch
größerm Frevel reitzen; dann ist gar kein Zweifel,
daß die gemißhandelten Nationen von jeher das größte
Recht zu besitzen glaubten, sich bey der ersten günstigen Gelegenheit selbst Recht zu verschaffen, und sich
mit · Gewalt von einem unerträglichen Joche zu befreyen, von welchem sie ohne Gewalt nie würden ent-
bürdet werden. — Die Päbste und die übrige Geistlichkeit nannten den Aufstand gegen die bisherigen
Häupter und Satzungen der Kirche sträflichen Aufruhr.
Die Urheber und Freunde der Reformation hingegen
hielten das, was sie unternahmen, für unvermeidliche
Nothwehr, und für eine Vertheidigung der Wahrheit
und Freyheit, zu welcher jeder Mensch und jeder Christ
bey Verlust seiner Seelen Seligkeit verbunden sey.
Sowohl Luther als Ulrich von Hutten stießen
den Vorwurf von Aufruhr mit dem heftigsten Abscheu
von sich. Beyde waren sich der reinsten Gesinnungen
bewußt, indem sie die gute Sache nicht nur ohne alle
Hoffnung von Reichthümern, Würden und Ruhm,
sondern mit den größten Gefahren, und mit beständi-
ger Bereitwilligkeit, Leben und Vermögen dafür aufzuopfern, vertheidigten. Beyde hatten die Absicht,
ihre Nation von einer eben so ungesetzlichen als unleidlichen Tyranney zu befreyen, und der gänzlich verdorbenen Religion ihre alte Reinigkeit wiederzugeben.
Keiner von beyden dachte jemals daran, die Verfas-
sung des Vaterlandes umzustoßen, den rechtmäßigen
Häuptern des Volks ihre Rechte zu nehmen, oder den
großen Haufen gegen die Obrigkeit und Gesetze aufzu-
wiegeln. Beyde warnten vielmehr den Kaiser und die
Fürsten des Reichs, daß sie die ihnen von Gott ver-
liehene Gewalt gegen fremde Tyrannen brauchen, und
daß sie die Mißbräuche, worüber alle Völker laut
schrieen, abstellen möchten, damit nicht der unver-

nünftige Pöbel von selbst aufstehe, und das Gute mit
dem Bösen, die Unschuldigen mit den Schuldigen
ausrotte. Bey diesen Gesinnungen und Absichten hielten sich beyde berechtigt, gegen die bisherigen Tyrannen, und die von den Tyrannen eingeführten und ge-
nährten Mißbräuche und Irrthümer öffentlich zu reden
und zu schreiben, um die Völker und Fürsten aufzu-
klären, sie erst zum Gefühl des gemeinen Schadens,
und dann zum ernstlichen Vorsatze zu bringen, gegen
den gemeinen Schaden die kräftigsten Gegenmittel zu
brauchen. Von dieser Freymüthigkeit im Reden und
Schreiben ließen sie sich nicht durch die Erasmischen
Sprüche abhalten: Daß man den Frieden nicht stören
müsse: Daß es ihnen nicht zukomme, die Häupter der
Kirche von ihren Thronen zu stürzen: Daß Christus
lebe, und die Geißel Gottes noch in der Hand habe,
um, wenn er es gut finde, die Schuldigen zu strafen.
Luther und Hutten antworteten: Daß es unmöglich
sey, das Wort Gottes ohne Aergerniß zu verkündigen: Daß man aus einem Schwerdte keine Feder
machen könne *): Daß Christus selbst befohlen habe, das Evangelium nicht bloß mit Sanftmuth, sondern auch mit Ungestüm zu predigen: Daß, wenn
die Feinde desselben auch den heftigsten Tumult erregten, dieses weniger verderblich sey, als das Wort
Gottes unterdrücken zu lassen: Daß man den göttlichen Geboten alles andere nachsetzen, und wenn Krieg
und Blutvergießen entstehen sollten, deßwegen nicht
die Freunde, sondern die Feinde der Wahrheit und
Freyheit anklagen müsse **). Wenn auch die rechts

*) *Luth.* Epist. Vol. I. fol. 291. Noli pntare, rem Evangelii
posse sine tumultu, scandalo, seditione agi. Tu ex gladio
non facies plumam.

**) *Hutten.* Expost. p. 45. Sed non potest hoc fieri citra tu-
multum. Fac non posse, at interim doce melius esse, hos
vitari tumultus, quam propagari sermoeem Dei. Nobis qui-

mäßige Obrigkeit, der Kaiser und die Landesfürsten ge=
bieten sollten, dem Evangelio zu entsagen oder es nicht
zu predigen; so müsse man weder das eine thun, noch
das andere lassen, weil es besser sey, Gott, als den
Menschen zu gehorchen. Ulrich von Hutten gieng
noch einen Schritt weiter, als Luther. Wenn die
Fürsten Gewalt brauchen sollten, um das Evangelium
zu ersticken, oder der Pabst und die Bischöfe nicht
ohne Gewalt von ihrer bisherigen Tyrannen ablassen
wollen; so sind, sagte Hutten, der Adel und die
Städte nicht nur befugt, Gewalt mit Gewalt zu ver=
treiben, sondern auch zuerst Gewalt zu brauchen,
um die Feinde der Wahrheit und der Glückseligkeit
von Völkern zu bändigen, und ins künftige unschäd=
lich zu machen. — Luther wollte zwar nicht, daß
man Gewalt mit Gewalt vertreiben, und noch weni=
ger, daß man die Widersacher der Wahrheit zuerst
mit dem Schwerdte schlagen solle; allein er blieb sich
hier nicht gleich; und nahm sich noch viel häufiger und
kühner die Freyheit, aus Gehorsam gegen Gott und
die göttlichen Gebote, sich allen geistlichen und weltlichen

dem satis caussæ, cur inceptum deseramus, non videtur,
quod tumultuantur quidam. Et si adversa veritati factio opprimi non potest, nisi perniciosissimo orbis tumultu, ob id
nos nihilo minus, ut opprimatur, adnitemur. Christus vult
et opportune et importune prædicari, et sic Paulus præcipit:
neque cessandum ibi est, quicquid etiam obstiterit. At in-
volvet tumultus hic innoxios. Tu quidem dicis, nos abomi-
namur. Sed ut futurum sit hoc quoque, nihil tanti est,
cur postergari debeat negocium Christi. Und der friedfertige
und sanftmüthige Melanchton in Præf. ad T. II. Oper. Lat.
Lutheri Ed. Wittemb. pr. Scimus, politicos viros vehementer detestari omnes mutationes, et fatendum est, discordiis
etiam propter justissimas caussas motis, in hac tristi confu-
sione vitæ humanæ semper aliquid mali misceri. Sed tamen
in ecclesia Dei necesse est anteferri mandatum Dei omnibus
rebus humanis. . . . Si vero mutatio odiosa est, si in dis-
cordia multa sunt incommoda, ut esse multa magno cum
dolore cernimus, culpa est tum illorum, qui initio errores
sparserunt, tum horum, qui nunc eos diabolico odio tuentur.

Obrigkeiten zu widerſetzen, welche er anerkannt hatte,
und oft auch nach der Widerſetzlichkeit anerkannte.

Meine Leſer wiſſen es aus dem Vorhergehenden,
mit welcher ungeheuchelten Ehrerbietung Luther Jahre
lang nachher, da er ſchon für einen gefährlichen Feind
des Römiſchen Hofes gehalten wurde, die oberſte
Macht des Pabſtes anerkannte, und ſich dieſer Macht
zu unterwerfen erbot. Dieſe demüthige Sprache änderte er auf einmal in die heftigſte Invective, als
Leo X. in einer, wie man in Rom glaubte, höchſt
ſchonenden Bulle die vermeyntlichen Irthümer Luthers
verdammte. Der deutſche Mönch appellirte nicht nur
von dem Oberhaupte der Kirche an ein künftiges Concilium, ſondern er behandelte auch den Pabſt in dieſer
Appellation *)) und in der Gegenſchrift adverſus exe-
crabilem Antichriſti bullam **), als einen ungerechten Tyrannen, als einen verhärteten und verdammungs-
würdigen Ketzer †), als einen Antichriſten oder Unterdrücker der ganzen heiligen Schrift, endlich als einen Gottesſchänder, der die heilige Kirche Gottes,
und ein rechtmäßiges Concilium verachte. Da die
päbſtlichen Legaten bald nachher an einigen Orten in
Deutſchland Luthers Schriften als ketzeriſch verbrennen ließen; ſo verbrannte er das ganze päbſtliche Recht,
welches in Deutſchland, wie in der übrigen katholiſchen
Kirche, als Geſetzbuch anerkannt war ††). Im folgenden Jahre, als Luther auf der Wartburg war, erhielt
er den gemeſſenſten Befehl von dem Churfürſten, daß
er nicht gegen den Erzbiſchof von Mainz ſchreiben,
und dadurch den öffentlichen Frieden ſtören ſolle. „Ich

*) Luth. Op. Lat. II. fol. 50.
**) Ib. fol. 86. et ſq.
†) beſ. fol. 50. b.
††) Ep. Vol. I. 294. L.

dulde", antwortete Luther, „den Befehl des Chur, fürsten nicht, nicht gegen den Mainzer zu schreiben, und überhaupt nichts drucken zu lassen, was den öffentlichen Frieden stören könne. Lieber will ich dich, den Fürsten und alle Creatur zu Grunde richten. Wenn ich dem Pabst, dem Schöpfer der Bischöfe, widerstanden habe, warum sollte ich dann nicht einer Creatur desselben widerstehen? Das ist mir ein schöner Spruch, dem öffentlichen Frieden nicht zu stören, und daben zu leiden, daß der ewige Friede Gottes durch Werke des Verderbens gestört werde. Nein; mein guter Spalatin, nein mein guter Churfürst! Um der Heerde Christi willen muß man andern zum Bey, spiel jenem reissenden Wolfe aus allen Kräften wider, stehen †)". Luther schickte auch wirklich die Schrift gegen den Erzbischof von Mainz an diesen geistlichen Fürsten mit einem drohenden Briefe, in welchem er erklärte: Daß, wenn der Erzbischof nicht innerhalb vierzehn Tage verspreche, den Abgott zu Halle, das ist, den Ablaßverkauf abzuthun, und die Verfolgun, gen gegen die verheiratheten Priester einzustellen; so wolle er das eingeschlossene Büchlein gegen den Abgott, zu Halle ausgehen lassen, wolle den ganzen Greuel Tetzels auf den Bischof zu Mainz treiben; wolle be, weisen, welch' ein Unterschied zwischen einem Wolfe und einem Bischofe sey; und daß die Bischöfe erst ihre Huren von sich treiben müßten, bevor sie fromme Eheweiber von ihren Ehemännern trennten. Er hoffe,

†) I. 364. b. Epist. *Luth.* Primum non feram, quod ais, non paſſurum principem, ſcribi in Moguntinum, nec quod publicam pacem perturbare poſſit. Potius te, et principem ipſum perdam, et omnem creaturam. Si enim creatori ejus Papæ reſtiti, cur cedam ejus creaturæ? Pulchre vero, non turbandam pacem publicam arbitraris: et turbandam pacem æternam dei per impias illius, et ſacrilegas perditionis ope, rationes patieris? Non ſic Spalatine: non ſic princeps. Sed pro viribus Chriſti reſiſtendum eſt ſummis viribus lupo iſto graviſſimo ad exemplum aliorum.

die Bischöfe sollten ihr Liedlein nicht mit Freuden hin=
aussingen; denn sie hätten noch lange nicht alle ver=
tilgt, welche Christus wider ihre abgöttische Tyrannen
erweckt habe *). — Der Churfürst antwortete auf
dieses Schreiben mit eigener Hand so gnädig und de=
müthig, daß man nothwendig über die Macht der
Wahrheit erstaunen muß, und ich nicht umhin kann,
die demüthige Antwort des ersten Reichsfürsten an ei=
nen armen geächteten und gebannten Mönch herzusetzen.
„Lieber Herr Docter, Ich hab ewern Brieff, wel=
ches Datum stehet am Tag Katharine empfangen, und
verlesen, und zu Gnaden, und allem guten angenom=
men, versehe mich aber gentzlich, die Ursach sey lengst
abgestellet, so euch zu solchem Handschreiben bewegt
hat. Und wil mich, ob Gott will, dergestalt halten,
unnd erzeigen, als einen frommen geistlichen und
Christlichen Fürsten zusteht, als weit mir Gottes
Gnade Sterk und Vernunfft verleihet, darumb ich auch
treulich bitten, und lassen bitten will; denn ich von
mir selbs nichts vermag, unnd bekenne mich, das
ich bin nötig der Gnaden Gottes, wie ich dann ein
armer sündiger Mensch bin, der sündigen, und irren
kann, und täglich sündiget, und irret, leugne ich nicht,
Ich weis wohl, das ohne die Gnade Gottes nichts
guts an mir ist, und so wol ein unnützer stinkender Kot
bin, als irgend ein ander, wo nicht mehr. — Das
habe ich auf ewer Schreiben gnädiger Wolmeinung
nicht wollen bergen; denn euch Gnad und guts ymb
Christus willen zu erzeigen, bin ich williger, denn
willig. Brüderliche und Christliche Straffe kann ich
wol leiden, hoffe der barmherzige gütige Gott werde
hierin fürder Gnade, sterk, und gedult verleihen,
seines Willens in dem, und einem andern Leben,
u. s. w.”

*) Deutsche Werke Luthers I. 556. 557.

Die Neuerungen, welche Carlstadt und andere in Wittemberg anfiengen, erregten in Luthern schon eine Zeit lang den Wunsch, in eigener Person nach Wittemberg zu gehen, um die bisherigen Unordnungen in' der neu entstandenen Kirche zu verbessern, und künftige zu verhüten. Diesen Wunsch unterdrückten die immer erneuten Ermahnungen des Churfürsten, auf der Wartburg zu bleiben, indem der Churfürst fürchtete, daß, wenn Luther öffentlich in Wittemberg erscheine, alsdann ein kaiserlicher Verhaftbefehl erfolgen möchte, und er, der Churfürst, den Reformator nicht länger schützen könne, ohne sich eines offenbaren Ungehorsams gegen den Kaiser und den Pabst schuldig zu machen. Endlich aber brach das, was Luther von den Vorfallenheiten in Wittemberg hörte, seine Geduld, und er machte sich, ohne die Erlaubniß und selbst wider den Willen seines Landesherrn, von der Wartburg auf; von welchem Entschlusse er dem Churfürsten auf der Reise in einem Schreiben Nachricht gab *), das mit nicht geringerer Zuversicht und Freymüthigkeit, als das an den Churfürsten Albert von Mainz abgefaßt ist. „Solchs sey E. K. F. G. geschrieben", heißt es unter andern, „der Meynung, das E. K. F. G. wisse, ich kome gen Wittemberg in gar viel einem höhern Schutz, denn des Churfürsten. Ich habs auch nicht im Sinn, von E. K, F. G. Schutz begeren. Ja ich halt, ich wolle E. K. F. G. mehr schützen, denn sie mich schützen könde; dazu wenn ich wüßte, das mich E. K. F. G. könde und wolte schützen, so wolt ich nicht kommen. Dieser Sachen sol noch kein Schwert raten oder helffen, Gott mus hie allein schaffen, on alles menschlich Sorgen und Zuthun; darumb wer am meisten

*) Deutsche Werk Luth. II. Bl. 69. 70. 71.

ſten gleubt, der wird hie am meiſten ſchützen. Die
weil ich denn verſpür, das E. K. F. G. noch gar
ſchwach iſt im Glauben, kann ich keinerley Wege E.
K. F. G. für den Mann anſehen, der mich ſchützen
oder retten könde. . . . . Gleubt E. K. F. G. dieß,
ſo wird ſie ſicher ſeyn und Friede haben; gleubt ſie
nicht, ſo gleube doch ich, und mus E. K. F. G.
Unglauben laſſen ſeine Qual in Sorgen haben, wie
ſichs gebürt, allen Ungleubigen zu leiden. Dieweil
ich denn nicht wil E. K. F. G. folgen, ſo iſt E.
K. F. G. für Gott entſchuldigt, ſo ich gefangen
oder getödtet wurde. Für den Menſchen ſol E. K.
F. G. alſo ſich halten, nemlich der Oberkeit als ein
Churfürſt gehorſam ſeyn, und Kei. Maj. laſſen wal=
ten in E. K. F. G. Stedten und Lendern, an Leib
und Gut, wie ſichs gebürt, nach Reichsordnung, und
ja nicht wehren, noch widerſetzen, noch Widerſatz,
oder irgend ein Hinderniß begeren, der Gewalt, ſo
ſie mich fahen oder tödten wil. Denn die Gewalt
ſol niemand brechen, noch widerſtehen, denn alleine
der, der ſie eingeſetzt hat, ſonſt iſts Empörung und
wider Gott." — So ſchrieb der unausſprechlich mu=
thige, aber räthſelhafte Mann, der ſeiner Obrigkeit
ſelbſt nicht gehorchte; und bald nachher den Kaiſer
und die Fürſten des Reichs nicht viel glimpflicher,
als den Pabſt oder Heinrich VIII. von England *);
oder Georgen von Sachſen **) behandelte.

Das Edikt, welches die Stände auf dem Reichs=
tage zu Nürnberg am 18. Apr. 1524. erlieſſen, war
unläugbar eine Einſchränkung oder Milderung des
Wormſer Edikts vom 8. May 1521., und Luther
hätte ſich alſo über den Inhalt des erſtern viel eher

*) Epiſt. *Luth.* II. 94. f. Vergl. 290. 292.
**) Deutſche Werke II. B. 172—183. Bl.

E e

freuen, als entrüsten sollen. Statt dessen gab er im
J. 1524. die beyden Edikte mit einer Vorrede, einer
Nachrede und mit Randglossen heraus, die nicht nur
wegen ihrer Unehrerbietigkeit, sondern auch wegen
ihrer Unklugheit unter allen Uebereilungen, in welche
Luther gefallen ist, am wenigsten entschuldigt werden
können *). „Unter Seufzern und Thränen", sagt
Luther, „über das Loos unsers armen, in Unwissenheit dahin gegebenen Deutschlandes, das ich wenigstens betrauren muß, gebe ich diese beyden mit einander streitenden Edikte heraus, wenn es etwa dem
allgütigen Gott gefallen sollte, einige Fürsten, oder
auch Menschen von andern Ständen so zu lenken,
daß sie ihre Blindheit und Verstocktheit nicht sowohl
mit den Augen, als mit den Händen greifen könnten. Denn was ist unwürdiger, als daß der Kaiser,
und andere christliche Fürsten so unverschämt zu Lug
und Trug ihre Zuflucht nehmen °°). Noch verab-
scheuungswürdiger aber ist es, daß sie fast zu gleicher
Zeit, und gleichsam in einem Athem, zwey mit einander streitende Schlüsse bekannt zu machen sich nicht
entblöden. Man verordnet nämlich, daß die Worm-
ser-Achtserklärung strenge gegen mich, meine Schriften,
Bücher und Lehren vollzogen werde; und zugleich
setzt man fest, daß man auf dem nächsten Reichstage
in Speier die Religionshändel überhaupt, und nam-
mentlich darüber entscheiden wolle, was in meinen
Schriften zu billigen, und was darin zu tadeln und
zu verwerfen sey. — Ich erkenne den göttlichen Willen, daß ich nicht in die Hände von verständigen
Menschen, sondern in die Hände von viehischen Deutschen fallen sollte, die mich, wenn ich es anders werth

---

*) S. Op. Lat. Edit. Witteb. II. 410. 416. f.

**) Quid enim indignius, quam Cæsarem, aliosque Christiani
   nominis principes tam impudenter ad fraudis, fallaciæ,
   mendaciique confugere diverticula?

bin, tödten werden, als wenn ich von Wölfen oder von Ebern zerrissen würde *)". „Zuletzt", heißt es in dem Epilog, „bitte und flehe ich alle christliche Seelen an, daß sie mit mir ihre Gebete für die armen und verblendeten Fürsten vereinigen wollen, welche Gott unstreitig in seinem Zorn als Landplagen über uns geschickt hat **). Laßt uns beten, daß wir den Zug gegen die Türken nicht übereilt anfangen, oder Steuer zum Türkenkriege bezahlen, da der Türk viel klüger, gemäßigter und ehrlicher, als unsere Fürsten ist †). Man muß fürchten, daß solchen heftigen Anführern, die sich nicht scheuen, Gott zu versuchen und zu lästern, nichts gelingen werde. — Du siehst hier auch, christlicher Leser, wie ein zerbrechlicher faulender Leichnam, der nie weiß, ob er noch bis an den Abend dauern werde, sich stolz den Titel des wahren und höchsten Vertheidigers des Glaubens giebt. Die heilige Schrift nennt den christlichen Glauben einen unerschütterlichen Felsen, welchen weder die Gewalt des Teufels, noch des Todes und der Hölle bewegen soll. Auch nennt sie denselben die Macht oder Kraft Gottes, und diese Kraft Gottes bedarf also wohl des Schutzes eines sterblichen Menschen, welchen eine jede Krankheit oder inneres Geschwür augenblicklich zu Boden wirft! Ewiger Gott, wie nimmt

---

*) Deus, quantum video, me noluit in prudentum atque intelligentium hominum incidere manus, sed in bestialium Germanorum furorem atque amentiam, qui, si dignus ero, vitam mihi eripient perinde tanquam a lupis, vel apris dilaniarer.

**) In fine Christianos omnes adhortor, seu potius obtestor, ut mecum conjungant preces suas pro tam miseris, et fascinatis principibus, quos Deus citra dubium inflammatus ira tanquam pestes, et αλαστορας immisit nobis.

†) Ne temere consentiamus ad suscipiendam expeditionem, aut conferendas pecunias adversus tyrannum turcicum, cum Turca longe solertia, consilio, integritate, moderatione nostros principes antecellat.

mit jedem Tage die Wuth und Raserey der Welt
zu! — Ich schütte diese Klagen aus dem Innersten
meines Herzens aus, damit alle wahren Schüler
Christi jene wahnsinnigen Menschen mit mir bedauern
und beweinen mögen. Fromme Seelen würden lieber
in den Tod gehen, als solche Gotteslästerungen nur
einmahl anhören. Allein das ist der verdiente Lohn
der tyrannischen Verfolger des Wortes Gottes, daß
sie mit Blindheit geschlagen werden, und sich dadurch
in's Verderben stürzen. Gott errette uns von ihrer
Wuth, und schenke uns nach seiner Güte gutgesinnte
Regenten, die unser wahres Wohl befördern *)". Ich
enthalte mich alles Commentars über die angezogenen
Stellen, die für sich deutlich genug reden; die einzige
Bemerkung ausgenommen, daß man sich über die
Langmuth der deutschen Fürsten, besonders des Churfürsten Friederich nicht genug verwundern kann.
Auch halte ich es für unnöthig, mehrere ähnliche
Züge aus Luthers Leben und Schriften zu sammeln,
da die angeführten schon überflüßig dasjenige bewei-
sen, was sie beweisen sollten.

Meine Leser, welche Gedult genug gehabt haben,
mir bis hieher zu folgen, werden mir erlauben, daß
ich mit folgenden allgemeinen Resultaten, auf welche
mich die gegenwärtigen Untersuchungen hingeführt
haben, Abschied von ihnen nehme.

*) Has querelas fundo ex intimis pectoris mei penetralibus ad
omnes vere Christi discipulos, ut mecum hos vecordes, deli-
ros, fatuos, et mente captos homines deplorent, misericor-
diaque afficiantur. Næ piæ mentes mortem oppetere,
quam semel his blasphemiis tamque atrocibus Majestatis divinæ contumeliis aures præbere non dubitarent. Verum hæc
ipsa tyrannis oppugnantibus, persequentibusque Dei verbum, justa propemodum, et digna debetur merces, ut
horrenda cœcitate oppressi puniantur, tandemque ruant in
exitium. Deus clementer ab illorum nos furore liberet, ac
pro benignitate sua salutares nobis gubernatores concedat.

Faſt alle alte und groſſe Mißbräuche, welche zus
letzt offenbare Empörungen oder gewaltſame Revolus
tionen erregten, waren urſprünglich weiſe und wohls
thätige Einrichtungen, oder ſo geringe Gebrechen,
daß ſie bey ihrer Entſtehung kaum bemerkt wurden.
Die weiſen und wohlthätigen Einrichtungen arteten
allmählich aus. Die kleinen Gebrechen vergröſſerten
ſich allmählich, und dies Ausarten und Vergröſſern
gieng immer, wenn gleich langſam fort, bis der Druck
für diejenigen, auf welche man ihn ausübte, fühlbar
wurde und Klagen erregte. Solcher Klagen ungeachs
tet dauerten und ſtiegen oft groſſe Mißbräuche noch
Jahrhunderte lang fort; theils, weil die Klagenden
an das Tragen ihrer Laſten ſchon gewöhnt waren,
und wußten, daß Väter und Großväter eben ſo ges
tragen hatten; theils, weil die lange Verjährung oder
die undenkliche Dauer der Uebel ihnen einen Schein
von Rechtmäßigkeit, oder von Nothwendigkeit, oder
gar von Heiligkeit gegeben hatten. Wenn man die
Geſchichtſchreiber des dreyzehnten Jahrhunderts lieſt,
ſo findet man, daß ihre Zeitgenoſſen über den Miß
brauch der Gewalt der Päbſte und der Geiſtlichkeit
faſt eben ſo klagten, wie man im ſechszehnten Jahrs
hundert klagte; und dennoch trieben die Päbſte, und
die Geiſtlichkeit ihre Vorrechte und Bedrückungen
immer weiter. So bald Mißbräuche einen gewiſſen
Grad erreicht haben, ſo erwecken ſie unter den Aus
erwählten, denen gemeiner Schmerz weher thut, als
eigener, einen oder mehrere Männer, welche dem
Urſprunge, Fortgange und der Rechtmäßigkeit von
Beſchwerden nachſpühren und ihre Unterſuchungen der
Welt bekannt machen. Selten brachten die erſten
Entdeckungen dieſer Art in den Bedrückern einen
ernſtlichen Wunſch von eigener Beſſerung, und in den
Bedrückten ein thätiges Beſtreben hervor, ſich von
ihrem Joche loszumachen. Die erſte Erkenntniß

langwieriger Uebel war gewöhnlich nur ein kleiner
Funke, der oft von denen, welche er zu beleuchten
anfieng, nicht einmahl bemerkt, wenigstens nie genug
geschätzt wurde. Der erste Funke der bessern Erkenntniß glimmte bisweilen Menschenalter durch fort, bis
er in Köpfe fiel, die dem ersten Lichtgeber gleichge-
stimmt waren. Dann sprühte der erste Funke in ein
helleres Licht auf, das sich immer mehr, aber eben
so allmählich verbreitete, als die Uebel, die dadurch
aus der Dunkelheit hervorgezogen wurden. Das
langsam wachsende Licht fieng nicht eher an zu bren-
nen, das heißt, schmerzhafte Empfindungen und
krampfhafte Bewegungen zu erregen, als bis irgend
ein kühner Geist nicht nur den Ursprung und Fortgang, sondern auch die Ungesetzlichkeit und Unwürdigkeit der Uebel und ihrer Urheber und Nährer mit
so feurigen Zügen schilderte, daß man nun die ganze
Grösse der bisherigen Mißbräuche eben so tief fühlte,
als deutlich erkannte. Dieses bewirkte Ulrich von
Hutten, und eben dadurch machte er sein Zeitalter
zur Reformation reif. Wir müssen, heißt es in
vielen seiner Schriften, rufen und schreien, bis wir
die Deutschen nicht nur zur Erkenntniß, sondern auch
zum Gefühl aller der Unwürdigkeiten bringen, welche
die Päbste und Curtisanen bisher gegen sie ausgeübt
haben. Als er diesen Zweck erreicht hatte, so frohlockte er, daß Deutschland zu sehen, oder die Augen
zu öfnen anfange; und daß keine Gewalt groß genug
sey, den Brand, welchen er erregt habe, auszulöschen *). Es sind daher untrügliche Kennzeichen einer
bevorstehenden Revolution, wenn Klagen über grosse

---

*) Auch Luther stimmte darin mit Ulrich von Hutten über-
ein, daß von jeher die wachsende Erkenntniß alle grosse Verbesserungen und Veränderungen vorbereitet habe. Epist. Vol.
II. f. 307. b. Qnin video nunquam fuisse insignem factam
verbi Dei revelationem, nisi primo velut præcursoribus Bap-
tistis viam pararit surgentibus, et florentibus linguis et literis.

Mißbräuche allgemein und laut, und Männer von
grossem Geiste und geprüfter Rechtschaffenheit die
Herolde und Dolmetscher der Bedrückten werden.
Alsdann ist es hohe Zeit, die Beschwerden, gegen
welche man schreit, abzustellen, oder wenigstens einen
ernstlichen Willen zu zeigen, daß man es allmählich
thun wolle. Geschieht dieses nicht, so nimmt die
Gährung der Gemüther noch immer und oft mit
furchtbarer Geschwindigkeit zu. Es treten Männer
hervor, welche sich dazu berufen glauben, ganze Völker und Länder von einem schweren und ungerechten
Joche zu befreyen, und welche bereit sind, in diesem
Berufe, Vermögen und selbst das Leben zu wagen
und aufzuopfern. Diese Männer denken, reden und
schreiben mit einer unbezwinglichen Kühnheit; und
ihr Beyspiel wird für alle Gleichgesinnte ansteckend.
Es entsteht in kurzer Zeit eine Ungebundenheit der
Zunge und der Presse, welche man durch keine Drohungen und Strafen bezähmen kann. In eben diesen
Zeitpunkten verbreiten sich die Grundsätze: Daß man
Gott mehr, als dem Menschen, gehorchen müsse;
daß man Gewalt mit Gewalt vertreiben, oder gegen
hartnäckige Tyrannen selbst zuerst rechtmäßige Gewalt
brauchen könne; daß Aufstände und innerliche Kriege
ein geringeres Uebel seyen, als die Unterdrückung
der Wahrheit und Freyheit; daß endlich die Schuld
von Empörungen und Kriegen nicht den Freunden der
Wahrheit und Freyheit, sondern den Feinden derselben zugeschrieben werden müsse. — Wenn diese Meynungen, welche den Enthusiasmus schwärmerischer
Gemüther nur noch vermehren, einmahl Wurzel gefaßt haben; so braucht es alsdann nur einer geringfü-
gigen Veranlassung, damit die ungeduldige, auf alles
lauernde und alles auf das schlimmste deutende Un-
zufriedenheit in wirklichen Aufstand und Thätlichkeiten
ausbreche.

Leider lehren die Erfahrung und Geschichte, daß
wirkliche, oder vermeyntliche Bedrücker aus Leichtsinn
oder Mangel von Menschenkenntniß nie den rechten
Zeitpunkt wahrnahmen, wo man entweder die Klagenden durch ernstliche Maaßregeln aus dem Wege
räumen, wenigstens zum Stillschweigen bringen, oder
auch den Klagen abhelfen mußte; und daß man eben
deßwegen gegen Unzufriedene, welche man zu lange
verachtet hatte, erst dann Gewalt zu brauchen anfieng,
wann sie dadurch nicht mehr geschreckt und gebändigt,
sondern nur gereizt und furchtbarer wurden. Beydes
war der Fall im Anfange der Kirchenbesserung und
der letzten französischen Revolution. Auch bin ich
überzeugt, daß alle bisherige Revolutionen von dieser
Seite keine belehrende Beyspiele der Warnung für
die Nachwelt werden, und daß sie in der Folge keine
einzige Revolution zurückhalten werden. Gutgesinnte
und weise Regenten, und deren Vertrauten, warten
es nie ab, bis die Mißbräuche so groß werden, daß
sie allgemeine und laute Klagen unter allen Classen
von Menschen, und zwar am meisten unter denen
erwecken, deren Kenntnisse, Talente und Gesinnungen man zu verehren gezwungen wird. Leichtsinnige
oder unwissende Gewalthaber hingegen, dergleichen die
Höflinge Leo X. und Ludewigs XVI, waren,
werden immer glauben, daß die Klagen von Unzu-
friedenen nichts zu bedeuten haben *); und wenn sie
dieses nicht mehr glauben können, werden sie die Klagenden zur Ruhe bringen wollen; nachdem sie schon
unüberwindlich geworden sind. Am unvermeidlichsten
sind gewaltsame Revolutionen alsdann, wenn Mißbräuche und die Vortheile von Mißbräuchen so groß,
und die Mißbrauchenden so zahlreich sind, daß man

---

*) Eben daher wurden die Rathschläge solcher Männer nicht ge-
hört, dergleichen der Verfasser des treflichen Consilii in Luthers lateinischen Werken II. f. 118. war.

nach der Einrichtung der menschlichen Natur nie er=
warten kann, daß so viele selbstsüchtige Menschen
jemahls in Güte den Vortheilen ihrer erschlichenen
oder usurpirten Vorrechte entsagen werden. So war
es zu den Zeiten der Reformation. Wenn auch ein
christlich gesinntes Oberhaupt, wie Leo des Zehnten
Nachfolger, Hadrian, wirklich geneigt war, die
Klagen der Völker zu hören und ihnen abzuhelfen*);
so fand ein solcher Pabst bald, daß seine Curtisanen
und die übrige Geistlichkeit nie in eine Abschaffung
von Mißbräuchen willigen würden, wodurch die Un=
zufriedenheit der Klagenden gestillt werden könne. Die
verdorbenen, über die Religion, wie über Sittlichkeit
spottenden Romanisten würden, wie Ulrich von
Hutten richtig bemerkte, mit der größten Bereitwil=
ligkeit ihre ganze Dogmatick aufgeopfert, und das
vom Luther gepredigte neue Evangelium angenom=
men haben, wenn sie mit diesen Aufopferungen und
Vertauschungen von Meynungen nur ihre bisherige
Herrschaft, ihre Annaten, Pallien, Dispensationen,
Indulgenzen, Pfründen u. s. w. hätten behalten kön=
nen. Diese letzten Mißbräuche aber waren für solche
Menschen, welche sie eingeführt und bisher genützt
hatten, zu groß, als daß sie sich dieselben anders,
dann mit offenbarer Gewalt, hätten entreissen lassen.

---

*) *Seckendorf* I. 255.

Chronologisches Verzeichniß

der

gedruckten Schriften

Ulrichs von Hutten.

(Ich führe in diesem Verzeichnisse nicht alle Briefe und kleine Gedichte von Hutten, sondern nur solche auf, die von irgend einer Seite vorzüglich merkwürdig sind.)

Carmen Hutteni in Marchiam. Franckofurti ad Viad. 1505. ap. Burckh. III. 25. *Ars versificatoria*, ao. 1511. Witeb. imp. — Invenitur in Poemat. Hutteni, et epist. dedic. ad Osthenos ap. Burckh. I. p. 74.

Carmen exhortatorium ad invictissimum principem Maximilianum Ro. imperatorem, ut bellum in Venetos cœptum prosequatur, nec non *Epigrammata*, ao. 1511. Viennæ amicis tradita, atque ao. 1512. impressa. Suspicor, in prima hac epigr. editione *primam quoque Neminis editionem* inveniri, quæ ao. 1513. Daventriæ repetita est. vide Burckh. II. 39. p.

Secunda epigrammatum editio ab ipso Hutteno 1514. procurata.

Panegyricus in Albertum principem Ao. 1514. Eine schöne Ausgabe dieses Gedichts Tubingæ apud Thomam Anshelmum Badensem. Mense Februar. Anno MDXV. steht in der Gothaischen Sammlung der Huttenschen latein. Schriften.

Deploratio in miserabilem Johannis de Hutten gentilis sui interitum. 1515. Dieſes Gedicht ſteht nicht in der Sammlung der Huttenſchen Poeſien.

Epiſtola ad Jacobum Fuchs. 1515.

Epiſtola ad Ludovicum de Hutten. 1515. *Oratio prima in Ulricum Witemb. eod. ao. Epiſtola* ad Michaelem de Sensheym. eod. ao. *Oratio ſecunda,* et *tertia,* nec non *Phalariſmus* Dialogus 1516. ſcript.

Alle dieſe Schriften wurden erſt 1519. zu Steckelberg zuſammengedruckt. *Carmen Nemo,* ao. 1515. emendatum, et 1516. excuſum. *Triumphus Capnionis* 1515. ſcriptus, a. 1518. vel 1519. editus.

Epiſtolæ obſcurorum virorum ao. 1515. ab Hutteno et Croto Rubiano ſcriptæ, in fine vero anni 1516. vel initio 1517. editæ. Volumen primum, et ſecundum. Den zwenten Band der Original-Ausgabe der dunkeln Männer habe ich eben ſo wenig, als die Original-Ausgabe des Triumphus Capnionis und des verbeſſerten Nemo geſehen.

Julius excluſus. Dialogus. ⎫ in Tom. II. Paſ-
Paſquillus exul. ⎬ quillorum.
Paſquillus Marranus. ⎭

Die benden erſten dieſer Geſpräche ſind vielleicht ſchon in Italien 1516. und 1517. der Paſquillus Marranus erſt 1518. geſchrieben. Andere Satiren, die in derſelbigen Sammlung ſtehen, ſind nicht vom Ulrich von Hutten, ſondern wahrſcheinlich vom Crotus Rubianus; wenigſtens das Conciliabulum Theologiſtarum.

Declamatio Laurentii Vallæ de falſo credita et ementita Conſtantini Donatione, *cum Præfatione*

Hutteni, 1517. edita. *Epiſtola ad illuſtrem Her-nannum de Newenar*, Comitem, qua contra Capnionis æmulos confirmatur, ao. 1518. ſcripta.

Oratio exhortatoria ad principes Germaniæ, ut bellum Turcis invehant. verſtümmelt 1518. vollſtän: dig. 1519.

Dialogus de aula. 1518. Die Original : Aus. gabe iſt in der Gothaiſchen Sammlung der lateiniſchen Schriften Ulrichs von Hutten, ſo wie die *Epiſtola* ad Pirkheymerum. Der Dialog wurde im Sept. der Brief im November gedruckt.

Liber de Guajaci Medicina, et morbo Gallico. 1518. ſcript. 1519. Mogunt. editus.

Febris. Dialogus. 1518. ſcript. 1519. editus, Deutſche Ueberſetzung. 1519.

Epiſtola ad Franciſcum Regem ao. 1519. ſcripta, et edita.

Oratio V. in Ducem Wirtemb. 1519.

Epiſtola ad Petrum de Uſſaſs Sive Apologia pro Phalarismo. 1519.

Febris ſecunda,
Fortuna, } Dialogi, 1519. ſcripti, 1520.
Inſpicientes, } editi.
Trias Romana,
Præfatio ad Apologiam Henrici quarti Fuldæ inventam ao. 1519. ſcripta, et 1520. edita.

Præfatio ad epiſtolas aliquot mirum in modum liberas de Schiſmate extinguendo, et vera ecclesiaſtica libertate adſerenda, 1520. ſcripta, et edita.

Conquestio ad Carolum imperatorem
adversus intentatam sibi a Romanistis
vim et injuriam : *Alia ad principes ,*
et viros Germaniæ de eadem re *conque-*
stio : ej. ad *Albertum* Brandenburgen-
sem, et *Fridericbum*, Saxonum Du-
cem, principes Electores, *aliæque ad*
Alios epistolæ.

Omnes hæ epistolæ 1520. scriptæ et simul editæ
sunt.

Bald nachher wurden das Sendschreiben an
den Churfürsten Friederich zu Sachsen, und die
Klageschrift an alle Stände deutscher Nation,
deutsch übersetzt und gedruckt.

Bulla Decimi Leonis contra errores Martini Lu-
theri. 1520.

Exclamatio in incendium Lutheranum. 1520.

Ein Klag über den Luterischen Brandt zu
Mentz. 1520.

Clag und vormanung gegen dem übermäs-
sigen unchristlichen gewalt des Babstes zu
Rom, und der ungeistlichen geistlichen. Durch
Herrn Ulrichen von Hutten, Poeten und Orator der
ganzen Christenheit, und zuvoran dem Vatterland
teutscher Nation zu nuß und gut, von wegen gemeiner
beschwerniß, und auch seiner eigenen notdurfft, in rei-
mensweise beschriben. *Jacta est alea.* Ich habs ge-
wagt. 1520.

Diese Schrift ist einerley mit der lebendigen
abcontrafactur deß ganzen Babsthumß, die
nicht lange nach Huttens Tode, und dem Aufwe-

cker der deutſchen Nation, der 1632. gebruckt wurde.

Anzeygung: Wie alwegen ſich die Römiſchen Biſchoff oder Bepſt gegen den teutſchen Kayſern gehalten haben, durch Herrn Ulrichen von Hutten auff das kürzeſt auß Chronicken, unnd Hiſtorien gezogen, Kayſerl. Maj. fürzubringen. 1520.

Geſprächbüchlein Herrn Ulrichs von Hutten. Feber, das Erſt. Feber, das Ander. Vadiscus, oder die Römiſche Dreyfaltigkeit. Die Anſchawenden. 1520.

Epiſtola ad Eraſmum. 1520. In Moſers patriot. Archiv, VII. B. 25. S.

Epiſtola ad Lutherum, 1520. ap. Burckhard II. 127.

Dialagi Huttenici novi perquam feſtivi: *Bulla* vel Bullicida: *Monitor primus: Monitor ſecundus: Prædones.* 1521.

Concilia wie man die halten ſol. Und von verleyhung geiſtlicher lehenpfründen. Anzeig damit, der Päbſt, Cardinälen, und aller Curtiſanen Liſt, urſprung und handel biß uff diß Zeit: und, Ermanung das ein yeder bey dem rechten alten Chriſtlichen glauben bleiben, und ſich zu keiner newerung bewegen laſſen ſoll. Durch Herr Cunrat Zärtlin in 76. Artikeln verfaſſzt. 1521.

Invectiva in Hieron. Aleandrum, et Marinum Caracciolum:

Invectiva in Cardinales, epiſcopos, et ſacerdotes, Lutherum Wormaciæ in concilio Germaniæ impugnantes:

Epiſtola ad *Carolum* Imperatorem pro Luthero: ad *Albertum Moguntinum*, nec non ad *Pirkhey-merum.* Ao. 1521.

Reſponſorium elegiaco carmine ad Helii Eobani Heſſi exhortatorium, ut Chriſtianæ veritatis cauſ-ſam, et Lutheri injuriam armis contra Romaniſtas proſequatur. 1521.

Der neue Karſthans. 1521.

Klägliche Klag an den chriſtlichen Römiſchen Kayſer Carolum, von wegen Doctor Luthers und Ulrich von Hutten. Auch von wegen der Curtiſanen und Bättelmönch. 1521. — Hutten hatte we-nigſtens an dieſer Schrift Antheil.

In eben dieſem oder dem vorhergehenden Jahre erſchienen der *Eckius dedolatus*, der *Karſthans*, der *Hochſtratus ovans*, der *Ludus in Caprum Emſeria-num*, die *Epiſtola de Magiſtris noſtris Lovanienſibus*, auct. *Simone Heſſo*, *Vita Carmelitæ Egmondani*, *Dialogus de Fratris Hieronymi Savanarolæ morte*, Oratio ad Carolum maximum — pro Ulricho Hut-teno, et Martino Luthero, Authore S. Abydeno, Corallo Germano, etc. und das kleine Geſpräch: Wer hören wil, wer die ganßen welt arm gemacht hat, u. ſ. w. — Alle dieſe Schriften, ſo wie einige andere, welche Gesner und deſſen Epitomatoren nennen, ſind gewiß, oder doch höchſt wahrſcheinlich nicht von Hutten.

Beklagungen der freiſtette teutſcher Nation. Ohne Angabe des Druckjahrs, gewiß aber im J. 1522. gedruckt.

Eine demütige ermanung an ein gemeyne

ſtatt Wormbß von Ulrich von Hutten zugeſchrie-
ben. 1522.

Enndtſchuldigung wyder etlicher unwar-
hafftiger außgeben von ym, als ſolt er wider
alle Geyſtlichkeit und Prieſterſchaft ſein; mit
erklärung ſeiner geſchrifften. Ohne Angabe des Druckjahrs, ohne Zweyfel aber aus dem J. 1522.

Expoſtulatio cum Eraſmo Roterodamo. Argento-
rati 4. 1523.

Opera Poſthuma.

C. *Salluſtii*, et *Q. Curtii Flores*, ſelecti per Huldericum Huttenum, Equitem, ejusque Scholiis non
indoctis illuſtrati. Baſileæ 1528.

Arminius, Dialogus. Argentor. 1529. Von der
letzten Schrift habe ich nicht die Original-Ausgabe;
und die vorletzte habe ich gar nicht geſehen.

Auf eine gewiſſe Art kann man auch *Ulrichi Hutteni Carmina*, die 1538. ohne Angabe des Druckorts
herauskommen, als ein *Opus poſthumum* anſehen.
Gesner nennt den Druckort nicht. Simler in epitome Bibl. Gesneri Tiguri 1555. fol. 81. und Friſius in ſeiner Epitome Tig. 1583. f. 365. geben
Frankfurt als den Druckort an. Das Verzeichniß
der Huttenſchen Schriften iſt in der Epitome des
Friſius vollſtändiger, als in der des Simmler, oder
in der Bibliotheca Gesneri ſelbſt.

mir, sonder alles libs, dienste vnd guts zu vorsehen:
dann ich (des sey got mein gezeugen) des willens oder
meynung, wie sy von mir außgeben, nie geweft, auch
noch fein wil, sonder was ich hierinn gethan oder noch
zu thun gedencke, hab ich alles der waren geistlichfeit vnd
erlichen priesterschafft zu nutz vnd gut angefangen. Hierumb soellen sich alle fromme priester vnd geistlichen diser
sachen freüwen, vnd vn gar nit zu wider achten: dann
ich hoffe, es sol einen guten nützlichen ausgang gewinnen.
Solt es aber anders außgehen, wer mir von hertzen leit-
woelt das auch, wo oder so vil ich ymer moecht, mit
allem fleiß, arbeit, vnd meinem leib vorhüten vnd vort
kommen, w:l mich hiemit allen frommen beuolhen, vnd
yevermann gebeten haben, zu behertzigen, was vnge-
bürlichs vnchristlichs wesens die Curtisanen bisher vnd
noch, zu schmach Christlich glaubens, ergernuß des gemeinen volcks, vnd verdoerblichen schaden teütscher Nation getrieben. wie vnaußsprechlich groß beschwernuß durch
sy auff vns gelegt, vil frommer, geschickter personen vors
hindert vnd zurück getrieben: wie erbermlich auch zu sehen, daß die geistlichen leben, so vnsere aeltern von jrem
schweiß vnd blut gestifft den merer teil nit von geistlichen
leüten, sonder wie man seht, schalckhafftigen, boesen,
erlosen, vntrewen buben inngehalten, vnd doch nit,
daß sy die besytzen vnd vorwesen, sonder von einem ort
zu dem andern pension vnd absentz fordern vnd ziehen:
wie auch die pfarren, darauff seien warrter das Christlich
volck mit predigen vnd leren zu versorgen sitzen solten,
vnd ires ampts taeglich vnd naechtlich pflegen, itzo von
vntüglichen vnuorstendigen ingehabt: die dann vnterpfar-
rer an ir statt setzen: den sy zu auffenthalt jaerlich drey
pfennig reichen, vnd werden also die pfarrer nit gnugsam-
lich vorwesen. Dann wo man wol, als offt die pfarren
groß einkommens haben, einen hochgelerten vnd schrifft-
vorstendigen haben moecht, würt zu eynen hirten gesatzt
ein freyer stoltzer junckher, der etwa auswendig lands

Ji

nymmer die schaff zu weiden gedenckt, sonder befilcht sie
dem tagloener: den er vmb die drey pfennig gedingt hat.
Derselbig helt für koerffern gelt koepffern sel meß: wie
auch auß sollichem gefolgt, daß ytzo nahet all ding in der
geistlicheit auf gewinn vnd gelt zu erschaetzen steht: Dann
wie die vnsern von den Romanisten geschaetzt, also suchen
darnach etliche weg daßelbig hier auffen wider einzubrin-
gen. Also daß man leyder bey den kirchen mer vnd schoed-
licher wucherer vnd roeuber, dann in den waelden, vnd
strechen findt. Das woell ein yeder bedencken, vnd auch
ob gut sey, daß wir dem bapst, seinen Cardinaelen, vnd
andern wollüstigern zu Rom vnser gelt, das wir hie auf-
sen schwaerlich mangelen, hinweg geben, vnd sy vns
billich die gotes gnad, wyder Christus vnd der Apostelen
ler, auch der heiligen Concilien ordnung, vorkaufft oder
seyl biete, vnd was teütschen land jaerlich vnd taeglich
dem Roemischen geltschlund zu schleb vnd trag, ob wir
das nit billicher zu vnserer notturfft bey vns behielten,
ließen yn dargegen yr aplaß vnd bullen, damit sy byß-
her die gantzen Christenheit geblendt, geaeft vnd vorfürt
haben, vileten: bischoff, die wir ir ampt zu vorwesen geschickt wüsten: vorsorgten die mit maentel vnd roecken,
daß sy die nit zu Rom vmb X,XX oder XXX tausent
gulden kauffen doerffen. dann wenn man soelichs bedencken, würt man spüren vnd finden, daß ich ein erbar,
gut meinung für hab, vnd es gern woelt gut sehen mit
vns allen. das hab ich also in guter meinung zu vorstehen
geben woellen. Got der almechtig schaffe daß es sich alles
zum besten schicke. Das will ich on vnterlaß bitten vnd
begeren. Amen.